1

八千米
生命高度

Above the Snowline

北大登山队30年

北京大学山鹰社 著

储怀杰 主编 肖自强 执笔

江苏凤凰文艺出版社
JIANGSU PHOENIX LITERATURE AND
ART PUBLISHING LTD

"存鹰之心"丛书编委会

目 录

contents

001　序：鹰之魂——何为"山鹰人"？

009　（一）鹰之志：创业与奠基

山鹰试飞——1990 年玉珠峰南坡　010

雪山奏响国际友谊颂——1991 年慕士塔格　044

生命从悬崖跌落——1992 年念青唐古拉中央峰　063

何时更返天涯——1993 年慕士塔格　085

江源之巅——1994 年格拉丹冬　107

129　（二）鹰之心：可持续与辉煌

与山神共舞——1995 年宁金抗沙　130

叛逆者的天堂——1996 年阿尼玛卿　155

回溯起点——1997 年重返玉珠峰　181

八千米生命高度——1998 年卓奥友　206

序：鹰之魂——何为"山鹰人"？

肖自强

去年5月，山鹰社一队员微信联系我，问："山鹰社灵魂性的东西是什么？"

一千个队员，就有一千种"山鹰社灵魂性的东西"。2002年起就很少参加社里活动，突然面对这个问题，我不免迟疑。想起21年前主编社刊《山友》，编"老队员专刊"，写有"后记"，阐释什么是"老队员"，便发过去。

我担心这东西已过时。她说：

> 感觉很多东西都没变。对老队员的阐释，还是很适用。这也是山鹰社比较神奇的地方。精神的东西是不会变的。

精神的传承是神奇的。21年前，这名队员才3岁。

那篇"后记"这样探讨"老队员"：

在山鹰社，"老"不是资格，也不是年龄，而是一种精神、一种气质、一种氛围，可以说是以曾在雪山、草原和戈壁磨砺的登山队员为核心，与此精神相契、行为相合的山鹰社成员共同拥有和体现的某种精神；是在荒凉、辽阔和苍茫中以默契和集体享有某种深远的孤独，及在生死边缘相互救助、共同体验雪峰的崇高和恐怖必然伴生的某种气质。它是一种传统，富有原创力，贯穿于山鹰社的日常生活，并永久地存在下去。它是"山鹰社的氛围"的构成者和内容，它的具体内涵模糊不清，但富有感染力和穿透力。我们的队员平常如灰色的衣服，模糊在芸芸众生中，但久久地凝视，灰色中镶嵌的金色澄亮着一片光芒，当他们汇聚在一起，这片光芒照亮一块心地。

概括起来，这段话的意思是"生死大限"和"集体孤独"。"集体孤独"这种体验，后来的队员也讨论到。他们最近认为，随着中国交通和电信事业的发展，在本营和雪山上收到手机信号越来越平常，到本营观光的游客越来越平常，"集体孤独"的刻骨体验可能会逐渐消失，每人捧一部电子产品的原子化个体场景会逐渐增加。

"山鹰社灵魂性的东西"是什么？

每一代山鹰人，都尝试开掘属于自己的内容和探索属于自己的表达。

当年山鹰社秘书处曾推出16字社训，遭到各部门反对，认为只有山鹰社创始社员创作的《鹰之歌》，才能表达他们心目中的山鹰社精神：

存鹰之心于高远，

取鹰之志而凌云，

习鹰之性以涉险，

融鹰之神在山巅。

也有诗人上门，说要为山鹰社写社歌，但无论怎么写，都会被否定，队员们总异口同声地说：齐豫的《橄榄树》最好。山鹰人走到哪里，这首歌唱到哪里，无论京郊的崇山峻岭，还是明月高照的草原；无论是走街串户的西部科考路上，还是遍布明暗裂缝的皑皑雪山上：

不要问我从哪里来，

我的故乡在远方，

为什么流浪，

流浪远方，流浪

……

1991 年、1992 年登山队女队员张天鸽文章中的一句话，被我摘录到 10 年版登山队队史《八千米生命高度》封面勒口上。我认为这句话可以代表全体山鹰人的心声。这句话后来成为山鹰社历史上被引用最广的句子：

那个关于雪山的永久的梦想永远留在心里，

没有什么风沙能将它打磨褪色，

这不仅是关于攀登，

也是关于成长与爱，

关于生命与自由。

2009 年，20 周年社庆，选择四个词概括山鹰社精神，最终入选的是："成长""爱""生命"和"自由"。这四个词被 2018 年北大珠峰登山队登顶队员赵万荣视为"山鹰第二学位"基本科目，"山鹰人"是通过这四个科目炼成的。这见证着每 10 年一代的三代队员对山鹰社的共同理解和追求。

这次执笔 30 年版登山队队史《八千米生命高度》，我对"山鹰社灵魂性的东西"又做了点思考。

我的文辞在山鹰社并不是好的，10 周年却是我执笔 10 年版登山队队史《八千米生命高度》，30 周年又是我执笔 30 年版登山队队史《八千米生命高度》。其因缘有直接的，比如这次老队员储怀杰的赤诚相邀；也有心灵深处的，比如这次第一时间想到林礼清。他是 1999 年山鹰社南疆科考队员，在那次活动中我的责任是"帮助队长带队"。他是这次科考队中我向山鹰社理事会推荐的唯一队员。2002 年他与另外四名队员长眠在希夏邦玛西峰。

对于这样一本书，我毫无"创作"之心。以自己在山鹰社的经历，总觉得"创作"不足以承担起这样一部书。20 年前我因为执笔而似乎明白了中国圣贤"述而不作"的精髓。它是一种高级的剪刀＋糨糊的编撰艺术。每一个留有文字的队员都是作者。此书是以队记为基础，把队员当年留下的文字编纂熔铸而成。

除了一两章不得不利用回忆文字，其他章节都是采用当年队员参加活动写下的文字，几乎不使用任何跨年的回忆文字。面对风格各异、水平不一、精粗不同的文字，需要执笔者有无"我"而能沉浸之心。沉浸许久，无关紧要的东西渐渐自动隐去，队员们那些枝蔓的文字在心里潜滋暗长出统一的结构和形态来，几乎每一章都是这样形成的。

如果有队员觉得自己的文字被直接"抄袭"而"愤怒"，我是高兴的，因为表明当年的感觉被原汁原味保存下来。如果有队员认为自己的文字被改动过大以致觉得没反映当年的感觉，我也是高兴的，因为表明我确实付出了努力。如果有队员因时过境迁而不相信自己当年的感觉竟然是这样的，我还是高兴的，因为表明我忠实地保留了历史场景。

有些读者可能会发现第三方非虚构写作怎么还有心理描写，而其实队员的主观感受绝大多数已被删除，保留的除了名词、动词和少数的形容词，主要是攀登过程中最为重要的身体感觉及与现场比较妥帖一致的抒发。至少我是希望做到这一点。因此书中还有许多队员关于"山鹰社灵魂性的东西"的表述，比如：

> 登山的风景，最美的是一路上流的汗，一路上的兄弟相依，一路上吃的苦。
>
> 雪线以下无风景，路绳之上皆兄弟。
>
> 雪山之上是我的故事，雪山之下是我的生活。
>
> ……

在反反复复的沉浸中，山鹰社30年在我心中逐渐呈现为六阶段，分别是"鹰之志""鹰之心""鹰之性""鹰之气""鹰之意"和"鹰之神"，是"鹰之魂"在具体情境中生长出来的六种历史形态，犹如一年的春夏秋冬。

"鹰之魂"，也即"何为山鹰人"，除了象征性、哲学性和诗意性这些需要体验和体悟的表达，还需要具体的可理解、可操作的表达。它首先是包含有北大人、登山人所应具有的一般精神。更重要的是，它有自己独特的内容。

第一，执着追求独立攀登。山鹰社最早的独立攀登，是指从拉赞助、选山、组队、训练到进山、适应、修路、登顶等整个过程，都由山鹰社登山队员自己完成。这是北大精神——北大人的自由精神、独立精神、探索精神和团队精神在雪山攀登中的体现。2002年希夏邦马山难以后，或者更准确地说，大学社团管理的保姆主义倾向越来越强以来，山鹰社的独立攀登受到越来越多的限制，但山鹰人还是最大限度地开拓雪山攀登中的独立空间，平衡聘请教练和独立登山的关系成为山鹰人不断探索的内容之一。这种独立攀登还带来队员对攀登本身的纯粹追求，不带功利，不钩心斗角，不带杂念，只是喜欢雪山攀登过程本身带给自己的体验。

第二，"是常为新的"。通读山鹰社和登山队30年史，很容易发现他们每年都会寻求新的突破，都想在前辈的基础上走出新路，为社里探索新的发展空间，积累新的发展经验，积蓄新的物质基础。这种突破既体现在山峰的选择上、日常训练和社团管理上，也体现在登山装备和岩壁的升级更新上。不是每次寻求突破都能实现，但他们每次都会无怨无悔地把经验教训写下，激励后来的队员继续创新探索。

第三，也许只有那些承担了山鹰社经验、技术和精神传承责任的队员，才是真正的"山鹰人"。这句话也许夸张了点，但也点出"鹰之魂"的核心和精髓，正如某任社长指出的："山鹰社的核心机制在于一代一代队员将在山鹰社所获得的一切，回报给后面的队员，使精神和信仰、经验和技术得以薪火相传。"22年前我编辑"老队员专刊"，探讨什么是"老队员"，可以说暗合了今天的这个概括。

在做危险的事情中交过命的朋友，这样的机会在和平年代里是少有的，雪山攀登就是这样一种机会，然而新陈代谢过快的学生社团容易出现经验、技术和精神传承断档的事情，这会给过命的事情带来巨大风险。这决定了山鹰社的传承必须是延续的。与同一批队员的过命是难忘的，与下一批队员、下下一批队员……的过命则是美丽的，是山鹰人的凤凰浴火。

2018 年 12 月 30 日

（一）

鹰之志：创业与奠基

采王阳明意，为人首在立志。在这里指确立山鹰人及其组织的志向。以李欣为代表的创始队员为山鹰社确立雪山攀登的志向。以曹峻、李锐和"90五杰"为代表的队员使山鹰社基本成型——主要包括登山模式（自主登山）和组织模式（理事会），并实现初步而不错的成长。

山鹰试飞

——1990 年玉珠峰南坡

并不是为了到一个孤独的世界去寻找寂寞

所有我们志于的事业

不免从艰难的跋涉开始……

"雪山！雪山！"

1990 年夏末秋初，第十一届亚运会在北京召开。亚运圣火即将点燃之际，山鹰社选择了自己的第一个孤独世界——东昆仑山脉的玉珠峰。

巍巍昆仑，是我国古代神山之一，也是我国神话传说发祥地，从帕米尔高原到四川盆地，绵延 2500 公里，平均海拔 5500 ~ 6000 米，北面俯视塔里木、柴达木盆地，南面紧贴青藏高原，两条母亲河都在这里发育，源远流长。北大学子，第一次登临这古老而苍茫的冰原，深情地抒发自己的赤子之情：

从此处

可望东南波涛与烟雾千里涌起

闽粤的古炮台弥漫着铜锈的气息

从此处

可以望蹈海的英魂无边的浪涛中放歌泣哭

从此处，从此处

我们吟诵这古老的民族希望的深蕴

　　玉珠峰又名可可赛极门峰，海拔 6178 米，位于青海省格尔木市境内，距青藏公路的昆仑山口 15 公里，离最近居民点纳赤台（有一兵站）60 公里，与格尔木市相距 120 公里，8 月最低雪线海拔 5600 米。

　　8 月 11 日 21 时，121 次列车载着 9 颗年轻的心驶离夜幕下的首都。因为买的是硬座票，只能坐着休息。部分男队员拿出防潮垫，躺在座椅底下，把座位让给女队员休息，风趣地把座椅底下的空间喻为"包厢"。

　　负责全队食品和后勤的李欣去挤卧铺车票，空手而回。李欣，山鹰社首任社长，北大 1986 级古生物专业，这年毕业，新疆乌鲁木齐人。挺拔秀丽的天山、绵亘雄浑的昆仑，自幼在他心中留下不灭的印象。儿时，他在家门口常常遥望皑皑雪峰，心驰神往，没料想这时竟真的大步迈向了心中的圣殿。望着座位底下的队友，想起山鹰社成立一年以来的风风雨雨，他感喟万千。

　　也许任何事物的诞生都是艰辛的。现代登山运动的诞生就是如此。1760 年 7 月，植物学家 H. 德索修尔在阿尔卑斯山脚下的霞慕尼村头贴出告示，重金奖赏能登上勃朗峰顶点或提供攀登路线的人。直到 26 年后的 1786 年，才有人把年复一年张贴的告示揭下，并于 8 月 8 日首次登顶海拔 4807 米的阿尔卑斯山主峰勃朗峰。第二年，德索修尔亲自率领一支有 20 多人的登山队登上勃朗峰，进行科学考察。人们把 H. 德索修尔作为"现代登山之父"。

北大选择雪山，雪山选择北大。北大学子总是无畏的，总能在前无古人的荒芜中开拓前进。中国民间高山登山运动在北京大学开端，同样是艰辛的。北大最早投入登山运动事业的是崔之久、丁行友和马文璞三位先生。他们参与了我国登山运动事业的开创。早在我国独立组织登山活动的第二年——1957 年，他们就参加了当时全国总工会组织的攀登贡嘎山的活动，丁行友先生在这次攀登活动中献出宝贵生命。

1958 年，国家首次筹备从我国一侧攀登珠穆朗玛峰的活动。国家体委在北京香山举办夏季登山训练班，为即将展开的攀登珠峰活动培养队伍。北京大学应招入选者有地质地理系的万迪坤、姚惠君、黄万辉、赵国光；地球物理专业的邵子庆；生物系的王凤桐、潘文石、马莱龄、梁崇智、宋森田、尚玉昌、李舒平等。训练班结业，除个别人前往苏联参加中苏合登列宁峰活动，大部分北大学生参加了甘肃省"七一"冰川训练和科研。

贡嘎山登顶队员幸存者回到北京，北大请他们来学校做报告，史占春介绍登贡嘎山的情况。随后北大学生于 1958 年成立北京大学登山队，万迪坤担任队长，队员大多为学生，其中包括马莱龄。

1958 年下半年，国家登山队与苏联登山队计划 1959 年联合攀登珠峰。当时国家登山队的宗旨是登山结合科学考察，所以在一些大学中招收有关学科的学生参加，学科有地质、地貌、气象、动物、植物、水文等。北大参加的有地质地貌气象及动植物专业的学生和年轻教师，多是当时的北大登山队成员。除北大外，还有南京大学和兰州大学等多家单位人员参加，共 20 多人。登山队还有伐木工人和藏族同胞。进藏的登山队包括科考的，有 100 多人，那时叫西藏参观团。

可惜由于诸多原因，这次攀登取消了。但从那以后，在国家组织的历次重大登山活动中都有北大学子的身影，其中邵子庆校友在珠峰活动中牺牲。毕业后，也有人终生坚持在登山的专业岗位上，如王凤桐校友，1958 年夏从北大生物系毕业，即参加中国第一次征服珠峰的准备活动，同年登上海拔 7134 米的苏联列宁峰和海拔 6800 米的友谊峰；1959 年夏参加慕士塔格峰登山队的领导和指挥工作，登达海拔 7500 米；1960 年攀登珠峰，担任侦察"第二台阶"任务，登达海拔 7700 米高度；1964 年攀登希夏邦马，负责领导和指挥工作。他曾任中国登山协会常务副主席和高级教练，30 多年里，登山使他失去鼻子、手指、脚趾，但他自豪地说："我收获了战胜困难的勇气和对生命的热爱。"

历史进入 20 世纪 80 年代最后一年。3 月的北京春寒料峭，秃树枯枝，不像南国已经绿意上梢。燕园开学不久，人们到三角地去看海报。北大人经常去那儿，感受同龄人的活力和血气。这天那里人海如潮，都在看一张海报，海报上一行大字："北京大学登山协会隆重招新！"下面的小字大意是雪山攀登对国民经济的重大意义及报名的方式和体能测试项目。这是李欣和刘劲松、陈卫华等发起和组织的。

这次招新起因于著名冰川学家、北大教授崔之久老师从南极归来的一次讲座。崔之久教授，20 世纪五六十年代登山队员，曾用"两次雪的洗礼，一生冰川为伴"为标题回忆自己与冰川的故事。他原计划研究黄河发育史，因 1957 年夏参加中华全国总工会登山队，变成对贡嘎山现代冰川的研究，将终生献给冰川事业。在贡嘎山，他共牺牲了四位战友，决定去做已牺牲的战友们想做而又无法再做的事业。

1959 年攀登"冰川之父"慕士塔格，他的右手手指截肢。有人劝他改行，认为缺了右手手指，从事高山冰川工作会有诸多不便。他想，不能半途而废，停止对事业的追求。他这样写道：

"我觉得事业需要追求者就像人需要事业一样。'事业'遇到一个真心追求它的人也并不是很容易的。所以追求事业的人应该珍惜自己的生命和身体。这生命和身体从某种意义上说已不全是他自己的了。"

他自称"从死亡边缘回来的人，一个被截去手指的人，一个曾经和仍在追求的人"，他常对年轻人说，热烈的爱和执着的追求不一样：前者可以是短暂的、一阵风似的；而后者却是有开始没有结束。1961 年出院不久，他又随国家登山队去新疆的公格尔九别峰，执行一项特殊的实验——冻伤手的人能否继续登山。实验的结果是成功的。从 1957 年起，40 多年里，他曾十余次踏上青藏高原，踏遍祖国的高山高原和世界著名高山。有人称他为"山地地貌专家"，他却说："如果我还能有一次选择的话，我想追求的还只能是冰川。"

在讲座中，崔教授讲了雪山攀登对于国民经济的重大意义，最后意味深长地说："难道中国大学生就没有一点冒险精神？北大学子就不能挑起这个重担？"电教温柔的灯光如道道利箭刺向一群年轻人的心。地质系 1986 级古生物专业本科生李欣、刘劲松和陈卫华等当即碰头，决定为了中国，为了北大，为了青年走出第一步。

李欣只差一年要毕业，但他还是挑起重担。4 月 1 日被选为北大登山爱好者协会成立的日子。4 月 1 日是西方的愚人节。从海报看，不是当事者的疏忽，因为海报里特意写上："并非愚人！"

登山协会的招募工作在 4 月 1 日前就开始。招募广告由李荣玉起草，由王连全誊写。那时没有复印机，两份广告都是笔墨伺候出来的。李荣玉颇有文采，王连全写得一笔好字。"无限风光在险峰"的招募广告贴在三角地，报名就在旁边的 28 楼 211 室——李欣的宿舍。共有 130 多人前来报名。

星期天一早在南校门集合，校车载上近 50 人开到怀柔水库边的国家登山队基地。随车同行的还有地质系崔之久老师和生物系马莱龄老师。

可能是因为两位老师的面子，怀柔基地盛情接待，国家登山协会领导史占春、王凤桐、曾署生、刘大义等都出面欢迎和讲话，然后看登山照片和幻灯，登山健将李致新、王勇峰、罗申等教大家在人工壁上攀岩。那时岩壁支点就是长条形的坑。在岩壁上攀岩，爬得高快到顶的人，被李欣叫到一起，就成为北大登山协会的骨干成员。

怀柔回来后的一个下午，李欣把核心队员带到五四体育场[1]做体能测试，挑选出谢劲松、曹峻、陈卫华、刘劲松、蒋永军、张静、何丹华、马莉、刘俊梅等成立攀岩队，说要参加 6 月 10 日第三届全国攀岩邀请赛。训练项目主要是跑步、引体、爬铁丝网。

山鹰社（当时还是"北京大学登山爱好者协会"）从此开始走上艰难的探索之路。没有攀登雪山的资金和技术，就从攀岩开始，首先在学校进行"北大模式"训练，即自创方法，自我督促，"自高自大"，力图战胜职业登山队的训练方式。其次举办野外训练，主要是去京郊攀岩和登山。从北安河到妙峰山涧沟村，从北大到香山，从东灵山到怀柔，都留下同学们的脚印。

经费是个大问题。没有钱，就自掏腰包，省吃节用，饮山溪清泉，汲旷野芬芳。李欣在校时，谢如祥从来没想过经费问题，谢劲松跟他提

1　北大一个体育场的名字，北大登山队训练场地，也叫五四操场。

过李欣怎么那么有钱。直到李欣毕业离校，谢如祥跟曹峻、何丹华当家，才知道李欣有多么不容易。1990年及以前，在校学生多数是满足温饱，户外活动仅交通费一项都是很大的负担。1987年时，学生可以贷款300元／年，副食补贴伴随着物价涨幅从每月9元到17元再到最后21元。这500元左右基本要维持像谢如祥这样农村学生一年的在校生活。李欣老家新疆是八类地区，父母都是高知，据说每月给他200元，估计有一半是贴到了山鹰社的日常活动中，还有其他经济条件好点的队友或多或少地补贴了经费的不足。谢如祥认为，如果没有李欣的潜心付出和千方百计，山鹰社也许早就烟消云散。

据谢如祥所知，从1989年4月到1990年6月，山鹰社外来经费只有两笔，共计2400元。第一次怀柔之行租校车大巴和制作纪念品就用了400元。剩下的原计划6月10日用于攀岩赛参赛费用。河南焦作比赛的报名费和4名队员（谢劲松、谢如祥、张静、马莉）的交通费由郝光安老师支付了，只需承担李欣、戴运、曹峻等三人在焦作的食宿交通费。1989、1990年攀岩赛赛前在怀柔训练的食宿费用、社会调查费用及其他大型活动的公共费用全都靠这笔钱支撑下来。1989年冬，登山队组织十渡冬训，李欣说是为登雪山做准备，帐篷睡袋都是地质系野外作业用的，人多，装备不够，冷和饿是主旋律。

攀岩需要登山绳做保护。现代登山绳有绳芯和护套两个主要部分。绳芯由尼龙或聚酰胺纤维制成，经过热处理，有极强的弹性和抗冲击能力。登山绳和铁锁相配合，保护者利用滑轮原理和绳锁摩擦，站在岩壁下保护，不仅省力，而且便于观察。当时山鹰社条件艰苦，仅仅拥有一条安全带和一项安全帽。没钱买登山绳，就把军训用的背包带连起来，采用打胸绳的方式，做攀岩主绳。两人在上面拉绳，一人趴在岩壁边缘观察攀岩，指挥收绳。

山鹰社成员顽强刻苦训练，获得引人注目的成绩。1989年重阳节，蒋永军等12名队员参加国家登协组织的登山赛，获第三名。10月第三届全国攀岩邀请赛，谢劲松、谢如祥力克强手，获男子双人结组亚军。时任中国登山协会主席史占春和常务副主席兼秘书长王凤桐先生高兴地说："你们干得好。"

1990年5月6日，北京高校攀岩赛，张学书副校长、体教林志超主任、崔之久教授督阵，谢劲松、谢如祥、曹峻、汤烨、何丹华、陈莉分获男单第一、第二、第四，女单第一、第二、第三，团体总分第一名。7月14—22日，第四届全国攀岩赛，谢如祥获男单亚军、谢劲松第五、何丹华女单第六，团体总分居全国第二。

当时以李欣为代表的领导团队志向远大，他们并不满足于现有的成绩，而是积极筹划社团未来的目标和定位。1990年4月，李欣首先建议"北京大学登山协会"易名为"北大山鹰社"，并确定"山鹰之歌"："存鹰之心于高远，取鹰之志而凌云，习鹰之性以涉险，融鹰之神在山巅。"1990年4月，一张由王连全狂草的更名启事，第一次昭示了"山鹰之歌"。同时，社团下一步的目标也从运动竞技转向登山探险和科学考察。

为什么要改名呢？据李欣回忆，因为这群"傻孩子"有一个特殊的想法，他们想要标榜他们汲取了北大人最引以为骄傲的精神——自由之精神。这帮"傻孩子"真真正正是这样一群执着于北大自由之精神的爱山的年轻人。一有机会来到山里，便如脱缰的野马，任性不羁，恣意狂奔。他们热爱那苍茫的山野，广阔的天空；他们迷恋那清爽的山风，自由的空气。在山岗上，在陡壁旁，他们领悟真正的自由之精神。他们渴望能继承这种精神，身体力行，传及后人。雄踞在悬崖峭壁上的山鹰，正是这种精神的化身——临风万里，自由翱翔。

为了山鹰社可持续发展，他们推选大二的曹峻担任社长。他当时对于社团的组织管理和运作完全是懵懵懂懂，但就在这段时间，他明白了学生社团能够持续发展的关键在于传承，师兄师姐们在背后默默地支持，同学队友之间背靠背的信任和帮助，这是个人和组织成长的关键，而当你成长起来，就需要义不容辞地承担起相应的责任，不遗余力地帮助这个组织和后来的队员成长。这样的传承机制，这样的传承责任，算得上是山鹰社和山鹰人的精髓，无数老队员是如此走过来的。

谢如祥跟谢劲松负责登山部，曹峻任社长兼旅游部，高新东、蒋永军负责科考与社会调查。谢如祥认为，李欣这样构架和分工的目的是为了组织延续，老社长带低一个年级的队长，老社长毕业后老队长可以再带低一个年级新社长，如此循环。

不久就开始筹划登雪山。他们先把想法跟崔之久老师讲，崔老师的意见是："要有高度，但没难度，选择东昆仑玉珠峰。我在北坡的西大滩考察过冰川，从南坡上应该问题不大。"他们把想法给国家登山协会讲，协会领导说是好事。

于是做了简单计划书，把费用做得比较宽松，就给学校打报告，重大意义写得得比较充分，还特别附上为1990年北京亚运会献礼的大旗。初步确定的队员是：李欣、曹峻、谢劲松、谢如祥、何丹华、朱小健、拉加才仁。朱小健还特意在北大红十字会学习了急救课程。

他们找新来的校长吴树青，吴校长说这事归张学书副校长管。找张校长，说先让团委和系里打报告上来。校团委社会实践部张强部长说这事归各个系或者体教中心。大家分头行动找领导盖章。曹峻负责团委和地理系，谢如祥负责体教中心和地质系，大谢是无线电系，何丹华是地球物理系，朱小健和拉加是生物系。盖章是个不容易的活儿，以至于他们认为只要把章盖上就万事大吉。谢如祥印象中第一个章是最难盖的，不记得是生物系朱小健找马莱龄教授最早盖上生物系的章，还是郝光安老师游说林主任（大林）先盖上体教中心的章。总之，报告上最后盖上八个红印：团委社会实践部、体教中心、地质系、地理系、地球系、生物系、无线电系、校学生会。

他们兴高采烈地去找张校长，张校长布置第二个任务：每个队员要附一封从老家寄来的父母签字同意的保证书。不到半个月，保证书准备齐全，信封上都有老家的邮戳。

张校长又布置了第三个更难完成的任务：让中国登山协会盖章、发函。他们就去怀柔找国家登协，登协曾曙生副主席说这事只能找老校友王凤桐。从怀柔折回到体育馆西路八号国家体委办公大楼，软磨硬泡好多次，也在体委机关食堂吃了几次。终于在王凤桐的帮助下搞明白，玉珠峰活动，如果北大不以校方名义出面，国家登协别说出钱，就是借装备都是有困难的，除非是国家任务。

大家回过头来围攻主管的张校长。同时拿着登山计划书和几张攀岩奖状满人街跑赞助，自谋出路。张校长被逼无奈，说出实情。1.学校出面主持这次登山活动是不可能的，风险大。2.北大经费维持日常的科研、教学和国家布置的任务都困难，根本不可能再支持登山活动，除非是国家任务。3.一开始以为同学们是一时冲动，会知难而退，既然这么执着，那就自己想办法吧，不需要通过学校。

虽然失落，但无论如何，他们一定要踏上雪山，这一点坚定不移。

国家登协最终被感动，曾曙生副主席说，登协开会讨论过，既然北大校方不出面，登协肯定不能以组织名义支持，但登协运动员、教练员个人的装备还是可以以个人名义借给北大登山队个人，并且在会上号召个人出借装备。不久，宋志义和金俊喜两位教练从怀柔坐两个多小时的公交车来到北大，送来他们两人还有孙维奇、佟露的部分个人装备睡袋和防潮垫等，并透露如果个人装备不够，他们还可以以个人名义向登协装备部再借一些。队员们在学一食堂请他俩吃午饭，可惜连小炒都没有抢到，过意不去，说他们下次来一定请他们吃学一的小炒。这个承诺一直没有实现，因为宋志义、孙维奇两位教练长眠在1991年初的梅里雪山雪崩里。

到了后来他们才明白，登协王凤桐校友和曾副主席用心良苦，个人装备只是引子和说法，攀登玉珠峰的绝大部分装备还是从登协装备部拿出来的1975年登珠峰的老装备，虽然不甚美观，但结实管用。山鹰社后面的几次登山，用的都是这批装备。

有了登山装备，拉赞助成为主要工作。欧阳旭介绍的北京蜂王浆厂是正式接触的第一家企业，答应给点蜂王浆，其他企业基本是留下资料就打发走人。事情转机是到了6月，清华大学土木系研究生张为找上曹峻，说要跟着一起去登山，还可以帮忙拉赞助。最后还是他从清华骑车130公里到天津塘沽开发区，感动了他的一位学姐——台资天津加利加鞋业有限公司总经理助理，这家台资公司老板答应给7500元现金外加10双休闲鞋。后来决定由张为负责本次活动的摄影和活动记录。

曹峻在五四操场跑步认识了大胡——北大出版社的胡东岳，他也想跟去。谢如祥跟李欣不太乐意，曹峻给出两个理由：一是登山回来要出书，他可以帮忙；二是大胡身高1.87米，搞过铁人三项，身体超级棒，背东西顶头骆驼。第二个理由让谢如祥动了心，于是大胡也加入了。后来在玉珠的第一个晚上，大胡和李欣高山反应严重，第二天谢如祥跟李蓉护送他们下山，主要是谢如祥拖着大胡下撤，到纳赤台兵站吸氧气。李欣笑话谢如祥把自己变成了骆驼。

临出发前十来天，队员们去怀柔跟登协请教登山注意事项，曾副主席建议找一位教练，说贵阳建筑设计院的熊继平是最佳人选。熊继平，贵州人，毕业于武汉地质学院，在贵州省建筑设计院勘察分院工作，是个地道的登山爱好者，早在1982年就参加登山运动，参加过1988年中日尼双跨珠峰，到达8100米处。李欣让谢如祥给他电报。第二天就收到回电，两个字：愿往。

出发前两天，熊继平就到北大，告诉队员，他的同学李蓉是贵阳医学院毕业的，要自费跟去，还可以当队医，她会直飞西宁，只要给她多带一套装备即可。这次活动他负责侦察路线和技术指导。

熊继平过来，出发前的准备就步入正轨，去登协拉装备也知道该怎么挑选了。拉加先回西宁老家打前站。谢如祥找当时北大学生会主席、地质系1987级的陈伟找学生会开出有公章的介绍信。这是队伍一路西行的唯一官方凭证，依靠它，登山队真的获得很多便利，包括格尔木市政府的400元租车资助，格尔木兵站、纳赤台兵站的吃住行以及给煤油炉买油等。

8月12日，火车爬上黄河大桥引桥。睡眼惺忪的朱小健跟何丹华争着把脑袋凑到车窗边，屏气凝神注视静静流淌的黄河。一路伴着黄河，蜿蜒西行，13日14点多抵达西宁。

一到车站，他们就受到拉加才仁及其弟兄的热情欢迎，大家说说笑笑地来到拉加家里做客。平生第一次到藏族人家里做客，大家耐不住新奇，东张西望。屋里看不够，还跑到阳台上。不及远望，视线就被绵延的祁连山阻断。其实整个西宁就夹在这祁连山中。他们喝着香香的奶茶，吃着热乎乎的面片，嚼着香喷喷的羊肉，再拌些辣子，脑门上早渗出汗珠。拉加才仁这年20岁，藏族，青海西宁人，北大1988级环境生物与生态学专业，对野外环境有特别的观察力，身体素质好，负责对外联络及路线侦察。祖辈在昆仑山下生活，优美的传说和父辈的经历使他对昆仑向往已久，他的专业是研究生物与环境的关系，尤其侧重从昆虫入手。这次他决定通过对比不同海拔的昆虫、植物形态上的异同，感性地理解它们适应复杂环境所具备的那套特殊结构。

15日登山队继续西行，乘火车向格尔木出发。李欣负责硬座，张为负责卧铺。大家忙着从窗口向里递行李。喘口气的工夫，队伍里多了个女孩，个不高，牛仔短裤配条牛仔裙，戴一副大镜片眼镜。她就是队医李蓉。李蓉，贵阳人，1985年毕业于贵阳医学院，在贵州省人民银行计划处工作，酷爱读书和大自然。因父母工作关系，自小走南闯北。这种经历潜移默化造就她不甘于安闲日子，不断往外跑的个性。这次，听说北大登山队去攀登东昆仑玉珠峰，她咬咬牙，便独自一人背两个大包来了。

这支11人的队伍，在发车前半小时总算凑齐。火车驶出西宁站就开始爬坡，兜着大大的圈子，画着弧线往上拱，摆脱峭壁夹围，置身于广阔的牧场之中。草绿色的地毯上绣着各样各色的小花，红、黄、蓝、紫点缀其间，又有一簇簇的绵羊群在上面随意地泼洒着白"墨"，调皮的马儿兴致勃勃地拿那棕色的"笔"来乱勾几下。太阳将金色慷慨地涂抹在这张毯子上，织就多彩而生动的图案。车行不远，就能望见波光粼粼的青海湖。

15日中午登山队员们还在西宁的街头有滋有味地品尝青海的名吃——手抓羊肉，16日就出现在新兴的西北工业城市格尔木。下午李欣和何丹华上街，买了一袋粳米、一袋挂面和一些青菜，回来把奥地利炉子点着。然而炉子燃了没儿下，就呼呼呼冒黑烟。好不容易把中国炉子点燃，折腾足足三个多小时，才勉强把饭弄熟。

17 日一整天四处联络进山的车辆。李欣还在为做饭问题发愁。三军未动，粮草先行。伙食问题挺关键的，一顿饭吃不好，不光身体亏得慌，精神也有压力，弄不好，会影响全队士气。他缠着谢劲松和谢如祥不放，让他俩无论如何要弄出个喷火的炉子来。谢劲松摆弄着奥地利炉子。据说这是世界最先进的高山炉，无奈灌了国产杂牌油，怎么也不冒蓝火苗。谢如祥把炉子抱在怀里，折腾老半天，弄得满嘴满手都是油，浑身汽油味儿。功夫不负有心人，高山炉终于喷油着火了，一打气，呼呼冒着蓝苗子。

18 日，经曹峻和谢如祥联络，格尔木市政府答应出资一半为登山队包下格尔木市旅游局一辆车。19 日进驻昆仑山已成定局，大家兴奋地谈论进山的具体事宜。细细算来，离开北京已整整一星期，离那梦中的昆仑愈来愈近，久积于心中的欣喜、欢悦与恐惧、担忧复杂地交织在一起，整整一个下午他们都在讨论给亲人朋友写明信片。后来这成为山鹰社登山队员在路途中的习惯。这时，李欣感冒了。

19 日，柴达木盆地风和日丽。格尔木市旅游局派出一辆高级豪华的意产面包车送登山队进昆仑山。一路上，大家尽情欢娱，引吭高歌。张为最热衷于引导大伙儿唱那支自编的队歌："三只兔子，两只猴子，一群狗、一群狗，还有一条蟒蛇，还有一只公鸡，玉珠峰，玉珠峰。"通俗易懂的歌词，简明地道出这支队伍的年龄组成，唱来顺口，颇有自嘲的味道。

汽车在高原上疾驰。柏油马路在太阳的透照下反射出耀眼的强光，像一条玉带蜿蜒于杂草散布的荒漠戈壁上；不远处，格尔木河闪着冷光，在残崖断壁的深切河谷中匆匆穿行。昆仑山像被拦腰扯了道口子，不情愿地分列于东西两边。

远处的雪峰隐隐可见。"雪山，雪山！"他们激动地叫起来。那样陌生，又那样熟悉，仿佛在梦里见过，姑娘们都要落泪了。跨过西大滩，穿过惊仙谷，随着海拔升高，人越来越脑胀，昏然中汽车戛然而止。

"昆仑山口，海拔 4667 米。"路标高昂着头，四处一片荒凉，寒冻风化作用使高山裸露的岩石机械崩解而成石海、石河、石冰川。一个个冰丘横卧在路旁，零星的高原植物在烈日与寒风中摇曳，远处爬来的汽车，像人在咳嗽。下得车来，寒意逼人，昆仑山口，寂寞空旷，无声地袒露着它的怀抱，东进处就是巍然的冰峰。

汽车拐过一个山口，引来一片欢呼。迎面岿然挺立着一座山峰，这便是登山队员们梦的归宿——玉珠峰。曾几何时，他们趴在桌上，对着地形图，在心中描摹它那绰约的情影；每每看到雪峰的照片，总忍不住拿它的形象做比：如今，它就在那里，在巍巍苍山中独秀，在绵绵白云下生辉。大家激动地簇拥在一起，高举北大的旗帜，跟玉珠峰合了第一张影。玉珠峰，北大山鹰社攀登的处女峰。

玉雪溪边汲水

车过昆仑山口，开了好长一段，13 点抵达海拔 4800 米的过渡营地。过渡营地设在一条小河边，海拔 4110 米，距离公路不到 6 公里。后来队员们称之为头疼滩。队伍在这停留两天，一边适应高山环境，一边侦察路线。南坡下是开阔的高山荒漠地带，地势平缓。靠近山脚的地形较复杂，河谷和山地交错。这一带也是动物活动的场所。

刚下车，好客的青藏高原便给这些东方来客送上一份礼物——雪花。半小时前在昆仑山口还是一片艳阳天，忽然间乌云密布，白白的雪花夹在风中，阵阵寒意袭来，队员们急忙加衣服，迅速从车上卸物资、建营地。一片平坦河谷上的三顶小帐篷，便是他们暂时的家。李蓉、何丹华和李欣在淘金人挖的坑上建了厨房。

雪过天晴，一片宁静。在这孤独的世界里，几只野鹿在远处奔驰，一群黄羊在东张西望，山鹰在玉珠峰上盘旋。

然而高原到底是高原，从海拔2800米到4800米，再加上紧张忙碌，高山缺氧使队员呼吸频率明显加快，有的人心跳竟达每分钟120次。11名队员中，除了教练熊继平和藏族队员拉加才仁，其余都高山反应强烈。又饿、又冷、恶心、乏力、头痛不止。煮一锅面条花了近一小时。9名队员先后躺进帐篷，朦胧中接过递来的面条，白铁罐头盒里的面条稠糊一般，夹杂着未洗过的莴笋叶，糊里糊涂送进肚里。

吃完饭，整理营地。不久，夜幕降临，大家来到溪边，举头仰望，星光灿烂，玉珠峰洁白、险峻、遥遥在望……队员们不禁想起马洛里的名言："它就在那里。"

次日清早，高原送来第二份礼物——头痛。大家简直无法活动，几个反应较轻的主动打水做饭。教练熊继平见队员忧心忡忡，说："不用担心，过两天就好了。"

熊继平说得不错，高山反应就是如此，来的时候很凶猛，让人有欲死的感觉，但只要乐观，不放在心上，挺一挺，就过去了。

藏族队员拉加比较适应这里的气候和环境，学的又是生态与环境动物专业，一大早，他就扛上一把冰镐，背上背包，带着干粮到营地附近考察，回来时带回一些植物和昆虫标本，引得大家围观。

这次活动，除了登山，每个人还有自己的科考任务。说起考察工作，朱小健感到遗憾的是，由于天气、身体等各方面原因，没能更多地出去采集标本。拉加更是感慨万千，认为要很好地对那一带动物资源进行调查，需要足够的时间和考察的基本工具，而登山队只在那儿待了9天，在这9天里，他既是后勤人员，又是登山队员。初次到海拔那么高的山上，高山反应使人疲惫不堪，只能在很小的范围内活动，在大本营附近做些力所能及的观察。有些考察工具根本没能力准备，考察野生资源受到很大限制，如黄羊和原羚，长期的捕杀使它们对人类有高度的警惕心，没有望远镜，无法进行观察。但队员们没有放弃考察，也没有抱怨，带着对大自然万物始终如一的好奇和对野生资源被破坏的深深忧虑，在荒野中、冰川下采集标本，寻找动物的踪迹。

在高海拔、人迹罕至的玉珠峰脚下，许多高原特有动物种类，从海拔低、草类较丰富的地方流落到高海拔、草类稀疏的冰川、河谷地带，依旧遭到捕杀。怎样在人类文明发展的同时，又使这些野生资源得到实在的保护呢？这次的经历，使他们从内心真正地思考世界共同面临的这些问题。他们觉得要保护某一种野生动物，就应对它的形态、行为特征、生态有了解。也许他们不会专职于此，但这使命属于每一个人，每一个人都可以在自己的位置做一份努力。

拉加克服不利条件，做了不少记录。他观察到青海大型哺乳动物，黄羊是最多的一种。8月19日黄昏，离大本营不远的河边有3只黄羊汲水。8月21日向玉珠峰脚下开进，沿途看见6只。26日，清晨，有十几只在大本营所对的坡上走过。它们经常是在山脚下的碎石陡坡或冰凌物之间觅食稀疏的草类。羚羊和牦牛都没观察到。听附近的淘金人说，有几十只羚羊和十几只野牦牛在玉珠峰下的河谷地带活动，他们也在附近捡到一个完整的羚羊头。接近雪线，牦牛的头骨很多。

野驴，只在 27 日早晨下了一场雪后，在离大本营四公里处见到两只。它们体型高大，奔跑迅速，可与马相媲美。这一带有很多的野驴粪，附近的采金人以这些动物粪便做燃料。野驴粪和野牛粪虽很多，可都不是新的，野驴粪至少是两三个月以前的，而野牛粪则至少是半年以前的。有狼，不是很多，一般在海拔 5100 米的河谷里。相对来说，啮齿目动物就多些。小型鼠类对土壤植被被坏很大，1 平方米的地面几乎有 10 个老鼠洞，洞穴往往在比较大的植被下面，这样可以弄到食物。松鼠科的大耳鼠兔常在视野中出现，它们活动在冰碛物[1]中，非常敏捷。黄嘴山鸦和雕常在大本营上空活动。淘金人在雪线附近看见过有雪鸡生活，队员们只发现了雪鸡的羽毛和一只雕鹰的翅膀。

野生动物类的量、周围发现的骨块及水滩上留下的纵横交错足迹，表明这一带有丰富的高原野生动物资源，可看见的实物及新的足迹寥寥无几，什么原因呢？值得深思。

3 名女队员李蓉、何丹华和朱小健高原反应较轻，主动负责后勤工作，一碗碗热腾腾的面条亲自送到每个人手中。何丹华，北大地球物理系天体运动专业 1988 级本科生，曾在怀柔杯攀岩赛中获第六名，首都高校首届攀岩比赛中获第二名，第二届地矿杯攀岩比赛获第五名。这次活动，她本来有宏伟的研究计划，但是在系里、老师宿舍和物理大楼之间不知跑了多少遍，借气象仪器未果。朱小健，也是 20 岁，生物系 1988 级本科生，1990 年 3 月报名参加山鹰社，在本次活动中负责文字记录工作和

1　在冰川堆积作用过程中，所挟带和搬运的碎屑构成的堆积物，又称冰川沉积物。

财务管理。

21日早，根据前一晚的决定，熊继平、曹峻、谢如祥和朱小健背负50公斤食品向距离过渡营地6公里的BC[1]进发。拉加、张为、李蓉与采金人联系租用他们的拖拉机拖运登山队的装备。

曹峻、谢如祥等四人走过长长的河滩和两公里长的山谷。走在河滩上，天还是好好的，一进山谷，就下起雪，大雪迷住视线，路越来越难走。这条山谷是古冰川谷，谷里全是变质岩的碎石堆积，融化的雪使石块变滑，松动的石块使行走蹒跚。四小时后，推进到海拔5200米高度，稍事休息，补充食品。考虑到队员体力不佳，又要负重行军，熊继平决

1　攀登雪山通常耗时较长，在汽车不能继续前进的时候就需要沿途设置营地来住宿或者躲避风险。按照海拔从低到高，依次是：BC（Basic Camp，大本营）—C1（Camp 1，1号营地）—C2（Camp 2，2号营地）—C3（Camp 3，3号营地）……最高一个营地也叫冲锋营地，是登顶前的最后休息营地，这个叫法不常用，通常都用C1，2，3……来代替。

BC一般设立在公路边，汽车可到，方便运输或者存放登山所需的所有物资，再往高处去就是登山营地了，即C1，2，3……在8 000米山峰攀登中，BC大本营和C1之间还可能设有ABC（Advanced Base Camp，前进营地），作为登山主要活动的场所，在畜力所能到达的最高点，再往上就需要全部依靠人力了，相当于5000—7000米山峰攀登的BC。

以珠峰攀登为例：BC海拔5200米，卡车可到。ABC海拔6500米，主要物资靠牦牛从大本营运输，主要登山活动在ABC展开，攀登队员只有休整时才去BC。在攀登初期，BC和ABC中间海拔5800米处还会设置过渡营地，为队员适应海拔使用，适应后这个营地随即撤掉。

各个营地的叫法并没有统一标准，但在某些成熟的山峰，各营地叫法按照某种惯例称呼，比如珠峰C1，也叫北坳、7028；C2虽然分布在7500—7800之间，但俗称7790。

定曹、谢在原地建立小食品站，待大部队向大本营挺进时取走，自己与朱小健继续前行。两小时后，确定大本营位置，两组人会合下撤。回到营地，得知淘金人同意次日 10 点帮助运送装备。

是夜，风疾气寒。李欣因感冒而高山反应强烈，呕吐，发烧，直说梦话，把李蓉和何丹华吓坏了，不敢睡死，不时地给他敷冷毛巾。另一队员大胡亦身体不适，一直昏昏然。

22 日必须拔营，直插玉珠峰脚下，李欣与大胡怎么办呢？曹峻决定李欣和大胡搭乘淘金客一辆正好出山的车，撤往纳赤台兵站（海拔 3700 米）吸氧治疗。必须下撤治疗这一点，李欣很清楚，可心里毕竟不甘；不撤，又有什么好法子呢？还需要人员陪送他俩下撤。谁去送？返回如何联络？这可是大问题。谢如祥说："我探过路，知道路线，可以顺利地找到你们，我去送。"李蓉也提出："我是医师，他们需要我，山上队员身体较好，可由何丹华负责保健。"

上了卡车，李蓉木木地坐在跟前，望着三顶帐篷发呆。车开的一刹那，她摘掉那副大镜片眼镜，不住地揉起眼来。这一走，谁知还有没有机会重上昆仑山呢？几多波折、几多梦想，几多泪水。想到剩下的 7 名队员所肩负的重任，想到这里变幻莫测的环境，谢如祥的眼睛也湿润了，而李蓉早已泪流满面。谢如祥，人称"小谢"，1969 年生，广西全州人，北大 1987 级构造地质专业本科生，中等个头，不胖不瘦，显得很精干。他曾获第三届全国攀岩赛获亚军，第四届男单亚军，石油杯高校攀岩比赛男单亚军。说普通话时带有很重的家乡口音，指导攀岩时冲打保护的人喊"xiū xún! xiū xún!"（"收绳! 收绳!"）常常引起大笑。他是这次活动的队长，具体负责对外联络工作。

留下的只有千千祝福：

"熊大哥，无论如何要带一个北大队员登顶。"

"曹峻，你们多保重。"

听着这些话，曹峻的心很沉很沉，感到肩上很重很重。他才20岁，就要挑起这个重担。当然，在山鹰社后来的30年里，每次攀登雪山，挑起这个重担的大多也是这个年龄。

这次来登山，许多队员不能参加，特别是高新东和蒋永军两人不能来，当时还有个"长征"远足计划，设想暑期沿当年红军长征路线进行社会调查，由他俩负责。他俩为此做了积极筹备（包括资料和赞助），搞过两次练兵活动。他们为社里做了许多事，在计划夭折后，却没能来登山。现在又有队员因身体不好要下撤，曹峻怎么能不急呢？他虽然是社长，但在这些队员中，除了何丹华，他最小，也是低年级学生。谢如祥是登山队长，李欣是前任社长，他们都要撤。重担就落在他身上。

这时的曹峻还有点嫩，但在山鹰社历史上，他是个重要的人物，其影响贯穿山鹰社30年历史。他是北大1988级经济地理专业本科生，1970年出生在湖南津市。津市，东近洞庭之水，西扼湘鄂诸山，南接武陵群峰，北临江汉平原。虽然两面群峰峻岭，但当地最高山峰白云山海拔只有343米，高山和雪山他仅在地理书上见过。据他自己说，当时看到登山协会成立招新的海报，完全是因为招募现场就在他宿舍隔壁，否则也许就和山鹰社擦肩而过了。

他永远记得那个周四的下午，体能测试，内容有100米、1500米、握力和引体。他去的时候，李欣和刘劲松已面试了许多人，他是第89个。这次报名的有二百余名学生，经过体能测试，选拔30多人组成北大登山队。曹峻入选。成为登山队员的标志是拿到一张像图书馆的借书卡一样的卡片，上面印有小篆字体的"北大登山协会"印章，他的编号是 79，跟他高中时的班号相同。从后面的历史看，他的入选是山鹰社的一个重要事件，他后来以自己的理想和行动影响着这个社团的发展方向，成为这个社团优良传统的主要开创者和代表者，是这个社团长久发展并且兴旺发达的决定性因素之一。

他知道这一切都来之不易。那时在李欣等老队员的领导下，没有经费，就自筹。生活费只有 30 元/月，到野外训练，带简单的干粮：馒头、咸菜等。没有装备，男生常穿军大衣睡在干草中过夜；有女生参加野外活动才尽量借帐篷。冬训更是艰难。1989 年 12 月，曹峻等 19 人只有 8 条睡袋，却要进行三天三夜的"冬训"。第一天在十渡河边支起两顶帐篷，分批轮睡，每组 3 小时。从地质系借来鸭绒睡袋，没有防潮垫，毛衣垫在下面也不管用，湿气从下往上渗。不睡的人在帐篷外围着煤油炉取暖。第二天，到六渡，找到一位军属老大娘，送给她北大 90 周年校庆的纪念火柴。在大娘那儿，才睡得舒服。

上午 10 点，热情的淘金人开着一台手扶拖拉机准点到达，队员们拿出罐头和自己烧的奶茶招待他们。拖拉机小，人多、物资多，曹峻、拉加和谢劲松随车护送辎重，其余人从近道走过去，内队人马在玉珠峰冰川前舌的河滩上会合。一小时后，车离开大路，向河滩开去。河滩上的土松软，拖拉机常常打滑。路越来越陡，拖拉机时而喘几口粗气，费力地转动轮子，队员们不得不轮流推车。

与此同时，熊继平、张为、朱小健、何丹华四人沿 21 日的侦察路线步行，三小时后抵达小食品站，短暂休息后背上食品站的全部食品继续前进。离冰川 4 公里处，一条小河挡住去路，水不深，但很急，他们往水里扔石头，准备踩石过河。刚要迈步，水突然变大，一下子淹没河心的石头，河床迅速加宽，上游 1500 米处可以看见一个小洪峰移过来，熊继平果断决定：涉水过河。河水刺骨地寒，他们手拉着手，顶住急流的冲击，终于在洪峰到来之前踏上对岸，脚已冻得通红。短暂休息，继续前进。17 时许，两队人马在玉珠冰川前舌的河滩上会合。一小时后，建立大本营。大本营位于海拔 5030 米，距过渡营地约 13 公里，离玉珠峰脚下的冰川 2 公里的河滩，拖拉机、越野车在天气较好时可到达。

23 日早，送走淘金人，开始紧张的营地生活。谢劲松负责整理营地物资，张为和朱小健负责后勤，在一条小溪旁挖个坑，用来蓄饮用水，并将其命名为"玉雪溪"。于是又一句诗应运而生："玉雪溪边汲水，玉珠峰下安家。"现实生活并不那么浪漫，冰冷的溪水把洗菜刷碗的手冻得近乎僵硬。

吃过早饭，登山指挥熊继平、副队长曹峻、队员何丹华前去侦察路线。从大本营到玉珠冰川要翻过一道冰川终碛堤[1]，那是一个高约 15 米的碎石堆积，松散的碎石使行走变得艰难。好不容易越过终碛堤，看到正对着登山队的冰川，其前舌高约 18 米，右侧有两道垂直于冰川的山脊。选择前面的一道山脊继续前进，山脊坡度 20 到 30 度，寒冻作用使出露的变质岩支离破碎，整个山脊上堆满寒冻碎屑。山脊终端便是雪线（海拔 5500 米左右），通往顶峰的路可以看得很清楚。经过一番仔细观察，侦察队返回大本营。

晚上，曹峻和熊继平询问队员身体情况，大都反应良好，决定第二天早晨，全体 7 名队员带上必备物品，向雪线进军。到雪线附近建立小补给站，然后挑出两名队员作为接应队员从雪线撤回大本营，担任突击

1　终碛（end till，又称前碛或尾碛）是冰川暂时稳定时期在冰川前端的堆积物。由于堆积作用在冰川末端的一定位置连续进行，逐渐加厚增高，常形成弧状冰碛堤，称终碛堤。终碛可以指出冰川停滞的位置和停滞的时间，是冰川地貌中的重要特征。

队员接应工作。

夜，深了；心，却未平静。明天的玉珠峰会怎样呢？

恐怖而银白的世界

24日，阳光刚给大地镀上一层金黄，曹峻再也睡不着，一骨碌爬起来，烧水做饭。一种莫名的兴奋萦绕在每个队员心头。9时整，登山队整装出发，踏上通往顶峰的路。一个半小时后，他们沿冰川边沿登上1号山脊，作短暂休息。这时天空有几片积云在渐渐移动，熊继平提醒队员：过不多久天要变坏，得加快步伐。攀到雪线附近，下起雪来。顿时，周围白茫茫一片，甚至连20多米外的人影也模糊不清。为了尽量避开低雪线，他们绕道而行，无形中路程被拉长了。

接近最高雪线时，由于劳累和进食不够，曹峻体力渐渐不支，提出自己身体状况不太好，要求下撤。刚才咬牙挺进的陡坡路成为漫长的回程。此时下撤，必须有一个队员陪同，朱小健二话没说就陪同曹峻下撤。朱小健生在平原，长在平原，生活的曲线是平直的，一天下午看队员爬32楼，被拉入登山队。她一直留在社里是因为喜欢那种被吊在半空中的感觉和认为一个人一生中总该有些与众不同的地方，总该做些能让自己记一辈子的事，大学生涯不应该仅仅是校园生活。后来记者采访，问她当时下撤的感觉，她很淡然地说："我当时晃晃悠悠地跟到雪线。我想这是图什么呀，真是找死来了。可慢慢地，我觉得还行，还能往上爬，我就跟他们继续走。这时曹峻不行了，我在心里比较了一下，只有我最该陪同下撤，其他人是必须第一批登顶的。下撤的路上，我问曹峻，我们还上去吗？他说肯定要上的。我想，只要有机会登顶就行了呗。"

其余 5 名队员迅速绑好冰爪，继续向顶峰突击。拉加才仁开路，张为与谢劲松结组，熊继平与何丹华结组。雪线之上，是一个银白而恐怖的世界，被雪雾包裹着，能见度越来越低。加下是 30 厘米厚的雪加上 40 多度的坡，每迈一步都十分艰难，冰爪一会儿就沾满雪，走几步得用冰镐将雪敲掉。毛帽和眉毛都已结冰，涂过防晒霜的面部也顶不住紫外线炽烈的辐射。越往上，呼吸越困难。

这是真正的雪山，脚下的雪很厚，加上极陡的坡，迈一步就非使出全身的劲儿不可。何丹华疲惫至极，想，怕是登不了顶了，就这儿待着吧。刚一站住，教练的手就伸过来，那股不服输的犟劲让她说出："我不用拉，我自己走。"教练前后左右照应，抢过何丹华的包，拉着谢劲松，还不时招呼张为。

熊继平清楚地知道，在即将到顶的时候，身体疲乏，山路也最难走，就人的意志来讲，也是最需要忍耐、坚持的关口。这些书生气十足的学子来登山，勇气难能可贵，但更重要的是意志的锻炼，"走啊！""快到了！"他不停地喊。只有拉加不要任何保驾，始终走在最前面。"拉加，还有多远？""拉加，怎么还不到顶？"他成了他们的希望和寄托。

坡变陡起来，队员们抵至玉珠峰卫峰底下。熊继平看了一下高度计：5850 米，又看了看眼前的路：坡度有 50 度左右。他叮嘱大家说："小心点，当心滑坠。"队员们握紧冰镐，脚步迈得更稳。风依然是那么猛，雪依然是那么大，没有丝毫减弱的趋势。离卫峰顶部还有 10 米，大家一阵狂喜。突然，谢劲松一脚未踩稳，身体往后便仰，走在后面的熊继平大喝一声"当心"，张为眼疾手快，一下扑倒在雪地上，将冰镐深深插进雪中，并猛拉结组绳，止住谢劲松往后倒的趋势。

不远处就是卫峰顶部。那是被两个冰斗切成的刃脊，约半米宽，两边都是 60 度的陡坡，稍不小心就有滑坠的危险。拉加、熊继平率先走过去，后面的队员踩着前面队员的脚印一步一步小心地往前走。10 分钟后突击队员平安地越过卫峰，时针指到 16 点 30 分。

卫峰离顶峰只有 300 米。过了卫峰，队伍稍做调整。熊继平与谢劲松结组，张为和何丹华结组，拉加依旧走在前面。风雪更大，大风夹着雪粒，铺天盖地扑过来，打在脸上、身上，眼前是白茫茫一片。行军已七个多小时，队员们每人中途仅吃 8 颗水果糖和巧克力。每一步都是那么艰难，他们紧握着结组绳，不断地鼓励队友"挺住，要挺住"，同时，也在鼓励自己，脑海里只有四个字"一定要上"。

19 点 44 分，突击队员的脚印终于印在顶峰上，他们紧紧地抱成一团，用手和眼睛交换着喜悦。眼泪盈在每个人沉默的面容上。玉珠峰，多少个日日夜夜梦寐以求的高峰，终于被踩在脚下；多少个日日夜夜一直勾画的梦想，终于实现。虽然不见蓝蓝的天，不见山下的平野，但心里的那片天空却比天比地宽广。

与此同时，下撤的曹峻、朱小健于 17 点左右抵达大本营。稍做休息，便开始准备食品，迎接登顶队员。天将黑，饭已做好，菜也洗好，姜汤在炉上热着。他俩不时地用手电一明一暗地与山上联系，直到 22 点左右，才看见回答的信号。曹峻赶紧炒菜，并将茶具准备好。23 点，登顶队员刚回大本营，一碗碗姜汤便送到手中。队员们虽已疲惫不堪，但疲惫很快就被暖暖的姜汤融掉。登顶成功的喜悦和兴奋充满整个营地。

26 日，在茫茫风雪中攀登五个半小时，曹峻、朱小健和熊继平胜利踏上顶峰。

27 日，谢如祥、李欣、李蓉与熊继平一道再次出发，向顶峰突击。20 时许，成功登顶。

苍茫的冰原

时间回放到 8 月 22 日，李欣、谢如祥、李蓉、大胡四人到纳赤台兵站给大胡输氧。李蓉执意要李欣打点滴，可兵站没有。热情的军医周大夫给联系下撤的军车，将他们一直送到格尔木人民医院，在那里进行全面体检和治疗。23 日吃罢早饭，谢如祥严肃地问李欣：情形怎样？还能不能上山？李欣嘴上很硬，说没问题。下午他们去兵站找车，作训科的魏参谋长得知，当即应允他们搭军车上去。

24 日 40 辆军车连成一线，在茫茫荒漠上、在崇山峻岭间扬起滚滚尘烟。车队夜宿纳赤台。四人一同去看几天前给大胡看过病的周大夫，无意间发现两只被打死的野兔，征得同意，李欣和李蓉给兔子剥了皮。这当口，谢如祥跑来叫他们一同去哈萨克牧民家做客。牧民只有一匹马，体瘦毛长，李蓉一个人骑，其他人脱鞋蹚水过河。

钻进蒙古包，牧民热情地招呼他们围着火炉坐下，端上牛奶，递过馍块。他们细细打量这"屋里"的陈设和主人。这是一间再普通不过的流动房屋，地上铺着自家编织的地毯，四周堆着棉被和皮袄，"墙"上挂些零乱的物件；帐篷中央是烤火的炉子，做饭和取暖都指望它；火炉的上方是天窗，白天从这儿采光。正面坐着主人——一对中年夫妇，四周或趴或卧或立或坐的是这对夫妇的 6 个孩子，2 男 4 女，最小的才 3 岁，最大的是个男孩，16 岁，忙进忙出的，看来已是重要劳力。

他们随意找些话题聊，言谈间弄懂主人的生活。他们世居于此，以牧业为生。大儿子抱了把二弦的冬不拉，坐在四人身后，在主人催促和他们邀请下拨弄琴弦，唱起哈萨克民歌。昏弱而清冷的光自天窗倾泻下来，洒在主人布满辛劳的脸上。燃着牛粪的火炉，忽而将跳跃的火苗悄悄地溅出来，少年的弦下、喉间传出的婉转哀怨的曲调，像夜色下小河边的习习微风，将大伙儿一道带往那古老而苍茫的草原……

主人指点李欣他们坐手动缆车过河。深更半夜，他们跳进铁兜，手忙脚乱好一阵，总算"飞跃"格尔木河。河水的哗哗声渐远，可那冬不拉的琴弦还在心头拨弄着。

25日13点半，他们告别车队向山里走去，寻找大部队。荒芜的原野，尽情地向前方伸展，却无力朝两翼推进，起伏连绵、巍峨苍茫的昆仑似两道大堤，紧紧夹持中央狭长的谷地，一切那么肃穆，那么深邃，只有洁白的云朵从冰雪乾坤中溜达出来，在湛蓝湛蓝的天空中轻飘飘地无忧无虑地游逛。

15时许，他们到达过渡营地。此时大队人马已移至玉珠峰冰川下的大本营。沿着侦察路线继续前进，一路上有大部队留下的路标。18时左右，他们行进到一条山谷里，浓浓的乌云压过来，一会儿，一场暴风雪来临，天空一下子暗下来，大片大片的雪花夹在风雪中，把四周遮得严严实实，看不见山，看不清路，路标也找不着。谢如祥虽然探路来过这里，也只能凭感觉领着队伍往前走。就这样走了一个多小时，仍未找着大本营，也看不见玉珠峰冰川。不敢贸然前行，怎么办呢？往哪儿退呢？大家不约而同地想起淘金客，想起他们的帐篷。他们匆匆下到山脚。风夹着雪粒无情地打在脸上，灌进脖子里。许久，雪终于停了，太阳遥远地挂在西边，他们看到了远处山脚下灰白色的帐篷，立刻奔去。

到帐篷门口，他们几乎瘫了。一个戴白帽的老大爷迎过来，招呼他们快进帐篷，人们在"炕上"挪动，给他们腾出空间，又拽过棉被和羊毛袄，让他们赶紧脱鞋上炕暖和暖和。紧接着，四碗热气腾腾的茶水递过来，一篮子烙饼又塞到面前。

他们道出自己的身份和进山的意图，又将刚才的遭遇活灵活现诉说一通。淘金客都聚拢过来，好奇地打量他们，看着这群不知天高地厚的家伙，跑这儿来瞎折腾。

吃罢饭，淘金客一致要求对歌，这把他们难住了。登山队中不乏优秀歌手，可他们不在此列。情急之下，他们将队歌拿出来唱一遍，居然博得阵阵掌声。淘金客中有个长得挺像张艺谋的大哥，嗓子好极，能把歌唱得震天响，还常窜改歌词，逗得大家捧腹大笑。最擅长流行歌曲的要数小马，不单歌唱得好，人也长得秀气。他唱的好多歌，其他人都不会词，只得跟着哼哼曲子。以歌会友，才几袋烟工夫，大家俨然老朋友一般。

淘金客们将自己的经历娓娓道来。他们是青海民和县回民，祖上以务农为生，可地里终究长不出那么多钱来养活越来越多的人。青海山上产金子是全国闻名的，隔壁的湟中县就有许多人靠挖金子发了财。于是他们自发组织起来，开着手扶拖拉机进山。春节刚过，就一头扎在深山里，每天吃的是馍馍就咸茶，没有蔬菜和肉食，连必需的药品也没带够带齐。从海拔 2000 多米一下升到 5000 多米处高山作业，好些人要一个多月才渐渐适应。白天顶着烈日或冒着寒风，一干就十来个钟头；晚上蜷缩在没火的土坑上过夜。

他们大多与队员们同龄，有的比谢如祥还小，可一个个都满脸的风霜。处在这个年龄段，本来应该坐在课堂里，吮吸知识，沐浴文化。但事实是，许多同龄人，为生活计，不得不充当淘金客，将美丽的青春、灿烂的年华抛掷在这人迹罕至的高原野岭。

他们沉默，不敢正视淘金客那灼人的眼神。那目光，在羡慕与渴望后面，饱含着怎样的辛酸和痛苦。

其实，在昆仑山的日夜，接触最多的是山上的这些淘金者：常年待在海拔5000米的高度，伴随他们的是寒冷与寂寞。这是一群被社会遗忘，与历史毫不相干的人。他们默默地向雪山索取自己的希望和寄托，生活的艰辛难以想象：住的是拥挤而透风的帐篷，一天劳动下来吃的是茶水就馍馍——馍馍硬得足以打死人，蔬菜是极难见到的。就是在这样的条件下，他们从事着繁重的体力劳动。队员们抓起筛框，想体验一下他们的生活，没摇几下，就已呼吸急促，头晕目眩。

队员们初走进淘金者"部落"，心里不免有一丝恐惧、戒备，但总是出乎意料地受到热情的欢迎。他们对队员们带在身上的种种小玩意充满好奇，却从不索要。他们纯朴、正直，也自尊。当队员们伸出求援之手，他们那样真诚地给予帮助。维系这一切的，不是虚伪，不是私利，是正直真诚的人性。

无论是他们的吃苦精神，还是顽强的意志以及协作精神，都深深地打动了队员们。更为可贵的，是他们的乐观主义精神。他们的生活，有一种真正男子汉的豪放和悲壮。尤其是在空旷无垠的高原上，在寂寥忧伤的雪山脚下，在狂风肆虐的寒夜里，听到那如泣如诉的管弦声，或是那热烈如火的合唱声，总令人不由自主地从心灵里升起一种感激之情——生活着，是多么美丽。

想起这些，他们久久不能入睡。

26日，他们在淘金人帐篷里吃了李蓉煮的从纳赤台兵站带来的兔子，精神多了，李欣、谢如祥和李蓉直奔玉珠峰。大胡因身体不适留在淘金人的帐篷。

走着走着，突然，谢如祥叫起来："路标！"一个盛满石子的罐头瓶上垒了一大块石头，指着队伍的方向。这下有指望了。他们收拾起喜悦和兴奋，急急地向前赶路。翻过几道山梁，终于看见河谷中、山脚下那三顶可爱的帐篷。

他们仨这时都冷静得出奇。曹峻他们情况如何呢？登顶了吗？经过这番折腾，他们仨还跟得上吗？凭着肚里的几块兔肉，他们拿定主意，先上雪线看看，再回帐篷，检验一下自己究竟有没有实力。虽说有些吃力，可他们自信心相当强，没多久就顺利到达雪线。上了雪线就仿佛迈进梦的门槛。然后，他们恋恋不舍地又看了几眼，转身下山。

一下到山脚，远远就见何丹华、拉加、谢劲松和张为迎了出来。拉加不顾河水冰冻刺骨，硬是跳进小河，将谢如祥和李蓉背过去。何丹华一见面就高兴地宣布："我们几个24日登顶了，熊教练今天陪'领导'（曹峻）和小健上去，晚上就能回来。"噢，怪不得一个个神采飞扬呢！他们仨想，他们能上去，我们也一定能上去，而且要比他们上得快，因为我们吃过兔子肉。李欣接着请拉加和何丹华去淘金客那儿说一声，让他们放心，再把大胡接回来。

22点多钟，曹峻三人登顶后陆续回来。这晚，大本营的喜庆气氛格外浓烈。

27日8点半，他们仨都醒了。谢如祥先爬出去，李欣和李蓉懒懒地躲在睡袋里，想再眯一会儿，可恶的谢如祥高一声低一声地叫喊，直到李欣不得不从帐篷里跑出来才住嘴。李欣乍一露头，先是一惊，进而迸出一句："好一派北国风光呀！"眼前苍山寂岭、旷野荒原，一夜间披上千尺白纱。素裹银装，不见一点修饰，不显半分妖娆，那般宁静而悠远，那般空旷而雄浑。太阳露了一下脸，不及抛洒遍地金辉，就慌忙躲到积云后面去。三人武装好后走出一段路，又被不放心的熊继平追回来，只得回到帐篷中。天气变幻无常，实难预料。

13 点多，晴日当空，万里无云。顾不得大家的反对，他们仨重新披挂整齐，再上征程。曹峻背上李欣的背包，坚持要送到雪线。他们人手一把冰镐，向前急赶。曹峻穿了雪地靴，前一天又突击顶峰，很快就体力不支，李欣只得把包换回来，别看包里只有三双鞋，却有近 10 斤的重量。上到 5000 米，他已汗流浃背，如负石牛。赶上来陪同他们冲顶的熊继平见状赶紧将包背过去。这会儿，李欣肚里空空，穿着又单薄，身上开始凉起来。他心中不住地念叨：快上，快上，到了雪线好登顶，登完顶就下山喝姜汤去。这个念头竟成了精神支柱。

到达雪线，换上登山靴，吃两块巧克力，抹上满脸防晒膏，他们又急急向前进发。到顶，还有一半的路程呢。熊继平没有登山靴，穿着"加利加"一溜烟跑到前面开道，不一会儿就把他们甩在后面。李欣起先还有心跟，不到 50 米，就泄了气。再看后面那俩，倒是难姐难弟，深一脚浅一脚地往上挪。

雪地反射的阳光太刺眼，戴着墨镜仍能感知它的灼人。远近左右，只有茫茫的雪。浑身的气力，似乎只能够维系短短的一瞬。迈几步就得将冰镐插到雪地里，双手挂着，大口大口地喘粗气。喘几口粗气，赶紧在前方看准一个小目标，憋足劲儿赶到那儿再歇口气，不坚持到目标不停下。

好不容易上到张为、何丹华他们称为"滚死虫峰"的地段，果然比较险峻，陡峭的刃脊才一米多宽，构成联结两个山坡的要道。这里的风也格外凶狠，狂风卷着雪粒拼命抽打，本来已喘不过气来，又碰上这种"讨命风"，必须掉过头来背风吸吸气，才能再接着走。过了山脊，在冰镐上坐会儿。离目标不足 200 米，他们已是累死过几回，只能死盯着前方，机械而笨拙地挪动脚步，谢如祥和李蓉走着走着就忽地栽倒在雪地上，喘半天气，又重新爬起来。只有此时他们才真正品尝到登山的滋味，才深深地体会到什么是登山。

时针过 8 点，他们终于站在峰顶。举目四望，满眼苍茫，风雪之中，隐隐能看见跟前的两座银色山峰。"我们成功了。"三人相拥在一起，同声迸出这句话。

也是 8 月 28 日，吃罢早饭，拉加与何丹华去接大胡，步行三个多小时，10 点左右到达淘金客帐篷，告诉他们谢如祥三人已安全返回。他俩要把大胡连夜接回营地，淘金客挽留，但见拉加几个归营心切，不好勉强。结果，风雪寒夜中，拉加他们迷路了，在冰天雪地的荒山旷野里愣是坚持一夜。拉加一宿未合眼，围着大胡和何丹华两个转圈，拼命地给他俩搓手搓脚。第二天早晨才返回。下午，他们投宿的淘金人帐篷的戴白帽的大爷和一个大胡子专程赶来，探询拉加等人的情况，得知安全返回营地，才放心回去。大家深为拉加他们那个风雪夜感到后怕，同时又深为淘金客的质朴和善良所感动。就如张为说的："我们来到昆仑山，虽没有淘到一粒金子，却淘到金子般的心。"

29 日晚些时，熊继平、李蓉、谢如祥和李欣背上剩余物资，带上照相机，赶到金客的帐篷里联欢。队员这边熊继平领衔主唱，淘金客则亮出拿手好戏：大队长说快板，副队长玩杂技，大师傅（厨师）唱起青海花儿。玩到深夜，才尽兴睡去。

外面风声如箫。那夜格外迷人。

玉珠峰活动圆满结束了，皆大欢喜。只有熊继平带有遗憾，说没有把大胡带上山顶。北大张学书副校长代表学校为登山队庆功，在食堂摆了两大桌，高新东喝了一瓶二锅头，写下《昆仑行吟》：

并不是为了到一个孤独的世界去寻找寂寞

所有我们志于的事业

不免从艰难的跋涉开始……

1990 年玉珠峰登山队队员名单（年级 / 院系 / 职务 / 绰号）

谢如祥：1987/ 地质系 / 队长 /"小谢"

曹峻：1988/ 城市与环境学系 / 副队长 /"领导"

熊继平：贵州省建筑设计院勘察分院工作人员 / 登山指挥

李欣：1986/ 地质系

拉加才仁：1988/ 生命科学学院

谢劲松：1987/ 地质系 /"大谢"

何丹华（女）：1988/ 地球物理系 /"壮壮"

朱小健（女）：1988/ 生命科学学院

张为：1989/ 清华大学建筑系研究生

李蓉（女）：贵州省人民银行计划处工作人员 / 队医

胡东岳：北京大学出版社工作人员

雪山奏响国际友谊颂

——1991 年慕士塔格

攀登什么高峰并不那么重要，重要的是与这群哥们儿一起攀登。

"山鹰和雪豹"

山鹰社的发展从来不是一帆风顺的。

山鹰社从第一次雪山攀登归来，就存在着一个比较严重的问题，即毕业队员如何继续雪山攀登及与山鹰社的关系。山鹰社创始队员大多是即将毕业的同学，这一问题显得格外尖锐。偏偏在这个时候山鹰社没有做好准备：心理上的、观念上的、制度上的和组织上的。

1990 年 8 月 30 日，从玉珠峰回到格尔木，离开学还早，谢如祥记得 1988 级队员曹峻、拉加才仁、朱小健等都决定直接回学校，只有他和李欣、张为决定陪熊继平、李蓉在青海多玩几天再回北京。在青海湖、天峻草原的一路上，他们徒步、露营，流连忘返，心里寻摸着以后还得年年出来登一次山。李欣已经离校,谢如祥和张为第二年也毕业,往后总不好一直在北大登山队占名额。玉珠峰活动已经让1986、1987级同学作出牺牲,尽量将名额让给1988级队员,确保山鹰社登山经验的延续。大家认为必须另外成立一支队伍才能解决这个矛盾,还得起个比较牛的名字。天上飞的已经有"山鹰社",那就只能是起地上跑的,李欣灵光一闪,"就叫雪豹队吧",熊继平马上赞同,说他前几年登山见过雪豹,这名字很对路。大家决定成立"中国雪豹登山探险队",由李欣担任队长,谢如祥为攀登队长。

回到北京,学校还没有开学,李欣迟迟不想去上班,谢如祥跟他整天待在张为的清华研究生宿舍里。琢磨怎么实施"雪豹计划",一没有组织挂靠,二没有知名度,怎么到外面拉赞助。自费,以当时的工资水平,不吃不喝一年也不够出去一次。大家想到一个两全其美的办法:1.前期借用北大名义寻找赞助,对外叫"北大雪豹登山队",用山鹰社资料写计划书,如果成功组织一两次活动,以后慢慢有知名度,也有了一定经费,再找一个组织挂靠,当时想到的是中科院刘东生教授(地学部负责人)牵头的中国科学探险协会,况且崔之久教授跟刘教授也很熟,应该问题不大。2.毕业队员总比在校队员路子宽,没准雪豹队可以拉到赞助,而山鹰社拉不到呢。玉珠峰活动就是靠张为这个外援拉来的赞助。这样还可以带山鹰社队员去,错开登山时间,共用装备,多花不了几个钱,还能保证血脉延续。3.如果山鹰社拉到钱,就借用山鹰社装备登山。前提是要跟山鹰社捆绑在一起,山鹰社必须积极配合"雪豹计划"。

9月开学,山鹰社利用32楼攀岩和三角地橱窗吸收了一批军训一年回校的1989级新生。何丹华成为山鹰社第三任社长,谢如祥因耽误了毕业实习推迟一年毕业,没有任何课程,社里主要事务就落在他头上,成为实际上的负责人。他在北京科技大学上学的表弟唐战军也整天耗在山鹰社。

投入精力多,参加社里日常活动的人也就多起来,正是这个阶段入社的很多人为山鹰社后来的成长和规范起到关键作用。

"吃苦"之道

1990年,美国人曾山(Jon Otto)来到北京留学。他还想做些别的事情,那就是户外运动和攀岩。曾山知道,中国有很多山,不管怎样,他都应该走出北京大学的围墙。

一个朋友给他介绍了山鹰社。他已经记不清第一次与北京大学登山队朋友相见的情况。他认为应该是在山鹰社练习攀岩的宿舍楼。这栋毫无特色的四层高红砖宿舍楼中心有一条伸缩缝,一条对练习胀手(hand jam)和胀脚(foot jam)堪称完美的裂缝。一般来说裂缝攀岩难免痛苦,攀登这条裂缝则让人异常痛苦。可山鹰社队员反复攀上裂缝,对所谓的痛苦看起来无动于衷。他们穿着简单的平底薄帆布"解放鞋"。锋利的砖墙边缘给他们的脚侧面留下伤口,手背同样伤痕累累。曾山当时也试着攀爬那条伸缩缝,尽管技巧足够,可几乎无法忍受把手和脚塞入裂缝带来的疼痛。这是曾山多次经历中国人所说的"吃苦"体验的第一次。

曾山开始经常参加山鹰社的活动,并和很多成员成为好朋友。在他看来,这是一个充满热情、作风粗放的草根组织,正是他喜欢的类型,可谓气味相投。技巧和知识的欠缺,他们会用创造力补足。缺乏设备,他们就因陋就简。他们的吃苦能力真的是一门艺术,也是在这个群体里生发出来的一种骄傲。都是没什么钱的学生,可登山又需要花钱,所以,需要把事情安排得花费尽可能少、把资源用足。这些吃苦的原则让曾山心悦诚服，他认为这能塑造一个人的性格和意志力。

当时最受欢迎的攀岩场地是北大附近一个名叫 309 的小型采石场。山鹰社只有一条磨损严重的动力攀登绳。曾山记得 1991 年春天的一天，他们在 309 攀登，那天的经历强化了他对攀岩绳强度的信念。那条绳子的外皮有两段已经被彻底磨掉，露出好几米内芯。当绳降一位攀爬者时，需要两三个人通过 "8" 字环保护器 "伺候" 绳索，否则，绳子就会在保护器上卡住。他注意到，绳芯有三股也断了。他非常担心，找个借口不爬那条绳子，怕它会崩断。大约 10 个人用过那条绳子，并没出问题，曾山才松了一口气。那条绳子那天没断，不过他还是建议，该买条新绳子。

曾山认为山鹰社那时实际负责人是谢如祥。这个在乡村长大的汉子身体强壮，是个天才的攀岩者。曾山曾在密云见过他轻松自如地徒手攀上一面岩壁去设置顶绳。说到徒手攀，有一次，他们决定练习结组攀登。一群人乘坐公交车来到北京西山，找到一面低角度岩壁（可能有 60 度左右）。所有人都连在一条绳子上练习 "行进间保护"（running belay）这种攀登方式。他记不清到底有几个人串在那条绳子上，可能是 6 人，也可能是 8 人。曾山不敢领攀，曹峻一马当先，作为先锋[1]攀登者，他不时在裂缝上设置保护点。其余的人全部跟随而上。任何人滑落都会让其他人也随之滑落，曾山怀疑保护点是否能撑得住。即便有一个保护点撑住，一组人都会滑落很长的距离，沿着岩壁滚落非死即伤。那天，大家

1　先锋，来源于 "先锋攀登"。"先锋攀登" 指在路线上预先打好若干个膨胀铆钉和挂片，攀登者在攀登过程中一边攀登一边将快挂扣进挂片作为保护点并扣入主绳保护自己的运动形式。在山鹰社雪山攀登中，一般指一种特定的通过方式，即走在最前头，通过下方保护，沿途建立保护点，用以固定绳索修路或建立上方保护站。

都很开心，因为没一个人跌落。

曾山的宿舍在三层。一天深夜，探访时间已过，他被叫到前大门。在那儿，有两个保安神情严厉地抓着唐战军。唐战军说有很重要的事情要告诉曾山，就从宿舍楼一侧爬上曾山宿舍的窗口。那是个还没有手机的时代。令人遗憾的是，他被抓住了，保安们言之凿凿地告诉曾山，他是个窃贼。曾山解释清楚两人确实是好朋友，他也不会偷窃任何东西，保安们才放了唐战军。消息的内容是什么可能并不多么重要，传递消息更多的是攀爬一栋建筑的借口。

登山队决定1991年暑期攀登慕士塔格峰。为了训练自己，安排1991年1月底2月初攀爬小五台山。这是当时冬季组织的最大的一次活动，时间长，天气冷，平均气温－20℃。队长是谢如祥，前站是高新东和雷亦安。筹备后勤物资的有蒋永军和朴霆。北大党委副书记林炎志出任这次活动总队长。队员共30多人，主要人员有吴昊、李锐和徐纲等。社外人员有：体教冉老师（摄像）、中文系伍皓（校刊记者或广播站记者）。有人建议，30人太多，不是旅游，容易出问题，后来人员未减，分为登山、科考、社会调查、后勤四组。登山组组长谢如样，组员有曾山、李锐、徐纲等；科考组组长唐战军，组员有朴霆、袁洪等。但活动分工并不明确。五台山计划得到北京蜂王浆厂实物赞助。

那可能是曾山一辈子经历过的最冷的日子。所有人都没有足够的衣物，而且衣服颜色不一，是一支真正的"杂牌军"。当时社员都以"农民"相称，都深谙吃苦之道。在去往小五台的火车上，车厢内过度拥挤，有几个人只能站在车厢连接处，任由灌入的冷风不停抽打。开始步行攀登顶峰的早晨，一个叼着烟袋的当地老人拦住去路，因为担心队员们的安全。他说，山上住着一个魔鬼。结果，"魔鬼"确实以冻伤的方式找上他们。李锐的耳朵被冻透，暖过来后，坏死组织像黏液一样垂下5厘米，还有其他一些无大碍的小冻伤发生，让曾山惊奇的是，没出什么大事。

冬训前，山鹰社不是很有名气。这次冬训后，山鹰社影响大大地扩大。

"扫楼"行动

五台冬训结束，唐战军和白福利、曾山一起开始筹划赴新疆参加国际登山节攀登"冰川之父"慕士塔格峰的活动经费筹集工作。

为了要筹集到登山所需要的经费，他们制订了一个扫楼计划，主要针对当时外企比较集中的国贸、京广中心、发展大厦等写字楼，拿着中英文登山计划书，挨个上门寻找赞助，见钱要钱，见物要物。公司无法赞助，当即请求个人赞助。每周会根据各自的课表情况排班，以电话黄页中目录顺序安排扫楼工作，回来把结果记录在值班日志本上。大多数情况下，都会被人婉拒，偶尔也会有些外企高管非常友好，说企业没有这方面的市场费用，但个人可以赞助一点，表示对这种精神的支持，于是便有一些200或300元的现金赞助。当时外籍高管拿的是外汇券，汇率比人民币要高，而且在友谊商店可以购买进口电器或其他商品。每每碰到这样的案例，他们都如获至宝，晚上回来就跑去南门外的"甲天下"吃一碗炒米粉犒劳自己，赞助的钱则一文不少地交给财务总管统一保管。

唐战军与曾山还闯进在长城饭店举办的驻京外事机构酒会，丽都饭店一个老外把美富国公司（经营旅游装备）的曾志诚（曾漂流黑龙江）介绍给他们。恰好曾志诚曾与北大出版社的刘冰一起漂流，而唐战军又熟悉刘冰，于是谈得很投机。不久唐战军、谢如样、曾山三人空手去该公司，背回三大包东西，有小水壶、气垫、小弯斧、砍刀等，还有公司赠送的 10 盘空白录像带。有一天，他们外出后忘了携带电话号码名录，但唐战军有过目不忘的神奇记忆力。曾山问他："某某公司的某某人的电话是？"唐战军总能从记忆里准确调出信息。

这个工作持续将近两个月，直到 5 月下旬，在京广中心 27 楼走进可口可乐公司大门才大功告成：1991 年新疆慕士塔格峰和 1992 年西藏念青唐古拉山攀登，山鹰社得到可口可乐的赞助。这是山鹰社最为幸福的两年，除了有登山费用赞助外，还经常能喝到免费的可口可乐汽水。

最终可口可乐赞助 30000 元和相关的饮料等物品，还有建伍株式会社提供通信步话机设备，松下给了摄像机电池，日野汽车株式会社社长以个人名义给了 1000 元兑换券，KODAK 和标致汽车企业驻京机构领导以个人名义给了些钱或企业协助，总计 56000 元左右。

此时各部不完整，理事会也不常活动，没有办公室，就以谢如样的房间为基地。登慕峰之前，曹峻为社里申请到第一间办公室——34 楼 138，主要是存放攒下来的一些登山攀岩装备。登慕峰前要开新闻发布会，曹峻在 37 楼某房间剪发布会横幅上的字，恰好房产科一位姓丁的老师检查房间的清理情况，便问为什么待在里面，曹峻随口回答说团委活动没办公室。丁老师说："那你们打个报告上来吧。"于是便有了山鹰社的第一间专用办公室。

前期攀登

选择新疆的"冰川之父"慕士塔格峰作为 1991 年暑期登山目标，还是崔之久教授的建议，他的冰川研究就是从这里开始的。选择的理由还是高度与难度两个要素：要有高度，但不能有太大难度与风险。

谢如祥既是山鹰社登山队队长，又是雪豹队攀登队长。李欣跟谢如祥商量，雪豹队和山鹰社都选在这里，可以共用一套装备，错开登山时间。

其实，在李欣提出雪豹计划的设想时，谢如祥说过，我们直接就用山鹰社的名义一起干，何必另起炉灶。李欣说：你不懂，走向社会的毕业生跟校内学生搅和在一起搞社团，这是有风险的。的确，那时学校对山鹰社的态度也不明朗，不小心被取缔可就麻烦大了。

5月，谢如祥和李欣、张为在北京和平饭店再一次与梁先生见面，确定队伍人数15人，赞助金额10000美元只能汇入法人账户。这把三人吓坏了，不能汇入北大，也不能汇入国家登协，最后找到国家体育旅游公司帮忙做接收单位。李欣说，如果山鹰社拉不到赞助，就分些钱给山鹰社做经费。

离校老队员因工作不能去登山，除中国台湾学生外，雪豹队7人名单调整为：李欣、熊继平、李蓉、严竞浮（北大地理系1987级崔之久教授新招研究生）、赵惠生（李欣天津自然博物馆同事）、唐志诚（李蓉的同学，摄影师）。谢如祥是雪豹队和北大登山队的双重身份。

对于两支队伍的登顶目标，谢如祥和李欣做了理想化的安排：海拔7546米的高度，登顶肯定很难，山鹰社登山队以没上过雪山的新队员为主，登顶难度很大，为确保两支队伍都能达成登顶目标，由熊继平带谢如祥务必登顶，这样，即使北大队不能登顶，谢如祥也可以代表北大登山队登顶成功。至于其他队员，看实力情况，尽量带上去一个。

6月底，谢如祥先去新疆联络登协，北大登山队的事就交给曹峻和唐战军。雪豹队其他队员没几天也都到了喀什。

新疆登协在慕士塔格搞登山节活动，世界各地来了十几个队，BC热烈非凡。李欣一如既往地一到BC就倒下，高反严重不得不跟李蓉、赵惠生下撤喀什。余下 8 个人在山上一边适应一边搭建自己的 C1、C2、C3，慕士塔格的雪很厚，穿登山靴走路，每一步膝盖都在雪里，极度消耗体力，看到欧洲和日本队员都是用滑雪板轻松地超过去，把他们羡慕死。建好营地，刚回撤到 BC 休整，新疆登协的金英杰找到谢如祥和熊继平，说韩国队 3 名队员登顶之后体力消耗太大，下撤到 6700 米已经没有力气回来。于是谢如祥和熊继平、金英杰二人重新回到 6000 多米高度救人。把韩国队的队员领回来之后，谢如祥盘算着北大队日程。必须赶紧登山，否则就来不及了，其他队员已经决定放弃登山，说要下山去旅游。韩国队队员回来跟金英杰说，想给 200 美金表示感谢。谢如祥说：我差点掉进裂缝里没命，不是为了钱的，不要。

救援行动的第二天谢如祥跟熊继平出发冲顶。走到 C3 位置，熊继平在这里放了帐篷睡袋的，但已经不见了。往回走已经来不及，就地挖个雪坑，两人靠一条睡袋、一条防潮垫、一个煤油炉，在半梦半醒中哆嗦着度过艰难一宿。天亮之后，又往前走几百米，熊继平说："怕是登不了顶，我们回 BC 看能不能找外国登山队买一副滑雪板。"于是撤回 BC，熊继平脚趾冻伤，发乌，没有知觉，用雪搓 1 个小时才有知觉。

日本队一名队员这天中午掉进冰裂缝，幸亏在 15 米深处有一台阶挡住，队友把他救回 BC。他说这辈子再也不登山了，要卖装备，李欣花 700 元把他的雪板买下来。休息一天，谢如祥要去喀什接北大登山队，熊继半还要用雪板试试。待谢如祥跟北大队再回到山上，熊继平已经登顶回来，他用雪板两天就冲顶了，还回到了 BC。特别是后面 500 米高度，雪厚、路线长，穿登山靴登顶有难度。

后期攀登之一：背着吉他奔向雪山

山鹰社慕士塔格登山队员有谢如祥（队长）、曹峻（副队长，负责技术）、唐战军（副队长，负责宣传、购物和后勤）、储怀杰（管伙食）、高豫功、李锐、徐纲、王鹏、拉加才仁、白福利和曾山。

登山新闻发布会在体教二楼举行，由曹峻主持，唐战军代表队员发言。出席会议的有：可口可乐公司的代表Nana和张晓岩，副校长张学书，登协副主席王凤桐。这是登山队第一次举行新闻发布会。

前往新疆的路途是遥远的，但却又是幸福的，一大群人浩浩荡荡地坐上西去的列车。站台上，主赞助商可口可乐中国有限公司外商代表张晓岩特地前来为大伙送行，大家在绿皮火车前愉快地合影。当时由于经费拮据，11名队员只买了8张硬座票。为避免造成不必要的麻烦，他们在列车上积极配合列车员，每站打扫车厢卫生，给乘客倒开水、用墩布擦地。整整三天三夜，聊不完的天，唱不完的歌，坐累了就去帮列车员卖啤酒，停站时再帮列车员刷洗车厢。

这群人也引起许多乘客的注意，其中就有坐火车回家的北大东语系马戎同学。这个带有异域血统、身材高挑、眉清目秀的女生一出现就引起全队的轰动，把西征的气氛推向高潮。这一年的登山队是山鹰社历史上唯一一次全部由男生组成的队伍，然而马戎的意外出现让他们充满欢乐和想象，以至于27年过去，此事还一直被津津乐道。成为登山队荣誉队员的马戎，付出的代价是让亲妈忙乎整整一天，11名登山队员鱼贯而入挤到家里饱餐一顿羊肉粉汤，把家里能吃的东西几乎扫荡一空。

在乌鲁木齐，登山队得到广州标致新疆7439厂领导的支持，派专车把他们送到地窝堡机场准备飞喀什。

到达南疆重镇喀什后，擅长交际的储怀杰开始发挥他的特长，首先搞定的是民航招待所，由于睡袋数量不够，需要在 BC 增加一些被子，为了省钱储怀杰说服招待所的负责人借给登山队 10 条棉被。更厉害的是，常去吃饭的一家饭店的女老板，被口才、文笔、书法都很出色的储怀杰迷住，对登山队百般照顾，中间有一次山上粮食不够，下山居然可以在饭馆里赊账拿到大米和食用油。

在喀什机场，一下飞机，除了唐战军干活，其他人都坐在路旁看姑娘。从喀什古城向慕士塔格峰进发途中路过一个小村庄做补充物资，当地人看到是一群年轻的学生买西瓜，便敲诈说他们没付钱。管理经费的储怀杰对付这方面的事情很有经验，马上向村主任求助，村主任看是一群稚气未脱的学生，就放他们走了。

后期攀登之二：命悬一线

进山的过程还算顺利，大巴车到慕士塔格峰的山脚下的 204 基地就不能再往前走了，这里是一片大草原，海拔 3700 米，距离 4300 米的 BC 还有十几公里的路程。204 基地，得名于在中巴公路距喀什 204 公里处。到这里，登山物资由当地老乡用骆驼驮运到大本营，队员徒步进山，到 BC 需要走两三个小时。

登山队的装备不算多，加上要省钱，只用了几匹骆驼就装完。当地老乡牵来的骆驼数量太多，经过一番讨价还价，最后用很便宜的价钱便让队员们平生第一次骑上骆驼，只是没有想到这会给后面剧烈的高山反应埋下隐患。

经过一段漫长草地和急流河滩，BC 已在眼前，扎了几十顶五颜六色的帐篷，果然有国际登山节的气氛。一到 BC，面临的第一关就是做饭和吃饭。为了省钱，登山队没有租用大帐篷，只能在直不起腰的小帐篷里用煤油炉做饭，油烟熏得人连眼睛都睁不开；忙乎两个多小时才做好饭，大家露天蹲在石头上，吃到一半，饭已经全都凉了。无做饭大帐，储怀杰写了几篇通讯稿，新疆登协送来大帐篷。

第一个晚上，大家普遍遭遇高反，一夜无眠。到了第二晚，一些队员高反加剧，其中最严重的是唐战军，他得了脑水肿。

唐战军的脑水肿是到 204 基地开始得的。唐战军比大家晚到 204 基地，到的时候天色已晚，其他队员都已经到 BC。他背包里没带帐篷，晚上就留宿在一位漂亮的法国女记者的双人帐篷里，第二天中午左右才到 BC。唐战军是北京人，说话节奏感很强，肢体语言丰富，不知道是由于高原反应，还是处在激动中，见谁都要绘声绘色地讲述他在 204 基地的偶遇，在大本营听到的都是他的声音。纯正的京韵京腔，加上夸张的肢体动作，那说得一个眉飞色舞，队员们个个羡慕不已，就连刚刚新婚不久的高豫功都对唐战军扔来几个嫉妒的眼神。下午某个时候，京腔戛然而止，晚上干脆人也不见了，拉加打听一下，据说唐战军有点感冒，早睡了。

其实唐战军到 BC 没多久就开始头疼。他从北京出发就感冒，可能因为第一次进高原，连续升高海拔身体吃不消，头疼得像被万根针扎一样，双手连端起一杯水的力气也没有，走起路来摇摇晃晃的。最难受的是胃，时不时呕吐。

他与曹峻、谢如祥同帐，睡到半夜，在迷糊状态下直接把晚饭吃的西红柿炒鸡蛋全部吐到帐篷顶上。后来才知道这是喷射性呕吐，是脑水肿的典型症状。

第二天早晨，拉加在厨房听到跟唐战军睡一个帐篷的谢如祥正抱怨说唐战军昨晚吐了，弄得他半夜起来收拾。那时每个人或多或少都有点反应，就没把这当回事。就这样唐战军那天一直躺在帐篷里。

次日找到西班牙队的医生询问，说他得了脑水肿，必须马上下撤，吓得队长直哭。16点多，拉加忽然听到谢如祥焦急地叫人，说唐战军有点神志不清了。应该是储怀杰和几位领导作出决定，让白福利、谢如祥、曾山、拉加才仁先把唐战军送到BC下面的一户柯尔克孜牧民家里，那里有马和骆驼，然后再让老乡帮着往下撤。储怀杰比大家年长五六岁，尽管那时他只是个二十七八的小青年儿，但只要他在，大家就感觉都不是事儿。

四人把唐战军从帐篷里扶出来，他不要说迈步走路，连站都有困难；话也不能说，大声喊几下他才迷迷糊糊应一声。牧民家就在BC下方两三公里的地方，但没有什么正经的路。他们走得很慢，唐战军的状况越来越糟糕，刚开始扶着，他晃晃悠悠随几步，慢慢地随不动了。4人不得不半扶半拖着他走，到最后他跟烂泥一样瘫在地上，只能背着走，就这样过了一个多小时才到那户牧民家。

他们到的时候不巧，牧民夫妻俩正在闹别扭，他们被晾在一边有一会儿。那家女主人是当地的赤脚医生（这是后来知道的），注意到唐战军的状况，几个眼神之间，夫妻俩和解了。女主人把他们让进帐篷，给唐战军简单地检查了，用半生不熟的汉语说了一下，意思是还活着。此时已到傍晚，太阳一落山，天很快就黑，女主人一会儿工夫就熬好茶，给大家倒茶、上馍，还上了酸奶。问男主人能不能帮忙把病人送下去，他让他们先休息，说一大早离开。有个赤脚医生，唐战军鼻子里还在出气，他们就在牧民家毡房里席地而睡。

没睡多久，其余三人就被谢如祥给叫醒。谢如祥一脸焦急，说唐战军的呼吸听着很吃力。一听到这个，大家都急了，马上起身。此时唯一的办法就是赶紧下撤到海拔低的地方。男主人不一会儿就备好马。那时应该是四五点钟，外面一片漆黑，天上连个星星都没有。大家合力把唐战军放在马背上，谢如祥骑在同一匹马上，从后面抱着唐战军，男主人在前面领着，其他几个跟在马后面，就这样出发。一路上心情和凝重的夜色一样沉重。事后拉加认为，尽管无数因缘才可促成正果，但那几天得以让唐战军生命延续的主因绝对是谢如祥，要是没有谢如祥在 BC 及时发现唐战军的状况，同样要是没有谢如祥那一晚上不时留意唐战军的呼吸，后果堪忧。

早上 7 点多，一行人到达 204 基地的公路。此时唐战军除了有点微弱呼吸，就跟僵尸一样。四人把他平放在一边，等在那里拦车。那时可不像现在，国道上车辆很少。但他们那天运气格外好，等了一个多小时，就等到好心的德国夫妇租用的从巴基斯坦开来的三菱越野车，把唐战军送到了喀什第二人民医院。谢如祥和白福利跟着到了喀什。

医生诊断唐战军得了脑水肿，而且非常严重。他在医院昏迷的几天几夜，医生也没把握，让谢如祥通知唐战军家属准备后事。只有 20 岁出头的谢如祥此时承受着巨大的压力。那时大家谁都没想到他的病情会严重到那个地步。医生说幸亏送得及时，再晚来他就要去见"阎王"了。在护士和队友的悉心照料下，唐战军渐渐恢复意识，苏醒后第一句话就问白福利登顶没有。得知队友还没有登顶，他瞒着医生，找机会偷偷地溜出医院，去寻找大部队，与队友们相聚。

3 天后，唐战军独自返回营地。路上也是一波三折，在汽车站买票被偷，身无分文。在山下跨越河滩时一不小心又掉进冰河里，恰巧看到旁边有骑毛驴的柯尔克孜族少年和老者路过，他急忙求救。祖孙俩带他到帐篷留宿一晚，次日送他到达 BC 与大伙团聚。

就像是上帝开了一个玩笑，十几天后，曾经像僵尸一样离开的唐战军又胡蹦乱跳地出现在 BC，眉飞色舞地讲起他的经历，不过这次讲的是他在医院里的经历。

这是登山队员们第一次感受到急性高山病的威力和残酷性，一个队友这么快就到鬼门关口走了一遭。要是唐战军那次真的过去了，今天北大登山队的历史可能就是另外一个样子了。因为那是山鹰社成立的第二年，登山还没有在民间形成一定的气候，校领导对登山的态度非常谨慎，他们经不起任何重大事故，还好唐战军命大。

后期攀登之三：独立攀登

1991 年攀登慕士塔格峰，是山鹰社第二次攀登雪山，但是第一次完全独立攀登。第一年玉珠峰攀登请了外援——来自贵阳的熊继平是参加过 1988 年中日尼三国珠峰双跨队员，实力相当强劲，登山队分三批登上顶峰都是他带领的。玉珠峰南坡路线短，不需要建立中间营地，直接从 BC 就可以登顶往返。但 1991 年攀登，登山队面对的是海拔超过7500 米的"冰川之父"，需要建立三个高山营地，全部运输建营都要靠自己完成。仅凭这帮初出茅庐的年轻学生想要独立完成这样的攀登，其实很不现实，登山队中只有曹峻、拉加才仁和谢如祥登过山，经验不足，在战术上和组织上也不成熟。当时用的帐篷都是双人帐，从运输和建营开始，队员被分成两人一组，在三个高山营地各放一顶帐篷，大家按照分组进行梯次运动。慕士塔格坡缓、路长、雪深，两个人轮流开路走，

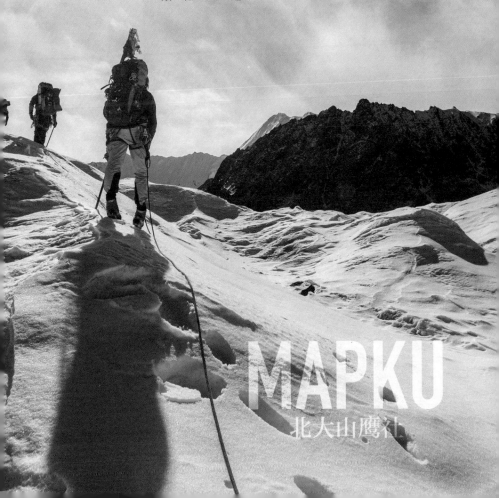

存鹰之心于高远
取鹰之志而凌云
习鹰之性以涉险
融鹰之神在山巅

MAPKU

北大山鹰社

北大登山队出征前在北大南门合影。

在格尔木火车站等待。从左至右依次为：谢劲松、胡东岳、李欣、何丹华、朱小健。

1990

在昆仑山口。

在玉珠峰大本营用手摇风轮鼓风做饭。

拉加才仁和曾山从慕士塔格 C2 到 C3 路上。

在喀什民航招待所与张经理合影，队员们感谢招待所对攀登慕士塔格的支持和帮助。

在乌鲁木齐机场登机去喀什。

在北京站，登山队启程去乌鲁木齐。

1991

攀登念青唐古拉途中，从左至右依次为李锐、曹峻、
拉加才仁。

念青唐古拉归来，在塔尔寺。从左至右依次为：雷
奕安、徐纲、张天鸽、张南云、拉加才仁、李锐、
唐元新、吴海军。

1992年毕业季在金仙庵相聚。从左至右依次为：唐战军、拉加才仁、李锐、白福利、曹峻、雷奕安、储怀杰。

春季金仙庵拉练合影。

正式攀登慕士塔格前的适应性训练。第一排（坐姿）左起：刘俊、陈庆春。第二排左起：徐珉、吴海军、叶峰、王诗宬、李锐、唐元新、李楷中。摄影徐纲。

登山队员全家福。第一排（蹲姿）左起：张天鸽、李锐。第二排左起：李楷中、吴海军、刘俊、祝晶、唐元新、谢忠、徐纲。第三排左起：徐珉、叶峰、陈庆春。摄影王诗宬。

进山前，登山队在沱沱河兵站与当地驻军合影。

进山前的海拔高度适应性训练——队员在沱沱河大桥，左起分别为张勤、叶峰、李炜和徐珉。

进山途中，吉普车过河时被陷——江源如帚的真实写照，这里根本没有路，只能依靠驾驶员师傅的经验，摸索着前进。

格拉丹冬主峰。B组登顶照——左起张勤、曹峻、徐珉、吴海军。摄影谢忠。

中日联合登山队的中方队员与赞助商的旗帜合影。第
一排（蹲姿）左起：朱建红、唐元新。第二排左起：
郑晓光、曹峻、张丽亚、丁晓强、张勤。

队员唐元新在冲顶途中。

1996 年 8 月 2 日，阿尼玛卿登山队登顶后第二日从 C1 下撤前的合影（摄影的朱建红和留守大本营的鲁纪章不在图中）。后排左起：高永宏、陈光、陈庆春、史传发、唐元新、刘俊、王树民、张春柏。前排左起：李靖、官群英、罗述金。

1996 年 7 月 31 日，从大本营出发冲顶前的 B 组队员（左起：朱建红、张春柏、罗述金、李靖、官群英、唐元新），此时 A 组队员（陈庆春、刘俊、高永宏、陈光、王树民、史传发）已抵达 C1 前往 C2。

1996

进山途中，车在青海湖边抛锚。等待救援的过程中，队员在草地上通过摔跤等活动，增强对高海拔的适应性。

在北大南门为 1997 年玉珠峰登山队送行，在"迎百年校庆"倒计时牌前合影。前排左起：周峭、李旭、罗述金、张莉莉、尹云霞、吕艳、陈弋、刘韬、杨柳、崔谊、廖萍、官群英、谢忠。后排左起：李靖、史传发、张勤、周舰航、朱月磊、孙峰、高永宏、周涛、陈科屹、李楷中、叶峰、肖自强、张永红、曲昌智、鲁纪章、张春柏。

玉珠峰登顶照。左起：李楷中、刘韬、鲁纪章、周涛。

全副武装的登山队员在出发前于大本营合影。前排左起：鲁纪章、张永红、刘韬。后排左起：肖自强、高永宏、李楷中、叶峰、陈光、陈科屹、周涛。

踌躇满志下撤。

1998 年卓奥友峰登顶照，图上二人为张春柏、高永宏，唐元新
拍摄。

1998

非常辛苦，加上 BC 缺乏有效的指挥调度系统，对讲机也无法全程前后通联。登山要尊重规律，因缺乏必要的战术计划和经验，整个慕士塔格攀登过程混乱而悲壮，最后失败也是必然。

攀登慕士塔格峰是曾山最难忘的攀登记忆之一。他记得队里对将做的事情几乎没有任何设想。一天之内就从喀什来到 BC，都出现严重的急性高山病（AMS）。曾山头疼整整一星期。可口可乐公司赞助的外套非常薄，透气性极强，衣裤都没有防水涂层。这种服装穿着跑步很好，可穿着攀登海拔 7546 米的高山，那就太糟糕了。队员们的脚上是几代人都很熟悉的老式俄式帆布登山靴，背着沉重的玻璃罐装水果罐头去登山。

有一天，他们正在沿着一个有裂缝和深深积雪的斜坡爬往 C2，没有结组前行，每个人都自行选择线路，认为自己找到的才是最佳路径。事实是，攀登冰川山峰时，始终都应该结组前行，以防有人跌落冰缝；为了节省体力，应该只有一个人负责在前面的积雪中开辟路径，其他队员紧随其后。一名队员因为严重的高原反应滞留另一个登山队的帐篷一两天时间；曾山和拉加才仁被困 C3，在没有睡袋的情况下过了一夜。

曾山后来成为国内探险界的大牛。拉加自认为虽然远不如曾山，但即使是 27 年后的他也能轻松登上慕峰，可 1991 年为什么没登顶呢？

从 BC 到 C2，可能是拉加记忆中最难的一次攀登。在他们要去冲顶的头天下午，组织上（储怀杰和其他几个常委）派拉加去参加一个西班牙队员的营救任务，那个西班牙人在 BC 出现情况，需要马上送到 204 基地，营救队伍有八九个人。他们把病人放在担架上，四人一组轮流抬，抬了两个多小时才到。营救队里拉加是唯一的亚洲人，为了体现亚洲人的国际主义精神，他把头几天在 BC 喝羊肉汤积攒的力气全都奉献出来。当天晚上回到 BC，拉加已经彻底透支。紧接着第二天组织（忘了是谁）

又把他和曾山送上登顶的旅程。

那天曾山走得轻松，拉加费了老劲，总算到达 C2。两人把东西安顿好，休整一会儿就到了日落时分。在落日余晖的照耀下，云霞升腾，如梦如幻，整个帕米尔高原蒙上一层神秘的面纱，那种无法用言语表达的神性的壮美，让人感受不到个体的存在。

曾山认为，攀登什么高峰并不那么重要，重要的是与这群哥们儿一起攀登。真正的友谊和牢固的纽带是通过这样的经历打造的。这是一种来自需求、来自百分之百信赖的伙伴关系，是一种持续很久的关系。他在美国成长于一个不鼓励人们建立同志情谊的环境。但山鹰社恰恰相反，在这里，彼此支持是一种"默认选项"，每个成员都有自己的想法和关注点，也会有辩论、问题和争论，但依然会相互支持。

登山过程中，储怀杰发表了一系列报道：《友谊的旋律》（新华社）、《慕士塔格披上盛装：国际登山节进展顺利》（中国体育报）、《雪山奏响友谊颂：慕士塔格追记》（中国体育报特约）、《不仅仅是为了金钱》。很大地提高了山鹰社的影响。

有限的补给消耗完毕，登山队不得不撤下山。在离开慕士塔格前，他们还不忘救过唐战军的柯尔克孜族祖孙，送给他们一些平时没吃过的蔬菜和罐头。返回喀什，又特意去喀什第二人民医院送了一面锦旗给照顾唐战军几日的护士以表谢意。

制度建设

这一年，虽然没有登顶，却对山鹰社后期的管理和延续起到非常积极的作用。具体体现在两个方面：一是养成值班和工作交接的习惯，通过拉赞助时形成的工作惯例，项目性工作延续得到保障，大量的过程资料和文件被保留下来；二是失败的挫折让这个团队非常团结，团队成员后来成为推动山鹰社发展的骨干。

登山回来，山鹰社在组织上、思想上加强了建设。总结经验为：个人对社里活动影响很大，社长职权无法限制，部长多为理事，部长会议与理事会议区别不大。另外，要得到学校的支持；吸引一批致力于登山事业的人。山鹰社并不是纯体育组织，最主要的是培养向上的精神，磨炼自己。体力固然重要，但队员的积极参与精神更为重要。

从山鹰社及其毕业队员后来的情况看，毕业队员与山鹰社的关系一直处于探索中。一方面山鹰社常常缺乏有技术经验的在校老队员带新队员攀登雪山，另一方面毕业队员自己组织雪山攀登或参与山鹰社雪山攀登，也都是付出巨大代价的。

11月25日，9名老队员召开了一次事后看起来很重要的会议，主要目标是厘清组织机构：重大事项都要通过理事会来决定，理事会每月至少召开一次，新的理事会有十名理事，选举李锐为新一任社长，设立了六个部：登山、科考、资料、宣传、财务、外联。

下半年，成立"野外领队委员会"，由老队员组成。主任委员为雷奕安、袁洪和陈学雷等，主要做群众工作，调动新队员的积极性。每次外出活动须有一名委员会成员带队。

后来慢慢形成了某些惯例。最关键的是一切以山鹰社的安全攀登为最高利益，以山鹰社理事会的自主决定为最高原则。

李欣的雪豹计划梦想没有和山鹰社的校内重大活动顺利衔接，渐渐被新人淡化。但他梦想犹在，1992年4月，他又拉上欧阳旭、王鑫（大学同宿舍的）、张勇（欧阳旭朋友，北京师范大学学生）去西藏，爬念青唐古拉山，充分表现了第一批毕业队员对雪山的热烈情怀。

1991 年慕士塔格登山队队员名单（年级 / 院系 / 职务 / 绰号）

谢如祥：1987/ 地质系 / 队长 / "小谢"

曹峻：1988/ 城市与环境学系 / 副队长（负责技术）

唐战军：北京科技大学学生 / 副队长（负责宣传、购物和后勤）

储怀杰：中国语言文学系作家班 / 伙食

李锐：1989/ 物理系

徐纲：1989/ 物理系

拉加才仁：1988/ 生命科学学院

白福利：1988/ 法律系

曾山（Join Otto）：美国留学生

高豫功：北京大学城市与环境学系教师，现居美国

王鹏：1988/ 无线电与电子技术系

生命从悬崖跌落

——1992年念青唐古拉中央峰

以登山人的情感和姿态去面对各自的生活。

奔向西藏

山鹰社的发展始终以登山活动为主线，社团和攀岩、科考同时不断向更高境界进发。在中国高校的户外活动要取得发展，至少需要克服三个方面的困难：学生社团的自我管理、登山费用的筹集、登山过程的组织。

1991年以前，山鹰社处理这些问题缺乏经验。在1991年慕士塔格活动实施过程中，山鹰社的实践走向系统化：一是完善理事会管理。核心人员相互交流和集体决策，使团结一致的精神在登山过程中得到突出体现。管理人员的健康更替使发展得以延续。二是建立办公室制度，把每一项重大活动或决策以文字形式记录下来，使前人的努力得以积累，为今后的发展壮大奠定基础。

1990年底选择山峰，初定西藏念青唐古拉山东峰，向国家登协咨询和多方讨论后，换成新疆慕士塔格峰，参加那里的国际登山节。原因是虽然有玉珠峰登顶经验，但该峰的路线和难度不足以说明北大登山队已具备独立登山能力；在慕峰可学习国外登山队的经验，必要时可得到帮助。后来证明这一决定是明智的。

登山回来，山鹰社在组织上和思想上进行建设，着意培养队员李锐、徐纲，让他们多接触登协和边远地区体委负责人。李锐参加登山队很偶然。1990年下半年，一门重要考试在国庆前结束，他无所事事，就和徐纲一块报名参加山鹰社国庆活动。那时登山队刚登完玉珠峰，声势甚是壮大。参加活动后，他发现这是很自由的一种攀登方式，而且登山队里气氛非常好，很受感染，于是一发而不可收，大学4年以至工作后，都跟山，跟登山队结卜不解之缘。

李锐第一次登雪山是冬季去五台山。北台顶海拔3058米，冬季极端低温可达 –30℃。上山那天恰遇北风肆虐，先遣八人仍按计划顶风前进。他既无登山经验，也无御寒经验，攀登时没戴帽子。开始感到耳朵冻得不行，过了一会儿就没感觉了。爬了8个多小时，找到夏季牧羊人用的一个小棚屋。进入屋子，用手一碰久无知觉的耳朵，发现变成一块冰疙瘩。他不以为然，照旧忙东忙西。直到谢如祥惊讶地问："你的耳朵怎么了？"这时才发现耳朵膨胀近两倍，在不停流水，也没有知觉。那一晚他睡得极不踏实，不时被噩梦惊醒，垫在耳后的卫生纸不知换了多少。

第二天起来，拿不定主意是上还是下。大队人马上来，他一咬牙跟上去。他想总不能就这么灰溜溜地下去。登顶后下山更惨，劣质旅游鞋鞋底冻裂，雪直往里钻，只好把做雪套用的护腿移下，把整个鞋包起来。幸运的是他的耳朵还算禁冻，保了下来。

1991 年 9 月，李锐当选为社长。

徐纲，与李锐同年，同为物理系学生，爱好广泛，为人洒脱，不拘小节，烂鞋、臭袜子和他的歌一样闻名。徐纲体力充沛，聪明敏锐，善于"并行处理"。在山鹰社活动积极，还是系学生会主席，更是年年拿光华奖学金，登山、出国两不误，在拉萨大病一场却"捡"个媳妇——好像所有的好事都让他占去了。他和李锐是 1992 年攀登西藏念青唐古拉中央峰前后山鹰社的骨干。

1992 年奥运将在巴塞罗那召开。山鹰社把目光投向西藏。西藏一直是登山者梦寐以求的圣地，但因 8 月——学生登山队唯一可用于登山的假期——是该地区的雨季。经过反复考虑，登山队毅然提出攀登念青唐古拉中央峰的设想。

念青唐古拉山脉屹立在西藏高原中部，是藏南藏北的分水岭之一，也是藏北高原内流区与印度洋水系的分水岭之一。它绵延数百公里的山脊线位于当雄—羊八井以西，山形尖峭，巍峨峥嵘。在羊八井以北 20 余公里，青藏公路西侧的当雄草原上，西北—东南走向排列着念青唐古拉山脉四座海拔 7000 米以上的山峰，海拔依次为 7163 米、7111 米、7117 米和 7046 米。这四座山峰及其周边地区曾受到强烈的第四纪冰川作用，形成如今较为陡峭的山岭，尤其西北坡更是陡峭异常。

念青唐古拉山脉基本属于半干旱大陆性气候，每年 5 月中旬至 9 月中旬是雨季，集中了年降水量的 80 ~ 90%，特别 8 月，更是一年中降水量最大的一个月。在此期间，天气变化无常，一天之中往往出现阵雨、冰雹、雷暴、闪电等多种天气现象。这些都是登山活动的敌人。

征询崔之久老师的意见，他给予肯定答复，这无疑是巨大的鼓舞。查询大量有关资料后，山鹰社向中国登山界权威王凤桐、曾曙生、王振华等老师请教，在他们的指导下解决了一系列技术问题。

为了解决资金问题，由白福利和储怀杰负责外联组，四处拉赞助。5月，可口可乐中国有限公司答应独家赞助这次登山活动。

当时的校党委副书记林炎志对山鹰社的活动特别支持。1990年，山鹰社未经学校批准攀登玉珠峰，他说："你们先检讨，再庆功。"1991年五台山冬训计划，只有他批准了。这次攀登慕士塔格也是如此。他还多次出任北大登山队总队长，如1991年五台山冬训活动、1991年慕士塔格攀登活动和1992年攀登念青唐古拉中央峰。他只有一句话："你们出去，一定要注意安全，摔断腿我可以扛着，可千万别出人命。"

1992年7月，林副书记曾给团委指示："这个社有几个特点对校园文化、北大传统有重要的'平衡作用'——1.重实际训练，平衡唯理性思维；2.克服艰苦的自然环境，平衡'温馨'的'小圆香门'[1]气；3.接触社会，接触'老少边穷'，平衡闭门造车的学府气。"这是学校领导首次从校园文化和北大传统角度肯定山鹰社。

人在旅途

7月20日晚，登山队踏上征途。火车穿过中原大地，满载队员们的憧憬、兴奋，过黄河，翻秦岭。22日清晨，睁开惺忪睡眼，窗外的平原风光使人屏息凝眸：无际的田野平铺在蒙蒙雾气中，浓荫掩映下的村庄从眼前掠过，一切都仿佛刚在水中洗过似的，绿油油。

出了火车站，迎来成都崭新的夏日。沉重的行李压在肩头，丝毫未

1　传抄下来，就是如此。查阅晏殊有"小园香径独徘徊"句，疑是"小园香径"之误。

减初来乍到的众人的好奇心。大街上行人熙熙攘攘，两边树木葱郁，楼房鳞次栉比，店铺林立。这座繁荣而喧闹的城市就是旅途的第一站。在采购物资后本应该立即赴藏，不想买机票难比登天，他们一住就是八天。

成都平原沃野千里，自古有"天府之国"美誉。成都人热情爽快，体贴大方。登山队抵达铁路局招待所，正值骄阳似火的中午，经理见队员们风尘仆仆，汗流浃背，立即通知锅炉房师傅破例烧热水开放澡堂，把大家乐坏了。

成都人生活悠然。街头小巷不时闪出一个小茶铺：几把竹椅，一方木桌，半碗清茶，缕缕飘香，养身又修性，登山队也去逍遥过一次。那是在万福桥旁的长长堤岸上，茶旗迎风飞扬，桌椅整齐地沿岸摆放在树荫下，一边小桥流水，一边旧舍民房。店主是个快乐的年轻人，跑前跑后，摆碗沏茶，十分周到。队员们随意坐下，噙香品茗。万福河水流哗哗，添景助兴。登山队还去武侯祠和文殊院"礼佛访古"，畅游青城山。

31日，队员们再次背起沉沉的包，飞向梦寐以求的地方——世界屋脊。

一下飞机，便恍如闯入一个童话世界，天空明静而湛蓝，空气异常新鲜，尤其吸引人的是面前那座座雪山。青藏高原是世界上最高、最年轻的高原，以其纵横交错、峻峭险拔的雪山诱惑着众多的探险家和登山家。这里是山的世界，展示着大自然的雄浑与古朴。拉萨周围的山脉大多线条粗粝、形体圆实、岩石裸露，山连山，无尽头，重复简单如藏民的生活，凝重淳朴似藏族的性格。每年朝山节，当地人们就全家或朋友相约去爬山，带着青稞酒、琴、糌粑等，在山上过上一两夜，畅饮，欢唱，祈祷丰收和幸福。

满目皆山，极显粗犷豪情，但也不乏灵气。拉萨河水流湍急，冲过巨石，分割谷地。山谷间，河如脱缰野马；平坦地段，水面坦荡似镜，林边草茵上三两牧民席地而坐、而卧。

车行青藏公路，两边金黄灿灿的青稞地铺向远山，与青紫色绵绵大山、空灵碧天组成一幅和谐美丽的自然画卷，令人屏息凝眸。天越来越晴，蓝得让人心痒，想去摸一摸它，太阳也越来越慷慨。窗外不知何时已是大片草地，颜色并不是青翠欲滴，而是一种稍暗的绿色，这是高原的草，带着高原的风霜雨雪留下的痕迹。草地空旷、沉寂，越发显得白云的轻逸。

雨幕低垂

8月2日，登山队在登协联系到一辆双排座车，只能搭乘五人，决定3日分两批进山。一部分人到长途汽车搭乘开往格尔木方向的汽车。另一路押装备，乘登协的车向北去，随行的还有拉加的朋友——藏大的一名老师，负责翻译联络工作。

徐纳在拉萨治疗，留下张南云照顾，其他队员按时出发。这一队有学地理、学中文、学物理和学生物的，来自不同系的同学在一起谈论沿途的物事，相互补充，相互砥砺。雪山越来越近，行驶两个多小时，两路人马在羊八井汇合，人货混装，继续向北，抵达当雄县念绒乡，在预定地点下公路。在高原草甸上颠簸十多分钟，到达距山脚最近的一个牧区爬努多村，在那里建立过渡营地。

一条冰川河从北往南从村边流过，汇集各条冰川融水，夹裹砾石泥沙，千百年切割着山地，形成极深的冰川河谷。两岸山峰陡峭，垂直高差在800米左右。

这天天气非常好，海拔7046米的东峰清清楚楚。蓝天之下，洁白的山峰傲然屹立，纯洁，净朗，雄健。拉加和他的朋友与附近一家牧民谈牦牛运输的事。牧民答应 5 日租给登山队 10 头牦牛，并带他们到奥地利队建营的大致地点。

3 日上午，兵分两路，拉加、曹峻和吴海军沿河谷继续向山里行进，侦察地形，并选定 BC 营址。李锐、雷奕安和张天鸽攀登附近一座小山，进行适应性训练，并观察路线。唐元新高山反应比较严重，略有发烧，与储怀杰留在 BC。天气好，两路人都圆满完成预定任务。饭后开会研究 5 日进山建 BC 的具体事宜。各方面都顺利，只是根据这几天的消耗看，在拉萨买的汽油明显不足，经过反复商量，决定第二天一早派李锐到青藏公路向来往车辆买油，其他人进驻 BC，时间已经不多，一切都不能再耽搁。

5 日，李锐出奇顺利地仅用一个多小时就从一辆格尔木至拉萨的车上买到 10 公升汽油，并在大队人马出发前赶回来。登山队跟着 10 头牦牛和 2 匹马，沿着冰川融水形成的小河一路浩浩荡荡而去。这条河谷为东西向，呈 U 型，自西向东七八公里的路程内落差达 600 米，而且两侧及谷地中分布有大量复杂的古冰碛，冰碛一般由边长 20 ～ 30 厘米的砾石组成，有时也能见到巨人的漂砾。谷地两侧，在没有发育冰川的地方形成许多倒石堆。这些因寒冻风化作用而形成的倒石堆大小不一，在出露的基坡上有明显的崩塌痕迹。

沿着靠近河谷的路，步行四五个小时，先后到达预定 BC 地点。那是一块背山面水的草地，面积不大，但取水方便，可以清楚地看见对面山间一条条舌状冰川，很美。

稍事休息，开始建 BC，设班用帐篷、进口高山帐篷和国产防雷电帐篷各一顶。这里海拔较过渡营地升高 500 米，大家再次不适应。唐元新反应比较严重，发烧 38.3℃，余人尚好。

6日，休整一天，唐元新的烧已退。着手布置BC，把可口可乐招贴画贴在大帐篷上，又在帐篷杆上拴上五彩缤纷的气球，把现代都市文明展示在这远离人间、靠近天宇的荒凉地带，既没有都市的喧嚣和骚扰，也驱逐了荒凉中刻骨铭心的孤独和死寂。没有旷野上的废墟，只有旷野上的色彩。

之后为登山做准备。曹峻把红色绸布系在从成都带来的竹竿上，做成标志旗。李锐分配C1以上的食品，按三个人一天的食量装袋：C1食品袋内装五袋方便面，一袋200克左右的快餐粥；C2则是三袋方便面及一袋200克的快餐粥或150克饼干。

下午李锐、曹峻、拉加和吴海军爬东侧山坡侦察路线。中央峰西侧山脊下段情况不明，需再到西侧观察，中段虽险，但估计可以攀越。他们在碎石坡发现很多水母雪莲，呈淡绿色，状似菊花，表面上有一些白色茸毛，显出一种淡雅的美丽。晚上汇总侦察情况，决定7日继续侦察并选定C1位置。

7日上午，李锐、雷奕安和吴海军从附近碎石坡上去查看地形。曹峻和拉加从北坡冰碛堤上去，走到离中央峰更近的地方，仔细观察路线。中央峰东南方有一个高度6056米的小山峰，两峰之间有一平缓的鞍部，在雪线以上约6000米处，平坦开阔，宜于建营。为了看得更清楚，两人又从侧面陡坡爬上冰川到达鞍部，发现坡度较缓，并且上旁边的小山坡就可以用步话机与BC联络，比较方便，决定把C1建在那儿。

李锐这一路进展不顺，刚上山就走错路，返回又走到一个滚石坡，很危险，幸而时间不长，最后安全回到BC。雷奕安后来回忆道：

"下山时特别累，我只想睡，一步也挪不动。我与队友走散了，下边是悬崖，自己一个人走，根本没想有什么严重后果。当时的意志确实太薄弱，我太累，只想躺下去，但是'一定要走下去'的念头又如此强烈。当时面前有一个裂缝，另一边下方有一个'土台'，要是跳不到土台，就会摔下裂缝去。我估计自己能跳上去。几乎没多想，似乎已无所谓，我猛地往前一跳，只有一只脚挂在上头，手套也蹭破了。最后蹭到一个山涧之地，随便乱踩，便会再滑下去。我想是否再跳呢？再跳，下山会更快，但没有，还是慢慢地往下走。在这种情况下，人极度疲倦、恍惚，根本想不到要做或不做什么，只想生存下去。面对群山，我感觉到自己的渺小，对大自然也有了刻骨的崇拜。"他由此得到教训：在此种地方应看好路线再走，不要盲目地走一段看一段。

晚上根据曹峻和拉加侦察的路线，初步制定C1以上的攀登路线，决定8日建C1。

8日，第一次负重登山，大家都要上去，最后决定雷奕安和吴海军留守。一行六人背着绿色的大登山包，带着帐篷、食品、结组绳以及其他建营必需品，向C1走去。沿河谷爬坡，开始是一段草坡，过后是一段乱石坡（冰川终碛堤），坡度较缓。因连续爬坡时间长，体力消耗不少，休息越来越频繁。走了4个多小时，抵达冰川下缘，就地休息，补充水和食物（压缩干粮）。拉加在冰川附近拾到一件印有外文商标的衬衫，估计是1990年奥地利队下撤时遗留下来的东西，可以看出奥队走的是同一条路线。

休息之后体力恢复大半，换上登山靴，绑好冰爪，沿冰川上行。没有结组，只相约距离不要太远。冰坡起初十余米较陡，约40~50度，后渐缓，约为10~20度。开始一段表层凝结成冰，每走一步都踩出一个墨绿色的洞，内有融水流淌。后面积雪渐深，没到靴子的大半。大家踩着第一个人的脚印，沿之字形迂回前进，每走十几步就歇一下。这样行走两个半小时，才到达 C1 预定位置。

稍事休息，几个体力较好的同学用雪铲铲去积雪，搭设六人高山帐篷一顶，用雪埋住下部，把物资放到帐篷里，再休息一会儿下撤。走回 BC，已经 22 点半。

9 日，休整一天。10 日，按原计划上 C1，天公不作美，早晨开始下雨，云层低到海拔约 5600 米，锁住整个河谷。山顶云雾迷漫，雪线以上根本看不到。继而下雹子，计划无法实现。山间气候受地形影响强烈，天气情况复杂，一天之内数晴数雨，这给登山带来极大不便。

根据徐纲的记录，从 8 月 3 日进山至 8 月 23 日撤营为止，无降水天气只有 4 天。降水主要集中在 16 点和 22 点，午后降水持续一到两个半小时，夜间持续时间较长，但黎明时一般停止。云量最低在早晨 9 点至中午和午后雨过至入夜。由于山谷走向及西边的纳木错影响，白天刮西风，风力平时二到三级，降水过程中有时可达五到六级。该地区的雨季高降水量不但与主峰阻挡的印度洋暖湿气流有关，也与纳木错湖区的蒸发有关。一般晴好天气之后随即出现大量降水天气，即体现纳木错对山间小气候的影响。降水随高度变化而呈现一定不均匀性，山谷与峰顶间雪量相对较小，在雪线附近极大。在河谷的 BC（海拔 5300 米）可以见到降水时云层约与雪线齐平。在 C1 营地可观察到云在附近形成。

短暂的雨季和强烈的日照给念青唐古拉山带来生机，向阳坡上石缝的土层中长出密密的植物，连岩石上也有藻类和地衣的身影。冰川河流出山谷，平缓的低地上，水流平缓，形成一小片草甸沼泽，在灌木丛草甸上到处是野鼠的巢穴。灌丛草甸上主要植物有小叶金露梅和紫花针茅；高山荒漠上主要植物是垫状点地梅等低矮植物。阴坡几乎没有植物的覆盖。阳坡上植物种类繁多，景天科、菌科、蔷薇科和蓼科中的一些耐寒耐旱的品种在 5600 米以下有广泛分布，然而多是低矮、小叶的植物生存，如点地梅等，相对较大体形的植物，如小叶金露梅、红景天香青和多刺绿绒蒿等植物一般长在岩石夹缝里。岩石的荫蔽可使根部的蒸发量减少，石块也保护高出地面的植株不致被风吹倒伏。独一味和心叶大黄的独特体型很有意思：茎极短，叶片厚大，盖住很大一块土地，完全贴地展开。大的叶片不但可以使其更多地接受日照，还可以挡住根部附近水的蒸发，实在是一举两得。因此它们虽然体形较大，也可以不依托岩石而生。这是植物的生存智慧。

傍晚，天渐渐放晴。决定翌日必须上 C1。这是出发前在 BC 团聚的最后一个晚上。突击队员名单已经确定：拉加、曹峻、唐元新和李锐。

11 日晨，低垂的浓雾缓缓地在草坡上流淌，登山队按时出发。这次用了 5 个小时就到 C1，突击队员留驻 C1，其他队员撤回 BC。

12 日，徐纲与张南云被牧民送上 BC。在拉萨休息一周，徐纲已基本恢复，也更好地适应了高原环境。晚上在 BC 的队员为李锐和曹峻的生日录制一盘磁带，里面有生日祝福和跑调的摇滚。

突击队已爬上 C1 上方的陡坡，开始修路。下面一段摘自李锐的日记：

"今天的任务是侦察 C1—C2 路线并修路。这段路恐怕是这次登山最险、最难的一段，大伙心里都不太有底。

"因坡陡且路况不明，我们用了四人结组。开始由曹峻开路，其后是拉加、我和唐元新。行不了多久，我们就上了一个大陡坡，坡度估计在 50 度左右，曹峻领着大伙儿'之'字形上升，虽很慢，但走得还比较稳。眼看就要到坡顶了，我们在左侧发现一个很大的雪洞区，为避免后面的麻烦，曹峻向左侧移动，想用标志旗标明危险区。就在他把旗插好准备返回时，一下失去重心，摔倒在地上并迅速向下滑去。他虽危不乱，把冰镐缩回胸前，用力向雪地压下，下滑速度明显减慢，这时绳也紧张了，拉加用冰镐稳稳地固定住自己，使曹峻在我身边停住。不知怎么搞的，我一点也不觉得紧张，反而觉得好玩。曹峻爬起来时，他的墨镜不知为什么掉了下来，只见它迅速地下滑，翻滚，很快就坠入深渊失去了踪迹，这时，我才觉得有点后怕。当时天色还早，云层也很厚，虽想到没墨镜可能有麻烦，但是也没深究。"

又走了大约四小时，越过几条不太宽的裂缝，到达一个小平台，平台大约几十平方米，在一缓坡下方，无雪崩危险，是一个比较理想的宿营地。他们商量，认为时间还早，可再向上走一走，如能翻过眼前"大鼓包"再建C2，无疑将为登顶创造良好条件，如不行，这小平台即可宿营。

这段改由"生力军"拉加开路。云渐渐散开，日照越来越强，冰雪已解冻，一脚踩下去往往没膝。走了大约一小时，曹峻的眼睛红肿，流泪不止，已经不行，要留在原地等。他脱离结组原地休息。其他人向上爬一会儿，终因心有所虑，决定下撤。下撤时雪比上来时深了数倍，可见清晨趁雪被冻住出发是非常正确的。下撤途中，在最陡最险处修路线绳四根，并插标志旗标明位置。回到C1，因为曹峻的眼睛，大家郁郁不乐，再加上劳累，都早早钻进睡袋。

13日，曹峻返回BC，体力尚好，只是双目疼痛、怕光、流泪不止，BC缺少这类药品，只用一些氯霉素眼药水，然后用毛巾冷敷，效果不太明显。

吴海军、雷奕安和张天鸽再上C1运送物资（包括C2食品、氧气袋及其他装备）。天鸽因体力不支半途撤回。天鸽登过两次雪山，一次是念青唐古拉，一次是1993年慕士塔格，但都没有登顶。在山鹰社，有两次登山经历的女生，直到1997—1998年，才有第二个——法律系

1995级本科生吕艳。天鸽总是乐呵呵的，一脸和气，属于容易让人接近的那一类女孩；但办事认真，是山鹰社第一任资料部长，为社里资料整理工作打下良好基础，直到现在许多资料袋上的标签都是她亲笔写的。

天鸽也是豪爽女孩，在成都坐公共汽车，旁若无人地与唐元新聊天，嗓门之大令诸人侧目，她视若不见，侃侃而谈。储怀杰担忧地说："唉！不知将来谁会瞅（qiǔ）上天鸽？"也许是因为两次登山经历，又是中文系的，在五六年后，她坐在帐篷门口给新队员周涛讲昆德拉的轻与重。

那是一个月满之夜。大家在清冷冷的空气里蜷缩着，自由自在地空想和清谈。有两名队员裹了睡袋，站在月亮光里。生命之所以轻如鸿毛，是因为它不能尝试，不能反复。不管我们曾经经历多么大的幸福和灾难，回首时都会发现它正随风而去。如果有些事情反复出现，就会变成一种无法摆脱的重量，永远跟随着一个人，或者说是在他的生命里。月亮一点一点儿地被天狗吞下肚去，只剩下弯弯一线，夜好像更冷了。她模模糊糊地感觉到这像是一句谶语。北大再没有哪一样东西像登山队这样强有力地跟随她的生活。

突击队员在C1休整。拉加、李锐在C1上方加修一段路线绳。李锐在C1与拉加、唐元新共庆其20岁生日，畅谈至深夜。

14日，天气极坏。一整天云雾低垂，这就是青藏高原的雨季。C1外面盖上一层厚厚的新雪，无法继续向上。可怕的坏周期终于来了，可能会连日降雪。这对于登山队来说简直是致命的。在坏周期中天气稍好的几天能登顶吗？更重要的是，能有这样的几天吗？谁也没底，只能焦灼地等待天气好转，等待出发。

15日早晨5点左右，起床，四名突击队员收拾装备（包括建立C2所需的所有物品：帐篷、睡袋、防潮垫、食品、炊具等）。早餐是三瓶罐头，这是平时大家最爱吃的，但因为早晨温度太低，罐头又在帐篷外"冰"了好几天，冻得要命，边吃边打寒战。然后喝些开水，抓一把水果糖，便全副武装出发。

月光很亮，即使戴着墨镜也能看清楚路。雪冻了一夜，踩上去不会下陷多少，这是个很理想的时间。这次他们吸取上一年慕士塔格的教训，采取四人结组的方法，一则可以四人轮流开路，节省体力；二因坡度较陡，四人结组比两人、三人结组更为安全保险，关键时可采取三人保护、交替前进办法。这一次主要是拉加和李锐开路。

拉加是第三次攀登雪山，每次都是攀登主将，被队友称为"雪山之鹰"。李锐是第二次登山。曹峻不能上，有登山经验的只有他俩。从 C1 往上的这段路很陡，隐含着许多潜在的危险，但他们士气很高。开始一段修有路线绳，比较顺利。经过几个陡坡，13 点左右，到达原定建 C2 的位置。考虑到这里距顶峰太远，坡度较大，不宜建营，几人休息一会儿，喝点开水，吃几颗水果糖，继续向上。

上面一段路更加危险，有数处大裂缝，左右两侧都是悬崖（左侧悬崖将近 90 度），深不可测，若不小心滑坠，就可能滚落到悬崖下面。空腹走了半天，体力基本消耗殆尽，随着高度增加，氧气越来越稀薄，高山反应越来越严重。这种条件下，在没膝的雪中每走一步，都要付出巨大的代价，然而心中的信念支撑着大家咬牙坚持下去——每走一步，就是向顶峰迈进一步。

16 日，天气不太好，前日的疲惫还没完全消除，C2 队员坚持冲顶。适应一会儿，结好组，就按原定路线，向顶峰冲击，每个人身上似乎都勃发出一种由信念支撑的力量。登顶路线是从 C2 先斜插上东侧山脊，再沿山脊向上。大概走了 3 个小时，天气变得更坏，能见度极低，5 米之外看不见人。等了半小时，发现天气仍无好转迹象，只好忍痛下撤。

在 C1，徐纲和曹峻一早就准备上 C2，但因两人结组不太安全，且天气一直不佳，走了一个多小时就撤下去。BC 依旧阴冷，雨滴四溅。

17 日早上，天气略好。四名队员走出 C2 帐篷，整理装备，准备出发，不料因昼夜温差大，晚间扔在帐篷外面的靴子冻得变形，拉加、李锐和唐元新都穿不上自己的登山靴。

唐元新、李锐、拉加三人鞋号一般大，几双鞋倒来倒去好半天，试出两双可以穿。唐元新主动提出让李锐和拉加上，自己留守 C2。距顶峰只有 300 米，不能参加登顶，对于一名登山队员来说是多么大的遗憾。可为了全队的利益，必须有一个人放弃这次机会。

三个人沿着前一天的路线出发。一路山势平缓，但积雪非常厚，个别地方竟有齐腰深，还有许多雪洞。李锐和拉加轮流开路，数次落入雪洞，行走异常艰难。前进大约 4 个小时，山势越来越缓，突然他们发现已置身于一个平台上。平台西侧有一雪檐高出四五米，登上去，四周都在脚下。

拉加、李锐、吴海军登顶了。在海拔 7117 米的念青唐古拉山中央峰顶上，第一次飘起五星红旗和北大登山队队旗。

吴海军在他的日记中这样描述：

"一个又一个的小坡，似乎永远也走不完，顶峰就在前面，可每前进一步都异常艰难。离顶峰只有一二百米的时候，我全身力气似乎已全部耗尽，真不想再迈一步，但是顶峰在召唤，队友在召唤，我的心灵在召唤。向前，除了向前，我别无选择。拉加、李锐已经到达顶峰，我还有一二百米的路程，有一段我简直是爬上去的。终于我到达顶峰了，我和他们站在了一块儿。我也真想像朋友们想象中的那样，大叫一声'我成功了！'可我一点力气也没有了……"

天气还是不太好，能见度极差，三个人在顶峰等了半个多小时，仍不见天气好转，决定下撤。拉加用步话机向 BC 通报了登顶消息，大本营并没有欢呼雀跃，但从每个人的脸上可以看出内心的悸动，"登顶了，太好了！"当梦想终于付诸实现，奋斗得到补偿，他们只是吐出平平淡淡的几个字，因为他们真正在乎的是那辉煌登顶后面的深深的底蕴。

悬崖上的夜

18 日，整整下了一天的雪。早晨，BC 的帐篷被雪压塌一角。帐篷搭好后就没有检修过，雪后沙土被泡软，有三根帐篷钉被拔出来，便重新钉好。

雪还在下，天地间一片白色，几只牦牛在雪地里悠闲地徘徊，雪域风景比想象中的还美，可谁也无心欣赏它。大家都在为困在 C2 的同伴担心。

C2 说只有不足 3 天的粮食，而且大部分是巧克力一类甜腻食品，根本没人去动，只是硬逼着自己吃下一些方便面。体内严重缺盐，就拿方便面调料泡水喝，看着外面的雪，等待天晴。

19 日清晨，天似乎放晴一些。C2 队员早已收拾好东西、烧开水等待下撤，见天色较好，便开始收帐篷。拆完帐篷，天上又飘起雪花，等了半天，仍不见晴，天又很冷，无奈只好再把帐篷搭起。早上下不去，时间太晚下撤又不太可能，只好老老实实待在帐篷里，吃方便面调料，继续漫长的等待。

步话机电池已经耗得差不多，无法与 BC 正常联系。BC 通过断断续续通话知道他们还活着。C1 的同学也在焦急等待 C2 的同学下撤，雷奕安已在 C1 待了 7 天，徐纲也已待了 5 天。雷奕安是物理系研究生，有几分正统，但也有几分理想主义色彩，主张积极面对生活，为社会做贡献。正如有人开玩笑说，山鹰社兴的是学物理的谈古文字，弄计算机的治印，学数学的写诗，学中文的搞经济。雷奕安的英文有几分根底，逐字念过好多原版小说；藏书中有一套英译的四书，只怕没谁有翻的勇气；他还填词。徐纲也是文学和摇滚绝佳的人物。

起初几天，他们为新鲜的营地生活而激动，享受着雪山伟岸而深沉的寂寞。雷奕安在日记中写道：

"帐外阳光灿烂炫目，雪地晶莹洁白，远处及眼前的座座山峰沉静而伟岸，令人肃然起敬，山上没有飞禽走兽，也不见草地森林，除了呼呼风声之外就再也听不到别的声音。这是一种令人迷醉的、壮阔的寂寞。凡人入此意境，俗意皆失，杂念顿消，如入仙境。"

对于从未去过西北荒凉地带的人们来说，雪山是一种神秘的诱惑。然而，这里毕竟是一片荒芜的世界，与喧嚣纷杂的生活失去联系，出了问题只能自己解决，根本不能奢望外界支援，对生命的渴望异乎寻常地强烈。吃、住极其困难，冻了买不着衣服，饿了没有人送吃的东西。晚上没有灯火，就好像世界已经消失，四周只有一片宁静，除了冰，一无所有。看不见灯火，看不见人影，甚至没有树，只有重重的雪山，如黑影般压来。

电池用完，与上下失去联系。他们缩在帐篷里，过着一人一天一包方便面的日子，等待接应冲顶队员的下撤。他们在日记中写道：

"连续好几天，我们都是过着与世隔绝的日子。天气极糟，天天刮风，下雪，只能待在帐篷里，把自己裹进睡袋。饿极了就痛苦地钻出睡袋，穿上羽绒服，爬进六人帐篷做饭吃。每天一大早还必须打扫帐篷上边的积雪，以保持帐篷的正常形状。除此之外，每天在帐篷里的清醒时间，也就听听收音机，在大帐篷徒劳地东翻西找，企图发现一些感兴趣的食品，或者上气不接下气地把自己能记起的歌词全唱一遍。同时为上边和下边的事情担心。"

食品严重缺乏，徐纲只好下撤，留雷奕安一个人坚守C1。

20日，雪停，依旧没晴，连日新雪，路途比较危险。考虑到C2食品匮乏，又不知天将如何变化，李锐四人决定下撤。四人按拉加、李锐、吴海军、唐元新顺序结组下撤。坡陡雪厚，队员体力消耗巨大，又害怕滑坠，故十分小心，行走缓慢。

路上唐元新滑一跤，吴海军没能来得及做保护，被拖下去。幸亏拉加、李锐两人牢牢固定住自己，唐、吴二人实施自我保护，没有下滑很远。看着下面万丈悬崖，他们都不禁倒吸一口凉气。

过冰裂缝，过雪洞，七八个小时后，C1终于出现在眼前。几个人一面费力寻找路线绳，一面大叫雷奕安，让他做晚饭。雷奕安边烧水边给他们拍照。18点左右，拉加和李锐脱离最后一根路线绳，大概再有100米就到C1。这时，他们脚下一块厚实的雪面突然断裂，向东侧悬崖下面滑去，四人被雪块带下悬崖。

在下面为他们拍照的雷奕安惊呆了，本能地跪到悬崖边，但什么也看不到。他一边大叫四人的名字，一边拍照片。过了十几分钟，才听到唐元新的声音。雷奕安拿起步话机，登上右侧小山头，与BC联系，步话机显示屏上只剩两个点（没电），根本无法传递消息。他送一些熟鸡蛋、牛肉、罐头等下去，决定连夜赶回BC求援。拉加伤势最重，头部血流不止，掉下悬崖的瞬间他想起了妈妈。求生的欲望是如此强烈，他爬上悬崖。另外三人体力不足，没有上来，由伤势较轻的唐元新和李锐在岩石上搭起帐篷住了一晚。这次滑坡面积约有千余平方米，经历五六十米的落差，他们居然能站起来，自己照顾自己，实在太令人惊奇。

雷奕安安排好拉加，便向 BC 走去。为了抢时间，他走了一条从来没有走过的、在他看来也许是比较近的路。下山特别难走，尽是山坡，又是年轻山脉，石头比较松，刚下过大雪。但他管不了那么多，只能往下走。雨夹雪，没有手电，吃的东西都给了悬崖下的人，他饥肠辘辘。出发时 20 点多，天还挺亮。路上尽是无规律的石头，大小重叠，一踩就滑下去。走不多远，突然发现周围四五十米的雪都在下沉。他猛地一惊，心想这下完了，但竟然没事，就继续往下走。

走了一段，发现路不对，前面有一个洞，怎么也跳不过去，只能往上爬。往回撤的路上，又发现黑洞，有一半踩过的脚印是空的。他顺着冰缘走，雪时不时滑下去。眼前只有石头。山刚刚震过（这是后来才得知的），石头不时滚下山涧。可以听到四面的滚石声，但看不到在哪里。想后退，但下山求援的念头又如此强烈。

22 点，天已全黑。他本想 22 点前赶回大本营，但太难了，什么也看不见，只能顺着冰缘，掌握大致方向。他不知还有多远，也不知能不能找到大本营，感觉自己还能走下去。过了冰川，又到一处小溪，还有一些水潭，他开始蹦蹦跳跳。后来发现没有石头可踩，只有水，没有退路。站在最后一块石头上，眼前好像有岸，离石头二三米远，也不知河水有多深。他想，猛力一跳能跳到岸上。蹲下去，觉得岸在靠近；站起来，岸又在变远。使劲揉眼睛，这才发现近了的那个是山的倒影。他跳入水中，到处乱踩，摸着走。有种草特别刺人，他的手疼得厉害。他边走边喊，知道 BC 大约在附近。后来渐渐看到营地模糊的影子。走近 BC，他完全没有已经脱险的感觉，想的只是如何去救人。这时已是深夜 0 点 30 分。

这一年是雷奕安的本命年，他永远不会忘记这一夜。这夜的记忆伴随着他读完博士和博士后，最后他以副教授的身份走向北大讲台和北大实验室。他只有这一次登山经历，但他深情地说：

"登山的经历是我们终生难忘的……我们追求的是什么呢？是啊，蓝天、白云、神山、圣湖、寺庙、经幡、草地、牛羊……它不仅仅是一次经历，在我们心里，更重要的，它是一种感受，一种虔诚而刻骨铭心的感受。这种感受使我们对雪山、对自然、对登山产生一种归属感，使我们珍惜生命，热爱生活，真诚友爱，不畏艰难，勇敢向上。"

登山队是一所学校、一座熔炉，使人认识自我、塑造自我。雷奕安提出"以一个登山人的情感和姿态去面对各自的生活"。这种态度是从书本中学不到的，在校园里学不来的，只有在生死大限和集体孤独中，在与事物的直接切入中才会有这样彻悟。这就是业余登山的意义。大家并不是为了登山来到这个世界上，绝大部分人也不可能把登山当成自己毕生的事业，都将或早或迟离开登山队。登山队给每个人留下的，不只是美好的记忆和登山专业技术，而是更宽阔的胸怀、更完善的自我、更强的生存能力和对生活的热爱。

BC 度过了一个不平静的夜。惊愕之后，几个人迅速讨论对策，决定次日早晨 6 点出发，曹峻和徐纲先去救人。

在悬崖上度过的这个夜晚非常艰苦。帐篷单薄，睡袋也是湿的。身上的伤痛和心中的无助，重重叠叠地加在他们身上和心头。地上满是大大小小的石块，硌得浑身疼痛，怎么躺也不舒服。唐元新把 Gas 罐点燃，用来取暖，硬撑着照顾伤势较重的吴海军。劳累一天的李锐，在半睡半醒中不时询问吴海军情况。同生死的兄弟相濡以沫，总算挺过漫长的夜晚，挨到天明。

曹峻和徐纲凌晨 4 点从 BC 出发，在黑暗中摸索了三四个小时，天才慢慢亮起来。他们9点钟赶到C1。拉加一直躺在C1，头上裹着的布片早已被血染红，胸部似乎受了不轻的伤，神志仍然不太清楚，但还能自己走路。看完拉加的伤势，两人又走到悬崖下，寻找另外三名队员。这时已10点多，悬崖下的三人早已心急如焚，他们担心雷奕安独自下山会出事，直到听见脚步声，继而看到曹峻和徐纲探头，担心与焦虑才彻底消失。

徐纲在日记中写道：

"掀开帐篷门，一阵热气扑来，三张笑盈盈的面孔正对着我们，斑驳的血痕、伤痂不自然地组合在脸上，使得这笑是那么怪，又那么甜。都没事！我释然地低语：'他妈的！'帐篷里立刻传来响应。三个人异口同声：'他妈的！'一句粗话，当时就是最妙的音乐，这证明他们一切都好。我看了看曹峻，知道他也和我一样如释重负。抬头上望，李锐给我指他们昨天滑落的痕迹，30多米的雪坡，40多米高的裸岩，一路上洒满各种装备：鞋子、手套、睡袋、背包……什么都散了，独独人没散。"

曹峻和徐纲收拾起散落的装备，决定由曹峻带下面的三个人沿山谷下撤。徐纲回到C1，撤营，并同拉加一起回本营。这次下撤，可不像刚开始建营回来那样轻松。突击队员的身体非常虚弱，再加上伤口疼痛，根本没法走快，只能一步一步往下挪。天渐渐黑下来，又开始淅淅沥沥下起小雨，路非常滑，四周什么也看不见。几个人不断地互相提醒要小心，可在那种情况下，小心又有什么用，谁也免不了摔上几跤。在较陡的坡上，几乎都是手脚并用摸索。就这样，一直走了10个小时，全身上下给雨淋透，才回到BC。

BC的晚餐是诱人的，BC的笑脸是温暖的。经过多少次生生死死，登山队总算又聚到一起。

1992年念青唐古拉中央峰登山队队员名单（年级/院系/职务/绰号）

李锐：1989/物理系队长

曹峻：1988/城市与环境学系

徐纲：1989/物理系

储怀杰：中国语言文学系作家班

拉加才仁：1988/生命科学学院

唐元新：1990/城市与环境学系/"古拉"

吴海军：1990/政治学与行政管理系/"海土"

雷奕安：1989/物理系研/"老板"

张天鸽（女）：1990/中国语言文学系

张南云（女）：1990/光华管理学院

何时更返天涯

——1993 年慕士塔格

　　　　纯洁的在这里最纯洁，朴素的在这里最朴素，天真的在这
里最天真。

　　慕士塔格峰，在山鹰社这群爱山的人心中仿佛是一个难圆的梦。
1991 年，做了充分准备，付出了艰辛劳动，但由于种种原因，10 位热
血男儿只能洒泪告别这座威严、雄峻的"冰川之父"。北大学子永远是
坚毅卓绝的，仅仅过了两年，就又一次向慕峰发起挑战。

　　1992 年 11 月，北大登山队确定第二年攀登目标——慕士塔格峰。
慕士塔格，山体浑圆秀丽，坡度较缓，是世界上最高的也是最好的滑雪
场地。每年 7、8 月，聚集着来自全世界的几百名登山、滑雪爱好者。
慕峰的难度，首先是它的高度，其次是通向顶峰的漫长道路。

　　1993 年的登山队共 13 名队员，其中两名参加过 1991 年慕峰活动。
8 月中旬是慕士塔格地区的旱季，天气稳定，适合攀登。登山队这次选
择的是西坡路线，坡度较缓，平均只有二三十度，雪崩、冰崩、滚石等

危险较少。慕峰 BC 在海拔 4300 米左右，距离顶峰高差超过 3000 米。主要山间危险为 C1 到 C2 途中的冰裂缝区和暴风雪情况下迷失方向。针对慕峰路线长、高差大这一特点，登山队进山前加强了长跑和负重登山等耐力运动的训练。而针对冰裂缝与暴风雪迷路的危险，登山队则准备了大量路线旗，以标明危险地带和避免迷路。

鉴于全体 13 名队员中仅有 4 名队员有 7000 米以上的高山经验，故采取循序渐进的方法，即达到一定高度，队员们较好适应后，再向下一个高度挺进。同时，由于路线长而时间有限，采取极地法和阿尔卑斯法相结合的登山战术。即先建 C1、C2 营地，适应高度，并在 C2 储备 C3 及突击营地的物资，返回 BC 休整，待机一次性由 BC 出发以每天一个营地的速度建立 C3 和突击营地，直至登顶。

卖方便面的故事

山鹰社常常有意想不到的作为。1993 年赞助跑得非常辛苦，连续赞助两年的可口可乐这次不再提供赞助，大大小小公司态度虽好，要钱却没有。一直到 5 月，祝晶抓住星光台的赞助商北辰集团老板，事情才有一点起色。祝晶，绰号祝祝，1993 年两名女队员之一，英语系 1989 级本科生。属猪，与谢忠、叶峰构成慕峰登山队"三只小猪"系列。1992 年她参加了山鹰社组织的赴青海湟中县群加乡科学考察活动，平生最大愿望是带着一只小狗走天下和爬上珠穆朗玛，常常挂在嘴边的一句话是"总得登一把顶吧"。她拉的这笔赞助，最后只搞定 1 万元私人赞助，余下的钱还得再跑。

再跑，仍是处处碰壁。最后，北京东福食品公司答应赞助 7 万包营多方便面，市场价每包 0.80 元，共 5 万多元。在夏天——方便面的淡季，不到两个月卖掉 7 万包面，实在有点超乎想象。为了慕士塔格，再大的困难也得克服，登山队下决心卖面。

方便面公司把面分批拉到北大，山鹰社社员们把它们搬到"一体""五四"及所有能找到的储藏室，然后想尽办法一箱一箱卖出去。在办公室卖，在宿舍里卖，到北大的小卖部里卖，蹬着板车到远远近近的大学去卖。大学生是吃方便面的动物，面卖得比原来设想的要快。一板车一板车运输，到处洽谈生意，讨价还价。男生们都学会蹬板车，与各个小卖部老板熟悉得不得了。32 楼底下小卖部一位胖胖的大妈，直到两年后还亲切地叫李锐"小胖子"。

李楷中是最先可以蹬三轮出去卖面的。李楷中，1973 年生于云南腾冲，王诗宬老师给取绰号"腾冲"。1991 年考入北大技物系，在一名女队员文章中，是"90 四俊"（另有徐珉、刘俊、郑晓光）之一。军训一年，1992 年入校，1993 年 3 月加入山鹰社，同年 7 月随登山队出征慕士塔格峰，登顶，被授予国家一级登山运动员称号。他从入社到成为登山队员才两个多月。为了登顶一刻的辉煌，他也付出昂贵代价：右手被严重冻伤，三根手指被迫各截去一段指节，成为山鹰社登山以来第一位付出巨大代价的队员。毕业后去云南昆明贵金属研究所。正式上班之前，在长沙读研究生一年。这一年，他一个人孤零零的，常常是昨日饮半斤老白干，今晚又喝三瓶啤酒。有人说他是有贵族气质的人，额头尽显高贵与沉稳；他善文善歌，颇具摇滚巨星之风；又是个无可救药的"烟棍"。然而他觉得自大学以来，自己的生活多是苦涩和不如意。无论成功或是失败，也许他注定要经历一番沉浮。

卖面，通常是先与各小卖部联系好，再送货上门。队员先到商店谈好数量和价格，再由两三名队员到一体库房取出方便面，并用板车送到约好的地点。

第一次送面是吴海军、祝祝、刘俊和李楷中四人到农大，祝祝联系到的单子。大中午的，太阳很烈。除了预定送货的数量，还顺便多捎了几箱。多带的4箱，祝祝拿到校门口小店推销，只有一个老太太守着，她儿子才是老板。通过电话与老板谈妥价格，当时拿不到钱，晚上再取。李楷中记得自己第一次去联系生意，先到理工大，顺利成交，然后又到人大，小店里货已满，把批发价降到0.68元一袋并说明情况，还是没成。

出发前的义卖声势浩大，价钱定得低，还有抽奖，中奖率五分之一。后来有人反映总抽不到奖，开箱一看，奖条已经抽完，赶忙又放一些进去。对于买得多的，比如买一整箱的，除了抽奖，还按比例配发奖品（当然都是方便面）。有位中年老师买了一箱，抽走大奖一箱以及赠品，没多久又约了另外一人同来，大声说："我还买一箱。"义卖约莫卖了30箱。李楷中的一位老师是刚毕业的年轻博士，从"学三"打饭回来，看到义卖，摸摸口袋，没带现金，拿出几张菜票说："我买几包。"李楷中说还有抽奖。老师说："算了。"

张天鸽既不会蹬板车，又不能做搬运工，就负责管账与存货清点，每天从大家手中收上大把大把脏脏烂烂、零零碎碎的钞票，存到银行去。

人多力量大，山鹰社的人个个都称得上促销高手，存折上的钱一天一天多起来。有人提议统计大家的售面箱数，搞高手排行榜，这个建议未能实现。

从5月底到7月初，共卖掉营多方便面1000多箱，约5万包。临行那天下午，徐珉还匆忙跑去做了一笔30箱的生意。剩下几百箱，只好等回来再卖。登山队带了一批到山上，作为高山食品，每天煮着吃。

可想而知，队员们下山后很长一段时间都不能闻方便面味儿。

王老师才是真正的英雄

原计划是乘火车到乌鲁木齐，休息、购物两天，再乘飞机到喀什，然而甘新地区普降暴雨，兰新线路基大段被冲毁，火车严重晚点。飞机起飞时间越来越近，大家反倒不那么着急。六张卧铺六张硬座，可以轮流睡，坐硬座时就聚在一起打牌。

队员穿着登山队的衣服在 1 号车厢和 15 号车厢间窜来窜去，颇为显眼，车上的人都知道有一支北大登山队在车上。按级别应坐卧铺的王老师虽不打牌，也坚持和坐硬座的同学轮换坐，理由是硬座有更多有趣的故事听。

王老师，就是数学系教授、博士生导师王诗宬老师。他样子并不像博导，倒更像一个有经验的民工。操着一口江苏味普通话，讲述他登山及旅游的种种传奇，语速之快，饶是李锐这么机灵的人也是半天插不上一句。

王老师 1953 年生，江苏盐城人，曾获第二届中国青年科学家奖、第一届求是杰出青年学者奖、1997 年国家杰出青年基金，后来成为中科院院士。到过 70 多个国家，有着传奇的一生。1993 年加入山鹰社时已年近四十。他 15 岁插队，白天挥舞铁锹，晚上在用墨水瓶做的小油灯下读书，读"三曹""李杜"、恩格斯、牛顿、康德、赫胥黎，还有很多数学、物理、文史方面的书。没有老师，没有考试，不求甚解，其乐融融。

书籍改变了他的精神面貌，一年只挣 100 多元钱，但心怀高远。

1977 年夏他在北大 20 楼见到数学家姜伯驹，在姜老师的怂恿下，考进北大，成为"文革"后首批研究生并毕业留校。1983 年夏去加利福尼亚大学洛杉矶分校攻读博士学位。1987 年数学研究小有成就，引起同行注意。就在这一年的某一天，他在书店被一幅画吸引——金黄色的油菜花延伸到雪山脚下，雪山上是蓝天，蓝天下有雄鹰翱翔。几个月后，他只身踏上印加之路，试图登顶萨尔坎太峰。但美好的愿望遭到迎头痛击：他在墨西哥城被枪顶住腰，在库斯科被抢去机票和护照。尽管如此，他还是进山一周，得窥萨尔坎太仙姿。第二年初夏他在麦金利经历另一次轻松的失败后，回到伯克利做博士后。1989 年完成第一次环球旅行，归途随向导登上非洲之巅乞力马扎罗，之后回到北京大学工作。

1990 年他在北大听说山鹰社，匆匆见过曹峻一面；1990 年登了富士山；1992 年登了勃朗峰。1993 年他 40 岁，若没有契机，海拔 5896 米的乞力马扎罗便是他的最高峰。从中国登协那儿听说北大登山队要去慕士塔格，他赶忙找到李锐，随后来到山鹰社。

就这样，他作为登山队十三壮士之一，引吭高歌，直奔慕士塔格。慕士塔格从此融入他的生命。慕士塔格的锤炼使他能在 1996 年登上阿空加瓜（南美最高峰）和麦金利（北美最高峰），也使他有了一批年轻的朋友：在圆明园跑步，在 Login 公司（曹峻和谢忠等毕业后在北大旁边开的一家公司）聊天，在冬训时和大家一起抢面条。他认为："山鹰社不仅给了我在更高的地方观察世界的机会，还在我已不年轻的生命中注入了新的活力。从前总以为在哪里工作都一样，自从熟悉了山鹰社，真的舍不得离开北大了。"他说，在他的一生中，有两个令他自豪的东西：他是国际数学家协会会员和他是北京大学山鹰社社员。

王老师喜欢古代文学，插队时曾想报考中文系，因为遇到姜伯驹教授才到了数学系。火车横穿大漠，最易引人思古，王老师便频频引汉唐诗篇与中文系高才生张天鸽讨论，又有刘俊等人凑热闹，天鸽节节败退，只好守住《诗经》和《楚辞》两块最后的阵地。王老师有很多新奇的典故和故事，上至拓扑学领域的有趣问题，下至各种牲畜的睡觉姿势，都说得深入浅出。后来大家分别研究众人的睡觉姿势，如吴海军为驴卧式、谢忠为牛卧式等。对此，张天鸽总结说，1993年特别有趣，可能是因为有了王老师。

车停得最久的地方是一个叫作大泉的小站，只有几间房子，周围都是戈壁滩。火车停了整整17个小时。一位大妈戏称："大泉真是世界第一大站，居然要停这么久。"那时雨早已停歇，天气非常好，大家纷纷爬出车窗，到戈壁滩上去玩。偶尔有几丛稀疏的草，还有一些依稀可见的干涸的河道，远远地在日落的地方能看到连绵的山脉。

到乌鲁木齐，飞机肯定是误了，到喀什只能坐汽车，中途经过达坂城、轮台、库尔勒等地方，一路颠簸驶入南疆。最让人惊讶的是在戈壁中央，依然有正宗四川人开的饭馆。

在轮台的戈壁吃饭，王老师向大家申请，往菜盘里倒饭，端着到公路边上，对着广袤的戈壁吃。戈壁的尽头是光秃的山，王老师大袖飘飘。李楷中拉着刘俊说：王老师往往说谁谁是英雄或不够英雄（比如李楷中本来很是一个英雄，因为不敢杀羊，王老师便取消其英雄称号），其实，王老师才是真正的英雄。

国际村

汽车走了一天两夜，迟了12个小时到达喀什。到喀什是早上，先遣的徐纲、李锐守了一夜没等到队伍。

队伍在喀什回合后，便依据计划在当地租借大帐篷、煤气罐等笨重的装备，并买足进山所需食品。

7月27日，登山队全体搭乘汽车赶往位于204草原的卡拉库里湖慕士塔格接待站。之所以叫204草原，原因是它位于中巴友谊公里侧畔，距离喀什204公里。从在这里开始，队伍将离开公路，徒步前往慕士塔格峰大本营。

喀什登协吐主任所管理的慕峰营区就在卡湖一侧。由于事先托付吐主任帮忙租的，用于运输装备和物资的骆驼未到，他便盛情留队员们在卡拉库里湖玩一天。

卡湖的水一尘不染，寒冷刺骨。四周是冰碛石块的荒地，与圆明园、未名湖大异其趣。湖边有柯尔克孜人在牧马，中巴公路上偶尔有几辆车开过。新队员叶峰写道：

> 卡拉库里湖凉凉的，静静的，如水一般的夜，似乎圆满了我多年追寻的梦。追寻一种深秋雨后，身着单衫，信步树中的感觉——凉凉的，像全身每一个毛孔浸润着沁人心脾的凉意；静静的，像远古的沉寂。
>
> 慕士塔格就在湖对岸，庄严，美丽，洁白而又雄伟。
>
> 日里在卡湖上泛舟，许多天来为准备进山忙碌而积攒下来的种种情绪都渐渐沉落下去，慕士塔格不远不近地逗引着我们。自认为划船还有一手的我，自告奋勇说一个小时可以划过去，去亲近一下盼望已久的山。然而一个小时很快过去了，我们的小船仍在浩渺的水上摇荡。回望，岸上人已如芥，而面前的慕士塔格依然不远不近，

向我们谦逊地微笑着。

　　这才明白都市中形成的距离概念已经不适用。卡湖清冽的水在我们的船边荡漾着，仿佛在嘲笑我们的无知。

　　就是在这时候我第一次懂得了山。

　　月亮已经落下去了，帕米尔的天空群星闪闪。夜风吹过来，清清凉凉的，越感到空气的稀薄，隐隐的头疼开始袭来，渐渐地，人也沉到这夜里，沉到梦里去了。

　　而来自云南大理的刘俊又是另一番感受：

　　"在卡湖的小船上，我留下一张照片。摘了眼镜，半眯着眼，抬头正视前方，那表情是严肃？是崇敬？是坦然？我说不清。这是我第一次很真切地看着慕士塔格。它静静地让我看着，一动不动，是威严？是静穆？还是也很坦然？真伟大，我实实在在感受到了它的力量，卡湖的水，从我心底向四周漾了出去。从山顶到山脚张着一条又宽又深的口子，那是冰雪作用的结果。除了大自然，谁有这样的利斧？若不是大山，谁又承受得起？"

　　7 月 28 日，登山队用租来的骆驼将装备从 204 营地运至 BC，同时登山队全体也轻装步行至 BC。BC 海拔 4300 米，刚刚抵达这里，有些队员就开始头痛欲裂，有喝多了酒的感觉。唐元新、吴海军等老队员说："对付高山反应最好的办法就是干活儿。"像喝多之后的头痛，以往李楷中最多睡上一觉就好，这次却不行，太阳穴随着心跳直蹦。王老师脸色苍白，只能找一块大石头坐着。

　　每年登山季慕士塔格的 BC 都十分热闹。那二十几天，人来来往往，登山的、观光的，有二十几支队伍。小小的河谷中各种大小帐篷星罗棋布，还有当地登协设置的厨房和厕所，真是名副其实的"村"。

登山者来自各个国家，操着各种语言，让人觉得如进入多国部队营地，极为热闹。休息时，队员们喜欢用"丑陋"的英语（王老师的除外）和他们聊一聊，或不时用望远镜观察河对面的西班牙女郎。队员们印象最深的是一位法国女子，将近 30 岁，很美，有法国名模气质。让人吃惊的是，见到她时，她刚登顶下来，皮肤一点儿没被晒黑，人也是精神饱满的。她临走时给登山队留下有葡萄干和巧克力粉的燕麦片。

最近的帐篷是四个新西兰人的，其中一个是被雇来的向导，女孩叫雅典娜。他们上去过几次，建了 C3，但登顶意图不坚决，没多久就下来，原因是"上面太冷"。他们的帐篷也留在了山上。闲暇时，雅典娜不时到登山帐篷看祝祝、谢忠和大鸽，她叫谢忠为"poor baby"。

河对岸还有一支庞大的日本队，他们的英语更加"丑陋"，因为离得远，几乎没有交往。日本人登山团体精神强，有严格得过分的计划，经常在大晴天里休息、喝酒，却在不太好的天气上去建营，因为计划如此。

204 营地附近有几户牧民，交流很困难，只有通过一个来访亲的小孩翻译。那个满脸乌黑的柯尔克孜少年后来来到大本营，拿了几把刀或别的东西要卖给北大队员。临行时送给他们几块红色小石头，据说是慕峰上的红宝石。他的口袋里是一堆各种版本的扑克以及一把钱。长那么大，他既没上过学，也未到过喀什，钱对于他，彻底是一种符号。荒原里没有很多人，每见一个陌生人，他是高兴的。柯尔克孜少年会说几句地道的英语，"No problem!""Five dollars！"

月亮是红色的

7月28日的夜晚，给初入高原的徐珉深刻的印象：

"初到慕士塔格的那一夜，没有一丝一点的 Romantic，BC 是在4300 米的高度，高山反应足以使你失去对一切事物的兴趣，除了自己的头痛。脑袋里仿佛有一个孙猴子在那儿大闹天宫，恶作剧地压迫着眼睛。在这种情况下抬眼望一下慕士塔格峰就会头晕目眩，更不用说去欣赏夜景了。吃完晚餐便早早躺下，不幸的是，睡袋拉链坏了，加之阵阵头痛，一夜未眠。从未想到慕士塔格的夜是如此之漫长。"

高原的星空是最令人产生幻想的，它那么近，那么亮，然而第一夜就给了"91 四俊"之一的徐珉一个下马威。

31 日建 C1，队里决定谢忠、张天鸽留守 BC，其余人往 C1 运输物资装备。每个人的运输任务统一为 30 斤。相比之下，刘俊和李楷中体重不足 100 斤，他们的负重就显得较多了。

慕峰常年有人来登山，冰碛地路面上已经踏出小径。李楷中带路在前，看见有一段近路可抄，便往上爬，不料是一条无人走过的碎石坡，后来的人跟着往上，往往是上三步滑两步。在雪线处换上高山鞋，接着往上走，第一次上 C1，竟花了六七个小时。后来证明只用两个多小时就够，不过是已经"适应"以后。到达 C1，先扎起帐篷，有人脸色苍白，坐在雪上不能起来。李锐和徐纲四处寻找，果然找到 1991 年他们在 C1 使用过的水塘——C1 附近有一块地方冰层下面有一泓水，幸好还没被污染。

建好 C1 营地，队员们在暮色中下撤。暮色很深，夕阳早已不知去向。没有归途应有的喜悦，他们走得很沉重。陈庆春机械地迈动双腿，一步步地跨下山去。身后不远，唐元新默默走着，不时抬头，望望天空。天气不会有问题的，陈庆春想。不知怎的，他心里有几分难过。唉，可恶的高山反应。刚才在 C1 建营，他极想往雪地里一坐，再也不起来。现在这种感觉又上来了，甚至有一种抱头从山坡上滚下去的欲望。他回头看唐元新，摸出一颗糖，递过去，唐元新没接。陈庆春嚼着糖，也嚼着要走的路。同伴们该到大本营了吧，他想。点点星光已经上来，他试着小跑，跑跑停停。在小河边作牛饮时，听见大本营的呼唤。这是新队员陈庆春第一次感受雪山。陈庆春，被大家亲切地称为"小春子"，又称"春子"，来自福建东海之滨的一个小镇，1990 年考入北大计算机系。自幼生长于山地和大海挤压的狭长地带，虽乐于享受独自听潮的乐趣，更多的是喜欢和伙伴们嬉戏于大山之中。他喜欢向上的感觉。

刘俊也是第一次上雪山，却对雪山的"白"情有独钟：

"向下看，则青灰黄黑，驳杂不一，只有伸展下去的冰舌和极远的山尖透着几丝白。上面的世界，玉质冰清，晶莹剔透，白得如此无瑕、如此纯洁。起先还无暇细赏这美景，直到建好 C1，松口气，才为这无始无终的白所吸引，醉心其中。"

8 月 1 日，全体队员留在本营休整。开会，对天气状况做分析，讨论天气周期和卡湖对天气的影响，一次好天气大约持续一周，或许可以赶在这个周期内登顶。2 日进驻 C1，增设三人帐篷一顶。大家的高山反应好多了。当夜遭到暴风雪袭击。眼见黑云压过来，赶紧缩入蜗壳般的帐篷。风呼唤地刮，拍打着帐篷，噼噼啪啪地响。通气孔灌雪进来，醒来几次往外掏雪。早晨睁开眼，睡袋上还是盖了一层雪。下午大家就躺在雪地里晒太阳，听王老师和徐纲讨论拓扑学，听吴海军讲"C1 的故事"，听李锐和徐纲那不知是谁的、几年前没说完的、弄不清是 19 岁还是 13 岁那年的浪漫故事。

黄昏使帐篷变成了温室，闷热到不得不在外面架设简易凉棚，把防潮垫搬出去，爬到雪地上乘凉。背后是雪坡，晶莹洁白，但破碎的山体又让人隐隐感到冰崩或雪崩的恐惧。远处的山被夕阳镀成金黄，万籁俱寂之中，只有红色的帐篷和队员们的喧闹像一把利剑，划破慕士塔格永恒的宁静。

4日早上，李锐、徐纲、徐珉、吴海军、陈庆春、唐元新、叶峰、王老师、刘俊和李楷中一起向C2进军。这一带开始见到裂缝、雪桥、陡坡。最难的是一段近45度的陡坡，雪深及膝盖，只能由三四人开路，太险，根本无法换班。脚往前迈一大步，踏实了才有一二十厘米厚，往前一倾，雪就齐胸。大约花了两个小时才爬过那段不足200米长的坡。在这坡上，李楷中留下最经典的一张照片：身背红旗，如京剧中的先锋官。

刚到坡顶，雪就飞下来，李锐大声鼓励："再往前点就是C2。"雪越下越大，狂风夹带雪花抽打在脸上，然而寒冷疲倦和疼痛都被内心的恐惧吓倒。四周全是雪，不知是从天上落下的，还是地上吹起的，眼前仿佛加了一块毛玻璃，看不见前面的队员，也看不见后面的队员，只能隐隐辨认出眼前的几个脚印，听见狂风中的喊声："大家跟紧……这才叫登雪山呢……"

大家心里一直默默地希望能看到标志营地的红旗。忽然有人欢呼起来，前面有几面红旗，那是新西兰人的营址。大家立即在风雪中动手铲平那片地方，扎下营地。大包小包统统放在帐篷外，煮起方便面来。出去探视，不远的高处果然有日本人营地。

天鸽、祝晶和谢忠，在BC过"一家三口"的日子。无边无际的自由与空闲让人不时无所适从。天鸽很会逗自己玩，扯下营多的宣传画为众磁带裁制新衣。新西兰雅典娜小姐夸天鸽"clever with her hands"（心灵手巧），天鸽乐此不疲，发誓为磁带添置两套罩衣，曰冬装与夏装，或曰内衣与外衣。

谢忠，湖南湘潭人，1990 年被录到北大哲学系，1991 年冬入社。1992 年参加山鹰社组织的赴青海湟中县群加乡考察活动，得"笨笨"绰号。1993 年，心肌炎初愈，医生同意他来登山，但要求攀登高度不得超过海拔 6000 米，因此只能待在 BC。连续两日，早上醒来他们发现帐篷载雪，刚开始有些浪漫调调，就被有经验的天鸽点拨，挥铲弄镐，对帐篷敲敲打打。

每餐后谢忠要把三句话变换顺序反反复复地讲：一、累，吃饭真累；二、腰疼；三、下顿饭吃什么？大铺底下各式鞋子横陈，随意套上，东游西逛。三日来，时而大雾封锁，本营像座孤岛，时而雪若"空中撒细盐"。三个留守者望着慕峰口中念念有词"可怜的兄弟，可怜的孩子"。

山上的天气更糟，风雪已住，只是白茫茫一片，混混沌沌，太阳在哪儿也不知道。食品、气罐等已不能保障 10 人使用，经过认真讨论，决定由李锐带陈庆春、叶峰、王老师和刘俊往回走，余下 5 个人以徐纲为首，在山上等候好天气往上冲。

5 人向下走去，头天的脚印差不多已填平，仅能勉强辨认。能见度愈发低，把脸贴地，摘下墨镜也无路可认，只好坐下。一团大雾裹来，迷迷茫茫，只知路侧不远就是雪崖，不敢乱动。虽然在雾中被蒸得有些窒息，BC、C2 和李锐五人之间，步话机不停地喊话。坐了半天，只好沿刚踩的脚印缩回 C2，实际上出去了只有 50 米。10 个人又在两个帐篷里挤了一晚。

6 日，迫于暴虐的天气，把路线旗、Gas、食品、帐篷留在山上，全体背着空包下撤。有一段路是山腰上一条横向的小山脊，山脊总宽不到

20米，顶上尖尖的只是一条线，沿途每50米插的路线旗还没被雪盖住，连滚带爬到C1。叶峰掉进裂缝里两三次，对"掉进裂缝时身体一定要往后仰，而不是前倾"的技术要求有深刻体会。C1的帐篷积了厚厚一层雪。日本人不肯把BC扎在山脚，凭着钱多，让牧民生生替他们把装备运到雪线下。地上雪很厚，他们走得很吃力。北大登山队下行时踩下的脚印，正好供他们循路而上。

其他的登山者多是穿滑雪板，雪厚关系不大，似乎也不怕裂缝什么的。慕峰是个无可比拟的滑雪地，雪面平缓，滑行高差几乎有2000米。

雪线在雪后降低了几百米，上行很难，只有等好天气。登山队在BC的这个夜晚，月亮是红色的，似乎很快就会落到山谷中，随着潺潺的雪山融水流下来。没有风，没有啾啾的虫声，每一颗星、每一片云、每一滴雪水、每一个山石、每一顶帐篷都散发出神秘的美。

等待的几天里，除了聊天神侃，就是四处找地方玩。好几次李楷中拿着标志杆，咆哮着追打来偷吃挂在帐篷外羊腿的牧犬。李楷中还和唐元新起大早翻过小山包去找宝石，在冰塔林里头拍照，冰粒哗啦啦掉下来，两人一阵狂奔……这时李楷中知道冰竟是蓝色的。用镐凿去表面，可以隐约看见冰的本色。看到一个巨大的冰蘑菇[1]，两人轮流上去拍照片。刘俊在大本营有趣极了。唐元新在晚霞中自拍，放好相机，走到镜头前不远处，等待快门自动按下。刘俊大笑："自拍是按那个键吗？"唐元新十分心虚，连问怎么办。刘俊也不知道。谢忠在切冬瓜，大约是竖着切的，刘俊亦大笑："冬瓜怎么可以竖着切呢？"谁也不知道为什么。

1　冰蘑菇，覆有大小石块的孤立冰柱。是冰川地区的一种特殊地貌。较大体积的岩块覆盖在冰川上，引起差别消融，当周围的冰全部融化了，而大石块因为遮住了太阳辐射，其下的冰没有融化，于是生长成大小不等的冰蘑菇。

反正如果有人先大笑，告诉你不能这样，至于为什么不能那样，他又不肯告诉你，谁都会怕的。

天气稍稍稳定，立即开会，决定分 A、B 两组往上走。徐纲、唐元新两个老队员带徐珉、刘俊和李楷中共 5 人为 A 组，先行建营地并冲顶。李锐、吴海军、王老师、叶峰和陈庆春为 B 组，负责必要的支援并做冲顶准备。

每次出发，行前一晚的狂欢总是那么尽兴，没有酒，只有几杯水、几粒糖果，从《一无所有》到《故乡的云》，从《北方的狼》到《你看你看月亮的脸》，从《找朋友》到《两只老鼠》……只有一曲《不要问我从哪里来》似乎是最庄严肃穆，轻轻地握手，轻轻地拥抱，勇敢者在这时候都安静下来。

火辣辣的伊犁特曲

9 日，A 组出发至 C1，B 组也将在第二天踏上冲击顶峰的征程。

望着庄严而美好的帕米尔夜空和时隐时现的慕士塔格巨大山体，以及星空下北大登山队的和其他外国队伍的各式各样的帐篷，令人不觉有"横空出世莽昆仑，吸引多少壮士心"的感慨。

王诗戒老师睡意皆无。边想着"盼望已久的日子就要来到，愿好天气能持续下去"，边走出帐篷。面对此壮丽的景色，王老师不由得诗兴大发，吟得一绝：

边云静驻冰坡北，
明月遥悬雪峰西。

天高野旷尘念灭，

唯思绝顶飘红旗。

10日B组出发至C1。A组上行至C2。11日，A组行至海拔6900米处，建C3。到了新的高度，自有新的感觉。5个人煮一包方便面，徐珉吃一口递到李楷中手上，说："你胃口好，把它吃完。"只有他俩还能吃点东西。一轮又一轮地转，总是命令下一个人把它吃完。最后还是倒掉，而且都吐了。整个营多登山队，卖面、吃面，吃了太多方便面，再吃难免恶心。

B组也到C2，山间时隐时现，依稀是来时的路。太阳从云的两旁放出异彩，照在平静的山峦上，照在雪地上。冰雪切入冰面的裂缝，高高低低的雪坡，组成一副动感极强的画面。对面山坡上一条白色的带子，该是流动的河吧。

五人挤在一顶帐篷里。夜里，可爱的小水珠不时滋润脸颊。在欲睡而又不得的状态下，跑到帐篷外数一数星星，感觉却远没有那么浪漫。

12日，C3海拔6900米，离顶峰高差尚有646米。情况很现实，必须做最坏的打算：当天能登顶最好，不行就建C4，次日再突击登顶。

11点，A组5人从C3出发，为了减轻负重，只背4条睡袋、1顶三人帐篷、4个防潮垫及一些食品。绕过一条巨大的冰裂缝，再往上便是漫长的平缓的雪坡，一脚下去，雪几乎没膝。队员们轮流开路，每人60步，完成后便退到队尾，其余人踩着脚印走，即便如此，高海拔地区的缺氧和背上的负重还是令呼吸困难，直喘粗气，再也不能像从BC到C1时那样说笑。寂静的雪野里只有白色、喘气声和登山靴踩在雪地里的声音。

高度在升高，7000米，7100米……攀登越来越困难。16点，才到达海拔 7300 米处。当天登顶显然无望，空空如也的肚子开始"闹革命"，赶紧吃下两颗随身带的水果糖。水已喝光，干燥的风吹在嘴唇上，嘴唇早已干裂，胡乱塞把雪在嘴里，却不敢下咽，害怕"脆弱"的胃受不了这"刺激"。真想停下来扎营，但今天登高一点，明天就多一分成功的希望，只好咬咬牙将这提议咽进肚子里。

翻过一个雪坡，雪明显硬些，也更薄些，风却大许多。"一定是快要到顶了。"徐纲兴奋地叫起来。"那不是顶峰的裸岩吗！"唐元新指着右前方一块黑黢黢的地方说。大家的精神为之一振，但很快就被眼前的现实所打击：那不过是一块裸岩而已，不是顶峰，其上还有更高的雪坡。"扎营吧。"走在后面的唐元新忍不住提议道。时间已是 18 点 30 分，夜晚的寒冷很快就会袭来，现在的高度是海拔 7300 米，明天只要 3 个小时的好天气，就能成功登顶，成功就在眼前。

帐篷很快就搭好，可外罩不配套，只好用雪埋住它的边缘，再压紧踩实。这晚上大家尽管很饿，但食欲都不好。吃完饭便东倒西歪，昏昏欲睡。三人帐篷实在太小，5 个人必须蜷着身子，侧身方能睡下。只有四条睡袋，唐元新提议每人捐一件羽绒服，权作他的被子。唐元新先用一件羽绒服"穿"在腿上，再盖一件在脚上，一件盖在身上，一件垫在头顶。由于唐元新最后一个睡，其他 4 人头朝着的那头已无空隙，他只好头枕着徐纲的脚睡。

8 月 13 日，星期五，李锐生日，A、B 两组相继登顶。大山向登山队员们展示了它无尽的魅力，不仅仅是那纯洁的白，还有远方正朝谒大山的群峰、冰川中嵌着的两小块碧玉、张牙舞爪的冰崖、似欲扑人的雪壁、随时张着大口的冰裂缝、一直向上望不到头的大雪坡……

清晨，A 组从突击营地出发，轻装，每人只带一根雪杖，一步步向目标逼近。连日来刘俊体力渐有不支，五步一喘，三步一喘，喘而又喘，抬脚困难，这时却格外精神振奋。峰顶的出现其实只在一刹那间，它就突出在上面，离 A 组是那么近。12 点 10 分，A 组终于登上顶峰。那是一堆不大的裸岩，有一块突兀的大石头，另一边向下是个被"咬"了一口的沟槽，大概垂直向下 1000 米，不能走近。A 组默默走到大石头前面，拍下登顶照。峰顶，是一个神圣的世界。纯洁的在这里最纯洁，朴素的在这里最朴素，天真的在这里最天真。和大自然比，人类不知有多渺小，但靠着这钢铁集体的力量，能造访这个神圣世界。

李楷中要爬那块大石头，唐元新赞同。徐纲否决，说风太大，没带保护绳。李楷中说系着围巾，两人绑一起，但没有坚持。山顶温度约为 -20℃，加上 7 级大风，体表受风处温度约为 -40℃。李楷中将背包中的相机取出，戴着手套极不方便，干脆脱掉手套，照完余下的 27 张底片，大约五六分钟，A 组随即下撤。撤了很远，回望刚才留下身影的地方，刘俊问自己，在这神圣的世界中追求到什么呢？没有答案，因为答案将在未来的点点滴滴的生活中不经意地显现出来。

在 C2 唐元新和徐珉没能找到睡袋和防潮垫，只能拖着步子跌跌撞撞下撤。好多次徐珉莫名其妙地跌坐在地上，不想再起来。下了雪线，忽然看见前面有人上山，他盯了半天，有点不太相信自己的眼睛。但这是真的，是谢忠背着罐头上到海拔 4700 米来接他们。相对无语，眼睛湿润。灌两口热水，一抹嘴，相视而笑。谢忠他们继续向上接人。刘俊仍然渴得厉害，一气冲入小溪，咕嘟个饱，BC 近在眼前，却不马上过去，五音不全地唱《满江红》。

李楷中在 C2 已近雪盲，摸索着到 C1。C1 以后的冰碛路面上李楷中已彻底失明，天鸽去接，他坐在石头上说："你是谁？我只知道你是一个穿红衣服的人。"像是平日喝醉了的样子。

回到 BC，烛光映着被紫外线灼伤的脸、干裂的嘴唇。一瓶伊犁特转眼便干了，一根羊腿骨啃了又啃，吮了又吮；洋芋丝炒完了吃，吃完了炒。"为登顶成功，干！"火辣辣的伊犁特曲灼伤嘴唇，灼伤喉咙，但温暖了年轻的心。在睡袋里倾听旗帜拍打帐篷和风击长空，其间有熟悉的声音，是雪。

B 组五人也是这天登顶，从 C3 直接冲顶。下午约 17 时 10 分到达征程尽头。或是过于兴奋，或是过于疲劳，他们并没有太多激动的表现。先小心翼翼地走到山顶东北侧崖边，俯瞰极为险峻的地势，回过身来，在强风中小心翼翼地展开五星红旗和登山队队旗。

多日来给登山队制造无数困难的冰缝雪坡，看上去已微不足道。卡拉雄冰川在左，克麻土勒加冰川在右，群山起伏逶迤，越过国界，进入塔吉克斯坦。

太阳距离很近，太阳和雪都很白很亮。薄薄的云片疾驰而来，被强劲的高空风撕成碎末，消失在蓝得发暗的天空中。王老师后来说，他在那一刻，突然明白人们为什么把天空叫作苍穹，从而再次意识到一个人的渺小、人生的短促和机遇的重要。

14 日，B 组也有如滚雪球，从 C3"滚"到 C1，负重几乎增加一倍。再次走在归路上，终于是最后一回，B 组来到小河边。BC 底下，有几处亮光，晃动的。有人来接了。

夜里，打开仅有的一瓶酒，唱起古老的"慕士塔格"曲，BC 渐渐睡去。

李楷中由于在顶峰上的疏忽，手指已经冻伤。他想留下等 B 组兄弟归来，大家不同意。徐纲陪他下山去治伤，在公路上找车，碰上登协的吉普，又在卡湖住一晚。后来找到两个跑巴基斯坦的汉族司机，把他们送到喀什，但周六，医院无人上班。

16 日，徐纲返回山里，李楷中独自在招待所。上午 10 时，所有装备又一次搭上柯尔克孜人的驼峰。苏巴什的牧民、阿克陶的厨师、乌鲁木齐来的教练、联络官和各国的登山队员都围过来，祝贺北大登山队成功登顶。

当帕米尔的天风最后吹入车窗，已是夕阳西下，望着远去的雪峰，车内一片沉寂。在来的路上初见雪峰，也正值夕阳西下，他们满怀激情地唱"夕阳西下，雄心勃勃天涯"。几天前在高山营地上，也是在夕阳西下之时，他们抹着稀芝麻糊，吃着自制的雪里红三明治，大谈喀什的手抓羊肉、北京的酸菜鱼和繁华世界里的许多其他事情。而此时此刻，充满胸中的是对雪山的依恋之情，"夕阳西下，何时更返天涯？"

1993 年慕士塔格登山队队员名单（年级 / 院系 / 职务 / 绰号）

吴海军：1990/ 政治学与行政管理系 / 队长 /"海十"

李锐：1989/ 物理系

徐纲：1989/ 物理系

唐元新：1990/ 城市与环境学系 /"古拉"

王诗宬：数学系教授

叶峰：1990/ 计算机科学技术系 /"叶子"

陈庆春：1990/ 计算机科学技术系 /"春子"

徐珉：1991/ 物理系

刘俊：1991/ 技术物理系 /"大酷哥"

李楷中：1991/ 技术物理系 /"腾冲"

谢忠：1990/ 哲学系 /"笨笨"

张天鸽（女）：1990/中国语言文学系
祝晶（女）：1989/英语语言文学系/"祝祝"

江源之巅

——1994 年格拉丹冬

　　在这个光辉的时刻，每一个队员都会感到无限的光荣。

河源唯远

　　1993 年 12 月，北京大学登山队确定了第二年目标：格拉丹冬峰。屹立在长江源头海拔 6621 米的格拉丹冬雪峰是多少人梦寐以求的冰雪女神。山峰开放以来，先后有许多国家的队伍到过江源。1985 年，日本京都大学学术登山队到达江源，攀登格拉丹冬峰，有 6 人登顶成功。1986 年，中美联合长江科学考察漂流队到达姜古迪如冰川，并竖立"长江源头"石碑。

　　但格拉丹冬峰一直无中国人问鼎，无论从地理位置、文化象征，还是从登山本身考虑，都值得前往。北大登山队决定代表炎黄子孙，将五星红旗插上江源之巅。

　　长江全程 6300 公里，流域面积达 180 万平方公里，是世界第三大河流。寻找它的源头，可以说进行了几千年。《尚书·禹贡》记载："寻江于岷。"这里，江即是长江。岷则是指甘肃天水境内的一座山。北魏郦道元则以为蜀之岷山，自此以讹传讹。明初宗乐和尚由西藏取经返回中土，途经昆仑山，以之为黄河与长江的分水岭。明末徐霞客遍游大川，首创以金沙江为长江起源之说。清康熙年间，朝廷派使者到青藏高原勘察江源，使者面对密如蛛网的长江源头，望河兴叹，回奏说："江源如帚，分散甚阔。"

唐古拉山脉格拉丹冬雪峰南侧的姜古迪如冰川冰舌末端消融剧烈，砾石间流淌的涓涓细流形成沱沱河。姜古迪如冰塔林晶莹秀丽，冰塔林下水光涟涟，纵横交织，像一张银色大网，在高原上熠熠生辉。

1978年，长江流域规划办公室经过长期勘察，确定沱沱河为长江正源。江源一带共有五条大的河流。自北向南分别是：楚玛尔河、沱沱河、尕尔曲（卡日曲）、布曲和当曲。这五条河流呈扇状，组成江源水系。楚玛尔河最长，当曲水量最大、流域最广。沱沱河流向顺直，位置居中，距长江入海口直线距离最远。于是形成对江源的三种不同说法：一源说（沱沱河或当曲），二源说（沱沱河和当曲），三源说（沱沱河、当曲和楚玛尔河）。1978年江源考察认为，沱沱河居中，为正源。楚玛尔、当曲分别称为北源、南源。1986年，唐邦兴教授率领的长江科学考察漂流队主张当曲为正源。最后，根据"河源唯远"及"流向顺直"两个原则，确定沱沱河为长江正源。

北京大学登山队向长江源格拉丹冬挺进，要想梦想成真，还需艰辛的努力，具体地说，主要是经费筹集、资料搜集、确定队员等。

经费，是每一年登山活动最难解决的问题。从慕峰归来的1993年9月，队员就开始为次年经费寻求赞助。1994年2月底，新学期开始，赞助筹备组成立。跑大厦、找公司成为课余生活的重头戏。一个月下来，大大小小公司跑了不知几百家。5月初，广州宝洁公司飘柔品牌部慷慨解囊，独家赞助此次活动。这次赞助对山鹰社有特殊的意义，因为从这年开始，广州宝洁公司持续多年赞助山鹰社，它不仅支持了山鹰社多次登山活动，而且还赞助山鹰社建立了钢结构人工岩壁兼山鹰社办公楼。当然山鹰社也为广州宝洁公司输送了不少人才，几乎每个加盟宝洁公司的队员都成为该公司的优秀员工。

资金到位后，格拉丹东登山队正式组建完成：全队共15名队员；由登山队长徐珉、攀登队长陈庆春和后勤队长吴海军组成决策小组，协调活动；由吴海军、谢忠和刘俊等组成后勤小组，负责后勤工作。这些队员都是经验丰富的老队员。另有登过多次雪山的曹峻、白福利、唐元新等做后盾。平生从未见过雪山的队员，如郑晓光、张勤、赵凯、张永利、李炜、冯燕飞等，也是社里优秀分子。5月底组队后，登山队开始为期一个月的强化训练。

6月底，大部分准备工作完成。一条消息随电波传遍全国：北京大学飘柔登山队将攀登长江源头的格拉丹冬雪山。

前站记事

古代行军打仗，讲究"兵马未动，粮草先行"，现在商业、服务业发达，不再需要随身携带粮食，但要搞好一项复杂的活动，仍需联络、准备工作，登山活动尤其如此。

攀登目标格拉丹冬峰位于唐古拉山脉中段，在青藏公路以西88公里。从青藏公路向西，有一条20世纪五六十年代勘探水晶矿时修的简易公路，现已废弃，路况如何不详。从地图上看，为了避开沼泽地，公路七弯八拐。如何顺利地通过这段路到达格峰脚下，成为第一个难题。登山队大致的设想是在格尔木租一辆六轮驱动卡车和一辆四轮驱动越野吉普。此外，还需到青海省登山协会登记注册以取得他们的帮助，进一步联系好进山前至高海拔地区适应的恰当地点。此外，前站还负有安排西宁和格尔木的交通、食宿及调查格尔木的市场情况等责任。

7月5日，吴海军、谢忠和唐元新踏上西去列车。第一个目的地是西宁。这已是唐元新第三次走向西域大山，第一次在念青唐古拉得"古拉"外号，但由于鞋子坏了而未能登顶，第二年圆梦慕士塔格，成为国家一级运动员，如今再上高原，他心中颇有些感慨。

7月6日晚，三人到西宁，7日和8日在西宁活动，青海登协慷慨借给登山队两顶炊事帐篷。9日，他们乘303次列车去格尔木，10日中午到达格尔木。格尔木市区不大，但很整齐，街道宽阔，道旁是青秀挺拔的泡桐和沙漠柳。虽然戈壁环绕，却不让人感到燥热，相反凉风习习。他们打听租车情况，先到兵站部，然后是二十二医院、运输一团，最后到柴达木综合地质勘查大队，意外地找到李波队长，他是西安地院1982届毕业生，听说登山队找车困境，表示一定想办法帮助，只是具体时间尚不能确定。

11日，三个人一同去青藏公路兵站部，给兵站部领导递交了一份文稿，请求部队借给帐篷和氧气。秘书处王小平同志热情接待了他们，让第二天听消息。从兵站部出来，吴海军和谢忠去西藏地质大队打听租车情况，唐元新独自去气象台查气象资料。

12日，得到兵站部确切消息，可以解决帐篷、氧气及在沱沱河兵站进行适应性训练问题，租车由于具体日期不能确定暂时搁置。于是决定谢忠留下处理租车事务并返回西宁迎接大队，吴海军和唐元新第二天搭便车去雁石坪打听路况，有可能的话进入尕日曲河谷具体勘查，为大队进山打下基础。他们在一家名为"沙漠清泉"的川菜馆小小庆祝。

13日，吴海军和唐元新搭一辆格尔木运输公司的五十铃汽车前往雁石坪。柴达木盆地寸草不生的戈壁在眼前晃动，隐隐能看到热气蒸腾，景色单调之极，令人昏昏欲睡。

车驶入昆仑山谷地，路旁开始出现骆驼刺、梭梭一类干旱植物。翻越山坡，拐过一个弯，眼前一亮，前面是一片开阔的谷地，谷地南缘一列戴着白帽子的雪山精灵，那是玉珠峰。车在西大滩停下，一碗热气腾腾、辣辣的粉汤喝下去，所有睡意都被赶跑了。

越过昆仑山口，展现在面前的是世界上最宏伟的高原，空旷，豁达，苍凉。近处是淡绿色的草甸，不时能见到白羊和黑牦牛在上面悠闲地吃草；远处是雪山。青藏公路横亘其间，仿佛没有尽头。

青藏公路状况不好，翻浆厉害，好在司机很有经验，坐在驾驶室里的他俩少受许多颠簸之苦。汽车不时通过一些正在翻修的路段。在这高海拔的地区，翻修公路，那是何等艰苦卓绝的一种工作。一大群衣着肮脏的民工，一字排开在公路的一侧，用古老的工具镐和锹在那里挖坚硬的路面，动作很慢，高海拔仿佛把时间凝滞了。车开过去，卷起一阵灰尘向他们袭去，他们仿佛不觉，仍旧埋头工作。偶尔有人抬头四处张望。那是怎样一张面孔：黑黑的泛着高原辐射造就的特有的红，如同枯草一般的头上满是黄的、白的灰尘，只有眼睛如同高原的鹰一样闪着熠熠的光。有份资料说：人在海拔5000米的高度静坐，其体力消耗等同于低海拔地区扛着50公斤东西行走。在这里从事修路工作的人们，无论怎样都值得尊敬。

14日中午12点半，车到雁石坪，一下车，最令人熟悉的是那到处飘摇的经幡，让人立刻感到自己到达了一个遥远的地区，一股藏区特有的牛羊肉味扑鼻而来。唐元新和吴海军把背包放在一家小旅店，四处打听能否租到车或马进格拉丹冬。雁石坪不大，不一会儿问遍所有人家，结果令人沮丧：区上所有越野吉普要么坏了，要么主人没时间，要么要价太高，要租马需向西行进到牧区再说。唐元新和吴海军决定住下，第二天拦一辆过路车回格尔木。

15日上午9点，他们截到一辆装水泥的车，把包往车厢一扔，挤在驾驶室。3小时后到沱沱河沿，去长江源头兵站联系适应住宿的事。胖胖的、威严的王站长爽快地答应给解决食宿。两人当即决定当天下午就返回格尔木。好不容易拦到一辆西藏地质五队的吉普车，捎两人去格尔木。车开动起来，高原飞快地后退。到五道梁时天已黑，司机不愿太劳累，在一家小旅馆住下，一夜安稳。

16日6点40分，吉普车再次出发，刚从无人区地质考察队出来的司机想早一点赶回格尔木，车开得飞快。9点车到西大滩，12点半驶进格尔木市区，住进格尔木市政府招待所。

17日他俩去柴达木地质大队问了车的情况，晚上看球赛。18—20日了解格拉丹冬情况、考察市场、发明信片和打长途电话。

22日6点半起床，联系招待所的大车去接从西宁来的弟兄们，却未见到，只好回招待所。9点有人敲门，开门一看，是谢忠，再一看，一大堆熟悉的面孔。

从北京到江源

7月19日，大部队启程，肩上的行囊很重，塞得满满的，是心情，有平静，有激动，但都有一座格拉丹冬。

忙碌了一年的李炜在这最重要的日子居然起晚了，幸亏冯燕飞代替"闹钟"，才不至于姗姗来迟。李炜，1991级法律系本科生，石家庄人氏，文章总署名"牧羊女"。李炜喜欢这个名字，最初源于第一次冬训，驻扎在冰冷湖上的帐篷里，大家玩算命游戏。初识唐元新和徐纲，便被冠以此名。徐纲动情地唱起："在那遥远的地方，有位好姑娘……"1993年去新疆科考，在吐鲁番火车站候车厅，民警好奇地注意他们一大群人，他独独挑李炜去询问，说她蛮像《少林寺》的牧羊女——好奇怪的巧合。此后，每每念及那个夏天，李炜心中响起的都是《在那遥远的地方》。也许，那本就是她的梦想，草原、毡房、羊群……如今，牧羊女终于要圆自己的雪山梦，去那冰清玉洁的世界放牧自己的心灵。

列车启动，送行的亲朋老友像平常一样笑着，调侃着，拍拍头，搂搂肩，握住他们温热的手，诚恳地道声珍重。

车上挤得满满当当，登山队员们与众不同的装束引人注目，有关切，有怀疑，有探询："这群学生干啥去？""爬什么雪山，6000多米哪！""嗨，算了，我看他们也就在山底下走一走，浪漫一下。"的确，很难相信这群个子不高、几乎个个鼻子上都架着副眼镜的书生中竟有6个是已经登顶海拔7546米的冰山之父——慕士塔格峰的国家一级运动员。也很难相信这群年龄20岁左右的大学生将成为第一批登上长江源头——格拉丹冬的中国人。

列车走过平原，跨过黄河，绕过山岭，穿过山洞，经过两个黄昏、一个黎明，终于到站。20 点，西宁站灯火通明。笨笨早在那里等候。西宁是中转，第二天还要赶赴格尔木。到住处时已经 23 点多，电梯已停。每人背着近 30 斤重的登山包，爬上 8 层楼。西宁海拔比北京高出两千多米，虽说没有严重的高山反应，但大家心率很快。

为了赶时间，登山队决定坐硬座长途汽车，价廉但物不美，好在有路上的风光滋润，心中倒也舒畅。望一眼青海湖，就止不住地和它一起荡漾。

车里乘客大多是当地藏民或回民，没有被城市文明浸染，他们爱唱歌，歌词随意，常常是即兴的；调子曲折，很悠扬。那天夜挺凉，但月很亮。

抵达格尔木后，要在这里停留三至四天。一是等待老队员曹峻、白福利（已参加工作）会合；二是养精蓄锐，训练适应，购物，为顺利进山和成功登山做好物资、体质准备。这两天北大登山队在格尔木大规模购物闹得格尔木满城皆知，穿着队服出门，对面走来的人总要低头看他们的 T 恤，念出"北京大学""飘柔"。

八百里青藏线，从格尔木到长江源头兵站。"离太阳很近，离世界很远。"这里是真正的高原。天空透彻、舒展。一路上，绿的是青稞，黄的是油菜花，星星点点是帐篷。地上是青青草场，天上有朵朵白云。雪山是戴着白帽的姑娘，婷婷而立。八百里青藏线，八百里风情画卷。

从格尔木到兵站，海拔上升 1700 米。稍稍快走几步就心慌得厉害，慢慢散步也要不时深呼吸，有的队员开始出现比较严重的高山反应：流鼻血，头晕，头疼，呕吐。谢忠最先晕菜，脸色由于缺氧而变得铁青，手指端呈现暗红色，吐得昏天黑地。

青藏线是经济生命线，来往车辆很多，却因建在冻土层上而经常出现翻浆（因冻土融化而出现路面塌陷等），年年都有路段需要修补。车在这路上蹦蹦跳跳 16 个小时。最后一段，司机几次要打瞌睡，全靠一枝接一枝的香烟及车上的人大造声势才硬撑下来到达兵站。

这天前站吴海军和唐元新去安多。经过 7 小时颠簸，到达已属西藏的县城，县政府已经下班，他们还是去了找县长。县长还算热情，先批评一通中国登协不懂实际情况，开了一张便条给多玛区政府。送礼物给他，被回绝，曰："北京我去得多了。"第二天，二人返回沱沱河，顺利找到向导，全队大喜。大家在沱沱河做适应训练，捡牛头骨和羊角。

从沱沱河兵站到 BC，路不长，地图上不过短短 88 公里，他们却跑了整整两天。这路上曾经走过的人不少，但走进去的人不多。这路会吃人，就在 1993 年，澳大利亚登山队一名队员就永远地留在这路上。

离开公路，沿尕尔曲河谷进山，河谷较窄，地表干燥，有草场。距公路约 30 公里就进入了江源水网，河谷开阔平坦，地表潮湿，植被盖度[1]较高。处处是河，处处是山，没有人烟。河里，容易陷车；山中，容易迷路；没有人烟，意味着时时刻刻要孤军奋战。藏北高原方圆千里的无人区，放倒一具尸体，比吹起一颗沙粒还要简单。

格拉丹冬北面很开阔、平坦，整个唐古拉山脉看上去拔地而起，盘踞在青藏高原的蓝天之下，开阔地上长着稀疏的牧草，间或还有黄黄红红悄悄开放的野花。野兔很多，可突然间，一具白得刺眼的牛头骨撞进眼帘，那牛角被自然风化得雪白，不知该说是美丽还是残酷。偶尔拾到羚羊角，那角如刀，拿着拼杀颇为过瘾。其实那本就是它的战刀，只是

1　植被盖度，指植物群落总体或各个体的地上部分的垂直投影面积与样方（用于调查植物群落数量而随机设置的取样地块，要求尽量小，并且能包含大多数物种）面积之比的百分数。它反映植被的茂密程度和植物进行光合作用面积的大小。有时盖度也称为优势度。

被死亡一把夺下，又弃在地上，任人玩耍。

一路上，北京吉普在前面，大跑车（解放牌卡车）护驾在后。车上的人常和座上的物同做抛体运动。忽听有人惊叫，原来是堆积如山的装备和食品塌将下来；或又有人欢呼，原来前方有三五成群的动物在和汽车赛跑。

山水之间，风光无限，可那的确又是美丽的陷阱。果然，吉普车陷了进去。车和人被陷在最深的一条河中央，车顶露出水面，像只落水的甲虫。车里人勉强把头从车窗挤出来，望望那就在鼻子底下打旋的河水，缩回头去。这时，只有等待。大车很警觉，发现情况，立即搭救，小车被拖上了岸。车门大开，哗哗哗，向外吐水，车上的人迫不及待冲下来，和岸上的人笑骂着拥抱在一起。回头望时，陷车的地方，河水冲刷过去，早已不留痕迹。

第二天，依然是忐忑，颠簸，一路风尘。突然间，格拉丹冬，只有咫尺之遥，已是夕阳西下。偏偏这时，大车右后轮陷进半人深的大坑。车上人赶紧跳下来，填石头、木块，用千斤顶、铁锹……所有办法、所有工具都试过，仍无济于事。这里海拔已经是5400米，大家高山反应越来越严重，干重体力活儿去推车几乎不可能。离BC还有3公里，难道就困在这里？实在不甘心，却又毫无办法，只有等待。幸好，中国探险协会欧得力探险队也来登山，他们的队员大部分是清华大学在校或已毕业的学生，队长就是曾参加过山鹰社1990年攀登玉珠峰的张为，也算是从山鹰社走出去的队员。他们开来一辆六轮驱动牵引车，把大车拽了出来。

终于，格峰登山BC到了。这里海拔5480米，周围冰碛物堆积，植被稀疏，仅在石缝中有少量禾本科、菊科等低矮植物生长。

风雪飘摇

一夜风声伴着登山队员们的辗转反侧。深夜的月光如水银一般渗过缝隙泻入帐篷。不远处卡日曲的水声在幽静的山谷中回荡，格外清晰。高山反应也像激流，一阵阵地冲击着脆弱的脑神经，人被一次次头痛从不连贯的梦中唤醒。

格拉丹冬的清晨颇有一丝凉意，穿着羊毛衫钻进羽绒睡袋里仍感到肩上的寒气。当阳光如利剑劈进大帐篷，队员们才起床做饭。阳光晃得人睁不开眼，虽然大家享受了一整夜的高山反应，但是一抬头瞥见蓝天白云下的格拉丹冬，顿时就精神了。

唐元新、白福利、叶峰和郑晓光适应比较好，主动请战要求上C1侦察。他们背上三顶帐篷，沿着卡日曲一号冰川的左侧山坡前进，一路上全是大大小小的碎石，一步三滑。身侧的冰川形成一面高达十几米、连绵不断的绝壁。冰川融水像是大自然的刻刀，在冰川上雕刻出各种图案。还有几处形成巨大的瀑布，奔腾而下，在转折处飞珠溅玉，水声轰然，让人顿时感觉到大河源头那种壮美、不凡的气度。

路不知不觉地平缓了。"到C1了。"叶峰看看表，"才走了一个半小时。"这儿已是海拔5600米，队员们并不觉得很累。一小时后，C1出现在碎石坡上，两顶蓝色帐篷在黑色碎石坡上格外醒目。时间还早，唐元新决定继续往前侦察。40分钟后，到达碎石坡尽头，前面就是巨大的冰川，阳光下可以看见起伏的冰层上冰粒的反光。大家停住脚步。这儿就是换鞋处 [1]，上冰川必须把普通登山鞋换成高山靴。由于没带高山装备，队员

1　换鞋处，指穿上套有冰爪的登山靴上冰川的地方。攀登雪山，登山靴都要套上冰爪。这冰爪只能在冰川上使用，因此上下冰川都要换鞋。

们只能在此眺望。格拉丹冬尖锥形的顶峰和圆形大鼓包是那么近，仿佛伸手可及。西北山坳清晰可见，1985 年日本队的攀登路线也一目了然。他们抑制不住心中的兴奋，非常乐观地认为到 C2 只需要一个半小时。

侦察小分队上到 C1 的同时，徐珉、吴海军、谢忠、刘俊在整理BC，从唐古拉兵站借来的绿色班用帐篷周围，像卫星一样环绕着炊事帐篷、储物帐篷、两顶红帐篷和"大跑车"、越野吉普。攀登队长陈庆春带领其他队员到附近山头做适应。

夜幕降临，大家都因侦察小分队带来的好消息而激动。决定很快作出来：加快进程，原侦察小分队 4 名队员加上徐珉、陈庆春共 6 人组成突击队，第二天建 C2，其他 9 名队员运输上 C1。

8 月 1 日，队员们很早就起来，分头做饭、分装小物品、整理装备，然后出发。太阳渐高，天很蓝，雪很白，坡很陡，最耀眼的是冰碛坡上队员们鲜红的登山服和绿色的登山包。看见 C1 的帐篷时，已经有几名队员筋疲力尽。在 C1 又加了一顶低山帐篷，稍事休息，13 点左右赶到换鞋处。6 名突击队员继续向上建 C2，其余人等则撤回 BC。

6 名队员中除了郑晓光，其他 5 人都不是第一次上雪山，听着冰爪踩到冰面上的"咯吱咯吱"声，看着周围一片冰清玉洁的山的世界，仍然有说不清的新鲜和兴奋。一路上不断地跨越冰川上的一些小溪流（其实是冰川融水冲刷出来的沟壑）。渐渐地小溪流变成冰裂缝，而且越来越多，越来越宽。终于，他们发现自己被困在冰裂缝区内，这时谁也甭指望后退，只有继续一往直前。喘气，不停地喘气，耳膜里全是自己沉重的呼吸。眼前全是冰裂缝，从无穷远处来，向无穷远处去，纵横交错，像一张无边的网。

裂缝边上挂下无数美丽的冰凌，一直指向深不见底的黑暗，大自然的美丽和残酷被完美地组合在一起。他们拖着沉重的脚步来到裂缝边，平静一下剧烈的心跳，一咬牙，一纵身，背着 20 多斤的装备飞身跨越冰裂缝。头晕眼花，气喘心跳，不得不挂着冰镐弯腰在雪地上闭眼喘息。

有的裂缝很宽，跳起来实在惊险，幸亏有 6 人结组。这样每个人都有其他 5 个人保护，无论事实上还是心理上都感觉安全得多。

终于过了裂缝区，已是海拔 6000 米的高度。天气变坏。6293 米峰后面的云翻滚着舒展着它的身躯，带着黑色的披风，越过山头，向他们压来，风夹着雪粒扑到面前。"抓紧上啊。"他们顾不得脸被打得生疼，肩被沉沉的背包勒得酸麻，只是机械地抬腿向前迈步，一步，两步……C2 到了，甩下背包立即建营。风仍呼呼地刮。平地上很容易搭起的帐篷却让他们费了九牛二虎之力。搭好两顶帐篷，队员们几乎全都累趴下，这儿毕竟是海拔 6100 米的地方。

时间过了 19 点，6 个人开始下撤。狂风又一次席卷而来。几秒钟内，四周全是上下翻飞的雪粒冰粒，分不清是天上落下的，还是地上吹起的。眼前一片茫然，冰川、山峰、蓝天都消失得无影无踪，上下左右只有白色。"搞不好要迷路。"前面开路的叶峰已经不敢肯定自己的判断力，有过两年高山经验的唐元新被换到队首。他来自地理系，方向感极强，多亏有他的清醒，在茫茫大雪中转了一圈又一圈，他们终于在 21 点找到换鞋的地方。继续下撤，直到看见 BC 的队友前来接应的手电光。

8 月 2 日休整。队员们有的做饭，有的打牌，有的晒太阳。阳光很好，卡日曲的河水喧闹着向那塘卡涌去，河对岸的几头牦牛悠闲地啃着草皮，偶尔摆头甩一下它们雍容华贵的乌黑的长毛。BC 沉浸在一种温暖安详的氛围中，虽然每个人都忍不住望着格拉丹冬若有所思。

晚饭后召开全体会议，讨论后面的行动计划。最后决定：徐珉在 8

月 3 日带领 B 组队员运输到 C2，新队员张永利替换他到 A 组；A 组 4 日上 C2，5 日冲顶；B 组待机行动。A 组队员有唐元新、陈庆春、叶峰、白福利、郑晓光和张永利。其他队员在 B 组。

8 月 3 日的运输对新队员来说是第一次踏上雪山。虽然徐珉带着他们绕过冰裂缝区，但路线很长，体力消耗很大。冯燕飞在她的日记中写道：

"路漫漫，第一次踏上雪山，有兴奋但短暂，然后一直是困倦困倦困倦……走，走，走，一百步喘气，五十步喘气，十步喘气，走，走，走！还是不到。用尽全身的力气迈步，用尽全身的气力呼吸。最后我成了一块木头，被两只脚扛上了 C2……"

这一次上 C2 只花了 3 个小时。在 C2 又搭了一顶高山帐篷就开始下撤。等大家拖着疲惫的身体回到 BC 时，天已黑透。留守 BC 的张勤独自去适应，结果上山容易下山难，跌跌撞撞地滚过碎石坡，绕过冰裂缝，还把单词本永远地留那里，折腾 7 个小时才返回，虽受批评，不过他主动去适应的精神可嘉。

离登顶的日期越来越近，一切都按计划有条不紊地进行着。

翻越"博雅坎"

抬头，顶峰就在眼前。又一次来到换鞋处。面对那一片可以吃人的裂缝区，8 月 1 日的遭遇，大家记忆犹新。这次上来的几乎是原班人马：唐元新、陈庆春、叶峰、白福利、郑晓光，只有张永利是第一次上 C2。

望着顶峰，不再觉得遥远。天很晴，大家走得比上次快，绕过冰裂缝区，很快就到 C2。天是这般的晴，以致 C2 的夕阳如此暴虐，久久不肯离去。

5 日，早上 8 点多，大家都不愿起来。帐篷里已有几分热，外面的天很高，云也难见几朵，该是登顶的日子。

高原的太阳，刚升起的时候，总是笼罩着一种让人说不出的光彩，装点得能看到的一切都焕发出令人心醉的美：白里透青的雪，黄黄的帐篷，血红的路线旗，绿黑相间的登山包。没有人说话，6 人默默收拾攀登用具，谁都不愿打破这雪峰清晨的寂静。

粗重的呼吸声伴随着稳步向上的步伐，雪地里飘动的红色路线旗记录着通向山顶的足迹。从 C2 所在的粒雪盆[1]拐上通往格拉丹冬的必由山脊，大家为眼前的美景惊呆：山的那一侧是一个更为宽广平坦的粒雪盆，一定还有一条更大的冰川流向另一个方向，虽不像浩荡的长江水一样威势迫人，但让人感到沉默的力量。

大家走得很快，不一会儿就上坳口，停住，一段冰坡出现在面前，坡度不小。唐元新开始发挥他先锋的作用，走在前面。虽然大家都能自己上去，但考虑到 B 组可能会有女队员，仍架设路线绳。

顶已经看不见，前面是接连不断的冰坡。路线甚长，开始的一段不太险，用了两条路线绳后就停止使用，决定把它们用在最需要的地方。

艰险的路途就在眼前。"格拉丹冬"藏语"格拉"意即"女神"，"丹冬"意为"侧放的哈达"，其陡峻可见一斑。就这样爬了几个坡，眼前忽然明朗起来。一段长 200 多米，高 100 多米的冰坡呈现眼前。左侧为雪檐，右侧为近 40 度的冰坡，只有中间窄窄的一条脊，其中还有三块巨大的裸岩横在路上，黑黝黝的煞是吓人。这大概就是被 1985 年日本

1　粒雪盆，fim—basin，又名冰窖、围谷。雪线以上的区域，从天空降落的雪和从山坡上滑下的雪，容易在地形低洼的地方聚集起来。由于低洼的地形一般都是状如盆地，所以冰川学上称其为粒雪盆。

登山队称为"三块石头"的地方。越往上，坡度愈陡，有的地方甚至垂直。老天爷似乎特别垂青这支在自己母亲河源头登山的队伍，天气愈发地好。

队员们低头行进，一边躲避着张牙舞爪的裂缝，一边施展自己冰坡行走的技术。从 C2 一出发便绑在高山靴上的冰爪此刻发挥巨大的作用，前进的路上基本没有雪，都是坚硬的冰，走在上面发出"吱吱"的声音。

但他们无暇欣赏这好听的声音，第一道难关就横在眼前——平均坡度 30 度。靠近坡顶几近 60 度的冰坡。队伍停下来，准备架设路线绳。技术熟练、身为攀登队长的陈庆春，高山适应性好的摄像叶峰，已经工作、依然生猛的白福利，初次上雪山、体力充沛的郑晓光、张永利，还有死过一回还是不怕死的唐元新，商议一会儿，决定由陈庆春和唐元新去架设路线绳。

陈庆春和唐元新一后一前，没有结组，可能是出于对雪檐的惧怕（抑或是对于爬冰坡时那种精神和肉体上的刺激的向往），他俩选择远离雪檐，但冰面坡度大的地方，直奔冰坡顶部的裸岩。但右侧的冰坡太陡，没有雪层，表面都是冰，冰爪只有一侧吃力，行走非常费劲。唐元新传话："这边太险，你选择稍靠左的位置。"靠近雪檐行走，有一些积雪，坡度也缓些，危险是裂缝和可能的冰崩；只要不过于靠近雪檐，应该是安全的。陈庆春退回又重行，但仍远远地躲开雪檐。

唐元新继续前行，愈来愈险，离坡顶还有 5 米，他看了看右侧的冰坡，一阵目眩，从那儿一落千丈，没准尸骨无存。他小心翼翼稳住身子，用右手冰镐在冰面上刨出一个小坑，把脚塞进去，再刨坑，再塞脚，就这样一步步地，终于到达冰坡顶部，一回头，看到队友在坡下向他招手。那边陈庆春也已到达坡顶。他俩打好冰锥，将路线绳缒下去。叶峰、白福利、郑晓光和张永利用上升器攀上来。他们拥抱祝贺。

就上这么一段坡，两个小时过去，已是 13 点多。路线绳已经不多，望望前面的路，估计不够用，他们改变行进方式，加快速度。

经历过这一次，他们选择靠近左侧雪檐的路线，离雪檐约 2.5 米，而且稍有积雪，但并不厚，坡度也不大，正好易于行走，只是时时担心冰崩。

登上第二个冰坡的顶上，他们不禁欢呼，只剩下最后一道难关了——队员们借用北大校园"博雅塔"的名字，将之命名为"博雅坎"。

稍事休息，检查装备，路线绳已不够用，就采用交替保护攀登法。陈庆春和唐元新分别系于结组绳一头，唐元新先向上攀登，陈庆春用短冰镐将自己固定，以防他不慎滑落。直到不能再向上，唐元新停下用短冰镐将自己固定，其余 4 人依次沿绳用上升器攀登到唐元新停留的地方，最后是陈庆春向上，超过他们 5 人继续往上，到绳子绷紧时停下。依此法操作，不快，但安全攀上了几近 60 度的"博雅坎"。

叶峰的 baby（对摄像机的爱称）忠实记录了这段历史。暑假登山活动使用摄像设备，这在北大登山队尚属首次。由于叶峰对摄像计划非常积极，便成为第一个负责此项任务的人。摄像计划是和格拉丹冬计划一起制订出来的，但由于经费等问题，一直到赞助归位才进行准备。摄像机属于控购商品，需经学校及各主管单位审批，购机日期一拖再拖，直到 6 月下旬才拿到摄像机。

进山后，藏北高原的壮美景色和格拉丹冬的秀丽风光诱使叶峰不停地开机拍摄，获得了很多沿途风光的录像资料。最重要的还是对攀登过程的记录。就危险性而言，格拉丹冬是北大登山队所登的最危险的山峰之一。从 BC 到 C1 途中的碎石坡、C1 到 C2 途中的冰裂缝、C2 到顶峰的三个大陡坡以及窄小陡峭的顶峰，无不暗藏杀机，空手通过都须小心翼翼，随时提防各种突发事件，而摄像者只能手执摄像机，眼望监视器，可以说没有一点将生死置之度外的精神是不能做好这件事的。尤其是在只能像骑马一样跨骑在上面的狭窄的顶峰（两侧都是万丈深渊）。叶峰做得很好，摄下第一批录像资料。

虽说是安全达到博雅坎，但惊险还是不少。不时有人滑落，被上升器拉住，幸免到西藏旅游（另一边就是西藏）。这很吓人，但或许这才是真正的登山。除唐元新以外所有的人都用冰镐将自己固定并系在结组绳上，唐元新负责把结组绳另一端带上坡顶。

在坡顶上，唐元新跪在那儿，保护队友上来，安全带勒得腰很痛，长时间跪在雪地上使腿发麻。队友们一个个上来，郑晓光、张永利、白福利、叶峰，最后是陈庆春，唐元新激动得说不出话来。小春用步话机跟 BC 的队友联络，激动得声音发颤："我们马上就能登顶。"此处海拔 6500 米，高出粒雪盆几乎 400 米，往下一望，真有点胆战心惊，然而那种登临绝顶的欲望充斥于心灵。

长江之歌

他们哼着《长江之歌》的旋律向顶峰冲击。眼前是开阔的被登山队命名为"五四操场"的平坦雪地。往下能看见 C2，看见 BC，看见从 BC 到 C2 走过的路。对讲机开始联系，"BC，BC，我是 A 组，请回话！""我们已越过最后一道天险，前面路线平缓，已没有危险。"对讲机里传来 BC 的欢呼声："我们已经看见你们了，祝贺你们。前面还需小心。"

天空飘来几朵淡淡的云。已是近 17 点，他们不敢懈怠，用仅存的体力，一步步迈过"五四操场"，向顶峰挺进。1994 年 8 月 5 日 18 点，格拉丹冬顶峰。第一次，中国人的足迹留在了母亲河源头的巅峰之上。

五星红旗飘起来，还有北大校旗、北大登山队的队旗。放眼望去，群山尽收眼底。那是岗加曲巴，那是沱沱河，那是BC……

在顶峰的冰雪里，他们埋下写有全队15名队员名单的登顶罐，采集顶峰岩样和雪样。这就是赠予和索取，这就是来访与离去。别了，带着攀登路上的艰辛与不易，带着一睹各峰芳容的欢喜与满足，带着对登顶一刹那所睹雪域美景的惊奇。步话机中来BC的歌声："不要问我从哪里来，我的故乡在远方，为什么流浪，流浪远方，流浪……"

BC的弟兄一直等到6人登顶后下撤，才带着愉快的心情去吃晚饭。

下撤的路更惊险。在一陡坡的拐弯处，叶峰飞了出去，又被绳子险险地拉回来。快到C2的那些雪坑似乎为这次惊险的登顶之旅划上一个完美的感叹号。22点多，他们终于撤回到C2。

"我是A组。我是A组。我们刚刚撤回C2，一切顺利。"陈庆春还在不停地喘气。"山脊很窄，一不小心就会掉到西藏去。"白福利的声音诙谐中透出谨慎。"B组上不上要考虑一下，很危险，太陡，实在是太陡，比念青唐古拉还要陡。"唐元新声音很大，震得步话机嗡嗡响。帐篷里很静，只听到卡日曲的流水声。B组队员都在心中掂量这些话的分量。登顶的欲望和谨慎稳妥总是有冲突的。经过一番激烈讨论，他们形成了折中方案：先上C1，能上则上，不行就撤。

8月6日早10点B组出发，很快到C1。刘俊、李炜、赵凯、冯燕飞接应A组队员并撤到BC。徐珉、吴海军、曹峻、谢忠、张勤继续上，远远地望见A组弟兄们向他们挥手。走近了，一句话也不用说，紧紧地拥抱在一起，默默地拍一拍肩膀。

B组快到C2时，天突然阴沉起来，风呼呼地刮，带来漫天的雪花冰粒，打得脸生疼。疲乏的B组加快步子，一头扎进帐篷，筋疲力尽。

7日7点，天蒙蒙亮，B组就忙碌起来。一切准备就绪，大家把结组绳扣到自己的安全带上。曹峻、吴海军开路，谢忠、张勤居中，徐珉最后。为了轻装冲顶，大家在西北坳口放下一部分装备，只带上摄像机、相机和水。

不多久就遇到四五十度的冰坡，大家"之"字形上升，行进中只听见冰爪抓住冰面的"吱吱"声和自己的喘息。青藏高原火辣辣的阳光很快让人汗流浃背。眼前就是三个大陡坡，几个队员趴在冰坡上自我保护，一个队员前进。前两个坡最陡处都有A组架的路线绳，比较顺利。最后一个陡坡也即"博雅坎"，最高也最陡，每走一步很险，都很累。

12时左右，5名队员顺利通过"博雅坎"。

激动人心的时刻终于到了。13时59分，谢忠率先踏上顶峰，向BC挥动着冰镐。其他队员也陆续登上顶峰。格拉丹冬顶峰只有四五米长，宽度几乎没有，呈三棱形，向下便是深不见底的悬崖冰壁。在顶上必须十分小心，有一段不得不跨坐着挪过去，不敢轻易站起来。步话机里传来BC的祝贺，请每一位登顶队员说一句话。

"感谢后勤队员的帮助，感谢A组的路线绳。"队长徐珉的声音带着喘息。

"在这个光辉的时刻，每一个队员都会感到无限的光荣。"吴海军平静的话语传达不平静的心声。

"我太激动了！"谢忠哭了。外号"笨笨"的谢忠1991年加入山鹰社，由于性格开朗活泼，深得大家喜欢。谢忠一直向往雪山，虽然由于种种原因始终没有登顶，但痴心不改，直到这天终于如愿以偿，实现长久以来的愿望。

上山容易下山难。尽管有吴海军在前面拉好路线绳保护，还是不断有人滑坠。下第二个大陡坡时，张勤一声惊呼，转眼就向下滑坠四五米，被路线绳和结组绳一起拽住，有惊无险。

快到C2，经常可以看见前面的人突然矮半截，陷入雪洞，刚哈哈大笑两声，便戛然而止，因为自己也突然矮半截。就这样深一脚浅一脚回到C2，还不到19点，离天黑还有两个小时。他们当机立断，拔营下撤。

傍晚的格拉丹冬空旷平和，令人心旷神怡。鼓鼓的背包压得人喘不过气，他们的脚步有些蹒跚，却也一步一个脚印。远远望见换鞋处，冰川形成的溪流边有几个黑点，是下边的队员来接应。跪下，再喝一口长江源的水；回头，再望一眼女神格拉丹冬。

B组走上冰碛地时，天已全黑。唐元新背着背包一马当先，过一处溪流时，滑倒在一块大石上，擦破了脸颊。他坐在一边拿手电照路，提醒大家："小心，别走那块石头。"直到大家都过了小溪，他才起身跟上，谁也没发现他受伤。

灯光，看见灯光了，暖流从心底涌上来——到家了。

1994年格拉丹冬登山队队员名单（年级/院系/职务/绰号）

徐珉：1991/物理系/队长

陈庆春：1990/计算机科学技术系/攀登队长/"春子"

吴海军：1990/政治学与行政管理系/后勤队长/"海土"

叶峰：1990/计算机科学技术系/摄像/"叶子"

谢忠：1990/哲学系/后勤/"笨笨"

郑晓光：1991/生命科学学院

张勤：1992/ 计算机科学技术系

冯燕飞（女）：1992/ 生命科学学院 / "三儿"

李炜（女）：1991/ 法律系

曹峻：1988/ 城市与环境学系

唐元新：1990/ 城市与环境学系 / "古拉"

白福利：1988/ 法律系

刘俊：1991/ 技术物理系 / 后勤 / "大酷哥"

赵凯：1992/ 物理系 / 装备

张永利：1992/ 法律系 / 后勤

（二）

鹰之心：可持续与辉煌

　　山鹰社成型以后面临可持续发展问题，主要是由陈庆春和鲁纪章两任社长解决的。陈庆春从科考队选拔登山人才并创造了科考队和登山队大本营会师模式，找到了适合山鹰社登山模式的扩大人才基础的方式。鲁纪章在任期内争取到岩壁地基并成功建造岩壁，为山鹰社可持续发展创造了最关键的物质基础和物理空间。

与山神共舞

——1995 年宁金抗沙

那超脱的灵魂里一定蕴藏着惊人的力量。

山鹰社从各个角度、各个方面探索和发展自己。如果说 1993 年登顶慕士塔格，是从高度突破自身极限；1994 年登顶格拉丹冬，是从历史深度探索自身存在；那么 1995 年中日联合攀登宁金抗沙，就是从广度延展自身的世界。

"夜叉神住在高贵的雪山上"

在雅鲁藏布江以南，喜马拉雅山以北，有一条延伸 360 多公里的山脉，藏语称为拉轨岗日山。拉轨岗日山的东面是海拔 4441 米、东西长 130 公里、南北宽约 70 公里、湖面 638 平方公里、蓄水量达 150 亿立方米的高原湖泊羊卓雍错，藏语意为"天鹅池"。羊卓雍错是喜马拉雅北麓最大的内陆湖泊，湖槽狭长曲折，形似一只展翅欲飞的天鹅，是藏族人民的圣湖。相传，有位仙女思凡下界，触犯天规，上天把她变成天鹅贬在这里，诸峰的神女们常来此与她相伴。羊卓雍错盛产高原裸鲤。鱼身光滑无鳞，鱼肉细嫩，味道鲜美，是拉萨、日喀则农贸市场上的佳品。羊卓雍错也是藏南最大的鸟栖息地，常常有成百上千的天鹅、黄鸭、水鸽、水鹰、沙鸥等水鸟在湖面游水嬉戏。

羊卓雍错湖畔土质肥沃，牧草丰盛，宜农宜牧，是优良的天然牧场，盛产名闻西藏的浪卡子绵羊。

宁金抗沙是拉轨岗日山的主峰，海拔7206米，地处拉轨岗日山脉东段，江孜县、仁布县、浪卡子三县交界处。宁金抗沙，藏语意为"夜叉神住在高贵的雪山上"，传说是藏传佛教四大山神之西方山神诺吉康娃桑布居住之地，山体雄伟，危岩嵯峨，顶部尖锥突兀，形如鹰嘴。在主峰周围耸立着十余座海拔6000米以上的高峰，附近现代冰川50多条，面积达129平方公里。卡惹拉冰川是其中面积最大的一条，达9.4平方公里。卡惹拉是浪卡子和江孜县之间公路上最高的垭口，海拔5042米，仅次于宁金抗沙峰南坡，是年楚河支流热龙曲源头。卡惹拉冰川上部是一个坡度较缓的冰帽，北靠宁金抗沙峰，西接海拔6768米的舵果龙峰，6600米以下冰面坡度较陡，达40度。冰川末端向下伸出两条悬冰川冰舌，东部舌长约3公里，末端高5233米；西冰舌长4.5公里，宽1.5公里，末端高5145米。

1994年底，中国登山协会副主席王凤桐老师访问日本，福冈县山岳会提出能否组建一支中日大学生联合登山队。考虑到联合登山很有意义，王凤桐老师回国便与北大联系，最终促成福冈大学代表的北京之行。

5月11—14日，福冈大学山岳会代表水崎博明、山内一男、仓智清司访问北京大学，受到北大校方热烈欢迎，吴树青校长亲自接见日方代表。北大代表崔之久（首席顾问，北大城环系教授）、马莱龄（科考顾问，北大生物系教授）、王诗宬（顾问，北大数学系教授）、郝光安（指导、教练，北大体育教研室主任）、张勤（谈判代表，山鹰社社长）、陈庆春（谈判代表，登山队攀登队长）与日方就联合登山具体事宜进行谈判磋商。13日，中日双方正式签订联合登山协议书，就联合登山中的资金、装备等项达成具体协议。"北京大学—福冈大学1995宁金抗沙联合登山队"正式成立。

先行一步

陈庆春和叶峰将留在本校攻读硕士学位，放假早，可以提前出发，顺理成章接受了"逢山开道，遇水搭桥"的先遣任务。

7月6日，登山队大部分队员还在专心复习应考，福大队员还在日本做准备工作，陈庆春和叶峰已经首途锦绣芙蓉城——成都，拉开宁金抗沙活动的序幕。这是叶峰和陈庆春第三次参加登山活动。坐在窗前，吹着阵阵凉风，听着车轮均匀的咔嗒声，看着窗外灯火灿烂的大都市徐徐消失在车后浓浓的夜幕中。

这次与前两次不同，任重而道远，叶峰始终无法放松自己，要为整个登山队28人安排沿途食宿，租借进山车辆，收集天气、山峰资料，接收先期运抵的登山物资，向有关部门申请，落实有关登山事宜。可以说，前站工作的好坏，直接影响整个登山活动的成败。尤其是1995年的活动，涉及两国、两校和两队间的相互关系以及组织协调问题，无论筹备工作还是组织工作，都比以往登山活动更为复杂，更为困难。

7月8日上午，火车抵达成都。两人重任在肩，不敢疏忽，很快就和四川登协取得联系。在这里要安排日方队员的接送和住宿、进藏和返京机票，以及在成都游览。进藏机票非常紧张，如果订错，全部日程将受到严重影响。幸好他们事先准备充分，更是得到中国登协王振华教练的帮助和四川登协孟天立老师的关照，事情办得非常顺利。

11 日，万里无云，一碧如洗。二人马不停蹄，奔往雪域圣地——西藏。飞机起飞不久，很快进入世界屋脊青藏高原。先是葱绿的群山，接着是银色的雪山向远方伸展。

仅仅两个小时，飞机便降落在海拔 3800 米的贡嘎机场，将汽车要走一星期的雄关漫道抛在后面。一出机舱，金灿灿的阳光扑面而来。天是异样的蓝，云是异样的白。阵阵凉风袭来，一扫入夏以来的溽暑。海拔高了，气压低了，更有秋高气爽之感。云低低地悬在空中，似乎伸手可及，让人产生一种融入蓝天的冲动。

贡嘎机场到拉萨一百多公里的路蜿蜒在群山和大江之间。这江便是雅鲁藏布江。正值雨季，江水滔滔，一泻千里。

车停停走走，走走停停，足足 3 个小时才来到"圣地"（拉萨一词在藏语中的含义），这个"离太阳最近，离世界最远"的地方。

时近自治区 30 周年大庆和民族节日——雪顿节，拉萨一片忙碌。处处在施工，街头雕塑粉刷一新，路旁高楼林立。陈庆春和叶峰熟门熟路，径直奔向自治区招待所。头胀，没有食欲，大概是坐飞机进藏不可避免的反应，毕竟是在一天里海拔上升了 3000 米。

12 日，西藏体委登山管理处高谋兴处长得知前站队员到达的消息，亲自来招待所看望他们。他也是一位"老登山"，有丰富的登山组织管理经验。高处长介绍说，中国登协和西藏登协对国内民间登山事业非常关心，一向视推广和普及这一有益身心健康的活动为己任，对大学生自发的登山活动更是全力支持。就这次宁金抗沙活动而言，中国登协王凤桐常务副主席、西藏体委贡布副主任亲自担任中方顾问，中国登协王振华教练在北京负责整体协调。另外高处长还带来一个好消息，王凤桐老师将在百忙中专门抽出时间坐镇宁峰BC，高处长本人会在登山期间去BC看望大家。

13日，前站队员到登山管理处，落实日方队员的食宿交通以及整个登山队登山期间的物资租用及购买问题。同时还接收前期空运物资。登山管理处在自己能力范围内给了很多帮助和极大优惠。负责具体接洽的是接待处的尼玛次仁大哥，他不光给叶峰和陈庆春好的建议，而且还带着他俩到处找合适投宿的旅馆，指点购买物资地点。事后证明，尼玛大哥的鼎力相助对这次活动是何等重要。特别是8月下旬，西藏自治区成立30周年大庆和雪顿节前夕，拉萨人满为患，涉外宾馆全部爆满，买出藏飞机票难上加难，他们人生地不熟，全凭尼玛大哥跑前跑后，才使他俩按计划完成任务。

其后几天，便是与北京联络、确定购物地点、收集气象资料等。此外，还去自治区团委表达了想和西藏一所大学联合登山的意愿；去新华社西藏分社和其他新闻机构发布联合登山的消息。

这时，一个意外情况出现了。按原计划，叶峰和陈庆春将先期抵达宁金抗沙峰，选择BC营址，侦察登山路线。他俩带来全套登山用具。但到达当地得到的信息使他们不能如愿成行。

从行政区域讲，宁峰位于西藏山南地区浪卡子县，在浪卡子县城以西30公里。从地图上看，计划中的BC距离公路仅200余米，是登山队历史上交通最便利的一次。这条公路几年前还是拉萨至西藏第二大城市日喀则的主要交通线，车辆来往频繁。但自打经尼木的公路修通，这条路走的人就逐渐减少了。虽然事先得知这一情况，但没想到这条路上的公共交通全部停止，根本没有从拉萨直达浪卡子县城的定期交通工具。这样，叶峰和陈庆春就无法确定返回拉萨的日期，有可能耽误在拉萨的必要工作，他们只好作罢，改为向曾攀登过宁峰的西藏登山队队员询问BC及登山路线的情况。

这一变化还把车辆租用的费用问题提到眼前。原来打算直接租用跑这段路的公共交通工具，这样花费较少，而且进出BC比较方便。现在只能租用其他车辆，且因队里有一半是日本人，牵扯到涉外问题，只能租用有涉外活动权单位的车辆。得到消息说那条公路年久失修，水毁现象严重，这要求必须租用性能较好的车。这样一来，费用必将大大超出预算。

二人苦恼之际，在西藏的北大校友伸出热情的双手。1987级力学系的胡冰、1989级力学系的康智勇各展神通，帮忙租到价廉物美的面包车。其实，曾经帮助过登山队的校友又何止他俩，1983级中文系胡春华、1986级中文系伍皓，还有这年8月底刚刚进藏的1990级中文系冯永锋，都曾给过山鹰社无私的帮助。

22日，日方三名先遣队员——攀登队长菊池守、石村义男、矢田康史和我方翻译冯武勇抵达拉萨。日方队员将同中方队员一起进山，共同确定攀登线路。就在同一天，北大登山队大队人马也离开格尔木，直奔拉萨。

7月23日，中方队员按计划将全部抵达拉萨。叶峰和陈庆春一大早安排好住宿，13点来到拉萨长途汽车站。

但几个小时过去，汽车还没有来。拉萨夏日的骄阳肆无忌惮地盯着他俩，两人只好轮流守望。

20 点半，一辆风尘仆仆的大轿车开过来，它没有开进长途汽车站，而是摇摇晃晃向罗布林卡方向开去。叶峰一眼认出坐在窗前的曹峻。顾不得周围诧异的目光，两人大喊着曹峻的名字，拔腿飞奔。曹峻也听到叫声，向他们挥手。然而那辆可恶的汽车全然没有停的意思。两条腿毕竟跑不过四个轮子，就在两人呼哧带喘时，一辆中巴驶过，他俩跳上车，继续追逐。长途汽车开到拉萨饭店门口停下，熟悉的面孔，热烈地拥抱，互诉别来无恙。

26 日，中方队员及日方三名先遣队员，第一批抵达宁峰山麓，正式建立 BC。同日叶峰又随空车重返拉萨，30 日在贡嘎机场接到郝光安老师及日方大部队，8 月 1 日一起进驻 BC，开始履行他的 BC 营长的职责。至此，中日双方 26 人全部到达，前站活动正式告一段落。

据事后统计（只计国内运输），这次活动中日双方 20 余人（包括双方登山队员、后勤队员、科考队员、翻译和顾问），由于种种客观原因，不得不分四批，由陆空两路抵达拉萨（外加近 1 吨的空运物资）；分三批进驻 BC（4 吨物资，且拉萨与 BC 之间 200 公里无公共交通工具）；分四批返回拉萨（其中不包括叶峰三次进出 BC）；分六路杀回北京。这些完全是在通信条件极为不便的情况下完成的。两位前站人员可以自豪地说："我们不辱使命。"

"吃人的"冰塔丛林

这年登山最大的难点，一个是雾，宁金抗沙山上总是雾气弥漫。1985 年日本大分县登山队在攀登这座山峰时就因为所谓的 white out（雾状天气）的影响而失败；另一个是路，雪山处处有形，处处无路。

7月26日，上午9时，西藏体委和地方领导在登协为双方队员举行出征仪式，向每个人献上洁白的哈达和美好的祝愿。在欢声笑语中，登山队告别拉萨。

车过雅鲁藏布江，行进在简易的山路上，尘土飞扬。经过羊湖电站，驰上山道。峰回路转，险象环生，远远超过地图上简单的一段曲线所能体现的。

四五个小时后，车停在海拔五千多米的甘巴拉山口休息片刻。虔诚的藏民在山顶上堆了无数玛尼堆，五颜六色的经幡在风中飘扬。由此望去，美丽的羊卓雍错静静地依偎在山脚下，像是镶嵌在这崇山峻岭中的一块蓝宝石。远方，一群雪山在阳光下晶莹生辉，最高的便是宁金抗沙。16点，到达宁峰脚下，选定的BC营址正对着卡惹拉冰川，离公路很近。

这里星散着四五顶帐篷。车开向山脚，刚停下，就围了一圈藏民。妇女背着小孩，偶尔说几句；男人手里不断捻着线，盯视着队员们；小孩们欢呼，争着在摄像机面前露上一小脸，扮着千奇百态的鬼脸。随登山队进山的西藏登山队的嘉措从前来过，跟他们认识，像老朋友似的聊上了。

物资从车上搬下来，放在路边空旷的谷地，大家热火朝天地搭帐篷，建BC。搭完帐篷，天色渐渐暗起来。傍晚时分，下起雨。正值西藏雨季，天气情况对登山不利。BC海拔4900米，一些新队员出现高山反应。

27日，曹峻和陈庆春跟随西藏登山队的嘉措去侦察上山的路线及营地情况。嘉措1986年曾登宁峰，这次来，是指点路线，并不参加登山活动。由BC上到雪线要经过一段碎石坡和冰川，存在冰崩滚石的危险，这是本次活动路线的关键。其余队员在本营附近适应，张勤留下整理BC。

张勤，1992级计算机系本科生，是这年的社长，也是这年的登山队长。中学时，他读茅盾先生的文章《风景谈》，心有所动，却不甚解。当时他自认为是一个唯自然论者，认为凡是自然的皆是美丽的，而人的介入，难免糅合进文明、工业、环境污染的印象。他所追求的，是一种远离尘嚣、纯朴真实的自然风景之美。由单调的信阳（北大军训基地之一）到燕园不久，他在三角地遇到山鹰社招新。那些恍如仙境的雪山一下子吸引了他，觉得那里才是他向往的悠悠南山。他迫不及待地加入了这个集体，渐渐地喜欢上这个集体。在这儿，每个人都那么开朗，一个人的时候觉得充实，很多人的时候满是欢笑。社里的活动也使他流连忘返。远郊的金山古寺，309 的庞然绝壁，大水峪，东灵山，让他在北京，在大学校园也找到自然的乐趣。一天，他突然觉得自己理解了茅盾的那篇文章，发现有人的自然也是一种风景，是一种有生命的风景。

他想起在格拉丹冬的日子。初到是在傍晚，扎下过渡营地，坐在那儿远远地望雪山。天边，落日的余晖给山顶染一片金黄，造就难以描绘的色彩之美。身旁，汽油喷灯熊熊的火苗映着队友们忙碌的身影。这不也是一种风景吗？接下来的日子里，风雨中的修路，朝霞中的攀登，登顶之夜的狂欢，他们的到来没有使这里的景色失去什么，反而弥补了某种欠缺。

没有人攀登的雪山让人觉得神奇，有人攀登的雪山则让人感到温暖。人在此刻，成为自然中的人，谁也没有征服雪山的愿望，有的只是一种亲近、融入雪山之中的激动。一直以为格拉丹冬的景色最美，后来想想，其实是因为 1994 年登山的气氛。他记得在 1994 年回到北京，参加北京人民广播电台一个节目，主持人问他为什么要去登雪山，他回答说是去寻找一种和谐。的确，1994 年的登山队是和谐的，是让人难忘的。和谐是重要的，人与人之间的和谐，决定活动的成败；人与自然的和谐，决定风景的美丽。茅盾先生在那篇文章提到人的伟大，融入自然中人与景物的和谐。但是，茅盾先生所描述的是一个团结的集体，是一个自身和谐的群体。只有这样的群体，才会和谐地融入自然中，化作亘古的风景。只有和谐相处的人，才能体会到登山，才会体会到自然，体会到融入自然中的人的伟大。只有和谐相处，社会和世界才会和平美好。张勤独自守护 BC，暗暗地祝福 1995 年一切和谐。

本营周围景色很美，长满绿草的小丘，欢快奔流的小溪，若不是远处的雪山，真以为是到了江南水乡。冰川下来的流水形成几条小溪。侦察队员越过小溪，从左侧岩石坡往上攀登。有的地方很陡，有些地方有流水，有些地方一脚能踩下几块石头。小心翼翼爬过几个岩石坡，走到冰川正下端。这里大概海拔 5400 米，正上方就是一片冰塔林。嘉措说他们当年就从那儿穿过。冰塔林区偏左，有一片开阔的岩石坡，那儿似乎也是可以走的。经过商量，首选路线定在冰塔林区。在这里还发现，从本营上来，要是走右边的山谷，可能会更好。

郑晓光从牧民那里买到一只绵羊；又同牧民达成协议，让他们每天送一瓶酥油茶。从此，每天清晨，就有一位藏族妇女给送来酥油茶。酥油茶闻上去香，看上去像巧克力汤，喝起来却又咸又腥，不习惯的委实难以下咽。登山队这些中原人士望着嘉措坐在那里悠悠地喝着酥油茶，嚼着糌粑，心里不住地羡慕。女主人日复一日拎一暖壶酥油茶来，队员们也习惯于这种热情。

28 日，曹峻、郑晓光、赵凯和陈庆春四人背了部分物资去修路，张勤带着丁晓强、朱建红和张清运输物资。天气很好，约莫 8 点多，曹峻等人先出发。一个半小时就到达前一天到的地方。冰塔林区最下面一段很陡，陈庆春试着从紧挨冰塔林的岩石壁上绕过，曹峻则直接从冰壁攀冰上去。陈庆春往上攀没多远，发觉走错路线，进退两难，情急之中，强行下撤，往最近的平台滑动，没能稳住，往下滑到另一平台，晃了几下，才险险地站住。曹峻那边，正攀到一块陡壁上，有几分力不从心。冰太硬，冰爪太钝，连踢几脚，未能定住。脚边有一个小凹坑，踢了一脚，这才站住，然后攀到一个平台上。赵凯硬是从冰岩交界的地方爬上去。此时，上面开始往下掉石头，陈庆春和郑晓光在下面焦虑地望着上面，似乎有声音传来，却怎么也听不清。情况很危急，曹峻他们所在的上方也往下掉石头。他们没有充足的工具给自己打钉子，挂保护，更别说下来了。曹峻又往上攀。这时已是 14 点多，他攀到一个平台上，找到一根冰柱，将绳子拴上去，三人才得以脱身。

这期间，陈庆春和郑晓光先后试着往上攀。陈庆春被一块石子砸中而下来；郑晓光在滚石的间隙期爬上去，最终也是徒劳。我方运输人员和日方三名先遣先后到达。日方队员堆放好物资，寒暄几句就下去了。他们的大部队要到 8 月 1 日才到，这几天他们不会有大的行动。他们在沿途用石头堆了许多"玛尼堆"，一来做路标，二来祈求平安。

曹峻等人脱身后，均觉冰塔林险不可测，他们往左边岩石坡上走了一段，经过一处冰崩区，爬上一个陡坡，感觉此路线要比过冰塔林区强。

29 日日方三名先遣上去修路。翻译冯武勇骑山地车去浪卡子县。前一晚大家写了一大堆明信片，托他去邮局寄发。BC 离浪卡子县约 30 公里，距江孜县约 60 公里。在这前不着村、后不着店的地方，如何把登山的信息及时发送出去，成为一个难题。租一辆吉普车十分便利，但费用高。有人灵机一动，买山地车吧。BC 在公路边，骑自行车去浪卡子邮局只要 3 个多小时。于是，登山装备中有了两辆引人注目的山地车，以最快速度传递信息，它们成为高原上的 EMS。为了让远方的朋友及时知道情况，每隔三五天，队员们就会把信息写在纸上，通过山地车和浪卡子邮局化为电波，传到朋友手中。大家也写一大堆明信片，骑车去邮局寄发。

山地车还有独特的功能。在 BC 闲时，队员总爱骑山地车在附近游逛。在海拔 4900 米的地方骑车不像在北京那么舒适，然而，这高原山地车却成为消除高山反应的首选。

这天日方三名先遣修了两三百米的路，乐观地认为很快就要走出冰塔林。他们的乐观感染了北大登山队，决定重上冰塔林，暂不考虑岩石坡路线。

我方沿着日方队员搭的路线绳上升。他们先遣没带冰锥，上面用的全是雪锥。不敢太相信绳子，尤其是走在前面的队员，有的地方很陡，握着上升器上升也很困难。不久，日方修的路线到头，前面的情况仍不明朗，一面面冰壁挡住视线。带的绳子和雪锥有限，只能用在最危险的地方。在陡峭的冰壁上攀登，手中的冰镐失手就会掉下去。

这样走了两三个小时，根据经验断定这里的情况远没有日方队员估计的那么乐观，于是放弃走通冰塔林的念头，改向之前侦察过的岩石坡上靠。翻过一面底下有个小水潭的冰壁，穿过一片岌岌可危的冰崩区。曹峻和郑晓光在此曾双双踏进雪洞，更为倒霉的是，郑晓光踩的下面是个水坑，鞋都给弄湿。大家都不敢多想，只想快速通过这片会"吃人"的地方。

就这样，从 11 点到 18 点，他们在冰塔林中走了整整 7 个小时，回到岩石坡，有一种脚踏实地的感觉，有一种劫后余生的喜悦。冰塔林路线显然不合适，于是找到一个稍平的地方堆放背上来的物资，估计海拔约有 5600 米，之后拖着疲惫的脚步下撤。

31 日，日方队员又一次上冰塔林，同样是险象环生，无功而返。双方商定还是从岩石坡上走为好。

山地车：友谊的使者

8月1日。曹峻、赵凯、朱建红、陈庆春四人又一次充满希望地向未知的C1走去。中途，曹、赵二人因多日连续作战，体力消耗过大，相继退出。曹峻直接撤回BC，赵凯在第二个物资堆放点等待。前方的路是一片碎石坡，坡度不大，陈庆春和朱建红互相鼓励着往上走，不时插路线旗。两个多小时后走到一处平坦的坡顶，眼前是个小雪坡，坡顶是个喇叭口，从那儿可以上雪线。

这时，天开始变得朦胧，下起了冰雹。陈庆春和朱建红二人走过喇叭口，前面一片迷蒙，和本营通话，决定不再往前走，把这儿作为暂时的C1。虽对于身后比较陡的雪坡有几分畏惧，但既已上雪线，就不想把营地建在下面的岩石坡上，不曾想这种念头最终导致了后面的事故。建完C1，陈庆春、朱建红带着一点满足，与赵凯一同下撤。

同天，福冈大学的大部队到达BC。BC营长叶峰从拉萨带来一些新物资。傍晚，唐元新和李德文搭乘返回的面包车去浪卡子县城做羊湖的科考工作。

经过8月2日的调整，重新确定登山方案。3日，曹峻、叶峰、张清、郑晓光、朱建红和陈庆春六人作为一组，争取把C1移到更高处，为以后的登顶做准备。

1日晚上的那场雪把上次走的脚印全给掩埋了，只有路线旗屹立在那里。碎石坡上的雪厚厚的，走起来很滑，很危险，但大家士气高涨，第一次进山的张清和朱建红更是兴奋。

不久，走在前面的朱建红已到雪坡下面。忽听轰的一声，前方的陡坡发生流雪，不祥的预感终于成为可怕的现实：帐篷被雪埋了。朱建红这时才明白登山是什么一回事，假如有人住在这帐篷里……

朱建红是1993级法律系本科生，生在江南，却不喜温婉细腻的风光，爱读三毛豪迈洒脱的文章，常常幻想，背着好大好大一个行囊，独自走在无垠的荒漠，眼前是一轮硕大的夕阳，把四周染成一片金黄。肆虐的狂风，不停地改变方向，卷起自己的思绪，带向远方。他来到北方，来到北京大学，于是参加山鹰社，欣赏北方的天高地广，体会梦中常有的苍茫。他常常梦想，有时自己也不明白。他想，也许是为了让那颗羁绊已久的心得到一点解放。

他赞羡飞蛾的悲壮，为了一个光明的目标，不惜走向灭亡。他说："那超脱的灵魂里一定蕴藏着惊人的力量。"雪山，是登山家的天堂，把他的心儿吸引，犹如无形的磁场。生命中不能离了追求和渴望。他常看见白色的裙幅在眼前飘荡，那是他的梦中女郎，在洁白无瑕的山上。他要采来盛开的雪莲花，送给他心爱的姑娘……这次他明白追求和梦想的艰险和困苦。紧接着的滚石，冰崩，裂缝，滑坠，恶劣的天气，漫长的路线……使这个充满幻想的青年流着泪，跪倒在"夜叉神"（宁金抗沙）脚下。

一次次的冲顶，一次次的漫天大雾，阻隔了近在咫尺的愿望。他在凛冽的寒风与弥天大雾中，搜肠刮肚跺脚骂遍所有的脏话。终于拖着疲惫和机械的双腿站在峰顶，一种久久失望后的狂喜，再也说不出话。BC羊肉汤的香味在脑子里弥漫，第一句想说的竟是："再也不用登这座山了。"梦想就是这样一种感觉吗？

朱建红和陈庆春好不容易找到上次为了省事压在岩石下面的鞋套和雪套。曹峻给陈庆春打保护，陈庆春去挖帐篷。曹峻站的地方不时有小面积流雪袭击，很危险。陈庆春挖出帐篷，朱建红也过来帮忙。帐篷里面的东西还好，只是帐篷杆被雪压折了。

几人决定把帐篷搭在岩石坡上，在这儿过夜，观察情况再决定下一步行动。入夜，帐篷里很热闹，经历几日滚石的袭击，冰塔林里的摸爬，夜里耳听冰崩的巨响，觉得"夜叉神"真不好惹，但大家依然乐观，这或许是登山者该具有的素质。在这里，人的生命是那么脆弱，滚下几块巨石，发生一场冰崩，或是……一个生命就将从这个世界永久消失。人的生命又是那么顽强，非要到这么恶劣和危险的地方来，在危机四伏的冰塔林中穿行，在陡峭的雪坡上行走，在滚石上摸爬。自强不息，是人类生存的全部意义。

4日，天晴得出奇。登山队按照原定计划，从喇叭口上部的雪坡走，前方的路途并不平坦。叶峰在前面开路。不一会，前面的坡陡了起来，就换一个地方上坡，这一次陈庆春走在前面。几十米后，发觉判断有误：原先认为这是个坡度不大的雪坡，实际上，它的坡度至少在50度以上，上面的雪也很薄，陈庆春和郑晓光用的是雪杖，不是冰镐，不易固定位置。前面愈发光滑和陡峭，每前进一步，都要用冰爪踩好几脚，直至踩出小坑，才慢慢前行。这样上升近100米高度，郑晓光一脚没踩稳，没能停住，一直滑到坡底。大家被他的险况惊呆。近一分钟，郑晓光没有动静。走在后面的叶峰赶紧上去救他。过了一会儿，郑晓光自己站起来。

郑晓光，生物系1991级本科生，山西太原人，是登山队为数不多、正宗、以憨厚朴实著称的北方人。1992年秋参加山鹰社。1993年选拔登山队员落选，参加山鹰社组织的赴新疆喀什的考察活动。考察回来，为了钟爱的登山事业，他脚踏实地，吃苦耐劳，默默奋斗，令许多人汗颜。他责任感极重，总是眉头紧锁，心事重重，一副苦大仇深模样。但其不笑则已，一笑惊人，憨直的面孔绽开一朵花，令人忍俊不禁。一次聚会，他的衣服上画了东西：小肥猪或者小白兔，胖胖的，圆圆的。张天鸽指着笑得前翻后仰。他只跟着笑，憨憨的。还有一次他和李锐坐在金仙庵门前石阶，余兴未尽地聊着，一些新队员在旁静静地听。他们谈登山的冒险、艰苦和欢乐、队友的欢聚、离别和思念……这时发生了争执，李锐显得成熟、稳重、有时带点教训的意味，相比之下，他单纯、冲动。原来是为了一个快被现代青年遗忘的话题：如何造福人类？他那不服气、不甘心的急促的语调，更让人觉得认真和执着。

　　这次他自己站起来，拍拍身上的雪和冰碴，一副无事的样子。大家看看前面的陡坡，心中挂念郑晓光的伤势，决定下撤。幸运的是，底下是厚厚的雪层，郑晓光只是脸上擦伤。和本营通过话，又把帐篷搭在岩石坡顶。

　　回到BC，得知福冈队总队长水崎博明教授高山反应严重，急需治疗。这时山地车发挥了神奇的作用。丁晓强和冯武勇连夜骑车去浪卡子。不久，两人先后回到BC。山洪冲坏公路，无法骑车前进。一夜忧心忡忡，第二天早上起床，张勤骑上山地，一路风驰电掣去附近的日本栃木县登山队求援。中国登协的罗申教练是他们的联络官，听说情况，连忙同翻译赵玲玲一起把情况向栃本县登山队的负责人做了介绍。人命关天，对方同意派人立即去看病人。走的时候是下坡路，回来时反过来。这5公里长的上坡路，别说骑车，连推车走张勤都累得汗流浃背，气喘吁吁，罗教头却扛着一瓶急救氧气，大步流星走了好远。回到BC，给水崎教授输了液，他的状况渐渐好转。下午栃木县登山队医生由ABC撤回，也赶过来查看病人的病情。在中日双方共同努力下，水崎教授安全了。为了防止意外，大家截住一辆汽车，由郝光安老师和日方川边副队长陪同水崎教授回到拉萨做进一步观察。

6日，后赶到的队员李锐在冰川攀冰时，不慎被一块滚石击中左脚外踝侧。这一次，是福冈大学的队员骑上山地车，风驰电掣般赶到栃木县登山队请来医生，给李锐的脚进行包扎和冷敷，为返回拉萨进一步治疗做了必要的准备。

就这样，山地车为抢救病人分秒必争，成了北大和福冈中日两国大学登山队之间真挚友谊的使者。

跨越冰裂缝

自4日撤回本营，登山队反省进山以来种种教训，确定新的指导思想，并依此调整后面的活动计划。5日，清晨，陈庆春看到在帐篷外漫步的小鸟和碎石坡上的一丛花，觉得那似乎是在这生命难以延续的空间中一种生灵的启示。它们自在、高傲，不仅活着，而且活得挺好，心想这抑或是我们想要寻找的东西。这些天来，他不时想着回北京后的日子，因而做事更为谨慎、小心。因为真的很向往那种宁静而温馨的生活，有时也会想到不再上山，尽管这有违登山者的本心。

8月8日再次上C1。一组运输物资，另一组轻装上阵，以节省体力准备修路。大家感觉不错，比原定时间提前到达C1。除原定的陈庆春、朱建红、郑晓光、曹峻四人以及体力较好的唐元新、张清和翻译冯武勇（因需和日方队员交谈）外，其余人当日撤回BC。

日方队员早一天上山修路。这一次因为缺乏有效的技术装备，放弃了原定的雪坡路线，选择裂缝区穿行。下午日方队员修路归来，虽然受阻于冰裂缝，但他们对前面的路仍很乐观。次日，除冯、张二人留下，保持和 BC 联系，其余 5 名中方队员、4 名日方队员一同前去修路。

刚开始的一段路，他们已走过，做了许多标记，走起来较顺。但仍可以感觉到路途的艰险。许多地方冰雪破碎，给人一种不稳定的感觉。即便走在既定路线上，仍不时会踩进雪洞，幸好旁边的冰雪坚固。走过一段很长的雪坡，前面的人停下，一道很宽的裂缝出现面前。四周没有可绕的地方。前一天，日方队员也是走到这儿停住。裂缝的底部不很深，大约五米。日方攀登队长菊池守先顺着绳子下去，其他人也陆续下到谷底。下面的雪很深，大家小心翼翼地走过。在这个裂缝的边缘，找到一个不太高的地方作为上到对面坡面的突破点，但仍需攀冰上去。先有人攀到上面，搭一条路线绳，其他人自我保护爬上去。上到坡面，仍是一片裂缝区，大家或绕或跳，搭了不少路线绳。

终于，面前出现一个很长的坡，上面虽隐隐有裂缝的痕迹，已不构成危险。我方五人轮流开路，一直到达一个不太宽但很长的裂缝，完全将路阻断。已是 14 点多，陈庆春和唐元新互相保护，跳过冰裂缝，往左边一个很陡的雪坡走去，想到上面看看前面的地形。攀了一段，发觉其中的雪层很松散，担心雪崩，就撤回来。日方攀登队长菊池守和曹峻、郑晓光从正前方的缓坡往前走了一段，看见前面的路可以一直通过坡顶，认为可以在那儿建 C2。时间不早，几人充满希望地撤回 C1。这时，才知道赵凯上来送了一趟物资，张清已和他一同撤回 BC。

原想 8 月 10 日建 C2，但那天天气不好，未能成行。日方队员因补给等原因下撤调整。叶峰、李梦、丁晓强背上来部分物资，保证 C1 的需要。李梦当晚在 C1 住下。

11 日，又一个晴天。由于食品短缺，李梦撤回 BC。陈庆春等 6 人背了很重的物资，在既定的路线上行走，雪很厚。走过那一片裂缝区，来到坡底。往上看，上面有几处流雪的痕迹，他们快速通过这段雪坡。又一次跳过那条长长的裂缝。9日陈庆春和唐元新攀的那段坡果然崩塌。前面的坡度愈发地陡，雪也更厚，许多地方要跪着才能通过。不知爬了多长时间，天气慢慢变坏，下起了雹子，隐隐觉得前面就是坡顶，哪成想，一个巨大的冰裂缝陡然出现在面前，几乎有一二十米宽，下面的地形也很复杂。几个人向两边寻找裂缝的尽头，因天气原因，一直不敢走得太远。这样过了半个小时，有两名队员从一个很窄的坡下到裂缝的底部。很险，但仍可从那儿上到对面的坡上。到达既定目的地，建起C2，任凭风雪在外面肆虐。

下午，王凤桐老师来到BC，他将在这里住到14日。叶峰陪同日方队长山内一男和石桥康治按原计划回拉萨，他们由于工作原因需提前回国。晚上BC的兄弟与王老师在炊事大帐篷促膝长谈，喝用Assashi生啤罐装的威士忌。帐篷外，星光灿烂。

雾锁的世界

建完C2，队员们信心十足。因为从各方面得到的资料都说从这里到顶峰是一片坦途。12日的早晨，或许是由于前一日劳累，大家7点半才起床，出发去冲顶，天气时好时坏，虽然顶峰就在眼前，但从C2走，仍要绕很远的路。唐元新身体不适，留在C2；冯武勇走了一段，也觉不适，撤回C2；只剩曹峻、郑晓光、朱建红和陈庆春四人继续冲顶。他们绕过几个雪坡，横切一段很长的坡，第一次真正站到顶峰脚下。14点半，天气开始大变，下起冰雹，云雾绕住顶峰，看不清前面的路，更看不清顶峰。他们焦虑地等待近两个小时，天气未有好转迹象，无奈地撤回C2。那儿海拔大概是 6600 米，要能在那儿建 C3 更能保证登顶。但多日来的事故损耗太多的装备，已无力再建 C3。

第一次冲顶失败，大家有几分沮丧。这天日方的四名队员在攀登队长菊池守的带领下已经上到 C1，第二天就要上 C2，必须给他们腾出一顶帐篷，C2 食品也不太多，得撤回 BC 休整。但陈庆春、郑晓光和朱建红仍想再冲一次顶。

梦想又一次经受考验。朱建红记得入社时，社长徐珉在黑板上画了 4 个小三角代表以前登顶的雪山，然后在西藏位置画了一座他现在正在攀登的小三角。灯光熄灭后幻灯亮了起来，雪山上洒满的金色的阳光和蒸腾起的袅袅的雾气让他终于在报名表上写下自己的名字。他不知道是他在山鹰社找到了自我，还是山鹰社给了他放纵自我的机会。只记得很快乐，一到周末便急急地背起装上干粮和水壶的包去攀岩，尽管自己的攀岩水平很差；尽管当时的老队员很难接近，他们的酸奶和饭局都很难蹭到；尽管需要跟在别人后面去一个一个公司跑赞助、磨嘴皮。他也不清楚他是在山鹰社找到了理想，还是山鹰社还给了他失去已久的东西。只记得 118 室 [1] 很温馨；只记得学三 [2] 的红烧排骨又多又便宜；还记得与李靖、陈光一起傻乎乎地较劲儿爬金山的那块小岩壁。总之一切的一切都很快乐，一切都在无忧无虑中度过，或许快乐总是短暂的，因为记忆中那一年像赛跑般便没了影。

宣布登山队员名单是他生日前一个月的那天下午，天气很好，草莓正熟。每次宣布名单时似乎都是这样的。队员名单很短，不多一会儿便念完，名单里有他，没有念到名字的平日一起活动的队友则默默离去，

1　118 室，即原 28 楼 118 室，是当年的北大登山队办公室。

2　学三，即原第三学生食堂，现已改建为百周年纪念讲堂。

不知怎么，他心里高兴不起来。尽管从那以后，他开始与老队员们一起喝酸奶、吃草莓的日子。此时，他与陈庆春、郑晓光一起不愿意轻易地下撤，他来了，就要抓住一切机会上去。他要实现自己的梦想，尽管最后丢下的只有一句："他妈的！"

13日，无疑是几个人登山以来起得最早的一天。凌晨4点半起来，5点多钟出发，借着月光，踏着前一日的足迹。不幸的是，天气仍照旧，一团又一团的云雾围住顶峰，挡住视线，打碎他们的梦想。漫长的等待。他们在寒冷中诅咒可恶的天气、可恶的山。在云团运动的间隙强行往前走了几百米，仍无济于事。两三个小时后，多次和C2及本营联系，决定下撤。在C2，遇到刚刚上来的日方队员，和他们讲了上面的情况。第二次冲顶失败。在山上待了5天，下到本营。虽然无奈，却是别无选择。

14日夜，下起进山以来的第二场大雪。在这里，夜间下雪没有太多的浪漫，压塌了没人住的一顶小帐篷和炊事帐篷。想不到雪下这么大，原定上山的计划泡汤，也不知山上C1和C2的物资会不会受影响。

然而，最让人担忧的是队员们自身的不足。近一月来的登山生活，暴露出登山队组织中的很多失误。王凤桐老师这两日住在本营，有关登山方面的经历及其精神给大家讲了不少，队员们自己也很有感触——有关集体，有关人和雪山。针对存在的问题大家做了一番自检。1995年的山难登，时间拖得长，各种情况和细节也就暴露出来。面对雪山，有人失望和却步，或许他没有理解雪山意味着什么。在1993年的慕士塔格，即便有这种心理，也会很快被打消，因为在那个积极向上的群体之中，"退却"二字真是说不出口，大家相互感染，相互支持，直至登山活动宣告结束。虽然北大的队伍比较特殊（业余的大学生登山队），但在雪山面前，许多准则是所有的人必须共同遵循的，包括登山的步骤、步调、山的规律、个人的信念和集体的配合等。

15日中午，叶峰从拉萨赶回，带来李锐的一封短信，信中表达了他的无奈（住在拉萨人民医院）和对大家的祝愿。

王凤桐老师要离开BC了，走之前不住地叮嘱要注意安全，宁可放弃登顶，也不要铤而走险。

随着这辆车，队员中该离开的都离开了。下午过得很有生气：重新整理炊事帐篷；利用叶峰带回的食品，同日方队员一起打牙祭。帐篷外，太阳出来，寒雪正在消融。

不论成功与否，登山队都将在8月20日撤营回拉萨。离最后撤营只剩三天，到时都将撤掉C2、C3回到BC。算起来，队员们离开文明世界已有22天。

16日，队员们大约早晨6点出发，希望一天内突击到C2，以争取宝贵时间。就在前一天，已和住在C2的日方队员商定，他们撤掉C2的一顶帐篷去建C3。北大的队员们走在BC到C2的路上时，他们也在C2到C3间行进。天还未亮，清冷，许多地方结了冰。山间路上依然黑白斑驳，积雪尚未全消融，新雪把原来上山的痕迹给掩盖了。路很不好走，滑。刚出本营，陈庆春和郑晓光踩到溪边石头上的冰上，一脚滑入溪中。凉意从脚上透来，也没法顾及，得抢时间。两个多小时后到达C1，换上干净的鞋子，暖和一下身子，接着上路。

前两天的雪在C1到C2的路上给队员们造成更大的困难。有的地方雪很深，一下能没到大腿，只能跪着前进；有一些地方的地形发生变化，必须小心探路，快速通过。

天阴沉沉的，看不见太阳，这反而带来了很大的便利，因为雪不太松，也不觉晒。离C2还有100多米的高差，唐元新突然就觉得难受，想自己下撤,让陈庆春、郑晓光和朱建红往上走。大家不同意,鼓励他接着走。他终于慢慢地恢复过来,和大家一块到达C2。与在C3的日方队员通上话,商定次日他们从C3冲顶,无论成功与否,都撤回C2,而北大队员则从C2直接冲顶,而后留住C3。

17日,万里无云,是进山以来最好的日子。队员们8点左右从C2出发,看见有人行走在通向顶峰的路上。原来,日方队员一大早就去冲顶。大约9点多钟,北大登山队还未到达C3,他们便从顶峰下撤。在C3,我方队员和日方队员紧紧拥抱,为共同的胜利。

北大的队员们把绝大部分物资放在C3,轻装上阵。从C3能清楚地看到顶峰,大家的脚步渐渐慢下来,开始数着步子前进,每走三五十步便要站住,大口地喘气。

顶峰越来越近。这时云团飘过,将顶峰围住,但有日方队员留下的脚印,仍可前进。不知不觉,前面没了脚印,走在前面的郑晓光欢呼起来:"登顶了!"向四周张望了一阵,暂时原地等待,等云雾散后再做判断。不一会儿,云消雾散,露出蓝蓝的天空,一览众山小。真的登顶了。队员们又一次欢呼,打开各种旗帜,留下永久的纪念。

新队员朱建红后来写下这样一些句子:

"人总是希望在各个方面做到最好,将其能力发挥到极限,那便是一种美和享受,而登山则为我们提供这样一个场合。在这样的场合中,我们将自己的体能和智力的某些方面发挥得淋漓尽致。同时在登山这种艰苦的环境中,我们体会到生的可贵。因为只有在这样的场合中,人们才可能真正认识到自己的生存,有一种强烈的求生意识。但这种意识往往又可能导致一种退却心理,想家,怀念平日的生活。实际上,那也无非是以前一些生活的重复,要是真的回去过上一段时间,也许会觉得不过如此。在两种不同生活的比较中，我们更能体会亲情、友情、爱情的可贵，体会宁静而充满温暖的生活的可贵。人受伤了，难免想回家。而一旦回到平凡的城市文明中，很快就会把生命之存在这一事实淡忘，觉得这样好好地活着很正常，没有什么可想的，或许这样的生活将占据生命的大部分。

从这次活动中，我们学到许多，也体会到许多。回想在整个登山过程中，我们并非没有产生退却的思想。但有一种东西在压迫我们，促使我们去迎接挑战，战胜困难，赢得最终的胜利。是这个集体，这个有着共同理想和梦想的群体给了我们每个人力量，这个集体不只包括一起进山的队友，还包括以往曾一同训练、一同登山的队友——在拉萨的李锐、在北京的徐珉以及即将飞往美国的王诗宬老师、徐纲等。"

15点多，北大登山队下撤。又一次眺望远处的群山、美丽的羊卓雍错，恋恋不舍地离开顶峰。在C3，大家对留在C3还是当日下撤有不同看法，但考虑到天色已晚，决定在C3住下。

第二天，或许是神山开恩，又是一个好天气，他们连滚带爬跌跌撞撞回到C1，遇见已下撤的日方队员及从本营上来的接应队员。一同背着更为沉重的包下撤，心情却是轻松的。晚上，两队在BC度过一个狂欢夜。

在宁峰的每一个日子里，队员们都在寻找。在本营时，往山上看，寻找顶峰和通向顶峰的路；在山上的日子，往下望，寻找BC的位置。面对雪山，他们困惑过，也犹豫过，但仍走了下来，终于走出神山，也找到自己。

1995 年宁金抗沙登山队队员名单（年级/院系/职务/绰号）

张勤：1992/计算机科学技术系/队长

陈庆春：1990/计算机科学技术系/攀登队长

叶峰：1990/计算机科学技术系/大本营营长/"叶子"

郑晓光：1991/生命科学学院

唐元新：1990/城市与环境学系

朱建红：1992/法律系

李梦：1993/计算机科学技术系

丁晓强：1993/城市与环境学系

曹峻：1988/城市与环境学系/老队员

李锐：1989/物理系

白福利：1988/法律学系

赵凯：1992/物理系

张清：1993/经济学院

张丽亚：1993/计算机科学技术系

叛逆者的天堂

——1996 年阿尼玛卿

从登山开始就一直渴望登顶那美妙的一瞬，此刻却异常平静，所能感受的只是一种类似虚脱的感觉及心灵彻底的放松。

——"你们到哪里去？"

——"青海果洛。"

——"为什么去那荒凉的地方？"

——"因为那是叛逆者的天堂！

微微的风儿吹过雪山之巅，

悠扬的歌儿多么使人动情，

若问谁是草原上不落的太阳？

那就看那蓝蓝的天上高翔的飞鹰。

······

雪线之州——青海省果洛藏族自治州，位于青海省东南部。总面积76000多平方公里，一系列近于平行的低山、宽谷、河谷盆地相间排列，点缀着阿尼玛卿、年保玉则、鄂陵湖、扎陵湖、欣姆措、黄河。

这里平均海拔 4000 多米，年平均气温只有 -4℃，无春秋之分，暖季 4 个月，冷季 8 个月。这样的气候使果洛以高寒草原和草甸草原为主，南部班玛境内只有少量高地森林草原。农业区零星分布在班玛、玛多等河谷地区。果洛州的经济支柱是牧业。

1996 年山鹰社的目标就是雄峙在这里的玛卿冈日峰，它坐落于阿尼玛卿山脉，海拔 6282 米。在当地藏民心中它是一座神山，每年都有大量藏民环山朝拜。

"青黄不接"

1996 年的队伍有些"青黄不接"，开新闻发布会时宣布的 12 名队员中仅有 3 名曾经登过雪山，其余都是新队员，平均年龄才 20 岁，是历年来最年轻的队伍。李安模副校长及中国登山协会的李致新副主席对此表示忧虑。按照惯例，一般登山队伍新老队员比例为 1:2，这样安全系数和成功系数比较大。临行前，唐元新加入，队伍才有些壮大的感觉。

这得从 1995 年登山回来说起。根据山鹰社人员更替规律，一般是当年登山队新队员挑起下一学年的任务。到了 11 月，1995 年登山队新队员却只有朱建红留下，用他的话说："登山回来后，除了留下十几个纸箱子的装备，好像没有留住太多。一度溢满笑语酒香的 118 室已是人去楼空，未名湖边那个被称作'办公室'的仓库常冷清得让我一个人坐着发呆。"陈庆春先于前任社长张勤入社，年级也高，刚保上研究生，这时来当社长，可以说是逆序用人。但是陈庆春很有魄力。登山队新队员走得太多，他就不拘一格降人才。除了任用参加过 1995 科考的队员，如田原管资料部、董颖管记者处、鲁纪章管装备部（后管训练部）、官群英管交流部、裴志勇管攀岩队等，还把既没有参加登山又没有参加科考按照惯例会离开山鹰社的队员拉回来，如让李靖管训练部、罗述金管财务部等。

陈庆春又大胆吸收李靖、鲁纪章、裴志勇、官群英进入理事会。1996年春则起用上一年9月参加山鹰社的社员，如史传发担任秘书长、廖萍接任资料部长、王斌接任宣传部长，肖自强虽然没有接管记者处，但是记者处的社刊《山友》已经让他独立操作。这在山鹰社历史上是少有的。

理事会是山鹰社最高权力机关，这年理事会只有陈庆春和朱建红是1995年登山队员。除了1989年至1990年8月的理事会，这也是不常见的。陈庆春还做了许多尝试，比如社长与登山队长分任。1996年登山队长由朱建红做。这次尝试，虽有不同议论，但真正分析起来，不仅成败难以认定，原因分析更是难以深入。这里并不是说这种分任制一定好，只是说这种尝试是有意义的。

陈庆春做的更大的尝试就是科考队和登山队选择同一地点活动及两队在大本营会师。这本来是国外高校登山社团的做法，譬如日本大学来中国登山，总是名为"登山学术队"，有总队长、登山队长和学术队长。陈庆春觉得这样很好，可以"让更多的人亲近雪山、了解雪山"。然而通过这个决议很费劲，反对者的理由是山鹰社是以登山为核心的社团，一切活动应以保证登山为前提，而科考队去大本营会师，会打乱登山计划。但陈庆春坚持下来了。实际上反对者所持的理由并不充分，它是以以往的活动方式为经验基础的。活动方式可以变化。

第一次总是有那么一些问题，但这次活动取得了实质性的进展——

虽然 1997 年的科考活动定为"重走西南联大路"，即不再是西部、雪山和大本营；但到了 1998 年，也就是 1996 年这批科考队员有一定影响力的时候，来了个大突破，暑期科考地点定在珠峰地区。科考地点虽然离 1998 年暑期登山队大本营很远，但在科考完后来了个大会师。

除了陈庆春说的意义外，这一做法对于山鹰社还有一个更实质的意义：培养新队员，为山鹰社找到适合的扩招人才的方式。从 1995 年开始，暑期后各部部长主要由科考队员担任。对高原负重行军和西部、雪山等有深刻体会，对登山活动氛围有亲身体验的社员更能明白山鹰社需要什么样的队员、活动和精神。

有人说山鹰社是个大学校、大熔炉，它能淘汰许多人，也能培养许多人。因为它提供许多考验人、磨砺人的机会，是个成长的好场所。

轧轧牛车路

1996 年 7 月 6 日早，前站刘俊和王树民二人登上 69 次列车，正式拉开北大舒肤佳（Safeguard）登山队攀登玛卿岗日峰行动的序幕。在青海登协证实（西）宁果（洛）公路正在施工，到大武需绕道温泉，一天路程变做两天，原计划日程大为紧张，玛沁方面的情况又不清楚，二人便提前开西宁，9 日晨向大武进发，一路下去日月山，倒淌河、河卡山口、额拉山口，正是文成公主当年入藏的路线。刘俊已是第二次到藏区，还是被那清亮的天空、高高的草坡、流动的牧群、飘摇的经幡、彻响的藏歌、低矮的帐篷不断地感染着，沉浸在一片发自地底最深处却穿彻云霄广漠的声籁当中。1000 多年前，这位公主告别长安渭桥烟柳，担当了和番的重任，大概是坐在牛车里吧。走在这路上，离家一天天远，而且永无回归中土的机会。除了牛车轧轧的声音，她还能听见什么呢？

10日车过花石峡，一眼看见目标——阿尼玛卿，远远地，映着头顶的阳光，冰冷地立着，洁白如脂玉。别看此时的阿尼玛卿玉洁冰清、风姿绰约，在藏族神话里可是一位法力无边、手下拥有三百六十大臣的大神，是众山之王。这种神威凛凛的气度，直到数日后开始攀登、真正面对他的时候才能体会到。著名的英雄史诗《格萨尔王》中的中心场景——岭国，所指也就是以阿尼玛卿雪山为中心的地方。

下午抵达玛沁县县城、果洛州首府大武镇，仅由一条横贯东西的公路构成，没有别的大街，除了政府、银行、医院、邮局、军分区有几栋大楼以外，其余全是低矮的房屋。

两人下车直奔县政府，找到当地负责登山事宜的县登协，他们还有一块招牌叫作阿峰旅行社。负责人叫索巴，个不高，微胖，汉语很好；有两个助手——才秀和春新，年纪都很轻，和队员们一般大。由于曾经有一支北京的大学生登山队在当地造成过不好影响，因而当地主管部门是否允许北大登山队攀登还是个问题，双方对初次会见都很慎重。刘俊和王树民递交由学校和中国登协开具的介绍信，转达青海登协高经理表示支持的意思，并介绍北大登山队的历史和此次攀登的具体计划。索巴经理爽快地收下介绍信，答复说进山没问题，玛沁登协还将提供一些帮助，包括进山路线、牦牛、气象资料等。然后才秀和春新领两人到雪山宾馆安顿，又请两人到一家"大武最好的"汉族饭店饱餐一顿。连日奔波，初来乍到，二人有宾至如归的感觉。

运输工具和大本营用大帐篷还无着落，两人确定在大武和西宁同时想办法。第二天上午，刘俊到武警支队跑了一趟，请求支援，没有结果。12日早晨，刘俊杀回西宁，王树民留下保持与玛沁登协联络，并准备进山用的牦牛。

这次回西宁，刘俊没有走花石峡旧路，而是走军功、过马营线。早晨7点出发，上午在军功过黄河。这段黄河是由东向西流的。黄河谷底比较深，过河时车先要从山顶穿到河边，又再从河边爬到对面山头，看着一跃可过，走起来很费劲。中午在巴滩二过黄河，河比军功处还要深，水流还要急，河的两边却处在平坦的塬面上。在这一段，黄河又由西向东流去。21点到共和县，天已全黑。车入西宁，已是凌晨1点30分，街上空无一人，所有招待所、旅店统统关门。幸而坐车时邻座是果洛军分区一个骑兵班长，与刘俊聊得很好，他邀刘俊到果洛军分区驻西宁办事处。刘俊恰巧穿着一套作训服，就大模大样混进办事处。骑兵班长找到一张空床，推醒几个战友，匀了套被褥，两个挤着睡下。

13日一早刘俊告别诸位战友，开始在西宁的新一轮交际，登协、新华社分社、电视台、北京电话、大武电话，凡此种种。最要紧的是，从西宁运物资和人进山的车还要落实。王树民在大武也联系了几批车，但一直没敲定。刘俊在西宁跑了许多运输公司、停车场，有国营有个体，但要价都很高，司机们不愿意到如此艰苦的地方去。直到大队人马到西宁后才把车确定，这给后勤物资的采购造成不利影响。

1996年7月14日，登山队大部队也从北京出发，前往西宁，由此全面开始了北大舒肤佳登山队攀登阿尼玛卿主峰的征程。

绿草原就是家

1996年的大本营是山鹰社登山以来最漂亮的，它就在绿草场旁边。

7月21日晴，集结大武的登山队全体起个大早，就要进山了，而科考队的队员将在大武附近开展一些活动，几日后也将到登山队大本营稍作停留。

面包车紧跟着卡车行驶在从大武镇到雪山乡的路上。两地之间是一条土公路。开始路况尚好，过了东倾沟，连连上坡。再往前，土公路越窄越险，一侧是湍急的河流，一侧是山坡，有时坡度较陡，巨大的岩石擦着车窗玻璃而过，司机拿出浑身本领，小心翼翼行车，不敢丝毫懈怠。但路边景色宜人，成群的牛羊奔跑在广袤的牧场上，草地上随意搭建着各色帐篷。偶或可以见到一群牧民围坐，似乎在进餐或是聊天喝茶。他们远远地看见车开过，热情地挥手。

面包车屡出故障，被迫返回大武镇，再一次跑起来时，大家禁不住大声欢呼。似乎几日来路途的艰辛、交涉的烦琐都随着欢呼声抛到九霄云外。美丽的阿尼玛卿不再遥远。

15点多，车到白塔，路边的庙宇供有阿尼玛卿的山神。从这儿可远眺皑皑群山。一条有迹无形的路直通山脚。到山脚，已是18点多，离BC还有很远的路程。天色已经暗下来。趁着暮色，大家搭起临时帐篷，码起物资。过渡营地旁边是发源于阿尼玛卿雪山的哈龙河，水量很大，隆隆之声响彻山谷。枕着轰鸣的河水声，队员们沉入梦乡。

22日晴，13人分成两批。和牦牛打过交道的唐元新留在后面指挥收拾东西、装包；朱建红、陈庆春二人前去侦察大本营位置，来到哈龙河边，两人才发觉哈龙河足有一二十米宽。河水湍急得可以冲走一头健壮的牦牛。拦在面前的只是哈龙河的一个支流，也有十余米宽，浑浊的河水又深又急，打着旋儿飞溅泡沫。他们俩沿着哈龙河支流走了一二里地，找到一处稍为狭窄一些的河道跳到对岸。翻上一道山梁是一大片牧场，长满沾着晨露的嫩嫩的草，夹杂着星星点点的红的黄的小花，煞是美丽。在一些土洞洞口，蹲着几只旱獭，歪着脑袋傻傻地看人；偶尔一只肥肥的长耳野兔从山坡上蹦蹦跳跳跑过去，消失在远处的乱石堆；一群雪鸡见到不速之客，仓皇四处逃窜。这儿是野生动物的天堂。

两人按着地图很快找到合适的大本营营址——在海拔4500米的一处斜坡上，也是一片平坦的谷地，背山面水，环境幽雅。在大本营面向雪山，左面是小溪，由冰雪融化而成，清寒澄澈，水波流韵。小溪旁有一座矮矮的石坡，上面牧草不多，但长满一簇簇雪莲，毛茸茸的，十分可爱。左面远处层层叠叠的群山，顶部积雪时间较长，夏季消融，呈现出深褐色，在底部草甸的碧绿色衬托下，显得庄严凝重；右面远处是清秀端庄的阿尼玛卿II峰，蕴涵着无穷的魅力。

不多一会儿，后面的人跟着牦牛上来，一起动手搭建"新居"。傍晚时分，两顶白色大帐篷和几顶蓝色小帐篷出现在空旷的谷地上，点缀在蓝天、白云、绿草间。

大本营一切因陋就简，几个纸箱一摆就拼成一张书桌；上面加一块纤维板便是餐桌。帐篷边刨出一个土坑权作垃圾坑。离大本营远远的一块巨石后面挖出一条细长的坑就是露天厕所，而且男女通用。为避免发生冲突，有人提议凡是去解手的都要拿一根绑着小红旗的竹竿插在巨石上面的乱石堆里，众人大笑后觉得此计甚妙。于是便一直沿用下来。

7月23日，夜雨不知何时停了。大本营一阵骚动，唐元新、陈庆春、朱建红、王树民四人出发去侦察。玛卿岗日在本营西边，离本营很远，从本营看不见主峰，必须绕很长的路。约莫四五十分钟的时间，四人到达冰川末端。从这儿岔开好几条道。唐元新、朱建红二人一道攀上山谷尽头右边的碎石坡，居高临下，观察下面的地形和路线。坡很陡，坡面上铺满一层由岩石风化而成的小石块，走上一步，滑下半步，踩塌的石块在坡上越滚越快，像子弹般加速呼啸着划破空气坠落深谷，有的掉落到冰川融水形成的小水潭中激起好大的水花。再往上走，就看到偶蹄类动物的足迹和遗留下来的粪便。爬到碎石坡顶，确定攀登路线后，带着一点满足下撤。

陈庆春和王树民则穿行在冰川和岩石的交界处，以求有所突破。侦察结果，大家均觉得完全下到冰川上行走不失为一个好办法。那儿虽然裂缝颇多，但比较平坦，且少有滚石的危险。

谁知第二天早晨从睡梦中醒来，听到的竟是雨点打在帐篷顶上沙沙的声响。探头出去，漫天的大雾，雪山不见了，右边的高山不见了。

左边影影绰绰的小河布满雨点击破水面的波纹，天地间唯有几顶帐篷和门前的这条小河。队员们一个个闷闷不乐——三四天了，这山里的雨也不知要下到何时才停歇。

傍晚时分，天突然放晴。在帐篷里蜗居整日的队员们得以一睹阿尼玛卿真容。另有几名队员则忙着拾掇首次带上山来的发电机。因考虑到要请电视台摄像人员一同进山及解决高山的照明问题，购置一台发电机，带上山。后来摄像人员因为种种原因来不了，但这台发电机使登山队第一次在大本营用上电。

不一会儿，大本营亮起电灯。电灯亮起的一刹那，响起一片掌声。但好景不长，光明一闪即逝——灯丝烧断了。第二天晚上，最后两个灯泡也相继报废，这时才发现忘了带稳压器。大本营又回到原始的蜡烛时代。

25 日，雨，修建 C1。早上 7 点多钟，12 人分两批去建 C1，只有陈庆春留守大本营。从本营到 C1，要通过一片长长的裂缝区，那是能吃人的地方。一道道裂缝挡在前进的路上，深不见底，在雨雾的笼罩下，更加阴森可怖。没有别的办法，只能结组跳过去。不时有人一脚踏空，又被绳子牢牢拉住。大约14点，队员们上到一片雪坡,但裂缝区并没有结束,裂缝隐藏在雪的下面，更为危险。雪坡尽头是一个更陡的坡。有过四年登山经历的唐元新走到前头，带着绳子和工具，先爬到一个平台上，把雪锥埋入雪中，把绳子系上，固定在雪锥上。后面的队员就顺着绳子上升，小心踩好每一步，并不抬头往上张望，以防流雪袭来。上了这个坡，C1就不远了。17点多，两顶蓝色的帐篷挺立在风雪中，此处海拔5200米。队员们抓紧时间下撤，回到大本营，天已经黑了。

科考队的哈龙河之夜

26日上午大约10点，劳累的登山队队员正在随意做点什么，忽听见有人大声喊"马振兵"，对面山坡上，一个熟悉的身影摇摇晃晃着过来。

原来，在登山队离开大武镇前夜，科考队队长马振兵与登山队队长朱建红商定了时间，选择了行军方式和路线，登山队还留下一张玛卿岗日峰附近地形图。7月24日，科考队到达雪山乡，晚上商议进山事宜，大部分队员热情很高，决定徒步进入雪山。但考虑到两地高差800米，相距30公里，长途跋涉、过度疲劳极有可能引起强烈的高山反应，就决定乘车。25日14点，科考队搭乘中巴车进山。车到半途，司机把队员扔下，队员安步当车。

途经一座石桥再往前走，便到登山队临时营地，在一条激流岸边，两岸怪石嶙峋，河水轰然而下。科考队员张勤和张永红冒险过河探路。这时，天近黄昏，天色阴沉，飘起霏霏小雨。河水似乎更急，科考队束手无策。临到傍晚，雨下得更大，雨具不够用，探路的张勤和张永宏一去无影，大家一筹莫展，只好撤到修路工人宿处，挤到民工帐篷中。大家挤挤挨挨在淅沥雨声中坐待天亮。

小窝棚勉强容下4个女同胞，6个男生与6位民工共拥在一个大窝棚中，你挨我，我挨你，动弹不开手脚。外面阴雨连绵，帐内却异常潮湿闷热，他们直至夜半仍无倦意。男子汉在一起，没有好酒，必定有好歌。手脚动不了，嗓门没闲着，索性操起吉他，放声大唱。王辉平日不爱高歌，那天成了吼得最凶的一个。更加令人惊讶的是素有男儿风度的科考队长马振兵，居然高唱一些诸如《滚滚红尘》《梅花三弄》的缠绵歌曲。12个大喉咙，就着吉他，从《九月九》吼到《大约在冬季》。刘韬、陈弋、廖萍和王晓霞在隔壁做忠实听众，听那在风雨之夜分外粗犷而纯朴的歌声，心里特别感动，眼里湿湿的，忍不住想和他们高歌一曲——但文静安详总是属于女孩，她们只是相互搂着，凝望窝棚里跳跃飘忽的灯光，轻轻讲起各自的故事。慢慢地，眼皮沉重起来。风声、雨声、流水声渐渐远去。她们头挨着头，脚贴着脚，悄悄进入梦乡。

刘韬半夜梦醒，耳边隐隐约约听见爸爸妈妈唤她的小名，仔细一听，什么也没有。灯早就熄了，她在深深的黑暗中，默默地听哈龙河隆隆水声。风雨声不知什么时候住了，四周一片寂静。"旦辞爷娘去，暮宿黄河边，不闻爷娘唤女声，但闻黄河流水鸣溅溅。"她心头涌起一阵难言的感受。听同伴均匀的呼吸声，忍不住想摇醒她们，告诉她们她此时的心情，不知什么时候又睡去，醒来时窝棚里还是一片昏黑，从牛皮外透过来的亮光，使人觉得天是暗青的，抬起腕努力看表，始终看不清。她睡不着，睁着两眼看牛皮门缝中的一线天地，想张勤和张永宏，不知道他们是瑟缩在某个山洞里，还是躺在大本营温暖宽敞的帐篷里。想到他们被登山队一伙人围起来问长问短的情形，慢慢地微笑起来。他们一样也是焦急地盼着大家。就这么想着想着，后来也不知道想了些什么。只是盯那道缝，瞅那一线天一点一点亮起来。后来听见隔壁窝棚有人起来的声音。偷偷伸头出去望，只见蓝天白云青山朝霞。

26日晨，晴朗。科考队一大早起床，收拾物品，打算趁早晨水小，抢渡过河。就在这时，张勤与张永红回来了。他俩跟跟跄跄，面色土灰，浑身湿透。原来，他们没有找到大本营，甚至一户牧民也未见到。一连蹚过五条河后，天色暗下来。两人躲在石头缝里目不交睫，熬到天亮。

前一天，张勤和张永红连必备的望远镜、地图、食品等都没带，赤手空拳跳过河。幸好廖萍在张永红临走前塞给他们一件毛衣和一件雨披。他俩直奔小山坡而去。到了坡顶，一抬头，发现那山更比这山高，只有继续爬。猛一抬头，发现前方一黑黝黝的物体，极像班用帐篷，立马百米冲刺般直奔过去（海拔已有4000多米）。近了，见是一方形石头。继续前行，过数条小河，到一山坡上，又将一块石头误认作大本营。找着找着，张永红突然发现已经全是石头，连草也没有。听着下面有石头的响声，以为是张勤跟上了，扭头一看，是一条像狗一样的动物。是狗吗？不会，这里连人家也没有，哪会有狗？肯定是狼！他感到阵阵恐怖，书里写的和别人讲的狼的凶残、狡猾全想起来。完了，这次要留在这里了，再也见不到爹娘。张永红这样想着，不甘心，举起一块石头，准备和狼做生死之搏。没想到狼一转身，跑了。"对了，夏天狼是不会主动进攻人的。"他的心这才放下一点，"张勤呢？张勤在哪里？"他四处也看不见，大喊着冲向石坡顶部，脚下一绊，摔倒了，闻到一股清香。"这是什么香呢？"四下一看，发现石头缝里长着雪莲，采了一朵。武侠小说里说雪莲可治百病，那定是可以吃，他马上将它送到嘴里，准备安慰一下空空如也的胃，却咬不动，雪莲太硬，只好放弃。不过，花香可让人镇定下来。这时，听到张勤的叫声，感到一阵亲切，仿佛是老友久别重逢。

又经过一番努力，跨过一条河，天已黑，他俩准备返回。选了一个地方，河中有几块石头，可以做跳板。张永红跳过去，到了中间，发现无法过到河对岸，而且连身都转不了，只有待在石头上。张勤拿出一条绳子，系在手腕上，一人保护，一人跳。其实绳子只能给人一种心理安慰，真有一人掉进水里，两人都没命。

回到岸上，天已全黑。两人坐在岸边石头缝下过夜。张永红的衣服和鞋已湿透，张勤的鞋子也是湿的。他俩脱掉鞋子，抱在一起，躲在一个雨披下。雨披根本不起作用，雨顺着头发一滴滴流进脖子，又从脖子流下去。两人哕哕嗦嗦讲各种小故事，后来搜肠刮肚也讲不出来，就只好唱歌。

歌唱完，觉得应该黎明了，可才21点。怎么办？骂人吧！科考队那帮人，每人骂5分钟，就差不多1个小时。队医刘韬逼吃药、队友肖自强的诗等都成了骂的对象。科考队的人骂完，接着骂登山队的人，骂那可恶的司机。然后是一阵难忍的沉默……突然，张勤说他还有三颗糖，每人可以分到一颗半。张勤慢慢地，慢慢地舔完一颗，然后把最后一颗咬掉一小半，将多的一半给张永红。吃了糖，觉得有点力气，又想睡觉了，但睡着了有野兽怎么办，冻坏了怎么办，只好闭着眼睛休息一会儿，要睡着了就摇醒自己……

科考队员重新会师之后，马振兵决定和王辉两人先上山找大本营，然后回来接大家，其他队员原地待命。两人很快到河边，河水依然湍急，找到一处水流稍缓，中间有三块大石露出水面，相隔颇近，从这儿跳到河对岸。爬到坡顶，出乎意料，眼前是一大片平坦的草地，点缀着各种颜色的小花。海拔渐高，草色渐渐消失，显出红色的赤裸的砂石，再远处是矗立的雪山。他们依着地形图上的路线和方向，翻过一道小山坡，脚下变得潮湿，地表有一串一串小水潭，点点映出远处的蓝天和雪山。穿过这片草地，翻过一道低山，马振兵站在山顶，举目四望，哪里有登山大本营的踪迹？前面是道山谷，山谷有一条小溪，是哈龙河的支流，通向雪山，对岸是碎石块堆成的山梁。马振兵决定沿山梁走，王辉沿哈龙河走，相约彼此都在视野范围内，但分开不久，一恍惚间王辉便失去踪影。山梁越走越高，总也没有尽头。离雪山越来越近，隐隐听见冰川"咔咔"的开裂声，还有冰川融水流淌，有如江头潮涌。时近中午，白日当空，阳光特别刺眼。马振兵实在太累，迈上一个石阶休息会儿，大口大口喘气。他总希望出现奇迹，希望大本营就在前面。"喂——""喂——"他大声叫喊，奇怪的嘶哑的声音空荡荡传出去，天地之间没有一点反应。他感到一种巨大的寂寞和孤独压来。快到山梁尽头，他猛抬头看去——就在那小溪旁，仿佛奇迹似的，冒出深蓝色的小帐篷、浅绿色的大帐篷，还有搭在绳子上晾晒的衣服。他禁不住欣喜若狂——大本营找到了！大家热烈地拥在一起。

寒暄几句，陈庆春、唐元新、史传发立即下山接应大部队。王辉也在唐元新的指引下找到大本营。

对于大部队来说，渡河依旧是个难题。最后用长木板搭桥，才得以过河。天公不作美，临到傍晚又下起雨，马振兵撑着雨伞在路口迎接他们。刘韬走在最后，一边走一边有气无力地唱："我要从南走到北，还要从白走到黑……"

惊魂冲顶之路

7月27日，天阴，虽然是登山队和科考队会师团聚的日子，唐元新、朱建红、李靖、鲁纪章、张春柏、高永宏等6人仍然出发了。大家希望尽快修通C1往上的路，以便好天气一旦来临，便可迅速登顶。科考队员在陈庆春的带领下去旁边的冰川拍照，看到雪莲花，便漫山遍野采摘。第三天与登山队员依依不舍分手，开始去拉加寺、鄂陵湖和扎陵湖的行程。

3个多小时后，他们到达C1，但能见度差，只能按兵不动。新队员高永宏送给队长"朱扒皮"雅号。这次每个人背10袋方便米上山。李靖、高永宏和朱建红分到一个帐篷，唐元新、鲁纪章、张春柏在另一个帐篷。李和高暗自窃喜，因朱建红在山下饭量不错，在山上也一定不会吃得太少，这样饮食上不至于被限制。然而一进帐篷，朱建红便宣布每顿每人一袋方便米，一听此话他俩傻了眼。他俩最后的战果是当晚多吃一包80克方便面。后来方面米剩下许多，唐元新全背下来。撤营到过渡营地时，食物奇缺，唯有方便米充饥，到此两人方感朱建红英明。

山上昼夜温差大，部分队员的身体也有不同反应。第二天早上起来，高永宏的嘴唇"胖"了好多。鲁纪章描述："活像两根香肠。"他们还得冒着雨雪穿行在冰塔林中，基本修通到C2的路。一名队员日记中写道：

"前进的路途并不远，但每一步都走得很艰苦。我小心翼翼地踩着前一名队员的足迹，以防掉进裂缝和雪洞，不时看看身边矗立的冰塔，它们似乎随时都会塌下来。忽然，一座冰塔出现在我们面前，虽不高，但完全挡住了我们的去路。"

唐元新走在最前面修路。他攀冰上到冰塔顶部，发觉这是一座四周完全断升的冰塔，四周是深不见底的山谷。前面不远，有一座由一大块冰雪形成的长 2 ~ 3 米，宽 1 米的雪桥。张春柏、高永宏二人给唐元新打保护，看唐元新踏上雪桥。唐元新走两步，又撤回，看看雪桥，又踏上雪桥。他用冰镐探着前方，数着步子，终于走到对面雪坡上。在上面架设好路线绳。在修通雪桥路线后，又往上探了往 C2 的路，队员们撤回 C1。原本打算第二天继续往上修建 C2，但因天气原因，等待多时不见好转，决定下撤回大本营。

经过 29 日一天在大本营的等待和休整，30 日，阿尼玛卿终于转晴。13 名队员分成 3 拨。第一拨由陈庆春、刘俊带着，当天抵达 C1。另 6 名队员在唐元新、朱建红的带领下，次日上 C1。这样，需要一人留守大本营。权衡利弊，考虑各种情况，鲁纪章提出自己留下，主动放弃了冲顶的机会。

这次登山队吸取了 1995 年登山的教训，每天都早起、早休息，以便把握时机。31 日，天气似乎并不配合。第一批队员被大雾围困在 C1。虽然上午起大雾，但阳光之强不减，帐篷内温度一度达到 45℃，闷热异常。高永宏爬出帐篷，穿 T 恤在雪地上让李靖拍照，还不忘拉上穿着毛衣羽绒服的陈庆春在旁边做对比。14 点多，云开雾散，才得以建 C2。天色已晚，C2 建在海拔 5500 米左右，只比 C1 高 300 米。夜里很冷，外面的月色很好，隐隐可以看到主峰。

8 月 1 日是建营以来最晴的一天。一名住在 C2 的队员在日记写道："我们凌晨 4 点多钟就起来，但烧水、做饭花费很多时间。6 点左右，我们正要到帐篷外整理装备，准备冲顶，有人在下面喊我们。原来，住在 C1 的弟兄起了大早，已经赶上来。我们 12 人便一同去冲顶。"从 C2 往上，长长的雪坡一直通向顶峰。前方的路途并不平坦。坡很陡，有明显的流雪痕迹。走出不远，他们架了一条路线绳。糟糕的是，一不留神，陈庆春背上来的包滑了下去，一直到底。渐渐地，队伍拉开距离。朱建红一直谨慎地走在最后，陈庆春则远远地跑到前面探路。陈庆春正满怀希望地往上攀登，一条又长又宽的裂缝横在前面，完全阻断了去路。陈庆春便向右侧，即东北山脊方向走。坡愈发的陡，回头看后面的队员，他感到一种孤独和恐惧，但别无选择。有4名新队员跟上去。在海拔大约6000米处，唐元新把后面7名队员集合起来，一个跟着一个走，以便有个照应。由于滑脱一个背包，已没有绳子可以修路，只能如此。

没走几步，唐元新身后的史传发一脚没踩稳，滑了下去。史传发描述这段经历，记忆犹新：

"我下意识地去抓冰镐，想把它刨进冰雪里，但下滑的速度太快。滑了很长一段，又从一个冰崖抛了下去。忽然，停住了。原来，冰镐在滚动中挂住了冰雪。前面不远便是一个裂缝。我听到上面的惊叫声和呼喊声，努力使自己喊出声来：'我没事。'我又摸了摸脸，黏糊糊的，但还有知觉。不多一会儿，唐元新下来救援。他先把我安置好，又给我讲他1992年登山的经历。上面几名队员也撤下来，他们因此放弃了登顶的机会……"

走在史传发身后的罗述金瞬间看到了队友滑坠的全过程，绝望地大喊："用冰镐为什么不用冰镐！"却只能眼睁睁地望着史传发疏忽间滑下雪坡又平抛出雪崖……她脑中一片空白，不知道还喊了些什么，与官群英抱头痛哭泪如泉涌。

陈庆春正攀登在一个极陡的坡上，腰上的对讲机响起来："小春子，史传发滑坠，请你们前方千万注意安全。"

听到朱建红沙哑的声音，陈庆春的泪水涌了出来，他努力克制自己，做最后的努力。翻上最后一个陡坡，前方一片坦途。大约10点半，陈庆春便站在顶峰。顶上风很大，他焦虑地等待后面的队员，担心他们的安全。约半小时后，一个脑袋从不远处冒出来，陈光上来了。接着，李靖、张春柏、高永宏相继登上顶峰。5个人紧紧拥抱在一起。因挂念队友的伤势，他们稍作停留就下撤。

14点多，五人历经艰险，撤回到其他队友和史传发停顿的地方，大家一同护送他到C2。史传发福大命大，坠落高差虽然近100米，幸而雪厚松软，只受了一些皮外伤，几乎无恙，次日，大家一路将C2和C1撤营，一边护送着史传发，共同撤回大本营，度过一个狂欢的夜晚。

顶峰的世界

［李靖］早上3点多钟，被人推醒，从帐篷中探出脑袋一看，马上就被美丽的景色所惊呆：天空挂着一轮皎洁的圆月，一丝云也没有；整个雪山一片洁白，庄严肃穆，心中不由升起一种崇敬之情。

抓紧时间做饭，吃饭，赶紧收拾装备。一切准备妥当，已接近清晨5点，怀着一种莫名的兴奋在美丽的月光下出发。

月光很亮，照得路上一切都很清楚，但却一点也不刺眼，使我免遭戴墨镜之苦。一路上，不停地感谢老天给我们这么好的一个天气。一周里的不快、焦虑一扫而空。

从C1到C2的路不长，但地形复杂：从C1出发不久，须下到一个雪沟，从雪沟爬出来，经过一片类似冰塔林的地方，再攀冰通过一道四五米高的直立冰壁，上到冰塔顶部，前面不远就是这条路线最危险的地方，一道宽一米、长两三米的雪桥。在路线绳上挂好铁锁通过雪桥，爬上一颇陡的雪坡，基本上就走完了这条危险的路。后面的路很平坦，坡度不大但很长，走起来特别累人，6点半，我们终于在迎来朝阳的同时赶到C2。

宿营C2的B组队员已吃过饭，只是还没收拾好装备。我们趁坐下休息一会儿，喝点水、吃点东西，拍些照片。

［高永宏］早上刚起床，就觉得不对劲，嘴唇一阵刺痛，感觉大了许多。忙找陈庆春确认，吓了他一跳："你的嘴怎么肿得那么高。"我顿觉体力下降，动作慢了好多。等我收拾完毕，大家均已出发，我已是最后。

气喘吁吁地爬上一雪坡，终于赶上队伍的尾巴：唐元新和朱建红正"保护"两名女生往上。朱建红看了前边，又看了看天气，说："今天所有的人都会登顶的。"听着他肯定的口气，我对自己的前景乐观很多，但惰性因此而产生：反正都能上去，慢慢来吧。

［李靖］7点钟，我们两组12人开始冲顶。陈庆春和张春柏在比较陡的地方打了两根路线绳，上了这面比较陡的坡，前面走得快的人聚成一组，后面的也聚成一组往上攀登。陈庆春在前面开路，我们跟在后面走。走了没多久，我们就掉在后面。经过一片流雪区，沿雪坡上去是一道无法逾越的裂缝，我们只好横切这片陡雪坡，不时有人滑倒。陈庆春这时也探路走得不知去向，下面让我们先停下来，等探好路再上，我们几个人就在稍平缓的地方挖坑坐下。休息半小时，还没有动静。我们几个商议先跟着陈庆春足迹走。我前面是陈光，后面是高永宏和张春柏，山坡越来越陡，每走一步都要喘几口气。我和高永宏合背的包再也背不动，就挖一个不大的坑把包放进去，轻装冲顶。

［高永宏］不知又走了多久，前面几十米是一片雪崩区。考虑到雪崩区要快速通过及大家基本上都比较累，唐元新建议大家休息一下。或许是认为休息后会更累，或许是"弱鸟先飞"的思想，我当时有一种冲动，

没有停下来。前面还有陈庆春等三名队员。

过了雪崩区要横切一段长长的雪坡。在那里我赶上李靖和陈光。李靖他们是从 C1 一早赶上来和我们汇合的，已经相当累了。我接过他的包，休息一会儿，看到下边的都已陆续向上了，就也往前赶。在雪坡末端，我偏离了陈庆春的脚印，有些靠上边了，上边较陡，难度大，在唐元新的建议下往下移到路线上去。突然脚下一滑，失去控制。当时居然莫名地清醒，看到一个小冰裂缝的边缘，一下踩上去，固定住自己，爬起来拍拍雪，继续往前。当时居然没感到害怕，下边不远就是悬崖。前边转一个弯，便看到一段长长的很陡的雪坡。在雪坡前我和李靖挖个坑把包放下来。张春柏赶上来，攀到前面。李靖也上去了，我在最后。坡很陡，须用攀冰的动作才可上，爬起来很慢。爬了一会儿，突然意识到这么久后面居然没有人跟上来，先是诧异，后来才意识到雪坡上只有我一个人，前面的李靖早已失去踪影。往上，一眼看不到尽头，下边空荡荡的，一个人没有。只有我一个人孤零零挂在那儿，一种"上不着天，下不着地"的感觉，一刹那，心头充满绝望……

［陈庆春］我侧身趴在雪坡上，想着刚才发生的一切。先是在原以为平坦的路线上出现一个大裂缝，接着便转到这边的雪坡上，坡度愈发的陡。拐过一个弯，后面的弟兄失去踪影。我心里感到一种莫名的恐惧和孤独，刚才只想探明前面的路线，不知不觉中，已是欲罢不能。

高度计显示已是6100多米，看看刚才爬上来的坡，又望望上面的路，上面的路该不长了吧，我想。

又往上攀了十几米，腰上的对讲机响起来，传来朱建红焦虑得有几分沙哑的声音："小春子，小春子，史传发滑坠，请你们前方千万要小心。"我的泪水一下子就涌上来。我努力克制住自己，做最后的努力。不一会儿，前方一片坦途。我看了一下表，大约 10 点半。我和朱建红通话，得知有四名队员跟上来，其他队员因救援而停止登顶。我很焦虑地等待其他四名队员到来，担心他们的安全。约半小时后，一个脑袋从不远处冒出来，陈光上来了。接着，李靖、春柏，永宏也相继登上顶峰。我们五人紧紧拥抱在一起，欢呼成功。因挂念队友的伤势，我们稍作停留就下撤了。

[李靖]10 点钟左右，我们来到这条路线的最难点：一道长达 30 米的六七十度的雪坡横在面前。除了喘息声和脚步声便是一片寂静，火辣辣的太阳晒得脸好痛。犹豫一会儿，谁也不甘心放弃，便四肢贴地向上爬。没爬多高，迎面一阵风带着细细的雪粒灌了我一脖子，冰凉冰凉的。我赶紧把冰镐插进雪中，趴在上面不敢动弹。风过后，一层雪粒便如银沙一样，沿着雪面沙沙地流下去。恐惧、惊奇、感动、震撼，各种感觉都有。

上了这道雪坡，地势顿时缓和起来。拄着冰镐，直起腰来，发现顶峰就在眼前。抖擞起精神，却迈不动步子，只好和张春柏互相扶着，数着步子往前挪。快到峰顶时，先于我们登顶的陈庆春和陈光奔过来，我们相拥在一起，倒在平坦的峰顶上。待喘过几口气，陈庆春告诉我们，还有 10 米才到顶。10 米外，端端正正插着那把队里唯一的短冰镐。连拉带拽站起来，摇摇晃晃上到顶峰。此时顶上风势渐大，越来越冷。我们赶紧展开旗子，拍几张照片。都没穿羽绒服，特别冷。5 分钟后，高永宏摇摇晃晃爬上来。我们拍几张照片赶紧下撤，手都快冻麻了。

下撤到一处不太陡的坡上，背着风吃点陈光背的东西，商议下撤办法。太陡太险，又没有结组绳，大家一致决定由陈庆春开路，其他人在后面跟着，用三点固定法慢慢下降。一路有惊无险。18 点，回到 C1，我一头扎进帐篷就躺下，却又睡不着。体力较好的陈光做好饭，饿了一天，这时反而吃不了多少，胡乱吃了一点就躺下。

［高永宏］好像过了许久，我才意识到自己别无选择，只有往上。又好像过了一个世纪，我才到雪坡的尽头。李靖和张春柏并排坐在那儿，我心头的一块石头才落下来，踏实了好多。

3个人一块数着步子往前走，30步一停。一到30步，马上就躺在雪地上，休息一会儿。又爬过一个陡坡，眼前出现一片空旷，只看到张春柏和李靖并排走在前边。又过一会儿，我看到陈庆春的短冰镐远远地插在那儿。近视的我那时的视力竟出奇地好，当下有一种直觉——那就是顶峰。果然，不久就看到张、李先是断然倒下去，继而便听到欢呼，看到挥舞着的冰镐。真想一步就跨过去，可无力的双腿就是不争气。好在顶就在那儿，跑不走，我总会离她越来越近。很奇怪，从登山开始就一直渴望登顶那美妙的一瞬，此刻却异常平静：没有任何思维，没有任何动作和冲动；所能感受的只是一种类似虚脱的感觉及心灵彻底的放松。

最美大本营：1996年阿尼玛卿登山队大本营补记

离太阳很近，离世界很远——这里是青藏高原。

太阳下面，有我们的大本营。

1996年的大本营是山鹰社登山以来最美的一处，很多年以后，大家还这么认为。

高山植物中最负盛名的当属雪莲。也许是这名字太美，许多慕名而来的人真见到它，都有些失望。白，不是雪白，掺杂些许紫灰；花毛茸茸的，号称为"莲"，却与"亭亭净植，不蔓不枝"的莲花大相径庭。其实雪莲又称雪兔子，与蒲公英、垂头菊等同属菊科，而和睡莲科的荷花毫无关系。

菊科植物生命力极其顽强，几乎有植物生长的地方就有它们的踪迹，是雪域当之无愧的优势物。高山上的菊类，大都密被茸毛，不仅御寒，还能让幼嫩的花或花芽在茸毛中受到周密的保护。阿尼玛卿地区的雪莲只有一种，即水母状雪莲。它的茎直立，叶生长在下部，头状花序密集在膨大的茎端呈半球形，全身遍布白色茸毛，根深入冰川融水，花多开在石缝中，是生长海拔最高的植物之一。雪莲的美，不在娇艳的外表，而蕴含在气质中的坚忍的美。

右面是山坡，由下而上，草甸、碎石与冰雪逐次分布，是典型的高山微缩景观。来的方向，即东侧，是当地冬季草场。果洛是著名的优质草场。人们总是对可望而不可即或虽已接触但不能尽兴的事物更加向往。这大概便是高山花卉比园林栽培花木更具魅力的缘故。路途遥远，攀登艰险，能一睹其容颜实非易事。有些地方花草齐膝。随手一捧，五颜六色，品种繁多。来自生物系的女队员罗述金激动不已，她不仅认出许多过去只能在书上见到的高原植物，而且做了不少记录并摄影。著名的药用植物——唐古特红景天，在这里漫山遍野。

景天科植物最显著的特点是茎叶肥厚肉质，饱含水分和养料，能适应恶劣的环境。唐古特红景天多成簇生长，叶狭长细小，微带红色，花很小，并不起眼。由它们提纯的浸膏有很高的药用价值。

在罗述金的记录中，菊科的黄帚橐吾和蓼科的圆穗蓼是当地草场的优势种。随海拔的逐渐升高，植物种的分布呈明显的垂直变化。前往大本营途中，她因体力不支，停下歇息。一种基生叶密形成莲座状、全株密生长柔毛、花硕大呈金黄色的花丛跃入眼帘。揭开花瓣，可以看到黄色的花丝和密生黄色刺毛的卵形子房。最令她诧异的是其花瓣柔嫩而轻薄，娇美异常，全不类生于恶劣环境的常见植物。后来知道，这便是著名的高山花卉——罂粟科绿绒蒿属的全缘叶绿绒蒿。在大本营附近还有其"同胞姐妹"多刺绿绒蒿，坚硬的长刺茎叶绽放蓝紫色花朵，迎风摇曳，鲜艳夺目。罂粟科植物大多有极其美丽的花朵，也大多有毒性。青藏高原以南缅甸越南一带"金三角"盛产的罂粟，便是此科最著名的代表。可惜其著名，不是因为它的艳丽，而是因为由它提炼的鸦片和海洛因，以至于罂粟常常成为邪恶的象征，这许是大自然在创造这些可爱的花朵时未曾料到的。

寒冻、狂风和干旱是制约高原植物生长的主要因素。在漫长的进化过程中，它们练就多种适应本领。为避免狂风和严寒，高山植物往往株型矮小，甚至紧贴地面生长，海拔到达一定高度，便很难见到高大的木本植物。株高半米，盛开金黄花朵的金露梅是在大本营附近所见的唯一灌木丛。高山上的草本植物还有一种特殊的御寒方式，即形成垫状，称为地面芽植物。一株植物从地面开始分枝，开成许多侧枝，相互紧密交织，构成圆垫状，外部老的叶茎和枯枝保护着内部的越冬芽，这样寒气不易侵入，在气温突降的夜里也可免受冰冻之苦。据资料记载，当空气中温度已降低至0℃以下，垫状植物体内的温度仍然保持在1～2℃，因而能有效地保护脆弱的幼芽免受寒冻和大风的伤害，至第二年春天萌发。这样的植物在阿尼玛卿很多，放眼看去有白色细小的点地梅、浅黄的甘肃棘豆、粉红的青海黄芪、橙色的寒地虎耳草等，五彩斑斓，成簇成团，为枯荒的大地铺上鲜艳的锦毯。

大本营四周有许多奇特有趣的植物。菊科的车前状垂头菊几乎是河滩石缝中最常见的。其茎至顶端忽然弯垂，黄色的花横向开启，花梗细长，伸至半空，花萼外侧黑色，远看像一群饥饿的丑小鸭，成群结队准备涉水而过，寻觅食物。龙胆科植物堪称高山上的主角，在向阳山坡上傲然生存，迎着强光和强风含苞吐芳。独一味是青藏高原的特有种，粗糙的皱叶贴生地面，花序紫色，轮伞状，乍一看仿佛从叶片上长出，其实是因为没有茎。西藏部分地区有用它作为接骨药物的，可治跌打损伤、筋骨疼痛等。

最令人感兴趣的莫过于冬虫夏草。真菌侵入幼虫体内，幼虫钻入土中最后死亡。冬季真菌发育毁坏幼虫的内部器官，但虫体外表保持完整无损，第二年夏季从幼虫尸体前端产生出有柄的子座。每年夏天，许多人不远千里来到阿尼玛卿，挖掘虫草，偷运出去，牟取高额利润。虫草是珍贵的药材，如此滥掘对物种保持以及生态的不良影响，实在令人担忧。整个登山过程中不曾见到虫草，只是后来在西宁的商店里看到用缎面盒子精心盛放着的一根两根成品药材。有人告诉队员们，那正来自阿尼玛卿，是质量最好的冬虫夏草。

高原的夏天稍纵即逝，撤营时不过 8 月上旬，四周已经开始入秋的迹象。高原的生命往往短暂，唯其短暂故而更显珍贵。走出阿尼玛卿时，队员们频频回望，尽管漫山遍野的缤纷即将迎来又一轮回的严酷，在登山队员的心中，却将是永远的灿烂。

1996 年阿尼玛卿登山队队员名单（年级 / 院系 / 职务 / 绰号）

朱建红：1992/ 法律系 / 队长

陈庆春：1990/ 计算机科学技术系本（1995 计算机科学技术系研）/ 攀登队长

刘俊：1991/ 技术物理系 / 前站，后勤队长

鲁纪章：1994/ 化学与分子工程学院 / "皮皮鲁"

唐元新：1990/ 城市与环境学系本（1995/ 城市与环境学系硕）

李靖：1994/ 化学与分子工程学院 /“机器猫”

官群英（女）：1994/ 技术物理系

罗述金（女）：1994/ 生命科学学院 /“萝卜”

王树民：1995/ 无线电与电子技术系硕 / 前站

张春柏：1995/ 物理系 /“柏子”

史传发：1994/ 哲学系 /“阿花”

陈光：1994/ 清华大学物理系

高永宏：1995/ 化学与分子工程学院

回溯起点

——1997 年重返玉珠峰

雪山只欢迎有毅力的攀登者。

在路上

1998 年北京大学即将迎来百年校庆，山鹰社 1996 年提出"迎一百年校庆，登八千米高峰"口号。也许是巧合，山鹰社面对新的挑战，训练地点选择的是山鹰社的起点。起点是那么简单，但也是那么艰难。

1990 年攀登的是玉珠峰南坡，1997 年选择北坡。北坡地形比南坡复杂，有冰裂缝、冰塔林、冰陡坡、刃形山脊等各种地形，特别适合大部队登山训练活动。北坡背阴，雪线比南坡低 500 米左右。BC 位于海拔 4300 米处，相比南坡海拔 5000 米处，北坡的垂直攀登距离净增 700 米。但北坡正对着青藏公路、西大滩和常年修路的六十二道班及部分酒店饭馆，进山和后勤补充方便。

玉珠峰北坡一共有三条冰川，其中一号冰川最为破碎，不宜作为攀登路线，因此本次攀登活动选择二号和三号冰川进行尝试。登山队共 19 名队员，队长是时任社长的鲁纪章，全体队员分为甲乙两组，在各自的攀登队长带领下，分别从二号冰川、三号冰川攀登，并建立各自的 C1、C2。甲组有张春柏（攀登队长）、陈庆春、谢忠、李靖、孙峰、张璞、王辉、陈弋和吕艳，共 9 人，计划从二号冰川登顶；乙组有高永宏（攀登队长）、鲁纪章、李楷中、叶峰、陈光、肖自强、张永红、陈科屹、周涛和刘韬，共 10 人，计划从三号冰川登顶。两组队员将努力在顶峰实现双跨会师。整个攀登计划极具开创性。

在西宁到格尔木的路上，汽车抛锚黑马河镇，不得不停留一日，无奈和沮丧塞满车厢每个角落。歌声把这一切驱逐了。漫漫的长夜，广漠的草场，还有不远的青海湖低落的细涛碎语。"我是一匹来自北方的狼，走在无垠的旷野中……"满车震天响的歌声间杂着笑闹，驱散了心头的郁闷和急躁，驱散了冷夜的寒气和星空的寂寥，沿无边的草场漫开。

大边的山脉中积雪的山尖露出半个脸，惊鸿一瞥，冰清玉洁的美丽已刻入脑中。叶峰手握话筒："三年前的同一时间同一地点，'青藏公路之声广播电台'伴着我们走向长江源头。今天，电台又重新开播了。"掌声与笑声迭起。谢忠作为"专题记者"采访初次看到雪山的张璞、陈科屹、王辉等人，他们都说了同样的话："太高兴了！我一定尽最大的努力！"

等待了多少天的梦想，在要实现的一刻，耳畔悠悠响起似曾相识的旋律：

十八岁，十八岁，我参加了登山队

雪山草原映着我开花的年岁……

叶峰轻轻地唱起这首经改编的《十八岁》。没有人说话。

> ……生命中有了登山的历史，
> 一辈子也不会感到懊悔……
> 窗外的雪岭在悠悠地跳动。
> ……生命中有了登山的历史，
> 一辈子也不会懊悔。

在格尔木休整并采购物资后，7月27日，登山队一行19人离开格尔木，向玉珠峰进发。卡车运输物资，队员乘坐中巴，一前一后，行于群山之间。窗外是袤远的荒漠和沙丘，车下是坑坑洼洼的青藏公路。到达西大滩，艳阳高照，一片广袤的荒草滩足有200平方公里。西大滩两侧一字排列着连绵不绝的昆仑山脉，诸峰肩背相挨，互为依托，虽值7月底，许多山体仍为终年不化的冰雪覆盖。山峰之间的山谷，在车上一路望去，一条条巨大的冰川逶迤而来，如同条条银龙下山，直扑西大滩。雪山、冰川、白云、蓝天，好一幅壮丽的高原景观。

陈庆春将营址选在二号冰川末端。BC营址一般选在地势稍平、避风防洪之地，且旁有冰川融水形成的溪流。考虑到交通等原因，1997年BC营址选择基本上是正确的。从山里的天气看，今后的营址选择更应注意防风、防洪。甲组的帐篷多次险些被风吹倒，最根本的原因在于它位于一个地势稍高的坡面上，来风时毫无遮拦，好在大风持续时间不长。稍低处的另两顶帐篷，防风效果明显优于甲组帐篷。后来，在青海登协和邓经理聊起来，获知他们在青海湖附近的活动也屡遭大风袭击，有时风会持续刮上一夜。若是那样，帐篷就惨了。

大家动手搭建了四顶帐篷：一顶大帐篷做厨房；两顶大帐篷分住甲、乙两组；马脊梁帐篷储物。刚进昆仑，16点多，冷风冷雨。但大家兴致很高，冒雨奋战。搭好帐篷，搬完东西，天又晴了。这里的本营不及阿尼玛卿美丽，草甸上却也是野花点点，还有鼠兔麻雀。常看到好几只鼠兔同时在洞口探头探脑，忽而一溜而过，苍穹中，鹰翔鸦啼。

钻进帐篷，陈弋和吕艳满足地惊叹，张春柏、陈庆春他们已经收拾得像模像样，还细心规划出"女生宿舍"。22时许，队员们聚于乙组帐篷，吃团圆饭。忙乱半天，这才静下来，在雪山脚下，有了一个家。

夜空中星星缀满天幕。在这里，只有无尽的苍穹、绵延的昆仑山脉、亘古的积雪，还有19个人，互相支持。

在雪地里撒点儿野

28日，晴，下午大风。第一次侦察。甲、乙两组各派4人侦察，其余人休整。甲组：陈庆春、李靖、张璞、王辉。乙组：高永宏、李楷中、陈科屹、周涛。

乙组4人从BC向西，越过草坡，先到3号冰川东之山脊上观察，发现从3号冰川左边的碎石坡可上至1号平台下。到冰川末端，发现从正面攀冰也可上，但较难。对冰川右侧进行侦察，较险，不宜上。初步确定由左侧碎石坡上。考虑到前一日建BC大家均已较疲劳，12时左右撤回。这次侦察不很充分，决定次日再侦察一次。

16时许，留守队员上升高度做适应性训练。16点半，大风。在风雨飘摇中，多亏剩下的人奋力支撑帐篷杆，力保帐篷不倒。适应队员纷纷撤回。

29 日，晴间雨，进行训练及第二次侦察。甲组由陈庆春带队作攀冰训练，乙组由李楷中带队训练碎石坡行军。另外，甲组由张春柏、李靖、谢忠，乙组由高永宏、陈光、鲁纪章去侦察线路，叶峰留守。

乙组 3 人由三号冰川左边的碎石坡上行，于碎石坡末端上冰川，到达 1 号平台下。登山队长鲁纪章体力不支，高、陈沿一坳口上 1 号平台，结组通过一暗裂缝区，到达 2 号平台下的冰塔林。冰塔林左端上 2 号平台最短且较易，但有流雪。为避开流雪，高永宏、陈光在冰塔林右边绕了两个小时，没有找到好路。15 点，两人简单观察左端及四周，决定日后沿此处上，然后下撤，会同鲁纪章从冰川末端下，发现较险，不适宜大部队。夜，大雪，队员们纷纷起来拍帐篷上雪。张春柏及陈科屹进驻炊事帐篷，折腾至天亮。

7 月 30 日，雪转阴。钻出帐篷一看，雪地里有鼠兔、麻雀小小的足迹，还有高山靴粗大的脚印。顺着本营后的山坡往上走，雪还在下，天地间茫茫一片，四顾，只有雪地上留下的深深的脚印，侧耳，有雪落在羽绒衣上细细的声音。伸出手，雪花落在掌心里就化了，用衣袖去接，一朵朵的雪花有各种形状，六角形的、梅花形的……由于大雪的缘故，全队休整。一大早，独自来到这里的大胡病重，嘴唇发紫，求援。刘韬找出《高原常见病》小册子，带上几种药，穿着冲锋服去救人，获得"蓝衣天使"称号。

一天里，众人皆干尽无聊之事，有各种流派的煎蛋；有用筐子捕鸟者、用雪打鸟者，手持雪杖追鼠兔者；更有将死鼠兔放在洞口，伪为活物拍照者。特别有趣的是扛着铲子堆雪人，崔健似的声嘶力竭地吼着"让我在雪地里撒点野"。一个极为可爱的雪人，架着墨镜，戴着谢忠的毛线帽，叼着李楷中递上的烟，乐呵呵地瞅着大家。男孩子们在雪地里摔跤，还冷不防暗算吕艳和陈弋。崔健一定没有这么痛快地在雪地里撒过野。

31日晴,乙组攀冰训练,鲁纪章留守。场地选在三号冰川末端。乙组攀登队长高永宏带一队攀冰,陈光带一队冰坡行走,高永宏先爬上约40米高度打冰锥,下方保护训练。训练结束,陈光边打冰锥边上,下降时下方保护,撤回所有冰锥。

8月1日晴,甲组全体9人出发,从二号冰川向上攀登建C1,乙组休整。甲组第一次上C1,背着沉沉的大包,走了7个多小时,到营地坐下时,再也没有爬起来的力气。脚下是二号冰川巨大的雪白的冰体,长长的冰舌一直延伸到谷底;背倚着阳光下熠熠生辉的雪峰,心中舒畅无比。

甲组开始建营,陈弋点炉烧水,她挥舞冰镐和雪铲,那冰硬得像铁。小冰雹一样的雪粒被大风裹着割在脸上,打在身上。衣服挡不住寒风,寒气直刺进骨头。吕艳甩开袖子加入进去。她真正砸下第一镐,对在海拔5000多米地方干体力活,才算有了真正了解。吭哧吭哧几镐,雪没铲出多少,人已累得喘不过气来。"我来吧!"不知是谁接过她手中的冰镐。这样轮流铲雪,半个多小时后营地有了雏形。

吕艳偷空瞅瞅远山和天空,对面群山覆盖着未化完的积雪,天空浮着层层铺开去的白云,云缝中露出深浅不同的蓝天,戴着具有偏光效应的雪镜侧侧脑袋,天空随着变幻色彩。在镐声中贪婪地吞着高山上稀薄的氧气,心中涌动着激情:

> 我登上那高山,自由地飞翔在那辽阔的蓝天,
>
> 我站在云端,脚下是一望无际的雪山……

不由地对着蓝天、白云、远山、雪峰大声唱起来。

谢忠、李靖、王辉三人留下伺机侦察。当晚,甲组其余人安全撤回大本营。

是日乙组休整,在鲁纪章带领下,清掉帐篷下面的所有石头,整平,并修缮排水工程,住宿条件大为改观。

当晚,BC降大雨,山上下大雪。

顶峰:只见灰白的雾气

8月2日晴,乙组10人一早出发,从三号冰川向上攀登建C1。计划由乙组攀登队长高永宏带人先突上3号平台建C1,后由于时间不够(运上C1及C2的所有物资,负重较多,速度不快),将C1建在2号平台下,海拔高度约5200米。高永宏、陈科屹、张永红及叶峰作为乙组A队留驻C1,准备修好路线,建立C2并伺机冲顶。其余人撤回。

是夜,乙组A队4人在C1度过一个激动又平静的夜晚。同日,甲组在C1侦察的3人撤回大本营。

3日,乙组A队上C2。早上9点,高永宏和陈科屹先上去修路,张永红和叶峰收拾好东西后上去。本来打算从最左端上,高永宏想再做一次避开流雪的尝试:穿过一个坳口,爬上一段冰坡,再攀上一陡冰壁,横切过一段裂缝区后,上2号平台的路通了!然而2号平台与3号平台不可直接上,于是向右边较缓的雪坡进军。

几天前有过暴风雪,雪坡上积雪很深,又很松软,再加上背的包都很沉,一落脚马上陷进去,陷到膝盖,再拔出来,极为费力。四人只好轮流开路,后面的人踩着前面的脚印走。即使是踩着脚印,有时还不免继续下陷。因此他们走得很慢,用了近5个小时才爬上雪坡的尽头,发现原来一不小心上了标高为 5819 米的山头（高度计只显示出 5535 米）。

主峰就在东边，只隔一个雪谷。众人拍好"登顶"照，选定冲顶路线和 C2 位置。20 时，雪谷中建起一顶帐篷——乙组的 C2，海拔约 5600 米。大家都很累，吃过饭便休息，当晚决定次日冲顶，计划 4 点半起床，6 点出发。

一夜无语。因为帐篷小，睡得很挤，张永红在最边上，湿湿的帐篷顶就一直贴着他的脑袋，怎么也睡不着，好不容易睡着，又做一噩梦，极为可怕。终于被惊醒。醒来时另三人均在熟睡中，只好睁着眼睛看帐篷顶。

4 日，早上下起小雪，延至 7 点半起床。张永红感到头痛欲裂，喝一口晚上烧的水，满口煳味，冰凉之极，胃立马抗议，吐出一大口黄水。乙组攀登队长高永宏决定让他留在 C2，幸好叶峰帮忙说话，张永红才能继续上。吃了两片阿司匹林后，他感觉好多了。

9 点 14 分出发。一路虽能见度很差，一直在云中，但由于山体简单，大致知道顶峰之方位。出了 C2 后，张永红一步也不敢落后，始终走在前面，生怕掉在后面后会失去信心。是日天气极为糟糕，上了主峰半腰，就一直被云雾裹着，风卷起雪粒打在冲锋服上噼啪响。云层从南到北飞快掠过，山谷很快就被云雾笼罩，顶峰看不见了，太阳看不见了，后来，C1 也看不见。他们就在这漫天的云雾中上行。只有被风刮起的雪粒是那么的真切。往上爬了几十分钟，就不能肯定前进的方向了，于是全体休息，等着太阳露头，好看一看顶峰的方向。

离峰顶还有十几米时，张永红对陈科屹说："咱们爬上那个山脊，再走一两个小时就能到。"4 小时后，他们登上顶峰。在顶峰，老天又开了一个不大不小的玩笑。叶峰听说顶峰上有个铁架，却遭攀登队长高永宏否定。他们照了登顶照，心里直发愁，天气如此恶劣，能见度如此差，周围只见灰白的雾气，就是有登顶照也无法让别人承认。正准备下撤，偶尔天开一线，阳光从缝隙里透下来，顿时明亮许多。不知是谁留恋地回一下头，结果看见数十米外矗立的登顶铁架。于是过去又是一通摄影、摄像。叶峰组织登顶队员在迎接香港回归的旗帜上现场签名，高永宏主持仪式埋下装有全体登山队员名单的登顶罐。

14点15分，乙组登顶的4个人开始下撤，能见度更低。他们在云中漫步，且停且进。天气太差，陈庆春从甲组的C2营地，看见这边被包在一团云里。约一个半小时后，他们撤回C2，因天气原因无法继续下撤，在C2又住一夜。

是日，乙组其余六人上至C1。在C1，周涛感觉到云雾不断从山谷涌出来，轻轻抚过他的身体，掠过帐篷，袅袅上升。身后的冰塔林若隐若现，面前的顶峰、5819峰及3号平台则完全笼在浓雾中。周涛坐在C1前的大石头上，心里惦记着困在C2无法下撤的弟兄们；鲁纪章和陈光在帐篷里不停地试图恢复因天气而中断的联系；刘韬、肖自强和李楷中漫不经心地聊着天。接下来全队的攀登会怎样，谁也无法知晓，这样的坏天气中，唯有等待。

这边，甲组已在3日从二号冰川向上运输物资到C1，张春柏、陈庆春、张璞、孙峰留下，侦察路线及C2营址，其余人撤回大本营。4日，甲组4人向上建C2。

此时的大本营，只有甲组撤回的5名队员。下午，东边的天空阴沉沉的，西边却还晴朗。渐渐起风，乌云挪过来，终于下起雨。雨断断续续，他们不想待在帐篷里，趁雨歇出去走走。山坡上，静得只有风声，雪化了许多，不再那么洁白如银，阴云压盖下，显得有几分冷酷。雪峰上，两组的十几个弟兄，正分别在两条路线上艰难跋涉。鲜红的队旗飘扬在本营，没有一个人影。山不语，水奔流，草原不语，野花轻摇，云不语，风低啸。那一刻，陈弋觉得自己被昆仑征服。

BC 不停地用步话机呼叫，但在山上建 C2 的甲组队员一直没有消息，不由着急。天黑了，步话机里终于传来甲组攀登队长张春柏的声音，他们已经建好 C2，天气不好，当晚留在山上。雨还在下，帐篷里一豆烛光。

"今晚 BC 只有你们 5 个？"陈庆春的声音。

"是啊，我们好想你们。"

"我们真想下来和你们联欢……女孩给我们唱首歌吧。"

吕艳和陈弋对望一下，唱起那首"我登上那高山……"

5 日，甲组四人撤回 BC。乙组在 C1 的 B 队队员，留下鲁纪章、刘韬、李楷中 3 人，接应登顶的 4 名弟兄，其余 3 人（肖自强、周涛和陈光）先下撤。早上 10 时，A 队 4 人从 C2 下撤，能见度极低，下冰雹，后来又下雪，他们的足迹全被掩埋。他们走到哪儿，云雾就跟到哪儿，直到 16 点多才撤到 C1，与 B 队 3 人会合后，一起撤回 BC。

当晚，全队 19 人齐聚 BC，BC 的兄弟姐妹们已为大家做好美味饭菜。在山上待了几天，还有什么比这更重要呢？

手拉手走上顶峰

8 月 6、7 日，雪。天公不作美，全队留在 BC 休整，间或讨论路线。两天风雪，两天休整，人就这样窝着。

8 日，终于晴了。甲组 4 人（张春柏、王辉、孙峰和李靖）作为 A 队，先行于 8 点半出发，直接上 C2。乙组 B 队 6 人胡乱吃完 10 点左右开拔上 C1，晚一点走的甲组 B 队 5 人挥手相送后，也要准备出发前往 C1。

乙组 4 人登顶归来，充当起留守 BC 的角色。送走要先回去上班的叶峰，其他 3 人开始享受 BC 天堂般的日子。起床之后，每个人喝一杯饮料，吃点能嚼的东西，然后看书。那几天，陈科屹把《万历十五年》《我是你爸爸》《孤岛历险记》和《少年天子》都看了，充实得一塌糊涂。到天黑，去烧一碗面或是通心粉什么的，饱吃一顿。张永红继续喝饮料。高永宏拌芝麻糊什么的。登顶下来一个个都懒得没人样。

而向上攀登，仍然是艰难的，久雪初晴之后，甚至更加艰难。包一天比一天轻，人却一天比一天累。在习习晨风里，大汗如雨。河谷乱石和碎石坡依然如昨，冰川龙体覆了一层新雪，雪海茫茫，旧路隐失，在初阳里得重新开路。8 日的晚些时候，甲组 A 队到达 C2，B 队到达 C1；乙组 B 队到达 C1。等待夕阳，等待冲顶的好天气。

9 日，晴。甲组 A 队 4 人（张春柏、王辉、孙峰和李靖）冲顶。B 队也早早出发，上到 C2，坐在帐篷前的大包上，静静地等待冲顶弟兄的消息。突然，陈庆春手中的对讲机传来张春柏的声音："我们已经登顶了！""噢——"欢呼声打破 C2 的宁静。"我们太高兴了！希望你们明天一样好运！"张春柏说。"看到 C1 到 C2 一路的雪地上给你们写的话了吗？"李靖问。遗憾！什么都没看到，但心中满是感动，大家是如此亲密关爱的兄弟姐妹。李靖很激动，在步话机里喊："去年在阿尼玛卿我和柏子一起手拉手走上顶峰，今年我们俩又是手拉手一起走上来的！""唱首歌吧。"李靖说。

当然是那首《橄榄树》，两个女孩子紧凑在步话机旁，用激动得略微颤抖的声音给山上的兄弟唱。不知怎么，刚刚欢笑过，可打唱第一个音符起，鼻子就发酸，"不要问我从哪里来……"喉咙哽咽，有些走调，却是再自然真切不过的心曲。步话机里静悄悄的，张璞抬头望着顶峰，很远，但他知道这距离是挡不住这带着泪水的歌声的。顶峰上的四位弟兄，你们听到了吗？

他们 15 点下撤，顺原路横切 5920 峰。经一天的晴晒，雪已变软，比早晨危险许多。依次结组：张春柏、王辉、孙峰和李靖。走到一半，由于雪滑，速度很慢，张春柏往上走一点，其余 3 人停下保护。王辉看张春柏太慢，让他快点儿，张春柏闻言紧走两步，脚下一滑，就不见人影。王辉一看坏了，拔出冰镐改用冰镐头插入雪中保护，仍不见效果，被拉了下去。李靖赶紧将冰镐使劲插入雪中，拼命蹬着雪坡。孙峰和李靖做一样的动作，却也被拉下去。只剩李靖了，他不害怕，想着自己一人不一定能拽住他们 3 个，只有尽力而为了。就在这时，只觉腰间一紧，脚下滑了 10 厘米，居然停住。他回头看时，张春柏下滑 20 多米自我保护停住，王辉下滑近 30 米，已距裂缝不远，孙峰被吊在半山坡下滑十几米。有惊无险。一个多小时后，切过雪坡，打路线绳又花去近两个小时，到 C2 时已 19 点多，继续下撤到 C1 时已 21 点多，天全黑了。

当夜，甲组 B 队宿 C2，等待次日冲顶。夜空美得无与伦比，一弯月牙儿挂在对面 5819 峰的峰尖，新月的清辉轻轻地铺落雪地，月朗，星明，银河就在头顶上跨过，仿佛伸手就可触到。夜宁谧而纯净。

再看乙组 B 队在三号冰川这边的攀登，颇为艰辛。早晨 6 点，晨光初露，手刚伸出帐篷，冰凉侵袭，登山靴像结了冰，脚一着，冻麻一半，只得在雪地里急跺或者跳跃。阳光已经落在对面凌厉无比的山头，8 点多出发向 C2 攀登，很快进入冰塔林区。一块冰壁斜立，路线绳安静地躺着，担心冰锥松脱，鲁纪章让陈光不借绳攀冰而上，检查冰锥，不想他在即将完成之际滑坠，手套有鲜血渗出，刘韬紧急为他包扎。周涛再上，确定冰锥牢固，大家才沿绳而上。上面比较平整，但裂缝横七竖八，六人结组，陈光当先，冰镐左右试探，一个牵一个。除李楷中下掉被拉住外，沿路无事。

接着是上5819峰的大雪坡，时陡时缓。路线很长，周涛先解掉结组绳，独自走在前面。结组确实有点累，时时被慢的拉着，但大家一起走，相互鼓励，说笑着就过去了。

上一坎后，不再结组，鲁纪章和刘韬很快落在后面很远。

14点多，陈光、肖自强、周涛和李楷中先后上到5819峰，原来凌厉的山头现在看来只是一个小平头。这时意见出现分歧，周涛和李楷中想直接冲顶，不等鲁纪章、刘韬，以防第二天天气有变，陈光与肖自强认为6人应一同冲顶，最后李楷中说服他们，4个人直接向上冲顶。

从5819峰沿着雪坡下滑到海拔5400米左右的C2。放下背包，袋里塞些行动食品和水壶，便向6178米的玉珠峰顶进军。作为新队员的肖自强，在攀登中摸索出一套自己爬雪坡的节奏和方法：边走边数步子，有声地数转移注意力，而且呼吸、发声和步子协调；奇数落在左脚，偶数落在右脚，形成某种机械行为，驾轻就熟，可以节省体力；同时充分发挥意志作用，每歇一次，便确定下一个目标，不到目标不罢休。

雪坡越来越陡，越来越"走不完"。途中路况复杂，攀登路线在随时调整，出现几次开路队员开了很长的路没人走，甚至需要折返的情况。体力在开溜，还得继续往前走。坡太高太陡，往下看，简直贴于万仞绝壁，令人心惊胆战。C2的两点人影渐渐看不清。肖自强小心地走着，双手把冰镐插没，才敢移动脚步，感觉体力在衰竭，歇得越来越频繁，越来越久，终于让陈光超过，接着是周涛，最后是李楷中。3人依次登顶，肖自强最后到达顶峰时，另外3人已等很久，这时将近20点，大风卷着浮雪肆虐，天空昏暗。他们匆匆拍了照，匆匆下撤。下山很快，不到半个小时就滑到 C2，刘韬和鲁纪章烧好开水，在帐篷外迎接他们，无声地拥抱，一切在不言中。

双跨：昆仑作证

8月10日，晴。甲组 B 队和乙组 B 队，同时从 C2 冲击顶峰，实现双跨的攀登计划。

先说甲组。凌晨5点，队员将脑袋探出帐篷，帐外星空依旧，只是有点稀落，东边赫然是猎户座，黎明前的夜静谧而美丽。昆仑山够慷慨，冲顶这两天，都是绝好的天气。7点半，一行5人开始冲顶。心情并不轻松。吕艳刚走出 C2 几步，脚下就沉重起来，想着冲顶路上 5920 米的侧峰和又窄又陡的雪坡，她心里不禁犯起愁。

满天的星斗早已隐没，只剩下无云的蓝天。向南爬上一段雪坡，西折时陈庆春提醒大家注意左侧陡坡上的滚石，一抬头，果然见一大团聚结在一起的碎石块突兀在头顶上方几米处，似乎说话声大点、脚步沉点就可能将它振动下来。

不觉中大家已行进在一段东西向窄山脊上，左侧是向外延伸出去的雪檐，雪檐下的冰川陡峭而破碎，像是藏着隐隐杀机。右侧是坡度不小的雪坡，坡下是地形复杂的三号冰川，远远可望见白色的冰塔林旁有一蓝色小点——那是乙组的 C1。陈庆春四人用结组绳串成一串蚂蚱，小心地沿离雪檐边缘大约两米远的路线走。

雪山清早的寒气正被初升的朝阳驱散，南面绵延的雪峰已脱去清冷的光辉，晶莹的雪粒在阳光下折射出耀眼的光芒，显出特有的质感。天边不知何时涌出云彩，一小团一小团簇在蓝天与远山的交界处，像是给群山戴上一圈雪白美丽的"云环"。前一天 A 队 4 人下撤时踩出一串深深的雪坑，冷夜过后，雪冻得紧，冰爪踏上去哧哧响，行过只留下靴子大小的一圈爪痕。结组过了山脊，是一段长长的搭好路线绳的雪坡。他们几十步一歇，终于喘着粗气到坡顶，在那儿放下吕艳和陈弋的背包和全部羽绒服。

爬到雪檐坡顶上，视野更加开阔。举目西望，左前方，5920 雪峰耸立在眼前，顶峰像一个巨大的白馒头屹立在正前方，右前方是乙组前进路线必须经过的 5819 峰，这几个山峰围绕的下方是三号冰川的上部，像一个硕大无比的雪盆，只在右边（北侧）有一个缺口，积年的雪成了冰在重力作用下，别无选择地从这个缺口挤出去，形成了这条破碎难看的三号冰川。北侧的横切路线依然清晰，前一日 A 队下撤时就在那儿发生过滑坠，幸而有惊无险。他们结组依次行进，谨慎落脚，专注保护，最陡一段安全通过。

经过 5920 峰再下到一个鞍部，来到大馒头底部。正前方高耸的是主峰，看起来很近，似乎很快就可以登顶，其实不然，颜色和形态的相似性一定程度上对正确判断距离产生影响。宽阔的雪坡不陡也不缓，看不到边也望不见顶，仿佛每个部分长得都差不多。走走歇歇，翻过几个雪坡后，才真正站在主峰脚下，此时距出发已过去三四个小时。"大馒头"岿然屹立在面前，高大而雄伟。5 个人憋足浑身的劲儿，振作疲惫的精神，做最后的攀登。那是一段多么漫长而艰难的路程。陈庆春一直走在前头，吕艳紧紧跟着，一步也不敢落下。坚持！坚持！一定要跟上！一定能跟上！每次累得想停下时吕艳总在心里对自己说。她真的做到了，调节呼吸节奏，渐渐不太吃力。陈庆春停下来休息，往身后瞧，左看没人，右

195

看没人，再一扭头，吓了一跳，吕艳就在他身后一步远位置。"你怎么一点儿声音都没有？我还以为你没跟上来呢。"他说。

张璞走在中间，扛着摄像机一会儿往上拍，一会儿朝下拍。然后是陈弋，缓慢而坚决地迈进每一步。谢忠跟在最后，不太累也不轻松，不着急但也很难更快一些。他们几乎一直保持着这个队形，仿佛被一个无形的框架固定着。

在巨大的雪坡映衬下，五人像五个小小黑点在蠕动，好像被时空机器定格在那里。人与大自然对比之下的渺小无助这时被放大：他们有幸看到的是大自然平静安详的一面；可以想象当大自然暴躁发怒时，会多么轻易地将人吞没。

60步一歇，50步一歇……从峰脚起吕艳就开始数步子，100步，200步……900步，1000步……坡度逐渐不那么陡，但人已接近精疲力竭。陈庆春说他包里有露露，一会儿到顶可以喝，吕艳说："我知道里面还有一瓶椰汁，是我放进去的，一想到它就有劲儿。"继续吃力地攀登，100步到了，陈庆春还在走，吕艳不敢停下。200步，陈庆春还没停下，吕艳咬咬牙坚持住。数到300步时，她拄着冰镐弯下腰一阵猛喘，又抬起头望望湛蓝的天空和悠然飘浮的白云，想象着不久登顶后的心情，是激动得泪流满面，还是坐在顶峰静默无语？问自己为何来到这里，是为了登顶一刻的满足，为了克服惰性那种辛苦的感觉；还是为了人与人之间绝对真诚的面对？也许，也许仅仅是为了眼前的蓝天白云以及阳光下耀眼的雪峰……

在雪坡上缓缓上升，谢忠的心情从容而平静，仿佛受到在好天气下稳重而安详的雪山和冰川的感染。他知道顶峰就在上面不远处，知道登顶只是迟早的问题，他相信乙组队友肯定也会登顶。他只是默默地从稀薄的空气中尽力攫取氧气。

快接近顶峰，坡度更缓起来。"看，那儿是不是铁架子？"陈庆春指着前面说。吕艳欣喜地望过去，却没看见。又走50步，还是没有。当吕艳数到1600步时，才真的看到铁架子的尖儿。

谢忠开始觉得气血往上翻涌，一股新的活力在体内加快流动，使他不由自主地加快脚步。他知道成功就在眼前，尽力抑制着自己不跑起来，贪婪地体味着接近巅峰的那种喜悦和幸福感。

最后五人手拉手，嘴里喊着"一二一"，迈着虽不轻快却整齐坚定的步伐向铁架走去。这最后的几百步他们没有停下来喘息，简直可以算冲刺，距目标还有十几步，他们几乎是小跑着奔过去。

到了！吕艳一下扑倒在雪坡上，欢欣无比地叫喊起来。陈弋没有曾经想象的那么激动，她很累，一步步走着，踏上峰顶的那一刹，她哽咽了。此时是中午12点18分。

顶峰平坦宽阔，煦暖的阳光径直照下来，数座雪峰环绕主峰，亭亭而立，雪粒闪闪发光。放眼望去，青灰色的青藏公路玉带一样缠绕在山岭间，西大滩的平房小得可怜，再远处便是壮丽的巍巍昆仑。

"我们来唱首歌吧。"谢忠说。

"……为什么流浪流浪远方，流浪……"

头顶悠然飘过的朵朵白云，你能告诉我吗？

再说乙组，周涛与李楷中陪同刘韬和鲁纪章再次冲顶，不到9点出发。肖自强与陈光负责修通绕过5819峰的下撤路线，以免下撤时翻越5819峰之苦，两人起来时，只见远处四点人影，点缀在洁白的雪坡上。2号平台的边缘是犬牙似的冰壁，有些地方还斜出许多，形成悬空状态，下面是沟壑纵横的冰塔林区。两人结组走在上面，在长长的绳子两头志忐不安。肖自强走在离悬崖远的地方做保护，陈光在边缘处，不时还要把头探出去观察地形。如此从左走到右，从右走到左，久久定不下。最后陈光判断冰壁太高，路线绳不够，两人悻悻而归。

乙组冲顶的四人从 C2 出来，先是一段平坦的路到主峰下，然后一直向上是 20 度到 45 度的雪坡。山体很简单。路线是先向右上攀登，翻到西南山脊上，然后沿西南山脊上，这样坡度小一些。

这次攀登，李楷中有了前一天的经验，认为可以不穿冰爪。于是他没绑冰爪，以免粘上太多雪，走起来消耗体力。周涛经过连续十几小时的行军脚后跟磨破了，鲁纪章的体力又不太好，整个行军速度不快。四人随身只带了队旗和一点水，一些行动食品，都没有背大包。上了 100 米左右，鲁纪章选择向右上，在离顶较近（从下边看起来）的地方上山脊的路线。

当时觉得右边可上且不难。但鲁纪章探路时，整个队伍并未停，他们也在上，所以到后来就岔开了。鲁纪章离其他人横向的距离有 100 米左右。周涛走得较慢，掉在鲁纪章和刘韬后面。鲁纪章已很难和他们汇到一起，索性按自己的观察去选路向上攀。（对于一个队伍来说，这种做法是不对的，很容易出危险。当时他觉得不难，但后来想一想，觉得应该检讨。当时他的体力很难保证自己的安全，而且越到后来路越陡）鲁纪章试图找到前一天肖自强等四人下山的路线，沿脚印往上走。后来终于看到左上方有走过的痕迹，继续向左向上，终于找到路，沿路而上。

他的体力已有些不支，只有一步一个脚印向上走：先用冰镐固定住，向上一步，踩实再上另一只脚。鲁纪章翻上山脊才发现那儿离顶还有一段距离。李楷中在后面，周涛则没上山脊。李楷中体力很好，很快就超过鲁纪章。鲁纪章一直奋力往前赶，可是确实走不动，吃了李楷中留下的梨，感觉才好些。

四人快到山顶时，甲组B队五人已登顶有一阵子了，他们站在峰顶，为从三号冰川上来的队友加油："一二一，一二一……"当看到刘韬登上顶峰，和甲组弟兄拥在一起时，走在后面的鲁纪章，流下了激动的泪水。

透过摄像机的取景框，鲁纪章看见甲组弟兄关切地看着他，耳边远远传来他们的鼓励声"加油"。离顶还有20米左右，大家一起为鲁纪章数步子："加油，一二一。"他虽然很想一鼓作气走上去，但体力不支，还是停了下来。耳边，为他加油鼓励的声音愈来愈响。他的眼泪再也止不住，迈开步子继续向上。每走几步就歇一下。近了，近了。最后几米，他憋足劲"冲"上去。终于和甲组弟兄拥在一起。

由于两次冲顶造成的体力消耗和脚部磨伤，周涛走在最后。在他看来，登山是一种等待，恶劣的天气，复杂的地形，雪山只接待有耐心的来客。登山又是一种坚持，漫长的雪坡，遥不可及的顶峰，雪山只欢迎有毅力的攀登者。远远望着队友们相继登顶，特别是甲组队友们都已在峰顶，他心里又欢喜又烦躁。喜的是，甲乙两组在顶峰会合，双跨目标终于实现；烦的是，面前这段雪坡什么时候才到头。他走得很艰难，一度只想趴在雪坡上睡一觉。可是，顶峰的队友在呼唤。"我要登顶！"他咬着牙关坚持着一直走，一直走……

最终，九人在顶峰紧紧拥抱。这是国内第一次从北坡登顶，第一次两条路线双跨成功，登山队第一次全员登顶，创造了19人21人次的纪录。在顶峰展开五星红旗、社旗、队旗，铺开迎接香港回归的签名旗，蓝的签名、红的图样，紫荆花在雪山的映衬下绚烂夺目。

摄像机前，刘韬唱起了歌："不要问我从哪里来，我的故乡在远方……"就是这支歌，响起在金仙庵新老队员联欢的晚会上；就是这支歌，响起在黑龙潭隆冬之夜的篝火旁；就是这支歌，响起在 309 岩壁下的帐篷里；就是这支歌，响起在西山农场、香山石阶……此时此刻，就是这支歌，在玉珠峰顶响起。

所有人泪湿双眼：远离繁华的都市、熟悉的校园、亲爱的家乡，远离父母、好友、亲人，不远千里来到这僻远的西部、高耸的雪山，一步三喘，为了什么？

"……为了天空飞翔的小鸟，为了山间清流的小溪，为了广阔的草原……"

歌声被雪风吹走，但在雪峰之上，仿佛真的看到天空中有小鸟飞过，飘落五彩的翎羽；听到小溪在山间婉转奔流，溪水汩汩，奏着永恒的生命的乐章；还有，辽阔草原上，牛羊点点，云朵一样飘移，美丽的牧羊女挥动手里的皮鞭……

"……还有，还有，为了梦中的橄榄树，橄榄树……"

眼前，雪山静默无语。

8 月 10 日，玉珠峰顶，他们埋下登顶罐，里面有一张纸，上面写着这样几个字："玉珠峰是我们永远的爱！"

15 时许，乙组 4 人（鲁纪章、李楷中、周涛、刘韬）与甲组队友在顶峰挥手道别，准备撤回 C2。天空仍然一碧如洗，但南边已聚集起一些云气。不过，他们并不担心，归途虽高差近 1000 米，但均是平均坡度约 40 度的雪坡。大家相继坐在雪坡上滑降，3 个男生一下子滑出很远。雪坡这么长，太阳暖暖地照着，人躺着往下滑，只需用镐头略点一点雪坡，就可以保持匀速滑行。可是刘韬越滑越觉得不对劲儿，她看不到前方队友的身影，也看不到他们滑过的痕迹，于是向右横切。松软的陡坡，一踩就陷下去一大块，冰爪吃雪，又沉又滑。走着走着，恐惧从心里一点一点冒出来。她强迫自己集中注意力走稳每一步，而不去多想眼前的处境。

肖自强在睡梦中被陈光唤醒："他们已开始下撤，快烧开水。"远远地，几点人影在峰顶附近出现。肖自强去取雪，两人忙碌起来。忽然，对讲机响了，是鲁纪章焦急的声音："在下面能看到几个人影？"肖自强爬出帐篷一看，只有3个点，也急了。"看到刘韬在雪坡上了吗？"横数竖数只有3个，陈光叫肖自强离开C2往雪坡方向走。周涛已滑到底处，李楷中也滑了十分之九，鲁纪章在半山腰，就是不见刘韬，肖自强与陈光急得不知所措。周涛忽然说："我看到了。"在峰顶一侧果然出现一点人影。她会滑吗？敢滑吗？雪坡上的裂缝她对付得了吗？周围的空气似乎要爆炸一般。黄昏慢慢摇落夜幕，天空飘起了雪，越来越大。

刘韬终于找到队友的踪迹，赶紧坐下继续滑。可没多久，她又滑偏。于是再找，再横切，再滑，反复多次。时间一点点过去，在峰顶看到的云已纠集一大片，正慢慢朝这边压来，风凉凉的。她知道落得很远，看不到队友，也望不见营地，眼镜在冲顶时滑坠了，以她的视力无论如何也看不到茫茫雪地里两顶小小的帐篷。

孤独和恐惧攫住她的心，但她没有慌张。因为她知道C2在顶峰下的山谷中，只要滑到山谷，就可以找回C2。

她终不敢太相信自己的制动技术，在滑行中，总要不时地停下，以控制速度，稳定情绪。尽管这样，可在一段很陡的雪坡上还是失去平衡，怎么也停不住。她死死抓住冰镐，拼命将镐头压进雪里，希望全部寄托在镐头那一点上。雪哗哗地从眼前掠过，她什么也看不清楚，身边只有镐头划过雪面的吱吱声。

终于停住，她趴在雪坡上，大口大口喘着气，很久，才慢慢地从雪地上坐起来，呆呆地，想起上山时遇到的几条张着大口、深不见底的裂缝——她不知道等待她的将是什么。

天阴沉起来——应该是 17 点多，此时，她想起千里之遥的家，母亲应正在做晚饭，她自己呢？又冷又累，受着孤独与恐惧的折磨。为什么来这里？这儿只有宁静和荒凉，三面是皑皑的雪山，一面是亘古高原，不见飞鸟，不见绿草，不见人烟，黑、灰、白三色，苍苍茫茫，无穷无尽。此时此地，她敢说自己面对危险无所畏惧吗？她敢说自己无怨无悔爱着雪山吗？她敢说自己来登山没有丝毫炫耀的心理吗？在这里，一切无所遁形。回头仰望玉珠峰顶，云气氤氲中，它是那样安详宁静。她没登上它时，它在那里，登上它之后，它仍然在那里，没有夏商汉唐，没有喜怒哀乐，没有春秋冬夏。静默的天，静默的山，静默的高原。冰天雪地中她只觉得心底空明。

滑到山谷时，雪已经很大，远远传来肖自强的声音。她很累，倒拖冰镐在半坦的雪地上走也不停地歇息。她忍不住又回头望，茫茫一片，雪山已融入天地——登山者终将老去，而山铸成永恒。

雾越来越浓，能见度越来越低，帐篷渐渐地模糊起来，必须找到已经踩出来的雪径。陈光在路上等，其他三人往 C2 走去。

甲组这边，在 C1 等待的 A 队四人一直没有收到 B 队的消息，不免着急。下午李靖独自走了一趟 C2。无对讲机，加上天上有雾，没有联系上。天已下雪，他只好下撤到 C1。20 分钟后，张春柏与李靖二人又上到路线绳上端距 C2 不远的地方，方知 B 队已登顶并安全下撤到 C2。张春柏先下撤，李靖随后慢慢撤下，到 C1 时，已是 19 点多，营地已撤了一半，当晚要撤回 BC。迎面的北风加上大雪似乎特意跟他们过不去，穿上羽绒服依然很冷。近 20 点，他们冒雪下撤。

一路无语，半小时后来到滚石区，不断有石头滚下，但为赶时间，他们别无选择。横切已干涸的小河时，李靖居第二，脚下一滑，坐在冰坡上。没几秒钟，就听到有人喊"小心"，未及明白过来，一块脑袋大的石头从头上十几厘米的地方飞下去。问明下面无裂缝后，李靖将包滑下冰坡，一路小跑了坡底，为他们几人看着滚石。

到碎石坡时，天已几乎全黑，于是取下冰爪顺碎石坡深一脚、浅一脚摸着走，脚下不时传来碎石下滑的声音，好在高山靴极硬，没伤到脚。终于下到碎石坡底，休息片刻，沿河床摸索半小时，见到接他们的大本营留守队友。

甲组 B 队 5 人的下撤也很不容易。他们冲顶时速度快了些，耗费太多体力，以至于 15 点多下撤时感到极度困难。吕艳只觉得头痛欲裂，腿软得迈不开步，"灌铅般的沉重"任何时候都不会比此时体会得更深切。难怪有经验的登山家说体力的正确分配，应是上山用三分之一，下山用三分之一，还有三分之一留着应付危急和恢复体力。

坐式滑降下到主峰脚下，开始比冲顶还痛苦的下撤。爬上几个雪坡，他们异常艰难地挪动脚步向 5920 峰攀登。之所以这次决定翻越它，因为此时浮雪消融，冰爪"吃"雪太厉害，横切极容易发生滑坠。这无异于第二次冲顶，但已没了先前的冲劲，挪不了几步就停下猛喘一阵，并且要不时用冰镐敲下冰爪上的雪块。腿仿佛不是自己的，常常擅作主张停下来，任你怎么敦促威胁、好言相劝也不管用，恨不得拆卸下来扛着走。要命的是，所有饮料都在顶峰喝完，没有一滴水，张璞说他渴得极难受，想呕吐，真想大把大把往嘴里塞雪，但大家都说雪是不能随便吃的，越吃越渴。

本来晴朗的天气，下撤时头顶上空聚起不知哪里冒出来的黑云，风也刮起来。16点多登上5920峰峰顶，竟飘起小雪，整个昆仑群峰都笼罩在白茫茫雪雾之中，回头看时，主峰也隐没在白纱后面。

一路咒骂着"吃雪"的冰爪和突变的天气，他们终于在18点多回到C2，一屁股坐下，再也不想站起来。扭头望望西南方向的主峰，已云开雾散。躺在帐篷里，浑身像散了架，脑袋像要炸开，胸口又堵又闷，还有些想呕，昏沉沉睡去。当晚谁也没吃饭。

8月11日，乙组A队3人上到C1接应，B队翻过5819峰下来，两队顺利汇合，一同撤回BC。一路很安静，做饭，拆帐篷，似乎没事一般，说笑也少许多。也许光荣与梦想本来如此。

再见玉珠峰！再见C2！下撤顺利。翻上草坡，甲组的队友提着热热的茶水来迎接他们。

月光洒在一溜镐头上，一长串红红的鞭炮在雪山下的荒滩上轰然打破悠悠的寂静，在同时打开和高举的可口可乐的喷射中，队员们在帐篷里开了庆功晚会。

这一晚的菜丰盛，雪山下的黄河啤酒喝不完，所有的人笑开颜。

李靖醉了，陈光醉了，王辉醉了，张璞不停地说话……醉了，彻底地醉了；没醉的听醉的说话，听完了便笑，笑歪了嘴，笑痛了肚，笑弯了腰……笑吧！

1997年玉珠峰登山队队员名单（年级/院系/职务/绰号）

鲁纪章：1994/化学与分子工程学院/队长/"皮皮鲁"

陈光：1994/清华大学物理系/"陈牛光"

高永宏：1995/化学与分子工程学院/攀登队长

李靖：1994/化学与分子工程学院/"机器猫"

吕艳（女）：1995/法律系/队记

陈弋（女）：1995/西方语言文学系/财务

刘韬（女）：1995/心理学系/队医/"刘姑娘"

孙峰：1995/化学与分子工程学院

肖自强：1995/哲学系研/队记

张春柏：1995/物理系/攀登队长/"柏子"

张永红：1995/化学与分子工程学院/"自己人"

陈庆春：1990/计算机科学技术系（1995/计算机科学技术系研）/"春子"

叶峰：1990/计算机科学技术系（1995/计算机科学技术系研）/"叶子"

谢忠：1990/哲学系/技术指导/"笨笨"

张璞：1995/政治学与行政管理系/摄像

陈科屹：1996/化学与分子工程学院/"小K"

王辉：1996/东方语言文学系

周涛：1995/经济管理学院/摄影

李楷中：1991/技术物理系/技术指导/"腾冲"

八千米生命高度

——1998 年卓奥友

任何真正的登山者，来时即使怀着一颗企图征服大自然的心，离开时带走的一定是一颗被大自然征服的心。

"迎百周年校庆，登八千米高峰"

1998 年既是戊戌变法百年，也是北京大学百周年庆。100 年来，北京大学走过风风雨雨，为中国培养出不计其数的栋梁之材，对国家的命运产生巨大影响。北大的百年是与中国共命运的百年，100 年的探索，100 年的坎坷，100 年的奋进。站在新世纪起点，这个百周年庆不仅是一个生日的庆贺，更是一个全新百年的出征仪式。

1994 年时李锐和吴海军等老队员就提出在母校百年华诞攀登珠穆朗玛峰的计划。在业余登山界，8000 米高度一向被看作生命禁区。在论证攀登珠峰的可行性过程中，他们逐渐意识到 8000 米高度对登山队是一个全新的考验。国家登山运动管理中心建议先攀登一座 8000 米左右的山峰。1996 年 12 月，经过详细论证，选择难度系数不大、攀登成功率高的卓奥友峰作为北大登山队冲击 8000 米高峰的目标，并以此次攀登活动作为母校百年华诞的献礼，向全社会展示北大人敢于探索、勇于拼搏、团结互助的精神风貌。

卓峰活动准备工作相当成功，无数队友付出大量汗水和心血。1996 年下半年筹备组成立以来，这根弦就没有放松过，以致唐元新、张春柏、高永宏登顶时，大家不约而同地有"一块石头落地"的感觉。

1997 年 1 月，登山队提出"迎百周年校庆，登八千米高峰"口号，完成攀登计划书征求意见稿，广泛征求各方意见。计划书分为几个部分，分别由专人起草，几经讨论，还邀请了登山前辈王凤桐、崔之久、潘文石等老师座谈，最后定稿。

3 月，校体育教研部、登山队向学校提交报告，申请将"98 攀登卓奥友峰活动"在百年校庆活动中立项，获学校批准。陈章良副校长在一次会议上说，这是他在所有校庆活动报告中见到的最好的一份。至此，卓峰准备工作成功迈出第一步。

4 月，北京大学致函原国家体委，请求国家体委批准卓奥友峰攀登计划，并请国家体委给予支持。5 月，国家体委登山运动管理中心复函批准登山计划，并祝登山活动圆满成功。

5 月 26 日，"百年校庆登山活动"筹备委员会举行第一次会议，宣告筹备委员会成立，校庆办徐秋石老师代表陈章良副校长讲了话，校庆筹备委员会拨款 3 万元作为启动资金。筹备委员会组成是：

名誉总队长：陈佳洱（北京大学校长、北京大学技术物理系教授）
主席：林钧敬（北京大学副校长）

委员：崔之久（北京大学城市与环境学系教授、冰川地貌学家）

潘文石（北京大学生命科学学院教授、著名动物学家）

王诗宬（北京大学数学学院教授、拓扑学家）

赵为民（北京大学党委宣传部部长）

王登峰（北京大学团委书记、心理学系教授）

鞠传进（北京大学体育教研部主任）

黄建钢（北京大学百年校庆办公室主任）

郝光安（北京大学体育教研部副教授、登山队指导教师）

鲁纪章（北京大学山鹰社社长、北京大学化学与分子工程学院 1995 级本科生）

唐元新（北京大学城市与环境学系 1995 级研究生）

秘书长：唐元新（兼）

副秘书长：鲁纪章（兼）

陈庆春（北京大学计算机系 1995 级研究生）

秘书处：曹峻、李锐、雷奕安、叶峰、朱建红、李靖

11 月，"百年校庆登山活动"筹备委员会秘书处与山鹰社理事会讨论决定登山队员名单。

11 月 18 日，杜邦中国集团有限公司工业尼龙部和南京派格远东户外用品有限公司联合赞助北京大学登山队登山用包签约。

12 月 30 日，广州宝洁有限公司市场部赞助北京大学卓奥友登山队活动经费。

1998 年 1 月 7 日，原国家体委主任伍绍祖同意担任北京大学登山队 1998 卓奥友峰登山活动名誉顾问。

1月14日，瑞士利维高有限公司费助北京大学登山队OZARK（奥索卡）系列服装及登山用品签约。

1997年11月，17名队员名单确定，几乎此前每年的登山队都有队员参加这次活动。登山队长是山鹰社第一批社员和第一批登山队员曹峻，第一攀登队长是1992年就开始登山的唐元新，第二攀登队长是1993年开始登山以来登顶率100%的陈庆春。在所有的队员中只有女队员王瑾没有攀登雪山经历，但她攀岩技术娴熟，曾获北京市"雪野杯"攀岩比赛第一名、华山"钟楼杯"国际攀岩邀请赛自然场地女子第八名。

在训练阶段和筹备阶段，他们就出手不凡。一方面全体队员要进行体能训练，另一方面各类物资及计划需逐项落实。队员分工为摄影、摄像、高山食品及用品、BC食品、BC物资、医疗保健、技术装备、通信器材、财务、校内事务、对外联络等几个方面。每名队员先将其负责的事情作出计划，包括明细项目预算和实施步骤，定期总结汇报进展情况。这一阶段事情千头万绪，多亏有"学一食堂"和Login公司[1]提供场所，才能及时交流。这·阶段准备工作，显示出队员们既有较强的工作能力和责任心，又具有强烈的集体意识。也正是因为拥有这样一批优秀的队员和山鹰社这个后盾，攀登卓奥友的准备工作才能够有条不紊地进行。

1998年1月31日至2月5日，卓奥友登山队14名队员及山鹰社其他队员周峭、孙峰、肖自强共17人赴京郊密云县四合堂冬训。一是训练攀冰技术和负重拉练，二是出发前练兵，促进队员间相互了解和配合。这17名队员都是山鹰社优秀社员，但队员构成较以往不同（包括5名已毕业离校的队友），年龄结构与社会阅历都有较大差异，很多队员没

1　Login公司，由几名已毕业的北大登山队队员共同成立的互联网服务公司，又称逻格因公司，是中国第一家公共网吧。

有一起进行过野外活动，少数队员甚至互不相识，因此这次冬训练兵尤为重要。

冬训分 A、B 两组，分别由唐元新和曹峻负责。31 日晚在四合堂天仙瀑旁一小村扎营。2 月 1 日和 2 日主要训练负重、结组、打冰锥、攀冰、冰坡行走等。2 月 3 日拆营，向山深处拉练，寻找宿营地，因没有水源，撤出到"京都第一瀑"，夜宿老乡家。次日，又因"京都第一瀑"门票太贵，遂放弃攀冰计划，沿山谷步行至黑龙潭，夜宿山鹰社常规冬训常住的废弃旅社。翌日下午乘火车返校。

这次冬训，队员们合作气氛较好，技术有所提高，特别是自律性增强，表现出一定的单兵作战能力，为胜利攀登卓奥友峰做了进一步准备。

北大南门的心情

3 月 17 日下午，北京大学正大国际会议中心举行"北京大学卓奥友登山队出征仪式"的同时，高永宏和陈庆春在千万祝福声中，踏上北京飞往成都的航班，先行飞往拉萨，为大部队做准备工作。

18 日一大早，陈庆春和高永宏在成都登上去拉萨的飞机。两小时后，降落在贡嘎机场。一下飞机，雪域高原那久违的天空扑面而来，那么近，仿佛伸手可及。

3 月 20 日，卓奥友登山队正式从北京出发。每次登山队出发，总要牵走许多人的心，他们的亲人，他们的队友。

登山队出发这天，送行的人群中有好几位"家属"，却没见曹峻的妻子任姐。问起这个，任姐说："那天我没去送他，我说每次你走我都去送你，今儿我不去了，反正我送你也是两条腿走，我不送你一样两条腿走。早上 6 点他就起来，听他在那儿收拾东西。他出门的时候我也没起床。但他走以后我也没再睡着，躺在床上乱七八糟地想，想他也想自己的事。当天我应该去宝洁开会，但起床洗漱过后，我发了会儿呆又躺回床上。每次他去登山，我都有怪怪的感觉，空空落落的，说不清楚。"

曹峻是高中毕业那年认识任姐的。大学毕业不久，结了婚。曹峻起先在长沙工作，任姐在湖南津市一家妇幼保健医院。1995 年，曹峻要参加宁金抗沙攀登活动，单位不准假，他索性辞职来北京。任姐也只得收拾冬春衣服跟来。初到北京，没事可干，她就每日看报上的招聘。本来想干老本行，试了若干保健所、医院，但非正式编制的职工收入很低。去北京工人体育馆招聘会转一圈，看到宝洁公司招人，觉得不错便填了表格。于是，进宝洁的分销公司做零售，这是一份比较自由的工作；曹峻在一个同学的师兄搞的小公司里干。那会儿，他们只能住在曹峻单位。

有人曾经问："你那时不想把曹峻留在长沙吗？"任姐没加思索说："他人在那儿，心思不在那儿啊。他不喜欢那份工作，过得也不开心。记得 1994 年元旦我们来北京玩，火车到站，好几个车门都堵着人——李锐、老板（雷奕安）、储哥（储怀杰）、白土（白福利）……还有小叶子（叶峰），扛着摄像机挤过来。那天我们 9 个人硬是挤进一辆面的。曹峻一直咧着嘴，笑得特别欢。很久没见他这么开心地笑了。"

登山回来，曹峻在办公室里搞过木板岩壁，有过办攀岩馆兼销售装备的念头；和登山队一群人一起设想过办野营探险俱乐部；后来雷奕安提议搞网络服务，几个人边"双抠"边选定 Login 这个名字。接着是半年多筹备。那几个月曹峻和任姐住过蓝旗营，住过 Login，又搬到现在租的房子。任姐说："每次搬家都一大堆，我又喜欢买东西，真是怕了。好不容易在长沙置个家又扔下，都不知道从哪儿做起。"

Login 公司从东门到南门地下室，从北大发展到地大、在人大的分店。任姐在公司被调去干过一段时间的 DBS 操作，那是很多人想干的一份稳定的工作。她还是摇摇头，说不行，我还是干零售吧。她说习惯了比较自由的生活，受不了每天 8 点上班 17 点下班，一直坐在办公室的生活。后来任姐自己开洗衣店。新开张，她说："总觉得睡不够，每天 6 点多就醒，脑袋还在枕头上就开始想一天要干的事。宝洁的工作继续在做，店里缺少合适的人手，事情真多。每天饥一顿饱一顿，很晚才能回家。"

任姐开张洗衣店，正是曹峻忙卓奥友的时候。聊起这些，任姐心里也有意见。"曹峻不爱说，包括他登山队的事、Login 的事，常常只能从别人那儿知道一些。想跟他商量事儿，多半也没什么结果。在外和人打交道，他和登山队的那些朋友都太书生气。"但任姐还是了解曹峻，"有些事他也是无可奈何，我也就不去和他说，不然，他听了会放在心上"。

问她是否赞成曹峻去登山，任姐笑笑，"不赞成，也不反对。他心里真想去，我怎么能强留。但这次以后，我不让他再去登山了。我也对他说过你的生命不是属于你一个人。他去登山这件事，我是不去想，说实话我是想都不敢想。""再说也不应把公司一撂两三个月。既然想来北京，愿意干这事，就应认认真真把它做好。"话虽这样，但真的设想曹峻再想去登山，任姐可会只对他说一句"不行"吗？

满地的霜花

3 月 21 日。清晨醒来，车窗外一片雪白，竟是春雪。西北高原的春天总是姗姗来迟。17 点半列车抵西宁，青海登协来接站，当晚他们住西宁大厦。

22 日 18 点多，登山队乘长途卧铺汽车离开西宁，23 日上午 10 点抵达格尔木客运联营点。去拉萨要乘坐另一辆卧铺车。汽车从格尔木出发，开始通向拉萨的征程。此时北京已是春意盎然，但青藏高原上的草原却尚未吐绿。经过漫无边际一眼望不到边的戈壁滩，纳赤台、西大滩、昆仑山口（海拔 4700 米）、五道梁……一个个地名被抛在身后。

不知从什么时候起，窗外飘起雪花。渐渐地，风越来越大，狂风夹杂着雪片向车厢席卷而来，汽车在风雪的黑夜艰难地往上爬，似乎想竭力触摸苍穹。车内，队员们经受着高山反应的痛苦煎熬，陈科屹恶心呕吐，张春柏发烧至 39.1℃。几乎所有的人都头痛欲裂，面色发青，一夜未眠，就这样熬过风火山口、沱沱河、雁石坪……

24 日，翻过唐古拉山口（海拔 5206 米），随着海拔的降低高原反应渐渐减轻，大家气色有所好转。窗外的景色依旧是无人的荒漠和积雪的群山。能让人为之一震的便是偶尔掠过的羊群、牦牛、两三顶白色帐篷和一只死去的牧羊狗。

车过安多县，在公路两旁的牧地上渐渐地有成群的牛羊出现，牧民和帐篷也多起来。反应减轻，却觉得浑身酸痛。在窄小得可怜的半卧铺位上蜷缩两天，无论谁都吃不消。

由于西藏体委和登山协会的大力支持，这几天前站两人顺利地完成了前期准备。这天一早，便在交通厅招待所定好房间，开始等大部队到来。谁知左等右等，望穿秋水，却一直没有人来。下午天气开始变坏，阴沉沉的，风沙满天，他俩的心情也像天气般开始阴沉起来。直到 23 点，只好闷闷地上床睡觉。

躺在床上迷迷糊糊之际，突然听到耳边的对讲机里传来呼叫声："我们已到招待所。"高永宏一跃而起，喊了声"他们来了"。陈庆春应声而起，抓起对讲机应了一声，胡乱穿些衣服就冲出去。外边黑压压一群人和一辆大客车。高永宏冲上来，冲张春柏当胸一拳，两人紧地抱在一起，"可把你们盼来了！"

在拉萨睡了一个安稳觉，以愉快的心情迎来在拉萨的第一个早晨。初春的拉萨，还较寒冷，天空灰蒙蒙的。不远处几座山头都光秃秃的，顶上矗立着一座小铁塔，那是著名的药王山。走出招待所，回头一望，布达拉宫——世人崇仰的圣殿出现在眼前。

登山队的朋友遍天下。西藏大学数理系任教的康智勇是北大力学系1989级校友。登山队3次进藏他都没少帮忙，被亲切地称为"老康"。在拉萨，队员们不仅感受到老康的热情，还受到西藏大学登山队的热情招待。西藏大学登山队成立于1997年11月，当时，北大登山队曾致信表示祝贺。他们的队伍由3名教练和9名队员组成（其中有1名汉族队员和2名女队员），正在进行紧张的训练，准备去冲击建队以来的首座山峰——宁金抗沙。西藏大学的会客厅内溢满酥油茶的香气，双方队员热烈地交谈。临走，大家互相表示心中美好的祝愿——登顶成功。

初到高原，忙坏了队医吕艳，自己头痛剧烈，还得不停地给大家发药，维B、维C、鱼肝油、板蓝根，每个人的药袋都装得鼓鼓囊囊。从不吃药的叶峰开始据理力争，最后被辛勤的队医感动。叶峰每天扛着摄像机，很是辛苦，他要将西藏的山山水水都拍下来，让更多的人看一看。

经过两天繁忙的物资采购和装包，一切准备就绪。28日上午9点30分，西藏登山协会为北大登山队举行"欢送北大登山队攀登卓奥友峰出征仪式"。

一路伴水而行，城外的拉萨河清澈美丽。拉萨河向西流至曲水处汇入雅鲁藏布江——这条世界著名的大江上游水量并不大，水流也不急，柔美清亮，没有大拐弯后在横断山区迅猛奔腾的气势。

沿途风化、沙化非常严重，偶尔见到一两片固沙植草，对广袤沙地来说不过是杯水车薪。但是即使在这样几乎不生植被的草场上，仍然常见放牧的牛羊群。

19点多，抵达西藏第二大城市——日喀则。

30日，天还没亮，车从定日县协格尔镇开出。到岗嘎的这段路（67公里）不好走，卡车早开到前面去，队员们乘坐的中巴却半道油尽。天空飘着雪，寒冷的清晨，他们在袤远无人的荒原孤独等待。唐元新和叶峰去6公里外的扎果乡找油，其他人架起电台呼叫卡车。两个小时后，援兵赶到。

全队在中午抵岗嘎。随后分两批乘吉普进山。8人满满地塞进去，抱着高得不能再高的大包。进山的路刚开始很平，那是草原上的几道车辙。越过一个山包，走上崎岖颠簸的山路后，路窄得只够一辆车的车轮小心驶过。积雪越来越深，又下起雪。泥沙斑驳的陆地巡洋舰吉普在泥泞的便道上疾驰。

风雪中几顶绿色大帐篷树立起来。大家正在帐篷里收拾，忽听陈庆春欣喜地大叫。跑出去一看，天空放晴，南面云气荡开，异常清丽的蓝天下几座雪峰亭亭玉立！"看，那就是卓奥友。"唐元新兴奋地指着偏东方向的那座雪山说。卓峰如害羞的少女，笼着一层面纱不肯见人。只有明亮俊俏的乔那木桑峰遥遥伫立，默默地酬和着陌生人。次日清晨，卓奥友终于在云雾中轻舒俏容。

大自然的宠儿

4月1日适应和休整。这天是山鹰社9周年社庆日。经过休整，今天A组唐元新、丹增多吉（西藏登山队队员、技术指导）、郑晓光、张春柏和B组陈庆春、徐岷、高永宏、陈光上山适应。C、D组留守BC。

雇的牦牛队已进山，牧民们搭起两顶马蹄形帐篷。这些终年生活在喜马拉雅山北侧高原的牧人与在别处见到的藏民一样，喜欢一声不响地趴在别人窗前或门口张望，眼光好奇而澄亮，看到你也不会跑开，而是迎着你的目光友善又略带羞涩地笑，露出整齐洁白的牙齿。

队员中除郑晓光伤风咳嗽，其他人都适应良好。但第二天一早起来，王瑾觉得浑身无力，头晕恶心，好像快要虚脱了。大家猜测一定是前一天吃的风干肉在作怪。

牦牛不愧是"高原之舟"，驮那么多东西都比人走得快多了。从4月2日开始，B组的陈庆春、徐岷、陈光和高永宏和A组的唐元新、丹增多吉、张春柏、张永红，随从当地雇来的牦牛队上ABC。刚开始，队员们还勉强可以跟在牦牛后面，过一会儿，除了丹增，其他人纷纷落后。

地上积雪很厚，路很不好走。牦牛在前边先走过一趟，人走就轻松一些。后来雪齐腰深，牦牛都不敢走，丹增硬是把头牛拽过去，其他牦牛才纷纷跟上。

下午到达海拔5700米的ABC，队员们累得再也无力清理地上厚厚的积雪，只在旁边搭几顶小帐篷，早早睡下准备次日再大干一场。

4日，连续几个大晴天之后，天气有些变坏，上午开始刮风。这是到BC后的第二天。吕艳仍然分给每人一小袋维生素和抗感冒药。一个青海人告诉吕艳，晚上服用速效伤风胶囊能够减轻高原反应，她就逼着大家吃下去。

傍晚，吕艳忽然感觉有点儿不对劲，开始咳嗽，越来越厉害，还有痰，头也开始疼。晚上一直咳嗽，一夜没睡，几天前的轻微伤风已发展成越来越厉害的咳嗽，头也剧烈地疼痛。挨到天色微明。早饭时众人轮番宽慰吕艳，郑晓光不住地拿几天前吕艳说给他的话来告诉她要怎么怎么。吕艳心里舒服许多，病也好了不少。

牦牛队从 ABC 回来，帐篷口又恢复被人"围观"的场景。兴许注意到吕艳的医药箱，一藏族男子指着自己的膝盖比画着向吕艳要东西。从他痛苦的神情中，吕艳猜到一定是膝盖有伤病，找了几贴麝香壮骨膏给他。不久又有几个牧民因头痛和腹泻来向吕艳要药。这些藏民生活在僻远少人的荒漠草原，缺医少药，常常因得不到及时诊治而使伤病延误和加重，吕艳总是尽可能地帮助他们。

5 日，天气仍然晴好。C、D 组 10 人出发前往 ABC，近 6 小时后到达宿营地巴龙。

向吕艳要膏药的牧民叫达娃平措，他热情地邀请大家到帐篷里做客。不大的帐篷中间有一火炉冒着火苗，上面一口铁锅煮着茶水。他们喝茶，吃糌粑，打手势交谈，用汉语和藏语唱"北京的金山上光芒照四方……"

6 日，天气很好，深深的积雪早被牦牛队踩实，踏出条路来。用时约 6 小时，他们终于翻上一个山头，看到远处山谷里的玛尼堆和几顶帐篷。

7 日，唐元新、陈庆春、张春柏和陈光 4 人侦察 C1 路线，发现在海拔 6200 米处有一块平地——可做过渡营地和物资存放点。留守的队员在队长曹峻带领下搭大帐篷。在海拔 5700 米的地方干体力活儿可不容易，半人高的雪墙先用雪锯分割成块，再用雪铲铲掉。不一会儿，人就喘得不行。

ABC可说是真正的BC，今后的登山生活将在此度过。这里虽然冰天雪地，不见野花绿草，但仍是极美丽的。阳光下的卓奥友峰显得雄伟壮丽、耀眼迷人。卓峰西面有一座挺拔削尖的雪峰，北侧看起来像一位老人的侧面像。大家都叫他"山身人面像"。营地周围还有许多黄嘴山鸦和野鸽子，它们在天空悠然飞翔的景象使整个世界和谐美丽。

傍晚时分，太阳的余晖透过山隙，将卓奥友染得通体金黄。此时的卓奥友宛如一尊纯金打铸的雕像。让人惊奇的是，所有阳光都投射在卓奥友的山体上，旁边的山一点也照不到。卓奥友昂着它那高傲的头，仿佛它才是大自然最宠爱的儿子。

月亮初上，卓奥友以东的天空被映照得发亮，峰顶的冰雪在月色下呈现出夜空一样的蓝色。与之为伴的是满天繁星，在喜马拉雅上空，永远没有月朗星稀。

8日，吕艳本来已有好转的咳嗽头疼，因为上山走了两天又加重。吕艳躺在睡袋里一点儿力气没有，为让她的病快点儿好，曹峻非要她吸点氧不可。沉睡三个多小时后，她感觉好多了。

按计划这天A、B、C组上山建C1，13人一大早出发，顺着昨天侦察的路线上山。刚离开ABC的路积雪很深，走上加布拉冰川的侧碛堤就好多了。3个小时后，离开侧碛堤，顺利来到一个巨大的碎石坡下，搭建过渡营地，存放物资装备应急用。C组停步，预备返回ABC。张永红跟随A、B组建C1。北大登山队是这年第一支攀登卓峰的队伍，需要自行找路。碎石坡积雪，路很不好辨认。坡度陡，脚下滑，特别费劲，英文称之为Killing slope（杀人坡）。大家互相提醒，同时保持距离，以免被滑下的落石砸伤。大约两个多小时后，起风了，把云吹过来，开始飘雪。

高永宏紧跟着唐元新。"有雷电！"唐元新大喊一声，趴倒在地。与此同时，传来连续的"吱吱"声。高永宏顿时头皮一阵发麻，额头有类似针扎的感觉。他从未遇到过这种情况，一时不知所措。唐元新见他愣着，忙喊："把冰镐扔开，趴下！"高永宏赶快照办，果然好多了。问唐元新，才知道在云中会有这种现象。他家在广西，有过这种经验。过一会儿，抬起身子，感觉好些，两人三步并作两步通过这段地带。

风越来越大，雪越下越急，有演化为暴风雪之势。当天无论如何到达不了 Killing slope 上面去建 C1。唐元新和陈庆春决定在碎石坡上一块较平坦、看似搭过营的地方建 C1。（后来侦察得知，搭营的地点离传统 C1 位置还有 1 小时左右路程。）大家冒着寒风雪，七手八脚干起来，冰镐挖得不够快，索性用戴着羽绒手套的手挖雪。两顶帐篷搭好，A 组和张永红下撤。B 组陈庆春、高永宏、陈光和周涛留在 C1，预备侦察并建 C2。

10 日，队长下令全队休整。张春柏建议：包饺子吧！众人纷纷响应。

早饭过后，大家切菜、剁肉，各自干起来。谁来和面？山西以面食闻名，出自面食故乡的王瑾责无旁贷。她从面袋里舀几勺面粉出来，有点黑，却闻得出香味。兴致勃勃地和了半天，盆中还是一块一块的小面疙瘩，任添多少水硬是往不一处黏。正在疑惑不解，曹队长过来低头一看说："你是不是把丹增拿的青稞面给和了？"一句话惊醒面中人，立刻转身去看，在刚舀过面粉的面袋旁边还有一个鼓囊囊的袋子，上面写着 3 个字——"富强粉"。

张永红包出的饺子"漂亮"得大家都不忍吃；储哥一锅又一锅尝试"最佳高原煮饺法"；叶峰和张春柏大展身手，揉面、擀面、包饺子一手好活儿。

经一上午折腾，人人吃得肚子圆滚滚，还为晚上回来的 B 组弟兄留了 108 个饺子。

在 C1 的人早上起床，要经历一番痛苦：晚上呼出的水蒸气早已冻成霜花，人在帐篷里稍有动作便纷纷落下，来一场小雪，穿衣服时落入脖子里，冻得透心凉。

虽然一早阴云密布，但上午渐渐放晴，风也小了。C1 的 4 人与 ABC 联系，开始沿前一天侦察的路线上去建 C2。虽然低估了 Killing slope 上向东大雪坡的长度，他们还是在 14 点赶到海拔 7000 米处的大冰壁下面，找到一块稍背风的凸地，开始搭帐篷。

半小时后建好 C2，赶紧用对讲机与 ABC 联系，告诉他们这个好消息，同时，也得知 ABC 给他们包了饺子。4 人顿时精神振奋，撤回 ABC。谁知真见了饺子，怎么也提不起食欲，勉强吞下 60 来个，纷纷告饶。

是夜，营地喜气洋洋，仿佛胜利在望。

11 日，A 组唐元新、丹增、郑晓光、张春柏和 C 组曹峻、李锐、叶峰、王诗宬、张永红、王瑾出发向 C1 运输物资。因为之前有过适应，所以这天的行军很顺利，晚上大家伙住在 C1。计划明天继续向 C2 运输物资。

12 日，一早起来，天气很好，A 组和 C 组出发向 C2 运输物资。下午开始起风，18 点多钟，步话机中传来李锐的声音："山上风太大，C2 的帐篷和物资全被吹走。A 组将撤回 C1，曹峻、张永红、叶峰撤到过渡营地，我们一刻钟后可以回到 ABC。"

不久，李锐、王老师（王诗宬）、王瑾顶着大风回来，详细说起 C2 之事。众人均感痛心和遗憾。这是上山来遇到的第一次大挫折，大家深刻认识到卓峰的危险和攀登的艰难。挫折和压力应该激发出更大的战胜困难的勇气和更加严谨的科学态度。

C2 所有物资都被风吹走了，原计划必须要进行修改，黄昏的时候，所有人都回到 ABC。吃过晚饭后，大家聚在一起开会商讨。

"为什么会失败呢？"

"C2 的位置没选好，再上去一点儿风就小些，可那里有个冰壁。"

"还是对风力估计不足，所以只固定了外罩，要是用绳子穿一穿，打进地里，就肯定没问题。"

商量后一致通过，上到 7000 米重建 C2，一切从头开始。如此，曹峻得留在 BC 负责协调。

14 日，天气不错，B 组上山。

这天是储哥 35 岁生日。储哥恐怕是终生难忘这个生日。储哥，储怀杰是也，黑龙江双鸭山人，北大中文系作家班毕业，参加过 1991 年慕士塔格和 1992 年念青唐古拉登山活动，老队员都喊他"老储"，新社员则喊"储哥"。储哥说话办事不拐弯，也绝少铺垫，刚刚接触他的人很难接受。他脾气大，嗓门也大。在工作单位，很多人不理解储哥为什么要去登山。每逢放假，储哥的思绪就会随北京来的电话兴奋，哪怕仅仅有一点空闲，也要跑到北京。

1997 年 7 月，储哥陪领导出差，从长春回哈尔滨，坐在候车室，听到广播："有去往北京的旅客，请您在第一候车室检票上车。"储哥算计着时间，如果去北京……在哈尔滨送走去大连办事的领导，储哥毅然退掉回双鸭山的车票，飞快地跑出售票处，打的去宾馆取东西赶 11 点 10 分的列车。赶回宾馆，发现囊中羞涩，12 点 35 分储哥拨通曹峻的电话，寻求赞助。曹峻沉吟了一下说："可以，赞助 500 元。"也就是这次北京之行，队里确切地通知储哥参加攀登卓奥友峰。储哥爱登山队，更爱登山队每一个人。

15 日，天气很好，风不太大。A 组（唐元新、张春柏、郑晓光、丹增）上山修路建营，C组（李锐、储哥、王老师、吕艳、张永红、陈科屹）做运输。

BC至C1（6400米）的路已走过多次，并不难走，在山坡和冰川之间走两个多小时，爬上一段陡坡就到过渡营地，再往上爬一个多小时的大坡到C1。到达过渡营地（6200米），休息一会儿，吕艳和王老师下撤回去，C组其他人明天撤回。吕艳和王老师快到BC时，远远地在山头望见热闹非凡的营地突然冒出许多五颜六色的帐篷——阿根廷队上山了。

18点多钟，B组（陈庆春、高永宏、陈光、周涛）弟兄也撤下山。

16日，从望远镜里可以看见A组已修好C1到C2的路线，在很陡的冰壁上架设路线绳。17日A组将在C1休息，B组上C1；18日两组一起去建C2。

发电机坏了，曹峻从夏尔巴人处借得一盏汽灯。4个高压锅，好使的就两个，做一顿饭至少要3个小时。

每天北京时间10点，储哥照例第一个起来做饭。得从100米外找冰，用冰镐打出来，装进包里，20公斤，背上来已经累得不行。然后化冰、煮饭。

连日来不断地轮流往山上运输。大家逐渐恢复信心。16日A组在丹增带领下修通难点——高差约70米的大冰壁。17日，B组将由ABC上到C1，准备与A组会合，一齐冲击顶峰。一早，B组四人带好物资，轻车熟路，向C1出发。Killing slope这次完全不像第一次时那么险峻和漫长。唐元新下来接他们，指着远处的峰顶，坚定地说："从今天起，除非登顶，我们决不下撤。"窝了这么多天，是该发起总攻了。

18日，早上起床做饭，丹增一直脸色不好，头疼，呕吐。中午，李锐、张永红把他接回 C1。他气色很不好，可能是由于过度疲劳，吃了药，喝了水，躺下休息。后来他又吐一次，头痛得厉害，只好由山下来人接应他回 ABC 休养。后来就只能不断从对讲机中听到他的宝贵建议。

早饭后，收拾好行装，A、B 组共 7 人从 C1 出发营建 C2。经过多次上上下下，大家都适应得比较好，走到前几次运输并埋藏物资的地方，把东西从雪里挖出来，分着背上，继续挺进。前面就是本次活动的最大难点——一块高达三四十米、平均坡度六七十度的大冰壁。这冰壁上全是亮冰，又硬又滑，如一道天然屏障，横在冲顶的道路上。幸好已有前天 A 组架好的路线绳，可以借助上升器攀登。虽说如此，也还是挺难的：在海拔 7000 米地方，走路尚且气喘吁吁，更别说攀登近乎 90 度冰壁。两条绳子挂在亮晃晃悬壁上，晃晃悠悠，像是在邀请，又像是在示威。周涛和唐元新因为拍照落到最后。唐元新拍拍周涛的肩膀："该你了。"周涛背起大包，将上升器挂在绳子上，左手持镐，右手抓着上升器，两手交替上升。冰很硬，冰镐却很钝。冰镐在亮冰上一点，握上升器的右手向上一送，再狠狠地将脚上的冰爪踢进冰里。就这样三步一歇，五步一停地，终于看到路线绳尽头。周涛拼着股劲儿，几步冲到绳头，一屁股坐在雪地上大口喘粗气。

距冰壁顶上不远，有一片平坦雪地，是建营理想之地。大家决定在此建下新的 C2。为了避免上次的惨剧，"挖地三尺"，用雪锯锯开雪面，用雪铲铲出雪块（因气温很低，雪不大松散），清理出一块整齐的空地，把帐篷搭在里面。铲出的雪块在旁边搭成雪墙防风。这工作说来简单，可在 7000 米高地方，绝对是重体力活儿。据有关资料显示，人在海拔5000 米高度静坐，相当于在平原负重 50 公斤行走，更何况这是海拔7000 米。7 个大小伙子用一个半小时才算完成这"浩大工程"。

没有阳光，卓峰的清晨异常的冷。19 日，整个队伍行动有些缓慢，直到 11 点多，全体才穿戴整齐出发。按照之前的商量，A、B 两组一同往上行进。如果时间允许，A 组将直接去建 C4（冲锋营地），B 组的陈光、周涛留下建 C3，陈庆春和高永宏随 A 组一同运输到 C4，并在当日撤回 C3。

唐元新走在队伍最前面，陈庆春走在最后。这天似乎不大顺利。原以为过了 C1 与 C2 间的大冰壁就容易了，谁知刚从 C2 出来不远，先是碰上重重叠叠的小冰壁，然后就出现一面更高的冰壁，大约有 150 米高，坡度虽比 C1、C2 之间那块小，路线却相当曲折。刚上冰壁，高永宏的冰爪就掉了，折腾半天才弄好。继续行进，走在前面的 5 人顺利地翻上几个小冰壁，即将脱离冰壁区，走在后面的陈庆春和陈光却不见踪影。通过步话机联系，才知道陈庆春的冰爪也脱落，悬在冰壁中间上下两难，陈光正在帮陈庆春脱离险境。5 人等了半个多小时，步话机里传来陈庆春沮丧的声音："我准备撤回 C2，祝你们顺利，小心安全。"大家不无遗憾，又无可奈何。

情况是这样的。陈庆春在一处有积雪且较为平坦的地方稍做休息，正待充满信心地继续攀登，忽然，脚下一滑，摔倒在冰坡上。最担心的事情发生了，一只冰爪脱落。走在陈庆春前面的陈光想帮忙，但未能如愿。陈庆春只得自己下降至积雪处。把冰爪稍做调整，重新上路。这一回似乎走得稍远，但刚才的一重演。改用上升器攀登，没走几步，另一只冰爪也脱落。陈庆春好几次挣扎着从冰坡上站起，又摔倒在冰坡上。他用的是简易安全带，两肋勒得生疼，背上的大包压得他动弹不得，几乎窒息。陈光从上面下来帮忙，卸下陈庆春的背包。后面的一名俄罗斯队队员也赶上来帮陈庆春安冰爪。惊魂未定的陈庆春终于气喘吁吁地上到又一个坡顶，几欲瘫倒。

陈庆春觉得事情有几分不妙，但没有时间去细想这不安的由来。只是通过对讲机和 BC 的曹峻及远在前面的唐元新通话，简略地说了情况，决定再做几次尝试。又是几次失败的尝试，一次次被迫退回。看来是鞋不合适，跟冰爪套不紧。陈庆春坐在雪地上苦想，时间好像停下来。为了大局，只能放弃。

陈庆春拿起对讲机对 A 组队长唐元新说："我准备下撤。B 组所有还有体力的队员都由你指挥。"这话的悲壮使陈庆春几乎流泪。

唐元新命令继续前进。周涛看到前面是裂缝区，后面陈光只能一个人通过，申请留下等陈光。他把冰镐扎得深深的，躺在地上悠闲地等待。天上的云刚刚聚拢就被风吹散，奇形怪状又变化多端。没有云的天空是一片令人醉心的蓝。正胡思乱想着，突然听见冰爪踩冰的声音。陈光走近了。18 点，他们到达海拔约 7350 米的一个大缓坡，建 C3。

陈庆春回到 C2，天色尚早。营地里，燃料等还算齐全，唯缺主食和手纸。陈庆春找俄罗斯队要来两袋米，请他们帮忙解决冰爪问题。他们表示爱莫能助，认为陈庆春的靴子最好用捆绑式冰爪，因为前面的凹痕过浅。虽然未上 C2 之前曾考虑过这个问题，但在 C1 到 C2 那段最困难的冰壁上，这个顾虑被打消，可是现在……陈庆春无奈地回到自己的帐篷，顺手借回一把钳子，摆弄他的冰爪。

天渐渐变黑，也冷起来。陈庆春的冰爪仍没有结果。21 点多，和上下营地通话，大家都很关心他的情况。陈庆春说挺好，只是没手纸，比较难办。听说周涛原想背些食品回 C2，只因天色已晚，被唐元新制止。陈庆春也鼓励 B 组队员，只要体力允许，一定尽量往高处运输，协助 A 组登顶。第二天有队员上 C1，会给陈庆春带靴子和冰爪。

C3 和 ABC 及 C2 的第二攀登队长联系得知整个山区一片晴好，决定由 B 组陈光、周涛、高永宏 3 人协助运输至 C4。A 组唐元新、郑晓光、张春柏，轻装准备留在 C4，21 日突顶。由于高海拔的生理反应，大家没有食欲，胡乱吃些东西睡下，在缺氧和对后面活动的憧憬的双重作用下彻夜难眠。

带上去的高山食品太难吃，谁都没胃口。在丹增的建议和带领下，BC 一整天都在炊事帐篷给山上弟兄准备食品。

这几天 BC 又上来几支外国队伍，简直成了"国际大家庭"——中国、俄罗斯、阿根廷、罗马尼亚、加拿大、奥地利、尼泊尔，英语成了通用语言。

生命顶峰

20 日，天气晴好。早上起来，收拾一会儿东西，唐元新突然通知高永宏和张春柏留在 C4。郑晓光突然觉得不舒服，呕吐，决定留在 C3，高永宏代替他入 A 组。周涛和陈光将帮助 A 组背一顶帐篷和一瓶氧气运输至突击营地 C4 并返回。A 组的唐元新、张春柏、高永宏 3 人只带随身物品，留在 C4 伺机冲顶。

刚离开 C3 就是一个很大的裂缝。绕过裂缝，面前是一段长长的冰坡，上面积了一层薄雪，周涛背了一个氧气罐和一些个人用品，东西不多，走起来也并不太费力，仰仰头，顶峰似乎近在咫尺。他没有想什么，只知道机械地迈着脚步，向上，向上。C4 计划建在第一个黄色岩石带附近，海拔约为 7700 米。在远处看觉得挺近，一会儿就可到。谁知爬起来根本不是那么回事，雪坡越往上走越陡峭，每次停下休息，仿佛觉得自己根本没力似的，那面坡的顶端还是遥不可及。

爬了两个多小时，才算到坡顶。天气开始变化，云不断地从南、北两个方向飘来，在卓奥友聚在一起上涌。整个山峰，除了攀登者的正前方和正后方，都在云海中，仿佛留了一条通道。前边的路线一直看不清楚，天气似乎要变坏，他们一时间不知道是该进还是退。设法与丹增联系，丹增毅然地说："不要担心，一直往上，可以在两条黄岩石带间的地方建 C4。明天一定能登顶。"

逐渐进入冰雪岩石混合区，冰爪在岩石上咯吱咯吱响，周涛心也忐忑起来：岩石区一向是登山的"事故多发地带"。他放缓脚步，尽量挑有冰的地方走。这里开始出现前一年登山者们打的路线绳，经检查可以使用，就运用上升器轮流上攀。不一会儿，面前突然出现一块十几米高的岩石壁，路线绳至此也到尽头。唐元新左右看了看，似乎绕不开，便回过头来问张春柏："你看这有多少度？"张春柏仰头瞧了一会儿，认真地说："120 度吧。"在这样的海拔，这种回答意味着不可攀登。他们只得继续找其他的路线。步话机里传来 BC 丹增多吉的声音："古拉，古拉，你们的左边有路线绳。"原来 BC 的兄弟姐妹从友好的阿根廷登山队处借来高倍望远镜，一直观察他们的行踪。在丹增的遥控指导下，他们终于在绝壁的左侧发现一个很不起眼的小槽，还挂着路线绳，"山重水复疑无路，柳暗花明又一村"。

天色将暮，周涛和陈光下撤。远处 C3 黄色帐篷在茫茫的白色中很是显眼。周涛想到他们即将登顶，心里异常轻松。天气很好，暮光照射在身上，很舒服。远处白雪皑皑的群峰沐浴在蓝天白云中，静谧安详。左边的一座山峰异常陡峭，雪不多，如一把黑色的钢刀直插天际，太阳更低了，阳光洒在雪地上，泛起银色的光。一切都展示着大自然宁静的伟大。

唐元新等 3 人背负着 14 个队友沉甸甸的期望，沿着一条雪沟，翻过一条黄色岩带，找到一块碎石坡，在海拔 7700 米的地方建起突击营地 C4，预备冲顶。

C2 仍然只有陈庆春一个人，寂寞不说，没有主食，只能靠喝水、吃零食度日。清晨，陈庆春早早醒来，四处雾蒙蒙，看不清天气究竟如何。大约 9 点多，烧水做饭。遗憾的是，带的锅煮不烂那种米，烧了半个小时仍未有结果，不愿再浪费宝贵的 Gas，只得吃掉前一晚剩下的半个 Powerbar（一种体积小、热量高的高山食品），权且挨一阵。俄罗斯队队员运输至 C3 后全部返回 ABC 休整，偌大的 C2 就陈庆春一人独守。21 点多，各种慰问随电波传来，曹队长传话："陈庆春同志，坚守阵地，党和人民不会忘记你。"一阵喧闹后，营地又恢复平静。

李锐等 5 人从 ABC 送食品上到 C1。陈科屹和丹增还有张永红在 C1 准备接应。帐篷里烧着水，想着上面的人在干吗。丹增钻出帐篷，想看看天气，发现晚霞如血，把营地旁边的冰川映得发红。突击营跟 C1 联系，唐元新和张春柏在步话机里仍是如往常一样大喊大叫，并没有一天行军的疲意。虽然后面的路并不好走，但至少他们的状态很好。因为担心，一大部分人夜里都睡得不好。突击营的 3 个兄弟，更是没怎么睡觉。不是因为紧张，而是缺氧。

C4 的人晚上都没有食欲，每个人啃一块干巴巴的 Powerbar，喝点儿水，准备睡觉。人手有限，只带了一瓶氧气上来，3 人轮流吸。7700 米高度，氧气含量大约只有平原的 1/4，帐篷内就更闷。感觉不到明显的呼吸困难，却莫名地烦闷，不时想大口大口地喘气。躺下不一会儿便觉头疼欲裂，怎么都睡不着。戴上面罩，一股清凉的东西慢慢地沿呼吸道下行，渐渐扩散到全身，呼吸立马平稳，头开始清醒，浑身舒畅。把氧气面具传下去不出两分钟，又烦闷不安起来，头疼卷土重来。

凌晨2点，氧气吸光。躺在睡袋里，心里本能地知道要睡下去，积聚体力，却怎么也睡不着。呼出的水蒸气，在半空中冻成小冰碴子，打在脸上。渐渐进入半昏迷状态，就这么迷迷糊糊地熬着。

21日，C4，时间一分一秒流逝，帐篷里的氧气一丝一毫地耗尽。越来越难受，只盼着时间快点过，好出去透透气。5点多时，终于熬不住，纷纷起床从帐篷里探头出去，发现黑乎乎的。这才想起是农历月底，根本无月光可借。3个只好窝在帐篷里，烧点儿水，啃了啃Powerbar，互相提醒着注意事项。

7点45分，天渐渐亮起来。远处，群山和地平线挤在一片青白色中，阳光在西面勾勒出卓奥友峰庞大的影子。

天气特别好，没有一点儿云，风也很小，只是冻得不行。8点10分，突击队出发。他们没有选择弯路，而是直奔峰顶，这是明智的，虽然累很多。

一开始是很陡的岩石，他们借助上次留下的绳子，分头上去。后一段是碎石坡，也有40多度，冰爪在上面根本站不稳，一不小心，滑下去就没命了。到达雪坡上，已累得不行。各营队友不断地通过步话机说："挺住！挺住！"他们果然挺住，不断发现前人留下的标记，兴奋不已。

这天的天气恐怕是进山以来最好的一天，真正的晴空万里，不见一丝云彩，也没有一缕风。卓奥友峰巍然肃穆地沐浴在4月春日里。喜马拉雅太眷顾这群执着热情的年轻登山者了。

几倍的小望远镜实在难以在高大雄伟的雪峰顶部寻觅队员的身影，阿根廷朋友搬来三脚架支起"Made in China"的高倍望远镜。曹队长眼力好，终于在一块大岩石上发现三个小黑点。

C1、C2、C3 都驻守有北大登山队的队员，随时准备策应。对讲机传来曹峻沉稳而振奋人心的话语："整个卓奥友都是我们的人！"

天公作美，万里无云，连一点儿风都没有。突击队由西向东攀登，仍然在阴影里。在驼绒手套外再加一个羽绒手套，仍感到冷得厉害，不一会儿就仿佛要失去知觉，只得过一会儿就使劲地动手指来防止冻伤。脚冻得更厉害，平常暖和异常的高山靴此时如冰窖一般，每走一步都要有意识地把每个脚趾动一遍。这并不是夸张，许多"老登山"的脚趾都不全。

C1、C2、C3 的弟兄们也都在各自营地翘首期待顶峰上的消息。C3 的郑晓光状态不好，中午由周涛护送下撤，陈光留守 C3。C1 有 3 人（丹增、陈科屹、张永红）上 C2，与陈庆春会合。

就这样突击队艰难地走了两个小时，终于在 10 点左右，在前方的雪坡上看到姗姗来迟的阳光。近了，近了，终于接近阳光。领先的张春柏一个箭步蹿过去，幸福地感受着阳光。高永宏也赶快跑过去，刹那间仿佛浑身暖了起来。

12 点左右，开始起风，越来越大，突击队统统拉下帽子，竖起领子，把脸埋在风镜和衣帽后面，只留鼻子在外呼吸。行走越来越困难，每次停下来摄像，总觉得站不稳，随时有可能被吹倒。大家排成一排，首尾相接，后边的人踩着前面留下的脚印，互相鼓励，艰难地往上走。

离峰顶只有 100 多米了，一大片像台阶一样的积岩是最后的考验。台阶相当高，前几级都有两三米。突击队只好围着它转，想找缺口，以前既然有人上去，就肯定找得到。他们终于发现缺口，爬上去，过了前几级，就容易多了。

终于看到顶峰，离它越来越近。13 点 15 分，3 人相继登上山巅，前后相差不到 1 分钟——峰顶宽阔平坦，如同一个巨大的足球场。天地豁然开朗，喜马拉雅群山现在就在眼边。

唐元新拿出对讲机，吼道："我们登顶了！"刹那间，脚下的卓奥友峰也似乎沸腾起来。

他们登顶了，成功了。周涛、郑晓光撤到 C2，张永红也上来，大家一同欢呼成功。

ABC 的 4 人（曹峻、储哥、吕艳、王瑾）从早上就一直守在望远镜和步话机旁密切关注。吕艳和王瑾面向卓奥友峰高声唱起歌，有"帕瓦罗蒂（破瓦落地）"之称的储哥也放下正朗读的新闻稿，高唱一曲《长江之歌》，各个营地都沉浸在无比欢乐的气氛中。

阿根廷朋友听到叫声，拥过来，"Congratulations！"肤色各异的外国朋友纷纷前来祝贺，队员们相拥而泣。

唐元新打开步话机，想对大伙儿说点什么，想了半天，冒出来的竟是这么一句："所有兄弟姐妹们，我们 3 个已经到达峰顶。拍完照片，再说两句话，我们就下去。"

顶峰上温度很低，风太大，半小时后他们开始下撤。登山的人都知道，在登山过程中发生危险，很多都是在下撤途中，因为此时体力消耗太大，注意力不易集中，警惕性也容易放松。大家都丝毫不敢有所松懈，不断提醒他们注意安全。

14 点多，他们下到岩石带下，进入冰雪带。"曹峻！曹峻！快提醒古拉！前面有一个大雪坑！"储哥通过望远镜边看边焦急万分地喊。

曹峻哑然失笑："你离他们有 10 公里远，而他们离大雪坑只有 10 米。"话音刚落，就听储哥长吁一口气："好了，好了，他们绕过去了。"他们实在太累，每走一步都要消耗大量的体力，一点一点，镜头里的黑点往下艰难地挪移，离顶峰越来越远。

陈科屹等3人是在上C2的路上听到登顶的消息的。他们翻上那块近似垂直的冰壁，上到无比广阔和平坦的C2。陈科屹把从下面背上来的冰爪给陈庆春，陈庆春并不如想象中那么憔悴，尽管他已经在C2独自待了两天，并且没有食物。上面已经登顶，他不用再等，郑晓光和周涛从C3撤下来，大家很激动，又紧紧地抱在一起。把C2撤了，时间还早，他们铺上防潮垫，晒太阳，等上面的人。天特别的蓝，远的地方有些发暗，阳光刺得眼前明晃晃的。不远处，有一群黄嘴山鸦正在毫无顾忌地抢吃扔掉的食品。

陈庆春还没说什么，也没有时间和BC商量，丹增已经开始拆帐篷。他认真地对陈庆春说："春子，别上了，有3个登顶，就行了。"陈庆春抬头望顶峰，沉默一会儿，只说了一句话："我已经收拾好了。""那就好，你们先下撤吧。"丹增接着说。陈庆春拿起有几分沉重的对讲机同在C3的陈光通话，或者说是下命令："一人登顶，全家幸福。陈光，你给他们烧点儿水，准备下撤。"陈光的"嗯"声中包含有失望，让陈庆春觉得内疚。那该死的靴子！

不到14点，周涛、郑晓光、陈庆春一同下撤。作为一名登山者，作为一个集体中的一员，没有登顶并不意味着失败，只要他为这个集体的成功贡献了自己的一分力量。因为队里的总体安排，许多有实力的队员，很长时间里都只在稍低的营地活动。还有许多队员（特别是两名女队员）大部分时间都在BC做后勤工作，没有机会去实现心目中的理想，如果说有遗憾的话，她们肯定不比谁少。让陈庆春感到不安的是，因为自己的考虑不周，未能尽自己的力量参与最后的运输等工作，甚至消耗了其他队员的体力，也许还使其他队员失去了冲顶机会。

这一天，丹增等 3 人下到 C1 休息；李锐、叶峰撤回 ABC，拆了过渡营地。

22 日，所有人齐聚 BC。山上下来的弟兄一个个脸上"泾渭分明"。唐元新和张春柏不仅脸上更黑一些，而且鼻头冻黑，脚趾轻微冻伤。此时，黑白分明的脸，成为一种光荣和骄傲，是勇敢坚强地挑战困难、战胜自我的标志和象征。

尾声

4 月 23 日下雪，24 日早上雪停了，太阳在云层中时隐时现。北大登山队终于要告别卓奥友峰了。

鞭炮响起来，和外国登山朋友拥抱告别，踏上 20 天前来时走的小路。走着走着，天气愈发恶劣起来，最后竟下起大雪，冷风裹挟着雪粒击打在冲锋服上。回头望时，美丽的卓峰早已躲藏到云雾后面。

25 日晚登山队随卡车下到老定日岗嘎。26 日"人货同车"一路颠簸到拉孜县。这 140 多公里几乎全是土路，五脏六腑都要被颠出来，卡车扬起老高的尘土，车内灰土弥漫，呛得难受。

14 点多，离拉孜不远，卡车忽然停住。原来迎面遇上中国登协的吉普，协会主席曾曙生带领慰问团到喜马拉雅"三峰"（珠峰、卓峰、希峰）进行节日（"五一"）慰问。

曾主席对北大登山队表示热烈的祝贺，还给带来了物质和精神食粮——来自北京的信件、包裹、录像带、刊物等。队员们有的收到母亲的食品包裹；有的读到了心上人的信件；没有信的则凑到一起读社友捎来的报纸和编写的《山友快讯》。忽听一声欢呼，郑晓光蹦得老高，脸上洋溢着无比的幸福和满足的笑容——他收到的是美国华盛顿州一所大学的录取通知书和所在城市西雅图的明信片。这是他最想去的学校、最想学的专业。他将在美丽的西雅图度过5年美好的时光。

1998 年卓奥友登山队队员名单（年级/院系/职务/绰号）

高永宏：1995/ 化学与分子工程学院

吕艳（女）：1995/ 法律系

周涛：1997/ 经济管理学院

陈光：1994/ 清华大学物理系

张永红：1995/ 化学与分子工程学院/"自己人"

陈科屹：1996/ 经济管理学院/"小 K"

王瑾（女）：1996/ 国际关系学院

曹峻：1988/ 城市与环境学系

李锐：1989/ 物理系

储怀杰：已毕业中国语言文学系作家班，老队员

王诗宬：数学系教授

徐珉：1991/ 物理系

郑晓光：1991/ 生命科学学院

唐元新：1990/城市与环境学系本(1995/城市与环境学系硕)/"古拉"

陈庆春：1990/计算机科学技术系本（1995/计算机科学技术系硕）/"春子"

叶峰：1990/计算机科学技术系本（1995/计算机科学技术系研）/"叶子"

张春柏：1995/ 物理系/"柏子"

2

八千米
生命高度

Above the Snowline

北大登山队30年

北京大学山鹰社 著
储怀杰 主编 肖自强 执笔

江苏凤凰文艺出版社
JIANGSU PHOENIX LITERATURE AND
ART PUBLISHING, LTD

目　录

contents

001　（三）鹰之性：突破与挫折

　　山会告诉你——1998 年念青唐古拉中央峰　002

　　雪山红颜——1999 年雪宝顶　026

　　云中仙君——1999 年克孜色勒　043

　　雪域之光——2000 年桑丹康桑峰　067

　　漫长的攀登——2001 年穷母岗日　090

　　"这里风很大，我们很冷"——2002 年希夏邦马　133

175　（四）鹰之气：坚持与突围

　　永恒的起点——2003 年玉珠峰　176

　　倔强的攀登——2004 年启孜峰　202

　　生如夏花——2005 年重返桑丹康桑　226

　　垂直极限——2006 年博格达　254

　　勇者无畏未登峰——2007 年甲岗峰　279

　　此处就是顶峰——2008 年考斯库拉克峰　306

（三）

鹰之性：突破与挫折

中国儒家有"尽其心者，知其性也，知其性则知天矣"（《孟子》）和"穷理、尽性，以至于命"（《易经》）。

山鹰社在取得登顶卓奥友的辉煌以后，又进行了不同方向上的突破，包括队员性别、登山难度和登山类型等。在这一突破过程中，必然触及心与身的矛盾极限、人与环境的矛盾极限，在这种极限中触天触命。

山会告诉你

——1998 年念青唐古拉中央峰

因为山在那里，因为山会告诉你！

登山队成立

1998 年 5 月 11 日，北大山鹰社登山队名单公布：张璞（登山队长）、陈光、张春柏、陈科屹、王辉、朱月磊、王炜、曲昌智、龚海宁、孙斌、朱海燕和郭建婷。后又陆续加入李靖（攀登队长）和周涛，张春柏退出。最初计划攀登西藏穷母岗日峰，但在同西藏登协进行了仔细沟通后，确定攀登念青唐古拉中央峰。

队伍从 5 月 12 日开始集训。每周一、二、四、五的 21 点 30 分（后提前到 21 点 20 分）在五四操场训练，周三 20 点游泳，周六外出拉练一天，周日休息或者攀岩。张春柏、陈光、陈科屹和周涛刚从卓奥友归来，不需参加集训；李靖周六要做实验，郭建婷周六有课，都不参加周六拉练。大家平常训练都自觉刻苦，但训练一周，有人受伤，两周后受伤人数增多，这可以从参加拉练的队员名单变动中看出来。

5月16日，阴有小雨，登山队第一次拉练，男生负重15公斤，女生负重12公斤。成员有张璞、陈光、朱月磊、王炜、曲昌智、龚海宁、孙斌、朱海燕和葛强。线路是爬香山，沿石阶上"鬼见愁"；下山沿2300级台阶，再上"鬼见愁"，返回。回来后发给每人一袋板蓝根。

5月23日阴冷，登山队第二次拉练，男生负重20公斤，女生负重10公斤。成员有张璞、王辉、王炜、曲昌智、龚海宁、孙斌、朱海燕和葛强。线路是翻过金山到妙峰山，上娘娘庙，原路返回。

5月30日，艳阳高照，第三次拉练，男生负重25公斤，女生负重10公斤。成员有张璞、陈科屹、王辉、朱月磊、孙斌、龚海宁、朱海燕和葛强。路线由香山到八大处，再原路返回。朱月磊、张璞等闹肚子，但训练进行顺利。

5月31日，登山队在岩壁做饭练习厨艺，下午训练攀岩。

6月6日，早上负重爬台阶，男生负重20公斤，女生负重15公斤。集合时间7点，成员有李靖、朱海燕、郭建婷、史传发、张璞、陈光、龚海宁、朱月磊、王炜、曲昌智、孙斌、葛强。训练一个钟头，中间休息一次。大家训练刻苦，石阶上汗迹斑斑。15点在五四篮球场打篮球，16点游泳。

6月9日，晴，有雷阵雨。紫藤架例会，参与者为全体登山队员和刘韬。张璞、陈光和龚海宁递交上周六训练迟到的书面检讨，大家传看，进一步落实各项工作。朱月磊分配新闻发布会各项任务：龚海宁邀请记者，张璞邀请校领导，曲昌智负责旗子、宣传板和铭牌，郭建婷负责海报和橱窗，孙斌负责礼品，朱海燕负责会场布置，周涛负责摄影和摄像。

6月11日，训练最后一周，训练量递减。女生跑10圈，未结束，郭建婷小腹剧烈疼痛，回去休息。大家接着训练，决定周五最后一次训练改为滑冰。

6月13日，最后一次拉练，骑车去怀柔。成员有张璞、陈光、李靖、朱月磊、王炜、曲昌智、孙斌、龚海宁、朱海燕，顺便去怀柔欢送毕业队员。王辉早上带攀岩队先行一步，14点再分别骑车和坐车前往，陈科屹带队坐车。此次怀柔活动共有40多人参加，先攀岩，吃过晚饭后在水库边举行烛光晚会。

6月14日，晴，有雷阵雨。早晨，大多数人离去，王辉、王瑾、赵雷、王荣涛、陈科屹、张春柏、孙斌、朱海燕、李准、钟锦汉和杨航等留下继续攀岩，之后，李准、钟锦汉和杨航离开。撤离时人少包多，王辉、王瑾、王荣涛、陈科屹、张春柏等打的返回。赵雷、孙斌、朱海燕骑车返回，由于两天筋疲力尽且遇暴雨，他们13点出发，21点才到达北大。

6月19日，筹备多时的新闻发布会终于召开。会议准备工作比较令人满意，但主要领导因有事没有出席会议，只有体教的郝老师、田敏月老师，团委的刘颖老师和登协的张老师等出席会议。

"雪山比这更美"

7月12日，朱海燕和王辉先去华山参加"中国华山钟楼杯国际攀岩邀请赛"。社里老队员裴志勇出任比赛工作人员。比赛反应了日常攀登中缺乏自然岩壁训练。预赛中，王瑾挂错铁锁失利，王辉也中途脱落。赵雷和朱海燕勉强进入复赛，但未进入决赛。

7月14日大部队告别喧闹的北京城，列车缓缓行驶在去西宁的路上。这次出征的共有两支队伍，其中登山队有9人——张璞、周涛、陈科屹、朱月磊、孙斌、曲昌智、王炜、龚海宁和郭建婷，去珠峰地区考察的有11人。总共只有7张卧铺票，大家轮流睡觉。

旅途共花了34个小时。车到西宁，科考队前站钟锦汉已等候多时。山鹰社老朋友常立岗老师也过来接站，他已帮忙找好招待所。晚上去天府酒楼吃晚饭。回到住处后登山队开短会，布置第二天工作。

16日6点30分起床，6点45分登山队出去跑步，在西宁火车站前吃早饭。各人按分工分头办事。张璞、陈科屹、龚海宁、朱月磊去拜访青海登协，曲昌智、孙斌、王炜去火车站取托运的行李，周涛和刘韬去找去拉萨的车，郭建婷留守。

胜利完成任务后，陈科屹、孙斌、龚海宁、郭建婷出去采购，买完东西回招待所收拾收拾就去吃午饭。

14点30分，午休起床把所有东西搬下楼，在路边等车。15点多装车完毕，踏上去拉萨的漫漫征途，19点多看到青海湖，此时天空依然是阳光灿烂。21点多在一餐馆吃饭后继续前进。一夜无语。

17日上午8点多，大部队到达格尔木，汽车12点30分开，因去格尔木市中心逛，中午没有吃午饭就上车，23点多才吃上第一顿饭。在华山参加攀岩比赛的王瑾、张春柏、王荣涛、赵雷把朱海燕和王辉送上去成都的火车。他俩比较顺利地与攀登队长李靖会合，买到飞往拉萨的机票。

19日，凌晨时分，窗外淅淅沥沥下起雨，大部队靠近窗户的人倒霉了，被子被淋湿。龚海宁发烧头痛折腾两天，此时仍在忍受煎熬。听说四五点就能到拉萨，大家振奋了许多。

4点40分左右，车停在西藏自治区交通厅招待所门前。前站陈光把大家安顿好，大家倒头便睡。

上午陈光带领王炜、朱月磊和孙斌去布达拉宫脚下转一圈，周涛、张璞带曲昌智、郭建婷去洗舒舒服服的热水澡，下午除了病号龚海宁、曲昌智和睡得特别沉的郭建婷没出去，其余人都出去买东西。

吃完晚饭，科考队过来为周涛庆祝21岁生日，大家玩得特别开心。不知是因为吃了蛋糕，还是因为刚吃完饭踢了足球，生猛的孙斌晚上大叫胃疼，周涛和朱月磊送他上医院。

7月20日早上4点40分，在成都的朱海燕、王辉和李靖乘飞机去拉萨。朱海燕是第一次坐飞机，对窗外的蓝天白云赞不绝口。隐隐可见层层叠叠黑色山体直入云霄，白色、浑圆的山顶，和白云相融，难以分辨。远处是蔚蓝的天际，云天交接处泛出一道青光，给这幅画更增添些许奇异的色彩。朱海燕问王辉："雪山有这么美吗？"王辉说："雪山比这更美。"

从机场到拉萨的汽车票是25元／人，途中王辉和李靖都闭目休息，朱海燕却不忍辜负沿途的美景。

这就是辽阔的青藏高原，如今真真切切展现在面前。朱海燕感觉像在神话中一般。气温变化很快，一会儿太阳透过车窗照进来，开始升温。外面的流水泛出粼粼波光，有些刺眼；沿途树木都很矮，下垂的树冠遮盖树干，像精神抖擞、心宽体胖的老人。这儿的一切朱海燕都觉得是新奇的、有趣的，更是美丽的：绵延不绝的灰褐色、土黄色的山峦、潺潺不息的流水、长着灌木的戈壁、有长长的毛的牧羊犬。

天是如此的蓝，蓝天映衬下的色彩愈加丰富，图画更加绚丽。红褐色、藏绿色、黄绿色很协调地组合在一起，山上披着一层绿绒，有些没被绿绒遮盖的地方，露出嶙嶙的山石。

他们与大部队会合，得知前一日大家吃周涛的生日蛋糕，而孙斌却在半夜被送进医院，婷婷和朱月磊正在医院陪着他。下午，王辉和李靖跟大家出去采购，朱海燕收拾男生宿舍。孙斌终于回来，状况不是很好。

没等吃完饭，朱海燕担心的事终于发生，高原反应，头疼、恶心，睡了一宿，第二天她被安排留守。在接下来的几天里，朱海燕、王辉和王炜相继发生高原反应。

21日，本来是朱海燕、曲昌智、孙斌和龚海宁留守，可大清早朱月磊踢伤自己的小脚趾头，曲昌智代替朱月磊去买汽油和火花塞。不巧的是曲昌智在加油站被一辆吉普车从脚上碾过，幸好无事。其余人采购工作都顺利。拉萨的天气就是这样，早上和晚上多半是阴天兼下雨，中午却是阳光灿烂。晚上，科考队过来相聚。

22日，还是采购，下午把东西装运上车。晚饭时过来几名藏族队员——吉多、尼盾、扎盾和他们的两位老师。这次登山活动将有3名藏族队员参加。晚饭后，登山队几名队员去科考队友情拜访，龚海宁和郭建婷尤其积极。

BC第一顿团圆饭

7月23日，出发进山。大清早汽车驶在进山的路上，外面下着雨，一路淅淅沥沥，一切笼罩在朦胧烟雨中。车内放着齐秦的歌"在很久很久以前"。人的心情在某种情绪下总是很容易受到感染的。远处的山峦被雾气缭绕，回忆被雨水淋湿。

拉萨河湍湍地汇入雅鲁藏布江，云雾抚慰着远山，绿草萋萋，更点缀着几只低头不语的牛羊。天边那块透亮的云彩，渐渐澄澈了天空，青藏高原的每一处都如此迷人。

车到一牧民居住点，雨停了，山间景色更是迷人。队长决定在这里建过渡营地。支起大帐篷，大家将东西全部装进去，晚上早早入睡，准备次日尽早出发进山建 BC。

过渡营地处在山谷的路口，能遥望念青峰顶的雪。念青主峰看上去并不高，据说站在主峰顶能够眺望到五台山，但需要比较好的天气。在过渡营地看山、看云，山是雄壮的，云是婀娜的，两者结合到一起便是极美妙的风景。小雨过后，一道亮丽的彩虹在绿色的草原上搭起一座桥。摄影的摄影，摄像的摄像。王炜用糖果"诱骗"藏族小孩陪他逮鼠兔之事，还是他后来在 BC 里分装行动食品时招供的。

在美丽的过渡营地，朱海燕又躺下了，或许是缺氧的缘故，心里挺压抑，脑袋晕晕沉沉，人也懒得动弹。听到队友们在外面惊呼，她却不愿起身。直到张璞队长说话了："朱海燕，别老躺着，让陈光带你爬小山坡适应适应。"小山坡上，阳光有些炫目，风吹得冲锋衣沙沙作响。经幡、帐篷、玛尼堆、雪山，真美。

24 日清晨，匆匆吃过早饭，整理东西打包，装运牦牛。不料所雇的牦牛极不老实，驮了东西后又蹦又跳，把东西都弄到地上，摔断了三脚架，撒了袋米，让人非常恼火却又无奈，最后只好又搭起过渡营地。晚上决定，次日先由李靖带领扎盾、陈科屹、陈光、龚海宁和朱月磊去建 BC。

25 日，大清早，李靖、陈光、陈科屹、朱月磊、曲昌智、扎盾和龚海宁随 15 头牦牛和装备进山。中午休息时，李靖、陈光、朱月磊和扎盾去探路，其他人就地等待。最初艳阳高照，四人轻装出发。两个小时后，雨点零星落下，慢慢地变大变密，变成冰雹。四人只好在石头下面躲避。没风时，石头遮不住他们，他们尽可能把头伸向里侧。来风时，恰好淋不到，但凉风刺骨，加上刚蹚过冰水，想脱鞋又不敢脱。身上的 3 个鸡蛋早已吃尽。四人紧紧贴在一起。朱月磊说："我们会冻死在这里的。"

陈光说："我们唱歌，大声地唱。"4个破锣嗓子开始嚎叫，竟也熬过这痛苦的时刻。

在休息地等待的龚海宁则努力寻找刚才落进草皮中的几颗瓜子，心想真是狼狈。16点押牦牛继续行进，不久要过一条小河。河底石头扎脚，还得穿着高帮的 Double Shoe，河水近膝并不深，但冰川融水很冰，至河中央，水流量竟把人冲得站立不稳。一行人到以前日本人的营址开始建营，班用帐篷刚搭一半就下起雨来，继而转成比米粒略大的冰雹。大家正在拉拴帐篷杆的绳子，人整个后仰在地上。虽说穿着防雨冲锋服，冰雹打在手臂脸上还是很痛。绕着绳子的小臂不一会儿麻了。龚海宁想，要是一睁开眼就坐在教室里自习可真好。

中午，留在过渡营地的王炜和尼盾下山去买大米。他们走了半个钟头到公路，拦到一辆大卡车前往羊八井。一路攀谈，司机只说自己准备卖车，到了羊八井，司机才告知，卖车顺便带些米卖，卡车后面装的全是大米。二人四处询问，羊八井无粮店，最后只好从卡车司机处买了56公斤米，王炜背三分之一，尼盾背三分之二。在以后的历次行动中，藏族队员都表现出他们强大的体力。

26日，李靖回来了，原来他们昨天很不顺利。牦牛工也极不配合，最后只到达日本人营地便不肯再上，且一路上蹚了五六次冰冷刺骨的河水，牦牛工不肯当天下撤。

下午周涛和吉多再去寻找牦牛，找到15头牦牛，新联系的牦牛工说晚上到过渡营地商议具体事宜，等到傍晚，一直未见人来，周涛和吉多又前往询问，得知牦牛工已来过，但被原先的牦牛工拦住，告知情况，他们是亲戚，不想伤了和气，就回去了。

不得已，又和原先的牦牛工商量，他们最后同意在28日一天内把剩下的全部物资运上 BC。李靖、周涛、王辉、尼盾、郭建婷、朱海燕次日先上 BC。

27 日早上，张璞早早起床煮方便粥。8 点 20 分，李靖等 6 人出发。20 分钟后，郭建婷肚子疼，走不动，让周涛陪郭建婷走在后头。其他人先行一步找到 BC，再接他们。

李靖等走了 4 个小时，碰到往回赶的牦牛工，他们给李靖等人看了陈科屹带回的条子，说 BC 已建好，在日本人营地的上方。得知这个消息，大家不禁喜上眉梢，在牦牛工的指点下，李靖一行安全过河，又经过 4 个多小时的长途跋涉，16 点 30 分到达 BC，周涛和郭建婷也于 18 点 10 分到达 BC。在路上郭建婷差点被河水冲走，幸被周涛拉住。

陈科屹和陈光等已侦察到 C1 的路线，决定次日上山建 C1。

28 日，早上 8 点，留下郭建婷和朱海燕留守本营，其他 10 人上山建 C1 并运输物资到 C1。

11 点 10 分，一牦牛工突至 BC，说张璞、孙斌、吉多、王炜等很快就到，郭建婷立马烧水等待，谁知一等就等到 15 点多。孙斌一到就往草地上一躺，嘴里叽叽咕咕的；张璞则狂吃。他们本与牦牛工商量早上 7 点出发，谁知牦牛工 6 点 10 分就赶着牦牛来，十几分钟就把东西全绑好，张璞和孙斌早饭都顾不上吃，就跟着 18 头牦牛出发。路上，牦牛工好心帮张璞背包（内装行动食品），可他们走得太快，一会儿就无影无踪。张璞和孙斌没一会儿就饿了，因为他们前一天闲得无事，从早上 9 点开始炖肉，一直炖到 17 点就早早结束晚饭。到这时他们已经在海拔三四千米的地方行军 8 个小时，22 小时没有进食，难怪会如此狼狈。

休息不到一小时，就下起小冰雹，他们赶紧收集散落在营地四周的装备。一会儿，吉多和王炜出现了，还有 3 个牦牛工，却不见牦牛。原来下午河水上涨，比上午高出许多，牦牛过不了河，只好把东西卸在河对岸，第二天再运过河到BC。建BC的几位队员已经很久没有尝过肉味，王炜单枪匹马（其实是被两个牦牛工挟持）过河割肉，以慰将士。晚上仍然没有电用，东西太多，两桶汽油太沉，被落在过渡营地，第二天才能运过来。李靖、曲昌智、扎盾、周涛四人从C1下撤至BC。

29日，大家在张璞的带领下搭起炊事帐篷，物资也终于全部运到，C1上的人全部下来，大家在BC吃了第一顿大团圆饭。只是朱海燕自来BC后反应仍不好，头疼，两天来吃得极少，晚饭时还吐了。

高原摔跤

7月30日，晴有雨，全体休整。透明的空气成为一面透镜，使远处的灰白的冰川显得近了。一边是昼夜不息的冰川融水汇成的河流，另一边是陡峭的碎石坡，后面探出白雪皑皑的念青唐古拉峰。朱海燕状态不好，吐了。

31日，有雨。早上，张璞带着李靖、王炜、孙斌、周涛、吉多进行适应，并运输物资到C1。原本计划勘察路线，由于开始下雪，大家只好全部撤下，原先运输到C1的物资有部分被风吹散。大家又摆开牌局，吃吃喝喝一下午。

8月1日，早上起床就雾蒙蒙的，天气仍然不好。之前朱海燕只喝一些汤，但已经不吐，精神好多了。晚饭后，大家在外头练攀岩，兴致极高。

2日早上8点，帐篷里一阵吵吵嚷嚷。夜间下雪，帐篷上堆积许多雪，大家纷纷爬起清雪。大帐篷由于人多、热气足，积雪不多，无事，而炊事帐篷却被积雪压塌。原计划的攀岩运动告吹。11 点 30 分，天气转晴。下午天气时好时坏，大家又在帐篷里娱乐，王辉主厨，张璞、周涛帮厨，晚餐极其丰富，有扬州炒饭、皮蛋瘦肉粥和绿豆沙，大家吃得不亦乐乎。

晚上，定了 2 点和 4 点的闹钟，方便起来观察天气，以免又下雪压塌帐篷。

8 月 3 日上午，天气阴雨，10 点多还下起密密匝匝的冰雹。午后，天气有所好转，张璞带领周涛、陈光、陈科屹、王辉、王炜、曲昌智、孙斌、朱海燕、龚海宁和 3 个藏族队员外出适应，因为天气原因，这些天大家一直待在 BC，没有活动。

他们来到一块草坪，陈科屹先和吉多摔跤，陈科屹获胜。接着张璞和扎盾，张璞假装后退，突然上前一步抱住扎盾的腿，将扎盾掀倒，第一局获胜；第二局，扎盾识破张璞的花招，反抱住张璞的腿，将其放倒，一平；第三局，二人摔得难舍难分，突然张璞顺着扎盾的力道向其横掀，扎盾在空中翻了个身落在地上，这一招很漂亮。

陈光在旁看得心痒痒的，向吉多挑战，可惜他缺乏经验，很快被吉多放倒。吉多和陈科屹又来一局，这下是谁也弄不倒谁，最后以平局结束，双方都累得筋疲力尽。

张璞、陈光、陈科屹、孙斌、朱海燕和三名藏族队员三三两两先后向远处的冰川走去。孙斌、朱海燕走着走着，突然听到身后隆隆巨响，转身看，见一巨石从山顶滚下，一路撞击无数碎石，最终砸在河边，周涛、王辉、曲昌智、王炜、龚海宁等起身疾跑。返回后，看到那块滚石正落在的流水旁，石面上都是白色粉末，旁边是一些碎石。

傍晚，天又阴下来，下起小雨。

中午吃的是肉炒青笋和炒卷心菜，还有萝卜炖肉汤，很受欢迎；晚上吃的是桂花土豆丝、青椒土豆丝、青椒肉皮和白菜丸子汤。

4日一早起来，天气不错，帐篷里热得闷人。大家满怀信心，觉得次日可以上山。

16点，大家集合拍了几张全家福。谁知又下起小雨，开了个会，决定如果次日天气好，由张璞带领陈光、王辉、孙斌、曲昌智、王炜、扎盾和尼盾去修C2的路。会上还对前一日去冰川时扎盾和尼盾跑得太远没有听到命令提出批评。朱月磊闹肚子，吃了药，还是蔫蔫的。

下了一夜雨，5日原定的上山计划又被取消。不到9点，大家在李靖的聒噪下被迫全体起床，创下建营以来不用上山而大家起得最早的记录。李靖异常兴奋，早7点就起床到山谷观赏美景，还摄下一些精美照片。一人闲逛一小时余，遍喊无人应答，回营用尽各种"手段"使大家起床，继续牌局。他前几日感冒加头痛，一直没什么精神，前一日还吃了好几片止痛片。

白天天气都很好，若不是晚上的雨，想必到C2的路已经修好。

BC会师

8月6日清晨，远方仍有云雾，但没有下雨。张璞带领B组队员上山。他们出发后，天气没有好转，到中午竟下起雨来。C1和BC联系上，得知C1雪很大。B组决定留在C1，看第二天天气如何再做打算。10分钟不到，又下起雨来。这里天气就是这样，变化太快。

18点吃过晚饭，三名藏族队员的老师来了，还带来60个馒头及一些蔬菜。又有新的面孔出现，大家都挺开心的。据老师们带来消息，科考队5日才到拉萨，可能过两天就会到BC。

本营一夜又是冰雹，又是雨。7 日早晨，和 C1 联系不顺利，正午前，周涛隐约看到山上有人影，人影越来越清晰，越来越近，原来是 B 组终于下撤。

午后又下起雨来。原来以为科考队会来，准备收拾帐篷，不料雨越下越大，大家也就懒得动弹。突然有人惊叫："科考队到了。"接着，就看见刘韬和刘琼从雨中冲入帐篷，不久科考队队员陆陆续续到达，个个被雨浇得湿透，冻得瑟瑟发抖。厨房里顿时一阵忙碌，又是烧热水，又是烧姜汤，又是冲感冒清热冲剂，帐篷里一片狼藉。

傍晚，郭建婷和王辉主大厨，孙斌、朱海燕、张璞等帮厨，把 BC 里能拿得出来的菜都端出来了，有猪肉炖粉条、尖椒土豆丝、肉末白菜、青椒炒蛋、鸡蛋西红柿汤，还有绿豆沙。科考队的朋友也不含糊，从拉萨老远带来两个大西瓜，还有蘑菇和面包圈。

夜晚，大帐篷里歌声连天，欢声笑语；而炊事帐篷里陈科屹则给朱海燕、陈光、扎盾、尼盾和巴桑讲鬼故事，吓得朱海燕连声尖叫。

8 日早上原以为科考队要赶着回去，7 点郭建婷、朱海燕、陈光早起做饭。结果大多数科考队员不愿回去；又有几名科考队员因有事急着想回去，双方争执不下，最后决定 11 点以前如果能把衣物晾干就下山。最终，科考队还是留下来，决定次日再下山。

中午，登山队临时决定 A 组立即上 C1，次日修 C2 的路，由于龚海宁身体不适，由王炜上。科考队特意打开带来的一个西瓜，以慰勇士。A 组出发前，登山队和科考队还专门展开旗帜，合影留念。

中午，有了科考队的楼宇荣和登山队的孙斌帮厨，午饭很丰盛，有土豆丝、羊肉丁、肉片青笋、冬瓜汤和海带汤。下午，吉美老师拿着仪器给大家测血压，张璞是 130/75mmHg，孙斌是 115/80mmHg，王辉是

130/70mmHg，朱海燕是 125/80mmHg，曲昌智是 120/80mmHg，陈光是 125/90mmHg。还测肺活量，张璞是 4600ml，李靖是 3750ml。

9 日早上 7 点，郭建婷、孙斌、张璞、邵洪恩做饭。科考队终于走了，肖自强说："我们来，给你们带来好天气；我们走，却不会把好天气带走。"

雪盲的朱月磊和两个女生的眼泪

8 月 9 日中午，BC 步话机传来李靖的声音："我们在修 C2 的路，并准备运送物资建 C2，我们住 C2，B 组可以上来住 C1。"BC 的 B 组队员马上整理装备。但又传来消息，吉多头痛、呕吐，准备下撤。

14 点多，天气突变，BC 处下着有史以来最大的冰雹，C1 处下着小雪，修路处冰雹交加，眼看到 C2 的路还有 50 到 100 米就可以修好，可是天气恶劣，能见度极差，修路的李靖、周涛和陈科屹不得不下撤。

15 点多，BC 的冰雹停了，居然又是阳光灿烂。朱月磊、王炜送吉多回到 BC，B 组的张璞、陈光、王辉、孙斌、龚海宁、尼盾上 C1。他们的任务是建 C2，伺机冲顶，有必要的话建 C3。龚海宁第二次上山，比起第一次感觉好多了。原本张璞准备带朱海燕上 C1，伺机攀登，后被李靖、周涛和陈科屹否决，因为 C1 以上的路太危险。李靖、周涛和陈科屹下撤到 C1 后，又继续下撤到 BC 修路。

吉美老师等为大家做了红烧牛肉、回锅肉、凉拌黄瓜和午餐肉，味道好极。

10 日，4 点多 B 组起床，背上建 C2、C3 的物资，一行 6 人开始攀登。中午时，完成第一个大雪坡，陈光、张璞、王辉去修路，孙斌、扎盾和龚海宁坐在那儿又困又冷，不敢睡着。半个小时里龚海宁大声唱完所有能想起来的歌。终于，太阳露了一会儿脸，山间雾气散去，那种迷迷糊糊的感觉挺过去了。修好路继续向上，约 14 点，来到距离中央峰不远的大雪坡上，BC 就在脚下。几个人在 C2 营地举棋不定时，风夹着硬雪粒打下来，大家马上就地挖雪坑埋包下撤。

BC 下着小冰雹。李靖清早与 B 组联系，得知他们已到达前一天 A 组修路的尽头，10 点多，陈光等仍在修路，山上有小雪，有风，而本营的天气也不好，下着小冰雹。12 点，张璞说遇到宽 2 米的冰裂缝和雪桥。李靖建议他们互相保护试着过雪桥。

下午时阴时晴，时雨时太阳。16 点多刮起大风。17 点多风停了，又下起雨。山上传来消息，雪太大，B 组准备下撤至 BC，C2 没有建起。物资埋在 C1 到 C2 的路上。

20 点，B 组顺利抵达本营。

11 日早上 6 点，李靖一声"小 K，起来拍雪"惊醒大家。半夜不知何时下起雪，大家赶紧起来，帐篷外已是白茫茫一片。拍完雪，继续睡觉。

8 点多，要赶回学校军训的龚海宁和 3 位藏族老师要走。大家起床相送，还趁机骑了牦牛工带上来的两匹马。中午，天气转好，下午 16 点多，A 组的李靖、陈科屹、周涛、朱月磊、王炜和尼盾上山，他们的任务是建 C2，伺机冲顶。

夜雨时大时小，时急时缓，一直延续到 12 日上午。早 8 点多，李靖传来话，他们已向上 250 米。12 点 30 分，传话，帐篷杆带错，他们只好在 B 组埋东西的地方搭起一项塌帐篷，计划 13 日冲顶。

快 18 点，BC 下起不小的冰雹。陈科屹传话，山上也下着冰雹，"冰雹打在帐篷上像打冲锋枪似的"。

朱月磊忘不了在 C2 的这个夜晚：由于雪盲，眼球爆裂式的疼痛。

虽然老队员说没有大碍，过两天就好了，但这一夜又该怎么过呢。两只眼睛努力睁开，视线却被不住流出的眼泪阻隔。就这样，他像盲人一般摸索着脱掉外衣，钻进睡袋。努力克制，但还是忍不住喊痛，旁边的陈科屹时不时地说，忍过今晚就好了。可一个"忍"字哪能道尽此时的难受呢？

13日，又是阴雨蒙蒙，早晨BC与A组一直没有联系上，11点左右传话到BC：朱月磊雪盲，由李靖陪同回BC，剩下4人继续修路，C2位置不变。如修路顺利，则当冲顶Ⅱ峰，14日再冲顶Ⅰ峰。听到朱月磊雪盲的消息，郭建婷、朱海燕不禁落泪。过去的一年里，大家一起工作一起学习，一起游玩一起吃喝，一起哭过笑过，彼此间无话不谈，早已建立深厚的情感，现在又一起登山。在山上，一切都是纯洁无瑕的，人与人之间都是透明的，友谊在这里更加得到升华，变得牢固，不可侵蚀。朱月磊想，此时并没有人缺手断脚，只是他做了一次短暂的瞎子，却引出那样真诚的眼泪，自己又有什么遗憾呢。

BC的雨连绵不绝，山上的雪也是飘飘扬扬；冰雹在BC的地上铺了一层，山上的冰雹就如冲锋枪般打在帐上。朱海燕心想自己不曾上山，没有切身体会他们的辛劳和苦痛，可那一幕幕雪中跋涉、挖雪洞休息、结组过雪桥、帐中蜗居的情景，都仿佛如真的一般在她眼前呈现。

朱月磊在李靖的陪同下返回BC，一摘下风镜，满眼通红。下到山脚时，朱月磊的眼睛已经可以睁开，但看一切都是重叠的。"两个"孙斌跑过来搀他，问他能否看见。

李靖和朱月磊已24小时未进食，大家连忙煮饺子给他们吃。晚上的伙食挺好，洋葱爆羊肉、尖椒土豆块、萝卜羊肉汤，大家都夸郭建婷厨艺大有提高。晚饭后，张璞、扎盾、吉多、朱海燕和郭建婷进行"体能训练"，做人体负重俯卧撑、指卧撑、单臂卧撑、单腿蹲起等，大家玩得不亦乐乎。

B组计划14日上山，如果A组冲顶成功，则B组帮忙撤营；如果A组下撤，则冲顶任务留给B组。

C3的两个难眠之夜

8月14日清晨，总算没有听到雨声了，大家却又被早起做饭的郭建婷叫醒，原来外面又铺了一层雪。大家又起来扫雪。

B组吃过早饭，一切准备妥当，正要出发，A组传来消息，他们准备在C2再熬一天。于是B组决定下午再启程进驻C1。

朱海燕端着一杯热气腾腾的高乐高坐在帐篷门口，呆呆地看着门外渐渐沥沥的雨和迷失在一片苍茫中的远山。风往帐篷里吹，很冷，高乐高在手中渐渐冷却，耳边有成龙豪迈而不乏柔情的歌声，还有打牌者兴高采烈的说话声；陈光在旁边看着他的《信号与系统》，刚因雪盲而下山的朱月磊在写日记。

等待是无奈的，它在熬着每一个人的耐性，顶峰，就立在那儿，可是只看得见5米的路；5米之外，什么都不知道。

中午又包饺子，揉面、剁肉、切菜……大家一起动手。16点B组7人准时出发；只是刚才还阳光灿烂的天空又开始下雨。

此时BC只剩下李靖、朱月磊、郭建婷和朱海燕。B组走了，4人又回帐篷包饺子，原以为可以剩下许多饺子，谁知四人战斗力极强，饺子一个不留。外面的雨下大了，正在路上的B组又遭罪了。

20点把睡袋铺好，郭建婷和朱月磊开始唱歌，李靖和朱海燕背诗。

直到 21 点，大家终于睡下，外面下着小冰雹。

23 点，陈光通过步话机吵醒李靖："我们现在准备睡觉了。"醒来的李靖发现外面在下雪，趴在窗户上一瞧，地上厚厚的一层白雪。李靖叫醒郭建婷和朱月磊，朱海燕睡得极熟，捏着鼻子都没醒。他们将帐篷拍了一圈，终于将朱海燕拍醒。回到帐篷里，郭建婷和朱月磊开始唱歌，李靖开始背诗，朱海燕倒头又睡着。

15 日凌晨 1 点，朱海燕又被拍打声惊醒，发现三人又在拍雪。朱海燕只好爬起来加入他们的行列。回来后，朱海燕又倒头睡觉，李靖不支也睡去，只有郭建婷和朱月磊唱歌，强自支撑。

2 点多，又起来拍雪，雪仍大，拍完后已是 3 点。回到帐篷，大家都饿得很，拿行动食品充饥。最受欢迎的是果冻和牛肉干。桌上一片狼藉。大家都困得很，找出个闹钟定到 4 点，然后睡去。

4 点，闹钟没响，但李靖醒来，又是一阵猛敲乱打。外面的雪终于小了，一夜拍雪四次，他们个个筋疲力尽。

上午起床，李靖带朱海燕出去拍照。外面铺了足有一尺厚的积雪，四处一片苍茫。李靖在雪地里摔了好几跤。拍完照回帐篷，倒头又睡。

12 点，李靖和朱海燕窝在睡袋中，外面传来陈科屹的声音，原来 A 组的陈科屹、周涛、王炜和尼盾从已 C2 撤回 BC，个个疲惫不堪。朱海燕剁圆白菜、朱月磊剁肉、郭建婷揉面，为他们做饺子。渐渐地，厨房里人越来越多，最后，8 人（留守 4 人和下撤的 4 人）全待在炊事帐篷里。郭建婷和面、朱月磊擀饺子皮，其余人跟着包饺子，不会包饺子的陈科屹则为众人递饺子皮，自称专职"地痞"（递皮）。大家对这顿饺子评价极高，都说是有史以来最好吃的一次，连饺子汤都极是鲜美。

清晨雪停，阳光经雪反射，极刺眼。下午和 C1 的 B 组联系，B 组在 16 点出发上 C2，如果 16 日天气好就伺机冲顶。风雪迷茫。B 组走了几个小时，还在距离 C2 垂直距离 100 多米的地方，还有几个小时的路。在中午气温下，雪很深很黏，坡也很陡。每走 10 步左右，大家都会趴在自己腿上喘着粗气，像夏天正午跑过 10 圈一样。铺天盖地的云一层层地从藏南的群山上涌过来，向后望去，云层之间露出一块空地，山下遥远的青藏线以及路两侧被夏雨滋养成深绿色的草原和丘陵都看得清清楚楚，那样的远，也那样的美。那是生命勃发的地方。回过头来，是严酷的白色世界，不明情况的陡坡伸向前方，西侧和下方都是不见底的深渊。"能回到那绿油油的地方多好！"这是张璞当时唯一的想法。事后他回想起来，又觉得那也许是登山蕴含的最能激发人的部分。

老天不作美，17 点天气又变化，下起不小的雨。可怜的 B 组兄弟在如此恶劣的环境下挤两顶小帐篷。

16 日，B 组早上 10 点 30 分从 C2 出发准备冲顶中央峰。但天气太差，将路线修到小土坡，又撤回到 C2。

此时 BC 的人已开始享受悠闲生活，早晨睡到 11 点，饿了就到炊事帐篷中找罐头。发电机坏了，无法为步话机和电池板充电，陈科屹和朱月磊用干电池相接才勉强与 B 组联系上。

又是一夜风雨。17 日清晨，尼盾把大家叫醒，外面又下雪。李靖出营观察，发现雪很小，帐篷上只铺了薄薄的一层，尼盾用雪杖拍打帐篷，李靖让大家继续睡觉。

早上起床后，周涛和王炜下山找车，预定 20 日 15 点在河谷接大家。陈科屹、朱月磊和郭建婷把发电机修好，给电池板充电。不久，发电机又坏了，又修。如此反复，第四次，大家对发电机已经束手无策，此时是 17 点 10 分。步话机里不时传来山上兄弟们的消息。

B组王辉、孙斌、吉多和张璞四人在海拔6700米的地方建好C3，坚持着。念青唐古拉中央峰在浓浓云层的包裹中竟然露出头。10秒钟之内，看到全貌，他们兴奋异常。岂知那竟是在C3的最后两天里唯一一次看到中央峰全貌。

他们被大雪和大雾封在一顶三人帐篷里。前半夜，大家蜷缩着，谁也没出声，逼着自己睡觉，因为第二天将要冲顶。张璞不断地换着方向，因为空间太小，只能让上半身和下半身轮流休息，加上稀薄的空气，后半夜谁都睡不着，便起来坐着骂，将所有能想到的脏话都轮换着骂了一遍，终于感觉好一些。

18日，早上，李靖带着陈科屹、朱月磊、朱海燕、郭建婷上C1。曲昌智雪盲，陈光带着他和扎盾从C2撤到C1，收拾C1的部分物资，又带着朱海燕和郭建婷撤回BC。尼盾清晨就下山找牦牛，傍晚也赶回BC。大家都很累，匆匆吃过晚饭就入睡了。

C3夜里风雪比前一夜还大。当时为了节约重量，只用了一顶两人帐——Mountain24，但现在是4个人，帐篷里空间非常狭小，再加上风雪天气，大家身体状态都很差。吉多把头埋在帐篷角一动不动，张璞和王辉时不时推他一下。大家都头痛欲裂，开始还通过讨论自己的家乡小吃分散注意力，后来就慢慢睡着了。凌晨3点，张璞猛然惊醒感到喘不过气，发现大雪几乎将整个帐篷埋葬，他立即叫醒大家，同时拼命将门廊踹开爬出帐篷，事后他回想当时帐外那种黑暗，就像要把人整个吞噬掉！

后来张璞说：在C3的两夜，是这次登山最痛苦的，却也是他最怀念的，这种巅峰体验也许就是登山最为迷人的地方！那种感觉就像李靖说的："进了山，你只想快出来；出了山，你就想再进去。"

在 C3 的两夜对于王辉则又是另一番意义。1997 年攀登玉珠峰，他作为年轻的新队员，跟着老队员登顶。在峰顶，王辉陶醉在一种无以名状的激情之中——那，是一种青春的热血冲动。1998 年攀登念青唐古拉，他作为老队员，带着新队员历经千辛万苦，最终仍无功而返。在藏大，他们黯然泪下，他认为那是一种成熟的理智宣泄。玉珠归来，如果有人问王辉："你为什么要去登山？"他会颇为深沉地说一句："因为山在那里！"念青唐古拉归来，如果有人问及，他会说："因为在山里容不得任何虚假；山会告诉你，珍惜你的拥有。"

这些恶劣的环境在当时给了每一个参与者巨大的痛苦甚至威胁生命；然而也正是在这种痛苦环境下的思索，才使人们明白登山的真正含义，真正懂得什么叫作珍惜。这样的登山才是最美好的。

19 日，不管冲顶成功与否，全员均应下撤到 BC。朱海燕和郭建婷清晨一起床就开始洗菜，洗肉、剁馅，为将要下撤的弟兄们包饺子。云雾仍然笼罩着大山，冲顶无望，C3 的队员开始下撤。

对讲机里传来消息，说孙斌滑雪下山，引起一大片流雪，幸好流雪在孙斌前面，无事。大家纷纷用对讲机提醒后面的张璞等人要小心。

12 点，张璞等人到达 C2，之后一直没有消息。18 点王辉首先从雨中冲入炊事帐篷，大家不禁欢呼雀跃，接着就纷纷穿上冲锋服去接人。

煮完饺子，开始准备晚宴，郭建婷他们在炊事帐篷里挖个坑，丢两块浇了汽油的牛粪，"刀王"张璞切肉。这次登山，张璞赢得"刀王"称号，他切肉切得特别好。不过树大招风，后来孙斌，朱月磊等人纷纷自封为"刀鬼""刀圣"，欲一争高低。这一群鬼啊、圣啊，唯一的功劳是劈裂三块菜板，砍豁两把菜刀。

陈科屹和陈光主烤，陈科屹水平显然略胜一筹。大家正玩得高兴，不料乐极生悲，不小心起火烧着陈光和朱海燕的裤子，幸好处理果断，及时将火扑灭，没有酿成大祸，烤肉活动因此结束。此时已是夜里2点。

三个汉子的哭泣

8月20日，早上起来收拾东西。原定牦牛工8点上山，东西收拾得差不多，却不见牦牛的影子，一直捱到10点，牦牛工才出现，李靖带着朱月磊、朱海燕和郭建婷先下山找车。李靖和朱海燕走得极快，不久就将朱月磊和郭建婷甩得老远，不见影踪。

李靖和朱海燕首先经过渡营地看有没有汽车，路遇牧民相邀喝茶。之后见过渡营地没有汽车，两人又向公路走去。在公路口见到王炜，原来汽车停在前面的公路口。

原定汽车下午三四点在公路上等，王炜和司机早8点出发，12点就到达公路口了，一直等到20点多，才等到浩浩荡荡的大部队。路被水冲坏，王炜只找到一辆大卡车，只好人货同车。郭建婷和朱海燕坐在驾驶室，其余人挤在货物中间，盖上雨布，驶向羊八井。路途虽然坎坷、颠簸，但车上仍歌声阵阵，他们于21日凌晨4点到达自治区交通厅招待所。

22日晚，西藏大学请大家吃晚饭。晚饭极其丰盛，主菜竟然是螃蟹和虾！饭后上藏大教工俱乐部玩。张璞、王辉、陈科屹都喝醉了，不知什么原因竟然抱头痛哭。也许到这个时候，登山过程积蓄的压力才真正释放。

22日，是藏族"雪顿节"。队员们清早出发上哲蚌寺看晒佛，人山人海。太阳真好，既晒佛，也晒人。回来大家吃完饭后也把装备摆出来晒，铺了满满一地。30多条睡袋，大多数是高山睡袋。

23 日，集体购物一天。陈光去联系回西宁的车。晚上请藏大老师吃饭，结果只来了吉美老师。吉美老师豪爽开朗，见识广，常给大家说些好玩的事。饭桌上大家一点都不拘谨，笑声不断。

24 日，上午又是购物，本来说中午 12 点装货，大家匆匆赶回，却没有车子，装车改在 17 点。但直到 17 点 30 分车子还未到，只好雇拖拉机把货物拉到汽车站。21 点汽车方缓缓开动。忙了一阵，大家连晚饭都没吃。

朱海燕牙疼一夜，情况不是很好。颠簸一路，25 日中午 12 点，车到一个镇上，停下吃饭，朱月磊呕吐，朱海燕差点晕倒。饭后大家都精神不少。晚饭时，朱月磊又不舒服，朱海燕则把午饭全吐了。幸而路途还算平安。

26 日，早 8 点多，北大登山队到达格尔木，每人吃一碗粉汤，其实就是一碗撒些乱七八糟东西的汤，可以捞到几根如筷子般粗的粉条。11 点换了一辆车，晚饭时到达土兰。

27 日，清晨 6 点到达西宁，司机不肯将货物运至东货运场，只好雇两辆面的将货物分批运过去。买到 8 点 49 分回北京的火车票，只是无座。陈光带着王炜、朱月磊、曲昌智、孙斌、郭建婷去办集装箱托运，余下 4 人看守剩下的东西。

留守的人等啊等，始终不见人影，直到 8 点 40 分，办托运的众人方出现，原来货运场 8 点才开门，而且手续繁多，陈光让大家回来，他留在那继续办理。

大家匆匆上大车，找个洗漱间，把大包小包装进去，中午在一个车厢找到座位，吃着烧鸡，打着扑克。到天水站后，80 个座位都有人坐，大家只好在车门处占块地方，将就一夜。夜里 12 点，张璞在西安下车。

28 日 16 点多列车到达北京西站，接站的有孙峰、陈弋、周育昆、楼宇荣，还有宋小南。

1998 年念青唐古拉中央峰登山队队员名单（年级／院系／职务）

张璞：1995/ 政治学与行政管理系／队长

李靖：1994/ 化学与分子工程学院／攀登队长，兼任摄影

陈光：1998/ 电子系研

周涛：1995/ 经济管理学院／摄影

陈科屹：1997/ 经济管理学院

王辉：1996/ 东方语言文学系／摄像

朱月磊：1996/ 化学与分子工程学院／摄像，通信，发电

曲昌智：1996/ 电子系

王炜：1996/ 电子系

孙斌：1996/ 化学与分子工程学院

龚海宁：1997/ 化学与分子工程学院

朱海燕（女）：1996/ 经济管理学院／医药和文字工作

郭建婷（女）：1996/ 经济管理学院／财务和大本营伙食

吉多：西藏大学

扎盾：西藏大学

尼盾：西藏大学

雪山红颜

——1999 年雪宝顶

也许只有这样实地体验，才会使我更理智地知道一切不只是美好的想象，更需要冷静的思考和周全的计划，因为在没有男生的庇护下我们得由自己的肩膀扛起一切重任。

——周慧霞

女性与雪山

每次登山归来，总有记者向女队员问些老问题："作为女性，你为什么去登山呢？"言下之意："女性与登山，是不是不搭界？"一些似乎有深度的人物还要问些个人问题，如体力是否跟得上、家里态度如何、男朋友怎么看之类的。回答起来自然因人而异。她们总感觉记者们已预先做好答案，也就是说最好与女权运动沾边，这样他们好做文章。也正因此，"我们的女孩"永远是队伍合影中或是庆功会上最引人注目的亮色。

然而他们不知道，在登山队里，女性一直是少数，极少数。山鹰社众多的女社员，每次训练都有她们挥汗如雨的身影，每次例会都能看到她们不知疲倦的笑脸，同样的刻苦训练，同样为社里默默奉献，但历次登山都只有少数几名女队员入选，这似乎已成为某种惯例被大家接受。除了1990年和1997年分别从南坡北坡攀登玉珠峰各有三名女队员外，其余都是每年两名女队员。尽管在山鹰社里，女队员是最活跃的一群。尽管有人说，女孩是水做的，喜欢浪漫和梦想。正如一个对雪山非常执着却最终没有去成、伤心离去的女队员所写的：

"因为年轻，才会做梦，做世界上最狂妄的梦。说来好笑，参加山鹰社，能一直支持到今天，撑着我的就是这样一个飘摇的信念：我正年轻，只有这时我才会做世界上最狂妄的梦，而且说不定会美梦成真。"

尽管如此，每年的招新，女生依然最活跃。特别是提交登山申请书，女队员写得最真挚、最生动和最感人。社刊每次挑选优秀登山申请书刊登，几乎全是女队员的。1996年是董颖和廖萍的，1997年是陈弋、吕艳、杨柳和周育昆的，1998年是黄丽白、汤叶霞和苟寿萧的。她们的申请书往往有个漂亮的标题，如廖萍的《我要去远征》、陈弋的《飞向夏天》、杨柳的《心灵的呼唤》和苟寿萧的《那天星星好亮》等，充满美丽和梦想。

实际上女生参加山鹰社或者萌发雪山梦的契机各不相同。如1996年伤心离去的董颖：

"当我面对校刊上整版的报道和雪山照片那残酷得令人心惊的美丽时，心一会儿着起火，一会儿又结了冰，于是梦便像烟，飞上了天空。"

雪山毕竟太陌生和遥远，日子毕竟太世俗和琐碎，太多的"毕竟"套住一个又一个艳丽的生命，置于日渐蚀坏的烂铁罐，凋了，萎了，枯了，随手一扔，一大把，没有枝头时令所致的纷纷扬扬，没有秋意融融的清风拂拭，只能悄无声息地恹恹地掉进垃圾堆，偶尔——或者照片或者叙述——的某种照面、拉近，梦就腾飞起来，像烟又似云，雪山对生命的穿透力和提升力如灼灼的火焰灼着每一个与她照面的人。

写得一手好文章、现今在北大从事生命科学研究的 1996 年队员罗述金说：

"知道山鹰社是 1994 年暑假的时候。北大的录取通知书已经收到，忽一日看到《南方周末》头版报道北大登山队登上格拉丹冬的消息。不知为什么觉得有一种缘分即在其中。兴高采烈地跑去告诉妈妈，可惜只换得一句'异想天开'。再想也是，那必是一个精英荟萃，非身强体壮、体能超人者不收的地方，而当时自己的体重不足 90 斤，实心球没有及过格，不再多想。来到北大才知道山鹰社原来是这样的；优秀者可以去登雪山，登不了山可以学攀岩，攀不了不妨试试爬 32 楼，爬不上去也无妨，周末还有许多近郊远郊的山山水水可以去游，一直觉得山鹰社有一种精神，其底蕴源于对山野的一种质朴的单纯的热爱。"

缘分的构成实质上是那么简单和纯粹，终极于"对山野的一种质朴的单纯的热爱"，这种爱不能说在日常奔忙的人生之路会蒙尘无泽，着露失光，但它的亮丽的泽芒未必成为足以支撑人生的源源不绝的暖流。人生需要这种集中的爆发，因为爆发会铸造刻骨铭心的心痕。

一说起雪山就可能黯然神伤的杨柳，一开始从来没有想过要去登雪山，只是一天，"吃饭的时候，史传发颇认真地说：'中午的会挺重要的，你们最好去一下。'于是我就去了。一切仿佛平日，我正纳闷时，忽闻'登山申请书'，一种异样的感觉升起，是触动吗？那深藏于心也许从来就属于生命的一种渴望，我茫然了。"有些东西早早潜入心灵，心灵的主人不知不觉，也许到了发现那一天，有些晚，梦之翼错过天朗气清，这时抱一种略带遗憾而不时回眸，抒一番山情山忆的情怀，何尝不是一种曾经与山神会的心痕？

从雪山归来的女性也许是另一番情怀。1990 年的女队员朱小健说：

"同所有的人一样，我是第一次上高原。尽管身体会不适应，高度的每一点点升高都令我兴奋不已。特别是登顶的那天，接近雪线，到达雪线，我心中充满征服高山的快感。但这种心情随着高度的再升高而逐渐淡了，取而代之的是沉重。沉重的登山靴使我举步维艰，冰爪上又抓了厚厚的雪。有时，风雪盖住前面队员的脚印，只能靠声音判断方向。我开始泄气，开始怀疑自己是否不自量力，为什么到这种地方来自找苦吃，甚至想到一个人独自下山。但当时的情况只允许继续向上走。慢慢地，意识中只有登高，每一步对我来说都是胜利。看到山顶下来的人影是我最高兴的时刻，我知道自己终于要达到目的地。登顶的那一刻，我并不兴奋。我有些不能相信，登顶已成事实。一位探险家曾说过：我们要征服什么？除了我们自己，什么也没有。的确，登山的过程实际上就是人征服、战胜自己的过程，需要体力，但更需要毅力。"

到了雪山，不再是征服的快感，而是不停地说"自讨苦吃"，念经一般，似乎是在用这样一种方式说服自己承认和接受这一事实，让自己能在各个方面调整过来，以适应当下的处境。

1994 年的女队员冯燕飞则写道：

"'真浪漫！'有人说。或许吧，的确，那边很清澈。空气，少工业的污染；人心，少文明的沾染；生活，少金钱的污染；歌声，少流行的污染。这牛羊，都是安详的。但浪漫不是轻松，把大山当蹦蹦床，把云彩当棉花糖的浪漫，日子长了，常会褪色发黄。而真的浪漫，往往刻着许多诚恳有时甚至艰难的东西，仅仅抱着狩猎的心情去捕捉风景，以为可以把这个世界贴在相册上占为己有，我想不能说他懂得浪漫吧，真的浪漫该有被风景抚摸时由衷的感动和深深的平静。"

是的，浪漫前面必须添加长长的修饰语和限制语。浪漫不是虚飘，而是真实的生活，有质量和重量的生活。生活的质感本身是一种浪漫。

女队员张天鸽，1995年毕业被保送攻读硕士研究生，从此山鹰社和雪山以各种形式紧紧伴随她整整八年。在最后离开北大、离开山鹰社的时候她想了许多：

"等到把论文交给导师，便开始几乎是全心全意地等待着离别那一刻的到来，并且享受着毕业前在北大的所有的自由和快乐。终于明白离别中所隐含的那种快乐，即使是对美丽的北大和亲切如家的登山队也并不例外。并且我知道，离开北大仅仅是因为我们需要离开它，而北大在精神家园中的意义——如果你真的理解了它——也并不会因为你的离去而消失。

"对于登山队，我想，是不是也可以这么说呢？

"如果有一天，我们不再为了登顶的消息狂饮痛哭，不再有机会花大量的时间在太阳底下奢侈地攀岩，不再能经常在午夜过后醉意朦胧地跳进小南门……是不是所有的生活就会变得暗淡无光呢？

"我真的不能，也不愿意轻松地回答这些问题，因为毕竟我也还没有真正地离开，并且，我也不知道，当离别真的来到的时候，我会不会像别人一样把头抵在墙上痛哭……"

雪山对于她们，最终仅仅是一份珍贵的记忆。但这已经足够。因为关键是心的成长。对于她们，雪山牵系的绝不仅是两个月的时间、3000里的路程和6000米的高度，而是联系着一群生动的人——登山队。诚实地说，确有一批人有着优秀的素质，他们是登山队的骨干。他们的朴素，无虚饰，或破口大骂，或放声大笑，处处透着自在和坦然，却就是不见猥琐。他们是一群真的爱自然也懂得自然的人。自然不是小花小草小山包。自然是 the whole world；自然是一种生活状态；自然几乎是一种信仰。他们把这些寄托给雪山——高贵的、严格的、亲切的、洁白的雪山。登山队就是一个家，是那一座座高耸的雪山撑起了这个家，在其中你懂得锻炼，懂得合作，懂得勇敢，更重要的，你懂得什么是真的朋友，一起走过的点点滴滴，都在雪山顶上的那面红旗上。当你离开雪山很远的时候，回头望时，还依然看到那红色的温暖。

"盼望去登山，却并不指望登山。"这是山鹰社多数女生一贯的想法，她们愿意留在社里，喜欢的是山鹰社的气氛。女孩们都想象雪山之巅有一朵雪莲花。

雪山的确残酷。狂风、大雪、寒冷，这些在城市红尘中已是逆境之属，雪山又将它们抬上高原，再加上空寂。登山者要向蜗牛学习，背上自己"小小的家"，将自己与大地拉远，去向高高的蓝天印证自己的梦。也许是因为体力上的限制，使很多女队员终究与此无缘，即使入选也只能上到C1、C2，于是大家习惯于将这一切与男性相系。很多雪山都是青年男子的化身，而相邻的"措"（湖）又总是女子变的。

登山作为个人的修炼方式比较合适，与荣誉的关系是后来添加上去的。登顶固然重要，但登顶不是一切。登山者用自己的身体去感受海拔高度的变化，体会雪的淀积和岩壁的陡峭，感受跋涉的艰辛，队友的关爱，种种由登山营造出的气氛。于是生理上有了许多从未有过或很少有机会有的体验，而他（她）的内心便也多出一份磨砺中的快感或是恐惧后的幸福。或许，他（她）还能触摸到死亡的边缘。向上，向上，向上。这一切，女性便不需要吗？也许，从传统的樊笼中走出不久的女性，还没有多少人将视野扩展到这里；也许，大家都注意到那被晒得不成样的脸，而忽略她敏感心灵的记忆。因此与她们所能达到的高度相比，一些更重要的东西，那就是机会——给她们一个亲近雪山、感受登山、体验超越自我极限的机会，她们无法获得。

中国第一支女子登山队

每个人都有在逆境中克服困难的经历以及面对艰险的勇气，然而有时又会陷于沉默与冥想。女孩的脚步何时能突破 BC 到达 C1？何时能让女性在峰顶的微笑不成为什么特别的新闻？

也许还是只能通过她们自己的方式，或者说，她们自己的队伍。在自己的队伍中，是同样娇嫩的面孔和柔弱的肩背，没有依赖，要学习冷静和果断，要捉摸天气、强记地形，甚至要试着摆弄装备。任何人不再有使小性儿的特权，甚至也要减少流泪的次数。还要咬牙告诉自己别轻易后退，即使真的是走一步喘半天。当然，营地一定更整齐，空气也更好，因为没有人抽烟；食品也更精致，因为数量比较少；甚至会有更多的野花来装饰自己梦，因为自己宁愿跑出一里地去采花，而不愿窝在帐篷里打牌；也许你还会有空再看看曾感动过你的书或是写点什么。在等待的日子里，生活自动地将这些运转，自然若那每夜流过你梦境的小溪。

不管怎样，这是一份美好的情愫。女子登山队的尝试，便能点燃这种情愫。1996 年攀登阿尼玛卿，老队员唐元新和朱建红有一个愿望，帮助两位女队员登顶，最后因另一位队员滑坠而失败。实质上，登顶了又怎样呢？那么多做着雪山梦的女孩，帮助她们成立她们自己的登山队可能是最好的办法。

1997 年和 1998 年的登山活动为女孩组织自己的队伍提供了可能。

1997 年攀登玉珠峰活动有 3 名女队员，1998 年 3—5 月攀登卓奥友，又培养了 1 位女队员。这 4 名女队员经过将近一年的努力，于 1998 年 11 月 23 日招新。

那天一大早就在飘雪，桌子上一会儿就盖了一层雪花。两块布告板上贴着大家做的照片和海报。从早上 9 点多到 17 点，一直有 1 到 3 人"守着摊子"，天气很冷，不是很热闹，陆陆续续有人过来报名，被雪渍湿了的纸上签了 44 个名字。

女子登山对于很多人来说，是件不可思议的事，就像北大登山队成立之初。

登山队筹委会秘书长刘韬是 1995 级心理学系本科生。在成长的烦恼中，她有过徘徊。1996 年参加山鹰社组织的赴青海果洛藏族自治州的考察活动归来，面对山鹰社烦琐的事务。春子说："真正留下来的人太少了。"这句话意味登山队里潜伏着危机。大二，她终于决心留在山鹰社，尽最大可能在这里多待些时间。人总在变化，距离也在变化。慢慢地她也不再用感情看这个社，开始体会"留下来"意味着什么。社里事物日益繁多，赞助的事，攀岩面临的困境，这一切都构成巨大的责任。如果"留下来"让人开开心心也就罢了，可是大三的心情让人觉得这些真烦真烦。山鹰社已走过 9 个年头，作为守业者，不容易。

自 1997 年从玉珠回来，她一直渴望再登一次雪山，更高更难的，说不清雪山对她的魅力究竟在哪里，只是抱有这么一种挚望。她知道主动权不在她手里，最大障碍在于观念。一年的患得患失，选拔队员前夕，她对她的命运早已知晓。有一段时间，她常常一个人在宿舍里发呆，在湖边发呆，对着热闹的人群发呆，她无法责怪任何人。自苦中，去翻山友，恰好看到周峭的《雪山红颜》，看到"自己的队伍"，心里一动，也许这件事情可以做起来，也许女子可以尝试一下自己能到一个什么样的高度——在没有了心理上的依赖之后，女孩子们是不是会变得更坚强些。我们总在呼唤自己的天空，这片天空要靠自己去争取。

登过山的女生，对自己的从属地位都有些敏感。一点点想法，几个人一商量，便有了计划。她与王瑾、吕艳、陈弋几个人决心先把前期工作做起来，她们要创立我国第一支女子登山队。她下定决心当1998年暑期赴珠穆朗玛峰地区考察活动的队长，是为了积累带队的经验。她虽然希望做一个好leader，但刚开始，心里没什么底，唯有决心与热情。做个女队长在大家眼里是件稀罕和光荣的事，可也有种种不便之处，比如说不被允许单枪匹马出去闯。摆在她面前的还有其他困难：资金、交通、安全以及学业与科考工作的矛盾。最重要的问题是，如何调动每一个队员的积极性，在所有人的协作下创造性地完成科考工作，同时建立一种秩序，使每样工作能够完美地衔接，如同工厂的流水线。

从西藏归家十天，她天天晚上陪母亲在门前小路散步，谈得很多很泛。父母劝她赶紧退出山鹰社，不要恋栈。她在思考。她不愿安逸地虚度三年时光，人要求更大的发展，就必须付出更大的努力。大四，一切现实问题接踵而来，但是怕什么呢？她自信她能很好地生存，大学给了她很好的历练，尤其在山鹰社的日子。在山鹰社已经两年半，许多事已成为不能承受之轻。之所以还不离开，那是因为女子登山的心愿未了。在选择考GRE、TOEFL，准备出国深造的同时，还要组织女子登山队。这时幸好父母为她顶住一片天空，假如考试出现问题，父母支持她再考，暂时不必为生计所累。她是一个顽强的女孩，虽然父母给她设计了一个缓冲空间，她还是希望同时做好这两件事。也许这是一个巧合，山鹰社的开创者也是在快要毕业的时候完成这一伟大的事业，所谓快要毕业，意味着这一切即将不属于他们，但是他们还是做了，而且做得非常尽心，非常好。

另一位主要组织者陈弋，也于1999年毕业。她和刘韬一起参加过1996年的考察活动，参加1997年玉珠峰登山活动。1998年刘韬带队去西藏考察，陈弋和另一位社友王晓霞去西藏旅游，也是走同一条路。这次她俩要共同开创新的事业。

陈弋来自大都市上海，在外婆外公的呵护下长大，外静内热，做着梦来到北大，来到山鹰社。实际上她自身就是一个梦。1996年3月的一天，第一次参加山鹰社的活动。她有太多的没有想到，没有想到莲花山那么美，没有想到三十多里的山路走得那么酣畅、自在，没有想到一群彼此不熟悉的人走在一起感觉那么快乐。回到北大，一身的疲累，心里的激动却好几天也没有退下去，仿佛有一道闸被撞开，一时间，挟着潜伏已久的不甘平静漫得到处都是，不知往哪儿流。听她述说"没有想到"，还以为她是外星人，第一次来到地球上的大自然。正因为如此，她从此和山鹰社分不开。一开始的训练，她是和另一位队员王晓霞"相互监督"着坚持下来的。五四操场黑沉沉的跑道上，她总是在"坚持"和"放弃"之间挣扎。进了北大，入社只几个月，她的大学时光从此改写。

渐渐开始跑十圈，跑香山、金山拉练，每次都是把不可能改写成可能，因为有大家一起跑，因为大家都在坚持。渐渐地品味出快乐，爱上夜幕下的五四操场。从香山坐车回北大，看着朋友们亲密无间地笑闹，自己也逐渐融入其中。这样的时候，她总觉得自己的心是自由地飞起来的。

那时参加每周的例会，看着登山队公布名单，看着他们为训练忙碌、为学习忙碌的同时为新闻发布会忙碌、为计划忙碌、为前期准备忙碌、为赞助忙碌，她也找机会和大家一块儿干，总觉得心甘情愿地想为山鹰社做些什么，能够成为其中的一员，一块儿去做一件事是件特别满足的事情。那一段日子，在校园里遇到穿着熟悉队服的伙伴，总是特别亲切。

她成了果洛考察组的一员。从莲花山回来那天，她就知道果洛这个活动，果洛、玛沁、鄂陵、扎陵这些地方钻进她的脑海里，她曾经在图书馆泡整个下午，把所有可能提到那个地方的书都抽出来找一找，草原、民俗、对神的膜拜、对自然的虔诚……在青海果洛的那一个月，她心里总是热热的，12个人的考察组，13个人的登山队，纯朴、宽广的草原，热情、淳厚的藏民，高原瑰丽的奇景，人面对自然被激发出来的勇气和被涤荡的纯净，还有同甘共苦的、一种理想一起成为她生命中的一部分。

她问自己：你深爱雪山吗？入社之前，雪山离她的生命很远，神圣而陌生。在山上，女孩更多的是跟随着同伴踏出来的脚印去体验去经历。她渐渐强烈的想去登山的心愿，是因为这一群人一起做了这么久的梦，是因为大家努力尽心地去做一件事带给她积极向上的感觉和友爱的幸福感。就如天鸽写的："那个关于雪山的永久的梦想永远留在心里，没有什么风沙能将它打磨褪色，这不仅是关于攀登，也是关于成长与爱，关于生命与自由。"

她爱山鹰社，爱社里的这一群人，为社里的发展，很多人付出时间、精力、心血，但没有人以为这是作为登山的交换。能走向雪山的人总是有限的，尤其是女孩。她的心早已飞起来。

1997年夏天，她终于飞上青海东昆仑玉珠峰。

她曾经写道：

"每个人都仿佛动荡在无边之海上，追着一朵时隐时现的浪花。我们不停地跑跑跑，不停地问问问，不停地找找找，有时候静下心来却发现错过了身边一些美丽的东西。其实，一旦认准自己最想要的东西，从从容容、踏踏实实去做，怎么都不会后悔。简简单单，并不容易。我们有缘同行，有相似的心情，但一些话却不敢说出口，仿佛一丝的犹疑都会亵渎雪山的神圣梦想，终有一天，我们要离开这里，带着山鹰社给我们的执着，那一天，应该是理想的延续。

"怀念那些'在路上'的日子，怀念山上单纯的心境，怀念为心中的目标全心力付出的昂扬。雪山是很'奢侈'的梦想，以致一次登山的经历可能改变一生，那样的生命的澄澈和饱满时时燃亮在心里，让你坚信一些东西，也怀疑一些东西。也许怀着宽容、坚韧的态度，一路行去，有一天便豁然开朗。"

经过一年多的观望和徘徊，她终于决定和自己的队友刘韬等出来组织北京大学女子登山队。她没有什么壮志满怀，只是怀念那种在路上的感觉，只是希望更多的姐妹有一份单纯、一份燃亮、一份坚信。

在云贵高原长大，登过两次雪山的吕艳说，女子登山队的登山活动是不能参加了，但是还是不失时机地在一旁敲边鼓。北京大学女子登山队的目标已经确定——雪宝顶，海拔5588米，地处四川省阿坝藏族自治州松潘县境内，坐落在南北延伸的岷山南段，是岷山的最高峰。暑期7、8月雨水较少，是登山的理想季节。雪宝顶海拔5000米以上主要是岩石。东南山背，5000米以上与邻峰有一鞍部，鞍部以上到顶峰是坡度约为30度的冰雪坡。西南山背，雪线高度为4700米，海拔5000米以上皆为20~25度的冰雪坡，一般没有滑坠危险，无冰壁、冰裂缝，几乎无技术难度。在其西南山脊底部有冰瀑布，为攀登之余练习冰雪技术提供了理想机会。第一次出征，对于长远的未来，肯定只是一次拉练，但不再是山鹰社日常的训练，而是在雪山上一展英姿。

雪宝"女神"

1999 年 7 月 17 日，这支队伍——北京大学女子登山队正式向中国乃至世界宣布将飞往冰清玉洁的雪宝顶。

半年多的训练，10 年来的孕育，北大人终于实现组建国内第一支群众性女子登山队的梦想。如果说 1998 年的 8021 米是在高度和强度上刷新了我国民间登山运动的极限记录，那么这一次的雪宝之行是在深度和广度上为我国的女性独立登山开辟了道路。

激动往往与沉重同在，倾力挑战也与向死而生相随。

7 月 28 日，天气晴朗。首批队员李兰、许欢欢和男技术指导李靖、孙峰共 4 人于早晨 9 点从海拔 5100 米的 C1 出发冲顶。因雪较硬且坡度较缓，攀登过程比较顺利。上午 10 点 40 分，4 人成功登上顶峰。

7 月 31 日，包括李靖、孙峰在内的第二批共 9 名队员出发到达 C1，其中 4 名队员（刘韬、曹京华、李丹、孙峰）当天从 C1 出发冲顶，成功后当天撤回 BC。

14 点，李靖、陈弋、梁雪、桑丽云、周慧慧霞 5 人顺利到达 C1。由于高山靴不多，第二批正在冲顶，所以决定当晚住在 C1，第二天视天气情况决定是否冲顶。

8 月 1 日，天气非常好。5 个人 8 点起床，10 点收拾好装备。10 点 30 分，4 名队员在技术指导李靖的带领下，向顶峰发起冲击。开始由李靖开路，梁雪第二，桑丽云第三，往后是周慧慧霞和 1997 年登过玉珠峰的陈弋。走了 200 米左右，由于有之前登顶队员留下的脚印和雪比较硬，李靖让其他队员走到前面，他到后边照顾走得比较慢的周慧慧霞。队伍变为桑丽云在最前，后边依次是梁雪、陈弋、周慧慧霞和李靖。向前走了 50 米左右，大家走得比较好。再往前走 10 多米，周慧霞因体力比其他人差，想休息，向右侧跨出一两步给李靖让道。

李靖走到她旁边停下，向上观察其他 3 人的行走。只听"啊"的一声，李靖扭头一看，只见周慧霞已经往下滑去，李靖赶紧用右手去抓她的脚，但因右手上套着冰镐而未能如愿，而周慧霞已经滑出两三米远。李靖起身追了几步，她滑的速度太快，追上是不可能的。他注意到周慧霞的冰镐已脱手，但还挂在身上，于是李靖向她大喊："抓冰镐，保护！"周慧霞似乎没有什么反应，李靖马上坐在雪上沿着周慧霞滑下去的方向向下滑去。周慧霞滑到冰裂缝上翻了几翻，但未停住，又一直滑下去。

李靖雪上未能找到周慧霞，喊了几声也没有回音。13 点 30 分左右，李靖在冰川末端的碎石坡上找到周慧霞，但她已经全身冰凉，没有了呼吸。

8 月 1 日，对山鹰社、对北大、对中国都是具有特别意义的日子。周慧霞，一个普通而不凡的大学登山者，为中国女子登山事业献出年仅21 岁的年轻生命。1998 年，这位湘妹子刚进北京大学应用文理学院就读。坚毅而调皮的她在此次登山中除了攀登任务外，还负责大本营的炊事任务。每天其他队员还在睡梦中，她已早早起来，为队友备下可口的饭菜，她在生活上照顾大家，深受大家喜爱。

队友们的心情十分沉重，写下这样的句子：

> 永远都会记得那一天在 C1 你开朗的歌声，爱山的你竟然永远地留在那里。记忆里是爱笑的你，在小帐篷里给我们讲故事的你，开心地大叫我的名字的你，爱捡石头的你——想念你，善良可爱的精灵。（陈弋）

那天坐在大帐篷中，看着你在帐篷里擦锅、擦灶，忙完了，你坐在帐篷门口，专注地看着雪宝顶。我知道你充满期盼。长眠于雪宝顶的姑娘，你永在我心中。（刘韬）

永远难忘我们饭香四溢的大本营，永远怀念我们活泼可爱的周大厨慧霞：你一如雪莲，圣洁，永远。（马秀丽）

你是我们当中最纯真的人，所以山留下了你，我永远记得你。（李兰）

上天告诉我，你已化作雪宝顶的山神。（桑丽芸）

慧霞、慧霞，灿灿若云霞。我们所共有的那首歌会夜夜在雪峰之巅响起，伴你到永远。（许欢）

我们爱你，念你，永远，永远……（曹京华）

周慧霞的父亲得知爱女遇难的消息，十分悲痛，即刻赶到成都。没有责难，他只是说："我希望学校不要因为这件事给登山队压力。"

8月11日，北京大学团委在召开的周慧霞遇难新闻发布会上表达对登山队的关心和支持。副校长林均敬表示："千万不要因这件事影响北大、影响北大的登山事业，家长们也不要因此就不再支持孩子参加社会实践活动。只有把登山队组织得更好，才是对周慧霞最好的纪念。"

中国登山协会副主席李致新更就这名年轻山友的遇难而寄语北大登山队：

"登山运动本身就是一项探险运动，人与自然交流，在探索中克服困难、战胜自我，正是这项运动的魅力所在。北大山鹰登山队是一个有组织有计划的优秀大学生社团，能按照国内登山运动管理办法开展登山活动，也取得很好的成绩。我坚信北大学子不会因为这次挫折而停止前进的步伐。但也应以此次事故为教训，进一步提高技术水平积累经验。登山毕竟是一项有一定危险的运动，一定要牢牢树立安全意识，遵守登山的安全规则。"

北大是常为新的，也总是无畏的。任何开创性的探索都不是一帆风顺的，但荆棘中无疑需要忍受苦痛、勇往直前。女子登山队成功了，也付出沉重的代价。路还很远，山鹰们的脚步不会停下。他们将怀着更加谨慎的态度继续前行，山鹰会再次翱翔天际。

1999 年雪宝顶登山队队员名单（年级 / 院系 / 职务）

刘韬（女）：1995/ 心理学系 / 队长
陈弋（女）：1995/ 西方语言文学系 / 后勤队长
李靖：1994/ 化学与分子工程学院 / 技术指导
孙峰：1995/ 化学与分子工程学院 / 技术指导
梁雪（女）：医药系
许欢（女）：1996/ 信息管理系 / 摄影
李兰（女）：1998/ 应用文理学院 / 装备
桑丽云（女）：1997/ 生命科学学院 / 后勤和摄像
李丹（女）：1996/ 信息管理系 / 后勤

曹京华（女）：1997/光华管理学院/后勤

马秀丽（女）：1997/哲学系/财务，文字

周慧霞（女）：1997/应用文理学院/后勤，大厨

黄洁（女）：1998/考古系/后勤，文字

云中仙君

——1999 年克孜色勒

>   5 个小黑点，如同 5 颗黑色珍珠，镶嵌在洁白无瑕的雪山上，
>
> 人之勇敢与山之博大达到完美结合。

经历了 1998 年卓奥友峰的辉煌，山鹰社的发展面临新的挑战。1999 年暑期登山选定了新疆阿克陶县境内公格尔三峰（库克色勒）、四峰（公格尔四峰）。山略嫌平淡，但他们选择了一种新的形式：巅峰纵走。在地图上看，公格尔三峰和四峰可以由鞍部通过，他们把 C3 全部物资送到克孜色勒顶峰，等待机会。

站在公格尔四峰顶峰，可以看见三峰（库克色勒）脊线上破碎的冰川和岩石带，这是一次严酷的挑战。8 月 16、17 日北大登山队 9 人分两批登达公格尔四峰顶峰（6525 米）。8 月 17 日尝试向公格尔三峰纵走。天公不作美，在公格尔四峰顶上遇到异常恶劣天气，只好在 5 米能见度下摸索下山。纵走虽然失败，但还有很多的机会和挑战在等待北大登山队。

喀拉玉尔滚断桥

7月16日，登山队出发，19点，大南门集合，新老队员以及队员亲朋好友都来送行。登山队和科考队分乘两辆小公共汽车奔赴北京西站。在候车室等待期间，登山队长陈科屹宣布登山队行动纪律。21点55分，火车开动，登山队踏上梦想旅程。

19日10点5分，到达乌鲁木齐站。16点多，科考队穿戴整齐，为登山队送行。18点整，登山队登上去南疆重镇喀什的长途汽车。

从乌鲁木齐到喀什的公路不太好，每年都会被冲断和堵塞。由于洪水断桥，在五团（喀拉玉尔滚）堵塞3天，以致进山错过第一个好天气周期，这是这次纵走成败的关键因素之一。

7月20日，天亮了，窗外是广阔无边的荒漠，连绵不断的群山逶迤在地平线尽头。汽车颠簸着，穿过沙地、草场、疏落的村庄，偶尔看见绿洲。天越来越阴，渐渐下起雨，路边龟裂的田地和干涸的河床渐渐湿润起来，大家还是各自看书、打牌、听歌。雨停了，天边出现连绵的雪山，又都兴奋起来。雪山融水冲断道路，等了很久，车只好涉水而过。

晚上到库车，汽车大修，大家趁机用车场里的自来水清洗一下，又都容光焕发。修完车，开到一家路边餐馆吃饭。洪水将前方的桥梁冲毁，我们将在这里耽误一两天。饭前，纷纷给家里打电话报告情况。十点多，天边映着一片瑰丽的晚霞，而千里之外的家中，已是深夜。月亮在幽蓝的天上闪着清冷的光。车窗外，北斗星明晰可辨。

21日早上，车没开多远又停下。这个地方叫温宿五团，维语叫"喀拉玉尔滚"，是一个沿路而建的小城镇。车停在一家饭馆门口。饭后一起出去逛，发现这地方"麻雀虽小，五脏俱全"，药店、医院、书店、公安局、邮局一应俱全。

在这里待了整整三天三夜，终于可以离开这个鬼地方。原来的桥不见踪影，只有几个桥墩歪斜着，露出一点头来。车驶过这几天用树、石头和沙子垫起来的路，只在桥头一小段架一座铁桥，留出桥洞泄洪。

桥的这一端是戈壁，那一边是阿克苏——"水多的地方"。司机把车开得飞快，大家心情舒畅起来。窗外，一道明亮的彩虹从天空插入地面，如此亲近，如此美丽。夜幕渐渐降临，天边出现美丽的晚霞，队员们都在夜色中睡去。

24日到达喀什，住进长途汽车站旁的交通旅馆，进行两天采购，分装。25日晚，陈科屹宣布次日9点30分出发。蔺志坚病情较重，住院治疗几天，再进山与全队会合。蔺志坚默默点头。26日，车缓缓开动，车下孤独的蔺志坚向大家挥手告别。

车出喀什，行驶在平坦的大路上，远处出现雪山轮廓，陈光却说那只是云朵。几个小时峰回路转，前方出现一座巨大的雪山，雄伟气派，顶部有一个冰盖。陈科屹说，这就是慕士塔格。左侧，公格尔山显露出它庞大的山体。到达卡拉库里湖。一下车，大家兴奋地奔到湖边，湖水清澈，泛着微波，岸边是平缓沙地，慕士塔格和公格尔两座巨峰隔湖相望。库克色勒就是公格尔和公格尔九别身边几座雪峰中的一座。

在湖边搭起一顶白色帐篷，就是登山队的过渡营地，海拔3510米。27日早上，洗漱，吃饭，忙着搬行李，拆帐篷。牧民带的驼队等在帐外，几只小骆驼跟在身边走来走去，惹人喜爱。装包完毕，队员分为四组，只带行动食、水和冰镐出发。

骆驼开始走得并不快，保持沉稳而优雅的步伐，队员们在旁边走得挺舒服。不久到一条小河边，驼队涉水而过，队员们脱鞋袜蹚水过河，水很冷，极清亮。有人在河边灌满水杯，再上路时已被驼队落下，仅张春柏和陈科屹一前一后追去，其余人陈光、岳斌、段新一组在前，王继喆、徐慧璇和孙萌一组居中，王辉、王炜、李准和钟锦汉一组在后。翻过几座山丘，一路有驼印。在山顶上向下望，驼队正在河边一水草茂盛处休息，便都不太着急。

再往前走，太阳升起，天越来越热，烈日的毒舌肆虐地舔着队员们的脸颊和手臂，大家渐渐有些累了。休息时，体力尚好的徐慧璇跟陈光一组先行，其余人编为一组，越走越累。前面山丘连绵不绝，驼队却全无踪影，由步话机联络得知，前方仅陈科屹一人拼命追赶驼队，方向不明，众人不禁着急起来。不知走了多远，忽见前方有一人影，原是独自跋涉的张春柏。张春柏指出大家方向有误。

走到筋疲力尽、弹尽粮绝之时，忽听前方欢呼声起，原是陈光组正在水边歇息。11人会合，忙与陈科屹联络，得知他已选好营址，正在焦急地等待。大家吃喝休息后重新上路。走不远，体力消耗较大的张春柏、岳斌、李准、王继喆、孙萌和钟锦汉落在后面，王辉等则先走。张春柏等翻过一座座山坡，却一直看不见本营踪影，只好走一段、歇一阵，勉强支撑。钟锦汉体力相对较好，一直背着沉沉的摄影包和相机走在最后，照顾其他队员，不断鼓励大家前进。

天阴着，风很大，很冷，没有冲锋服的队员冻得不行，蹒跚前行。驼队向导前来接应，张春柏等人振作精神，急忙赶上，王继喆、岳斌、孙萌三人实在太累，又落在最后。

天下起小雪，王继喆督促岳、孙两人快走，又翻过一座山坡，三人已累得摇摇晃晃，忽见一人纵马奔来，原来是焦急的陈科屹。再行不远，便望见本营白色的帐篷。王辉等人虽走得快，但选错路绕了远，比张春柏等人到得还晚。

大家吃喝一阵，就忙着支帐篷，天下起雨，引起一阵忙乱。一日的奔波疲惫加上高山反应，很多人都发烧了，队医忙给大家服药。

这一夜睡得并不安稳，半夜陈光、张春柏和王辉出去拍帐篷上的雪。这就是老队员的责任感。

三探登山路

28 日上午，陈科屹和张春柏去山上侦察路线，一直上到雪线。其余人在本营休整。王继喆、李准和陈光都烧到 39℃左右，状态很不好，一直在帐篷中睡觉。其余人跟随王辉、王炜搭炊事帐篷，整理物品，挖防水沟，洗菜做饭，一边劳动，一边适应。

下午王继喆退烧，到帐篷外活动。陈科屹和张春柏回来发现李准状态仍不好，让队医孙萌给他吸氧。傍晚，忙了一天的徐慧璇终于端出饭菜。

本营海拔 4300 米，除了几个身体还不错的一直在干活以外，其余人不时到帐篷中昏睡。陈科屹和王辉显出较强的适应性，张春柏状态也挺不错。

晚上队医又给岳斌输氧。张春柏所谓给女生睡的"喜马拉雅后头（Hotel）"仍未搭起，12 个人挤在同一帐篷中安睡。

29 日，阴转晴。早上陈光仍发高烧，吸氧。这天的安排是王辉、王炜率段新、王继喆、徐慧璇、岳斌上山适应训练，陈科屹和张春柏上雪线修路，陈光、钟锦汉、孙萌因身体不适留守本营。

队医孙萌进入登山队以来，日子忙碌而杂乱，一直在埋头研究药单，反复看《高原常见病》一类小册子，并向前几任队医请教各种问题。她担心有了急症，自己无力救助。能否保证全队的健康平安成为她心中最为忐忑的事情。上山以来忙于应付高山反应，没想到自己首先倒下了。看到队友高烧不退，她心里很慌，却装出镇定的样子去给他们吃药、喝水，再不行就吸氧。

陈科屹和张春柏28日曾经上到了海拔4700米，走的是碎石坡刃形山脊，末端异常陡峭和破碎，路线始终看不清楚。这次他俩从右方缓坡往上爬。负重较大，到达雪线处花了3个多小时。他们换鞋埋包，决定到左前方冰雪坳口处观察路线。雪坡比想象中要长，走到后来，每人50步轮流开路，18点多才到冰雪坳口。

路线情况使两人十分失望，整个冰川在这一带形成十分可怕的垂直断裂，增加的只是雪檐。原先假设的路线不可行，剩下的可能性是峰顶能有一段山脊（冰雪坡）与山峰连接，由此处上去还有400米的垂直高度，时间已经快19点，只好下撤，把继续侦察路线的任务让王辉和王炜来完成。

王辉和王炜等人则在进行适应训练，他们所要进行适应的山顶被大雾笼罩。看上去很平缓的碎石坡岩石断裂得很厉害，不时有滚石滑下来。王继喆走在最后，精神还好。王辉走在最前面，李准有些体力不支，离王继喆和岳斌有二十多米远。徐慧璇体力很好，走在队伍最前边。

王辉带着适应训练队回到温暖的本营，大家都很累，分头睡下。钟锦汉、王炜、孙萌等人忙着做饭，王辉试着发面，没想到竟然成功，徐慧璇的面食功夫堪称专业，晚上大家吃到可口的包子和花卷。

徐慧璇是1997级历史系女生，对户外活动一直很有兴趣，认为从中可以寻觅一些让人"撒野"、释放能量、感受真实的空间。她最早对山鹰社的了解开始于大一在昌平，当时各大社团去昌平做介绍，山鹰社由周涛坐镇：一张桌子，几本报告书，一幅雪山美景，一顶帐篷支在桌旁，睡袋、冰镐、冰爪等登山器械搁置一边。她被这些奇妙的东西吸引，当场就想报名，可山鹰社不在昌平园招新。加入山鹰社的日子，她自认为是在寻找喜悦的时光。第一次金山晚会，那种热闹的无拘无束的场面，令她难忘。

山上的日子，是另一个世界，与外界完全隔绝，13个人集体面临挑战，整日相伴的是河水、青草，触目所及的是雪山、蓝天、白云，人的心情随天气变化着。在山上，她负责伙食，开始她对自己的厨艺没多大信心，只好硬着头皮从头开始。

30日早上，王辉和王炜上山侦察路线，张春柏回卡湖接蔺志坚，其余人在陈科屹带领下整理本营、清点装备，在炊事帐篷旁搭建一顶M24作为女生宿舍。很多人在炊事帐篷帮厨做饭，前一天没有外出适应的陈光、钟锦汉和孙萌分头到附近的冰塔林去适应。

王辉和王炜9点30分准时出发，上山侦察路线，目的是探清第一个山头（传说中的海拔5600米，其实只有大概5300米左右）与第二个山头之间是否存在一个鞍部，是否有路可通。预计从本营到第一个山头要上升1300米。随着高度上升，远方的慕士塔格和近处的公格尔山脉在云雾之中时隐时现，不知不觉就赶到海拔4945米的雪线换鞋处。刚上雪线，雪层比较浅，走得比较舒服。雪层越来越厚，越来越不好走，他们的速度渐渐慢下来。雪坡两边，一边是雪檐，一边是岩石悬崖，他们不时同BC联系，以获知所在的确切位置。

等他们翻上一个个雪坡，拨开一层层云雾，高度计显示到达海拔5270米高度，已是17点。可以隐约看见第一个山头的峰顶，怎么看也不像还有三百多米的高差。他们同陈科屹联系，陈科屹告知到峰顶估计还有两三个小时路程。从时间考虑，两人放弃登上顶部观察路线的预期目标，决定横切到左边雪檐，看看能否有所收获。后来才知第一个山头海拔 5300 多米，他们当时距顶高差不超过 100 米，一个小时以内应该可以到顶。

两人结组走近雪檐边，王炜打下雪锥，替王辉保护。王辉小心翼翼地爬到雪檐边上，颤悠悠拿出摄像机。从雪檐这边看，第一山头与第二山头之间是一段落差很大的雪岩混合的山脊，理论上无路可通。拍完录像，准备下撤。王炜不太甘心，催王辉往右横切到悬崖边看一看。两人往右横切一个多小时，入眼的还是茫茫雪坡。随着日照时间增加，雪越来越软，每一步陷得越来越深，有时甚至陷到大腿根，他们只好下撤。

下到碎石坡，他俩躺倒在碎石坡上，呼叫本营，希望派人来接。又过了一个多小时，看到碎石坡下来接的 BC 兄弟，他们心中顿时涌起一阵暖流。

傍晚，陈光、岳斌和钟锦汉将王辉、王炜接回。侦察路线不理想，计划和路线难以确定，陈科屹很郁闷，一直默默地看地图。

31 日，陈科屹和钟锦汉早上去侦察路线，准备妥当，天稍晴，陈科屹和钟锦汉急忙向三峰和四峰之间的冰川进发，未走多远，又因天气不好被迫返回。不久，张春柏匆匆赶回，说喀什到卡湖的道路被冲毁，交通受阻，未能接到蔺志坚。

下午，众人正在帐篷中闲坐，忽听帐篷口一声呼喊，原来是多日未见的蔺志坚。他由喀什一路辗转换车到卡湖，看到张春柏留的字条，忙骑马赶来。

晚上下雨，"一家人"总算团聚在雪山下、溪水旁温馨的本营里。其他人都在消磨时间，爱玩的陈科屹不声不响地钻进睡袋，注意到王继喆和孙萌在看他，他苦笑了一下说："可能要换山。"陈科屹不死心，又拿起地形图看。

老队员开会研究计划，然后陈科屹宣布分组情况。A组：陈科屹、王辉、王炜、段新、岳斌、徐慧璇；B组：张春柏、陈光、李准、钟锦汉、蔺志坚、王继喆、孙萌。宣布第二天休整，整理装备，准备上山建营。李准留守本营。

传说中的 C2

8月1日，天空时而阴云密布，间或一阵小雨，时而雾气迷漫，看不清远方。中午天气稍微好转，队员们抓紧时间分发高山食品和个人装备。从线手套到羽绒衣，大件小件每人分到十多件，装起来鼓鼓的一大包。

经过几天侦察，发现从库克色勒正面上去几乎不可能，冰川太破碎而且有断崖，只好改变原计划。他们准备实施一个更大胆的计划，纵走海拔6525米的克孜色勒和海拔6715米的库克色勒。在克孜色勒建C1、C2，冲顶成功后下撤至两峰的鞍部建C3，然后由A组冲顶库克色勒。

计划制订出来，能否实现还要看大家的身体情况和天气。经过几天休整，队员们都适应得比较好，蔺志坚虽上山较晚，但几乎没有高山反应。

这天是王继喆21岁生日，晚饭后大家挤到本营帐篷，每人唱一两首祝福歌，又合唱许多首歌。帐篷外，噼里啪啦，又下起雨。上山以来只有建本营的第二天天气晴朗，其余时候总是阴雨绵绵，队员们不免感到有点压抑。

2日，早晨8点30分，天气不太好，周围的雪山被云罩着，看不清路线。老队员有的说能上山，有的说山上下雪，上不了。吃过早饭，张春柏和陈科屹去本营对面的小山坡散心，也观察天气。

一会儿，飘起雨，大部队不能出发。陈科屹、张春柏回来说，前几天侦察的路线不理想，让蔺志坚和陈光待雨停后出发侦察 C1 路线。

雨一直飘到 14 点，陈光和蔺志坚匆匆吃点午饭，带着冰镐出发。李准感觉很好，说要跟去适应适应，同去侦察路线。

为了看清本营对面山坡上的路线，三人绕得较远，从侧面观察山脊路线。走了大约一个小时，经过坑坑洼洼的碎石坡，看到山坡上的路并不是很陡，可以攀登，只是雪线以上云雾笼罩，什么都看不清楚。为了查清雪线以上路线，他们匆匆拍完录像，迅速下撤，还是被雨淋湿。陈科屹与陈光观看了录像，确定了路线和 C1 位置。

晚饭时，下起倾盆大雨。帐篷有破的地方，帐内很多地方湿漉漉的，很冷。

李准这几天一直醒得很早，8 月 3 日醒来就看到王辉出去。听张春柏和王辉对话，得知王辉晚上上吐下泻，一夜没有睡好。天气不太好，山上一片雾气。陈科屹让大家各自收拾上山物品，天气好转就出发。计划 A、B 组一起上山建 C1，A 组留宿 C1，B 组下撤本营。

天气终于好转，大家背起登山包，戴上帽子，拍完合影，兴高采烈出发。李准在一旁目送，突然听到陈科屹喊他。原来孙萌这几天腰痛，不能背包上山，让李准代替。

他们走了很长一段起伏不平的路，不断上坡下坡，脚下是大大小小破碎的岩石。第一次受阻是在一条水流比较湍急的小河旁，河的上游是三峰与四峰间的冰川。张春柏在下游找到一处可以过河的地方。

来到山脚，李准已气喘吁吁。队伍分成两组，前面是张春柏、王继喆、段新、蔺志坚、钟锦汉，后面是陈光、王炜、陈科屹、徐慧璇、岳斌和李准。后面这组由陈光开路，陈科屹押后，踩着前面人的脚印一步步上。李准怀抱摄像机，担心跟不上队伍节奏，苦于没有机会拍摄。队伍拉得较长，他得以利用等待后面队员的时间拍，后面的人追上来，再往前赶。不知走了多长时间，终于接近顶部。

后面一组走上鞍部时天气极差，风吹着雪，能见度很低。陈科屹到山顶探路，看有没有通到四峰的路。结果是前面有一个很陡的雪坡可通到四峰。天气不好，只能把背上来的东西留在这里，下撤，再伺机建C1。

4日早上，帐篷上堆满雪，帐篷都被压弯了。大家赶紧从睡袋中钻出来，小心翼翼拍掉帐篷上的雪。

雪后初晴，久违的公格尔、公格尔九别、慕士塔格全都露脸，在初升朝阳的映照下显得高峻挺拔。雪较厚，没法上山，不过相信未来几天会是好天气。

蔺志坚、李准、王炜等忙着清理帐篷周围的雪。几个小时后，地上的雪全化了，但后来发生的几件事让大家很是无奈——张春柏整理冰镐，误伤自己的脑门；陈科屹、陈光、蔺志坚伤了自己的手；王炜发起高烧，从37℃直升到39℃；发电机能够正常烧油，但是不输出电，陈科屹、张春柏、岳斌摆弄一个多小时，仍不见好转。

大家在烛光中吃晚饭。夜里繁星满天，看来次日将是个好天气。

5日早上天气很好，全队吃饭整装，一起上山建C1。王炜因为高烧留守。因之前已走过一次，这次走得比较顺利，走到碎石坡下，稍事休息，就开始上坡。只有几个装备包，两三个人换着背，上一段坡，从半山腰横切过去，再上升一段，就到达之前放包的地方。

陈科屹、张春柏、蔺志坚和钟锦汉背着帐篷去探查C1营址，后面的人将帐篷中的装备包拿出来重新分装，然后背包翻越最后一段碎石坡。坡陡且滑，陈光开路，后边的人踩着前人的脚印小心翼翼地走。

翻过这段碎石坡，就到雪线，顺着起伏的山脊可以看见远处的克孜色勒和旁边的库克色勒，而队员们所在的山坡则被戏称为"柏子色勒"，大约海拔 5000 米。C1 营址选在一段雪坡下方的鞍部，陈科屹和张春柏先下雪坡，为后面队员挂上一段路线绳做保护，随后是钟锦汉、蔺志坚，然后是 A、B 组其他队员。

大部分队员下到 C1 营址时，张春柏等人已铲平一块雪地，支起一顶喜马拉雅 Hotel，又在旁边铲出一块雪地，准备再支一顶 M24。

C1 大致安顿好，陈光顶替王炜、蔺志坚替换岳斌留在 A 组，岳斌和 B 组的张春柏、李准、钟锦汉、王继喆、孙萌一起下撤。

6 日，根据队员适应情况，为 A、B 组体力平衡，分组做相应调整。前一晚住在 C1 的陈科屹、陈光、王辉、蔺志坚、段新、徐慧璇被编入 A 组，10 点 30 分出发，去建 C2。

与 C1 正对着的大雪坡比想象中好走很多，雪正好没过冰爪，走起来并不吃力。陈科屹在前方开路，蔺志坚和段新轮流跟随其后，王辉、陈光和徐慧璇走在后面。对讲机中传来张春柏的声音，说他浑身酸痛，希望能在本营休整一天，第二天直接到 C2。原计划是 B 组当天到 C1。陈科屹想了想，同意了。

雪坡变得陡起来，13 点左右，由于日光照射，雪开始融化，每走一步都深深陷进去三四十厘米，行军速度慢下来。15 点左右，天空中飘过来几朵乌云，遮住日光。A 组队员视野有限，陈科屹与张春柏通过报话机联系，远在本营的张春柏等人通过望远镜帮 A 组确定路线。一个小时后，云雾从山间四起，能见度降低。前方的雪坡太陡，陈科屹和陈光结组过去修路，陈光打保护，陈科屹只身翻上一个雪檐，那里是一个篮球场大小的平台，但高度计显示海拔 5500 米左右，建 C2 偏低。

此时，风很大，夹杂着雪片狂舞。陈科屹和陈光打算结组再向上翻越一个刃脊，观察前面的路线，但因云雾太浓，风太大而作罢。他们将东西埋进雪坑，插上路线旗，匆匆下撤。A 组撤回 BC。

7 日，按计划 A 组在本营休整，B 组直接上到 A 组前一天埋装备的平台上，支起帐篷宿一夜，第二天去建新 C2。早晨用餐完毕，B 组队员由张春柏、王炜带领，与钟锦汉、李准、王继喆共 5 人，去冲顶海拔 6525 米的克孜色勒。如果天气好，他们 3 天之内就可以冲顶成功，并帮 A 组将 C3 的装备背上克孜色勒的顶峰。

他们决定从换鞋处左侧山脊直接到达换鞋处。路并不好走，碎石下面的冰经日光照射融化，冰水渗入泥土，脚下踩不住。经过一段时间跋涉，他们到达 C1，在 C1 吃过午饭。14 点多，踏上去"传说中的 C2"的道路。

从 C1 到 C2 是一段漫长的雪坡。海拔每升高 50 米休息一次。李准和钟锦汉走在前面，王继喆和张春柏、王炜走在后面。后面三人基本上采用间歇式行军方式，每走十到二十步休息一分钟，调匀呼吸。即便如此，他们还是走得筋疲力尽。最后一段是一个雪檐，离顶部两米多，李准休息几分钟，一鼓作气翻过，终于到达"传说中的 C2"，比陈科屹预计的少用近一个小时。

挖出 A 组埋下的物资，卸下沉重的背包，他们开始建营。王继喆发烧、恶心。张春柏让他进帐篷烧水。待水烧开，王继喆吃药，营地也建好，于是开始做饭，先烧水冲一杯奶粉，队员们轮流喝。晚饭是方便面。

按照攀登计划，8 日由 A 组上 C1，B 组建新 C2。早晨饭毕，孙萌、岳斌留守 BC，A 组陈科屹、陈光、王辉、蔺志坚、徐慧璇、段新 6 人出发去 C1。路线较短，背的东西不多，他们走得较轻松，16 点左右到达 C1。

对讲机忽然响了，传来岳斌的声音。科考队 14 人全部到达 BC。只可惜除孙萌与岳斌在本营外，其他 11 人都在高山营地。

科考队到卡拉库里湖后稍作适应，就由维吾尔族向导带上山。几名男队员都发生不同程度的高山反应，赵博、王震、郭玉刚尤为严重，整个下午都钻在睡袋里，头痛恶心没有食欲。几名女生倒是适应得比较好。

晚间本营与 C1、C2 通话联系，科考队通过对讲机向高山营地的队员传递他们的歌声——《橄榄树》。

夜幕降临，BC、C1、C2 一片欢声笑语。

风雪 BC

8 月 9 日，早晨 6 点 30 分，C1、C2 通话，商议当天行动。夜里 C1、C2 下了一晚小雪，天气没有转好迹象，从慕士塔格方向过来的云雾笼罩在公格尔地区，克孜色勒与库克色勒上空能见度很差。

从 7 点等到 10 点，天气仍然不好，最终 A、B 组很不情愿地同时下撤至 BC，一方面等天气好转，队员休整；另一方面与科考队会合；同时补充 C1、C2 的食品。

12 点之后，A、B 组队员陆续撤回 BC。陈科屹、蔺志坚最先回到本营，当时科考队除小楼、赵佳、李海燕、赵博等在本营外，余人均外出适应。不久科考队适应回来，大家一起做午餐，其乐融融。

B 组张春柏最先撤回来，王炜随后。不久天气变坏，飘起小雨，小楼只身前去接王继喆等 B 组队员，不久登山队全部撤回 BC，实现登山队与科考队 27 人大会合。

晚上，登山队包饺子为科考队接风洗尘。张春柏、陈科屹、蔺志坚等尽显刀法。几个山西队员向大家展示他们在做面食方面的优势。午夜至，众人安然入梦。

10 日，早晨起来，外面银装素裹，登山队员立即起床，一起拍去帐篷上的积雪。8 点左右，科考队也都从睡袋里钻出来，他们要下山，去塔什库尔干塔吉克自治县继续考察。岳斌要参加军训，也跟科考队一同下山。早餐完毕，太阳露出脸，雪也开始融化，登山队与科考队在本营帐篷外合影留念。

科考队和岳斌走后，登山队在 BC 休整。吃过午饭，牌局开起来。

下午，公格尔山那边传来震耳欲聋的雪崩声音，接着天空乌云密布，下起暴风雪，风吹得帐篷摇摇晃晃，一会儿云开雾散，阳光普照——山里的天气就是多变。天气的变化不定与本营内一如既往并与日俱增的乐趣形成鲜明对比。牌局依然不断，大家轮流喝着各种可口的饮料，极富想象力地过舒适的本营生活。

11 日，本该是 B 组上至 C1 的日子。早晨起来，天气不是太好，天空中有大团大团乌云，太阳不时露一下脸。早饭后，老队员开会商量下一阶段攀登活动。会毕，B 组队员分装装备，准备去 C1。

一时又阴云密布，B 组回到帐篷。没多久，帐篷外下起冰雹，又密又急。

从科考队来的那天起，天气一直不好，队伍不敢轻易上山。公格尔地区的天气多变，雪崩频繁，在本营里，经常能够听到雪崩的脆响。

12 日又是坏天气。浓重的云罩着群山，夜里几个老队员起来拍雪，外面风雪很大，帐篷被风吹得剧烈晃动。

早晨风小了，雪却没有停，纷纷扬扬，一直飘到中午，外面白茫茫一片，看着就不想出去。大家都在帐篷里做自己的事情。中午，太阳出来，照了一会儿又悄然遁去。下午天又变阴，时而飘雪，时而停止，变幻莫测，捉摸不透。

晚间做饭，陈光一人在本营收拾东西，清理垃圾，其余人都凑到炊事帐篷帮厨聊天。零点左右，大家陆续钻进帐篷睡觉，一天就这样过去。岳斌走了，发电机的事交给段新，大家都安稳躺下，他就戴上头灯，去外面关发电机。

又下了一晚的雪，刮了一夜的风。13日起来拍帐篷上的雪，发现靠近四个窗户和门旁边的队员的睡袋上落了一层白白的雪，宛若蚕宝宝。陈光最惨，风雪从门那里涌进来，正好堆积在他旁边。

9点整，清脆的闹铃声响起，徐慧璇、李准、王炜去做早饭，大家才慢悠悠地起床。又是坏天气，看来还是不能上山。

早饭完毕，雪稍停一会儿。大家穿上冲锋衣裤，戴上手套，到雪地上去打雪仗。张春柏、陈科屹、王炜一伙，其余人一伙，人数相差悬殊，场面却平分秋色。3人帮采用阵地战，步步为营，集中优势兵力歼灭敌人。众人帮采用灵活多变的战术，陈光、蔺志坚展示游击战优势，单兵从侧翼发动进攻，其余人分合有序。一时间雪团飞舞，本营外笑声朗朗。

在海拔4000多米的地方打雪仗，是件很累的事情，没跑几步就喘得厉害。结束战斗，大家清整帐篷，将雪块扔出去。几个眼镜受重创的队员，忙着修理自己变形的眼镜。

下午又下很大的雪，直到傍晚天才晴。21点多，慕士塔格那边终于出现久违的蓝天，几缕轻飘飘的云被夕阳余晖镀上一条金边，西边的天空出现晚霞，红彤彤的，从山与天相接的地方，逐渐由浓变淡，如同一幅优美的水彩画。周围的雪山也露出来，慕士塔格与库克色勒、克孜色勒被染上一层淡淡金色，本营两侧的加满加尔冰川和塔依旁冰川末端的冰塔林清晰可见。

看来好天气周期终于要来了。晚饭吃的红烧肉和猪肉烧粉条，大家吃得很有滋味。

顶峰世界：人的勇敢与山的博大

14日晨，帐外一片雪白，风夹着雪粒不断扑来。吃过早饭，大家缩在睡袋中下棋看书，消磨时光。15点，陈科屹看天气有转好趋势，忙叫B组整理物品准备上山。其间天空几番阴晴不定，只能观望等待。将近16点，B组出发。

晚饭时，B组到达C1。因连日下雪，帐篷部分被埋。他们把雪挖掉，安顿下来。一轮弯月挂在夜空，柔和的清辉洒在高原上。繁星满天，一条银河连着慕士塔格和公格尔，北斗星、猎户座、仙后座、射手座……众人忙着辨认，忽然有流星灿然划过。

15日早上，碧空万里无云，慕士塔格及公格尔群山清晰得仿佛伸手可及。好天气周期终于来到。

住在C1的B组夜里2点多睡下，7点起床，为的是早一点到C2，可以在冲顶前多休息一会儿。他们吃过早饭，已9点多。10点左右整理好C1，待陈光用步话机和A组通完话，就向C2行进。钟锦汉开路，陈光押后，雪被风吹硬，开始的一段走得轻松，雪地上留下一行浅浅的脚印。太阳出来后，雪开始变松变软，他们的脚步也变得沉重。再改由李准开路。李准是匀速前进，速度很快。

经历一次错误判断后，B组终于翻上"屋檐"，到达传说中的C2，也就是旧 C2。眼前是一片皑皑白雪，上面露出路线旗的顶，下面就是几天前埋下的物资。

到旧 C2 的路是一个大雪坡，从这里沿侧面切过去，滑坠的可能性不大，但雪坡下面很陡，万一出事后果不堪设想，第一次经过这一段就采用集体结组方式，这一次也是如此。经过几天的大雪，道路已经看不出来，上升很久，才看到上次留下的路线旗，他们就一直沿路线旗向上行进。

快到 C2 时，王炜在前面说 C2 营址已经不见。C2 被埋了，他们花两个小时将帐篷挖出来，但陈光一不小心把帐篷划破。王继喆因高山反应，负责进帐篷烧水。但上次埋下的物资，包括睡袋和雪锥，陈光、王炜和李准在帐篷周围挖了半天还是找不到。C2 以上的路，谁也没走过，不知剩下的装备够不够。连续两天每天走 10 个小时的路，大家都很累，晚上围在气罐前，都不怎么说话，只想快点吃完东西睡觉。吃完方便面和方便粥，服用一些药，与本营、A 组联系后 5 个人就安然睡下。大家都有些感冒，但精神不错，情绪平稳。

在本营的 A 组吃过早饭，整装向 C1 进发，陈科屹、王辉、蔺志坚、段新稳步前行。

A 组已经上上下下好几次 C1，路线比较熟悉，只是那一段碎石坡漫长而且容易踩着滚石，这次绕过碎石坡，沿着一个河谷向上。因负重较少，又连续休整好几天，只用了 4 小时就到达 C1。

C1 帐篷底下由于经过几次宿营，雪融化得不均匀，坑坑洼洼，不很平整，躺着不舒服。王辉夜间闹肚子，起来好几次。C1 气温很低，夜间出去，比较难受。

在 C1，看到的最美的景象应是正对着 C1 的库克色勒峰的一次巨大

攀登念青唐古拉，初建大本营。

女队员郭建婷在 C1。

1998

大雪后的大本营。

攀登念青唐古拉途中。

1998

1999

克孜色勒登山队出发前在北大南门合影。

在去乌鲁木齐的火车上检查物资。

从喀什去克孜色勒大本营途中。

送科考队离开本营。

在 C1 营地准备出发。

C1 到 C2 行军途中。

北大女子登山队队员整装出发进行适应性
训练。

7月31日第二批队员登顶雪宝顶。图为
李丹登顶照。

1999

李兰给尹瑞丰做的生日蛋糕。

天气不好时在本营跳橡皮筋游戏。

向 C1 运输物资出发前在本营合影。

在桑丹康桑 C1 的冰川上。

2000

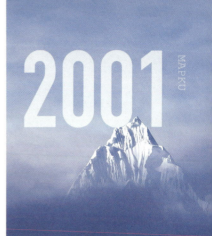

2001
MAPKU

坐汽车从西宁进藏途中。

西藏大学晋美老师给大家献哈达。

翻越唐古拉山口。

登山队和科考队在穷母岗日本营会合。

2002 МАРКО

2002 年 7 月 23 日上午，从过渡营地前往大本营时，张兴佰（左一）和卢臻（左三）与当地孩子玩耍。

2002 年 8 月 4 日，A 组在希夏邦马西峰 C1 午饭，准备前往 C2。图中队员是林礼清（左）、卢臻（中）、雷宇（右）。

2002 年 8 月 4 日，C 组队员从 C1 返回 BC 途中。
左起：刘炎林、陈丰、姬婷、王智巍。

2002 年 8 月 4 日，A 组队员雷宇（左）
和卢臻（右）在 C1 往上的冰川末端换鞋。

2002

的雪崩。响声很大，很清脆，几吨重的雪从山顶直泻而下，地上立刻腾起一团巨大的蘑菇，翻滚很久才散去。陈科屹说他在卓奥友看到过比这还大的雪崩。王辉说他在念青唐古拉也见过。后来A组与B组会合，B组说在C2也看到这次雪崩。他们地处高海拔，看到的景象更迷人。

16日，是B组从C2冲顶克孜色勒后下撤，A组从C1到C2的日子。B组清晨6点起床，这时A组仍在睡梦中。陈光把两个馕分给五个人吃。这东西是新疆特产，其实就是大发面饼。登山队本来托人从西藏买了些青稞面，想在山上做糌粑。也许是水土不服，这种东西，吃得很饱，可一会儿就饿，正好科考队带来一些馕，陈光就当作高山食品。那几个家伙信誓旦旦说方便面好吃，可到C2就再也没人有胃口，反而是馕泡牛奶吃得很舒服。

B组只有李准感冒没好，状态不佳。冲顶并没特别的激动。背着沉重装备，向上几百米（海拔高度差）都是新路。登顶是目标，但也仅仅意味着一种可能。天气很冷，王继喆和钟锦汉穿上羽绒服，李准穿上毛衣，陈光、王炜每人穿两件绒衣，9点左右，收拾装备，带好PowerBar和水，与A组联系后开始冲顶。

他们走的是沿山脊的路。这座雪山比较怪，在C1、C2都没有复杂地形，没有冰裂缝等让人害怕的东西，但这些在C2以上全都出现了，经常一脚踩下去就没到大腿根，一看，底下一个黑乎乎的洞，深不见底。五人用绳子结组，王炜紧跟在陈光后面，为他做保护，钟锦汉体力一直很好，走在最后。他们到达一个雪檐，不知那一边是缓坡还是悬崖，其他人伏在雪地上打保护，陈光翻上去看路，见是一个大平台。正在平台上行进，忽然听见一声闷响，然后感觉脚下一沉，原来是对面库克色勒的山崖上发生大雪崩。

过了雪坡，他们走上一段刃脊，雪很松，不易走稳，他们没有采用左右交错队形，而是直接从顶部通过。攀上一段陡壁（30～50度）后到达山脊。此时刮起大风，雪粒打得面部很疼。开始时他们一直看不到顶峰，想让本营的人帮着指路，可是本营的人连他们都看不见。

在海拔6400米的地方陈光终于看到顶峰，看起来就是一个大雪包。风很大，从顶峰背面吹过来，形成五六道壮观的旗云，在空中拖拽有几公里长，跨越整个天空，可是风太大，有几次差点把陈光吹倒。为了避风，他选择一条横切雪坡的路，就是这条路，耗尽他的时间和体力，这个雪坡越来越陡，底下就是悬崖，这些倒无所谓，只要保护得当，还可以对付，最令人害怕的是走到一半时，在雪坡上出现一道明显的裂缝。通常雪崩会从裂缝的地方发生，裂缝以下的雪全部崩掉。陈光在前面用冰镐探路，速度很慢。

风太大，陈光从南侧下山脊。本以为是一个缓坡，没想到却很陡，雪也很松，他不得不采用攀冰姿势，面对雪壁，一脚一脚踢进去。这是此次最困难的一段路。雪壁坡度有30到40度，他们一共走了两个半小时。走到一半时，王继喆的手和脚又疼又软，几次都没有踩稳，靠插在雪里的冰镐挂住。李准问王继喆："还登不登顶？"王继喆回答一句："成事在天。"走过这一段，他们的体力几乎耗尽，到达顶峰下最后一个平台，卸下包。关于两边的山包哪个是顶峰还有争议，在山下队友的帮助下，他们才确定顶峰。

稍事休息后B组空身冲顶。北京时间17时17分，B组队员登上克孜色勒顶峰。拍完登顶照，约17点30分，陈光和A组、BC联系。在顶峰可以看见公格尔顶峰和很远处的K2，与一天后A组弟兄的兴奋不同，B组显得很平静。

在顶峰停留一会儿，B组下至山坳，将装备埋下，开始下撤。下撤时发现，冲顶时横切的雪坡，原来是好路。虽没有包，但也没有体力了，他们摇摇晃晃往回走。在快到C2的雪坡上，好几次是滑下去的。B组在夜色中撤到C1。

再说A组，从C1到C2要翻过好几个大雪坡，路线较长，走起来却比较舒服。雪刚好没过冰爪的齿，发出"嚓嚓"声音，4人步伐一致，似乎就是一曲轻音乐。

两小时后，A组翻上雪檐，来到旧C2，雪深没膝盖，每走一步都很吃力，索性休息一会儿。这时，远处的慕士塔格与公格尔群山傲然屹立，阳光斜照过来，都披上一层淡淡的金色。抬头看静穆的克孜色勒，惊喜地发现B组5位队员正在结组通过冲顶途中较危险的一段刃脊，由于背负着C3物资，走得较慢。5个小黑点，如同5颗黑色珍珠，镶嵌在洁白无瑕的雪山上，人之勇敢与山之博大完美结合。

没走多久，A组便到C2。C2建在海拔5805米鞍部，避风，一顶1995年中日联合攀登西藏宁金抗沙时留下的日本式帐篷，铺着白色的防潮垫，挂上白色夹层布，显得尤为温馨。

天色尚早，A组点燃Gas，化雪烧水，一边聊天，一边等待B组登顶消息。没过多久，山上起风，风吹雪一阵阵向帐篷袭来。

B组五人走岔了道，走了6个小时还没到顶。陈光通过对讲机说，雪坡很陡，风也很大，不知道哪儿是顶。后来就一直没有他们的消息。陈科屹通过对讲机频频联系他们："B组，B组，我是A组，听到回话。""陈光，陈光，听到请回话。"对讲机里依然没有他们的声音。A组队员急坏了。

14点15分，对讲机里传来陈光疲惫的声音："我们已经找到顶峰，C3的物资埋在顶峰下的一个雪坑里，你们明天上来背走，我们预计半小时后登顶。"沉寂的 C2 爆发出欢呼声,提到嗓子眼的心终于落回去。

"好,我们等着你们登顶的好消息。"

"BC、C2,我们已经登上克孜色勒的顶峰。"

陈光平静的声音传来。对讲机里一片嘈杂——"陈光,我爱你!""你们快下来吧,我给你们做好多好吃的。""祝贺你们,B 组弟兄。"

20 点,天边已有一丝暮色。B 组五位弟兄下撤到 C2 前的那个大雪坡上,王炜开路,雪没膝盖,每走一步,特别吃力。陈科屹、王辉、段新穿上鞋子,王辉在脚上套一双羽绒手套,踉踉跄跄冲出帐篷,迎接 B 组。

陈科屹与陈光紧紧相拥倒在雪地上,王辉与王炜紧紧相拥而倒在雪地上,蔺志坚与李准紧紧相拥而倒在雪地里。B 组弟兄实在太累,一连三天行军,冲顶又下撤,李准发着高烧,但还是登顶了。

陈光与陈科屹钻进帐篷,一边看录像,一边商量关于 C3 的行动。克孜色勒到库克色勒之间是一个很深的断崖,从克孜色勒纵走到库克色勒,要经过非常陡峭的悬崖和几块不大不小的冰壁。陈光说纵走几乎是不可能的,陈科屹反复看录像,决定等 A 组上去看看再说。

B 组尽管很累,还得撤到 C1 才能休息。他们在 C2 背些东西,匆匆下撤。A 组 4 人留在 C2,次日冲顶克孜色勒,然后伺机纵走库克色勒。

在海拔 5800 多米的 C2,帐篷里有点缺氧,点燃一次炉头要用十几根火柴,燃烧很不充分,晚饭煮得很慢。山上又刮起风,风卷着浮雪肆虐地扑向小帐篷。4 个人蜷缩在一起,脚特别冷。蔺志坚说他高山反应,头很疼。陈科屹说过了今晚就会好,冲顶没有问题。

17 日,A 组计划冲顶并建 C3,6 点就起床煮早饭。陈科屹长时间沉默,终于开口,说从昨天陈光的侦察以及录像资料看,从克孜色勒纵走库克色勒难度太大,但依然要尝试,决定蔺志坚和段新登顶克孜色勒后双人结组下撤，陈科屹与王辉双人结组去冲顶库克色勒。他说这一段太危险，不能一起去冒险，毕竟克孜色勒不是唯一的目标。

从帐篷里钻出来，他们看到这次登山最难忘的胜景——万里云海。绵绵的云海如同棉花，团团锦簇形成一张巨大的毯子，在脚下铺开，几座 7000 米级的山从云海中突兀出来，一缕阳光斜照，染红了山尖、山脊和附近的云。

A 组匆匆整理装备，出发去冲顶。陈科屹开路，蔺志坚、段新随后，王辉偶尔也过去和陈科屹轮流开路。B 组冲顶开的路很好，每隔 50 米就有路线旗，裂缝和雪洞处都标志 "X" 字旗，他们走起来既轻松又放心。

由于背负东西很少，路线又很明确，走了不到 4 个小时，A 组就到达顶峰下平缓的鞍部。在这里可以看到 B 组埋下的 C3 物资——三个大包和一堆小东西。抬头看看顶峰，已近在咫尺，雪地里留着 B 组昨天的脚印。

A 组将自己带来的装备也丢在这里，轻松冲顶。20 分钟后，他们到达克孜色勒顶峰。云雾飘过来，风卷着雪刮起来，瞬间便云海茫茫一片，只能看清三米之内。他们靠在一起，期望天气好转好拍登顶照。王辉架起摄像机，分别采访另外 3 人，蔺志坚说感觉很好，陈科屹说了几句队长才说的话，段新说着说着就哭了。

天气终究没有好转，报话机里传来本营焦急的声音，说天气几日内不会好转，让 A 组抓紧时间下撤。他们在顶峰已经很冷，冲锋衣帽边上都结了一层薄冰，1 小时后被迫下撤。由于能见度太差，中途迷路，经历一个半小时摸索，才找到 C3 的物资。库克色勒没法再登，凌晨 1 点 30 分，四人撤回本营，全队狂欢。

1999 年克孜色勒登山队队员名单（年级 / 院系 / 职务 / 绰号）

陈科屹：1997/ 经济管理学院 / 登山队长 /"小 K"

陈光：1998/ 电子研 / 攀登队长，前站

王辉：1996/ 东方语言文学系 / 后勤队长

张春柏：1995/ 物理系 / 大本营长 /"柏子"

钟锦汉：1997/ 力学与工程科学系 / 装备，摄影 /"阿钟"

王炜：1996/ 电子系 / 高山食品

李准：1997/ 电子系 / 摄影，摄像

蔺志坚：1997/ 法律系 / 后勤，通信

岳斌：1998/ 计算机科学技术系 / 装备

孙萌（女）：1997/ 光华管理学院 / 队记，医药

徐慧璇（女）：1997/ 历史系 / 财务

段新：1996/ 电子系

王继喆：1996/ 计算机科学技术系

雪域之光

——2000年桑丹康桑峰

　　　　山的艰险更加凸显老队员面对困难的那份洒脱，面对艰险
　　而斗志弥坚的那种气概。

　　桑丹康桑，海拔6590米，地处西藏自治区那曲市谷露乡境内，坐落在藏北广阔的羌塘草原上，是念青唐古拉山脉中段最高峰，距拉萨市约180公里，且离公路较近，物资运输和对外联络较为方便。

　　桑丹康桑山形绝美。传说是藏传佛教护法夜叉神居住之地，也是藏区神山之一。北面是有"天湖"之称的纳木错——世界上最大的咸水湖泊，其水汽蒸发所形成的地区性小气候对桑峰有一定影响。整个山体成半环状，山脊路线明确，顶峰是狭窄的山脊。BC建于海拔4900米处，从冰川向上海拔5400米处建C1，在海拔6000处建C2。C1到C2间的雪坡较陡，雪较湿，易发生流雪。冲顶需经过一段较陡雪坡，选择山脊路线危险性相对较小。1987年两名西藏登协老师协助日本京都大学登山队五人登顶桑丹康桑。

2000 年，山鹰社一支 12 人的登山队，先后有 9 人成功登顶，其中有两名女队员，她们被授予国家二级运动员称号。这是当时中国女子业余登山的最好成绩。

四周集训

登山队集训共 4 周，采用"波浪式"增大训练量。即每周前三天训练量逐渐增加，第四天略减，第五天放松性训练（慢跑、游泳），另外每周安排一次负重登高拉练。四周集训又是一个大波浪——前三周运动量逐渐增大，第四周略减，第五周有放松性训练，其间会穿插一些拉练。

5 月 31 日，晚上训练时男生跑步加到 20 圈，以庆祝雷宇 20 岁生日。也在这一天，令人牵肠挂肚的事基本解决——李准得到确切消息，桑丹康桑峰一定能成行；赞助基本确定下来，登山队各项工作可以有条不紊进行。

6 月 3 日晚上，传说中最恐怖的金山拉练开始。一行 7 人（李兰后来赶到）在暮色中向金仙庵进发。他们与科考分队在金仙庵下一块平地上团聚。大大小小近 10 顶帐篷分散在四周，中间是温馨的蜡烛和烛光中欢笑的队员们。李兰的一曲《我的家乡在日喀则》曲调悠扬，技惊四座，成为她的成名曲，并在第二天拉练时哼唱一路。又恰逢科考队张琦峰的生日，大家想出奇招，在馒头上抹上腐乳，制成美味的"生日蛋糕"，在李兰的带领下给他献上生日祝福："祝你生日倒霉，祝你蛋糕发霉，祝你出门遇鬼，祝你越长越肥。"

6 月 4 日早上，太阳还很温柔，登山队告别科考队，走上拉练征程。行程分为三段，第一次休息在半山腰一块写着"佛"字的大石边，第二次休息在山顶小树林，终点在娘娘庙。大家都走得很好，也很辛苦。张锐体力极好，背着20多公斤的大包跑前跑后，给大家拍照；另一摄影尹瑞丰则"相形见绌"，出发前照合影忘了装胶卷，拉练途中又忘揭镜头盖，几乎成为"众矢之的"。到了终点，尹瑞丰倒是颇解人意，请大家吃一大袋盐茶蛋，还买来花环，美坏了三位姑娘。

"传说中"最恐怖的是第三周训练。而6月7日又是训练量最大的周三，男生要跑25圈，女生跑18圈，分别再加三组力量训练。一大帮人完成训练最后一项——喝完酸奶，又去喝绿豆沙，吃水果，闹到近零点才散去。女生楼的大门早已关闭，幸好35楼背后的"进楼路线"已在本周二修通，两位女侠张静和于芙蕖进出如履平地。

6月15日，为期四周的集训完成，登山队训练量少得令人发指，慢跑10圈加一组力量调练。科考分队体能训练也是最后一次。剩下几周时间，体能训练靠自己掌握，既不能完全停，也不能消耗过大。

7月1日晚，登山队请曹峻到岩壁座谈。大家都忙于复习考试，还要挤出时间准备物资。李兰负责购买的技术装备到位；尹瑞丰忙着和北大在线交涉，筛选形象大使，又忙于购买后勤物资、高山食品。大家就各自负责的工作仔细咨询，曹峻强调三点：一、北大登山队是一个集体，要有团队精神；二、遇事要冷静，不要慌乱；三、对自己要有信心。

7日上午10时，登山科考队新闻发布会在北大图书馆北配楼举行，出席发布会的领导有王登峰书记、校团委张彦书记、北大在线的负责人，还有中国登协汪铁铭副主席和李舒平老师。登山科考队的队员都穿着刚发的队服参加发布会，还有好多老队员和没选上暑期活动的新社员也到了。中午，汪老师和李老师与队员们一起在学一吃饭，回答大家提出的问题。

"这氧气有味道"

7月9日，是登山队出发的日子。早上 6 点，登山队在旺福楼集合吃完早饭后就在南门口开始欢送仪式，鲁纪章、叶峰、陈庆春、陈光等老队员都来了，还有许多新社员。大家拍照留念，相拥告别。很多社员都向队员送护身符、小饰物之类物品，表达祝福。刘丹别出心裁地向登山分队队长李准和科考分队队长王震各赠送一串项链，两个坠子上都有一个十字架，分别刻有"平""安"两字，恰好可以拼成一个心形，她祝愿两分队能在本营顺利平安会师，一片心意令人感动。

8点左右，登山队到达北京西站，很多老队员，如鲁纪章、蔺志坚、孙萌等都赶了过去。蔺志坚、孙萌他们想出一个妙招，在便笺本上写东西，用双面胶粘在车窗上。不一会儿两面车窗贴满花花绿绿的小纸片，上面都是深情的祝福话语，如"等你们，在北大""登顶成功"等，当然也有十分搞笑的，如"王浩变成个黑胖子""你一定会长胖两圈，李兰"等，车上车下都极激动。

在火车上的生活可用"滋润"二字形容，硬卧条件很好，每餐饭都在餐车吃，四人一桌，五菜一汤，倒是零食少得可怜，仅有几瓶罐头，幸好科考分队送来两大袋果冻。雷宇永远都在睡，被子裹得像木乃伊；张锐苦心钻研《登山圣经》；刘炎林手中一根绳摆弄来摆弄去，打各种结，自得其乐；尹瑞丰、李准单臂引体拼得欢，但都拉不上去；张静对医药的兴趣似乎越来越浓；于芙蕖攻读《柯南》……突然广播传来"北京大学登山科考队登山分队为科考分队点播《青藏高原》，祝科考分队一路顺风"，不一会儿，科考分队也送上自己合唱的《回到拉萨》录音，开头还有王震一段极感人的"献辞"。

10 日 18 点 11 分，登山科考队到达西宁车站。11 日早上兵分三路做准备工作。李准组去联系车，李兰组去托运装备，尹瑞丰组采购食品。将近 12 点，大家回到住处，互通成果，李准组颇为得意，他们联系到一辆豪华卧铺车，西宁至拉萨这段只跑过四趟，据说还是和运营公司老板同车，如果不出意外，13 日中午就能到拉萨。李兰组也顺利。只是尹瑞丰组略颓丧，其实采购过程乐趣十足，但原本预料这一路需要 70 多小时，他们购足六顿饭的食物，看来如何保存和消灭它们是个大问题。

登山队的车预计 17 点出发，而科考分队 14 点就要开始走访，变成登山分队送科考分队。张静和于芙蕖买来可爱的卡通钥匙扣等礼物，科考分队则由张琦峰抱来大捧鲜花（有满天星、百合）。两队握手拥抱，依依惜别。

下午登山队早早就来到汽车站，和豪华大巴合影留念，折腾到 18 点多才发车。客车驶出繁华的西宁市区，开上了寂寞的青藏公路。路况不错，车颠簸得恰到好处，队员们都舒服地半卧着看窗外的风景，看层叠群山变成一望无际的草原，又看温柔的蓝天下开得正旺的油菜花形成的金色海洋变成一望无际、让人顿生豪气的茫茫荒野……在暮色中，大巴静静地驶过青海湖。

13 日清晨，汽车一路蜿蜒爬坡，就要翻越唐古拉山口，大都昏昏地睡着。这一段队员们或多或少有些头痛发热，精神状态不是很好。颇让人惊讶的是岳斌和雷宇二人，岳斌生龙活虎，谁也看不出他竟是前一晚反应最严重的一个，一路只听见他不断嚷嚷："我昨晚过得实在太充实。只有我吐了——哎呀，西大滩的粉汤还没消化就给吐了，真奇异呀。我还和雷宇一块儿唱歌。"雷宇一晚没怎么睡，早上又爬到上铺，听着耳机唱摇滚，一时间几乎所有的乘客都在前后寻找，是谁在嗷嗷乱叫。

车在早上 7 点 5 分翻过唐古拉山口，山口的标志是一座黄色的双人雕像。进入西藏境内，会强烈地体会到两种感觉——绿与祥和。这边的山，不像青海境内的突兀嶙峋，而多像卧着的牛脊背那样平缓，有很柔和很漂亮的曲线。这里的山也是绿油油的，还有水——冰川融水，顺着山坡淙淙流下。满山坡都是黑黑的牦牛或是成群的羊，旁边有一两牧民，穿着藏袍，往往还裹一块醒目的红头巾，静静地站着，看牛羊群低头安静地吃草，看羊羔咩咩叫着追逐嬉闹。

正午，车到那曲，沿街一排小店，多是四川人开的饭馆。镇子不大，一会儿就开出去。再向前，沿路雪山不断。距离那曲 70 公里处就是桑丹康桑。天气不好，浓云密布，较高的山头都藏在层层云雾中，看不真切。

天渐渐黑下来，离拉萨越来越近。大巴颠簸近 55 个小时，于午夜零点到达拉萨。在藏大西门，前站段新和林礼清在大雨中等候，登山队 12 人终于团聚，大家都极兴奋。睡个好觉，就要开始大采购。

14 日是队医张静可以稍为安心的一天。早上吃过口福来的锅盔，张静、段新带岳斌和刘炎林两个病号去藏大医院。岳斌过唐古拉山口反应严重，又曾失足掉入水中；刘炎林早上吃的全吐了，神情萎靡，嘴唇乌黑，病得不轻。

医生给刘炎林开输液加吸氧的处方。张静跑进跑出，忙着取药。医生怀疑地看着岳斌："你精神这么好，有病吗？"经强调说他曾是反应最严重的一个，医生才让吸氧。

吸完氧已是傍晚，刘炎林、岳斌精神振奋。问刘炎林吸氧舒不舒服，他摇头："这氧气有味道。"

进山

7月17日，周一，是登山队进山的日子。早上6点出发。雷宇和岳斌上曹峻的越野车，段新押装满物资的大卡车，大部队坐中巴，随行记者坐西藏登协的一辆吉普。

车向那曲方向飞驰。蓝蓝的天上白云朵朵，太阳一点儿也不羞涩，美丽的拉萨河金光粼粼，欢跳着蜿蜒而过。金色阳光映照着远山，还有绿树和大片大片长满黄的、红的、紫的野花的绿草坡，队员们愉悦而兴奋。曹峻的车开得最快，一会儿就跑得没影；中巴次之；卡车最慢，远远落在后面。一大车物资只有段新一人押着，大家都很担心，不时用步话机与他联系，总收不到回话，就停下来等待。卡车近了，透过车窗却不见他的影子。待到车停，方见一个脑袋从车窗底下露出来，神情茫然。原来他一直在睡觉。

经过八九个小时颠簸，车到达距桑丹康桑峰最近的公路上。从这儿进山谷，必须横跨一条小河。16点至17点，正值水量最大，车无法过河，只有在河边住一宿。

18日一大早队员们拆了帐篷，趁着水小，把车子开过河，进入山谷。把所有物资卸下来，卡车就开走。现在的任务是怎样把这批东西运上山，建BC。

迎面走来几个牧民。翻译很厉害，不一会儿就谈好马价（牦牛已放养出去，短期内收不回来）。不到半小时，这几个牧民牵着七匹马过来。登山队整理出建本营必需的帐篷、睡袋、地毯之类，打包上马。第一拨上去的是曹峻、段新和张锐。此时是上午10点。

中午12点30分，其他人正做午饭，忽见山头上的马陆陆续续下来，两个小时竟然就能打个来回。第二批运上去的主要是炊具、大米和一些易坏的蔬菜，跟着上山是岳斌、尹瑞丰、李兰、张静、于芙蕖、雷宇、林礼清和李士祎。这次进山的路是最轻松的，只需走两个小时，沿途是大片大片的绿草坡，松松软软，遍地是一尺来高的野花。

边看风景边走，不知不觉翻过两座山头，看到 BC 营址，正当 14 点，太阳暖暖地照在身上，桑丹康桑主峰毫无保留地呈现在眼前，那么美，仿佛一伸手就能触摸到她那雪白的肌肤。张锐蹦跳着跑过来，带来一个好消息：从 BC 到雪线只需一个半钟头。段新很兴奋，说如果天气条件允许，也许只须建一个 C1 就能直接冲顶。

大家休息一会儿，就开始搭本营大帐篷。在曹峻的指挥下，一切进行得井井有条，铲地，挖防水沟，搭营，铺地毯。不到 3 小时，BC 初具规模。

山下还有技术装备、食物和调料。时间还早，大家指望马儿再下去拉一趟，把所有物资都运上来。这时出了点小岔子，牧民非要当天就给马钱，而且价格被抬得很贵，一人一趟 30 元，一马一趟 25 元。队员们非常气愤，当即就把马解雇了。段新和曹峻念念不忘探路，但鞋和冰镐还在山下。岳斌和雷宇又下山去，看能不能联系到牦牛，把技术装备驮上来。

19 点，队员们肚子饿得咕咕叫。苦于没有油盐酱醋茶，曹峻危难之时显身手，用米、猪肉罐头、仅有的蔬菜胡萝卜和洋葱，竟也弄出一锅香喷喷的杂烩饭。吃着吃着，岳斌和刘炎林赶着 4 头牦牛上来，驮着技术装备。因装包时李兰没在，还是将冰爪落在了山下，第二天去探路还是没有可能。

天渐渐黑了，第三批物资只有等次日再运上山，虽有一锅杂烩饭暂解饥饿，但没有灯、没有水果、没有娱乐用品，后勤队长尹瑞丰觉得愧疚，一拍大腿"我下去一趟",背包下山。

天气变坏,下起雨来,大家都很担心尹瑞丰。21点30分,帐篷外响起他熟悉的声音。尹瑞丰带回一大背包食物,还有罐头实在背不动,扔在了半路。

走着走着,登上桑丹康桑四峰

这几天,登山队一直在探路、修路,为登顶做准备。7月20日,早上8点45分,段新、李准、岳斌、李兰去修路,其余人整理BC。

受纳木错小气候影响,天气变幻莫测,只一刻钟,淡淡云雾就从四周的山蒸腾而上,眼前的顶峰很快地就淹没在云层中。他们只得减慢行军速度,等待天气好转。

沿着冰川融水,他们只用一个半小时就到达冰川脚下。巨大的冰川长满冰蘑菇,从远处看一条灰色的岩石带很像碎石坡。为了节省时间,他们没有换鞋。

桑丹康桑冰川巨大无比,他们上到冰舌,吃了一惊,冰川支离破碎。从地形图看,桑丹康桑共有四条山脊,呈辐射状向远处延伸,从登山队这个角度可以看到三条山脊,初步确定走中间一条山脊,左右两条山脊包围的冰川被切割得太破碎,一条条新雪覆盖的裂缝从远处看特别明显。

顶峰下另有一椭圆形区域,灰色冰川被切割成台阶状。他们计划从它左方的雪坡绕到它的上方,修通连接顶峰下大雪坡的一条路。四人结组靠近裂缝区。所谓雪坡,"只是冰川上的一层浮雪,很松散,走起来很不舒服"。

在海拔5400米左右,他们遇上第一个雪洞,段新左脚踩进去,赶紧叫后面队友保护。他晃了晃悬在空中的左腿，觉得碰到硬硬的冰，知道自己右半身子还在结实的冰面上，心中稍宽，先解下包，滚了出来。4人望着巨大的雪洞，大口喘气。这雪洞被雪掩住，看不出来。李兰、岳斌、李准3人趴在雪地为段新保护，他隔两三米就挖出一个雪洞。原来这一带布满雪洞。幸亏冰川上雪层很薄，探路相对容易。

15点30分，他们站在一个平台上。云开雾散，顶峰完全展现，夕照给桑峰镀上金边，山体十分漂亮。从这个位置（5465米）看顶峰近在咫尺，只是椭圆形冰裂缝区上沿并非想象中那样平坦，冰川仍然破碎，顶峰似乎触手可及，但却无法亲近。

16点，4人下撤。后方队员赶紧冲进厨房，为他们准备晚餐。大厨张静熬了一大锅香喷喷的小米绿豆粥，于芙蕖试着做了一盘"蚂蚁上树"。

17点30分，他们陆续回到BC。李兰笑着说："我们走啊走，发现再也不能向前走了。然后我们登顶了桑丹康桑四峰，海拔5465米。"

这条路被探明行不通，但大家仍然充满信心。山的艰险更加凸显老队员面对困难的那份洒脱，面对艰险而斗志弥坚的那种气概。

21日早9点，又一批队员出发。他们是尹瑞丰、王浩、刘炎林、林礼清和张静，将在20日探路的基础上运输一批物资到碎石坡。队员们戴好头盔、背好包，整装待发。

尹瑞丰，后勤队长，近半年来一直为队里事务操劳。从最初的拉赞助没日没夜做计划、打电话、面谈，到登山队成立做后勤队长，又为最为烦琐的后勤事务忙碌，从采购炊具、肉菜到准备手纸、垃圾袋、娱乐用品之类小东西，都一一过问。到了山上，总是为各种各样的事情忙碌，毫无怨言，还不时开玩笑逗大家开心。

张静，队医兼大厨，期末考试最紧张时，正是准备医药知识最忙碌时，列医药清单，一趟趟采购药品，向老队员请教。上路后，成天忙着观察大家的健康状况，分药治病；在山上更是担起大厨重担，为一日三餐绞尽脑汁。

前一天早上曹峻和北大在线形象大使及李记者下山，车抛锚，周记者和许记者下山帮忙。周记者回来，给大家说他的传奇经历——一个晚上游了4次河。大家都打心底佩服北京电视台这两位记者，跟着登山队在路上、山上受苦，也从来不给登山队压力。最值得一提的是他们老帮厨做好吃的菜。登山队吃饭经常不规律，常常十来个人挤在两张小桌旁，他们从不跟着挤，有时挨得晚了也就根本不吃了。

BC 会师

科考分队抵达那曲，考虑到山的难度，怕登山队进展过快，决定马上进山。

7月22日，星期六。正所谓好事多磨，早上科考分队一行15人等不到事先谈好的包车，搭上一辆那曲客车站发出的"破车"。车先是半天发动不起来，之后发动起来却跑得比蜗牛还慢。眼看车行无望，队长王震一声令下，集体下车。路标写着"3599"，离目的地"3672"还差几十公里，他们决定沿路拦车。他们见到车就喊大叫，分别搭上几辆卡车，先后抵达"3672"。这一百多里路，他们花了将近6个小时才走完。

下车时遇到路边两个卖山蘑菇的藏族男孩，其中一个叫达娃，问明白科考分队不买蘑菇，而是要去山里找队友，他自告奋勇带路，说他的家就在桑丹康桑山脚下。达娃的出现犹如神助。在路上，达娃将队员们几个大包和衣服捆在自行车后架上，在前面开路，不时兴奋地询问许欢身上的东西叫什么。

去 BC 要经过两条河，一条比较浅，他们脱下鞋子，两两手挽着手过河。刺骨的冰冷渗入全身每一个毛孔，脚几乎麻木。刚穿上温暖的鞋子，就看到眼前横着另一条更深、更宽、更湍急的河流。这条冰川融水汇成的河让他们再度陷入低潮。达娃第一个蹚过去，水一直没到他的大腿根，大家犹豫了。不太会说汉语的他一个劲儿地比画说越往前走水越深，这条河是必须要过的。队伍仍然固执地相信往上游水应该会小，一行人就这样看到河水越来越宽，越来越急——正如达娃所言。3 个队长急了，分头去找路，天上飘起小雨，达娃驮着行李艰难地走着，夜幕也逐渐降临。将近傍晚，来到一个村庄，达娃停下来犹豫一会，没多说什么，又继续往前走。再上一个小山头，许欢指指前面说："达娃，我们还要继续往前走，你可以回去了，猜仁（藏语：再见）。"达娃轻轻挥挥手，便掉头朝刚才经过的村庄走去。

入夜，大家还淋着雨，没能过河，没找到登山队，也无法赶路，只好在一个藏民家借宿。15 个人挤在一间不足 10 平方米的小屋子里。牛粪在火炉里吱吱作响，两只蜡烛摇曳着微弱的烛光。

队长王震对于自己的判断、不能认真听取别人的建议、武断行事、没能照顾好队友感到后悔，考虑到队员感受，决定晚上开会。他首先检讨并向大家道歉。会议全无前些天的欢笑，但也使队伍更加团结。大家夜里都睡得不好，张迪几乎没有合眼。半夜，她推门出去，见到羌塘草原被月光照耀得十分明亮。黑沉沉的天空中，无数颗明亮的星星眨着眼睛，让人眼花缭乱。

又是一个清晨。科考分队租上马匹，蹚过那条冰河。海拔上升，渐渐地有些人感到不适。张迪前脚刚一踏上坡顶，长叹一声"我不行了"，便一手抚着心脏，无力地躺倒在草地上，但没一会慢慢坐起来，慢慢地调整呼吸，又往桑丹康桑前进。

他们躺在坡顶休息时，宋晓明发现碎石坡上有一个小红点，出于好奇，大家拿望远镜细细观看。原来是登山队的尹瑞丰。大家欢呼着冲上前去和他拥抱、握手，像看见亲人一般高兴。尹瑞丰要去山下村子联系牦牛运输物资，王震和他一道，余下14人顺着尹瑞丰的指引沿河谷走。

爬过几座山头，随着海拔升高，每走一步愈显艰难。再往前走，本营就在前面。两顶棕黄色的帆布大帐篷坐落在河边，有一顶旁边还挂着花花绿绿的经幡。

本营的登山队员飞奔出来迎接。久别重逢，有说不出的话。登山队的男生们大多数都黑了，据说是上山修路的后果；女生没怎么变，依然挂着灿烂的笑容。大家手挽着手，围坐在帐篷旁边的草地上，讲着路途中的艰辛与逸事。科考分队拿出辛辛苦苦背上山的水果，登山队员们也拿出平日舍不得吃的苹果、薯片、雪碧等食品盛情款待。

午饭甚是丰盛，李准、段新等人纷纷献出拿手好菜，李准的酱牛肉更是香飘万里。不过，科考分队饭量出奇的小。疲惫与倦意袭来，吃过饭，队员们纷纷钻入睡袋，很快就进入梦乡。只有张静、晁婕、尹瑞丰擀着烙饼，准备第二天的早饭。科考分队将跟登山队到达冰川下缘，登山队要修建临时 C1。

24 日，星期一，7 点下起冰雹。帐篷外风声大作，冰雹猛烈地砸在帐篷上，帐篷随风飘摇，随时有可能被风吹走。段新叫人起来拍雪，"啪啪"的拍雪声盖住风暴声，格外清晰。

起床时天已放晴，雪没有化尽，点缀在绿草中，分外好看。吃过早饭，由李准、尹瑞丰带着雷宇、张锐、王浩、张静、于芙蕖 5 人去搭建临时

C1。21 日已经运送一批物资到碎石坡，这次每个人只背个人的鞋和冰爪。科考分队 15 名队员跃跃欲试，每人背上一捆路线绳，跟随登山队一同前往雪山脚下。

上午 10 点，20 多人出发。路不好走，到处是乱石，走起来非常硌脚。偶见石缝中一朵雪莲，晶莹雪白，让人不由赞叹造物主的神奇。看似触手可及的雪山久久无法靠近，大家的呼吸越来越急促，腿越来越沉重。

经过一个多小时的跋涉，他们终于来到让人魂牵梦萦的桑丹康桑面前。湍急的冰川融水从山顶流下，卷着泥沙。在冰川裂缝区边缘，登山队的兄弟背上装备，向冰川末端进发。科考分队 15 人便以各种 pose 在雪山下合影。不料登山队遇到麻烦，上行百米，发现一条很宽的冰川融水横在眼前。这是前几天侦察路线没有遇到过的情况。队伍不得不原路返回，从河的下游寻找可能蹚过的较浅的地方。

然而，接近对岸时水突然变急，人都险些被冲倒，李准赶紧扶住岸上石头，狼狈地爬上岸。尹瑞丰、雷宇、李准站在水中，先将背包和刚从物资储运点背来的驮包传过去。水急包沉，有几次他们未能站稳，包掉进水中，幸亏尹瑞丰及时拽上来。几次他都几乎倒在水里。所幸几个进水的包未受大的影响。科考分队男生纷纷下水，帮助于芙蕖和张静两名女队员过河、运驮包。一行人平安过河，缓缓沿碎石坡向冰川走去。由于过河耗费很多时间，已来不及建 C1，只得先埋下物资。

这时风云突变。远处，一团浓浓的黑云向这边飘来。许欢警觉起来，说要有大暴雨，让大家立即下撤。除了几位男登山队员，其他人收拾地上物品，背起背包，匆忙返回。留下的队员们迅速把物资存放好。

太阳渐渐被遮住，河水水位骤然上涨，来时过河的位置已被河水淹没。风很大，几乎要把人吹倒，冰雹也无情地砸下来，打在雨衣上、身上。

下山路滑，每走一步都得小心翼翼，体力不支的人渐渐落到后面。渡河时张琦峰和李天航等人掉进河里，浑身都湿透了。

李兰早已熬好姜汤、鸡蛋汤，她叫已经淋湿的人先去换上干的绒裤，以防感冒。登山队员都撤下来，只有雷宇一人迟迟未归，等了很久，才终于望见他的身影。

这天，不仅是科考分队一睹桑丹康桑风采的一天，也是尹瑞丰20岁生日，登山生活的紧张和艰苦让他几乎把这个特殊的日子忽略。令他意想不到的是，守在家里的队友们早已在餐桌上摆好精心烹制的礼物——一个大寿桃（土豆泥为原料）。这是李兰特地做的，上书"尹土"二字。尹瑞丰激动地举杯祝酒："祝我们所有的人、所有的山鹰社社员能够安全、平安地回去，这是我第一个愿望，不管是登山队还是科考队的。第二个愿望，祝愿好人一生平安。我觉得每个人都应该做一个好人，都应该去关心别人、体谅别人、宽容别人。"

25日早上，又一批队员上山，他们是段新、岳斌、李兰、林礼清、刘炎林。他们的任务是搭建临时C1，同时修路，需在山上住一晚。而本营小帐篷里，"四国大战"杀得天昏地暗，厨房更是热闹非凡，科考队员争着一展厨艺。

下午阳光灿烂，张静、雷宇和许欢兴奋难耐，穿着拖鞋过河去"踏青"。贪玩忘了时间，下午河水上涨，回不来，沿河寻找渡水之处，越走越远，最终狼狈而归，雷宇与张静一人被冲掉一只鞋。

26日，炊事帐篷里人格外少，大帐篷内也是如此，几名帮厨边准备早饭边开玩笑，希望两名队长突然病卧不起，好让科考队员在本营多待一天。离别的时刻终于到来，科考分队在圣洁的桑丹康桑峰脚下合影留念，然后踏上新的征程。

意外登顶

7月27日，李准、尹瑞丰、张锐、雷宇、王浩、张静和于芙蕖上山运输。

想到24日运输过河遇阻的险状，这次他们出发不久就过河，改走右边碎石路。风景无大差异，只是见到更多的雪莲，白白的，毛茸茸的，往往是单朵或三四朵聚在一起，悄悄长在石头缝中，停下休息不经意就能发现。

一个半小时后他们到达冰川末端换鞋处。初次换上神气的Double Shoes，系上冰爪，不少新队员很兴奋。小心翼翼上冰川，蹭上一段冰岩混合陡坡，眼前豁然开朗：一眼望不到头的冰川，一道一道的冰凌下藏着涓涓的细流。向前走半个多小时，冰川不知不觉被一条不小的流水分成两块，队员们都在左边这一半上，估计C1应在右边那一半坡上，已不远。忽然，远处一阵哨声，段新手舞足蹈奔下来迎接。

在C1休息半个来小时，吃点行动食，决定尹瑞丰、王浩和状态不好的雷宇留下休息，段新、李准带张锐、张静、于芙蕖继续向上运输。向上这一段路是雪坡，开头一小段很不平整，"一堆堆黄色的脏雪头上顶着洁白的新雪，一眼望去，就像莽莽群山"（刘炎林语）。走一会儿，坡度陡然加大，约有40度，但坡面比较平整，有些地段雪还颇硬，冰爪不会陷下去，走起来不很费劲。沿路都是前几天修路的弟兄们细心打好的路线绳，仅有的两条窄窄的冰裂缝旁放了两面交叉的路线旗。加上有段新耐心指导，他们很快顺利到达埋放物资的平台，平台右边紧邻着巨大的悬冰川，冰川面略为前倾，上面有条条裂纹，许多地方还泛着绿光，很是吓人。此处的高度是5590米。他们为了显示"灭"掉尹瑞丰（尹瑞丰登过的雪宝顶海拔为5588米），硬说成5589米，还想尽办法庆祝这一历史性的时刻。

段新、李准与张锐三人结组向上走一段，认为前景乐观。段新说："我这次来有三个目的：一是把大家都平安地带回去，二是让更多的人学习到冰雪技术，将它们传下去，三是争取让更多的人登顶。"

31 日，周一，阴雨绵绵，山上有雪、有风，坏天气周期来了。对于留守的人来说，又是"快乐 + 郁闷"的本营生活。中午吃过饭，岳斌和雷宇爬上附近的小山包与 C1 联系，仍无音讯，便接着棋牌大战。

17 点多，林礼清湿漉漉地钻进帐篷，C1 的弟兄们撤下来了。李兰终于结束她长达一周的"山霸"生涯。为了抓住一切时机修路，她在冰天雪地的高山营地，就靠一点单调的高山食品，一住就是一星期。最让人惊喜的是，那么差的天气，他们竟然成功地把路修到了 5900 米处。本营留守者涌入炊事帐篷，各显身手，为他们接风。

8 月 4 日，天气开始好转。下午，太阳终于露出久违的笑脸。大家活跃起来，王浩和张锐跑去经幡处玩，张静和于芙蕖在河滩玩，岳斌起劲地给段新按摩。午饭后，炊事帐篷还开了个热闹的"茶话会"。坏天气持续太久，大家都有些憋不住，看样子，该上山了。果然，熄灯前段新宣布 5 日上山。A 组队员为段新、李兰、岳斌、雷宇、张锐，负责修路和第一批冲顶；尹瑞丰带领余下队员负责运输，协助建 C2；李准留守本营。

5 日，A 组队员原定早上 7 点 30 分出发，但山间云雾缭绕，直到将近 8 点才动身。中午 12 点，运输队员也出发，与计划稍有不同的是，李兰跟着运输组上山，张静因为状态不佳，中途下撤回本营。

可能是久不上山的缘故，运输组走得很慢，用两个小时才走到换鞋处，又花近两个小时到 C1。把食品、建营物资、雪锥等一一分装好，17

点整出发。尹瑞丰开路，于芙蕖、王浩、林礼清、刘炎林紧随其后，李兰收尾。可能是负重太大的缘故，他们走得比较慢，尤其是尹瑞丰，背上包绝对不止 20 公斤；林礼清和刘炎林状态都不很好，花 1 小时 40 分钟才翻上月牙形雪坡，发现 A 组队员刚刚翻越月牙形雪坡。原来连日大雪毁坏了路线绳，掩盖了几天前的脚印，得重新开路、打路线绳。

再往前，坡度比较平缓，但地形比先前一段复杂得多，有几个雪桥，还有三四个黑黢黢的大裂缝。雪很深，尹瑞丰开路异常辛苦，时不时就一脚深陷下去，雪直没大腿。19 点 40 分到达 A 组队员埋放物资的地方（约 5645 米）；此时天色渐黑，修路只有等到第二天，两组队员几乎同时开始下撤。

21 点多，天几乎全黑，两组人才陆续撤回 C1，迅速地搭起第二顶帐篷，烧水，准备晚饭，A 组和运输组各 5 人一顶帐篷，等到入睡，已过零点。

断断续续下了一夜的雪，6 日早上才放晴，不是一般的晴，简直是炙烤。A 组队员睡了个大懒觉，将近 11 点才从 C1 出发。12 点，运输组也出发，背的东西不多，队员状态都好转，走得很快，只用一个小时就翻上月牙形雪坡，又花半小时左右到前一天埋物资处。

运输组主要任务是将埋在这儿的除雪锥以外的物资继续向上运输。若 A 组修路顺利，将直接运到大雪坡上建 C2。段新用步话机告诉他们雪很硬，走起来很舒服，但经一上午的太阳烘烤，等他们沿着 A 组队员足迹走，有时一个浅浅的脚印，一踏上却变成没膝的深坑。尹瑞丰依旧一马当先，背得最沉，又肩负开路重任，因为牙疼，他几乎一夜未眠，其辛苦可想而知；王浩状态非常好，背得也很沉，但走得轻松。

沿途不断看见左边碎石坡上因发生雪崩而引起的滚石，行军路线正前方的悬冰川看样子也才发生过小小的冰崩，光滑的雪坡面上有不少碎冰和碎冰滚过的痕迹。早晨 A 组队员走过时，在原路线偏右新开一条路线。这一段是这天最难走的一段路，沿每一个脚印踏下去，都会变成深及大腿的坑，开路的由尹瑞丰一人变成 4 个男生轮流。

16 点多，运输组到达大雪坡下，A 组队员正在修路，段新已上到超过大雪坡的一半高度处。时间还早，运输组本想等到他们修通后再向上运输至大雪坡顶建 C2，但天公不作美，突然下起雪，下得还挺紧。他们只好就地埋放物资，火速下撤。风雪中走得并不轻松，不过他们心里都高兴，因为所有需要的物资都已顺利运到目的地。

按计划，若 A 组能顺利建好 C2，第二天将是冲顶的日子，因此安排林礼清直接撤回 BC，换留守的李准上来与运输组的其余 4 人组成 B 组，在 C1 待机。尹瑞丰的牙疼依旧不见好转。23 点多，步话机里传来段新的声音，说他们修路直至 22 点多，碰到一条大裂缝无法再有进展，因而在大雪坡下建起临时 C2。最乐观的估计，还需两天才可登顶，故决定次日一早即撤回 BC 休整。

8 日早上，李准、尹瑞丰、雷宇和刘炎林人 6 点 30 分就起床。西藏的天亮得晚，7 点才在临时 C2 看到壮丽的日出，9 点他们出发去大雪坡修路。

沿着之前一天段新和李兰修的路线，他们用了一个半小时上到大雪坡顶，前面横着的一条很宽很长的冰裂缝无法通过，李准和尹瑞丰商量，决定绕道裂缝的左边前进，横切雪坡。4 人结组，李准、尹瑞丰在前面拉绳修路，雷宇和刘炎林在后面保护。经过一夜的冻结，上午的雪很硬，踩着不会陷下去，走起来很顺利，路也修得很快。他们沿着宽阔的山脊往上一直走，12 点过到达一处宽敞的平台，应该是大雪坡西面悬冰川的上面。他们决定把 C2 建在这里。当天的任务已经完成。

顶峰近在咫尺，此时离天黑还有 9 个小时，怎能不让人心动？他们吃了两块压缩饼干,稍事休整,继续向主峰前进,尽量让道路向顶峰延伸。

顶峰的山脊向南伸出,下面是一个大雪盆。来到雪盆边缘,碰到两条巨大的冰裂缝,宽度可以塞得下一辆坦克。绕过这两条裂缝,往北走,上一个小山包,离顶峰只有几百米了,时间是14点30分。他们决定马上冲顶,挖个坑把背包埋好,由李准开道,4个人沿着山脊向顶峰冲击。经过一段平缓的刃脊,面前是由西面陡峭大坡相交而成的山脊,大约400米长。回头一看,东面已全是乌云,远处山上明显在下雨,而且云正在向他们这边飘来。这时候也只能往上冲。又走了约200米,李准体力已耗尽。山顶边缘卷起的雪缘已清晰可见。兴奋和焦急令雷宇激动不已,心里又拼命地想要冷静和镇定,他使劲把脚踢入雪中,脚步却很快,不一会儿就气喘不已,停下休息,然后再冲。

峰顶越来越近了,20米,10米,雷宇到达雪缘下面,用冰镐把雪缘敲出一人宽的口子,迫不及待地钻过去。雷宇登顶了。后面3人也从缺口爬上去。16点55分,他们第一批登顶海拔6590米的桑丹康桑峰。头顶上只有一片蔚蓝的天空,刚才的乌云无影无踪,雪山已完全接纳他们,它洁白的山体完全展示在面前,念青唐古拉山脉的群山就在脚下,西面纳木错湖美丽圣洁,东面峡谷里有两个小黄点,那是登山队的大本营。

用摄像机环拍之后,又对每个队员进行采访,17点35分下撤,19点安全撤至C2营址,这一次意外的登顶已锁定本次登山的成功。

9日早晨,毫无征兆地下起漫天大雪——这是进山以来本营第一次降雪。不多一会儿,整个世界白茫茫一片,桑丹康桑也完全被白纱笼罩。山下的队员无法再按原计划运输,只有在本营等候登顶队员归来。

闷在本营,他们发明了"摸瞎子"——2000年的经典本营游戏,开始由一人用毛巾蒙上眼当"瞎子",其余人可藏可逃,只要不被"瞎子"

抓到就行，范围局限在本营帐篷的半边。玩了两局，大家都喘得不行，哎，没想到在平原上小儿科的游戏，到了高山上却如此折腾人。他们又把游戏规则改成"瞎子"坐在门口数数，从 1 数到 60，在这段时间内其余人可在本营帐篷的范围内躲藏，至少一只脚着地，"瞎子"摸到某人必须辨认出是谁。这一下本营里翻了天，出现许多极有意思的场景。

"躲招"最绝妙的要数岳斌，他和李兰并排站在窗边，只是李兰双脚乖乖地站在地上，岳斌则把腿从窗格中伸出去，稳稳地落在帐篷外的石头上。"瞎子"从下向上摸，"倒霉"的是李兰，最好认的人是李兰和段新。李兰好认，当然是因为她那独一无二的小辫；至于段新，用众多"瞎子"的话说，一头像鸡窝似的乱发谁摸不出来？最让人害怕的"瞎子"非林礼清莫属，他总是要把大家摸个遍，然后再一一说出各人的名字，被他摸到的人往往要饱受蹂躏，大家总结说："一旦被小林摸到，最好的选择是赶紧承认自己是谁。"

雪停已是下午，雷宇四人还没有回，本营众人都焦急起来，段新更是没多久就要到帐篷外张望一会儿。大家想起一个好主意：录一盘磁带给他们听。先是王浩的开场白，然后是合唱《橄榄树》，然后，变成了儿歌联唱，广东儿歌、小毛驴、小燕子、小儿郎……开心最重要。

正录着，雷宇他们回来了，已是 17 点多，本营的队员全体去迎接，免不了一个拥抱、一个拳头、一声"狗屎"。4 个人精神都很不错，只是黑了些。

10 日，张锐和刘炎林因要军训提前下山，而尹瑞丰终于要圆大家的"包子梦"。一吃完午饭（其实已是 17 点）就开始忙，李准切菜，雷宇剁肉，尹瑞丰亲自和面、拌馅，后来岳斌、李兰、张静、于芙蕖加入包包子行列，炊事帐篷里热火朝天。人多力量大，不到 21 点桌上就堆满包子，大的小的，鼓的扁的，风格不一。大家都满怀期待，但也悬着块大石头：尹瑞丰坚持说包子不用发面，这是真的吗？打开锅盖，谜底揭开：咦？黄黄的，硬硬的，这不是蒸饺吗？试试，味道还是挺不错的。

之后的计划是，将C2移至大雪坡上面便于冲顶，考虑到争取更多的队员登上顶峰，最后的陡坡上面需要修路打绳。

后续记录残缺，只留下两段记录，照实直录：

8月14日

13点左右，7人到达临时C2，撤临时C2，发现此处并不安全，大陡坡右侧的悬冰川发生过一次大规模冰崩，崩落的雪块冰块一直流到临时C2的附近，如果崩落的量再大些，帐篷很有可能被埋掉。

19点左右到达大陡坡的上沿，8月5日修路到这里曾埋下部分物资，但由于几天的降雪，已将包括路线旗在内的所有物资完全掩埋。找了半个多小时，考虑到时间不早，为了尽早建好C2，决定暂时放弃。

20点左右建好C2，李准、尹瑞丰向A组描述C2以上的路线，撤回C1。

8月17日，天气较晴，有风，雾时聚时散

9点左右5人出发，由于几天降雪，李准4人修的路线已全部被埋住，无法找到绳头，根据他们的描述，除了几个大的明裂缝外，路线上基本上没有裂缝，所以决定结组，基本上按他们的路线，绕开几个明裂缝，然后下到雪盆里面，一直穿过雪盆，在将要上坡的地方转为横向前进，一直横着走，最后上到中山脊的刃脊上，在这里，发现了路线旗。这段刃脊坡度很缓，但是两边都是很陡的坡，考虑到后面有可能在大雾天经过这里，所以要在刃脊上从头到尾打路线绳，以保安全。过了刃脊，就到最后的大陡坡下面，海拔约6300米，平均坡度有45度，个别陡的地方有60度，两边的坡都在60度以上，如果滑坠，向左会一直下滑到高差300米的雪盆里去；而右侧是七八十度的悬崖，高差600米，一旦滑坠，后果不堪设想，所以一定要在此修路。

14点左右天气变坏，大雾，能见度不到10米。队员们试着在大雾散开的间隙向上修路，观察上面的地形，估计修路量。前进60多米，天气没有好转迹象，再走下去，可能因为能见度太差无法判断地形而出现险情，决定下撤。17点左右回到C2。

2000年桑丹康桑登山队队员名单（年级/院系/职务）

李准：1997/电子系/队长

尹瑞丰：1998/光华管理学院/后勤队长

段新：1996/电子系/攀登队长，前站

岳斌：1998/计算机科学技术系/后勤

林礼清：1998/数学科学学院/前站，摄影

张静（女）：1998/技术物理系/队医，大厨

于芙蕖（女）：1998/生命科学学院/队记，财务

刘炎林：1999/生命科学学院/装备

雷宇：1998/电子系/摄像

张锐：1999/电子系/摄影

王浩：1997/光华管理学院/后勤

李兰（女）：1998/应用文理学院/装备

漫长的攀登

——2001 年穷母岗日

那种生死之间的感情只有身在其中的人才能有深刻的体会，也只有在一支成员彼此有着深厚感情的队伍当中才能体现出来。

穷母岗日峰，藏语意思为"有学问的仙女"，海拔 7048 米，在西藏自治区的尼木县境内，是山鹰社攀登的第十三座雪山。穷母岗日是念青唐古拉山脉南端最后一座高峰，山体雄伟，气势恢弘，冰川发育良好。该山基本属于半干旱大陆性气候，8 月是降水量最大月份，天气很复杂，一天中往往出现阵雨、冰雹闪电、雷暴等种种天气现象。不过穷母岗日紧邻公路，交通便利。

2001 年 7 月，北京大学登山队全队 10 名男生、3 名女生，共 13 人，历时 33 天，攀登穷母岗日峰。A 组 8 月 11 日 10 点 50 分登顶，B 组 8 月 12 日 8 点 42 分登顶，其中 9 名男队员、1 名女队员，共 10 人。

前站

6月28日，阴转小雨。后勤队长林礼清和新队员杨磊从北京出发。一路无话。林礼清不是看他的《程序设计》，就是躺在座位底下长睡八九个小时。杨磊睡不着，也不看书，一个人对着车窗外发呆。他没有冬训过，入社刚几个月，出乎意料地进了登山队，糊里糊涂训练两个月，就踏上西去的征程，任务却是从未接触过的摄影和没有大部队乐趣的前站，多少有点惆怅。

第二天18点46分，到西宁站，去格尔木的火车是19点35分发车。30日11点46分到达格尔木。到拉萨的汽车票每人230元，林礼清说太贵，要去坐私人车。格尔木一家粮油所为拉萨市一家公司购买了几辆吉普车，顺便拉乘客赚钱，每人只要180元。他们14点30分出发，开始颠簸的行程。

凌晨1点多，司机要睡觉，将车停在离唐古拉山口90公里的一个小坡上。老队员提醒过，刚到高原最好少睡，何况此地海拔已有4800米，杨磊不敢睡。早晨6点再次出发，过唐古拉山口。

夏季多雨，安多到当雄的公路多处被冲。汽车从水中开过，有时水甚至跑进车里。路上，林礼清把他们2000年登的桑丹康桑指给杨磊看。16点到当雄，司机说再有三四个小时就到拉萨。两人决定再饿几个小时，到拉萨饱餐一顿。羊八井到拉萨一段公路在修，绕道林周，汽车23点56分才到拉萨，两人离上一次吃饭已有25个小时。

从汽车站出来，太累了，他们看也没看就住进交通招待所。房小，没有通气孔，老板叮嘱他们睡觉开着门。凌晨2点，老板娘端来两碗面，他们吃到了26个小时之后的第一顿饭。可能是因为初上高原，杨磊流了很多鼻血。

7月2日，原计划8点起床，他俩却一觉睡到9点30分，闹铃响也没听见。14点30分，拜会晋美老师。他讲了对登山队计划的看法，并介绍了春天藏大登山队与日本一所大学登山队联合攀登库拉岗日（7538米）的情况。之后去体育局，不巧局长和书记都出差了。再去交通厅，办了一张走羊八井的通行证。在货运公司打听了租车价格，太贵了，而且司机也不认识进山的路，只好从登协租车。回旅馆的路上，他俩发现一个可大量购物的地方，价格便宜，物品齐全，坐2路车可到达。

他们去餐馆就餐时，发现隔壁一家招待所条件还不错，价格也可以接受，适合大部队住。

3日，他俩一大早搬家到大部队准备住宿的康达招待所。吃过早饭，直奔体育局，找到姬局长，她说可以帮忙和登协说话。到登协，处长高谋兴出差，只有张副处长在。说明困难后，他表示愿意帮忙。他俩又去市政府，想让他们提供车辆，但德吉卓戈市长出差在外。下午分头调查市场，21点多回住处。林礼清买了一些耐腐食品。

4日，杨磊先去调查市场，后去气象局找穷母岗日气象资料，但气象局的人推来推去不肯给。杨磊只核正了高度计就回住处。林礼清联系车辆谈得差不多，无奈带来的钱太少，又要在登协双休日之前办完手续，只得到晋美老师处借了5000元钱。下午他们就待在住处看电视。

5日上午，他俩又跑到登协，张副处长开会去了；下午再去，张副处长早走，又一次扑空。他俩这两天跑市场都靠两条腿，很累。

6日，他俩到登协，总算找到张民新副处长，好多事他得跟高谋兴处长商议。进山费给便宜了3500元钱。林礼清、杨磊两人把进山费、租用汽车和登山用品的事情搞定，长出一口气。

21点多，尹瑞丰（攀登队长）和牟治平（后勤，摄像）到达，他俩把所有背包都带来了。四人借了一辆三轮车把东西搬到招待所。

大部队第二天早上到。

奔向穷母岗日

7月1日，阴。6点30分，登山队和科考队在北大南门集合，山鹰社社员们络绎不绝过来送行。张静带来平安绳，亲手给每个队员系上。攀岩队在怀柔训练，张锐和王在托人带来玩具小娃娃和挂链。

2日，18点38分，列车驶进西宁站。新队员争相在西宁站前合影。雷宇等联系饭店，收拾停当，吃过丰盛晚饭，已近22点。回到住处，两支队伍分别布置今后几天的工作。

3日早上7点，楼下集合，进行初上高原的第一次适应性训练。8点30分，尹瑞丰、雷宇、李兰外出找车，晁婕（队医，后勤）随科考队员外出采购后面几天在车上的干粮，其余人随刘炎林取托运的货物，准备等雷宇他们联系好车就直接装包，奔赴拉萨。但联系好的车不能来，当日赶往拉萨无望。

4日，原定上午来接的车没有到，决定改乘火车到格尔木，再想办法赶赴拉萨。19点，登山队坐上火车，再次踏上征途。窗外，阳光映着金黄色的油菜花与绿色的田野，一片勃勃生机。

5日早餐是AD钙奶和面包。如此丰盛的食物，也未能惊动雷宇和李兰，两人从上车起似乎没有醒过。11点40分到达格尔木。队长去联系车辆，大家在站台上吃饭，提行李，等车子。这天是卢臻的生日。卢臻在登山队编号为6，取谐音大家叫他"小卢卢"，没想到这居然成为一个经典外号。赖伟和晁婕去买氧气袋，顺便买了一个哈密瓜给他过生日。小卢卢带着阳光般的笑容切哈密瓜，听大家唱生日歌，科考队还合唱一曲《死不了》。虽然只有方便面和哈密瓜，但看得出来，他真的很高兴。

15点40分，出发。装备分装两车，尹瑞丰和牟治平随第一辆，大部队跟第二辆。汽车平稳地行驶在青藏线上。戈壁滩一望无垠，黄沙漫漫。傍晚时分，车停西大滩。太阳已经下山，对面暮色中云雾缭绕的就是山鹰腾飞的起点——玉珠峰。

6日，汽车走走停停。17点多始见桑丹康桑。车行逶迤，桑丹康桑从群山中的小尖变成称雄一方。看着有如比着尺子画出的山峰和近60度的山脊，雷宇回忆起2000年登顶的风光："太陡了，从顶上一直看到山脚，清清楚楚的。"不久，转到山峰正面，绚烂的落日照在桑峰上，一览无遗。

7日，上午9点，汽车缓缓驶进拉萨汽车站。窗外蹦蹦跳跳的是杨磊，林礼清在他身后微笑，尹瑞丰、牟治平也在。

13点30分，西藏大学登山队指导老师晋美率藏大登山队来访，与北大登山队队员座谈。他们春天与日方联合登顶了库拉冈日峰（海拔7538米）。库峰与穷母岗日路线相似，登山队寻求他们的经验，又针对穷母岗日向晋美老师提问，晋美老师热心回答。之后登山队分拨行动，一组去登山协会租装备，一组采购。晚饭后，开始腌制新买的猪牛肉。

8日起床较晚。财务遇到小麻烦，近12点才取到钱，分头采购物资。没过多久，旅店前地席上摊满形形色色食品、物资、锅碗瓢盆等。在后勤队长林礼清的安排下，东西一点点装入纸箱和编织袋，再装入驮包中。17点30分，租用的卡车准时赶到。有经验的老队员指挥大家装车。

一切就绪，20点，登山队前去拜访拉巴老师。拉巴老师是西藏登山队队员，1996年中韩穷母岗日联合登山队登顶队员，2001年1月与四川青年队又一次造访过穷母岗日。登山队详细询问了穷母岗日的情况，观看了四川青年队的攀登录像，那里线变化很大，BC到C1路线有难度，每人心里都沉甸甸的。

雷老虎队长

在西行路上，赖伟领略了一把"雷老虎队长"——登山队长雷宇的厉害。这段时间很郁闷，赖伟在列车上一时变得尖刻，把许多无情的嘲讽与讥笑施加给科考队队友，科考队队长刘静表示不满。赖伟遭到雷宇的严厉批评，稍微收敛一些。

熬过火车上的时光，进入漫长的青藏公路。每次见到雷宇严厉的目光，赖伟就感到不自在，生怕一不小心又破坏登山队科考队的团结。在他眼中，以前雷宇似乎不是这样的人。

赖伟加入山鹰社时，雷宇是训练部长。雷宇在训练场上无比活跃，甚至有点疯狂，平时却很内敛，很儒雅，不苟言笑。要不是跟他去打过一次前站，赖伟可能会一直对他持敬畏的态度，根本不可能随便开玩笑。

2000年五一大活动，去箭扣长城。副队长刘静和张静找雷宇、景力群、赖伟打前站，主要技术力量是雷宇。

五一那天出发，两位副队迟到，被罚请吃草莓。当时五人彼此不是很熟，赖伟只跟雷宇较熟。当天下午，到了西栅子村，雷宇、景力群和赖伟去侦察路线，一路上雷宇教赖伟和景力群唱《国际歌》和《大盗贼》。《大盗贼》是动画片的歌曲，赖伟因此认为雷宇是一个很有童心的人，从此他跟雷宇开玩笑就没了心理障碍。

2000 年冬，一天下着大雪，李天航、李岗、赖伟在 28 楼北侧二楼楼梯口讨论山鹰社制度改革问题。三人没有周密思考，只是像激进的社会小青年对社会不满，用自己并不能控制的思维发表自以为是（并不是一无是处）的见解，得出的结论自己也糊里糊涂，就商量着跟社里反映。赖伟被推举为代表。考虑到当时情况，决定先把意见反映到秘书处，让秘书长定夺。

赖伟当时没有形成一个比较规范的做事方法，居然不知道把观点写下来再去汇报。他在"学一"食堂逮着张琦峰就说："琦峰，我对社里有些意见。"张琦峰问："什么意见？"赖伟结结巴巴地把三人讨论的情况说出来。张琦峰没给意见，只说会在理事会上提出来讨论。

赖伟渐渐忘记此事，直到寒假冬训出发那天中午，他和雷宇取回订购的面包，在岩壁等其他人。雷宇问赖伟："你对社里或者对理事会有什么看法？"赖伟一时惊慌失措，随口答道："我没有什么意见。"雷宇用手撑了撑岩壁，说："你当时给张琦峰反映的理事会都知道了，你们所说的有些是好的，不过很多时候要改变一些东西不是想当然就可以，踏踏实实做一些事情也是很重要的。"当时赖伟认为雷宇是要他老实点儿，别不做事情，后来知道雷宇也是逼不得已。岳斌因为某些原因无法再担任社长，社里重担极有可能落到雷宇身上，接下来的学期有攀岩比赛和登山活动需要操心，如果再掺入制度改革问题，社里只会更乱。

后来他和刘静聊天，知道雷宇对他的期望很大。赖伟认为自己最终没能达到雷宇所期待的，反倒是由于感情问题差点放弃与山鹰社的缘分。

后来雷宇做了社长，事情特别多。刚开学，社里有意让赖伟和刘炎林承担社内事务，其他人把精力花在攀岩赛的筹备和登山的组织上。赖伟却把开始的活动策划全部推给刘炎林，雷宇不得不召集所有部长在赖伟宿舍门口讨论。雷宇看赖伟实在没有承担责任的意愿，也不怎么强求，让他轻轻松松做部长。2001年登山队老队员比较缺乏，雷宇怕赖伟连登山也没有兴趣，隔一两周就问他一次："今年想去登山吗？"赖伟不明白雷宇的真正意图，又不愿意让雷宇太失望，每次都肯定地回答："去，非常想去。"

西行路上，赖伟终于领略到雷宇的雷脾气。赖伟故态萌发，又搞得跟科考队剑拔弩张。特别是在两位科考队员与登山队一同前往BC的途中，赖伟正得意扬扬施展自己的嘲讽艺术，雷宇猛地一声大喝："住嘴，你再说一句就给我滚回去。"赖伟愣了一下，脑子里一片空白。

赖伟之前没有见过雷宇发火，只是听李济瑶说雷宇曾经对她狠狠发过一次火，她因此给雷宇起个"雷老虎"外号。赖伟知道自己的行为非常不好，尽管没什么恶意，但这种恶习一直以来没有得到强有力的制裁，于是终于塑料钉遇见水泥板。

"雷老虎"发威也有让赖伟赞赏的。到了山上，雷宇每天对变幻莫测的天气和支离破碎的冰川发愁。有一天他闷坐半天，突然冲出帐篷大吼一声，吓得赖伟条件反射地跑出去，唯恐是自己"惹怒"了队座大人。结果雷宇阴沉着脸，咬牙切齿地对他说："天气再这样，老子就要击鼓骂天了。"

风雪 BC

从拉萨进山到过渡营地花了一天时间，一路过来关于真假穷母岗日的赌局不断，结果是许多无辜的山被命名为穷母一撇、穷母两撇。穷母岗日披着金光终于现身：那黑白交织的岩石与雪坡，那陡峭的冰脊，那庞大的身躯，让人移不开双眼，宁愿被那光芒射得双眼疼痛，宁愿用仅有的氧气去换那令人窒息的美。这才是穷母岗日。

朗堆村的小孩们甩着袍子，像小野羊一样奔跑着，晁婕懒懒地趴在座椅背上，凝视着山。车绕着穷母岗日开，足足绕了半圈，队员们不断用各种方式感慨着。

下了小巴，一行人被装上大卡车，像土豆一样被摇来晃去。队长一直恐惧地看着韩蕾怀中的氧气瓶，它晃来晃去，威胁着他的门牙。

过渡营地在一片草地上，河里打上来的水散发着牛粪的味道。段新等四人感冒，被队医晁婕勒令卧床休息。刚上到新高度，建完营，又干一堆杂活儿，容易引发严重的高山病，晁婕特别紧张，生怕出什么岔子。

7月10日，队员们几乎是在赖伟和牟治平做饭的吵闹声中醒来。帐外下起小雨，阴云密布，穷母岗日遮上神秘面纱。早上7点，雷宇和林礼清前往乡政府，交涉租牦牛事宜。段新、韩蕾身体不适，留守过渡营地。其余9名队员，由尹瑞丰带领前往5500米本营，选择本营地点，侦察路线，进行适应性训练。

9个人9点45分出发，两个多小时后即到传说中的神湖。前一晚轮流守夜，大部分队员体力欠佳，倒是原先的病号李兰因为睡眠充足，显示出良好的体力和适应性。海拔迅速攀升，大家都喘得厉害。天气反复无常，到目的地时，已有好几名队员伤风头痛。

在紧靠冰川末端的湖边大致选定本营地址后，尹瑞丰、李兰、刘炎林、卢臻向附近一处小山头前进，观察路线。四人沿碎石坡缓慢攀登，其余队员原地等待。不久，山风大作，雨滴星星点点洒下。队医晁婕出现高山反应，与过渡营地联系后，李凯陪她先撤。遇见前来迎接的雷宇和段新。捧着从他们怀里掏出来的热果珍，晁婕十分感动。

下到营地躺下，头痛和炒辣椒的味道，把晁婕折磨得不行，也不知何时昏昏睡去。不管是身体上还是精神上，晁婕觉得2001年较以往大不一样。虽然只是小小队医，也觉责任重大，对每个人都严加看管，以至于大家都快得了恐医症。

赖伟、牟治平、杨磊原地等候探路的尹瑞丰四人。那四人上到小山顶，举目皆是破碎的冰川，冰陡坎一个接一个。1996中韩联合登山队走的大冰坡已不可行，依稀可见几根路线绳在风中摇晃。因小山头高度低于平台，看不清上面地形。

下得小山，已是16点50分，七人匆匆赶返本营。上升下降太快，大风再一吹，多位队员头痛发烧，营地多了许多病号。

雷宇和林礼清联系好36头牦牛，每头35元，12名牦牛工，每人30元。他俩上午就回到营地，第二天早晨9点向本营进发。

夜里下了一场大雨，许多人从睡梦中惊醒。雷宇和尹瑞丰轮流守夜，守护装备。

11日7点30分，大家被牦牛和牦牛工的声音吵醒。雨仍在下，队员们匆匆吃过早饭，装好包。李兰和段新先行出发，选择BC营址。村民热情地帮着整包，装包。

9点左右，物资捆扎得差不多了。牦牛分三批出发，每批都安排队员跟随。刘炎林、卢臻跟第一批，赖伟、杨磊跟第二批，余下队员押后。风雨交加，前往本营的道路漫长，不知绕了多少弯、翻了多少山头，终于看见神湖的踪影。翻过一段碎石坡，神湖边，一顶大帐篷赫然可见——先到的队员已将本营帐篷搭起来。

雨越下越大，一会转成冰雹。队员们抓紧时间搭好了炊事帐篷。本营位置较高，植被稀疏，帐篷就搭在碎石上。旁边是湛蓝的湖，雪水沿小溪急速流淌。湖另一边矗立着张牙舞爪的冰川。云开雾散，顶峰清晰可见。

半夜下大雪，天亮时，段新、刘炎林起来拍雪。本营大帐一角被压塌，大家七手八脚把倒下的杆子重新固定，又把其他杆子加固。门外白茫茫一片，上山适应的计划泡汤。

吃过早饭，众人在本营喘息。雷宇，林礼清等人建了厕所。下午，李兰、刘炎林等整理装备，理路线绳，做路线旗，做雪锥绳套，布置宿营帐篷；林礼清、韩蕾等分装高山食品，布置炊事帐篷。

晚上老队员开会，决定次日雷宇、尹瑞丰、段新、李兰四人上山侦察、修路，其余队员随林礼清和刘炎林在冰川末端做适应性训练；任命林礼清为 BC 营长，晁婕为大厨。

13 日早，有小雨加雾，8 点左右雨停，此后间断性大小雪未停过。

早 7 点，四名探路队员拎着冰镐出发，其余队员分两组，第一组林礼清、赖伟、韩蕾、卢臻、杨磊，第二组刘炎林、李凯、晁婕、牟治平，分两拨到冰川末端进行适应性训练，练习冰雪技术，包括雪坡上升下降、滑坠制动等。

晚上近 19 点，探路队员撤回本营，一脸疲惫。问尹瑞丰情况，他苦笑。四人走的是 1999 年日本队路线，从右边碎石坡绕到 5650 米换鞋处，前行即是破碎的冰陡坎，靠右边岩壁走，绕过一个流雪槽的喇叭口，进入三角区，然后在冰陡坎间绕行上升，最终被一面四五米高的冰壁挡住。天色已晚，只得回撤。这一天所经的地方很是凶险，雪崩槽、滚石区、悬冰川，但别无他路，也不知上面地形如何。上吧，安全隐患太大，但总不能就下撤……最后决定再探，翻出冰壁看看再说。

14日早上醒来，大雾。吃过早饭，下起小雨。刘炎林将羽绒衣裤发给大家，各自整理个人装备。原定任务是运输物资到换鞋处，只等天气稍好就出发。但太阳始终没有出来，雾越来越大。

15日，本营第五天，又是一夜大雪。帐篷又一次倒塌。本营周遭一片银白。三三两两的书虫，或《拿破仑》，或《鹿鼎记》，好读不倦；"四国大战"狂热者，昏天黑地。

在山上的日子单调快乐。"四国大战"是本营最受欢迎的游戏，也被称为有智慧的游戏。最为热衷的是林礼清、尹瑞丰、牟治平、杨磊和赖伟。林礼清是高手。下棋充分体现个人性格，林礼清可以和任何人配合很好，棋风攻守兼备，屡出奇招，想不赢都难。赖伟认为自己是反例，不会配合，总是孤军作战。

15点多包饺子。因海拔过高，饺子屡煮不熟，只好油炸。无意中发现可以收到广播，得知北京申奥成功了。

16日，天已亮，雪未停，上午在玩闹中度过。中午，雪停，天气要转好。连续几天大雪，雪崩异常频繁，在本营经常可以听到轰轰雪崩声。此时不宜上山修路，队员们决定上到换鞋处的平台练习技术。平台左侧是高大石壁，右侧横着巨大的冰裂缝，前端就是三角区。牟治平身体不适，留守本营。其余队员分三组：第一组雷宇、李兰、赖伟、李凯，第二组林礼清、段新、杨磊、晁婕，第三组尹瑞丰、刘炎林、韩蕾、卢臻。每20分钟出发一组。14点第一组准时出发。各组在安全的地方分别练习结组和探路技术。

从BC到平台换鞋处，海拔上升约150米。第一次用时一个半小时，后来50分钟即可。中韩登山队以前走的冰壁路线，破碎而且陡，难走，到平台后归到主线的路已被大裂缝阻隔。北大登山队选择碎石坡线路，整个路线由一段段碎石坡构成。坡比较短，上部石头较大，危险性滚石较少，好走。左边冰岩交界处偶有小冰崩和小滚石，但距路线较远，无大碍。因为担心有坍塌和滚石危险，换鞋处远离岩壁。7月28日，换鞋处曾发生大片岩石坍塌，幸好无人在场。当时选择物品放置处，看到以前崩落的痕迹，且有风化现象，但觉得尚有一段距离，鞋子和物资放在石头上要干燥一点，因此未太在意。其实危险已经埋下伏笔。

队里决定次日雷宇、尹瑞丰、林礼清、刘炎林修路。

雪崩

7月17日，难得没有雨雪的早晨，天色依然阴沉。

当日任务是翻越冰壁，尽量往上修路。6点，雷宇等4人开始收拾装备，尹瑞丰背着10公斤重的自制软梯，7点，在晨雾中离开本营。

中午，他们到达冰壁底下。卸下背包，默默嚼牛肉干或压缩饼干。冰壁高约4米，上面覆盖1米厚的浮雪。雪山阴沉宁静，太阳偶尔露一下脸，能见度尚好，依稀望见两汪湛蓝的湖中间的本营。转眼工夫，山谷升腾起团团云雾，遮掩了本营。不一会儿，云雾笼罩了整座雪山。风开始吹，山谷云雾翻腾，夹着昏黄的诡异的阳光。对面三角区的岩壁啪啪往下掉石头。

风云稍停，他们开始对付冰壁。尹瑞丰保护，刘炎林做先锋。4米高的冰壁好办，但浮雪吃不住劲儿，挂不住镐，只能把雪刨掉一部分，打开一个缺口上去。短短四五米，花了两个小时才上去。林礼清也爬上来，两人合力固定软梯。用雪锥固定好软梯，已是15点。雷宇，尹瑞丰相继沿软梯翻上来。

前方是大雪盆，右拐是通往 C2 的大雪坡。脚下是数道宽大的裂缝，突破冰壁的兴奋瞬间无影无踪。4 人结组，小心翼翼地过了一道雪桥，又是一条裂缝。听到本营焦急呼叫，尹瑞丰回道："已翻过冰壁，前面是裂缝。过去看一下，17 点下撤。"他们结组沿裂缝左右勘查，发现自己竟然站在一个"孤岛"上。裂缝一处两边的冰雪倒塌，填堵成桥。尹瑞丰仔细观察，认为这座"冰桥"可以通过。

17 点 30 分左右，他们下山。近 19 点回到本营。冰川末端的地形难点差不多被突破，如果天气好，大部队就可开始行动。

晚上老队员例会，决定若次日天气好，段新、李兰、刘炎林、尹瑞丰继续修路，杨磊、韩蕾、赖伟留守，其余队员运输。

夜，静悄悄，又下着雪。不时有人起来拍雪，营地响起砰砰的拍雪声。

18 日，修路队员本已收拾停当，天不作美，只好又休息。9 点，大雾茫茫，雷宇决定按原计划运输，主要是修路物资。一行人出发。大约 10 点左右，山上传来噼里啪啦的雪崩冰崩声。望着帐外白茫茫一片，本营队员为山上的兄弟担心。11 点 30 分，大雾中传来清晰的冰镐声，他们回来了。

19 日，清晨 6 点，帐外淅淅沥沥下雨。尹瑞丰、段新、李兰、刘炎林起床，准备上山运输装备。

午餐后，本营步话机里传来尹瑞丰声音，4 人已从冰桥安全通过大裂缝，正向前修路，修通到达 C1 的路指日可待。尹瑞丰建议运输建营物资至换鞋处。这无疑是莫大的好消息。队长决定李凯、晁婕留守，其余 7 人运输。

19 点 30 分，修路队员撤回本营。修路已跨过大裂缝，横穿雪盆，发掘出 4 条 1 米宽的裂缝，到达大雪坡下。队里大致选定大雪坡路线：沿大雪坡中间靠右的地方上山脊，左拐沿山脊走，再从左右两个流雪槽中间直上海拔 6100 米的穷母岗日卫峰的山顶。

晚上老队员例会，决定：雷宇、段新、林礼清带两名新队员牟治平、卢臻修路。刘炎林回来就倒下了，高烧 38.6℃；尹瑞丰连日上山，很是疲劳；李兰身体不适。段新这条老黄牛，再次上山。

20 日，上午间或下几滴雨，下午则万里无云。建营 10 天，队员们第一次领略到穷母岗日的笑容。

修路队员很早出发，要赶在 10 点前通过三角区。10 点后，太阳直射这一区域，容易引发冰崩滚石。17 点，山上方向突然传来接连不断的哗啦啦流雪声。步话机里传来段新急切的声音："我们在软梯上端平台处，下面有大雪崩。整个穷母岗日笼罩在雪崩的烟尘之中。"本营队员不由得一震，赶紧冲出帐外。

整个山被大雾笼罩着，从 BC 只听到雪崩巨响，接下来就只有担心。如果他们早下撤一个小时，天哪，不知会发生什么事情。太阳静静地挂着，炙烈的阳光照得人暖暖的，可也增加了雪崩的可能。雾气散去，可以看到卫峰向本营方向的一面雪坡上端，仿佛被齐刷刷切了一刀，雪崩与流雪痕迹清晰可见，不知塌了几吨雪。

临近 20 点，雪山慢慢静下来，零零星星小流雪停了。山上人开始下撤。终于，林礼清带着牟治平和卢臻回来了，接着是拖着疲惫步子的雷宇，最后是段新，他总是最小心的一个。修路也不顺利，连日大雪，积雪甚厚，架一根绳就要一个钟头。他们往上架了 5 根绳，已到达雪坡半腰的山脊上。

各种大菜摆了满满一桌："九月菊花饼""甲虫上大树""浇汁马铃小丸子"。全队人围坐一堂，挤得不得了，但似乎只有挤着，心里才踏实。夜，映衬着点点繁星，神女静谧而美丽的一面展现在队员们面前。

鉴于下午那场雪崩，队里决定第二日休整。7月21日9点，大家还没醒，朦胧中听到外面有人兴奋地叫喊。晴空万里，金灿灿的阳光洒满穷母岗日。

11天来，被肆虐的风雪压制，被艰险的地形阻隔，众人都郁郁不乐。眼下迎来好天气，又修通破碎的冰川路线，大家按捺不住兴奋——该大展身手了。晚上老队员例会，确定分组：尹瑞丰、段新、刘炎林、赖伟、卢臻、韩蕾为A组，其余队员为B组，韩蕾、牟治平留守，A组修路，B组运输。

22日，又是一个好天气，但空气格外干冷。不到5点30分，闹铃一个接一个响，尹瑞丰第一个爬起来做饭。A组5人陆续爬起来。出门一看，满天繁星，两颗流星一闪而过。6点30分，一切准备就绪，出发。

A组9点上软梯，10点20分到大雪坡下。这两天没有下雪，之前修路踩出的痕迹清晰可见，几乎形成一条长槽。路线左边雪层滑了一大块，露出灰色的旧雪层。尹瑞丰安排：他和段新上去修路，卢臻跟着做少量运输，刘炎林和赖伟在下端，如出现不测有个接应。

12点30分，段新喊卢臻上，卢臻背着4捆绳和路线旗，上到前两天修路的最高处。在那里可以看到下面，似乎又冒出不少冰裂缝，远处青山一片草绿。上山以来，卢臻有一段时间比较沉闷，因为尹瑞丰说他没有登山天赋。那几天他没有上山，但仍是勤勤恳恳地为整个团队做力所能及的事情。

卢臻把运上来的物资放好，尹瑞丰让他下去，换赖伟和刘炎林运输。此时13点20分。段新和尹瑞丰已沿山脊切上大鼓包——雪坡上部最为陡峭的一段。

太阳毫无遮挡地直射一切暴露的物体，留守在大部分时间里是很无聊的，昏昏欲睡困扰着一直在大雪坡下的刘炎林和赖伟。为了避免被晒成人肉干，他们不得不想些事情做：在一个裂缝口练习在山下学的裂缝救援。他们没敢以身试险，让背包代为受苦。

赖伟和刘炎林接到尹瑞丰要求把剩下的绳子和雪锥运上去的指令，就各背3根绳子，沿着架设好的路线绳开始上升。也许是被太阳的炙烤消耗了能量，赖伟走得非常累，每几步就歇息一下，甚至要把头埋到雪里去喘气才行。刚上升一根绳，遇见卢臻下撤，他说雪已经有点软，不好走，一不小心就踩得很深。赖伟才发现路线绳旁边都已走成一条沟，他俩正在沟里行走，踩到旁边很容易陷进去。赖伟和刘炎林走到雪坡末端，已累得气喘吁吁。到了可以休息的地方，两人卸下绳和雪锥，一屁股坐在雪地上，动也不动。约过了半小时，在尹瑞丰和段新的催促下才开始下撤，赖伟在前边，为了不被赶上，飞快下降。赖伟提议把午饭吃了再下去。尹瑞丰上雪坡前就告诉他们，这里路线稍微有点横切，可能会有雪块滑下来。这里一切看起来都是那么平静，谁又能想到几小时后会发生雪崩。

吃完午饭，已14点多，看段新和尹瑞丰他们一时下不来，赖伟和刘炎林决定下到雪原和卢臻一块等待。赖伟在前，刘炎林在后。这是赖伟第一次在雪山上下降，他深一脚浅一脚地走着，刘炎林看他摇摇晃晃，建议他从雪沟旁边的新雪面下降。新雪面表面较硬，踩上去只陷几厘米，下降速度大大加快，赖伟就这样又下两根绳。过了中午，硬雪面被晒软，赖伟渐渐感到越陷越深。有一次雪没到大腿，他差点仰面躺下，只好加快速度，减少脚与雪面的接触时间。冰爪已经零星带动一些雪往下滑，赖伟有些害怕，但停不下来，一停下就势必深深陷进雪里，老半天出不来。

最后赖伟还是陷了进去，这一次很深，上身由于惯性向后仰倒，头下脚上躺在雪坡上。他没有预见到危险已经来临，只是本能地要撑起来，把冰镐插进雪里，借助左手的上升器使劲，刚撑起一半，他突然感觉到上面的雪层开始向下滑动，紧接着"轰"的一声响，看见靠近雪坡顶端的雪层断裂了，一大块雪滑下来，转眼间把正在下撤的刘炎林卷倒，推着他向左边滑去。刘炎林叫了一声"雪崩"。

在看见雪层断裂的瞬间，赖伟被一大块雪压倒，仍然是头下脚上，大片的雪将他向下推的同时不断往他身上裹。他感觉到呼吸艰难，可毫无办法，凭着一丝神志紧紧握住冰镐，没有把这最后的救命稻草给丢了。赖伟只觉天上白云越飘越远，心里唯一的念头是：惨了，这下完了。

或许是命不该绝，他被向下推得越来越快，但也渐渐把身体转了90度，头下脚上的姿势变成横向，虽然还没法制动，但右半边身子没有雪的挤压，可以活动了。他就势把冰镐举起来，向下滚几圈，避免更多的雪压在身上，待脱离那一片已经滑得很快的雪层，身体也已调到正常姿势，他狠狠砸下冰镐，期望能够停下来。

可能是已到雪坡下端，雪层滑动减慢。他已经制动住，但又滑下一大片雪，把他冲个仰面朝天，他来不及反应，又被埋住，幸好握冰镐的右手处于比较高的位置，没有被埋住，否则刘炎林和卢臻两人要找到他，不是一件容易的事。

刘炎林后停下，滑落的位置比较高，只被埋住一条小腿，停下来就焦急地想把腿拔出来。赖伟生死未卜，刘炎林急疯了。赖伟被雪压得憋闷，想说话也说不出来，只能挥舞着右手，拼命呼出胸中的浊气。

14点45分，下到雪盆的卢臻吃完午饭，正躺在包上看天，侧身看见赖伟和刘炎林被雪崩击倒的全过程。他连忙起身，正要往前冲，赖伟的身影突然消失。这时，一排雪浪朝他袭来，在距离他七八米处停住。一切发生在一瞬间。卢臻向他俩下滑的左侧坡脚跑去，高喊"赖伟"。

赖伟惊魂未定，听得上面尹瑞丰和段新大声叫喊，好像是问刘炎林情况怎么样。刘炎林下半身被埋，试图爬起来，没有成功，又疯狂地叫赖伟的名字，卢臻也大声叫赖伟。赖伟的直觉告诉他，他们都没事。赖伟努力地把手从雪中拿出来，高高举起，大声喊道："我没事，你们呢？""没事！"刘炎林随即向上叫喊："都没事，都很安全。"

赖伟的冰镐带子被埋住，扯不出来。卢臻挖了一会儿，两人才反应过来这样太慢。卢臻去把刘炎林先挖出来，两个人又过来挖了半小时，把赖伟给解救出来。劫后余生的他们抱在一起。赖伟第一次明白什么叫"生死之交"。那种感情只有身在其中的人才能有深刻的体会，也只有在一支有着深厚感情的队伍当中才能体现出来，这就是北大登山队。

事后分析，走那条路线，必须严格保证早上 10 点以前经过，否则容易引发流雪。登山队调整计划，多建一个高山营地，为队伍安全登顶打下基础。

刘炎林说步话机丢了，赖伟拿出摄影机，拍下眼前景象。新雪层整块滑落，宽阔的雪坡有如拔了毛的鸡，原先架好的绳子全被冲掉。段新和尹瑞丰结组下撤。

尹瑞丰下来，天气变坏，狂风大作。他说："你知道看见两个黑点在雪里滚是什么感觉吗？"

B 组是 9 点准时出发，运输药品及 C2 的建营物资。碎石坡越走越熟，用时越来越短。杨磊下撤，一路跑下，仅用 12 分钟。林礼清等人忙于平整土地，搭建更衣室——Himalaya Hotel。数日之后，住在里面的将是科考队的兄弟。牟治平将所有的睡袋都拿出来翻晒。

15 点左右，BC 众人正悠哉游哉，听哗啦啦雪崩声。这对于穷母岗日本是常事。一直看山的李兰说雪崩正好在软梯处上方，在 A 组的路线上。她拿起对讲机呼叫尹瑞丰和刘炎林，半天没反应。大家的心都悬起来。李兰不停地用步话机呼叫，雷宇的望远镜始终朝向那里……

"他们在雪崩区上方，是安全的！"李兰大叫。望远镜中出现几个小红点。步话机也传来断断续续的呼叫声。

18 点多，A 组 5 人撤回本营。在回撤路上，也许是性格或者心情原因，大难不死的赖伟似乎并没有劫后余生的恐惧，倒是多了几分惊喜。其他人与天空一同愁云满面，赖伟却满脸笑意地走在返回 BC 路上。刚下碎石坡，留守的雷宇、林礼清已经过来接他们，雷宇微微一笑，用力拍一下赖伟的肩膀，说："辛苦了，好好休息。"赖伟瞬间明白雷宇的心情，什么也没有多说，接过林礼清拿来的糖水罐头，边吃边踱回本营帐篷。

一回来，老队员便在帐篷外开紧急会议，分析事故原因。大厨催着吃饭。大家默默地结束晚餐，继续开会。登或不登，实难取舍。经过一番讨论，决定在雪盆上建营，在太阳照射之前通过雪坡；23 日雷宇、林礼清、李兰先行出发，重新修路，尹瑞丰、刘炎林、牟治平、李凯、杨磊、晁婕、韩蕾 7 人前往大雪坡下修建 C1。

临睡前，尹瑞丰总结白天事故，向大家检讨。北大登山队毕竟是一支学生队伍，身上凝聚多少家人和朋友的关爱，任何事故都是不可承受之重。夜已深，繁星点点。

23 日，晴，下午有小雪，但时间不长。7 点 30 分，7 名运输队员从本营出发。一路顺利，约 11 点 15 到达大雪坡底下。坡上两个小点，是林礼清和李兰在修路：两人先上到山脊处，再从上往下架绳。雷宇在雪坡根部挂着冰镐弓步站着，仰头观察新架绳子。原先路线稍稍左倾，有横切雪坡嫌疑，这次不偏不倚，直上山脊。

运输队员吃过午饭，稍事休息，开始建营。天空格外晴朗，大雪坡下面的雪盆宽阔平坦，松软的新雪将近一米厚。选离雪坡岩壁较远不受雪崩滚石影响的地方，探明没有裂缝，做 C1 营址。只有一把雪铲，修路要用，几人挥镐猛刨，以杨磊最为勇猛。其余人用盘臿，用锅掏，用手捧，把刨出来的雪块弄出坑。几米见方的雪地，足足向下挖了半米厚的雪，再把雪平整、踏实，腾出一块空地。修完路坐在一旁休息的雷宇、林礼清、李兰和太阳公公一起笑眯眯看完全过程，才过来将那顶蓝色的日本人帐篷支起来，A 组 5 人钻进去蒙头大睡。

本定于 17 点以后下撤，以免通过三角区时有危险。15 点，太阳不是很烈，雪仍很硬，李兰建议立即下撤。牟治平、李凯留下，与雷宇三人一同修路，其余队员下撤。

回到本营，刘炎林高烧 38℃多，咳嗽；尹瑞丰也状态不佳。本营和山上的雷宇商定次日由 B 组队员继续往上修路，A 组休整。

24 日，晴，下午有小雪，时间不长。一大早，李兰、林礼清、雷宇上山修路，李凯和牟治平留守 C1。雪坡上半部分雪况不好，有雪崩危险。三人往上架了两根绳子，中午下撤。

下午，队员们在帐篷里无所事事。帐外天空晴朗，更觉无聊。太阳直射雪坡，前日雪崩的阴影笼罩在每人的心头，都不敢轻举妄动。C1 的两个炉头都出问题。雷宇决定到换鞋处运修路及建营物资上 C1，在 C1 再搭一顶帐篷——A 组次日上山，要在本营宿一夜，之后同上 C2，不料发现远方草地上科考队正缓慢地移向本营，忙激动地通知本营。

雷宇话音刚落，数人冲出去，骑在山头上观望。先是一个穿长袍牧民、几头慌张奔跑的黄羊，随后冒出一个黑点，晃晃悠悠，然后是第二个、第三个。真的是科考队。几个人欢叫着冲下去。

科考队经过艰苦跋涉，脚下花草渐稀，头上冰川渐近。体力好者一马当先。忽然眼前一亮，一个红绒衣。呀哈，杨磊这家伙！接着是赖伟、卢臻、晁婕、段新。登山队的同志们惊奇于包的重量，卢臻、杨磊不断称科考队员"牛"。科考队员得意地告诉他们包里有一百多斤蔬菜，晁婕高兴坏了。边聊边翻过两个碎石坡，BC 赫然在眼前，韩蕾笑嘻嘻地出来迎接，发着烧的刘炎林穿着羽绒服像个包，苦着脸。

登山队员拿报话机通知山上科考队到了。不少人和雷宇说话，倍觉亲切。他们给雷宇带来了他最爱的肥肠，报话机那头他高兴异常。

本营海拔 5400 米，湖上方是破碎的冰川末端，向上几百米即是雪线、雪崩槽，营地周围没什么植被，只有一点雪莲、匐状蚤缀和凤头菊，两湖间有溪水。

收拾停当，杨磊、赖伟带着有体力和精神的人去看风景，据说有一道"真正的瀑布"甚为壮观。没体力的人帮厨和休息。晁婕、韩蕾用科考队带来的蔬菜和登山队的咸肉做出丰盛的一餐：地三鲜、醋熘白菜、木耳炒肉、洋葱炒肉、土豆丝等。吃完照相，赖伟又是对焦好半天，杨磊自拍时还到处跑。段新成为最受欢迎的合影者。只可惜云雾锁住顶峰，光线不太好。

吃过晚饭，步话机中传来李兰的声音："尹瑞丰生日快乐！"

本营食品消耗过半，科考队及时补给一些蔬菜。至此，刚刚建起C1，登山进程必须加快。第二日韩蕾、晁婕、杨磊留守，其余队员上山，与 B 组共赴 C2 并替换 B 组往上修路。科考队 26 日下山，登山队员纷纷请申耀明给家里打电话，代报平安。

25 日，C1，中午 12 点前必须离开大雪坡，天一亮，李兰、林礼清、雷宇、李凯和牟治平打着头灯出发。风雪令人浑身打战，但比艳阳天安全。老队员修路，李凯和牟治平运输。架好三根路线绳，中午到达坡顶。李兰下降到另一面看清路线，五人便匆匆下撤。

撤到 C1，A 组已提早赶上来，他们还带来科考队送来的美味食品，包括雷宇爱极了的肥肠。

本营的队员一觉醒来，天居然下雨。登山队员陆续起床，整装将发，段新、尹瑞丰、卢臻、赖伟、刘炎林将作为 A 组队员运送物资待机建营。林礼清在高山营地感觉不适，要回本营休整，临时决定让杨磊上山。本营成为科考队的天下。9 点，科考队员欢送 A 组上山。天阴沉沉的，偶尔还飘雪花。晁婕、韩蕾带科考队员上雪线体验，他们分三组先后上去。

26 日早上 7 点醒来，科考队要下山了。山上山下云雾弥漫，在帐篷里听到的隆隆声来自山上，是冰崩。科考队员们听着甚是担心。林礼清解释说冰崩在山上 C1 的下方，并无大事，可他自己也呆呆站着，似乎想穿过云雾看到队友们。步话机无法联系上，科考队无法等待，必须出发了。

修路大雪坡

7 月 26 日，阴、雨、雪、冰雹相互交替，时间都不长，B 组向上修路 6 条，A 组拆帐篷 1 顶，运输物资，两组共抵 C2，建两顶帐篷并留在 C2。

这是建 BC 以来的第 16 天。A、B 两组 10 名队员准备翻越 6100 米，进军 C2。

7 点，两组在 C1 整装完毕。B 组担任修通海拔 6100 米至 C2 的路和选择营址的任务，轻装先行，李兰打头，雷宇、李凯、杨磊、牟治平随后。

组负责将前一日背上来的沉重物资和C1的一顶帐篷运输到C2。刘炎林的包填得满满的，卢臻跟在后面，接着是尹瑞丰、赖伟、段新。段新上升和下撤总是垫尾。

雪坡路线比原来靠右一些，阴霾的天空，让人放心不少。A组很快上了大雪坡，在折回山脊的地方赶上B组队员。坡度渐陡，雪也厚了不少。刘炎林累得似乎在拖着自己走，等待B组队员通过前面的绳子时，总是将包摘下休息。A组五人体力渐渐耗尽，B组队员很快没了影子。

天上开始飘雪。狂风乱作，细雪夹杂着小冰雹，撩拨得人心烦。前面的绳一根接一根，怎么走也走不完。脚下的雪薄厚松软不一，有的地方雪极厚，一踏雪就没到腰间，不知脚该下在何处才好。刘炎林开路，一步一陷，只好用膝盖往上跪。尹瑞丰见刘炎林劳累过度，就让卢臻开路。

雪深得让人讨厌，A组队员几乎是在爬行。B组比A组早到山顶近两个小时，雷宇返回，告诉A组，李兰在修向C2的下坡路，说完又消失在风雪中。最后一段路，身上的包越来越重，还得咬牙抵挡寒风。刘炎林、尹瑞丰费劲跟着，尹瑞丰常把头抵在雪里喘息，卢臻回头已看不见赖伟和段新。

终于看见雷宇在前面等候，说到顶了，好好休息一下。卢臻突然想起身后在山脊上拾起的绳，摸摸还在。那是B组修路时存放在雪坡中间的绳子。B组队员通过时，背走一些，雷宇托A组将剩余的带上。

刘炎林在卢臻前面，取下包，一个劲儿地往里面装绳。卢臻连忙喊"少装一些，我这还有地方"。尹瑞丰问还有多少绳，卢臻说六七根的样子，还有两个小冰镐，问要不要将小冰镐带上，尹瑞丰说带两捆绳就够，剩下的后面的装。卢臻挂三捆绳在包上，紧跟在刘炎林后面。

在赖伟的眼中，卢臻是一个具有公平思想的人。在本营，每个人都要轮流做饭，但卢臻、杨磊，用尹瑞丰的话说，是那种"上得厅堂，但暂时下不得厨房"的男人。这俩哥们就积极洗碗。卢臻比杨磊更有追求，杨磊似乎满足于洗碗，但卢臻一有空闲就抱着"九阴九阳"（队员们对两本菜谱的称谓）努力学习，以期早日摆脱洗碗工地位。

在山上卢臻也总是尽可能在他的能力之内做更多的事情。行军时只让他多拿两捆绳，他偏要多拿三捆，每次把自己累得够呛，执着的性格显露无遗。

11点20分，到顶。等李兰铺5根绳到底，开始下降。刘炎林打头，后面顺序不变。左边是陡峭的雪坡，中间岩石峥嵘，右面是高仰着头的雪檐，锋利的轮廓清晰可见。队员们靠右边走，离雪檐边沿六七米距离。雪还是极厚。刘炎林下得很快，陷了一跤又一跤，到绳底端就坐着不动了。

卢臻下降至坡的中央，尹瑞丰竟滚下来，到他面前停住。尹瑞丰是解开下降结，扶着绳正面下，重心不稳摔下来的。他一手拎冰镐，一手提帐篷，庆幸地说，从包里掉出来的帐篷被他抓住，又自责丢了步话机。他们在那儿气喘吁吁，休息好长时间，李兰在下面大声叫他们下去，说太危险。

B组5人将包放在下面平地处，结组到对面雪坡寻找更靠前的地点建C2。前方没有合适地方，C2就扎在中韩队的C1处，海拔6000米。峰顶就在正北面，西面是C1的雪盆。李凯让卢臻向东看。远方蓝天下屹立着一座座黑白相间的雪山，尖角突兀，近处是明亮的黄绿色的草地，再往近是白色的云雾缭绕的山边。极美，极奇妙，真不知是一年中什么季节，冷的、热的都在眼前，也不知是一天中什么时候，明的、暗的散布各处。

15点多天气转好，远处天边露出蓝色。大家开始动手平整场地，砌雪墙。不多时，两顶帐篷扎好。几个人钻进帐篷，烧水，做饭，休息。

27日，阴，仍是雨、雪、冰雹相互交替，但时间都不长。从C2北望，赫然一面大雪坡，看不见峰顶，雪坡上部两块裸露的岩壁，即是计划中的C3营址，坡面中上部突起巨大冰川，C2到大雪坡脚下是一段较为平缓的雪坡。

B组已在高山营地连续活动4天，数名队员已呈疲态，雷宇口腔溃烂，痛苦不堪。按计划，B组下撤休整，A组负责修通到C3的路，杨磊体力尚好，留下随A组修路。冲顶方案得看C2—C3这一段情况，再行制定。

A组早上5点起床，6点向大雪坡进军。天未全亮，薄雾，能见度不是很好，雪坡看起来极漫长。这一段雪坡较缓，没有危险地形，用不着架绳。刘炎林带着路线旗开路，每50步插一面路线旗。雪坡渐趋平缓，每次开路步数由30步变为100步。

从C2上到这里，用一个多小时。大家立在大雪坡根部中央，雪坡很陡，平均四五十度，上方突兀起巨大悬冰川，显然不可行。右边200米左右即是山脊，正前方100米不到有流雪堆积。尹瑞丰、段新上去看后，决定先右切到山脊处，看是否有可行之处，其余人原地等候。

天尚早，气寒雾低，远处微微发蓝。对面的卫峰处于云雾中，顶部清晰入目，东侧极是峻峭，雪檐高张，坡面上石头崎岖，夹杂白色；西侧比东侧稍缓，覆盖着厚厚的白雪：整座卫峰宛如一只巨大的迎风高举的翅膀。风撕开云雾的瞬间，可以看见B组5个红点在缓慢上升。西边是一座像极K2的山，凌云绝逸。

云雾涌起，B组队员又不可见，景色很快消失。10点30分左右段新和尹瑞丰回到休息处。段新说山脊是个雪檐，大致选定从雪坡的中央偏右上。将近中午，太阳愈来愈好，照在陡峭的雪坡上，坡面上不断有小雪粒簌簌而下。这种情况，只能在上午太阳稍弱时来修路。他们把绳、雪锥埋在休息处，插一大把路线旗，便即下撤。

下午在帐篷里，猛烈的太阳照得帐篷里闷热难受，偶尔云层挡住太阳，帐篷内又骤然变冷。帐篷生活单调，烧水，吃面，喝麦片、咖啡。头疼渐渐加重，谈天的兴趣都没有。

B组下撤着实吓A组一跳。尹瑞丰一直跟他们联系不上，本营又说他们没到。每一阵轰轰声都让人心惊肉跳，尹瑞丰早已坐立不安，站在帐篷外眺望，哪里能看得见。快19点时，本营传话，4人安全返回本营。

本营一夜下大雪，出奇的冷。守营队员起来时发现两顶帐篷的一角都被压塌。

B组下撤，按理说最晚应该14点回来，林礼清上去迎他们，两个小时过去，也没有回音。B组没有对讲机，林礼清和本营的对讲机又是坏的，只有偶尔传来毕剥的杂音。晁婕和韩蕾等得心急如焚，能做的只有不断地向山上边观望。

在晁婕耗尽耐心的最后一刻，几个小红点摇摇晃晃出现在碎石坡上。晁婕奔过去，林礼清笑着说："没事儿，他们太累了，撤到C1睡了一觉。"晁婕的一颗心终于落地，正想大骂他们的恶劣行径，看到几个人一瘸一拐的疲惫样儿，又只有心疼的份儿。

雷宇哭丧着脸说："我的嘴巴好疼，队医快救救我。"他的口腔发炎，有不下十处溃疡。晁婕给他涂完药，他就捂着嘴不停地大叫，但还是鼓着勇气吃了好几个虎皮尖椒。

18点多，风云变幻，大片大片乌云铺满天空，隐隐听到闷响的滚雷。C2顿时阴暗起来，一阵风刮过，冰雹啪啪啪打在帐篷上。约过了一个钟头，冰雹慢慢停下，云开雾散，天地复归宁静。

计划第二天 5 点起床，19 点即睡觉。队医准备的药齐全，一人吃一大把之后便躺下了。

28 日，阴，雨、雪、冰雹相互交替，但时间都不长。早上 5 点，刘炎林起来，把人一个个打醒。卢臻和赖伟仍是头疼，食欲不振，早饭又是难以下咽的行动食品，卢臻建议空肚上到埋装备的地方再说。6 点，天稍亮，大家一起出发。

六人轮流开路。大雪已将前一天的脚印埋了。最后一段赖伟开路，他体力极好，卢臻都跟不上，段新也跟不上，大家休息半个小时，他才上来，一脸苦笑说肚子太空。

尹瑞丰决定和刘炎林二人往上修路，其余人待命。二人取四捆花绳，结组上去。尹瑞丰和刘炎林先是右切，绕过流雪堆积的区域，再向上一段开始架绳。其余人懒得掏出包里的东西，只坐在包上等候，偶尔吃点东西。有雾，但不冷，可以感受到太阳透过云层射出的光热。

10 点左右，尹瑞丰喊人运输一些绳子和路线旗上去。卢臻和段新背上昨天运输上来的绳子和路线旗切过去。路不长，100 米左右，中间经过一个极厚的流雪堆积区就到尹瑞丰处。他取了几面路线旗和几捆白绳，继续往上修路。卢臻和段新往下拉一根绳，绳的末端竟然忘插路线旗。将近中午，太阳透过薄雾，晒得人发昏。气温渐高，尹瑞丰决定下撤，卢臻二人往上架四根绳子。

下撤由赖伟打头，卢臻第二个达到 C2。刘炎林累坏了，最后一个下来。赖伟钻进帐篷里去烧水。

29 日，阴，有小雪持续时间较长。早晨 4 点，闹钟响，刘炎林又是第一个起来，打醒卢臻和赖伟。卢臻仍头疼。三人在帐篷整装完毕，听尹瑞丰说天气不好，过会再走，又和衣躺下。

尹瑞丰让刘炎林、卢臻和赖伟先出发，尹瑞丰、段新、杨磊半小时后跟上。刘炎林等 3 人钻出帐篷已 7 点，轮流开路前行。刘炎林状态不是很好，路开得七扭八歪。尹瑞丰鼻翼被晒得一塌糊涂，鼻孔出血，点点滴洒在雪地上。到休息处，尹瑞丰和刘炎林继续向上开路。他们两人分别背两捆花绳，卢臻背三捆白绳和八面旗子跟在后面。卢臻从雪里刨出之前一天和段新架的那段绳，补上忘插的路线旗。

　　坡越来越陡。段新、赖伟、杨磊跟上，往上运输剩下的修路物资。尹瑞丰看表，已 10 点 30 分，赶紧让卢臻下撤，顺便告诉后面的人上来后即下去，同时让段新最后统计一下运输上来的物资。11 点，尹瑞丰和刘炎林也该下撤，而尹瑞丰执意只让段新、杨磊、卢臻和赖伟下撤。刘炎林还在开最后一条绳的路。天空一直阴霾，时不时下些小雪和雹子。

　　下撤后又是漫长而无聊的等待。无聊带来的后果是困意，除了杨磊这种活泼的小孩。杨磊唯一有的是饿意，老说还没吃厌方便面，总想方设法说服其他人把自己的行动食品拿出来给他，吃遍大家带的压缩饼干。山上的雾时聚时散，和前两天差不多，不过比前两天冷多了，大雾遮山的时间也长好多。太阳欲出还休，斗不过厚厚的云。云雾飞动极快，抬头看见它们上升，一眨眼已满天是雾。

　　尹瑞丰和刘炎林又架 4 条绳，在底下隐约听得见冰镐敲击声和他们的说话声。15 点左右他俩开始下撤。忽然看到尹瑞丰脱离路线绳，向右下方走去。原来步话机掉下去了，他去捡。回到休息处，刘炎林气色仍不好。尹瑞丰说他没有段新熟练，又笑着说本来想修到 C3 的，刘炎林不行了。刘炎林争辩说因为大雪坡中央有一道横向的裂缝才放弃，越想越怕。

　　他们稍整顿即下撤。到 C2 时已 17 点。卢臻钻入帐篷去烧水。刘炎林与赖伟一块烧水，做汤喝。不一会儿狂风大作，冰雹乱砸，打得帐篷炸响。

到 C2 已三天，原定修通到 C3 的路的任务只完成一半，几人已疲惫不堪，必须返回本营休整。

B 组下午已经到达 C1，他们会上来接替修路。这次 B 组上山对晁婕来说是意外的惊喜。牟治平下山反应厉害，队长抓她当替补。

上 C1 的路还算简单，只是几个裂缝过得让人心惊。一米左右宽的裂缝，黑洞洞，深不见底，一只脚跨出去，再运上一分钟气，把另一只脚拔过来，沉重的背包让晁婕觉得要仰倒，只能死死抓住上升器，充分信任路线绳。

晁婕喘口气向前望去，C1 的蓝色小帐篷前，队长、林礼清和李兰已经休息，而前方的路上，还有更宽的一条裂缝。忽听队长大喊："看见李兰了吗？"晁婕惊道："李兰姐不是和你们在一起吗？"队长和林礼清立马起身跑来，晁婕也加快脚步，隐约听到细小声音，从下面传来："我在这儿，救我呀。"向下望去，李兰正在冰缝里不深的地方无奈等待，幸好没受伤。"太迟钝了，你们这些家伙。"她又气又笑，"我以为会马上伸出两个脑袋问：'你没事吧？'等了好久，怎么都不见人。"还好有惊无险。暮色降临，B 组钻进帐篷。

在晁婕的记忆中，接下来的几天，就是跟着走路，长长的雪坡没有尽头，只有她的呼吸声和耳边的风声是清晰的，时不时停下来，像鸵鸟一样一头扎进雪里大口大口呼吸；抬头望望，李兰三步三步地走，很有节奏。晁婕告诉自己还能走，可就是越走越慢。试着看两边的风景，分散注意力，可那望不见边的青藏高原叫她觉得自己更加渺小。她干脆什么都不想，只是机械地把脚抬起来，机械地放下去，再机械地把另一只脚抬起来……"加油，到了。"李凯鼓励她，她抬头看他，看他与她之间的每一个脚印，清晰而有规律，不禁泪水盈眶，从没想到一生中会有一段路让她走得如此刻骨铭心，就是这最后几步，是她的顶峰。

30 日，早上 5 点，仍是刘炎林第一个起来叫醒大家，即去烧水。卢臻和赖伟仍是头痛，咬牙灌下麦片，似乎饱了。近 7 点出发，刘炎林、杨磊、段新后面走，尹瑞丰、卢臻、赖伟前队开路。大雪又将路线绳掩埋，尹瑞丰刨绳利索，一刨即中。

9 点左右，到达卫峰山顶。尹瑞丰作下降开路，赖伟、刘炎林、卢臻、杨磊、段新随后。杨磊因只下降过 4 次，留在后面由段新照看。下到第三根绳，尹瑞丰碰到上升的 B 组队员。他们前一晚就到 C1，正要到 C2，然后突击通往 C3 的路。B 组上攀顺序是李兰、李凯、晁婕、雷宇、林礼清。从顶往下的第四根绳是一根花绳，30 米左右，路极陡。往下望，只能看见前面队员的头盔。两队在这陡峭的雪坡上"狭路相逢"。B 组队员停住，让 A 组先通过。前面赖伟、刘炎林先行。尹瑞丰在雪坡中间的山脊处等卢臻。卢臻后面紧跟着段新。尹瑞丰稍后要等杨磊。很快卢臻便赶上刘炎林和赖伟。三五分钟后尹瑞丰下来，接着是杨磊、段新。杨磊很疲倦，下降时坐在雪地上休息好几次。大家在 C1 休息十几分钟，累得话都说不出来，分着口袋里剩下的行动食。B 组的身影已看不见。卢臻检查完 C1 帐篷里的东西，一起下撤。这时已 11 点 30 分左右。换鞋处已面目全非。上面落下很大一堆石头，原来放雪锥的地方也被覆盖，幸亏雪锥早已运走。

15 点左右回到本营。刘炎林每次下来都要发烧，这次手脸浮肿得厉害，脚后跟也冻伤，下午用热水泡一个多小时，略有起色。

31 日，本营阴，有小雪。大家吃完早饭已 11 点多。12 点左右，雷宇传下话来，说 B 组架了四根绳，快到 C3 的大石头了，前面有个平台估计可以建营，高差约 70 米。本想当日冲顶，没想到路那么长。尹瑞丰一脸严肃，显然对贸然冲顶的计划不放心，道声"小心"后加了一句"冲顶必须先跟本营打招呼，要有接应"。雷宇气喘吁吁说知道了，末了说："建好 C3，一定滚下山。"

下午大家几乎都在睡袋里，或看书，或睡觉。15 点有人起来去炊事帐篷做饭。

8 月 1 日，大雪。雷宇传话下来，雪大，没法往上修路，B 组只好在 C2 待机。

这天，是周慧霞两周年忌日，李兰翻出她的照片。她，微笑着，骑在一匹黑马上，在通往雪宝顶 4300 米本营的山道上；天，下着细雨，山坡上，林间到处开满小花，红色的，黄色的，蓝色的……李兰在背面写道："亲爱的队友，没曾想到，从来没曾，你竟在我的生命里有如此重要的位置，在美丽的月圆之夜……愿在天之灵安息，我们永远记得你……"

本营的生活很是舒服，每日吮奶、喝粥，几近奢侈。大约 8 点，卢臻第一个爬起来，在小溪里洗一把脸。那水从来没热过。下了一夜的雪，两顶帐篷从远处看顶部已与雪山融在一起。卢臻操起冰镐捅帐篷上面的浮雪。

9 点 30 分大家陆续起来。早餐从 11 点持续到 14 点，一人一碗粥、一个咸鸭蛋。韩蕾负责烙饼。

穷母岗日在藏语中的意思是"有学问的仙女"，但在韩蕾看来，这座位于羊八井附近的神山却不似她的名字那般多情温柔。本营就建在山脚下，向上望去，一座庞然的大山巍然耸立。看似不大，但一旦人们进入她的领地，就渺小得如一块砾石。有时在本营的人会把寻找山上队友们的身影当成是一种乐趣。举着高倍望远镜，在山的轮廓上搜寻着，忽然在碎石坡上或是山脊上发现队友的身影，就像是发现新大陆似的。

这几天气温变得很低，在炊事帐篷待不长时间，便得缩回睡袋。穷母岗日云雾缭绕，C3还没建起来。

2日，大雪。9点，卢臻醒来，外面淅淅沥沥，身旁呼吸声平稳安详，大家梦正甜。

大家起得比前一天晚。卢臻到炊事帐篷时，赖伟在切青椒，尹瑞丰在切葱头，韩蕾在剥皮蛋。段新刚从溪边洗漱完毕，回来嚷嚷要捏糌粑。卢臻插不上手，到门外收拾垃圾。刘炎林一连吃了三个段新捏的糌粑球，卢臻接手切皮蛋，牟治平看《笑傲江湖》，韩蕾、尹瑞丰、赖伟已经开始炒菜。

下午下了几场雨，空气里一股寒气。天气一点起色都没有。山上仍是大雪，B组又在6000米的C2窝了一天。雷宇决定次日下撤。大雪坡的修路任务就这样遗憾地功亏一篑，距C3还有几根绳的距离。

3日，天气渐渐转凉，显出几分秋天气象。晚上，薄雾中透出一轮圆圆的月亮。

连续几天坏天气，B组被迫放弃C3建营任务。一大早，迎着风雪满怀遗憾地离开C2。上升，下降，走着已经走过很多遍的山路。

这天李凯却上了人生重要的一课。在离开C1不远的地方，李凯掉进了冰裂缝。那一段明暗裂缝较多，都打上了路线绳。李凯嫌麻烦，没把上升器扣到绳上，只挂了一把小锁。通过一道半米多宽的裂缝时，他一只脚迈出去踩实，抬另外一条腿时，重心不稳，背包重量把李凯拉了下去。虽然裂缝只有半米宽，却曲曲折折，深不见底。被绳子挂着悬在裂缝中的李凯顾不得抹去脸上的鲜血，死命地蹬冰壁蹭上去，最终化险为夷。

本营的人依旧起得很晚。10点左右，尹瑞丰披上羽绒服到帐篷外观望。11点多步话机响，雷宇说他们正在卫峰的大雪坡下的第四根绳上。大家陆续起来做饭，迎接B组。

看见B组到换鞋处，他们纷纷抱着水果罐头和椅子去迎接。突然下起冰雹。尹瑞丰穿着臃肿的羽绒服，和大家一起望着远处的碎石坡。每次本营的队员都是这样迎接从山上下来的队友。林礼清冲在最前面。尹瑞丰给他解包，林礼清边吃罐头，边说山上的情况。牟治平被冰雹打得受不了，和林礼清一块回本营。第二个下来的是李兰，第三个是李凯，他脸上有指甲大的一块血迹。

午饭大家都吃得兴奋，很多天没同挤一桌。长路漫漫，前途未卜。但在这险恶的雪坡冰壁面前，在这莫测的天气里，轮番上山，连日征战，最终能在安全的本营共围一桌，不是最大的欣慰吗？

傍晚，穷母岗日云开雾散。

4日，集体休整第一天，大家起得很晚。队员们齐集一营，增添不少欢乐。下午依旧是四国大战。杨磊想叫卢臻出来参战，因为牟治平和林礼清联手战无不胜。卢臻不应，和其他几名队员静静看书。韩蕾洗了最后的三个梨子，分而食之。

5日，晨有雪，时而有雨，下午晴。外面白茫茫一片，雪还在下。杨磊一骨碌爬起来，说要堆雪人。其他队员都在睡袋里。偶尔听得杨磊在院子里"啪啪"拍雪。尹瑞丰像往常一样，头一个起来往炊事帐篷做饭，大厨晁婕、牟治平、赖伟也陆续起来。

饭后，太阳从云中探出头。气温回升很快，原本要穿羽绒服御寒的天气，居然热得连绒衣也穿不住。16点多开始下雨，一天又在无聊之中过去。炊事帐篷中的菜在一点点减少。

这几天休整，段新想了很多。出发之前他徒劳地追问自己为什么去登山。如今登顶路上危机重重，大家也都有些疲惫，他又一次思考这个问题。他总觉得，一种行为总有自己发生的原因。

在韩蕾眼里，段新是个绝对认真负责的人，帐篷口的朝向、物品摆放，还有做饭刷碗等诸多方面，他都不厌其烦反复过问，生怕出差错。尹瑞丰有时嫌他啰唆，和他争辩几句，但毕竟和段新一起，绝对踏实与放心。

新队员的心思

8月6日，阴，时有冰雹。本营的日子一如既往，睡到11点多，13点多吃午饭。晚餐20点开始。有人看书，有人打牌，时间从指尖滑过。眼见物资匮乏，不能一直坐等。

老队员们晚上开会，讨论登山计划：队伍分两组行动，A组冲顶，B组接应。7日B组上C1；8日B组上C2，A组上C1；9日B组搭建C3，撤回C2，A组上C2；10日A组上C3，B组C2休整；11日A组冲顶，B组上C3接应，当天撤回C2；12日全体撤回本营。分组如下：A组——雷宇、刘炎林、林礼清、李凯、赖伟，B组——尹瑞丰、段新、李兰、牟治平、韩蕾、卢臻。李凯、卢臻本要10号下山，回去军训，最后决定一起向顶峰做最后冲刺。晁婕和杨磊留守BC。第二下午B组上山，这一去就是至少6天。这是最后的冲顶机会了。

帐外细雨霏霏，飘入帐中，满是凉意。

7日，晴，有风。早上起来，大家被眼前的美景惊呆。风雪镀了一地的银白，远处小山银装素裹，隐约浮现在云海中，宛若仙境。天空中一抹淡蓝缀着几丝白云，太阳温和地照着。这天气对冲顶有利。

不知何时上来两名青年藏民，一番乱七八糟的交流，以1瓶雪碧和11瓶酱油换了半袋糌粑。营地煤气只够一天用，方便食品几乎都被后勤队长作为高山物资。晁婕、杨磊留守，本营的煤气刚刚烧光，两人只能搭灶烧纸箱、竹筐、"庸俗"书刊以及牛粪等。两人欣欣然地笑，仿佛留守本营是世界上最荣幸的事："总会有办法的，总不至于饿死的。"

每年在山里，新队员的心思总是复杂的，留守BC，几乎是在意料之中，杨磊很平静，只问在本营有没有事情需要做。林礼清让他挖个大坑，以备撤营时掩埋可降解垃圾。B组下午出发，A组队员在BC做最后休整，杨磊干劲儿十足，一个人挖了个一人多深的大坑，兴冲冲向林礼清报告。赖伟有些明白杨磊的心意，他是想去登顶的。他应是希望遇见上次林礼清中途下撤的情形，这样就可以获得第二次上山的机会，也是登顶的机会。好运没有再次眷顾，连最有可能因为反应严重而下撤的牟治平也撑到最后。杨磊只能独自坐在本营门口，望着那被云雾笼罩的庞大山峰。

用剩下食物的一半做一顿丰盛的午餐，为B组队友饯行。16点30分，B组准时出发。连续下了几天大雪，脚印浅浅的，绳子大多被雪覆盖，有的埋进雪中一尺厚。每人负重不是很多，但开路挖绳子不是一件容易的事情，一路挖将过去，人已气喘吁吁。尹瑞丰、牟治平、卢臻三人轮番开路，体力耗费比较平均。牟治平、卢臻作为新队员，开路运输表现都不错。

到达C1时天色已晚。C1被雪埋得不深，稍微挖一下便可以。日本人帐篷防水功能不是很好，帐篷里都快积水成河了。卢臻不断用毛巾吸水再挤出来，牟治平也去帮忙。直到21点30分，帐中整理妥当。6人围坐帐中，静静注视Gas火焰，等水烧开。23点，6个人勉勉强强挤着睡下。头脚交错，梦中不断有人呻吟，有人侧身。

晚上，A组5人（赖伟、林礼清、雷宇、刘炎林、李凯）与杨磊、晁婕，在帐篷里想B组兄弟，玩登山队惯有的无聊游戏——前半生的述说。

第一个是林礼清，赖伟听他长叹一声，就暗叫不妙。林礼清以一种饱经沧桑的语调感叹："唉！我这二十几年都活在狗身上，没有什么可说的。"如此简单表白，无法让人信服，大家就列举科考队上山那天林礼清因为体力不支而下撤的事，威逼他老实交代事情真相，他无法抵挡攻势，说了一句："八字还没一撇呢。"

赖伟觉得唐元新说得对，在山鹰社这种集体，特别是男生，大多比较内向或比较羞涩。这一点在林礼清身上得到强烈体现。大家并没有从他口中得到更多信息，只是用排除法猜个八九不离十。赖伟觉得，这也许是社里的一个惯例，作为社里的骨干，势必要默默承受感情的压力，特别是在登山科考这样的活动中。不只是林礼清，社里很多人，为社里做事，都只能把个人感情放在心里，大家心照不宣。

一直聊到凌晨，一堆人跑出帐篷"方便"，看见明月下清晰的穷母岗日，他们甚至产生晚上就去冲顶的野心，"这样就不用担心雪崩了"。

在顶峰高兴得像个孩子

8日，晴，下午阴，时而有雹。

早4点，尹瑞丰叫醒B组兄弟，5点20分向大雪坡进发。时间早，雪较硬，走起来很舒服。尹瑞丰、卢臻、牟治平在前，遇到绳子交界处，常常是3人一起动手将绳端挖出，然后换一个人在前开路，以节省体力。

东方的天空由深蓝色渐渐转淡，远方的云海和翠绿的小山渐渐明晰。接近坡顶，天已亮，　轮金灿灿的太阳从山背后探出来，照亮整个穷母岗日，照亮每个人的笑脸。

下降相对轻松一些。10点15分，B组到达C2。两顶黄色帐篷几乎被雪埋掉一半。卸下装备，铲雪挖帐篷。有的雪在重力作用下已经压实，挖起来很费力。挖了一个多小时，两顶VE-25帐篷又完整地呈现在面前。

尹瑞丰忙着烧饭，饭后是喝奶、喝果珍。从出发到C2一直是大晴天。大太阳晒得帐篷里像蒸笼一般，冲锋服等盖在上面仍无济于事。怎奈都疲惫不堪，还是钻进帐篷睡起暖暖的午觉。下午下冰雹。晚餐是嚼方便面，喝水。

在雷宇的带领下，A组队员从本营出发。19点多到达C1。次日的任务是把C3搭起来，韩蕾留守，尹瑞丰、卢臻、牟治平运输，李兰、段新修通到C3最后一段，尽可能往上修路，为冲顶做准备。

夜，静悄悄的，偶尔也有沙沙声打在帐上。

9日，晴，时而有雪，下午有冰雹。早上7点，A组5人锁好帐篷门，向C2进发。雷宇一直开路。刘炎林跟雷宇说："我来开路吧。"上到雪坡中央的山脊处，刘炎林感觉两腿重得很，趴在雪面喘气。走在后面的雷宇传话上来，叫刘炎林停下。刘炎林在绳末端保护好，侧身让开。雷宇越过3人，走到前面，接着是李凯、赖伟。互道一声"加油"，刘炎林跟在赖伟后面，林礼清不时停下照相，走在后面。卫峰顶上乌云翻滚，雷宇背包上的路线旗在风中猎猎作响。雷宇快到顶了，身影越出白雪的背景，仿佛要走到天上去。

10点，A组五人陆续赶到C2。韩蕾烧好水，冲了奶粉递给他们。

大雪坡上B组已成5个小红点，正奋力往上走。12点多，尹瑞丰传下话来，他们已经到达大石头下，正在平整雪地建营。C3所在地跟日本人报告书描述的一样，有两块巨大的石头。他们在石壁底下平整出四五平方米地方,搭了一顶 VE—25。

19点,B组撤回C2,为A组冲顶做最后的努力。雷宇拍每个人的肩膀,什么都没有说。

晁婕和杨磊留守本营十分艰苦。为了给登顶队员留下庆功的米和肉,他们五天时间就熬了一锅粥,杨磊又很能吃,晁婕毅然下山买来整整25斤糌粑,就着粥和开水勉强度日。

10日,时雾时晴,下午下雹子,晚上晴。A组清晨出发去C3,B组休整。

A组5点起来,每人装一条睡袋、一个防潮垫、羽绒衣裤,还有其他一些小物件,打着头灯出发。B组还在熟睡。刘炎林主动要求开路,没一会就被雷宇替下,剩下的整整5个小时,都是雷宇一个人开路,林礼清押后。雪况很好,走起来舒服。从大雪坡根部到C3,共16根路线绳。中午12点30分,终于到达最后一根绳,雷宇、李凯、赖伟人已经上去。林礼清赶上来,越过刘炎林先上去。50米外的C3显得如此遥远。

C3建在雪坡顶端,紧挨石壁。B组用绳子、岩锥将它固定在石壁上。帐篷外插一堆路线旗。刘炎林上去时开始刮风,雹子打得帐篷啪啪响。五人窝在帐篷里,相对无言。经过连续7小时的行军,每个人都疲惫不堪。

15点,雪停,风卷着云飞快飘移,在穷母岗日顶上无声撕扯。天阴沉沉的,整座雪山一片宁静。雷宇带着林礼清、刘炎林继续修建C3以上的道路,赖伟和李凯在帐篷中躺着休息。闲聊中赖伟表示对自己训练效果的怀疑,他累得几乎不能动弹,老队员居然还能去修路。后来在社里时间长了,带了几次队伍,赖伟终于明白这原来就是责任的力量。

C3往上,路线是从两块石头中间穿过去,再左拐切到山脊上去,沿山脊冲顶。A组计划把路修到山脊上,以方便冲顶。刘炎林、雷宇、林礼清结组修路。雷宇打个雪锥,固定好自己。雷宇保护,林礼清先上。

不多时，林礼清固定好一根绳子。刘炎林沿绳上到尽头，接力修路。两根绳子就修出两块石头，到一个陡坡上，正前方隐隐约约就是山脊。5人再轮流修了3根绳，坡度渐缓。刘炎林站在第五根绳的末端，通往顶峰的路线隐约可见，林礼清，雷宇也上来看，神情很是兴奋。17点30分左右，天色渐晚，气温开始下降，风吹在身上一阵阵寒意，A组下撤。

回到营地，赖伟和李凯已把帐篷收拾好。烧水，做饭，有一搭没一搭地说话。饭后，众人纷纷钻进睡袋。赖伟非常"变态"地把一双套靴整个穿进睡袋，憋得不断醒来。雷宇还在烧水，双目注视着Gas上的小锅，一动不动，发现赖伟醒了，回过头来笑了笑："你也睡不着啊，太闷了。"

赖伟知道他是在担心明天的冲顶，他起来坐一会儿，又缩进睡袋睡去，忘了这天是他的生日。

11日早上4点，闹铃一个接一个响。外面一片黑暗，大风，气温很低。烧水，煮方便粥。5个人慢腾腾整装，不时停下，懒懒地看着跳跃的蓝色火苗。

吃过早饭，天色微亮，大雾，下着小雪，能见度不好。7点，没有什么可犹豫的。一个月来，梦寐以求的不就是这一刻吗？林礼清先上，刘炎林第二，接着是李凯，赖伟第四，雷宇居后。从C1到C3，一直都是雷宇开路，生生把他拖垮了。上到绳子末端，取下前一天埋的结组绳，结好组，仍是林礼清开路。风雪横打，云雾更浓，只见前方隐隐约约山脊的边沿。林礼清开了好长一段路，刘炎林见他疲劳，也不知前方还有多远，怕把他搞垮，不停地催他："小林，让我吧！"

雪坡渐缓，林礼清终于停下来。跟林礼清换过绳结，刘炎林走到前头。此时云雾稍开，看得见右下方的莽莽群山。雪坡越来越缓，右侧也是雪檐，折向左走。20步一休息，10步一休息，5步一休息。换李凯开路。每个人都尽量开最长的路。雷宇说再往前走。五人继续往前走一段，确认再无高处。10 点 47 分，海拔 7048 米，顶峰极其宽广。

天气不好，赖伟几个很累，一时都傻站着，没有一丝的喜悦，没有预想的痛哭，也没有拍照留念的激情，只有雷宇高兴得像个孩子，手舞足蹈，强行把不准确的高度计的数字调到 7048。

林礼清是一个充满热情的人，他不停地招呼："我们来拍登顶照吧。""赖伟、李凯，我们三人拍一张。"赖伟曾想，愿意坦然承受别样的痛苦，坦然享受成功的喜悦，这样的人、这样的生活才是令人期待的。

B 组应该已到 C3，但联系不上。云雾茫茫，根本看不见本营。好容易联系上本营，只听见晁婕高声尖叫。晁婕将 A 组登顶消息转告 C3 的 B 组队员。

雷宇郑重埋下登顶罐，虽然只是一个易拉罐，里面可是十三名队员赤诚的心愿。之后拍登顶照，环拍。12 点开始下撤。上来时路线旗插得很密，不难辨认路线。

13 点 30 分左右，A 组顺利撤回 C3 营地，B 组兄弟早已到达。雷宇和尹瑞丰说了冲顶情况，路线不长，且已插好路线旗，不会有太大危险。攀登队长尹瑞丰兴奋得差点当即带领 B 组队员前去冲顶，在雷宇和林礼清的阻止下，才留下来等待第二天。

天又开始变坏，飘起鹅毛大雪。A 组队员被迫在 C3 停留，与 B 组一共 10 人挤在小小的 VE–25 中。除了牟治平一直躺着，其他人或坐或蹲，眉开眼笑，时不时用断断续续的电磁波跟 BC 通话，分享共同的胜利。

17 点，A 组队员留下对 B 组的祝福，开始下撤。雷宇累了，下撤很慢，被赖伟落下两根绳的距离。刘炎林更慢，他还在大雪坡根部，已看见雷宇在 C2 卸包。

在本营，晁婕和杨磊都已不记得是守营的第三天或第四天，眼前燃着小半根蜡烛，整个帐篷里冷冷清清。等来登顶时刻，杨磊和晁婕一人拿一个望远镜往山上搜索，对讲机中传出雷宇呼呼喘气声。这一刻，宁静的穷母岗日回荡着登山队所有队员的欢呼声。终于成功了。

12日，晴，时而有冰雹。B组继续冲顶。A组在C2休整，待B组下来，一块撤营。林礼清要下山聚集牦牛；刘炎林状态不好，也被雷宇赶下山。两人装了一些装备和垃圾，7点下撤。

刘炎林上到卫峰，睁大眼睛，怎么也看不见冲顶的B组队员。下C1对面的雪坡，将近中午，雪极厚，松软，一步一陷，不得已和林礼清爬着下去。

晁婕守营，杨磊上到高处来接刘炎林和林礼清。兴奋地告诉他们B组8点42分登顶，已经回到C3。

傍晚，雷宇告知本营，B组撤离C3营地，安全回到C2。

13日早，风雪转晴。清晨5点，A、B两组同时下撤，一把撤了三个营地。最后一次撤营大家都背很多，段新走几步就一屁股坐在石头上休息。他觉得应把老队员的技术、经验、习惯、组织形式记录下来，在《实用冰雪技术》和《登山圣经》基础上，整理出适合山鹰社这种登山模式的一整套东西。这种登山模式就是老队员带新队员，老队员实力在很大程度上决定整个队伍的实力。如果穷母岗日登山队能把这件事情做起来，这对山鹰社将是多么重要的一笔积累。

到换鞋处时，尹瑞丰再也走不动了，将一顶帐篷留下，打算之后再上来取。身为攀登队长，他自始至终都在操劳，如今这根紧绷的弦突然松弛，难免感到心力交瘁。

林礼清带杨磊到下面村子联系牦牛，很顺利，说好18头牦牛，15

日上来撤营。

15 点，李兰最后一个撤回本营。全队齐集本营，难述此刻心情。杨磊、晁婕守在濒临绝粮境地的本营，捡牛粪，吃糌粑，一锅绿豆粥吃了3 天，硬是省了一些煤气和菜，只为最后的庆功宴。韩蕾在 C2 无怨无悔，给兄弟们烧了 5 天的水，她一次次从帐篷中探出头来，眯起眼睛观望山上的情况。破碎冰川前的退却犹豫，雪崩前后的惊惧与坚韧，大雪坡上修路运输的刻骨铭心，一个月来，这个队伍经受太多的起落，结果只是使他们更加团结坚强。

马上就要断粮了，但这一晚有丰盛的晚餐。

2001 年穷母岗日登山队队员名单（年级 / 院系 / 职务）

雷宇：1998/ 电子系 / 队长

尹瑞丰：1998/ 光华管理学院 / 攀登队长，前站

林礼清：1998/ 数学科学学院 / 后勤队长

刘炎林：1999/ 生命科学学院 / 装备

赖伟：1999/ 地质系 / 后勤，正片

韩蕾（女）：1998/ 技术物理系 / 财备，队记

晁婕（女）：1999/ 化学与分子工程学院 / 队医，后勤

卢臻：2000/ 力学与工程科学系 / 装备，照明

李凯：2000/ 数学科学学院 / 后勤，通信

牟治平：1999/ 政治学与行政管理系 / 后勤，摄像

段新：2000/ 电子系研

杨磊：1999/ 数学科学学院 / 后勤，负片，前站

李兰（女）：1998/ 应用文理学院

"这里风很大,我们很冷"

——2002 年希夏邦马

所有的泪水与悲恸在这瞬间爆发出来,所有积聚在心中的痛都在这一刻被扯动。

杨磊:一代典范

2001 年暑期登山归来,新学期开始,杨磊成为山鹰社新一任资料部部长。杨磊在这个位置上逐渐变得成熟。以前资料部是几年才会出一个全社性人物,其他人基本上属于幕后英雄,而在他的领导下,资料部成员在社里其他方面也活跃起来。

赖伟认为杨磊是在积累资本,争取做下一届社长,但觉得他太过自信、太果断,作为决策者可能不利于山鹰社的民主氛围,因此不愿他锋芒太露,有意无意压制他,机会更多地给予了其他部长,以免过早出现太大分歧。杨磊没有注意赖伟的心思,有什么活动,即使做副手,依然尽心尽力,毫无怨言。

寒假过去,理事会改选。杨磊、卢臻、王森进入理事会,岳斌、张琦峰、雷宇退出理事会,形成全由在任的社长、秘书长和各部部长组成的理事会。决策者和执行者一体,好处不必说,坏处是没有调解人,经常为了一个决议吵得没完没了。吵本身是好的,可以使人加深对事物的理解,也容易使人冲动暴躁,既严重影响对事情的判断,也容易造成理事之间的隔阂。

在新理事中,卢臻较为内敛固执,无法充当缓和角色;王森自认没有登过山,资历不够,发言不积极;只有杨磊热情而理智(理智是晁婕对他的评价),敢于说别人不说的,敢于做别人不做的。很长一段时间里,理事会由社长主持,但刘炎林是一个宽和而"放纵"的人,他不是没有意见,但每次争吵都默默听着。一次次彻夜的会议,除了让大家很累,实际效果小得可怜。

此时最应站出来的是秘书长赖伟,但实际上总是杨磊主动打破僵局。一次讨论社里网站建设和服务器购买提案,杨磊主动要求由自己作为会议主持人控制会议进程。杨磊在会前说明会议流程,在会议中严格把关,虽然仍有争吵,但一个半小时左右就做出了决定。

2002年春学期期中,杨磊带着队员代表北大参加在浙江举办的登山越野挑战赛。第二天的比赛有一项是溯溪,由于环境和气候原因,这项比赛变成短距离水中障碍跑,整个比赛所有队伍都在10分钟内完成。杨磊是北方人,不是旱鸭子,但看见不明深浅的水域也会发晕。他在一处较深的水坑里撞在一块石头上,小腿青紫发肿,到达终点,过终点线都是张琦峰把他拉起来的,然后他立马瘫坐在地,失去行动能力。

赖伟一面找寻现场医务人员,一面担心第三天的负重越野跑;实在不行就只好自己出马,可是他负重能力一向较差,更别说负重跑。谁知当晚杨磊就宣称自己恢复过来，继续比赛没有问题，主动要求作为单项比赛的负责人。在头天的领队会上就有两三个队伍放言要灭掉北大的队伍。第三天比赛异常激烈，第三到第六名之间相差都在五分以内。北大山鹰社最后挤进前四，取得第三天比赛单项第三名，团体第四名成绩，获得3100元奖金，全部交回社里购买了一批低山帐篷，解决平时活动的装备问题。

比赛结束当天山鹰社参赛队员回到杭州，原计划第二天在杭州玩一天，好好看看西湖。可一到火车站，杨磊按捺不住，非要当晚回去不可。几个人没有办法，只好当晚就走。回到学校，才知道杨磊着急赶回是想参加周日社里的拉练。那是这一学期最后的拉练，因为要选拔登山科考队员，杨磊想去了解队员情况。

这年五一活动出现了比较严重的问题，虽然事发后比较及时和妥善地处理了，但毕竟留下一些阴影，活动之后几个人一块吃饭，杨磊不断自责，说不该为了一时意气而不顾社里大事。

2002年登山科考队员选出来前，几个1999级老队员照例经常夜游，囊中不是很羞涩时就在23点以后跑到南门外的广元叫上两个小菜、几瓶啤酒，聊一些自己都不知道多老的话题。

两支队伍成立，赖伟就少跟社里接触了，刘炎林、杨磊、牟治平、王威加时不时到他宿舍，队里训练量大，许多队员受伤，杨磊依然生猛，不管是学习还是训练都激情十足，为着他心中的顶峰梦想而努力。队伍出发前，赖伟跟杨磊和卢臻说，他想考数学系研究生，让他俩把书留给他，书拿了不少，赖伟却在大四忽然失去最后努力的心情，终日无所事事，书还没看过一遍，就到离开学校时候。杨磊打算保研，继续留在社里，用他自己的话说是"补回本科前两年所失去的激情"。

前站

5月12日,早上9点,山鹰社社员们集中到熟悉的北京大学山鹰社岩壁前,等待一个重要时刻的来临。大伙围在一起,社长刘炎林走到前面,严肃而激动地宣布登山队员的名单:刘炎林、雷宇、林礼清、李兰、岳斌、杨磊、卢臻、牟治平、张伟华、张兴佰、王淼、王智珣、陈丰、姬婷、邹枨,"我们的登山,不仅是登山队的登山,更是整个山鹰社的登山。"

7月11日,12点30分,前站队员杨磊、岳斌、王淼和随行的科考队前站队员杨清华,在北京大学学一食堂会合。此时的学一已是山鹰社的地盘。登山队、科考队和许多山鹰社老队员、新队员都到这里来为前站队员送行。不时有人抱来西瓜请客,好多人将各种各样的吉祥物往他们身上戴。出发时,他们手腕上已经挂满山鹰社社员们的祝福。

13点,送行队伍浩浩荡荡穿过北大,在北大南门前合影留念。段新反复嘱咐王淼:"第一次登山,千万不能激动。"杨磊等坐上姚立的汽车,前往北京西客站。15点28分,从北京开往西宁的火车准点出发。

经过30个小时颠簸,4个人顺利到达西宁。下火车,杨磊买票,岳斌买饭,王淼和杨清华看包;21点40分,又背起包,坐上开往格尔木的火车。海拔已经上升到3000米,他们开始感觉身体不适。

13日,早上起来,窗外是一片高原风光,四面是一望无际的荒漠和白花花的盐碱地。11点15分,火车到达格尔木。巧的是,又是下车时刻,车上响起山鹰社的社歌《橄榄树》。在格尔木汽车站找到站长,买好去拉萨的汽车票。在一个川菜馆子吃过简单的午饭,13点30他们又登上开往拉萨的汽车。

14日16点50分,他们到达拉萨,在汽车站旁边一个小旅馆住下。

晚上吃完饭，都去上网，在北大 BBS 上发布抵达西藏的消息。

15 日，上午去汽车站看了时刻表，决定岳斌和王淼两天后乘早上 8 点 30 分的班车出发前往日喀则。之后一起去西藏登山协会，向张明兴处长了解一些情况，约定第二天来办理手续。王淼和岳斌又去药店买了些治疗高山反应和防感冒的药，因为两人要一直打前站到希峰脚下，那里人生地不熟，多做些准备比较好。

下午分头行动。岳斌和王淼为了尽快适应过来，决定去西藏大学医院吸氧；杨磊和杨清华去邮局取钱，之后去找藏大登山队的晋美老师。

16 点，王淼从藏大医院吸氧出来（岳斌要多待一会儿），在路上碰到杨磊、杨清华和晋美老师，晋美老师邀请他们三人到藏大对面的藏茶馆喝茶，他们借机了解了西藏登山情况。

和晋美老师道别后，杨磊告诉王淼一个不好的消息，他把取款密码忘掉了，大约有 7 万元汇款取不到。大家都很着急，杨磊甚至提出自己坐飞机回北京取回密码，自己就不回来了。

回到旅馆，岳斌正在分装药品，听到杨磊汇报的事情，表现出超乎寻常的冷静，只是稳重地说了一句："不用急，肯定有办法的。"

岳斌和杨磊将取款事通知尚在火车上的大部队。大部队紧急召开老队员会，最后还是落实了资金的问题。

晚上，他们得知大部队的好消息，又继续为前站事情忙碌起来。他们去了西藏登山队队长旺加老师的家，了解了 20 年前旺加老师协同日本登山队攀登希夏邦马西峰情况，旺加老师提出了宝贵意见。

16 日早晨吃完饭，又一起去西藏登协，找到西藏登山界重要人物——尼玛次仁。一起聊一些关于登山的话题。尼玛老师是个很有抱负很有能力的人，他不仅会讲英语，而且还在 1999 年开办了中国第一所登山学校，为中国登山事业培养了很多专业队员，并且建立起中国的高山协作队伍，以更好地发展登山事业。中午坐尼玛老师的吉普车返回旅馆休息。下午王淼和岳斌去采购两个人前站需要的食品。

17日8点30分，王淼和岳斌来到汽车站，坐上开往日喀则的班车。15点30分，他们到达西藏第二大城市——日喀则，住在旅游局招待所。以前在社里总是唱一首歌："我的家乡在日喀则，那里有条美丽的河……"现在他们真的站在了日喀则的土地上。

18日，8点起床，王淼和岳斌直接到达吉隆县、定日县驻日喀则办事处，了解到去希峰的车很难找，而且马上要举办"珠峰文化节"，几乎所有的车辆都要为此服务。

两人又去扎什伦布寺，和藏族小伙子格桑一起，本打算请他做科考队的翻译，谁知道他后来反悔。他们为了找车又想了很多办法，终于在日喀则饭店门口找到第二天一早出发去樟木的车。

19日，两人早上不到5点就起床，正在收拾行装，遇到一位北大校友，和他们一辆车，三人结伴去赶车。10点30分，到达拉孜县。18点，到达定日县门布乡。没有直接进山的车，只能在这里自己找车。从门布乡到希峰脚下还有40公里，而且是荒山，没有现成的路，必须找一辆车和一个向导。

他们先找到乡长群佩，由他给指定一个司机。一辆破卡车，一个不会说汉语而且还酒后开车的司机，还有一段未知的旅程，王淼和岳斌很担心会出事。行进在西藏的广袤高原上，四处一片漆黑，只有车前灯勉强照出一点光亮。途中车抛锚两次，王淼和岳斌只得下车推车上坡。

24点，两人到达希峰检查站附近的迫子村。司机本来答应第二天送他们到检查站的，却转身跑掉了，把王淼和岳斌留给不会说汉话的迫子村村主任。来到村主任家，疲惫和困倦折磨着王淼和岳斌，两人把地席扯出来盖在身上，在一块木板上和衣而睡。

20日，7点30分左右，两人醒来，远远看到希夏邦马峰，虽然只能看到雪山的下半部分。他们和村主任一起吃了糌粑，村主任找来一辆马车，把他们送到10公里外的希夏邦马峰检查站。10点，二人到达检查站，与检查站工作人员罗布次仁和扎西说明来意，他们很友好，也愿意帮忙，但是说要等到珠峰自然保护区聂拉木分局的局长顿珠来了才能办理手续。

11点，局长来了。他俩磨了半天，最后局长同意他们进山，进山费也可适当减免，但车辆费不能少，另外，让会讲汉语的罗布做向导和翻译。

罗布和扎西对他俩很好，同吃同住。扎西只能讲带有浓重尼泊尔口音的英语，但起码有交流的途径了。当晚，罗布带岳斌去色龙村租牦牛，共约定36头牦牛和12个牦牛工，价钱比登山协会告诉的高一些，但当地人说这是惯例。

当晚住在检查站的小屋子里。

21日，事情基本上都已办妥，王淼和岳斌决定去10公里外的浪强错走走，以更好地适应高山环境。他们10点出发，走了大约两个小时，到达浪强错。草原很大很美，几头大牦牛在周围吃草，湖面如镜，北面是雄美的藏拉雪山，海拔6495米，形状酷似神山冈仁波齐。

约13点40分，他们往回走，找不到来时渡河的地方，只好挽起裤脚下水，一分钟路程，上来搓了半天腿，先是麻木，继而刺痛，才缓过来。16点回到住处。晚上早早睡觉，大部队第二天就到。

漫漫希峰路

7月13日，一早，浓云密布，中午日光又重现。

12点30分，北京大学南门一派热闹。先是申耀明、韩蕾、杨晶、海英……分赠各色各样小饰物：铃铛、小动物、手链、手绳、头绳……各种吉祥物和护身符戴在登山队员和科考队员手上，也替前站的兄弟捎上了。

14日，白天的时间都在火车上度过。两个队伍26名队员在一起，很热闹。车外温度从29℃降至19℃。20点48分，两队抵达西宁。购买第二天17点50分去格尔木的火车票。卢臻和王智珣去问托运的事，被告知不能转托。他们住进铁路旅馆，在车站东边的天府餐馆吃了极丰盛的一顿。队医不停提醒多喝水，大家拼命喝水。

吃完，刘炎林安排第二日活动：7点起床，7点30分集合晨练；上午卢臻和李兰带男生托运行李；蒙娃领女生购物，携科考队两名负责后勤的男生搬运。回来，就着冰冷的水洗漱，就着清冷的天睡觉，已是夜过半。

15日，9点15分，两拨人马分头出去办事。卢臻和张兴佰去托运行李，顺利办妥。邹桭陪患急性肠胃炎的陈丰去医院打葡萄糖。17点51分，5701次列车向格尔木进发。

一路天阴沉沉的，半道还下起雨，有几滴蹦进车内。峻嶒的石山上缀着紫的、黄的小花，也有山面上披着黄的油菜花或绿的什么。

火车里比较干净，很多人一看就是土生土长的西北人，脸蛋红扑扑的。牟治平拿着社里的录音机，放着摇滚乐。突然大家开始唱《追梦人》。陈丰睡着，细心的林礼清脱下自己的衣服给他披上。有人提出要吃夜宵，被牟治平大吼："去洗手，去刷牙。"

16 日，早起望风景，广播称此地为锡铁山。窗外风景已大异。平广的沙地上分布着零落的草团，草甸的边际是连串棱角分明的黑黝黝的小山。再向前，竟全是沙，视野中已无山踪山迹。

路边是十几米宽的石方格、草方格，时有时无；沙地上满是纵横盘曲的车痕。草方格渐宽，有了一条公路，雨后湿漉漉的，突然高耸出一排沙丘，便又是茫茫沙漠一望无际。铁道、公路、电线一路结伴而行，便是这广阔天地间的人迹。人，既渺小，却又为所欲为。

快到达布逊车站时，地上斑驳地铺了一层白，是盐。公路也是由盐修成，长达 30 公里，称万丈盐桥，但却是黑色的。不久，白白的盐湖赫然而现，建筑多了，出现行走的人。

9 点 35 分火车进站。李兰、刘炎林和林礼清去找进藏的车，卢臻负责托运的事，还有人去医院买药及氧气，余者等待并准备长途汽车上所用物品：冲锋衣裤、绒衣、秋裤等，因大包将固定于车顶上，不方便取用。出去走走，空气清新，有草香；街道安静，楼房很新，有的仍在建，与西宁的嘈杂脏乱迥异。

中午 12 点，基本办妥各项事宜。包了一辆半卧铺的车，大包堆积在车顶并以雨布覆盖，小包先集中至车后大通铺。14 点左右开始从格尔木出发，奔向拉萨。很多人出现高山反应，恶心、头晕，苦不堪言。

17 日，高山反应依然折磨着队员们。登山队队医邹枨反应比较严重，吸了一会儿氧，一晚一上午都没安生；雷宇流鼻血。司机宣称要直开拉萨，但大家已饿扁。14 点停车那曲，陈丰、王威加和杨涯等几个人喝粥，其余人还是艰难地嚼米饭。

15 点，车重新上路。一路是柔和的草山，蓝天上大片的云朵投下阴影，群群牛羊静静吃草，有时可见雪峰伫立，河水奔流。22点10分车进入拉萨的一片辉煌灯火中。看到杨磊和杨清华，大家卸下包，住进小旅馆。路上邹枨仍吐。入房间后，李兰便带着刘媛马不停蹄地处理病号。

18日，7点起床，稍稍洗漱，下楼锻炼。登山队卢臻和陈丰、王智珣购买装备和汽油；雷宇、张兴佰和张伟华去买肉类；杨磊和牟治平去登协办理手续和租车、炊具、氧气的事；林礼清和李兰去邮局取款。

18点，北大登山科考队与西藏大学登山队聚于一室，旺加、晋美先为两方做简要介绍，藏大登山队来的有各层次登山队员，大家随意聊天，屋内如水沸腾一般。一个多小时后，藏大队员要去考试，不便耽搁，便在纪念碑下照相送别。

19日，上午林礼清和牟治平购买高山食品。张兴佰和李兰买水果，挑了100多个苹果、60多个梨。中午，邹枨带回一个蛋糕，上面写有："平安登顶"。正好当天是科考队陈伍波的生日。一个蛋糕怎么够30人分？科考队员慢慢走开，把蛋糕留给登山队。登山队员也没有动，要留给科考队吃。到晚饭时又买一个蛋糕，大家才愉快地分着吃。

下午登山队给物品归类，忙一下午。晋美老师带着西藏大学登山队队员来看望登山队和科考队，向队伍献哈达，祝愿平安登顶。

20日，早餐后收拾离开拉萨。雨下着，寂静清新，微微冷。登山队全队和科考队七人坐登协中巴，雷宇押运送装备的卡车，8点10分出发。科考另八人在蒙娃、张静带领下于8点50分坐公交出发。

登协中巴与卡车一前一后，保持距离，通过对讲机联系。有四五次，中巴停下等卡车，队员有机会亲近与公路相伴而行的雅鲁藏布江。沿途经常一边峭壁，一边悬崖。逆流而上，两岸山势险峻，看起来很近，其实很远。天上云海缓缓流淌，云有时被那山挂住，有时又躺在山坳里。

15 点到达日喀则。吃住在旅游客运公司招待所，前站王淼联系好的。16 点吃饭。之后登山队几个队员去邮局寄明信片。

21 日，离别的一刻来临，登山队与科考队告别。18 点，登山队到达老定日，住进哈呼旅馆。

从过渡营地到 BC 是 15 公里

7 月 22 日，早上 9 点 15 分出发，路上他们幸运地见到卓奥友峰全貌。路边是一片片青稞地和油菜地，藏式民居散落在山间、草原上。

前站岳斌和王淼早早起来走出检查站，向大部队来的方向眺望。12 点，车队没有出现。王淼和岳斌去找水桶准备打水淹田鼠，无意中回头一望，远方有烟尘飘起，是一大一小两辆车，真的是他们。岳斌依然镇静，只是紧紧地注视远方；王淼已冲到小河旁，将冲锋衣拿在手中挥舞。

张伟华和雷宇坐在东风卡车上，其他队员在中巴车上，他们在检查站会合。

王淼和岳斌也上了中巴车，一起向希夏邦马西峰前进。检查站的扎西做临时向导，车在高原驰骋，绕过一个大山坡，雪山就开始显露，远远的，连绵不绝。他们路过希峰脚下最后一个村庄——色龙村，到达希夏邦马峰传统大本营。这里立着一块石碑，上面用藏语、汉语和英语写着"希夏邦马峰大本营，海拔 5000 米"。

下车搭建过渡营地，一顶绿色帐篷很快搭好了。暴雨突至，豆大的雨点洒落在草原上，队员们慌忙将一部分物资转移到帐篷中，用铁铲在帐篷四周挖排水沟，冲锋衣都被雨打湿了。

阵雨突然而来，又突然而止。将蔬菜和炊事用具搬进帐篷后，李兰兴致勃勃要求掌勺。雷宇和林礼清拿起锅碗瓢盆到营地旁的小河中去洗。杨磊拿着铲子在河边挖一个大坑，用来储水，不久发现水面有杂质，就叫上刘炎林等几个人到稍远地方挖更大的水坑。大家决定爬上过渡营地后面的一个山坡。杨磊和张兴佰一马当先，他俩矫健的身影很快消失在前方。

在山鹰社，张兴佰和杨磊两人一同入社，同属体力狂。2001年12月15日金山负重拉练，规定男生15公斤、女生10公斤。早上过秤，大家的背包重量大大超过这个标准。体重只有53公斤的杨磊负重24公斤，而张兴柏更是负重30公斤。

社里体力狂有不少，长跑好的有杨磊、张琦峰，臂力好的有攀岩队的队员，拉练强的也不少，但是没有谁能像张兴佰那样每项都能做到最好。张兴佰身体素质非常好，直追专业运动员。登山队集训，他总穿一套大红的紧身跑步用短衣裤（据说是高中时校田径队的队服），愈发显得健壮，被一致推举为登山队第一猛男。张伟华记得第一次拉练，负重爬45楼，张兴佰一次次他从身边飞跑过去，不知疲倦；长跑时他每次都超张伟华两圈；攀岩时他基本上没什么技巧，却一样能爬得很高……

剩下的人慢慢往上爬，上了一个平台，再往上就是岩石构成的山体。半小时后，大家都已经站在小山顶上，眺望远方，是晚霞的壮美和远山的雄伟。只有在这里，才会见到如此的胜景。在山顶测心跳，王淼已经达到120次/分钟，其他人心跳差不多都在120次/分钟上下，相当于在学校训练跑8000米时的强度。而杨磊还是70次/分钟，这样的适应性让人惊叹。

18点左右，大家都回到过渡营地，休息。

23日，早上7点30分，林礼清、雷宇和杨磊出发向希峰侦察BC位置，除了确定 BC 位置，还要续向上侦察少许路段。

其余队员在张兴佰带领下做早操。在海拔 5000 米地方做操，大家都很兴奋，格外卖力。之后整理后勤物资，所有的蔬菜、汽油、药品、登山装备等物资都从车上卸下来，进行清点和整理。

中午自由安排，有打牌的，有做饭的，有睡觉的。14 点 50 分，岳斌和张兴佰向色龙村出发接应牦牛，这一趟可是苦差事，可能要走上几十公里。大约过了两个小时，他俩在路上碰到希夏邦马峰检查站骑马上来的罗布次仁，罗布正是带着牦牛队上来的，于是 3 人结伴往营地返。

15 点 30 分，牟治平和卢臻留守营地，李兰和刘炎林带上王淼、王智珣、张伟华、姬婷、邹桄和陈丰向希峰方向行军，这样反复上下对高山适应有很大帮助。走了大约一个多小时，王淼感觉肺要炸，压在风镜下的双眼看到的世界一片模糊，每走一步就要大口大口喘气，可以明显感受到胸腔的起伏，心中只有一句话："什么时候能到啊？"

李兰和刘炎林明显轻松得多，其他新队员都感到不同程度的疲劳。走到一个山坡上，远望希夏邦马峰，曾经一直躲在面纱后的仙女居然露出她的面容，依稀可以看到希夏邦马西峰的峰顶。

返回营地，王淼开始发低烧，痛苦地蜷缩在睡袋里，盖三条睡袋还浑身发冷。陈丰和邹桄状态也不太好。傍晚，杨磊、岳斌、张兴佰和罗布先后回到营地，王淼在帐篷中就听到罗布喊："王同学，王同学在吗？"王淼很感动，但只能有气无力地回应。

36 头牦牛和 12 名牦牛工如期到达营地。牦牛价格和牦牛工价格是固定的，每三头牦牛配备一名牦牛工，牦牛每头 212 元，牦牛工每人 412 元。19 点，雷宇和林礼清返回营地。从探路情况看，第二天任务相当重，路程长，途中要过一次河，需要多加小心。老队员们开会商量第二天分组。第一组是李兰、王淼、陈丰、邹枨和姬婷，先出发。第二组是雷宇、杨磊、卢臻和张兴佰，押第一批牦牛。第三组是刘炎林、林礼清、岳斌、张伟华和牟治平，押第二批牦牛。

根据 GPS 显示，从过渡营地到 BC 是 15 公里，海拔从 5000 米上升到约 5580 米，行军预计 7 小时，每组配备一台步话机。

24 日早上 7 点起床撤营，将后勤物资和装备给牦牛装上。希峰地区牦牛个头大，驮运能力强，每头牦牛可以驮 40 ～ 50 公斤物资。

10 点 40 分，第一组在李兰带领下首先出发。路上陈丰状态不好，中途多次停下休息。大约 13 点，第一组在一个山丘处休息，李兰遗失了步话机。

11 点 10 分，第二组由雷宇带领出发，第二组行军速度很快，大约 13 点左右赶上并超过第一组，先向 BC 前进。

11 点 40 分，第三组由刘炎林带领出发，大约在 14 点左右赶上第一组。为了更快到达 BC，李兰决定王淼和姬婷跟牟治平先出发，留下陈丰和邹枨与第三组一起行军。

这次行军中最为棘手的是过河。河水由希夏邦马峰的冰川融水汇聚而成，并不深，大约到膝盖，但是河面比较宽，河水冰冷刺骨，双脚在河水中走上几步就冻得没有知觉。首先遇到过河问题的是第二组，雷宇、卢臻和杨磊脱鞋强行渡河。为了不让张兴佰吃苦，临时决定让他绕道而行，却没料到这一来，他绕到营地另一侧，仍然无法渡河，白走许多冤枉路。

王淼和牟治平把渡河地点选择在水面较窄的地方。牟治平先过，看着他在一块又一块大石头上跳来跳去，王淼笑他动作滑稽，可轮到自己过时，在河中央跳了半个小时才勉强过河。姬婷则只能一点点地向河上游挨过去。几次到可以渡河的地方，牟治平都在河这边大喊："过来啊，姬婷，过来啊。"姬婷也不敢过。突然下起雹子，降水又一次加大渡河难度，更给第三组造成不小麻烦。

体力消耗得很严重，前不着村，后不着店，天地间似乎只有这几个人在行走，一切都只有依靠身边的队友、自己的力量与意志来克服。王淼最难受，甚至走10步就要休息，有两次腿不听使唤，近在眼前的一块大石头怎么也走不到。

姬婷终于过了河，王淼看到从BC返回来接应的杨磊，他告诉王淼马上就到了。

第一组大约17点30分到达BC。BC坐落在冰川旁边的一个土坡上，坡前是一个清澈见底的湖，能清楚地看到正前方的希夏邦马主峰，希峰巨大山体给人以强烈的压迫感，左手边是陡峭的摩拉门青峰，它那些如飞机一般的三角形顶峰直插云霄，右手边就是希夏邦马西峰。

雷宇和杨磊顾不得劳累，返回接应后面的队员和牦牛，卢臻则越过山头去找张兴佰，给他指路。牟治平上到本营，累得趴下，就在帐篷里昏睡。

先到的牦牛队驮运的是后勤物资，没找到帐篷。王淼和卢臻坐在山坡上等后面的人。大约18点20分，张伟华上到本营，说第三组和李兰等人都因为过河打湿脚，行动不方便，需要马上搭帐篷。卢臻、张伟华和王淼拿铲子平整地面。大约半小时后，其余队员陆续上到营地。天渐渐黑了，开始起风。雷宇上来，组织尚有余力的张伟华、王智珣、卢臻、杨磊和王淼先后搭起一顶Hotel和两顶VE-25高山帐篷。

20点左右，队员都进了帐篷，只有心细的卢臻又到藏民帐篷内了解一些情况。

7月25日，许多队员都表现出不适应，起床时间比较晚，大约10点才陆续爬出帐篷。刘炎林和卢臻把牦牛工的费用结了，又以两包烟的代价请牦牛工将物资从湖边抬高到一个土坡上。几名队员在湖边烧水做早饭。

11点建营。先是一起搭建一顶5×5（㎡）的炊事帐篷，将后勤物资和装备放进去，林礼清代替牟治平成为临时后勤队长，安排炊事帐篷里的物品摆放。牟治平状态不好，一直在帐篷里沉沉睡着。

第二顶住宿帐篷搭建异常辛苦。刘炎林、雷宇、李兰、岳斌、杨磊和王淼平整场地就花两个小时，从土中翻出无数碎石。把帐篷撑开一看，是4×4（㎡）的小帐篷。硬着头皮把帐篷杆立好，在边上压上石头，发现帐篷搭反了，可他们都瘫在地上，实在没有力气再干了。

卢臻和陈丰在另一顶帐篷收拾装备，将大堆装备井然有序摆放在炊事帐篷一侧；林礼清和王智珣紧张地翻检后勤物资。经过一天颠簸，鸡蛋损失一些，其他的蔬菜还算好。

邹枒的状态不太好，张兴佰也有不轻的高山反应，基本没吃东西。

杨磊挖坑挖上瘾。先是挖了一个倒可降解垃圾的垃圾坑，然后在帐篷两侧各挖一个厕所。杨磊设置的男厕需要走好几道山梁，大家把厕所的位置叫作"五道梁"，前去小解的人被冠以"梁上君子"之名。厕所比营地位置高，有人开玩笑说上厕所要小心高山反应。

下午，一部分队员试鞋和冰爪。刘炎林带人把两顶高山帐篷拆了，只留下一顶Hotel装物资。

晚上，大伙第一次在BC炊事帐篷吃饭。饭后，围坐在餐桌旁聊天，李兰的烛台撑起一片光明，使帐篷里充满温馨的气息，这一切，好像发生在北京，而不是这远离尘世的希夏邦马峰。

王智珣负责发电机，白天折腾大半天，终于发电成功，两个营地都有了光亮。

按照规定22点30分熄灯。住宿帐篷里的生活透出北大学生的特色——看书。雷宇带的尼采的书，卢臻托姬婷带的《世界历史》成为抢手货，《皮皮鲁和鲁西西》在各人手中传来传去，邹枨拿出一本从北大图书馆借的泰戈尔的《飞鸟集》……最绝的是张伟华，居然能掏出诸如《光学》之类专业教材。

他摘了许多野花，说要送给女友

到达5500米本营，体壮如牛的张兴佰一直头痛，经常皱着眉头一个人坐着。做饭倒是他最高兴的事，他一心要练出一身厨艺，讨好老丈人，每次总要在菜谱里找一两样比较复杂的菜尝试。宫保鸡丁也许是他最失败的一个菜，一边看书，一边准备，忙碌两个小时，用遍所有调料，做出一个叫不出名的东西，但大家都吃得很香。另一个让人记忆犹新的菜，是拔丝地瓜，张兴佰花一下午时间，做了两遍，把整个炒锅搞得黑黑的，他居然吹嘘好几天，说自己做得如何好。

21岁的张兴佰是东北人，直爽、单纯，想什么就说什么。和张伟华认识时间不长，就跟他讲自己的女友。在山上张兴佰从来没有断过对女友的思恋，只要一聊天必能扯到女友。他总是想着提前冲顶，提前回去，这样就有时间回一趟家，看一看女友。有一天，雷宇带他们上山适应，回来时他摘了许多野花，说要送给女友……

在赖伟的心目中，张兴佰是一个高大威猛却又透着稚气的人。他感情非常细腻，对某些事情有些过于在意，像个"小男生"。这和他的高大强壮有些不相称，有时甚至让人觉得好笑。

张兴佰入社时是交流部成员，很快入选攀岩队，2001年参加暑期科考队，新学期开始，被科考队队长刘静推荐做了训练部长。张伟华认识张兴佰最早是在迎新会上，部长们作各部介绍，张兴佰自信地说："今年我带大家训练。这一年里不管刮风下雨，只要到了训练时间我都会在这里等着大家的。"果然，这一年里，不管是刮风、下雨还是沙尘暴，训练从未间断过。

赖伟记得，他和刘炎林一块去跟张兴佰说做训练部长的事，征询他意见，他带着一丝犹豫。他学习抓得很紧，说愿意为社里做事，不过要首先考虑学习。在山鹰社，每一届老队员都深深意识到学生社团中的这种矛盾，尽可能减轻下一届队员的压力。他俩没讲大道理，只在队员力所能及的情况下尽量提些简单的要求。

训练部工作一直没有有规律的模式，几乎都是上届部长大致告诉下届部长有哪些训练项目，然后自己想该怎么做。刘炎林和赖伟建议他把这一届训练部尽可能规范化。张兴佰为这个设想颇费精力。赖伟认为张兴佰解决了初期训练人数过多而不好组织的问题。张兴佰组织得法，期末参加训练的人数依然很多。

相比其他部长，张兴佰时时显露出纯真大男孩的样子。为了能够带起训练的活泼气氛，训练快结束时他经常组织大家玩游戏。也许太过纯真，他都没有想过有些游戏已经不适合成年男女同学玩，有时造成不小的尴尬，甚至有队员在BBS上愤慨地谴责。张兴佰很无辜地跟赖伟说：他是无意的，他确实没有考虑到那个游戏不合适。

在这一批部长里，他的学习是最好的，绩点3.7多，拿过"五四奖学金"。他对学习非常在意，从来不肯因为周末活动逃课。山鹰社理事都知道他的情况，没有对他强加要求，尽管有些部长对此甚为不满。

一次部长会上，张兴佰小心翼翼地打听："是不是要参加一定的周末活动，才能够参加冬训？"他报了新东方英语班，又辅修经济学，周末都用来上课，几乎没有参加任何周末活动。看他一本正经的样子，大家假装严肃："是啊，你是不是抽点时间来参加参加周末活动……"本是玩笑话，他却认真地认为应该如此，一次拉练逃课了，他郁闷一路。

张新伟真正和张兴佰熟起来，是在冬训，他是他们组的组长，带他们到老乡地里割玉米秆当柴烧。张兴佰刀用得极熟练，比张新伟和陈伍波快得多。他告诉张新伟，自己从小就帮家里干农活儿。参加过冬训的人都记得张兴佰的鼻子，冻得黑红黑红的，每天早上一起来就冲张新伟嚷嚷着要冻伤膏，然后仔仔细细抹在鼻子上。冬训还没结束，因为女友，张兴佰就回去了。

赖伟开始与张兴佰不是很合得来，觉得他没有性情中人应有的洒脱和豪气。2002年社庆晚会结束，部长们聚到旺福竹楼。整个过程没有太多不同，醉的人依然醉，哭的人依然哭，安慰人的还是蒙娃。

张兴佰忽然端起酒杯，说要感谢大家对他的照顾与谅解，说了许多自己的苦处：要独立生活，要学习，心中又一直有雪山梦。他说他几乎不敢放纵自己，山鹰社带给他很多快乐，他一直想报答；虽然做部长时间不长，但一定会尽自己最大的努力做好，并给后来人留下可借鉴的经验……说完一大通话，仰头就干下那杯二锅头。其他人纷纷安慰他，向他敬酒。

赖伟想起以前根本不听解释就命令张兴佰完成任务，蓦地有一股愧意，便倒了一杯酒，借敬酒向他致歉。没想到他喝完酒，话锋一转："老大，让我带一次活动吧。我还没做过领队呢。"赖伟喝得有点多，说："好啊，不过你就不能上课了。""这没有问题，我回来会补上的。"张兴佰非常认真地说。

酒尽人醉，大家互相搀扶着回学校。赖伟和张兴佰不停地互相诉说自己的问题，都有点醉了，也不管对方说什么，只顾自己嘴里不停地发出声音。

赖伟记得张兴佰说他空余时间非常少，所有课余时间除了女朋友就都花在山鹰社；他觉得在这里能交到很好的朋友，学到很多有用的东西，只是以前跟大家交流太少，也没尽到部长的责任。赖伟也深刻反省自己的冲动与暴躁，还答应他带越野挑战赛集训队，去为他带领的4月6日黄草梁活动助威。结果那次活动只有张琦峰作为向导去了，遇到很大的风，条件非常艰苦，但张兴佰把活动带下来。回来之后他很兴奋，问赖伟下学期他不做部长还可不可以参加社里的活动。

临近五一，赖伟照例要把每位部长拉出去参加活动，促进部长与新队员的感情交流。五一前两天，张兴佰突然跑过来，非常不好意思地说："我有可能参加不了五一的活动。"原来他要去武汉找女朋友。张兴佰显得很痛苦，哪一方面都不想割舍，说如果老队员能够安排过来，希望能把他替换出来。又一再强调，如果社里需要他，他还是会留下来。

张兴佰对自己的身体总是充满自信，即使头痛没有间断过，也还是坚持要向上，从来没提出过要休息，事实证明他在山上依旧体力很好。

最后一次全体相聚

7月26日，早上7点30分，队员们纷纷起床，在帐篷外由张兴佰带领做早操。张兴佰状态依然不好，几天没怎么吃东西，吐出来的都是水。

林礼清、李兰、岳斌和杨磊上 C1 探路。根据 GPS 显示，BC 与 C1 直线距离为 5.3 公里。不长的路程，他们却走了五个半小时。沿途路况不好，虽然有玛尼堆和红色胶带作路标，但崎岖的山路和随时可能发生的泥石流还是给行军带来不小困难。到达 C1，杨磊继续向上侦察一段碎石坡。之后，四人返回营地。

　　留守队员整理 BC。卢臻带陈丰继续整理装备，把个人装备分发给大家，主要是被服、锁具和绳套等。其他人在牟治平带领下分装行动食品，建立一条流水线来提高效率，从姬婷开始，将奶糖、牛肉干、果冻、巧克力、压缩饼干、卤蛋等行动食品分装在塑料袋中。

　　张兴佰和邹桄状态不好，分装食品时可以看出张兴佰很难受的样子，一干完活儿，他就躺下睡觉。

　　吃过午饭，牟治平又带着大家继续装高山食品，一切进行顺利。傍晚，开始为探路队员做饭。

　　17 点 30 分左右，步话机里传来杨磊的声音："我们快到了，已经下来了。"雷宇和刘炎林从罐头箱子里抄出两筒罐头，叫上王淼跑出去。看着杨磊吃水果罐头的样子，大家心里都很高兴。在山上，登山队有一条不成文的规矩，只有从山上回到 BC 的队员才能吃水果罐头或者喝饮料。物资是珍贵的，要留给最累最辛苦的队员。

　　18 点左右，其他三个人也都回到 BC。大家高兴地围坐在一起，姬婷的炖土豆、雷宇的蒜泥白肉、陈丰的醋熘白菜和王淼的萝卜汤博得一致好评。

　　晚上，老队员们开会，根据侦察结果和新队员适应情况，制订第一次行动计划，决定第二天由刘炎林带领雷宇、岳斌、张伟华、王淼和王智珣运输物资到 C1 并建立营地。把队员分组：A 组组长是林礼清，队员有杨磊、卢臻和陈丰；B组组长是雷宇，队员有李兰、牟治平和王智珣；C组组长是刘炎林，队员有岳斌、王淼、张伟华和张兴佰。邹枨和姬婷因为适应情况不好暂不编组。

27日，负责建设C1的6人（刘炎林、雷宇、岳斌、张伟华、王淼和王智珣）先起床，装好建营和运输的物资，照完出发照，8点30分准时出发。

建营小组行军比较顺利，每小时休息一次，速度比预想的快不少。从BC出发不远，就可以看到以前其他登山队的宿营地，有很大的玛尼堆，也留下许多垃圾，这些大多是国外登山队留下的，据说2002年4、5月间就有7支外国登山队攀登希夏邦马峰。沿途大部分路段都紧靠冰塔林行军，伴随着这美丽冰塔林的是危险，许多路段被山洪冲毁，经常需要通过危险路段。

快到C1营地，需要翻上一段碎石坡。C1坐落在由希夏邦马峰、野博康加勒冰川和希夏邦马西峰3条巨大冰川汇聚的大雪坡下面，海拔5800米，距离雪线有几百米，冰川融雪汇成的小溪从营地旁流过，可遥望希夏邦马峰壮丽的风景。

12点40分，建营组全体到达C1，吃过行动食品，搭建Hotel。两小时后，刘炎林和雷宇向上继续探路，岳斌带领其他队员沿原路下撤。

留守BC的队员依然有条不紊地建设BC。牟治平带着状态好转的张兴佰和陈丰将猪肉、牛肉和羊肉串起来，挂在铁丝上保存。张兴佰负责剪铁丝，牟治平和陈丰串肉。

卢臻为C1准备睡袋等装备，下午居然利用空闲时间洗了一次头。邹枨状态依然不好，但还是克服疼痛，准备好C1的药品。

中午大家都把精力放在做饭上。杨磊做出炒土豆条，陈丰从老家带的梅干菜成为大家口中的佳肴，林礼清搞了好多炒白菜。

大约 17 点 40 分，岳斌和王智珣、王森、张伟华返回 BC，赖在山口不肯上去，专等卢臻和林礼清跑下来送上罐头才罢休。半小时后，雷宇和刘炎林返回。15 个人又聚齐在 BC。谁也没有想到，这样普通的一天，竟然是登山队 15 个人最后一次全体相聚。

晚上开会制订之后几天的登山计划。B 组任务比较重，C 组运输任务也不轻松。邹桄状态越来越不好，睡觉前吸了好久的氧，张兴佰也吸了一会儿。

23 点 30 分，卢臻一人去关掉发电机，走进 Hotel，看了一会儿英语，听了一首《简单爱》，独自和装备一起沉沉睡去。

28 日，牟治平和姬婷早早起来为 A 组准备早饭。A 组要上到 C1，继续向上探索 C2 位置。7 点 40 分左右，A 组队员起床，按原计划装包，整理被服。8 点，在林礼清带领下，杨磊、卢臻和陈丰迈出向希夏邦马西峰的第一步。这还是卢臻和陈丰上山以来第一次前进到 C1。四个橘红色小点渐渐消失在山口的转弯处。

陈丰稍微有些不适应，但队伍整体速度比较快，原来 5 个小时路程，只用时 3 小时 15 分。沿途依然是雄伟高大的冰塔林，像一排坚守的卫士，紧紧地守卫着雪山女神的家。

11 点 30 分左右，A 组顺利到达 C1。吃饭，午睡，天气好得让人惊讶，传说中的雨季怎么一点影子都没有呢？希峰和西峰每天都清晰地展现在眼前，似乎在欢迎大家的到来。

15 点，A 组出发向 C2 探路。先上到一段碎石坡上，紧靠着冰川，中间有一条冰川融水形成的小河，虽然不宽，但水流很急，特别是在午后，山上积雪被太阳晒化，水量猛增，需要多加小心。

A组来到换鞋处，穿上 DoubleShoe，换上安全带和全副装备。一切就绪,A组队员第一次踏上希夏邦马西峰的冰川——雪山攀登正式开始!

A组穿过冰川,在破碎冰面留下足迹。行军至一块大石头,天色已晚,将修路物资留在冰川上。融冰川不需要结组,杨磊和卢臻甚至将安全带也留在冰川上。19 点 20 分开始返回,20 点 45 分到达 C1。

留守 BC 的 B 组和 C 组队员在营地内休整。岳斌肩负着为邹枨联系车辆的任务下山了。邹枨自从上山以来状态就一直不好,怀疑可能是肠胃炎犯了,需要下山就医。下山后不知道能不能找到车,岳斌就挑起这个重担。

王智珣看书之余做了个陷阱,竟然抓住两只乌鸦。乌鸦是山上很讨厌的一种动物,经常偷吃登山队放在帐篷外的肉,大家给乌鸦起名叫"王小智"和"王小珣",豢养在炊事帐篷前,作为登山队的宠物。

通向 C2

7 月 29 日任务比较多:A 组从 C1 出发向上修路然后返回 C1;B 组从 BC 运输至 C1 并住宿 C1;C 组运输物资到 C1 并返回 BC。

A 组早上 9 点准时出发,陈丰状态很不好,时停时走,卢臻一直陪着他慢慢向上行进。杨磊和林礼清速度很快,大约 11 点 30 分就到达前一天放修路物资的地方（海拔 6150 米）,与卢臻和陈丰差开一个小时的路程。

14 点,卢臻和陈丰终于到达放物资处,吃饭。正要运输,林礼清突然出现,要求陈丰一人返回 C1,和运输物资的 C 组一起返回 BC 休息。卢臻知道陈丰不认识路,又是第一次上雪山,决定将陈丰送到 C1。返回路上，陈丰仍然不在状态，走了约有一个半小时。

林礼清和杨磊继续向上修路，克服雪地上刺眼的反光、太阳强烈的紫外线照射，艰苦地修了3条白绳和1条花绳。发现雪坡上裂缝很多，修路物资不足，于16点左右下撤。

话说BC，早上7点，帐篷里突然钻进来一个人。竟然是岳斌。原来，岳斌出发后一直没有停，到山下联系了一辆摩托车，想在检查站休息一会儿再走，却发现检查站已经拆除，新营地没有建好，罗布和扎西挤在另外的帐篷里，岳斌只好于19点返回营地。为了早点将邹枨送下山，岳斌不顾疲惫，加紧赶夜路。渴了，就抿一口水；困了，就在大石头上躺一会儿。在海拔5000多米的高原，又是夜里，赶了50公里山路，连一顿热饭也没得吃，只能嚼上一块压缩饼干。

登山队计划不变，B组和C组约9点从BC出发。雷宇打头，刘炎林断后，牟治平、张兴佰、姬婷、李兰和王淼走在队伍中间，开始向C1进发。姬婷有两次陷进松软的泥地，都有惊无险。大约三个半小时后到达C1。

10点过，岳斌休息两个小时，扶着邹枨下山，留下张伟华守营。

B组和C组到达C1，继续向上切过碎石坡，把技术装备和修路物资送到换鞋处。在换鞋处，王淼和李兰等待下来的卢臻和陈丰，决定由王淼替换陈丰到A组，陈丰换到C组。刘炎林和雷宇沿碎石坡向上侦察路线。刘炎林带着陈丰、姬婷和张兴佰下山。C组沿途遇上泥石流，耽误了行程，留守BC的张伟华担心C组情况，前来接应，双方在路上遇到。大约18点，C组安全返回BC。

李兰、卢臻、雷宇和王淼回到C1，B组队员状态都不错，一起烧水吃饭聊天，焦急等待杨磊和林礼清下来。

大约 20 点 30 分，杨磊和林礼清返回 C1。两人精神比较好，但体力消耗大，林礼清的脖子和脸上都被晒脱皮，褐色和白色的皮肤一块一块的。

21 点 30 分，在 Hotel 开会。对于以后几天的计划，大家（主要是老队员）发生激烈争执。林礼清希望第二天和杨磊返回 BC 休整，由 B 组继续修路，然后过一天再换过来，因为路线实在太长，队员全天作业，对体力消耗太大。李兰和雷宇坚持按照原计划进行。大约讨论了半个小时，最后决定采取折中方案，即第二天由王淼和卢臻随 B 组上山运输、修路，林礼清和杨磊在 C1 原地休整。

22 点 30 分左右，A 组、B 组各自回帐休息。

30 日，C 组（刘炎林、张兴佰、姬婷、陈丰和张伟华）留守 BC 休整。

早上 6 点 30 分，林礼清和杨磊起床为王淼和卢臻烧水做饭。7 点左右，B 组起床。由于要收拾和分配运输物资，耽误到 9 点 30 分才从 C1 出发。按计划，杨磊和林礼清守 C1，雷宇、李兰、牟治平、王智珣、卢臻、王淼六人出发向上运输和修路。卢臻背的最多，包里装 4 捆绳和 9 个雪锥，其余人基本上每人背 2 捆绳和 3 个雪锥。

在碎石坡换好鞋，卢臻带路开始冰川行军。王淼和王智珣是第一次上冰川，没想到冰川这么难走，宽大、破碎的冰川像干枯的土地，千沟万壑，还有无数的雪洞。好在前一天杨磊和林礼清在沿途插了许多路线旗指引方向。行军速度不是很快，卢臻经常停下来等其他人，大约每个小时休息一次。

12 点 30 分，他们翻上一个雪坡，都累得够呛，于是停下来休息，吃午饭。行动食品中最受欢迎的是果冻，压缩饼干是最难下咽的，但为了保持体力，有时不得不强行往下塞。

在"大石头"处放下部分食品，背着修路物资继续向上攀登。迎面一个大雪坡，坡度在 30 ～ 50 度之间，雪面比较松软，踏上去有时没脚。下午的阳光很充足，根本不敢摘掉墨镜。6 人先沿着前一天的路线绳排成一条直线上升，到达修路末端，发现前面是一条大裂缝。雷宇和李兰向上修路，其余 4 人在裂缝旁一块平地上休息。山风吹来，冻得几人瑟瑟发抖，回望山下，冰川和雪山的风景美不胜收。

雷宇和李兰在上面招呼继续向上。4 人沿着绳子向上运输。路线上出现一条狭长的冰裂缝，安全起见，雷宇和李兰决定绕过冰裂缝，架绳横切雪面。

他们横切后，向上修了 3 条绳，到达海拔约 6400 米高度。17 点左右，将剩下的路线绳和雪锥埋在雪里，集体下撤。雷宇和李兰断后。从海拔 6400 米一直冲到 C1，到达营地时，天已经黑了，杨磊和林礼清端着煮好的咖啡迎上来。

雷宇和李兰最后返回 C1，大概已经 21 点 30 分，体力消耗很大。

晚上，开会商讨第二天行动方案。王淼脚不好，由他守营。A 组其余三人先出发，空身上到修路末端继续修路；B 组随后出发，运输物资（修路和建营）到 C2，建立营地，B 组住宿 C2；A 组三人下撤至 BC。

31 日，建立 C2 营地。早上 7 点，王淼起来为 A 组另外三人烧水做饭。8 点，A 组收拾好行装出发。B 组大约 8 点 30 分起床收拾物资。

大约 9 点，C 组刘炎林留下陈丰守 BC，自己带上张兴佰、张伟华和姬婷运输到 C1。

A 组比较顺利。大约 12 点到达前一天修路末端。林礼清、杨磊和卢臻状态都不错，不到 10 分钟就可以完成一条 50 米的路线绳。从山上回望，可以看到 B 组 4 个小黑点在冰川上缓慢移动。卢臻在海拔 6450 米的地方居然伸手抓到一只蝴蝶，打算带回去送给偏爱生物的科考队长王威加。

修路很快完成，杨磊修了三根路线绳，林礼清和卢臻各修了两根。杨磊遇到一条冰裂缝，林礼清开玩笑说杨磊不敢过，杨磊不服气，回头跟打保护的卢臻说："卢臻，收好绳。"转过头纵身跳过去。

用 GPS 测量，实际高度与预计相差 500 米，修路末端已将近海拔6600 米，接近原定计划中的 C3 位置。林礼清决定杨磊马上下撤，通知B 组在雪坡下面建立 C2（海拔 6200 米）。这时突然下起小雹子，林礼清和卢臻只好在山上等待天气好转。

B 组行进很辛苦，主要是因为头一天体力消耗过大，运输物资又比较多，到达雪坡下时已经过中午了，这时正遇到下来的杨磊。很快，一顶 VE-25 帐篷就搭建起来。杨磊按计划继续下撤。

送走 B 组，王淼独自一个人在 C1 看书，等待 C 组的队友。大约 13 点，总算盼到 C 组队友，张伟华、张兴佰和姬婷都累坏了，赶紧在帐篷里休息，吃些东西恢复体力。刘炎林一个人懒懒地睡着，保存体力。为了降低帐篷里的温度，他们将高山睡袋搭在帐篷顶上隔绝阳光，效果不错。

17 点 15 分，杨磊飞快地下撤到 C1，和刘炎林交代情况，带上水，就和王淼一起下撤。两人饿得肚子都扁了，小跑着下山，只用 1 小时 56分就吃到 BC 陈丰做的大餐。

卢臻和林礼清等到天气转好就马上下撤，在雪坡下遇到 B 组队友。林礼清教雷宇使用 GPS，王智珣拿相机四处拍照，牟治平则拿着卢臻带下来的雪铲给帐篷加固。过一会儿，林礼清和卢臻离开 C2，继续下撤。

王淼和杨磊走后，刘炎林带着张兴佰、张伟华和姬婷从 C1 出发上到冰川适应，遇到下来的林礼清和卢臻，聊了几句就道别。林礼清、卢臻和杨磊这天行军很长，先是从 C1 上到 C2，又到大雪坡上修路，又越过 C2、C1 直接返回大本营，来来回回有二十几公里路程。

21 点，林礼清和卢臻安全返回 BC，陈丰端出热粥和鸡蛋，卢臻和林礼清好好吃了一顿。

这一晚 B 组宿营在 C2，C 组宿营在 C1，A 组和陈丰宿营在 BC。

通向 C3

8 月 1 日，9 点，C 组准备从 C1 出发。姬婷明显不适应，身体状态不好。刘炎林让张兴佰送姬婷返回 BC，张兴佰不太愿意，提出更想上冰川，只好改由张伟华送姬婷。刘炎林和张兴佰扛上本来应该 4 个人背的物资出发，他们这一路体力消耗很大，下午到达 C2。

早上 B 组全体队员从 C2 出发向上修路，天气开始细微变化，但还是顺利修了 6 根绳子。大雪坡上出现不少冰裂缝，修路队员在冰裂缝处交叉插上两面路线旗作为标志。原来横切的绳子也被撤下，改为垂直上升的路线，这样更安全一些。下午，疲劳的 B 组下撤 C2，根据队员体力状况和修路实际需要，决定牟治平和李兰下撤 C1，由刘炎林、雷宇、王智珣和张伟华组成新的 B 组，第二天继续完成修路任务。牟治平和李兰从 C2 开始下撤。

BC 的 A 组和陈丰处于休整状态。也许是太疲劳，大家一直睡到 12 点 30 分才起床，卢臻更是 14 点 30 分才起。起来以后，几个人弄些麦片、芝麻糊就又开始牌战，卢臻独自看《世界历史》。

16 点，张伟华和姬婷突然出现在 BC，大家都很吃惊。陈丰做了些吃的款待他俩，18 点开始做晚饭。

19 点 45 分，7 个人围坐在 BC 吃饭，隐约感觉营地外有动静，开始以为是风，毕竟这种海拔高度哪里去找小偷。突然，炊事帐篷的门帘被掀开，一个黑乎乎人影出现，大家吓了一跳，甚至以为是传说中的喜马拉雅雪人来了，定睛一看，竟然是牟治平。他有气无力地走进帐篷，第一句话是："我知道自己犯了错误。"然后神色游离地问："还有吃的吗？"大家赶紧端来热饭，递给饿慌了的牟治平。牟治平接过碗，二话没说，闷头就吃。

原来，牟治平和李兰一起下撤，牟治平速度快，比李兰早到C1一个小时。进了帐篷一看，食品都被刘炎林和张兴佰背上去了，整个Hotel只剩下一根火腿肠。这可怎么活啊！牟治平知道再返回C2是不可能了，就一个人冲下来。

再说李兰到达C1，发现食品也没有，牟治平也不见踪影，估计他是跑下山了。李兰用步话机和C2联系，说明情况，只好由雷宇从C2紧急下山送食物。雷宇不顾疲劳，又一次整装出发，晚上到达C1。

这几天下来，出现两个问题。一是通信问题。这次采取的是点对点步话机通信，没有电台和带频道的步话机。社里原来有3台步话机，到西藏登山队借到3台，但这两组步话机制式不同，无法互相通话；进山时坏1台、丢1台，只有四台可用，还存在不能互相通话的情况。营地间距离很远，信号经常被山阻隔，通信时断断续续。二是天气问题。进山以来，天气异常好，经常晴空万里，希夏邦马峰一览无遗，大家都惊异于喜马拉雅地区雨季怎么会这样。这两天降雨明显增加。BC在14点开始有大量降水，主要是冰雹。高山营地雾气开始增加，出现小范围降水。

按照计划，第二天应该A组运输物资到C1，但是林礼清认为应该继续休整，于是A组调整计划，继续在BC休整，等待其他队员返回。

这夜，刘炎林、张兴佰和王智珣住宿C2，雷宇和李兰住宿C1，其他队员住宿 BC，岳斌送邹柽下山依然没有返回。

2 日，凌晨，BC 大雪，降雪几乎把帐篷压塌。3 点，卢臻和杨磊起来拍雪，把落在帐篷顶上的雪打扫干净。两人睡不着，就在炊事帐篷聊天。他们的对话，已经永远无法知道，但是大家相信，一定是关于登山与山鹰社的。两人聊到 4 点，喝些牛奶，就继续睡下。

早 9 点，新的 B 组因为雷宇下撤，已经没有足够技术力量继续修路。刘炎林带着张兴佰和王智珣将修路物资和 C3 的建营物资运送到之前修路的末端，便返回 BC。

C1 的雷宇和李兰收拾好东西，9 点过后从 C1 出发，返回 BC。

BC 队员早上 7 点过后相继起来。有人打牌，有人看书，还做了不少炸花生米作为零食。中午，雷宇和李兰先返回 BC。牟治平拎着水果罐头，飞奔出去迎接李兰，但李兰还是一脸愠怒。大家一起吃饭，等待刘炎林回来。

晚饭时，刘炎林、张兴佰和王智珣到达 BC。此时，除了岳斌和邹柽，其他队员都团聚在 BC。晚上，13 名队员在 BC 住宿。

3 日，早上起来，刘炎林把王淼叫起来一起做饼，烤了不少葱花鸡蛋饼，大家分食。饭后，大家围坐在帐篷聊天。

下午，卢臻去洗衣服，姬婷把所有的碗洗了。由于要参加军训，姬婷和王智珣将随科考队一起返回北京，这是他们在雪山上待的最后几天。

张兴佰将自己想对女朋友说的话写在纸上，和电话号码一起交给要下山的姬婷，嘱咐她带给女朋友。

晚上开老队员会，讨论第二阶段冲顶安排和分组。A 组组长是林礼清，队员有雷宇、杨磊、卢臻和张兴佰，是第一冲顶组。B 组组长是李兰，队员有牟治平、张伟华和王淼，是接应组，第二冲顶组。C 组组长是刘炎林，队员有岳斌和陈丰，是接应组。

这种分组方法，将体力和技术最好的队员选进 A 组，保证冲顶实力，但也将运输、修路、建设 C3 营地和冲顶的绝大部分任务交给 A 组的队员，这对于 A 组体力、技术是巨大的挑战。

通信方面，A 组带两台步话机，B 组和 C 组各一台，由于制式差别，A 组与 B 组、A 组与 C 组之间可以联系，而 B 组和 C 组之间无法联系。A 组带一台 GPS 测量高程，C 组刘炎林带高度计测量高程。

最后，确定 8 月 4—9 日为第一个冲顶周期。

开完会，大家都对即将到来的冲顶感到兴奋。杨磊拿出一听可乐，给大家分着喝，可乐罐将作为登顶罐埋在海拔 7292 米高度。大家纷纷将自己想说的话写在纸条上，塞进空可乐罐，交到杨磊手中。

按计划，第二天将由 C 组和 A 组一起将高山物资运输到 C1，然后 C 组返回，A 组继续上升到 C2 营地。

4 日，早上起来，牟治平为 A 组和 C 组准备早饭。

9 点整，刘炎林带领 C 组陈丰、姬婷和王智珣运输。

A 组在林礼清带领下也一起出发。两组 9 名队员背上沉重的登山包，拿好冰镐，戴好安全帽、墨镜，按惯例在希峰前再一次合影。照片记录下那一刻每个人的神情。

谁也想不到，这竟然是他们的最后一张合影。

中午，C 组和 A 组到达 C1。A 组煮高山食品吃，C 组吃行动食品。在这儿吃过午饭，道别的时刻，王智珣拿出 MP3 机，让每个人都录下一段话，带回去给山鹰社社友们听。

14 点 25 分，C 组原路下撤。A 组的兄弟们又加了负重，每人背着四条路线绳、两个雪锥和一条睡袋，继续向 C2 进发。

从 C1 到 C2 大约需要经过 45 面路线旗，基本上都是冰川行军，坡度在 10 度左右。大约 18 点，卢臻最先到达 C2，紧接着雷宇也到了。C2 的行动食品和一袋高山食品被乌鸦啄得到处都是。雷宇不愧是老队员，全然不顾疲惫，迅速将 C2 整理好。杨磊和张兴佰最后到达 C2，张兴佰状态不是很好，但凭借体力优势依然有很强的负重能力。

19 点 30 分，大家开始吃晚饭，一直吃到 22 点。

C 组队员下午返回 BC，一起做晚饭。牟治平清点 BC 食品，期待着科考队上山带些食物上来。晚上大家在帐篷里聊天，都很高兴，很多话题都是关于 A 组的，分别不到一天，他们已经开始牵挂 A 组了。

5 日，A 组原定 9 点从 C2 出发，但是晚上下了很大的雪，一直落到早晨。林礼清早上 6 点 30 分起来烧水，直到 10 点 30 分才出发。雾很大，能见度低，沿着以前修好的路线绳上升，负重依然沉重，大约 14 点才到达修路末端。在这里吃午饭，天气依然不是很好。

A 组继续修路，终于翻上大雪坡。这段雪坡估计海拔上升 400 米，用了 22 根路线绳，跨越十几个冰裂缝。翻上雪坡，是一望无际的雪原，由于没有找到很好的宿营地，17 点搭好临时 C3（VE-25）。天气骤然变坏，风雪交加，雾依然很大。杨磊和张兴佰累极了，进帐篷后很快就睡着，卢臻也有些困倦。天气好转后，林礼清和雷宇喝些牛奶，又整装结组出发去探路。

早上 9 点，B 组在李兰带领下从 BC 出发，任务是上到 C2。一个多小时后，天气变坏，开始下雪。12 点 15 分，四人拖着疲惫身躯到达 C1，躲进帐篷，外面雪越来越大。等待一个多小时，14 点 30 分，B 组继续从 C1 出发，又踏上前往 C2 的征途。

走在冰川上，天气时好时坏，B 组四人中途几次停下休息。四周笼罩在一片白色之中，寒冷、饥饿、疲惫、风雪，无不深深地刺激着早该麻木的身体，强烈的孤独感更是阵阵袭来。

约 18 点，李兰和林礼清取得联系，他反映走得很累，只能先建立临时 C3，计划第二天将 C3 迁往海拔 6700 米处；约好第二天 B 组将 6 根路线绳和若干雪锥运输至临时 C3。雷宇反映 A 组队员情绪很高，不用担心。

19 点 20 分，B 组进入 C2 帐篷，大家终于躺下。

牟治平上冰川，没有合适的 Double Shoe，穿的是牛皮靴，脚被冻得够呛，商量第二天运输完毕后他下撤到 C1 换 Double Shoe。

C 组的刘炎林、陈丰、王智珣和姬婷留守 BC。下午，终于等到科考队的队员们，在 BC 相聚。同日，岳斌从樟木口岸返回希峰自然保护区检查站。

遇难

8 月 6 日，A 组修路，B 组运输。在 C2 的 B 组队员早上 7 点起床，外面一片漆黑，又是下雪。按照计划，大家 8 点出发，运输绳子和雪锥。走出 C2，看到条很宽的冰裂缝，他们到达大雪坡地下，利用上升器沿绳上升。牟治平走在最前面。王焱和张伟华在后面紧跟，渐渐地与牟治平越离越远，到坡顶时，大约相距 3 根绳子。李兰断后，走得很有章法。雾很大，能见度经常不超过 20 米，从一面路线旗处看不到相距 50 米的下一面路线旗，周围是一片白茫茫的世界。

将近 10 点，牟治平最先到达 C3，当时 A 组还没有出发，张兴佰正在照相。杨磊忙着装包，卢臻在整理装备，雷宇则在整理绳子，林礼清催促大家赶快出发。大家气色都不错，情绪很高。牟治平还帮雷宇打保护，修一根绳子的路。

王淼翻上雪坡，远远看到几个橘黄色小点在一顶黄色帐篷外行动，举起手中的冰镐向他们挥舞。等他靠近C3时，只能看到雷宇的身影消失在大雾中。最后一面，连一句问候与祝福都没有来得及说。

大约10点40分，B组其余三人到达C3，将绳子卸下，休息大约半小时。担心迟了会遇到雪崩，就开始下撤。牟治平一人快速下撤，直接到C1换鞋，然后住宿C1。其余3个人大约用一个多小时到达C2。

C2很热，整个下午雪山都被太阳暴晒。王淼和张伟华坐卧不安，只能把睡袋挡在帐篷上，顺便把湿的地方晒干。18点左右吃晚饭，并与林礼清取得联系，约定第二天B组休整，A组继续修通到顶峰的路线；同时，林礼清也表示C3的位置不打算向上转移，冲顶时早些出发。约定8月8日A组冲顶，B组看A组的行动情况再上C3。

当天，科考队与C组的刘炎林和陈丰留守BC，大家很高兴，都等着A组的好消息。下午，岳斌从希峰检查站返回BC。

当晚，A组宿营在C3，B组3名队员宿营在C2，B组的牟治平宿营在C1，C组和科考队宿营在BC。

7日，是A组继续修路的日子。上午11点，C2的李兰、张伟华和王淼醒来，李兰和林礼清取得联系。他报告说已经翻过C3上面的大雪坡，正在两块大石头中间修路，最后，他说了一句："这里风很大，我们很冷。"步话机失去联系，与A组的联系就此中断。

开始，大家判断是信号不好的缘故，因为这种情况曾经出现过。又考虑可能是A组带的电池不够，电力不足导致通信中断。还考虑过是因为步话机放在帐篷里，帐篷的金属杆造成信号屏蔽，就将步话机挂在帐篷门口，一直开机等待 A 组信号。

从 11 点 30 分开始，B 组每隔一小时左右都会向 A 组发出呼叫："A 组，A 组，听到请回答。"令人担心的是，步话机一直静默，没有任何回答。14 点，牟治平从 C1 向 C2 出发，大约 17 点赶到 C2。李兰和牟治平说明情况，继续向 A 组发出呼叫，一直没有回答。晚上，李兰决定第二天不等 A 组回答，B 组直接上到 C3。

此时，一种莫名的担心开始在心中出现。由于对 A 组情况的不明和疑惑，这一晚大家都睡得很不踏实。

留守 BC 的刘炎林很关心山上的情况，但又苦于通信联系不上。当天 16 点出发上 C1，走了 3 个多小时才到达。这时牟治平已经离开 C1 到达 C2。

从事后推断看，A 组是在 8 月 7 日 11 点以后的一段时间里遭遇雪崩遇难的。出事地点在 C3 以上海拔约 6700 米处，出事时 A 组正在修路。

当晚，王智珣和姬婷已经随科考队下撤，返回北京。C 组岳斌和陈丰留营 BC。登山队队员不够，借调科考队副队长张静（2000 年登山队员）和杨清华留守 BC。C 组刘炎林宿营 C1，B 组全体宿营 C2。

8 日，早上 9 点，B 组从 C2 出发。牟治平依然走在最前面，本来王淼在第二位，由于状态实在不好，张伟华就走在前面，李兰断后。

牟治平 11 点 10 分左右到达 C3，张伟华随后到达。C3 状况很不好，高山食品被乌鸦啄得到处都是，营地周围一片狼藉。牟治平观察从 C3 向上的路线，没有明显的足迹。进入帐篷，五件羽绒服都在帐篷内，这与登顶的惯例不符合。没有看见摄像机、照相机和登顶罐，钢瓶中的水是冰冷的。

12 点，李兰和工淼到达 C3。李兰带领 3 人简单收拾帐篷内外，发现一袋旧电池，没有新电池。王淼的状态实在太差，很快就睡过去。李兰和牟治平继续用步话机呼叫，隐约可以看见 C3 上的大雪坡上有足迹，路线旗安好。

根据情况判断，A 组仍然存在当天冲顶的可能。下午太阳暴晒雪面，由于担心发生雪崩，他们一直在 C3 帐篷中坚守。

留守 C1 的刘炎林不放心山上情况。早上 10 点 30 分左右上到 C1 北侧一个山脊，用望远镜观察。由于角度问题，无法看到 C3 通往顶峰的路线，但是看到 C2 到 C3 的路线上有 4 个小黑点，估计是 B 组队员。

中午，岳斌和陈丰也从 BC 到达 C1。他们对 A 组很有信心，没有想到会出事。当时决定，仍然按照原计划第二天上到 C2 接应。

B 组在 C3 一直等到 18 点，A 组仍然没有返回。王淼大约 17 点左右醒来，看到李兰靠在帐篷一边，打开帐篷门，两眼直勾勾地盯着 C3 通往顶峰的路线。张伟华告诉王淼，李兰已经看了一下午，没有休息一会儿。

18 点 30 分，李兰命令吃晚饭。

19 点，李兰带领牟治平和张伟华出发向上接应，王淼状态实在不好，留守 C3。李兰 3 人带上羽绒服、气罐、高山小锅、外伤药和流质食物，准备迎接可能遭遇危险的 A 组。临出发时，王淼拍张伟华的肩膀说："千万小心！"李兰临走命令王淼："记住，不管发生什么，都不许离开帐篷，如果今晚我们没有回来，不许来找，明早马上下山把情况告诉刘炎林。"说完，3 人踏着厚厚积雪，沿着 A 组的路线出发。

李兰 3 人在雪坡下面观察雪面，雪面太松软，一脚踏上去可以没膝，加上下午阳光太充足，有引发大规模雪崩的可能。再上两根绳后，他们决定返回 C3。

21 点，太阳下山，天也黑了，李兰、牟治平和张伟华再次出发。大约上升 6 根绳子，到达 A 组修路末端，此时大约 22 点，李兰哭着对牟治平说："牟治平，他们出事了。"他们在雪坡上拼命喊 A 组队员的名字。声音很大，王森在 C3 帐篷里可以清晰地听到。根据观测，从 C3 到当时李兰的位置直线距离大约有 1000 米，这也意味着雪坡附近没有 A 组的身影。

将近 23 点，3 人下撤。大约 23 点 30 分，3 人返回 C3。

进入帐篷，李兰压抑住心中痛苦，向 B 组宣布对这两天发生的事情的推测：

1. A 组 8 月 8 日按计划冲顶，等到傍晚下撤，头灯没电，夜里才能下来。

2. A 组 8 月 7 日下午遭遇雪崩（据 B 组观察，8 日没有发生大规模雪崩），有人生还。

3. 情况同 2，无人生还。

根据当时情况，李兰决定第二天王森和张伟华下撤，携带李兰的亲笔信交给刘炎林。李兰和牟治平伺机上山搜救。规定当晚头灯彻夜开着，为 A 组指路，每隔一个小时打开帐篷，观察外面情况。

这一晚，是登山以来最难熬的一夜，担心、恐惧、期待、痛苦，时间已经没有意义，他们在一种极端的状态下看到太阳升起。

当晚，B 组全体宿营 C3，C 组全体宿营 C1，科考队张静和杨清华宿营 BC，C2 是空营。

搜救

8 月 9 日，B 组早上 7 点 30 分起床，王森和张伟华没有心情吃饭，李兰逼着两人咽下一块压缩饼干，严厉地说道："我们再也损失不起人了。"8点，王淼揣着李兰亲笔写的信，和张伟华一起下撤。临走时，李兰反复叮嘱着："千万小心，两人的间隔不要超过50米，下降时当心。"

临走，王淼给张伟华照了一张在C3的照片，雾很大，连身后的帐篷都是模糊的。两人走出好远，都能听到李兰和牟治平在帐篷里呼喊"小心，一路小心"。

大约9点30分，两人顺利到达C2，发现C2也是一片狼藉，遍地是散落的食品，一股凄凉感油然而生。两人瘫软地坐在C2营地前，喝着冰冷的水，从里到外凉透。王淼把李兰的信拿出来，和张伟华看了一遍，看到最后一句话，脑子嗡地一下，全身一凉，信的最后一句话是："坚强些，A组也许已经不在了。"

为了早点把消息告诉刘炎林，两人没有来得及收拾C2，就继续向下赶路。

C组的刘炎林、岳斌和陈丰早上8点30分离开C1，出发向C2挺进。大约10点，沉默很久的步话机突然响了，传来的是李兰的声音。李兰说出她的担心，A组已经40多个小时没有消息，可能出事了，让刘炎林和岳斌快点上到C3，途中会收到王淼和张伟华带的信。

刘炎林当即决定让陈丰下撤C1待命，自己和岳斌迅速上山。

大约10点30分，王淼和张伟华看到刘炎林和岳斌，赶上去把信交给刘炎林。刘炎林看完信，决定王淼下撤至C1待命，张伟华上到C2待命，保持各个营地都有人在。刘炎林和岳斌继续向C3攀登。

早上9点，在C3的李兰和牟治平携带结组绳、雪锥、热水、食品、羽绒服和药品紧急上山搜救。将近11点，翻过两座很陡的雪坡，来到两块大石头下面，两人看到雪崩现场，雪崩堆积物向下延伸50～100米，面积有半个足球场大小，最厚的地方有五六米深，最浅的地方也有两三米深。最先被发现的是两面路线旗，往上走看见一个红色背包，从较高的地方俯视，看见远处有几个黑点，走过去发现是风镜和手套。突然，李兰大喊："小林。"牟治平走过去触摸林礼清的身体，没有呼吸，肌肉已经僵硬。

继续搜索，发现一名俯卧队员的遗体，由于担心挖掘会引发雪崩，他们没有进行挖掘。两人在附近大声呼喊，还到周围的岩石缝寻找，没有发现幸存者。

12 点过，为避免新一轮雪崩发生，两人下撤，在一个雪坡上方等待温度降低。

16 点，刘炎林和岳斌到达 C3，两人疲惫不堪。此时李兰和牟治平还没有返回，18 点左右，看见两人的身影出现在雪坡上方，刘炎林马上出发接应。牟治平见到刘炎林后说："A 组全完了。"4 个人抱头痛哭。很长时间才缓过来。

晚上，C3 的四名老队员经过两小时讨论，决定：岳斌和李兰下山，对外求援，发布消息。所有队员返回 BC。

当晚，陈丰和王淼宿营 C1，张伟华宿营 C2，刘炎林、李兰、牟治平和岳斌宿营 C3，张静和杨清华宿营 BC。

这一夜，风雨交加，电闪雷鸣。王淼和陈丰在 C1 听见可怖的轰鸣声，大雪几次要把 Hotel 压塌，每隔一会儿就要拍一次雪。住在 C2 的张伟华也没有睡好，他说多次都感觉雷声就在头顶。

这一夜，下了登山以来最大的一场雪。

10 日，8 点，C3 的 4 名老队员开始下撤，C3 营地保留，物资保留。

9 点 35 分，到达 C2，张伟华一起下撤，C2 营地保留，物资保留。

12 点，到达 C1，陈丰和王淼一起下撤，C1 保留，物资保留。

15 点 05 分，全体到达 BC。

从 C1 出发时，岳斌断后，独自在 C1 待一会儿。下撤途中，风雪肆虐，他们的冲锋衣全都湿了。每个人都没有什么负重，依然走得无精打采。用了大约两个半小时，他们返回 BC。

几个人进入炊事帐篷，瘫坐在椅子上。尚不知情的张静和杨清华本来在住宿帐篷内聊天，听到声音就慌忙走出来，高兴地说着壶里有水。张静看大家神色凝重，就默默地看着刘炎林。刘炎林对张静和杨清华，也是对其他登山队员正式宣布："A 组没了！"

所有人失声痛哭，所有的泪水与悲恸在这瞬间爆发出来，所有积聚在心中的痛都在这一刻被扯动。

半小时后，李兰和岳斌回到 BC。晚饭，几乎所有人都吃了没两口就推说没胃口。晚饭后，李兰先讲述雪崩现场情况，接着宣布下一步计划。第二天（11 日）一早，李兰和岳斌下山求援，在最早能与外界联系的地方把消息发布出去，并且拟定通知的人员名单；另外七名队员（刘炎林、牟治平、张伟华、王森、陈丰、杨清华、张静）留守 BC，原地待援。

晚上，9 名队员住宿 BC。山上留下空空的三个营地：C1 一顶 Hotel，C2 和 C3 各一顶 VE–25。

2002 年希夏邦马登山队队员名单（年级 / 院系 / 职务）

刘炎林：1999/ 生命科学学院 / 队长
林礼清：1998/ 数学科学学院 / 攀登队长
牟治平：1999/ 政治学与行政管理系 / 后勤队长
卢臻：2000/ 力学与工程科学系 / 装备

杨磊：1999/数学科学学院 / 前站，摄影

张兴佰：2000/政治学与行政管理系 / 后勤，摄像

邹枨（女）：2001/生命科学学院研 / 队医

姬婷（女）：2001/历史系 / 后勤

陈丰：2000/力学与工程科学系 / 装备

张伟华：2001/物理学院研 / 摄像，后勤

王淼：2000/外国语学院 / 前站，队记，后勤

王智珣：2001/生命科学学院 / 通信

雷宇：1998/电子系 / 技术指导，摄像

李兰（女）：1998 / 应用文理学院 / 队记，技委

岳斌：1998/计算机科学技术系 / 前站，技委

（四）

鹰之气：坚持与突围

"天地气合，万物自生。"（《论衡·自然篇》）心遇身与境而为气，性（质）与量合而有度。志、心、性与身、境、量合而为气。山鹰社重新定位，折中心志（坚持和憋屈的统一），确立登山志向的"度"——登山训练模式，重新打造山鹰社的生存空间，在此基础上尽力扩展登山志向的深度和高度，如山峰侦察、重返、技术型、未登峰型、7000 米等，实现在"度"基础上的突围。

永恒的起点

——2003 年玉珠峰

> 聘请教练和独立登山之间的关系，从此成为山鹰人不断探索的内容之一。

新定位，新出发

2002 年夏天，遥远而圣洁的希夏邦马西峰将北大登山队五位队员永远地留下。失去队友的悲痛还在心头，社会舆论的压力时不时还在报章、杂志、网络出现，家长们对攀登活动的疑虑尚在，"非典"肆虐，2003 年的攀登活动是否还能继续？

攀登的脚步没有停止。2002 年 8 月起，在学校的支持和指导之下，山鹰社将暑期登山活动定位调整为：大学生登山训练。

这是山鹰社第一次明确地以训练名义攀登一座雪山，在计划和实施过程中尤其注重登山技术和战术训练——这既是在山难之后所采取的姿态，也是面对挫折和不足时必要的心态。在山鹰社，"登山训练"这一提法有两个起源，一是 14 年来的技术、组织经验的积累，二是 2001 年 10 月李兰等在玉珠峰北坡二号冰川进行的训练。

在实际实施过程中，登顶的渴望仍然时刻激励着队员们，这也是登山原始的动力，在保证安全前提下，通过训练使队员建立健全登山观念以及安全意识，掌握基本的登山技术及战术，了解登山活动的组织；强调通过登山培养队员人格，使队员得到成长，而非培养登山家。因此选择山体要适当，资料要详尽，计划要周密，装备要完善，战术要合理，态度要科学，训练要刻苦。实际上类似的训练课程，各级登山协会以及民间培训机构也在开发。

按照重新定位，2003 年选择山峰就集中于那些在高度和难度方面比较适合初学者攀爬，地形、气候、交通各个方面条件比较好，攀登资料比较丰富，有利于中等规模的登山团队进行登山训练，攀登的安全系数比较高的山峰。总之，要是入门级山峰。

2002 年 11 月，理事会开始着手选山，将 2003 年登山作为走出山难阴影的契机和山鹰社能否继续登山的关键。确定山峰选择的程序，做出聘请向导和登山训练形式的决定，确定学期工作的重点为选山、找赞助、队员培训和冬训。位于青海省海拔 6178 米的玉珠峰，是山鹰社 1990 年雪山攀登的起飞之地，也是 1997 年为北大百周年校庆献礼攀登卓奥友峰的练兵之地，完全符合条件。2002 年 11 月底定下 2003 年登山计划为攀登玉珠峰，在玉珠峰北坡二号冰川进行训练。大家相信，玉珠峰作为零的起点、永恒的起点，将为山鹰的翱翔重新奠定基础。

山难之后，山鹰社发展环境发生重大变化，其中之一就是登山活动批准环节。此前也需要得到批准，但这次大不一样。需要有三个"批准"：第一是登山协会批准（包括中国登山协会以及青海登山协会），第二是学校方面批准，第三是家长批准。山鹰社能否重新登山，其外部环境主要集中在技术、管理、家长三个方面。这就需要分别得到技术部门登山协会的支持、学校管理部门的批准、家长的认同。这也是登山队外部建设的工作重点。

为了得到第一个层面的支持，首先，保持与中国登山协会的沟通，多次拜访他们，得到很多建议和改进意见。其次，登山队认真按照《国内登山管理办法》行事，聘请高山向导和教练。聘请高山向导，是为了得到登山协会支持，也可以理解为应对2002年山难后备受舆论指责的权宜之计，这也是学校批准的前提条件，但更多的是北大登山队对登山方式的一种新的尝试。北大登山队一贯主张独立攀登，强调自力更生。

聘请教练成为2003年和此后山鹰社登山活动的一大特点。他们这样定位教练的角色：咨询——制订计划时避免不合理的可能导致危险的内容；应急——发生危险可以提供强有力的救助；教授——开展训练并向之学习各种经验，还可以了解到不同的登山观念和风格。山鹰社强调独立，自己制订计划而不是让教练去做，由队员去选择路线、修路、建营，而不是让教练包办，只有这样，才能得到最大的锻炼。这是实现大学生登山队必须聘请向导以保证安全的规定和让队伍得到充分锻炼的目标而采取的一个方法。这种模式有利于培养独立性以及成熟性，加强登山队内部的团结和凝聚力，也有利于学习其他模式的攀登方式以及登山理念，走出自我封闭的圈子，为来年的登山积累骨干力量和传承登山理念。聘请教练和独立登山之间的关系从此成为山鹰人不断探索的内容之一。

2003年聘请西藏登山学校两名学员平措、阿旺担任教练。在登山期间，国家体育总局又责成中国登山协会派来两名向导——大齐米、多吉格桑，并强调高山向导对整支队伍决定的绝对知情权和一票否决权。实际攀登证明，四位高山向导的加入不仅加快了登山进程，提供了技术辅助，保证了登山安全，弥补了登山队技术、经验的不足之处，而且达成很好的交流、沟通和相互学习的目的。

学校方面，主要是学校领导、老师在各种场合肯定登山队、肯定登山精神，同时加强了对登山队的管理和监督。不论是开展日常活动，还是正规制度建设，登山队都与团委老师保持密切联系和沟通。按照学校规定，冬训和登山都要经过学校批准。即便是冬训，学校也要求提交完整计划书和安全保障方案，同时附上家长意见书（也就是同意书），然后学校再予放行。

登山队一方面按照程序有序准备，另一方面着重非正式沟通，保持与主管副书记的顺畅交流，随时了解学校的要求和顾虑，做到有的放矢，工作有重点。

2003年登山活动取得学校同意的关键步骤是登山答辩会。2003年6月登山队队长牟治平从珠峰返回，登山队工作重心转移到登山答辩会上。

6月20日上午9点，登山队在五四体育馆举行关于暑期攀登青海玉珠峰的登山答辩会。出席的领导和专家有校党委副书记王登峰，团委副书记于良佐，团委社团文体部部长蒋广学，体育教研部主任郝光安，中国登山运动管理中心主任李致新，国家登山队队长马欣祥，国家登山运动管理中心《山野》编辑部部长于良璞，冰川学家、北京大学城环系崔之久教授。

首先登山队队长牟治平从目标山峰情况、登山队情况、登山计划、保障措施四个方面汇报了登山活动计划和筹备进展。四位专家肯定了登山队的整体计划和技术实力，并就登山的态度、玉珠峰的气候条件、登山路线上的潜在危险提出中肯意见。李致新主任指出：任何一座雪山都不可轻视，大学生登山重在参与、体验、锻炼队伍、提高技术。崔教授提醒登山队不能因为山峰相对简单而存侥幸心理。党委副书记王登峰表达了学校对此次登山活动的支持和重视。王书记说，2003年的登山活动是山难之后的第一次登山活动，意义重大，他还嘱咐队员们千万不能心存轻视，要以严谨的态度和作风认真筹备和实施，保持高度的警觉，在登山过程中及时根据实际情况调整计划。

经过答辩，综合专家意见，学校原则上同意登山队计划，同时要求每位登山队员必须有家长同意书以及院系同意书，已毕业校友要有个人声明。直至出发前两天，登山队所有队员资料到齐，学校才批准。

第三方面，争取家长理解、认同和同意是工作中的重中之重。首先把计划、筹备进展、身体状况、学校态度等各方面信息及时传递给家长，保证家长对登山队所有事情的知情权，用数据、事实说话；再通过和父母感情交流，讲明登山爱好、登山理念、登山的成长以及如何最大程度保证安全。在提交登山申请之前，让队员将山鹰社简介、登山活动计划寄回给父母。父母坚决不同意的，建议不提交申请。在队员选拔过程中，家长的意见是决定性的。登山队成立之后，与家长保持联系：队员每周至少跟父母沟通一次，汇报登山筹备进展情况；队里安排与队员家长的电话交流。6月以前的沟通工作基本上由刘炎林完成。通过沟通，让每位队员的父母亲均了解本次登山活动，并同意子女参加。

同时，山鹰社的训练和培训一直按部就班进行。2002年11月24日进行冬训动员；12月15日选拔冬训队员，邀请王勇峰举办登山讲座；12月6日举办装备以及野外活动知识讲座；12月21日进行技术学习和绳结训练；12月22日举办冻伤知识讲座；之后分三次进行冬训骨干技术培训（小五台、桃源仙谷、黑龙潭）。

2003 年 1 月 18 日至 22 日，在桃源仙谷进行第一次冬训，主要练习冰面技术和熟练使用登山装备，了解冻伤的预防和治疗。2003 年春季开学后进行二次小五台冬训，学习雪面技术以及低温下的行动技能。

山鹰社按照常规模式组建登山队。4 月，开始提交申请，5 月 4 日公布名单。登山队 16 人，从山鹰社社员中选拔组成，其中有雪山经验的 7 人，新队员 9 人。

攀登从训练开始

2003 年 5 月 4 日——北大 105 岁生日、五四纪念日、五四青年节，北京大学飘柔登山科考队成立。11 点 30 分，代社长刘炎林在山鹰社岩壁前宣布登山队队员名单：李兰（女）、唐元新、牟治平、刘炎林、陈丰、赖伟、方翔、陈宏、白成太、陈旭东、王静娜（女）、叶然冰（女）、单丹、陈光（与 1996 年、1997 年登山队员陈光不是同一人）、刘波。

随后刘炎林主持召开第一次会议，除牟治平外其他登山队员全部参加。首先确认登山队分工：队长——牟治平，后勤队长——陈丰，攀登队长——刘炎林，后勤——陈宏，后勤、摄影——陈光，后勤、文字记录刘波，技术指导、文字记录——李兰，技术指导——唐元新，正片摄影、大厨——赖伟，摄像——陈旭东，装备——方翔，装备——单丹，通信——白成太，财务——王静娜，队医——叶然冰。

陈丰讲解整个训练计划和第一周训练计划，指定陈光、陈旭东为下一周后勤负责人，负责每天打开水、买水果、买酸奶之类工作。

最后刘炎林强调在非典特定时期注意事项：一，每天早晚测量两次体温；二，训练时必须用自己的水杯喝水，以防交叉感染；三，尽量避免外出；四，严禁迟到，迟到三次开除出登山队。

5日，是登山队第一次训练。许多队员早早就到了，李兰由于工作原因没有参加训练。9点15分正式开始训练，训练项目为：长跑，男生12圈，女生9圈；引体三组，男生13、14、11个，女生悬垂；弓箭步，100米；俯卧撑三组，男生40、45、40个，女生20、25、20个；此外还有举腿、蹲体等项目，训练量约为平时的两倍。

第一次训练，队员表现良好，除了部分队员弓箭步后感到腰酸腿疼，没有出现其他不良症状。最后一个训练项目是两人自愿组合进行按摩放松，没有专业培训过，叫疼的、喊痒的、笑的、叫的全有。

7日，天公不作美，零零落落下起小雨，训练按时进行。山下多流汗，山上少流血，所有想去登山的人都明白这个道理，训练时别无选择，唯有拼到极限，坚持到最后。"拿出登山队的气势来"，每当松懈下来，刘炎林就如是说，他的话总是那么煽情。

训练内容为30分钟跑和负重练习。训练开始，单丹和刘波嘀咕着一个宏伟的计划——"长跑时灭了大牛（刘炎林）、方大部长"。长跑一开始，单丹就如一只豹子冲出去；穿着一身红的陈旭东跑时看起来总是那么悠闲，可稍不注意他就又超过一圈；陈光感冒还没好，跑几步喘几口粗气；陈丰不知哪里积下来的力量，始终都冲在前面；刘炎林自以为骄傲的体重这时成为一种负担，拖慢他的脚步；女中豪杰王静娜、叶然冰总在寻找机会超过男生……雨早停了，赖伟按着表不厌其烦地叫着："5分钟，10分钟，20分钟……"大家耗着、拼着甚至骂着，但没有人松懈，更没有人放弃。"最后一分钟，加油！"赖伟喊，大家精神全来，不顾一切向前冲去。

稍作休整，登山队又背起包去五四体育场负重爬楼梯。训练结束，拖着疲惫的身体回寝室。

10日，由于非典原因，原定于校外的拉练在校内进行。

13点40分，一行12人背着包来到46楼（唐元新有事没有参加），稍做休息便开始拉练。负重拉练三小时，男生至少20公斤，女生至少15公斤，每小时休息10分钟，走50分钟。刘炎林和陈丰似扬起"飞毛腿"，走得又快又稳。陈旭东远远没有发挥出他跑步时的那股猛劲儿。王静娜走一步数一下脚下的台阶。叶然冰收起平时灿烂的笑容，绷着脸努力坚持着……单调的动作，不断滴下的汗水，还有那杂乱的脚步声在楼间重复着。

第二轮要走完时，上面传话说楼道要消毒，便再往五四体育场进发，去完成最后一小时训练。其间王明伟、李建江也来参加拉练，张伟华、胡冠菁到现场为大家加油。

19点，登山队第一次技术培训。方翔、陈宏在岩壁上挂好屏幕，由曹峻讲解有关地形的知识。唐元新讲地图识别和地形判断。接着放山鹰社1997年攀登玉珠峰录像，曹峻、唐元新对路线进行确认与讲解。

录像里登山队员同甘共苦的画面，现场老队员的幽默，都让登山队员别有感触。录像没结束就下起雨来，雷电交加，大家七手八脚收拾东西，躲进岩壁。

21点登山队会议开始，刘炎林首先询问各项工作进展情况。装备计划与清单基本做好，通信、后勤、医药计划与清单还没有完全做好，摄像、摄影缺少器材。陈丰总结上周训练情况，刘炎林安排下周活动安排。对于陈光拉练迟到四分钟进行批评，陈光也做了深刻的自我批评。

13日，训练第二周第二天。训练内容先是两组力量训练，最后是9×400米跑。第二圈，唐元新虎虎地从后面追赶刘炎林。摆臂，摆臂，摆臂，哈哈，没有被超。第九圈，刚刚起跑，唐元新狠狠地说：灭了刘炎林。刘炎林提腿加速，1分25秒。

14日，星期三，小雨。训练内容是30分钟长跑、30分钟负重爬楼训练。大部分队员表现良好，男队员长跑大都在15圈以上，女队员12圈左右。赖伟由于腿伤只能在训练时做记时员，方翔腿部有小伤仍坚持训练，陈光在长跑要结束时腿部受伤，没有参加爬楼。

这天是陈宏和吴辉生日，吴辉主动到一体陪登山队跑圈。大伙早就嘀咕着给陈宏特殊的祝福，最后一致同意，训练结束陈宏加跑21圈。杨涯主动陪跑，曾经共走科考路，"患难见真情"。

2003年的训练量与往年相比并不算大，但连续几次出现队员受伤，值得深思。训练应该是可持续的，队员受伤不仅对个人有影响，而且影响整个队伍。队员训练要量力而为，既要完成训练量，又要照顾自己的身体状况，在训练中要拼搏但不是拼命，要达到极限但不要超过极限。有伤应及时向队医反映，听从队医安排，不隐瞒病情，更不带伤训练。

两周时间过去，开始训练时还有些担忧集体感染（非典）和学校干预，校外拉练也不能实现，但训练还是比较正常开展下来，从宣布名单和确定分工起，每个队员都积极投入自己的工作，同时以前的老队员和社里的其他队员也提供不少建议和帮助，各种准备活动有条不紊地进行，训练、讲座、会议如期举行。体检虽然有一些问题尚待解决，但在队医叶然冰奔走下进行比较顺利。5月15、19、20日，登山队员和科考队员在校医院体检。

5月17日（周六）上午7点至8点在岩壁召开登山队第三次会议。8点至10点在岩壁举办装备讲座，由方翔主讲，刘炎林、唐元新作补充。此次登山装备如高山鞋、冲锋衣、步话机、照相机已部分到位，后勤、医药配备也取得较大进展。

训练量一天天增加，伤病的人越来越多，气氛有些压抑，5月12日的长跑只有几个人坚持。体检后队医传达医生对减少训练量的建议，训练组长陈丰坚持保证训练量。经了解，2003年的训练量相比往年已减少不少，登山毕竟是需要体力、需要拼搏的运动。

李兰在队记中写道："二十几圈是漫长的，那段时间在感觉上留下的印象是很奇特的，跑完之后像梦一样毫无痕迹。"在刘波看来，按摩时是一天中最轻松最惬意最浪漫的时刻。经历引体的"折磨"，俯卧撑的"摧残"，长跑的"煎熬"，再强的人不腰酸腿疼也会累得上气不接下气，这时往软垫上一躺，就有人来免费服务，真有从地狱到天堂的感觉。由于体力消耗大，登山队每周二、四下午都要在北招聚餐。

14点至17点，登山队第二次拉练。由于46楼楼长和部分同学有意见，登山队只好流动作战，转战46楼、图书馆、未名湖各一小时。"宝刀不老"的岳斌，第一次亮相就灭了其他人；刘炎林和陈丰有意无意间借拉练展示老队员的魅力；陈旭东已全恢复。

22日，训练结束。大家在训练中相互认识，相互了解。喜怒哀乐都挂在脸上的刘炎林，幽默而带有传奇色彩的唐元新，拉练很能灭人却又在长跑中被人灭的岳斌，越来越成熟的训练队长陈丰，脸上总带着"傻傻"的笑、不喜欢言语的白成太，"时运不济"一直受伤却始终坚持的方翔，帅帅的总能吸引女生的陈光，"两腿修长"跑步极快的陈旭东，叽歪很有水平的单丹，不跑则已一跑惊人的赖伟，做事极度认真的陈宏，"口齿伶俐""想树立队医权威"却数次被"伤害"到流泪的叶然冰，男生总想在跑步中超过又总担心自己被超过的王静娜……

老队员的关怀和帮助令人感动：主动要请大家腐败、在自我介绍时却腼腆得像个女孩的刘俊，动作滑稽得像个动作演员的叶子，说话很温柔的春子，时常把"郁闷"一词挂在嘴边却总能在细节问题上给人启示的段新……还有贤惠的邹枨、姬婷，她们的鼓励、关怀，当然还有她们送来的大西瓜……

登山队的训练不仅仅是小团体的训练，很多社员的心都跟着一起跃动。

5 月 23 日，星期五，19 点到 21 点，在岩壁举行登山研讨会，主讲有唐元新、岳斌、刘炎林、段新等。参加者是登山队队员和部分科考队队员，叶然冰有事没有参加。内容包括伙食、行军和记录等。登山研讨会结束时已过 22 点，最后每人跑 25 圈"放松"。

5 月 31 日，14 点至 19 点，在岩壁举办登山技术讲座。由陈丰、李兰主讲，内容是裂缝区救援、结组、修路。全体登山队成员参加。

两代登山人的对话

刘炎林记得，差不多三年以前，12 名队员，其中 9 名男队员，长跑他大概是第五。跑第一的是张锐，步频似慢，步子极大。第二是雷宇，动作很小，呼吸声很大，后来在桑丹康桑号称"雷尔巴"。当时好像是五个光头。

差不多两年前，13 名队员，其中 10 名男队员，他只能跑第八第九。好像也有四五个光头。

差不多一年前，15 名队员，其中 12 名男队员，刘炎林只能跑第十一。每次被杨磊、张兴佰、卢臻超两圈、三圈、四圈，他心里很爽又不爽。这么多牛队员，本营都能背上去。这一年也有好几个光头。

夏天又来了。2003年的5月，非典病毒肆虐。

一天晚上在静园，刘炎林说："我要剃了。"事情就是这样子，突然想剃，觉得爽，那就剃了。经过2002年的风雨，大家都冷静许多，不会为一些所谓激情耗费时光。

中国登山队正在攀登珠峰，新闻铺天盖地。各种声音甚嚣尘上。人们或是津津乐道，或是鄙夷，也有人出来调和，或者"明智地"说："无须指责，无须褒扬。"

刘炎林记得2001年去四合堂跟孙斌学攀冰，同去的有个身架粗大，手大脚大的老人，脚穿45码的旅游鞋，拎一个塑料袋，装几件衣服。大家练习，他蹲在一旁抽烟。在车上一问，他是刘大义，20世纪50年代攀登贡嘎山的队长。北大校友丁行友就是在那座山上牺牲的。

20世纪50年代的贡嘎山、公格尔九别，60年代的希夏邦马、珠穆朗玛，70年代的珠穆朗玛和托木尔，80年代的卓奥友、木孜塔格、纳木纳尼、拉布及康、珠峰双跨，90年代的梅里山难、二试南迦巴瓦……那是一个无高不可攀的豪情时代。当年登山队员的勇气、智慧足以令现在许多装备齐全的"登山家"汗颜。山鹰社里有几本画册，有珠峰的，有纳木那尼的，还有一本是托木尔的……社里还有一部讲述南迦巴瓦的片子。1991年中日合作第一次攀登，大西宏雪崩遇难。1992年卷土重来，气象卫星接收器都背到了乃彭峰四号营地……

俱往矣！现在的登山是小心翼翼的登山，是大肆宣扬的登山。有一句话：沉默的登山者是值得敬佩的。

15日，刘炎林回到实验室，到一楼看电视，正好是王勇峰、尼玛、李致新商议从北坳上还是下。尼玛气也不喘地在北坳营地汇报：7700的帐篷都被吹烂了。王勇峰在海拔6500米的前进营地一脸黑胡子，脸色苍白。李致新穿戴一新，在大本营指挥。电视是在实验室工作的黄万辉老师的。

"嗯，对，这是北坳，下一个营地是7790。"黄老师说，"高登义在说大话。不错，副高压引起大风。对了，是狭管效应。"

1960年他参加珠峰攀登活动。"邵子庆就是在我的背上死的。那是在北坳到7790的大风口上。当时我们一行八人，侦察修路。在离7790的营地触手可及的地方刮起大风。我们只好趴下保护，结组绳被吹得飘起来，在雪地上乱打。有人的背包刚解下就被吹跑，那包有二十多公斤重。我们趴了两个多小时，等风小，赶到营地，好几个战友不是手冻伤就是脚冻伤。在帐篷里我和邵子庆背靠背坐着，慢慢感觉他身体硬了。"

"冻僵？"刘炎林问。

"肺水肿。鼻子、嘴、眼睛、耳朵都冒出粉红的泡沫了。没有办法，我们只好下撤。我们的任务是侦察修路，背了许多绳子，食品不够。第二天没吃饭就下撤。"

"那邵子庆？"

"我们往下运了一段，实在没有办法，找个冰裂缝，葬了。"

黄老师还讲了许多。他当时刚刚从地质地理系毕业，和崔之久、潘文石、马莱龄等北大学生和青年教师加入国家登山队去珠峰。那年牺牲的两人，一位是北大的邵子庆，一位是南大的汪玑。在当时，队员间是以"战友"相称，攀登不只是个人的精神愉悦，而是战斗。

1963、1964、1965年，黄老师参加希夏邦马的侦察、攀登和科考。1964年，他担任侦察修路的任务曾到达7700，但是不让上。当时的党委分成两派，一派主张上，一派不同意，最后北京方面说："不上。"于是下撤。"突击组那帮家伙整天在大本营屁事不干。我们侦察修路累死累活，也不能冲顶。"

"你知道野博康加勒冰川吧？"

"知道。"

"那是我们 1963 年侦察时根据当地藏语命名的。"

"1970 年代的登山你参加了吗？"

"没有。我们登山的时候，大家是战友，生死相交的。后来，发现有些人不是那么回事，我就退出了。"

这是一位经历生死而后平静的老人。就是这样一位老人。他现在做的是什么呢？

当年同行的还有崔之久和潘文石。崔老师已是中国冰川学的权威。潘老师已是大熊猫研究的泰斗，中国保护生物学的大家。黄老师则栖身于潘文石老师一手筹建起来的研究中心，做些不痛不痒的地质研究。

登山能给一个人什么？

登山能给一个不是以登山为职业的人什么？

刘炎林以前总是说：登山所磨炼的自信和坚强，足以让人克服以后生活中的任何艰难困苦。此时他觉得未必如是。攀登一座雪与石的山峰和攀登一座学与术的山峰，所用的实力是不一样的，纵然一样需要意志与勇气。登山让我们知道自己忍耐的极限，知道自己躯体的厚度，让我们知道一座遥远的雪山是可以一步一步接近并到顶的；登山让我们知道很多事情是不必在乎的，很多东西是弥足珍贵的。从自己身体出来的力量，最终还需回到身体里去。

18 日，登山队集训第二周的周末，刘炎林接受一个记者的采访，诚实地回答了许多问题。

"山鹰社的宗旨是什么呢？"

"你怎么理解志在高远？"

"你觉得你在登山中最大的收获是什么？"

……

我们在跑步，在攀岩，去野营，去登山，碰到直逼人心的问题，往往是用"这是很个人的事情"回避。但刘炎林觉得，这终究是粗糙的。

5 月 31 日，是雷宇生日，牟治平将归来。前一天的登山研讨会，涉及救援部分，李兰讲述 2002 年之事，刘炎林若有所失，若有所失哉。

鹰困西大滩

7 月 2 日，前站陈宏、岳斌、陈光、吴起全（科考队员）离京赴西宁。第二日抵达西宁（海拔 2100 米）。第三日 13 点到 14 点，登山队新闻发布会在北京大学五四多功能厅举行。晚上在旺福竹楼饯行。

5 日，前站陈宏、陈光离开西宁赴格尔木。大部队（登山队及科考队）离京赴西宁。北京骄阳似火。11 点 30 分的北大南门，早有一大堆人在等候。留守队员带来各种小礼物：小锁、绳套、水果……蒙娃姐姐的礼物更是别具匠心——信封和钱币，并叮嘱队员们在遥远的地方别忘了写信给最重要、最心爱的人。其他人，或祝福或叮嘱，合影留念，欢声笑语不绝。13 点 20 分，大部队浩浩荡荡从南门出发，分乘两辆中巴驶向火车站。15 点 28 分，火车一声长鸣，队员们踏上西去的征程。

6 日，前站陈宏、陈光抵达格尔木。

大部队在火车上为央视大哥马军过生日。他买一大袋鸡蛋以示祝贺，队员们则唱起山鹰版生日歌，整个车厢洋溢着温馨与快乐。

科考队的活动安排得很紧凑，一路上队长余晓娟不时下达指令，组织大家讨论课题。登山队队员有的欣赏窗外一闪而过的美景，有的昏昏欲睡，有的玩扑克，刘炎林则尽力施展"拐骗"小孩的本领。

17点多，列车抵达西宁。夕阳西下，晚霞绚烂。前站岳斌、吴起全（科考队）前来迎接。队长牟治平接受了青海电视台采访。

吃过晚饭，登山队开会，讨论后面的安排：到青海登协去租借需要的装备、物品及办理相关手续；购买必要的治疗高原反应的药品；与新华社及《青海日报》《青海都市报》联系。还强调了活动注意事项：要合理处理民族关系，遇到问题尽量忍让并提交登山队统一处理；对外联络以及消息出口要统一，队员不能私自与外界有过多联系；注意安全，外出一律请假，结伴而行。

7日，西宁，阴雨。7点30分，登山队进行第一次高原适应性训练。旅途疲劳再加高原缺氧，训练结束大家气喘吁吁。早餐完毕，牟治平、岳斌、李兰去青海登协；刘炎林、方翔等去火车站托运装备；叶然冰、白成太购买药品；赖伟陪王静娜去邮局提钱；状态不佳的刘波留守。下午，陈丰、陈旭东、刘波去购买后勤食品。陈丰可谓采购专家，对各种食品种类、口味、价格烂熟于胸，"购"来全不费功夫。

19点，登山队与科考队聚餐，两位队长分别讲话。两队在火车站互道祝福，笔记本上、手纸上、（刘炎林的）衬衫上写满祝福话语。9点30分，登山队拥别科考队，相约在本营，各自踏上征程。

8日一早，朝阳刚露出半边脸，戈壁一望无际，在远处与天相连，看不见树，看不见草，看不见奔跑的动物，连一点生命的痕迹也没有。一会儿，一大片绿色进入视线，渐渐地看见湖，看见草，大伙兴奋起来。

12点50分，列车进入格尔木。前站陈宏、陈光前来迎接。下车后，牟治平接受格尔木电视台采访，介绍登山队组成、筹备情况以及今后一段时间大致安排。

下午开完会，牟治平、白成太去文体局办理有关手续；陈光、陈宏带领几个人去买灶具。陈丰、刘波去附近超市调查食品价格；刘炎林扁桃体脓性发炎高烧，由队医陪同去格尔木市人民医院打针。

格尔木夜景迷人，大家茶足饭饱，步行回旅馆，边聊天，边欣赏夜景。回到旅馆，得知刘炎林高烧39℃，已送往医院。牟治平、岳斌临危不乱，让大家安静下来，方翔、陈旭东前去探望，央视记者亦前往。

9日，陈丰安排后勤物资采购。8点40分，登山队兵分两路出发。陈光是砍价高手，凭三寸不烂之舌，搞得老板既打折又加送东西，还不收零头。11点，队员陆续回到旅馆。

林辉军老师帮忙联系好了车辆，下午车到，17点开始装车。格尔木电视台前来拍摄并采访。

晚上开会，队员们总结自己的适应情况及对今后一段时间的考虑。前站陈宏根据资料特别提醒，玉珠峰自2001年地震后路线发生很大变化，至今无人登顶，要提高警惕。队医叶然冰叮嘱注意防寒，按时吃药。刘炎林这一病，无形中增强了队医权威。

鉴于刘炎林在医院高烧不退，决定由李兰代理攀登队队长，陈光留守格尔木照顾刘炎林和处理其他事务，并催促唐元新提前归队。

10日，7点左右，陈旭东、赖伟押运装物资的卡车出发。大部队起床，整理个人背包，草草用完早餐已经将近8点。格尔木两位朋友给找的车已在旅馆等候。队员们分乘一辆中巴、一辆吉普、一辆桑塔纳向山上进发。格尔木电视台一辆吉普尾随。

车在青藏公路上行驶，路旁是一望无际的戈壁，有时是光秃秃的石头山，远处隐隐约约可见连绵起伏的雪山。不久到达西藏非典检查站，下车，排队，测量体温。

又行驶一个多小时，到达西大滩，赖伟、陈旭东跑来迎接大部队。玉珠峰——这位美丽的仙女露开她原本神秘的容颜，一号、二号、三号冰川紧紧依偎在她跟前。青藏铁路、青藏公路像两条带子从她面前通过。

吃过午餐，李兰带一组人押运物资出发，选营址并建营，其他人在西大滩等候。两小时后李兰打来电话说坡太陡，卡车上不去，要另外找车。陈宏、单丹在附近找到一辆拖拉机，谈好价钱，正准备出发，李兰坐着车下来了。商量决定大部队先出发，李兰再找一辆车随后就到。

把物资从原先的车上卸下，再装上拖拉机和卡车，淅淅沥沥下起雨来。车往上开一段，雨越下越大，路变得湿滑，卡车和拖拉机都走不动了。天渐渐黑了，李兰和牟治平商量，决定暂回西大滩，待天气变好再相机建营。车掉头往回走，下到坡脚，物资放回原地，留下赖伟、单丹看守，大部队回西大滩。

回到西大滩后，大家饥寒交迫。队医叶然冰忙着给队员测体温、血压。方翔出现高山反应，高烧、头疼。

夜幕降临，迎来从西藏请来的教练、奥索卡学校学员平措和阿旺。平措，登山经验极为丰富又很风趣的男人；阿旺是个帅帅的小伙子。

11日早上，队员们被外面来往汽车的鸣笛声吵醒。大部队9点15分从昆仑饭店出发（岳斌在餐馆留守），从西大滩步行至二号冰川坡脚存放物资处，进一步作高原适应。

抬头看得见，低头走半天，二号冰川近在咫尺，走去却非常耗费体力。11点到达目的地，休息片刻之后开始整理物资。在陈丰、方翔安排下把后勤物资和装备重新清理并盖好。

12点，牟治平、李兰带领陈宏、陈旭东、单丹侦察大本营位置，陈丰、刘波留守，其他人返回西大滩。

下午，高山帐篷内燥热难当，陈丰、刘波闲得无聊，决定上到二号冰川末端。他们溯沟而上，冰川融水越来越大，40分钟后到达冰川末端。那里冰舌比较破碎，且有岩冰混合地形。沿着碎石坡继续向上，来到后来被确定为换鞋处的地方后下撤。

随队记者梁达因高山反应返回格尔木。

夜里下了一场大雪，12日早上白茫茫一片。美丽的玉珠峰隐藏在云雾中，更增一分神秘。陈丰接到指令，"撤回西大滩"。他俩穿戴好装备出发，外面可见度很低，天空仍然飘着雪花，茫茫戈壁中只有他和刘波两人孤独地走着，偶尔可见黄羊留下的脚印。一个多小时后，他们才穿过铁路上到公路上，远远地看见有一人在向他俩招手，原来是陈旭东来迎接。天已放晴，滩地上又可见羊群和牧羊犬。

下午，李兰、方翔、岳斌出去联系车辆，在东大滩的矿山找到一辆六轮驱动的汽车。其他人便到后面山上去适应。陈丰状态很好，远远地把大家抛在身后，豪爽的阿旺则在山顶唱起藏族歌谣。

雪山日落，华灯初上

7月13日，建大本营。唐元新12点抵达格尔木，与刘炎林、陈光、梁达及格尔木电视台记者同上本营。刘炎林重新担任攀登队队长，团体商议决定，第二天刘炎林、李兰、平措、陈宏到冰川东侧山脊侦察路线。

夜里下起大雪，14日早上起来，帐篷似乎要被压塌，刘炎林、岳斌等处理帐篷顶上的雪，全体队员整理大本营。

吃过午饭，各司其职。队医叶然冰在大本营角落静静地整理药箱，管通信的白成太不厌其烦地调试通信器材,陈丰带领一批人进行流水作业——分装行动食品,或许是食品太过诱人,分装时偷吃者无数。

王静娜和叶然冰在河沟边用石头垒起一间简易女厕所。男士们甚是妒忌,单丹随即被任命为所长,任务是搭建一间像模像样的男厕所,一可以减少对环境的"污染",二可以消除男生漫山遍野奔跑的痛苦。夜幕时分,厕所没有盖起来,陈宏、单丹等倒是挖了个垃圾坑,用来盛放易腐烂降解的垃圾。

晚上老队员开会,决定第二天分为四组,将技术装备运送到换鞋处并作适应性训练。A1组是刘炎林、岳斌、单丹、刘波和王静娜;A2组是李兰、阿旺、陈丰和陈旭东;B1组是牟治平、平措、陈宏和叶然冰;B2组是唐元新、赖伟、白成太和方翔;陈光由于高山反应留守大本营。

15日,9点,A1组出发。9点10分,A2组出发。9点40分,两组到达海拔4678米的冰川末端,刘炎林探路,沿路插上路线旗。对于冰川末端以上路线,走冰坡还是碎石坡,李兰和刘炎林有不同看法,协商决定沿碎石坡上升到海拔4779米的换鞋处。10点25分两组到达换鞋处。换鞋后两组切上冰川,A1结组上到4850米,A2没有结组。刘炎林、岳斌两人继续往前走,上到约4950米高度,听到流雪声音,开始回撤。

13点40分,A组下到换鞋处,恰好与后出发的B组相遇。14点30分,A组回到营地,烧水做饭,等候B组下山。趁着做饭的空闲分装高山食品。

晚上老队员开会,制订第一阶段的计划:抓紧时间建立C1;在海拔4850米建立临时营地;压缩训练时间,20日结束第一阶段训练。登山队队员分为分A、B两组,每组再分为两个小组行动。A1组有刘炎林、平措、陈丰和陈宏;A2组有唐元新、赖伟、王静娜、刘波和陈旭东。B1组有牟治平、多吉、叶然冰和方翔;B2组有李兰、岳斌、阿旺、白成太和单丹。陈光由于高山反应，留守营地。

16 日，13 点，合影完毕，A 组 9 人背着大包浩浩荡荡地向山上进发。经过前几天的适应性训练，队员们个个精神抖擞，行军速度较快。14 点 40 分到达临时营地，分头铲雪、平整营地、搭帐篷。17 点左右，建好营地，钻进帐篷开始烧饭。

18 点 40 分，刘炎林、陈丰去修两根路绳，平措随行指导，20 点左右撤回临时营地。

B 组留在本营休整，整理本营，搭建厕所。国家体育总局委派的两位教练大齐米（西藏登山队队员）和多吉（西藏登山学校学员）抵达西大滩，岳斌和阿旺下山迎接。

夜幕降临，雪山仙女隐去俊俏的容颜，临时营地两顶帐篷开始对歌挑战赛，或优美或雄壮的歌声，在寂静的雪山上回荡。

17 日，临时营地，6 点，闹钟响了，7 点 30 分，A1 组的刘炎林、陈丰出发修路，平措、陈宏整理物品后于 8 点出发。A2 组队员起床，拆营，分装物资。当天任务是 A1 组修通临时营地到 C1 的路线，A2 负责运送物资至 C1。8 点 50 分，A2 队员出发沿路线绳上升。

从临时营地向上望，是一个大雪坡，看不见 C1 位置，雪坡两边是裸露的碎石坡，选好的路线是沿着雪坡右面上，此时 A1 组队员已变成点缀在雪坡上的小黑点，缓慢地向上移动。受 A1 组修路所限，A2 组一路走走停停，虽是运输，却未感觉特别劳累。

12 点 30 分，两组抵达海拔 5100 米，路线绳用完（共修 12 根路绳），此后两组分别结组而上。刘炎林小心翼翼探路，遇到一些小裂缝，尚未构成危险。14 点 30 分，到达 5150 米，决定建立 C1 营地。

17 点，建好营地。周围流水潺潺，帐篷在冰川融水之中，犹如两座小岛。在海拔 5100 米高度仍能用上"自来水",让人颇感欣慰。

刘炎林、陈宏、陈丰、刘波又结组上升到海拔 5240 米观察路线。19 点返回 C1。

B 组 10 点 20 分从本营出发,12 点 30 分抵达临时营地,建营。15 点到 17 点 30 分训练沿绳上升和滑坠制动。大齐米老师陪同陈光到临时营地后撤回本营。

18 日,8 点 15 分,A 组离开 C1 结组下撤,同时做雪坡结组以及裂缝区结组训练,在路线末端沿绳下降。A2 组陈旭东被调往 A1 组。

出 C1 不足 100 米,A2 组走在前面的赖伟不慎掉进裂缝,只剩下上半身露在外面,跟在后面的刘波、王静娜赶紧制动保护,唐元新走上前去解救,帮助他爬出来。

A 组沿绳下降,适逢 B 组沿绳上升。由于是"单行线",一时发生阻塞,但甚是热闹。

11 点 15 分,A 组全部下到临时营地位置,休息 30 分钟后,分两组交替进行修路和滑坠制动训练。陈光独自从本营上到临时营地,加入 A1 组训练,陈旭光回 A2 组训练。唐元新先演示几种制动方式。前面是一个大冰坡,训练场地又是一个硬雪坡,新队员不免有些手忙脚乱,几个人的雪套都被冰爪划破。A1 组每个队员练习修两根路绳,A2 每人练习修一根路绳。

18 点,A 组撤回本营,大齐米老师已做好可口的饭菜在等候。

B 组 9 点出发,运输建 C2 物资。13 点至 C1,14 点到 17 点训练,20 点 30 分返回 C1 休整。

根据 4850 米至 C1 的雪坡的情况,队里经过研究,决定取消临时营地。

风雪过后是顶峰

7月19日，大家在睡梦中突被陈旭东和刘炎林叫醒，说山上传来连续雪崩声（后确认为筑路炮声）。情况紧急，大伙快速爬起，拿起对讲机向山上呼叫B组，没有回音。唐元新用手机呼叫，仍然没有回音。向山上望去，朦朦胧胧一片，什么也看不清。

大本营的空气凝重起来。赖伟、刘炎林、陈旭东、陈光、陈宏分别拿起对讲机上到本营两旁的山头，边走边呼叫。

没有回音。

大本营队员不停地向山上张望。

等待，焦急地等待。

突然，路线上出现一个大黑点，接着两个、三个……赖伟来电说可以看见B组，他们正沿路线绳下降……B组平安无事，大本营慢慢安静下来。

12点，B组队员陆陆续续回到本营，原来他们的对讲机电池早已不可用，手机也没电，能收到A组信息却发送不出去，以至于虚惊一场。

晚上全体队员开会，对前一阶段训练作总结。

20日，集体休整，大家起床较晚。20个人齐聚本营，非常热闹，军棋"四国大战"愈演愈烈，以至于队员要找好搭档排队上阵，输的以做饭、洗碗等为惩罚。场上杀得酣畅淋漓，场下干活的亦毫无怨言。

晚上开会，新队员列席，讨论天气、路线、队员适应情况、物资情况，制订第二阶段计划。决定分两个大组行动，A1组是刘炎林、大齐米、平措和陈宏，A2组是李兰、岳斌、陈丰、白成太和单丹，B1组是牟治平、多吉、王静娜和陈光，B2组是唐元新、阿旺、刘波、陈旭东和方翔。赖伟、叶然冰留守本营。

冲顶计划如下：

　　D1：A 组至 C1，B 组本营休整。

　　D2：A 组修路至 C2，建 C2，宿 C2；B 组上 C1。

　　D3：A 组冲顶，撤回 C1；B1 组至 C2 接应，宿 C2。

　　D4：A 组留地 C1 接应，B 组冲顶，撤 C2 至 C1。

　　D5：撤高山营地并拆除 C1 以下的路线绳。

鉴于早上水汽较重，物资尚不齐备，队员状态尚未调整好，决定 21 日 A 组在本营再休整一天，观察天气。这天本营依然热闹，娱乐活动开展得有声有色。17 点，A 组开始装包，B 组部分队员帮忙。征询齐米老师意见，他言道："若不再下，明早可以行动。"

22 日 8 点 45 分，A 组队员拥别队友向山上进发。13 点左右抵达 C1，考虑到 C1 前后都有大雪坡，可能发生危险，稍作休息便开始搬迁，将营地上移至海拔 5250 米处。

B 组继续留在本营休整。有人静静地看书，有人打牌，有人下棋。17 点，B 组装包。

23 日早上起来，碧空万里，镶着几朵白云。天气比预想的好，大家异常兴奋。A1 组 6 点 30 分做饭，7 点 30 分离开 C1，结组上升，约 10 点，选择一处平缓的地方为 C2 营址。A2 组 8 点 20 分出发，11 点与 A1 组会合，一起建 C2。13 点，刘炎林、大齐米、平措结组上去修路至 5900 米，17 点 30 分返营。

8 点 30 分，B 组从本营出发。赖伟不停地帮着照相，或许是休整太久，刚走上碎石坡就感觉到劳累，不停喘粗气。王静娜是个很牛的女生，远远地把B2组队员落在后面。13点30分，全体队员到达C1。恰好A组李兰、岳斌从C2下到C1取气罐和雪锥。

天气很好，方翔、陈旭东、阿旺、陈光脱光上衣，在帐篷外拍裸照。

24日，A组4点做饭，6点05分出发。A1组10点抵达顶峰前鞍部，A2组10点30分抵达鞍部；休息半小时后，两组一起冲顶，12点44分到达顶峰；13点52分下撤，17点30分到达C2，20点30分到达C1。

B组经过约两小时的攀登到达C2；下午牟治平、唐元新、阿旺三人在山脊险峻处补上5根路线绳。

25日，A组陈丰、陈宏、单丹携带冲顶录像下撤，其余队员在C1待命。

凌晨2点，B组所有队员起床。皓月当空，繁星闪烁，又是一个登顶的好天气。烧水，煮粉丝，整理装备。B1小组4点20分出发冲顶，B2小组4点40分出发，陈光和方翔自愿留守C1。此时明月早已隐去，星星也不见踪影，外面漆黑一片，唯有风在呼呼地刮着。

B组队员们沿路线绳结组上升，微弱的头灯光只能隐隐约约地照出面前一段路。这段山脊路线很长，比较危险。黑夜，看不见两面的雪坡，不觉害怕。上到5920米，天空已露鱼肚白，远远地可看见顶峰，宛如一个巨大的馒头在天地之间。

7点20分，B组到达顶峰下面的鞍部，海拔5880米。稍作休息，补充食品和饮料后便开始冲顶。9点20分，B2到达顶峰，B1已登顶半个小时了。

拍完照，10点，全体队员下撤，13点30分回到C2，休息两个小时，鉴于队员们状态很好，牟治平决定直接撤回大本营。17点30分下到C1。

第二阶段训练顺利结束，共16名队员（包括4名教练）登顶玉珠峰，两名队员到达C2，两名队员到达C1。19点，所有队员回到大本营，一时欢歌笑语不绝。

　　26日，休整。27日，本营休整。早上，陈丰、单丹、阿旺、多吉、赖伟和陈宏上到海拔4850米背拆除下来的绳子，其他人则在大本营静静地享受高原阳光。

2003年玉珠峰登山队队员名单（年级/院系/职务）

牟治平：1999/政治学与行政管理系/队长

刘炎林：1999/生命科学学院/攀登队长

陈丰：2000/力学与工程科学系/后勤队长,训练

方翔：1999/法学院/总装备

王静娜（女）：2000/化学与分子工程学院/财务

陈光：2001/哲学系研/摄影

陈旭东：2001/化学与分子工程学院研/摄像

叶然冰（女）：2000/光华管理学院/媒体

赖伟：1999/地球与空间科学学院/,摄影

白成太：2001/政治学与行政管理系

陈宏：2001/化学与分子工程学院

单丹：2002/法学院

刘波：2002/城市与环境科学系/队记

李兰（女）：1998/应用文理学院

唐元新：1990/城市与环境科学系

倔强的攀登

——2004 年启孜峰

> 山鹰社的核心机制在于一代一代队员将在山鹰社所获得的一切，回报给后面的队员，使精神和信仰、经验和技术得以薪火相传。

2002 年山难依然是山鹰社无法忘记的痛苦。山难的冲击不只在于外界的压力，也同样在队员们的心里——有伤痛，也有迷茫。兄弟们去了，留下的人，除了坚持梦想与信念，还应进行理智的探索。

人员流动性高是高校社团的特性。这对于需要经验和技术的登山活动有时是致命的。一年登一次山的模式，积累几年，才能形成一个登山者正确的观念和相应的能力。山鹰社的核心机制在于一代一代队员将在山鹰社所获得的一切，回报给后面的队员，使精神和信仰、经验和技术得以薪火相传。每个登山队员对于山鹰社都是有特殊责任和使命的，而不只是自己去体验雪山攀登。如果哪天失去了这种责任感和使命感，山鹰社即使存在，也将不再是原来的山鹰社，而且也不会长久。

这种特殊责任和使命，可以说是北大山鹰人真正的精神内核。以后选择登山队员要更加注意其在社团能否长期发展，也要采取一切方法使社团能够持续发展。一方面是队员的主观愿望，如果个人选择不可能参与第二年登山，希望他尊重作为登山队员的责任和义务；另一方面对家长同意和成绩应有足够的重视，不能只看热情。希望所有有志于登山的社员能够比较早地充分考虑这些。

这年社长和登山队长陈丰认为，除了极少数人，很少有人可以在山鹰社投入三年。经验丰富的老队员不够多，客观上会加大登山的风险。既然有客观条件限制，无法攀登较难的山峰，如何采取办法使登山队尽快成长，是以后几年必须面对的问题。

2003年山鹰社重新定位，选择登山训练模式，是一次大的转变。2004年增加侦察山峰这一尝试，在技术难度一般的山峰尽可能锻炼队员特别是新队员的总体能力。以后的出路并不少，比如利用寒假派出小分队到某一较近山峰进行攀登训练，学习阿尔卑斯方式缩短攀登周期，增强队员个人能力。还可以抓住机会让骨干队员参加社外组织的登山活动。

民间登山已成燎原之势，山鹰社已经不用也不可能再做民间登山的领头羊。经过反复思考，大家认为一个比较可行的方向是做山峰资料的收集和提供者。国内一些山峰资源密集地区，比如青海省玉珠峰地区、西藏自治区拉萨市北部羊八井地区念青唐古拉山脉一带、四川西北部等，集中了许多海拔5000至6000米山峰，可以对这些地区进行集中考察，详细记录侦察资料，选择危险系数低的路线进行攀登尝试。

经过反复考量，大家认为四川西北部山峰属于海洋性冰川气候，适合攀登的山峰夏季气候资料不明确。而玉珠峰附近地区山峰路线资源较丰富，但只有玉珠峰南坡北坡两条路线有成熟的路线资料，对其他攀登路线进行探索的人非常少，资料缺乏，难度难以把握。探索这样的攀登路线，需要骨干成员在登山路线选择、气候规律、各种地形地貌的应对、山间危险判断和处理等方面的经验有一定积累才能够进行。

羊八井地区的念青唐古拉山中央峰海拔 7117 米，山鹰社 1992 年、1998 年曾攀登过，第一次成功登顶，第二次达到 C3。在它周围有许多海拔 6000 至 6500 米山峰，其中相当一部分路线难度不是很大，西藏登协和奥索卡登山学校多次在该地区组织登山活动，能提供可靠的高山向导服务，山峰路线资料也有可靠来源。这片山区可以作为北大登山队攀登的目标。

2003 年 10 月，山鹰社理事会着手选山，最后决定选择位于念青唐古拉山脉的启孜峰作为目标山峰。启孜峰位于西藏自治区中部，念青唐古拉山脉中段，念青唐古拉主峰西南，距青藏公路羊八井山口 8 公里。

4 月 19 日，2004 北京大学飘柔登山队宣布成立，队员有：陈丰（队长）、陈宏（攀登队长）、刘波（后勤队长）、白成太（摄像）、陈旭东（侦察队长）、牟治平（技术指导，前站，负片摄影）、单丹（训练主管、通信、摄像）、苏杭（前站，装备）、邱一洲（后勤）、周杰（队医，正片摄影，出纳）、徐勇（后勤）、王伟（后勤，大厨），朱湘磊（队记，负片摄影）、吴起全（前站队长，后勤）、赵鲜梅（会计，队记）、任抒欣（队医）。

31 名尼姑背夫

7 月 4 日，登山队在拉萨经过两三天的准备，终于向雪山进发，13 点 30 分和科考队依依不舍道别。

14点30分，车到达尼玛学校，接到高山向导和协作阿旺次仁、边巴、阿旺丹增，一起到布达拉宫前拍照，接受采访，然后出发。

沿途是漂亮的湿地和壮美的雪山，让人的心情莫名地舒畅。在羊八井，队员们看到了著名的地热发电站和露天温泉，不久看到嘎洛寺。

沿途不时见到牦牛和羊，偶尔还有鼠兔蹦蹦跳跳，非常可爱。途经几条小河，流水湍急，司机说车开不过去，只能下车自己蹚过去。男生大部分步行去嘎洛寺。沿途依然有湍急的河流，没有高大的树，甚至没有多少灌木，一律的青草野花，偶尔配以紫色灌木丛，赏心悦目。

18点登山队到达"奥索卡小屋"，当晚的休息地。卸包，吃面包。大家一字排开，把包传到小屋，阵容颇为壮观。在这一过程中，几人被一种毒草蜇到，很疼。阿旺说那种毒草用高压锅煮了可以吃。出于安全问题，大家没有尝试。

20点开会，单丹做的萝卜炖羊肉很好吃，主食是泡面。22点25分，老队员开会；新队员在屋里收拾物资；队医为大家泡板蓝根，测体温、心跳，做记录。

11点30分，全队开会，鉴于原来联系好的帮助运输的尼姑人数过少（每天只能出30余人），决定分三批进山。第一批是陈丰、单丹、陈宏、任抒欣、邱一洲、吴起全和徐勇，次日由阿旺次仁和边巴带领上山建本营。统筹由刘波负责，进一步分批视适应情况再安排。赵鲜梅和苏杭7点起床做饭，第一批7点30分起床，其余人8点起床。

5日9点，过来31名尼姑，她们好奇地凑到登山队的小屋，东瞅瞅，西瞧瞧，最后对秤发生兴趣，争先恐后站上去称体重。9点30分，第一批队员出发。

10点30分，阿旺丹增带领剩余的人出去适应，牟治平留守，中午负责做饭。

11 点 52 分，适应队伍往回走，刘波、陈旭东继续与学校联系。最后留下周杰照看王伟。上了新的海拔，王伟适应不是很好，走得比较慢，但还是顽强地坚持走完。其余人下去和牟治平一起做饭。

和第一批的通信不是很好，断断续续知道他们用了 3 小时左右就到了本营，开始建营。

14 点，终于可以吃饭，吃的是米饭、萝卜条炖排骨。16 点，大家整理剩余的后勤物资，调整驮包，准备上山，把方便食品和饮料大包装的箱子、袋子拆开，这样可以充分利用驮包内存，不过有些包装得太满，导致第二天尼姑们反映包比第一次重多了，不肯背。

14 点 30 分，阿旺次仁从本营下来。

18 点，朱湘磊和赵鲜梅主勺，很专业的样子，但效果并不令人满意，阿旺次仁却大加鼓励。20 点，吃晚饭，恰巧复旦大学登山队过来两人，一起吃。

21 点，老队员开会。22 点，全队开会，决定刘波、陈旭东、赵鲜梅、苏杭次日上山，牟治平负责带着剩余人迟一日进山。

周杰组织大家测了体温、心跳，之后围炉夜话。

6 日 9 点 45 分，第二批队员正式出发，有刘波、陈旭东、赵鲜梅、苏杭和向导阿旺丹增。

丹增 17 岁，非常害羞，比所有队员都小，但很能干，是奥索卡登山学校第二批学员，有相当的雪山经验，也带过不少队伍，汉语不是非常流利，但听不成问题。一路上丹增话非常少，只是默默前行，时不时回头看看队员们的体力状况，调整行军节奏。队员们好不容易赶上他，气喘吁吁地问："阿旺，走这样的山路，你是不是一点感觉都没有？"

丹增红着脸憨憨地笑了："就是。"

刚开始是一段上升，由于出发晚，有点赶，赵鲜梅很快就狂喘，苏杭、陈旭东也不是很轻松。休息时用对讲机和本营第一批兄弟通话。陈宏说，走得过快，一下子上升500米海拔，除了都有点累，大家状态还好，但早晨醒来大部分人情况都不好，测过体温，邱一洲、任抒欣等体温都有点高，陈丰是肠胃首先出问题，白成太和陈宏都头疼得厉害，只有吴起全和徐勇感觉不错，建议上山走慢一点，不用太急，时间反正是够的。

于是第二批放缓节奏，慢慢地适应。走了一个小时，赶上那些尼姑，看她们背着沉重的箱包走这样的山路，心里挺过意不去。牟治平坚持要大家自己背一些东西上山："自己的背包、睡袋、衣服总可以背得动吧。运输都让别人做，我们这算什么登山？"大家都赞同，所以都背着自己的包和一些物品，拎了几个暖瓶。

那些尼姑都是极朴实极善良的，早上因为驮包超重，交涉许久，最后还是坚决背包上路，一点都不积怨于心。她们友好地冲队员们笑，招呼赵鲜梅和陈旭东休息，午饭还邀请大家吃糌粑和风干肉、油炸果子，队员们也把行动食拿出来和她们分享。她们中有几个听得懂简单的汉语，加上互相比画和猜测，交流很好。这样一路走走停停，开心地走到本营。

一进帐篷，便有热牛奶和热果珍捧上来，还有山楂糖，真是幸福。

早先上来建营的队员们，下午去冰川末端适应，顺便背自己的个人装备过去。刚上来的则留在本营整理后勤物资，分装行动食和高山食品。干这些轻松的活儿有利于适应新的海拔，分装食品时还可以"偷吃"一两颗糖果。

留守"奥索卡小屋"的队员过着5个人的小日子。15点50分，出去适应，抽签决定谁留守。周杰被抽中，和阿旺次仁守营。朱湘磊、牟治平、王伟出去适应。大家纷纷打电话回家报告第二天将进山，从此也将彻底与外界断绝一段时间。18点，去适应的3个人全部回到营地。吃完饭，与大部队联系。22点30分，量体温，测心跳，打牌，喝药。

7日9点20分，朱湘磊、牟治平、王伟从"奥索卡小屋"出发，途中遇雨，赶忙换上冲锋衣。还没走出谷底，雨变成冰雹，由小而大，眼前开始模糊。

他们走过一个坡，翻过之后又是一个坡，然后接着再一个……无穷无尽。每个坡不是拥有摧人信心的长度，就是具备令人心碎的弧度。每当在坡底仰视，就会不自觉地想，翻过这个坡就是平点儿的路，而实际出现的往往是更陡或者更长的坡。为了尽快欣赏这里的植物，朱湘磊加快了步伐。

奇高的海拔，独特的地形地貌，特殊的气候，造就这里植被的奇与美。再走一段路，冰雹已经变成雪，夹杂在雨中，肆虐着……

路变来变去，碎石坡，大石块，大石坡……在石块之间跳来跳去，朱湘磊找寻着以往的激情。突然，他的左踝开始隐隐作痛，没有护踝，只能咬牙忍着，继续"雀跃"。12点左右，他已经看不见后面几个人，觉得似乎走错了，但已没办法，只好继续往前走。

走到一个土坡，看到两个尼姑在休息，一个尼姑指着一块大石头说："你坐。"朱湘磊停下来，感激地看她一眼。另一个尼姑打开一个塑料袋，说："你吃。"眼神很诚恳。朱湘磊拿了一块似乎是饼干的东西语无伦次："我，要走，不累。"

一个石坡，一段谷底，一个石坡，再一段谷底……朱湘磊终于发现，原来是有路标的，就是几块石头叠在一起，玛尼堆的样子。

在一个山坳，有几个尼姑在休息。朱湘磊走过，一个年长点的指着他胸前的包，说了几句他没听懂的话，便过来拿，又指指她自己的身后，大概是想替他背。他摇了摇手，说："我可以的。"另一个尼姑按了一下胃，旁边一人做了一个切脉的动作，可能是要求给她看病。朱湘磊指了一下后面。说："我不会，医生在后面。"她们点了一下头。

朱湘磊接着往前走。走到一个宽敞的谷地，突然发现周围的土山顶上已经都是雪，心想快到了。走，走，走，走，走，走，走……累了，感到累了，一抬头，远处的坡上赫然两座帐篷，到家了！"I can do it!"他沿着石块路，艰难地往上走。他真的累了。

雨转多云，偶有阳光闪现，天气转暖。周围的雪山在阳光的映衬下显得极为壮美。

他碰到苏杭，到达最后的坡底，上去就是本营。

赵鲜梅他们回来，带来雪山的气息。从 14 点 30 分到 15 点 30 分午睡，王伟不停地说："我不睡，就躺一会儿。"结果是朱湘磊起来时，他还木头似的睡着。

16 点，另外一组回来，开始吃罐头。大家晒装备和睡袋，整理大帐里的东西，铺上雨布和地毯，后勤大帐则忙着整理才背上来的物资。朱湘磊、牟治平、王伟和周杰都头疼，把干活儿当成一种适应。后来开始下冰雹，又忙着收睡袋和羽绒服。

陈旭东决定搭装备帐。牟治平、陈旭东、陈丰等几个老队员动手活，朱湘磊和赵鲜梅打下手。不久，一座宏伟的恐龙帐——本营大帐就屹立起来。

20 点 30 分吃晚饭。陈宏身体不好，周杰、王伟有点反应，都没吃。

先是老队员开会。22 点，全体队员在后勤帐开会，决定次日朱湘磊、陈旭东、牟治平、苏杭为 A 组；陈丰、单丹、任抒欣、阿旺次仁为 B 组，上山，把个人技术装备运到冰川末端并适应、恢复，7点30分起床，8点吃饭，然后出发；刘波、邱一洲做饭，7点起床；其余人8点起床。

帐篷主管吴起全公布大帐纪律：个人物品集中放置，尽量放在大防水袋内，不允许小东西外放；进帐要脱鞋，保持帐内清洁。王伟身体不好，大厨计划改天给出。

训练模式

7月8日，注定多事。A组9点40分吃力地走到冰川末端，卸包，换装备，时间都耗在调冰爪上。朱湘磊和苏杭把安全带穿错了。

10点45分，B组已经上去，A组4人调好装备，准备出发。那是一个45度的长雪坡，雪层极厚，沿绳上升特别吃力。牟治平强调要走前面人的脚印，但他们仍然不时深陷，很费力才走到坡顶。

陈丰身体不好，留在坡顶，等待B组另外3人。此时复旦大学登山队几人下撤。A组决定结组攀登剩余部分，四人爬上雪坡，陈丰继续留在那里。

11点20分，A组三人到达第二个雪坡底下。B组11点已经到达这里。这一路都是缓坡，甚至有一段是下坡，雪层极厚，理论上存在滑雪可能，不过他们走得都很小心，深一脚，浅一脚。A组把物资放在第二个坡底，吃行动食。

休息片刻后，A组把两根绳子埋在路线旗旁，开始下午的训练项目——修路。陈旭东和单丹在原来的裂缝附近修了一条路，新队员在一旁观看，牟治平和阿旺讲解。他们又让新队员仔细观看一次，就实习操作。

14点下撤。走到第一个坡顶，新队员在老队员看护下，沿绳下降。

陈丰已在阿旺的帮助下下撤，他已经只有下意识的动作，大家一开始没意识到这点，此时心情都很不好。

15点，回到本营，把必要装备留在换鞋处。刚要休息，来了一阵冰雹，赶紧收装备。王伟反应严重，刚吸了氧。老队员讨论王伟问题，决定先送他下山。牟治平为了给更多的新队员接触雪山的机会，决定自己去送。

再次开会，重新分组，A组是陈旭东、陈宏、刘波、赵鲜梅、周杰、徐勇和吴起全。B组是单丹、陈丰、朱湘磊、苏杭、任抒欣和邱一洲。决定9日陈旭东、阿旺丹增、刘波、赵鲜梅、吴起全一队。A组剩余人加入边巴一队上山训练，其余人守营及进行攀冰训练。以后每天21点30分到22点30分选一时间大家讨论，权当休息。守营一组中两人6点起床做饭，上山一组7点起床，8点正式出发，另外一组7点40分起床。以后午饭10点30分开始做，12点30分正式开饭。晚饭16点30分开始做，18点30分正式开饭。

9日，以刘波为组长的A1组（丹增、吴起全、陈旭东、赵鲜梅）8点出发，半小时到达冰川末端换鞋处，9点15分到埋物资处。10点45分开始修最后一段路绳。13点下撤，15点40分到本营。

9点B组老队员和阿旺次仁去开发冰壁，准备攀冰训练。朱湘磊、苏杭、任抒欣和邱一洲守营。

12点吃午饭，大家享受到苏杭的八宝粥。陈丰回来守营，让守营四人去攀冰。他简单讲了一下路线，四人出发，到达指定地点，找到自己的技术装备。只有三套装备，大家轮流爬，轮流打保护，每人爬了三趟左右。出现以下问题：砸偏镐，拔镐左右晃，踢脚不垂直于冰壁成"八"字……

天比较暖，冰层化得厉害，水不停地沿着冰层往下流，队员们的手套等都湿透了，很冷。所幸大家都没有冻伤。

18点30分开始下小冰雹，回撤。大家吃饭，看书，喝药，量体温，测心跳。

21点30分左右全体队员开会。决定次日A、B组对换，继续训练。

晚上下了好大的雪。10日早上，阿旺与老队员商量，鉴于大雪之后不宜进山，由陈丰宣布B组暂时守营，等到中午再说；攀冰组继续训练。

17点，在本营侧下方挖了厕所，要"跋山涉水"才能到。大家又是挖，又是垒石块，一个漂亮的双蹲位厕所建成，再搭上一块雨布，防止偷看。垃圾坑选在发电机旁边。

晚上开会决定次日按当天的分组继续训练，周杰、徐勇做饭。

熄灯后大家聊天，徐勇认为有的人不够拼，队内气氛不那么积极，认为进一步建C1对他可能是一种鼓励。他想走得再高一点。其实大家都一样。

陈旭东对登山队精神状况也强烈不满，提出若干建议。陈宏、陈丰反驳并讲了天气等因素，大家讨论不休。

最后，单丹说，做新队员和老队员，不能是一种心态。做新队员，觉得这样没劲儿，可是老队员就得考虑到这是为新队员安全而不得不做的选择。他以纪律委员身份表示已经太晚了，让大家赶紧休息。

又是一夜好大的雪。

11日早上，朱湘磊被陈旭东的拍雪声惊醒。雪仍在继续。7点40分，大家起床吃早饭。老队员商量，攀冰组继续，其他组等待，下午如果天气转好就出发。8点多，陈宏、周杰、徐勇、陈丰出发去攀冰训练，还带去了帐篷。

朱湘磊和吴起全等在后勤帐看书，这次他看的是《赫逊河畔谈中国历史》，看得入迷。10点30分，朱湘磊申请做饭，获准。

13点，朱湘磊、陈旭东、陈丰、邱一洲和阿旺一组，剩余人一组，分批上山，一同训练。

到换鞋处，开始训练项目之一：修路。四个新队员，朱湘磊和任抒欣一组，苏杭和邱一洲一组。单丹先做示范设保护点，阿旺丹增坡顶保护，单丹再到坡顶监督。朱湘磊先上，两人偷懒，使用单丹埋的保护点。厚雪步步没膝，朱湘磊走得格外吃力，攀登到中间点，打保护的任抒欣说差不多了，便设一个中间保护点，扣上小锁，继续上升，到达坡顶，在单丹的"监视"下，设好保护点，理好绳子，到另一边下降下去。吸取上一次教训，死握制动端不放，半走半滑到底端。

天又开始下小冰雹。换上任抒欣，挖出雪锥，重新设好保护点，由陈旭东检查完毕，理好绳子，示意任抒欣往上走。朱湘磊机械地打着保护，看着任抒欣设中间保护点，到顶设好保护点，沿绳下来。朱湘磊安好上升器，沿绳上升，拆掉中间保护点，上升至顶端，拆掉保护点，挖出雪锥，理好绳子，背在身上，下降到坡底。

18点30分，冰壁组也训练完毕，陈旭东和其他四人结组，教大家雪坡行走技术，包括平行于裂缝行走、保护行走。

训练结束后下撤。晚饭吃到陈宏做的水煮牛肉1.0版。牟治平说他第二天要上来，王伟是高原肺水肿，已住院治疗。

吃完饭，开会。决定次日分两组：徐勇、周杰、任抒欣、陈宏和单丹一组。陈丰、陈旭东、朱湘磊、邱一洲和苏杭一组。前一组上午去冰壁，练习裂缝救援；后一组下午去；其余人休息。单丹、陈丰做早饭。

又是一夜大雪。12日7点，朱湘磊睁开双眼，看到帐篷被压到令人吃惊的弧度，赶忙爬起来死命拍雪，先配合陈旭东把起居营大帐顶的雪拍到没有危险，再出来对付后勤帐顶的积雪。但两顶帐篷都已面目全非，需要重新搭建或改造。

8点，吃完早饭，大家齐心协力，开展帐篷重建工程。朱湘磊、吴起全、单丹、陈旭东、陈丰等一起清掉大帐周遭地面的雪，其余人对付后勤和装备帐帐顶的雪，重新支起各帐支柱，考虑到压帐石头分布和绳长问题，重新加强固定。

中午，朱湘磊再次申请做饭，再次获准，他确定做葱花鸡蛋汤和炒芹菜，单丹做红烧肉，perfect；陈丰做花菜，wonderful。朱湘磊做的汤样子难看，评价倒是挺好。

阿旺把桌子搭于帐外，众人第一次在外面吃。大雪过后，阳光亮得刺眼。

13点，上、下午组一同出发。上午组提前到达，下午组需到冰川末端取装备，带装备下来，沿冰川冰壁上升至顶，再开始训练。

上午组以背包为坠崖对象，四人结组，3个新队员轮流主动救人。下午组准备以真人试验，朱湘磊走在前面，被第一个派去学习"坠崖"。

朱湘磊还没准备好，他们头顶来了一片乌云，这符合被雷击的充分条件——在云中，一身铁装备，老队员让他们脱去冰爪和安全带，到平坦的安全地带休整。等到云散，继续训练，雪也停了。

陈丰打保护，朱湘磊慢慢"坠崖"，在坡的中间，等待同伴们救他上去，一步步上升到崖顶，终于被"救"起。然后换顺序，朱湘磊制动，由邱一洲救苏杭。

上午组训练完毕下撤，采取沿线下降技术，依次而下，撤到保护点，收拾崖下帐篷。下午组继续。苏杭先是被绳子缠住，接着是滑轮方向搞反，抓节阻碍轮滑，可怜的苏杭在下面大喊："我要割绳子，让我死得痛快点儿吧。"陈丰、单丹和陈旭东挽救未果,朱湘磊和邱一洲最后用蛮力拉苏杭上来。

陈旭东与陈丰商量决定,让朱湘磊继续练习。在苏杭的协助下,朱湘磊特别耗力但顺利地把邱一洲"救"了上来。

回到本营,天已微黑。放好东西,发现2003年的队员王静娜跟牟治平一起来了。先是老队员开会,之后全体队员开会,次日分两批,上午组是陈宏、刘波、陈旭东、赵鲜梅和周杰;下午冰壁组是朱湘磊、边巴、邱一洲和陈丰;下午冰坡组是单丹、任抒欣、苏杭、牟治平和阿旺。分别上山练习结组和滑坠制动。上午训练是从8点到11点,下午是从15点到18点,要求避开雪崩危险区。

最后,队员们吃药,测体温、心跳,吃水果,喝饮料。23点不到,熄灯睡觉。

13日一早,上午组先出发。

15点,下午组出发。到达目的地后,边巴去坡顶设保护点,陈丰在下面教基本技术,先是雪坡制动,简单易学;然后是冰坡,讲了四种情况,让队员们在下面简单练习。待边巴的保护点做好,正式实战。

朱湘磊先走上去,打好保护,往下滑,做三次制动到底。邱一洲沿绳上升上去,再下来,朱湘磊再上去。练习第三个动作时,朱湘磊一滑到底,没有做好动作,裤子和上衣里进了很多雪粒,有一种灼烧痛感。后面两次也不很顺利,动作做不好,制动不住。陈丰说,雪太厚,制动不住,不能怪大家。

单丹组训练完毕,过来看,恰好邱一洲下来,朱湘磊上去。他先想好动作,再往下滑,居然制动住了,虽然脚没放好。学第四种动作,每人在下面试两次,在上面实战两次。单丹申请未遂,仅任抒欣上去实战了一个动作。

单丹组走，冰壁组收绳，拆保护点，准备撤。陈丰让新队员背东西先走，他们马上赶到。朱湘磊走着走着，到冰川末端，一屁股坐在石头上，不想再动。等到边巴和陈丰上来，朱湘磊准备下撤，发现浑身已湿透，就把手套摘下，挂在冰镐上，极为艰难地向下走。

回到本营，奔向后勤帐，迎接他们的是四份菜和一堆米饭。

当晚全体开会，决定休整一天，15日冲顶。大家说了自己的状况和对队里的认识。

登顶，没有预想的激情

7月14日，登山队休整。8点，朱湘磊起床时仍有一大半人没起。8点30分，叫白成太等起床。白成太说："今天不是8点起床，是8点以后起床。"9点，任抒欣和邱一洲最后一批起床，被罚洗碗。

14点，西藏登协派人送信。信分别是登协和刘炎林寄来的。刘炎林说他已到康定。

开会时将15日的活动分A、B组，每组分两个绳组，每绳组设一组长。A1组是陈宏、陈旭东、阿旺、次仁和徐勇；A2组是刘波、牟治平、赵鲜梅、周杰、吴起全；B1组是白成太、边巴、任抒欣和朱湘磊；B2组是陈丰、阿旺丹增、邱一洲和苏杭。

A组15日6点起床，7点出发，建C1。如果天气允许，16日早起冲顶；如果天气不好，留守C1一天，然后冲顶；冲顶成功直接下撤到本营。B组16日出发，进驻C1，接替A组。一组冲顶时，另一组随时准备接应。单丹守BC。

要求大家准备东西，个人装备不齐备者直接取消攀登资格。如果在C1身体不好，比如反应严重，会留守C1。

登顶罐最初确定为易拉罐，在"支持国货"呼声下，每人一口，喝光一罐健力宝。又有人提议用"飘柔"的瓶子，陈旭东贡献一个，陈宏将其洗净，大家写上祝福的话语，由陈宏收集放在瓶子里。

睡觉前每人可以打一个电话，尽量在1分钟内给爸妈报个平安。22点，大帐内熄灯。

15日，7点10分，A组从本营出发。8点，A2组到达冰川末端换鞋处，恰好A1组整理好装备，即将沿路线绳上第一个陡坡。A2组等待并休息。

8点20分，A2组开始上升。14点30分，A组全员到达C1；16点，建好高山营地，因风雪天气全部进入帐篷烧水做饭。

留守BC的9点正式起床。早饭是八宝饭，大部分人看书，苏杭画图写诗，白成太回去睡觉。

10点30分，单丹和王静娜做小型"狮子头"，单丹做，王静娜炸，配合挺成功，美中不足是太咸，只好用来做汤。没办法，肉是腌过的。朱湘磊帮陈丰切西红柿葱姜，他要做西湖牛肉汤。

13点20分，吃午饭，好不容易叫醒白成太，大家吃饭，吃完了由任抒欣洗碗。之前王静娜做了好多蛋饼，可是出锅一个便少一个，没留下。

14点30分，上面传话，C1已差不多建好。15点开始收拾东西。由邱一洲发后勤物资：一包行动食、一包冲顶食、一包高山食、一罐健力宝。然后去装备帐，背出自己的大包，清点物资，简单装包。

16日，A组冲顶下撤，B组上C1。

［A组］

按照计划，凌晨3点30分，在C1两顶帐篷的A组人都醒了。原本相安无事的帐篷因为骚动而显得拥挤。拉开帐篷门，雾蒙蒙白茫茫一片，能见度很低，雪纷纷扬扬下个不停，沙沙地敲在帐篷上。

牟治平和陈宏隔着帐篷商量对策，决定延迟一小时出发。快 4 点时，雪渐小渐住，A1 组动作更迅速一些，早早钻出帐篷，结组出发。半小时后 A2 组出发。

离天亮还早，雾未散，只能隐约看到前后相贯的点点头灯的光亮。无法辨清方向，陈宏便安排熟悉路线的阿旺教练带路，后面依次是陈宏、徐勇、陈丰。二三十米之后的是 A2 组的刘波、吴起全、赵鲜梅、周杰、牟治平。不知前半夜下了多久的雪，雪面软且深，路很难开，有时一步一陷。A2 组在后面缓慢跟进，两组之间保持着一定距离。停下来时，大家就相互提醒活动手指脚趾。时走时停，倒也不累。周杰作为摄影尽职地拍照，只是光线和能见度实在差强人意。

翻上大坡就到雪檐，之后是一段百米左右的横切。天渐渐亮起来，左面是四五十度的陡雪坡，右面是念青山脉的诸座冰峰雪顶，前面是安详沉静的启孜峰顶，后面是大美无言的鲁孜。但心中必须始终警惕，毕竟站在雪檐部位，不知哪一步踩高了，也许就踩空陷落下去。开路的此时已换作陈丰。这一段横切用到结组中的交替保护前进，任何人不敢有丝毫大意。结组绳此刻成为队员们共同的生命线。所谓的生死相托，此时体会得如此真切。

8 点 5 分，陈丰第一个登顶，在到达顶峰的最后 20 米架一段路线绳，之后 A1 组依次登顶。8 点 35 分，A2 组到达，顶峰狭窄陡峭，只觉得无处落脚，站在那里提心吊胆。尽管插了冰镐，挂了上升器在路绳上，仍然不敢乱动。刘波、吴起全展开各种旗子拍广告照，周杰专注地进行顶峰环拍，赵鲜梅只是尽量降低重心，以一个还算安全的姿势尽享此处风光。陈宏已撒过五色的风马，将装着兄弟姐妹们的祝福的登顶罐埋下，陈丰则用心观察启孜旁边即将侦察的山峰。

回望本营方向，看不到帐篷，路似乎并不远，却走了这么久。B 组队友上 C1，此时已经出发两个小时。

登完顶，赵鲜梅竟没有因此而兴奋，反而有点失落。她记得，入选登山队的那个下午，开会她认真地听，笔记上的字也写得整齐。她对登山充满幻想，好像在等待一个人拍拍她的肩膀，说："兄弟，我们走吧！"出发前，她提醒自己，在山上的时间，一定要认真生活。

开始她觉得这次攀登比较乏味，路线短，地形简单，不够挑战，没有攀登的激情，但后来却觉得这次登山很爽，很成功。可以安全地，甚至丝毫没有痛苦地完成登山，让她感到雪的可亲和站在顶峰的伟大。正是这种安全感，使得她可以坦然面对父母担心的目光。

山峰没有好坏，只有适合不适合。这次选的山峰对于没有太强技术力量的队伍，无疑是合适的。

胡思乱想一小会儿，广告照已拍完，A1 组准备下撤。此时 8 点 45 分，朝阳忽然间光芒四射，令人措手不及。下撤时雪面明显比上来时软许多。有时一步陷下去，整个人倒在雪里。队友在前边焦急地喊着："赶快通过，不要停在那里。"眼看着被腿脚带起的雪团顺陡坡滚将下去，引起阵阵小型流雪，甚是可怕。接近 C1，驻足回看，陡坡上暗色的流雪痕迹十分明显。若是再晚下 10 分钟，后果不堪设想！赵鲜梅喘着气回头望去，有种劫后余生的感觉。

在 C1 稍事休整，拆了结组，有人干脆也摘下冰爪，不分次序地冲向本营。阿旺早已看不见踪影，牟治平也跑得飞快，后面几个简直如蹚河一般在雪里缓慢挪动。雪太软，经常一步陷下去就完全坐在雪里，动弹不得。已经不可能踩着前面人的脚印走，那条路已相当破碎，后来B组是在旁边重开一条路上去的。

11点30分，A组在埋物资处与B组相遇，互相问候，通报彼此情况，然后继续下撤。12点40分左右A组下到本营，换鞋，放装备。

[B组]

6点，起床，拍雪，听说A组兄弟们已经出发。7点20分出发，忍受雪镜上的雾气遮蔽，一步一步往上走。背着包，明显感觉到少许吃力。8点03分到达冰川末端，收到陈宏消息，A组登顶，大家欢呼雀跃，然后换好装备，沿绳上升，通过冰川末端。

8点40分左右，到达第一个坡顶，吃东西（一个果冻）。在陈丰的要求下，打绳结结组走。9点33分到达第二个坡底，结组沿绳上升。10点遇到回撤的阿旺次仁。10点41分，遇到回撤的牟治平，确认相机放置处。B组继续上升，不一会儿就看到上边几个人影。11点03分，A、B组胜利"会师"于一个小坡顶，任抒欣找到埋藏的行动食，陈旭东与刘波趁机挖出垃圾袋。

11点41分，A组下撤。B组继续上升，12点30分到达C1。朱湘磊脱鞋入帐找到相机和胶卷，开始拍照。

20点30分，睡觉。白成太喘得厉害，吓得朱湘磊没睡安稳。

17日，4点11分，B组陈丰喊大家起床。出帐篷穿安全带，打绳结结组。B2组先走，B1组跟上。走到雪坡，突然发现东边出现一点灯光，像是有人在爬山。继续往上走，灯光变成一片，仿佛一个城镇，疑为羊八井。

6点42分，B1组走上雪檐，听到B2组兄弟登顶消息，因怕雪崩，

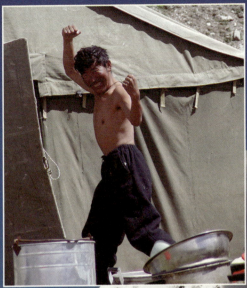

来自西藏登山队的教练平措在大本营洗头。

登山队和科考队在格尔木吃烧烤，左起：叶然冰、潘
映红和余晓娟

2003

2003 年 7 月 25 日，B 组玉珠峰登顶照。

2003 年 7 月 24 日，A 组玉珠峰登顶照。

2003

启孜峰登顶照。

启孜峰登顶照。

2004 MAPKU

登山队在布达拉宫前合影。

本营至 C1 途中。

2005

桑丹康桑 C2 营地：可怜的帐篷。

本营用餐：做得不咋地，吃得很开心。

南门出发大合影。

桑丹康桑本营隆重的升旗仪式。

整装待发。

遥望博格达峰 C3 营地。

在裂缝密布的冰川上行军。

A 组博格达峰登顶照。

扎什伦布寺前的甲岗峰登山队全家福。

队员在扎什伦布寺前的小广场上与雕塑
合影。

为了越过裂缝区，甲岗峰登山队创造性地使用了梯子，A组出发前合影，大家意气风发，信心满满。

攀登队长刘明星背梯子上山，志在必得。

甲岗峰登顶照。每个人脸上都洋溢着幸福与自豪。

甲岗峰登顶后,队伍又派出侦察队对甲岗峰的另外两条山谷进
行实地侦察,图为侦察队出发前合影。

2008年登山答辩会现场合影。

南门出发大合影。

2008
МАРТ

在 C2 营地拍摄赞助照。

考斯库拉克峰 C2 营地。

2008
МАРКП

不敢大声欢呼。6点51分，B1组走到路绳处，换上升器。

7点，B组正式登顶，没有欢呼，一切的一切，都那么平静，那么理所当然。天上仅有些许云，没有降水，可以隐约看到C1甚至本营。先是环拍顶峰周围各峰：西边一座直塔形漂亮山峰，东北是雄伟壮丽的唐古拉山系……朱湘磊在山顶埋下他的祝愿。

7点40分，下撤，雾已经很大。到C1，拍两张集体照。9点20分，背负着看上去特别重的包下撤。没有阳光，一路都是硬雪层。

11点10分，到达本营，享受登顶成功的快乐，外加几罐水果罐头。朱湘磊仰望启孜峰，感慨道："就这样登顶了，真的不回来啦？"

老队员们开会。14点吃饭。之后全体开会，决定侦察人员一早出发，预期5天。科考队可能次日上来，牟治平与他们联系。

陈丰和单丹当晚下去，联系尼姑运输和接科考队；次日开始撤营，19日会正式撤完营，回拉萨，阿旺丹增陪同下撤并做翻译。

好大的一场雪。18日8点，起床，拍雪。刘波突然大喊："上来啦，科考队上来啦。"白成太和朱湘磊均不信，白成太更言道："刘波是越来越喜欢骗人，但越来越不会骗人啦。"其后证明上来的是尼姑们。

侦察兵出发，大家端着饭盘去送他们。吃完休息，摘菜，洗菜，准备中午做菜给科考队的兄弟姐妹们吃。

大约14点30分，陈丰用步话机通知大家下去接人并带饮料，朱湘磊和白成太携带一瓶葡萄糖加一瓶果珍下去接人，邱一洲开始切肉，苏杭开始煮花生。

等候科考队的是一顿丰盛的午茶：威化派，各种水果罐头，雪碧，健力宝，还有苹果。

朱湘磊煮鸡蛋，切松花蛋，陈丰拌鸡蛋，白成太等煮肉罐头。大家风卷残云，吃得一片狼藉。

19日，该回拉萨了。8点，吃完早餐，单丹带王伟和科考队队员去看冰川，剩余人收拾帐篷。科考队员回来后在邱一洲的带领下收拾垃圾。然后拍集体照，11点30分正式撤营，科考队下撤。大帐已被拆，帐篷杆由科考队员一人一根带下。

朱湘磊和邱一洲折腾到13点，终于把所有东西收拾完毕。把油用完，焚烧垃圾，填土，压石头，走人。

侦察记

促成山鹰社进行山峰侦察尝试的原因很多，但主要是为山鹰社争取更多的生存空间。相对于大众化登山，学生尤其是在山鹰社登山，在学校和登协的限制越来越多情形下，山峰选择范围越来越窄，合适的山峰资源亟待开发。

2004年侦察的主要原则是高度合适，交通方便，与登顶山峰距离较近，因此选择了与启孜同在东侧的三座山峰、两个山谷。根据路程，安排5天时间，在大部队登顶启孜后开始，并规定了侦察队伍返回时间。

侦察队伍活动时间长，行军路程长，在雪线之下行进，需要背负的物资有露营装备、个人被服、6天的后勤、照相机等侦察器材及两部卫星电话，个人背负在20到25公斤。搬动营地需要行军4小时左右，侦察时需要空身行走6小时左右，且面对未知环境，需要保持较好的活动能力。这样连续活动5天，对队员体力要求较高。

选择交通方便的山峰，必然要与当地人打交道，因此向导是必需的，但实践证明，向导对于侦察最大的帮助也仅仅在于此。当然如果因体力不支遇到危险，他们也将是最后保障。

第一次组织侦察活动，完全是社里登山和野外活动的模式拼凑。侦察活动安排在登山之后，体力和心理都有些不可预料的变化，因此挑选队员需要重新审视。

这一次侦察队伍分为侦察组和接应组，侦察组有刘波、吴起全、徐勇和陈丰（队长），接应组有赵鲜梅、周杰、边巴扎西（向导）和陈宏（队长）。最后确定重点侦察启孜峰东北的 6079 和 6142 两座山峰。

第一天，队伍从本营出发，在路过的第一条河流经的山谷扎营。山谷很开阔，下午能够清楚地看到山峰。队员们向里走 1 小时后撤回营地。

第二天，接应组留守在山谷口，侦察组侦察第二个山谷的路线。侦察组空身步行入谷，下午返回。

第三天，撤营向第二个山谷行进，没有遇到大的河流，只有一条小的流水，最后消失了，就到了壮美的冷琼峡谷。向导与赵鲜梅下山找村庄联系出山。

第四天，接应组两人留守，侦察组进冷琼峡谷，下午返回，之后撤营到达村庄，露营。

第五天，从村庄乘车到羊八井，与来接应的牟治平和单丹会合返回拉萨。

冷琼山谷中最吸引引人的是其东侧一列 5 座形状极其相似的山峰等间距耸立着，行程和侦察所见，队伍每天向西移一个山谷，那么嘎洛寺应该就在嘎罗河与其西边一条河所夹的地区，嘎洛寺也许应为嘎罗寺。这样，启孜峰非常可能就不是通常所认为的 6206 那座山峰，很有可能是 6079，这与陈宏在山峰上的读数非常接近，与复旦大学所测的 GPS 数据也相符。

假定推测正确，则队伍在第一个山谷所见山峰应该是 6142，第二个山谷中见到的是 6090 和 5992，藏在他们身后的是 6156 和 6268。

第一个峡谷，谷口有非常好的草地可做本营，水量丰富。碰到一个牧人，说附近有村庄，是比较理想的营地。向内空身行进两个多小时可到达冰川末端，一路风光宜人，每过一个碎石小坡，就有新的景观。近末端有两片很大的白沙滩，沙细如泥。路上有很多地方可以扎营，适合小部队徒步。该地有牦牛，不知是否可用，但牦牛能走的路不多，大概还有一个多小时就到冰川末端了。

与启孜峰相比，这里冰川末端狭窄许多，但地形相似，以陡坎起步，需要绕行上冰川。冰川上部相对宽阔，左右各有一座小山。左边可能是6142，因为冰川消融而比地图上近许多。当然，6142 也有可能躲在这座山的后面。

这里与启孜峰天气情况一致，下午和傍晚多好天，但侦察队未能等到即下撤，很可惜。事后分析，是队长不能随机应变。

第二个峡谷，按照推测，尽头应该没有侦察的目标山峰，6154 应该在这个峡谷边上，但已被挡住。从水量和从峡谷东侧岩缝流出的大水分析，可以判断这里孕育着一块极大的冰川，绝非只在尽头，从侧面流出的应该是 6154 冰川的融水。在这个峡谷中发现一只小青蛙和一条黑色的小鱼。峡谷宽阔，水量很大，傍晚涨水需择路蹚水。轻装步行需 3 小时左右到达冰川末端，营地最多可以向里行进 1 小时左右。

从峡谷口进入，拐过一个弯，可以看到两座陡峭的山峰。峡谷向西拐，到达冰川末端。末端多冰坎，上部非常平整。向内，小山之后有大山。向左，有一座积雪的小山峰，也许是 5982。右侧能看到的只有一座山峰，另一座被挡住，根据地图，这两个山峰应该是 6090 双峰。巍峨的山峰，只能拍到山脚。有机会还是应该再到冷琼山谷，再次侦察，上雪线，里面两座山峰应该适合北大登山队。后面的两座山隐约是柔和的曲线，令人向往。

总体来说，整个队伍情绪比较急躁，缺乏侦察的心理准备，缺乏基本耐心。第四天从山谷中出来，可以明显感觉到好天气出现在下午到傍晚，本应该在山谷中扎营的。

2004 年启孜峰登山队队员名单（年级 / 院系 / 职务）

陈丰：2000/ 力学与工程科学系 / 队长

陈宏：2001/ 化学与分子工程学院 / 攀登队长

刘波：2002/ 环境学院 / 后勤队长

徐勇：2003/ 国际关系学院 / 装备

单丹：2002/ 法学院 / 通信，摄像

陈旭东：2001/ 化学与分子工程学院博 / 装备，正片

吴起全：2002/ 外国语学院 / 前站队长，后勤

王伟：2003/ 外国语学院 / 后勤，大厨

邱一洲：2002/ 元培计划实验班 / 后勤

任抒欣（女）：2002/ 医学部 / 队医

赵鲜梅（女）：2003/ 经济管理学院 / 队记，会计

周杰：2003/ 物理学院 / 队医，正片，出纳

朱湘磊：2003/ 信息科学技术学院 / 队记，负片

苏杭：2001/ 环境学院 / 前站，装备

牟治平：2003/ 政府管理学院 / 技术指导，前站，负片

生如夏花

——2005 年重返桑丹康桑

> 如果没有雪山攀登活动，山鹰社就会失去目标和灵魂。登山的模式可以探索、可以改变，但登山这个目标本身不可改变。

2002 年希夏邦马西峰山难已经过去三年，社长兼登山队长刘波提出这样一个问题：

"当亲身经历这次山难和那些在山难阴影下成长起来的队员逐渐淡出这个社团，当这段痛苦的往事离我们越来越远的时候，我们是否还能牢记它给我们的教训？我们是否还能保持在谨慎中前行？"

2003 年玉珠峰登山训练活动、2004 年启孜峰登山训练以及侦察活动，都是山鹰社在新时期对社团登山定位的落实和探索。2005 年的桑丹康桑登山活动，从准备、实施到结束，持续时间将近一年，基本上延续了 2003 年、2004 年形成的登山模式，借鉴前两年的经验，在登山的组织和实施上更系统一些。

桑丹康桑，海拔 6590 米，地处念青唐古拉山脉中段，位于西藏自治区那曲谷露乡境内，距离那曲 100 公里，距离当雄 70 公里，是西藏 25 座著名的高峰之一。

三年的总结

刘波对这三年来逐渐发展、成型、完善的登山模式做了系统总结。

一、关于登山定位

社团定位决定山鹰社登山性质，具体来说包含三层意思：

1. 登山是山鹰社最高的宗旨和目标。从 1989 年成立起，山鹰社每年组织一次登山活动，到 2005 年已经连续 16 年组织登山活动。从登山运动方面来说，山鹰社的登山活动促进了中国民间登山特别是中国高校登山运动的发展，造就了山鹰社在高校社团中的地位和影响力；从社团层面来讲，正是每年的登山活动，吸引和见证着一代又一代山鹰人的激情和梦想，也因为登山运动的特性，保证和维持着这个社团的纯洁性、神圣性、延续性和凝聚力。如果没有雪山攀登活动，山鹰社就会失去目标和灵魂。登山模式可以探索、可以改变，但登山这个目标本身不可改变。

2. 学生社团的性质注定山鹰社有所能而有所不能。对于一个登山者来说，攀登更高、更难的山峰可以说是本能的愿望；但是对于学生社团的登山来说，这是不可取的，一者学生不可能像专业登山者那么有精力、时间和技术投入登山中，二者登山本身就是一项高风险的运动，攀登高难度、高海拔山峰无疑更增加风险，万一发生不幸事件，学生社团难以承受。

3. 学生社团在登山上并非无可作为。目前山鹰社走的是训练加侦察模式，即在攀登过程中重在对队员进行技术培训，同时在登山后期进行山峰侦察活动，收集山峰资料，试图开拓新的山峰和路线。

2005年的攀登，基本上是按照这种定位组织登山活动。与2004年不同的是，2005年的前期训练穿插在整个建营过程中，没有专门安排时间进行训练，而且重点在于战术训练。一则可以抓紧好的天气周期建立营地，二则可以避免队员在山上对单调训练产生倦怠心理。

二、关于选山

选山是非常重要的，这是一项需要反复比较论证的工作，因为选山合适与否直接关系着第二年登山的可行性和安全性。2005年的攀登目标桑丹康桑是理事会在2004年12月选定的，当时主要考虑以下几个因素：

1. 登山定位。2005年登山定位为登山训练和侦察，要求目标山峰地形比较丰富，能够充分锻炼队伍，山峰难度要比较适中。

2. 队伍实力。这是选山的基础，主要参考第二年要去登山的老队员的数量和登山能力。

3. 山峰难度。主要分析山峰所在地区气候条件、攀登路线地形以及各种潜在危险，特别要避免冰崩、雪崩频发的山峰和路线。

桑丹康桑地形比较丰富，当时认为存在新路线的可能性，可以比较好地锻炼队伍，而且从2000年北大登山队、2003年清华登山队攀登记录看，相对来说桑丹康桑好的天气周期持续比较长。2000年北大登山队攀登过这座山，有比较详细的资料；从老队员情况来看，也是可以胜任的。从2004年开始，山鹰社开始侦察山峰资源方面的尝试，计划对启孜峰附近的山峰群进行连续考察，而桑丹康桑距离启孜峰不远，既适合攀登又方便侦察。从攀登结果看，虽然实际的攀登路线比预计的难度高一些，但还是在可控制范围之内。

三、关于登山培训

这几年来，山鹰社的培训一直处在探索、总结和发展中，形成了比较系统的培训机制，只要将每个阶段的培训都落到实处，让新队员掌握基本的登山技术，这个目标还是能够达到的。社里的培训机制主要有以下几个部分：

1. 体能以及野外基本技能培训。这是针对全体社员的。新人入社，都会参加周末野外活动、平时体能训练、攀岩三大日常活动。

2. 冬训。这是比较传统的科目。2005年冬训分为两次：天仙瀑冬训和小五台冬训。天仙瀑主要训练内容为攀冰、登山器械操作、冰雪坡行走等，小五台冬训主要是让队员实地体验雪山环境，同时进行滑坠制动、结组、修路等训练。

3. 五一实战训练。这是2005年新增项目，基于两方面考虑：一是社员流动性比较大，坚持两年以上登山的队员很少，登山队员登山经验积累成为一个大问题，因此希望五一组织一次登山活动，在实际登山过程中锻炼队伍；二是希望通过组织这次活动增进暑期将要承担重任的老队员之间的沟通、理解和信任。2005年五一攀登的是四川半脊峰，在短短4天时间里建立了两个高山营地，分两组成功登顶，整个队伍得到很好的磨合和锻炼。

对于五一组织登山应该慎重考虑三个问题：一是时间和精力问题。学校对五一登山的要求和暑期登山完全一样，需要家长、院系同意，需要开登山答辩会等，这对组织者时间和精力要求很多。虽然确定队长和攀登队长为王伟和徐勇，但前期准备工作还是需要社长出面做，在三个月内连续组织两次登山活动，社长感到力不从心。二是在比较短的时间内连续组织登山，如何保证登山的安全性。三是关于登山模式的探索。山鹰社登山一般采取喜马拉雅式攀登，大规模运输物资、修路，步步为营，反复适应，积累的经验也是这种登山模式的。但五一时间短，一般采取阿尔卑斯式，这种登山方式对队员们来说是比较陌生的。这需要整个队伍在登山安排上有较大的灵活性，对队员的个人能力相对要求也比较高。

4. 登山队集训：2005 年 4 月 25 日成立北京大学飘柔登山队，随即进行一个月的集训，主要在体能、登山技术、医药知识等方面对队员进行培训。体能训练由王伟负责，训练重点为负重和长跑，特别是加大长跑方面的训练，增强队员的耐力和极限状态下的忍受力；登山技术方面的培训由攀登队长单丹主持，采取讲座和岩壁实际操作相结合的方式；医药方面的培训由队医魏宏、欧阳邹瑾负责，针对高原反应的原理、预防以及高原病举办专门讲座。此外，团队建设也是集训中的重要内容，主要是在平时训练以及每周聚会上加强队员间的沟通和了解。2005 年没有安排专门的拓展项目，建议以后可以适当安排一些。

四、关于登山审批

基本上延续前两年的模式，分为三个层面的审批：

家长层面的审批：队员登山必须得到家长允许。取得家长同意主要靠队员平时和家里沟通。一是要尽量给他们寄一些登山计划的材料过去，让父母了解登山队的基本情况，知道登山的定位是什么，在安全方面有哪些措施。父母最担心的就是安全问题，必须在这一点上和父母达成共识。二是不要闹情绪，而要晓之以理、动之以情。登山队队长也有义务和队员家长沟通，给他们一些关于本次登山筹备情况的客观介绍，比如刘波和好几位队员家长通过电话，进行了深入交流，特别是跟欧阳邹瑾的母亲有过深入交谈，知道家长主要有两个方面的担忧：一是安全；二是登山会不会影响学业。

学校层面的审批：这是审批过程中最为重要的一环，也是需要做大量工作的一环。学校层面审批分为两个方面。一是院系方，院系党委意见最为重要。取得院系同意的基本条件就是家长同意且学习成绩不算很差。有的学院根本不让去，2005年最大的遗憾是王奎所在的生命科学学院不同意。二是团委。团委批准的条件是各种登山材料齐全，具体包括攀登计划、攀登可行性报告、指导老师意见、登山答辩会专家意见、教练和向导的证明、队员家长同意书、院系同意书、个人保证书、体检合格表、保险证明，等等。其中最重要的是召开登山答辩会，邀请登山协会专家和学校领导出席，对登山各项筹备情况和可行性进行论证。北大登山队从2003年开始举行登山答辩会，已有一定模式，但是每一次都应认真准备，通过登山答辩会来检查自己各项工作的筹备情况，如果登山答辩会比较成功，以后学校的审批也就比较容易。另外，在整个申请过程中，队长要及时和团委老师沟通，保持密切联系。比如欧阳邹瑾，没有年满18岁，院系不同意去，但通过和团委老师沟通，最终学校同意她去。倘若平时和学校团委沟通不好，出现这种情况就很难办。

登协方面的审批：一般来讲，只要学校同意，保险证明、体检证明等文件齐全，登协会同意进山。2005年登山事故频繁，登协比较谨慎，如果山峰难度较大，获得批准就比较困难。另外，平时要积极保持与中国登山协会、西藏登山协会、西藏登山队、西藏登山学校的联系，2005年做得比较好的一件事，是4月聘请了中国登山协会王勇峰队长、李舒平老师，老一辈登山家崔之久、潘文石为山鹰社长期的社团顾问，这加强了北大登山队与他们的联系。

五、关于队伍组织

2005年登山队由17名队员（3名女队员）、3名教练组成。17名队员中11名有过雪山经验，6名新队员参加过天仙瀑和小五台冬训。3

名教练分别是西藏登山队达琼老师、西藏登山学校学员阿旺和多吉。全队设队长、攀登队长、后勤队长各一名，三名队长组成全队的领导核心。决策上，先由三名队长商议，拟定初步方案，然后所有队员开会讨论，进行适当修正。前几年山上开会，一般只是老队员讨论，2005年则让所有新队员参与讨论。这样既可以让新队员熟悉山上的决策模式，以便在来年组织登山时心中有数，另外也可以照顾各个队员的想法和状态，做到决策和安排比较人性化。刘波认为在登山过程中让新队员尽量多地参与讨论，让尽量多的队员拥有知情权，是比较好的模式。

追梦少年：五一半脊行

5月8日中午，北大山鹰社半脊峰登山队八名队员安然返回。经过雪山阳光的洗礼，8个男子汉的肤色黑了不少，有不同程度的晒伤，但略显疲惫的脸庞掩盖不了胜利的喜悦，8张年轻的面孔有着始终如一的自信。

本次攀登半脊峰开创了山鹰社五一假期登山先例，是基于山鹰社普及登山活动新理念所做的一次新探索。半脊峰，海拔5430米，位于四川省阿坝藏族羌族自治州理县毕棚沟旅游风景区深处，距离四川省会成都250余公里。

4月29日，8名队员告别南门的张张笑脸，坐火车离开北京。这8名队员是队长兼摄像王伟，后勤队长肖忠民，攀登队长兼装备、摄影徐勇，队医纪明，财务邱一洲，通信刘波，队记陈旭东，小白兔[1]吴起全。

---

1 登山队里专门负责扫尾查漏的人。

纪明还没有从电子线路和半导体物理的迷乱泥潭中解脱出来，第一次登山之旅就已悄然来临。他自认为是追梦的少年，是跟着七个兄弟一起去追梦，梦在雪山。

30日，大家起得都很晚，伸展一下被训练摧残过的酸痛的肌肉，感觉更加酸痛。纪明麻木地坐在位子上，听着徐勇的mp3，任火车穿梭于蜀地十八弯山路。窗外风景独好，这是他第一次欣赏南方的山水。

到达成都，迎接他们的是绵绵细雨和举着写有"山鹰"二字的大招牌的大黄的爸爸。登山队在大黄父母所在的成都416医院招待所安顿下来。大黄的爸爸妈妈请吃正宗四川火锅。饭后在成都补充物资，为进山做准备。纪明给爷爷打电话报平安，他又和徐勇、肖忠民给次日过生日的两位寿星买了蛋糕。

5月1日一大早，8名队员坐着医院的救护车一路无阻开到茶店子客运站，转乘长途客车开往理县。途中经过美丽的青城山市，看到巨大无比的江坝，一路蜿蜒曲折，路边青山峻挺巍峨，连绵成片，山体滑坡和泥石流痕迹清晰可见。

到了理县，纪明主动要求帮助肖忠民去讨水，但两人都不会当地方言。餐馆老板一篇激情洋溢的四川话讲演让他们苦笑着掉头溜掉。联系好车，开赴毕棚沟风景区。纪明、肖忠民、徐勇和陈旭东坐在卡车后斗上。一路爬坡，海拔上升很快，气温渐渐转低。雪山就在这时渐渐露出真容，美丽而威严。纪明心潮澎湃，看着那皑皑白雪，高耸之巅，没有征服的欲望与冲动，只觉得可远观而不可亵玩焉。

到达上海子BC（海拔3600米），好多队伍在这里聚集，热闹非凡。在这里的餐馆点菜吃晚饭，贵得要命，米饭特别硬，因为海拔比较高，米都煮不熟。饭后他们到旁边森林散步适应。天黑了，8个人在本营大厅给两位寿星——王伟和邱一洲过生日。生日烛光明亮而有生气。

2日，早饭过后钻进森林。雨林繁茂潮湿，地上湿滑泥泞。纪明前几步走得歪歪扭扭，磕磕绊绊，作为队医的他不得不让吴起全帮着抱大氧气袋，有点过意不去。道路曲曲扭扭，他们沿着红色的路标走，越走越累。

到一休息地，纪明就倒地坐下，不想再起来。另外一支队伍也上来，其中一个叫阿素的向导颇有经验地提醒他们加衣服，不要坐在雪上。还有山鹰社早期登山队员曾山，笑呵呵地拿着他的 DV 拍队员们，还念叨"nice，nice"。一位不知道名字的小伙子给纪明一片口香糖。纪明只是大口喘粗气，尽量放松休息酸累的腿，已经没有能量再去感动。

再走上去，是大片的陡草坡。每迈出一步，大腿都会感觉到酸痛和疲劳，纪明只好走走停停，任前面队友身影渐远，任后面山友脚步渐近，甚至每走一步心里都冒出一个声音："我快不行了。"他在草坡上拖着疲惫的身躯艰难地挪动，吴起全在旁边一个劲儿地鼓励：坚持一下就到……如果在一般的野外，这种情况一咬牙也就挺过去，而此时纪明连咬牙的劲儿都使不上。好不容易翻过一个草坡，到上面一看，前面还有一个大草坡，纪明的精神立刻到了崩溃的边缘。他很钦佩走在前面的王伟、邱一洲等人，还有肖忠民，他们表现得很是坚韧。

此时陈旭东开始有高原反应，纪明作为队医感到一阵恐慌，但也无计可施。陈旭东说他要慢点走以便适应，正好陪着纪明和吴起全一起走，3 人在后面蠕行。

走到土路尽头，已经看到雪地上的脚印，3 个人休息一下。吴起全也开始出现反应。纪明慌了，只能倒水递东西，让他尽量舒服点儿。吴起全休息一阵略感好些，又踏上征程。

雪路好走一些，前面的人已踩出脚印。翻过一个小缓坡，眼前突然一亮——那不就是 C1 吗？纪明拖着已经没有知觉的身躯走过去，看到队友和已经搭建好的帐篷营地。

C1（海拔 4500 米）是一个大平台，背靠巨大的雪坡，前方山峦迭起。纪明喜欢在 C1 看风景。

趁着天还没黑，8 个人分组练习修路。刘波组的吴起全和王伟有些不适，在一旁学习，只剩下刘波教纪明。刘波其实也有一点反应，但不重，自己挺过来了。纪明在刘波的指导下实际操作一遍修路。在上升过程中的某一时刻，纪明一脚下去，好深，再动动脚趾头，没踩到底。是裂缝！纪明惊出一身冷汗，幸好雪比较厚，另一只脚还在上面，他费了九牛二虎之力爬起来，继续小心翼翼往上走。刘波似乎没什么反应，不愧见过大世面。修好路下来的途中又上演一出裂缝续集，不过这次无惊无险。纪明本以为自己的两次裂缝经历可以引以为豪，没想到肖忠民他们掉裂缝的次数都数不过来。

回到帐内，烧水做饭。纪明感到脑袋里隐隐作痛，就像里面绷了一根弦，那根弦被人乱拨。王伟反应也很严重，已经倒下，大家不停地跟他说话，防止他睡过去。吴起全也晕晕乎乎的。只有刘波还算好，不停地忙里忙外。高山帐里只有 4 个男人，但还是充满家的温馨。王伟躺得够久，被叫起来，一起聊天。谁知王伟竟提出一个煽情版建议，让其他 3 人对他来一番真实真诚真切的评价。话题又转到山鹰社的未来和发展，俨然把学校里那一套会议谈话模式搬到海拔 4500 米 C1 营地。

不久王伟因反应而倒下。3 人跟隔壁帐篷扯皮聊天。纪明头痛，躺在睡袋里，不知自己是清醒还是迷糊，只是兴奋而疯狂地说话，以至于大家给他起了一个"兴奋纪"的外号。

3日早上，纪明不知几点醒来，奇渴无比，钢瓶里没水，倒下小睡，潜意识里希望有位大侠能起来烧点水。被渴醒，再带着希望倒下，又被渴醒……终于忍不住自己烧水。但火柴太湿，帐内氧气又不够，两个打火机，两只手同时转着火轮，就是点不着。也不知过了多久，吴起全起来帮他。折腾好一阵子，终于打着火。

王伟状况不是很乐观，纪明和吴起全也有些反应。刘波组就被留在C1再适应一天。徐勇组还好，只有陈旭东有轻微反应，决定上C2。看着他们4个收拾东西，纪明的心里并不平静，一种想上的冲动折磨着他。望着雪坡上的4个黑点，纪明为他们祝福，心里也涌起一股力量焰——要战胜反应，爬上去。

留下的刘波组4个人休整一段时间，开始空身上升适应，在C1到C2的那个大雪坡上。刘波一马当先走在前面，纪明随之，每当头疼便咬牙适应，算是坚持下来了。后面不远处，吴起全和王伟按自己的节奏走。每两个路线旗一休息，走了一个多小时，上升将近200米。他们均感觉良好。下到营地，下午在C1下面的一个雪坡进行技术训练。恰巧另一支队伍也在讲解技术，教练就是曾山。

曾山曾是山鹰社1991年慕士塔格登山队一员，现在刃脊俱乐部当教练。作为"老前辈"，他对4人关心有加。4人跟着蹭课，听他讲解滑坠制动技术和设置雪坡保护站。王伟又出现严重反应，先行回营地休息。纪明、刘波、吴起全跟曾山学技术，结组行军回营地，这也是训练。

王伟得到曾山这支队伍中有经验的山友的照顾。他们用先进的仪器给王伟检查身体，排除高原肺水肿嫌疑，3个人松一口气，也顺便用那仪器检查一下，都正常。

傍晚，天气晴好，舒适宜人。夕阳洒满半脊，格外美丽。4个人坐在帐篷外，唱起歌谣。纪明突然想起 Beyond 拍的那个在冰天雪地里弹唱的 MTV，觉得特有感觉。情随境生，曲亦动人。

刘波组 4 人也和曾山那支队伍联谊，坐在一块大石头上一起吃、聊，沐浴金色夕阳，陶醉于眼前的壮美。不需要任何黏合剂，雪山的磁性把人们吸引在一起，这就是一种 nature power 吧。

4 日，要上 C2，刘波组 4 人早早起来，马不停蹄地收拾帐篷营地。纪明和吴起全略有好转。王伟还是有反应，但他执意要上。雪比较硬，路已经基本被踩出来，只要上台阶就成，走起来很舒服，负重爬升居然比前一天空身还快。王伟走走停停，不断适应，甚至不时鼓励纪明。雪坡太长，从下面看不觉得多难，走起来却一直走不到头。

成功地挺过最后一段陡坡，眼前豁然开朗，C2（海拔 5000 米）到了。4 个人精神振奋地走到帐篷前一看，却是空的。那帮家伙们冲顶兼训练还没有回来。想象中胜利会师的拥抱场面破灭。他们的反应似乎有些加重，于是搭帐篷建营。纪明这才真正体会到高山上劳作的艰辛与痛苦。

不久看到从上面下来的生龙活虎的肖忠民。A 组 4 人都下来了，脸上写满兴奋与幸福，他们登顶了，还是沿着一条别人没有走过的颇有难度的路线。8 个人重聚在海拔 5000 米，一天不见已生想念。沐浴在温暖的夕阳中，听他们讲在峰顶拍裸照的浪漫事，纪明不由得开始想象自己在顶峰将是什么样子。

5 日，天还没有亮，纪明、吴起全、刘波已经起来。王伟还在反应中熟睡，喘着粗气。他能坚持上到 C2 已经很不容易，表示放弃登顶。

黑幕笼罩下的海拔 5000 米有些寒冷，纪明一边打着哆嗦，一边穿自己的技术装备。天蒙蒙亮，峰顶方向什么也看不清。晨雾像铺盖一般笼着半脊，让肃穆的雪山更加威严神秘。纪明甚至感觉到一丝恐怖。

夜里的大雪把路全都遮掩了，路线旗在大雾中时隐时现。刘波开路，路漫漫，只有一个一个路线旗告诉他们是在前行。到一个陡坡底下开始有路线绳，这可是个好东西，架上上升器，心安好多。先是一段厚厚的雪，一脚踩下去齐膝盖深；不久雪层开始薄了，冰层渐露。他们一手紧握上升器，另一只手挥着大冰镐，两只脚德式交替上升，冬训的一套东西派上了用场。同样的一套东西，在海拔500米操作和在海拔5000米操作真不一样。

上升，上升，上升，梦想不会从顶峰跌落，只有自己去争取，直到阳光打出一道水平的亮线。他们从阴影区走进阳光，也就登顶了。顶峰（海拔5430米）不算大，三面都有危险的雪檐，下面是峭壁，只能在一个较小的范围里活动。前边峻峭险拔的5414峰岿然而立，一面险绝的峭壁展示着她的威严不可侵犯；左边壮美秀丽的幺妹峰在云雾中若隐若现，犹抱琵琶半遮面，更显神秘动人；四处都是雪峰，他们似站在天之巅，一览众山小。

纪明激动得晕头转向，一时不知该做点什么、说点什么。风吹醒他的大脑，也吹来浪漫的灵感，在那片平整的雪上，他用大冰镐歪歪扭扭划出2005年桑丹康桑登山队队友的名字。

曾山的队伍也上来了，两队一起分享这份兴奋与激动。纪明还兴奋地唱了一曲《海阔天空》，不过不敢高声唱，恐惊天上人。

下撤到C2，更加轻松愉快。咦？C2只剩一顶帐篷了。徐勇、邱一洲、陈旭东和王伟已先行撤回本营，留下肖忠民接应。C2到C1，上来需要耗费五六个小时的巨大雪坡此时已经变成长长的滑梯，一路下滑到底只用半个多小时，前提是制动技术过关。

C1到本营，刘波另辟蹊径，踩着雪沿正常路线旁边的一条山脊下撤，纪明跟着，结果走到悬崖上傻眼，无奈地横切回正规路线上。这一段不到 50 米的横切让纪明崩溃——松雪、流水、锈岩、枯木、棘枝、烂泥、湿草……一切都让他感到恐惧和慌张。在那里，纪明还制造了一场小型流雪，每一步都走得格外小心翼翼。终于踏上相对安全的路线，腿还打着战。到了最后，他感觉恍惚，脚也踩不稳，几次险些在密林间跌破头。也不知是怎么熬过来的，到最后一只手拿镐都拿不动。进到 BC 的第一感觉，是身上最后一丝蛋白质也被消耗光了。

夜晚来临，全队摸黑坐车回理县，从海拔 5430 米的地方一口气下降到海拔几百米。车窗外庞大的山体显出一点阴森。

披着霞衣的仙女

经过五一的半脊雪山训练和登山队的集训，暑期攀登活动正式开始。

7 月 7 日早上，桑丹康桑峰登山队从拉萨出发。沿青藏公路向那曲方向开，约 4 个小时到达下公路处，有"卓玛圣谷生态旅游度假村"招牌，沿土路前行大约 10 分钟转向北上草甸，再开大约一小时就到达过渡营地（GPS 测量海拔 4800 米），终于到达桑丹康桑山脚下。大家合力搭建炊事帐篷和本营帐篷。牦牛在附近的空地上悠闲地休憩吃草。藏族牧民看着队员们做这做那，对登山队各种器械都很好奇。

单丹展露厨艺，做了土豆炖牛肉、韭菜炒鸡蛋、炒头菜，很赞。吃完饭，大家四处走走，积极适应。

21 点多，天色仍然明亮，晚霞被夕阳映照得异常美丽，天地辽阔，这种景色只有在身临其境才可体味。

8 日上午全体队员空身侦察适应至传统前进营地（海拔 5200 米），

时间两个半小时，途中观察确定 BC 位置——一片河滩，海拔 5050 米，从过渡营地过去大约需一小时，到传统本营（以往做大本营的地方）大约半小时。下午为方便牦牛运输，整理物资打包。

早晨是纪明和刘波负责早饭，纪明 6 点 30 分便起床，得以看到那时异常美丽的桑丹康桑，朝阳将其身后的云霞染成橙红色，是一大片一大片鳞片状云霞。

8 点出发，预定行进至 10 点 30 分作为适应性训练，向导多吉带领大家走得很慢，单丹始终跟在他后面，纪明提着录音机时而在队伍前面，时而在队伍中间。听着录音机中高亢嘹亮的藏歌，看着桑丹康桑就在面前，似在召唤，感觉自己内心都辽阔起来。

12 点 15 分开始，大家陆续返回，有些人很疲惫，就在本营帐篷睡觉，一部分人做饭。

下午，后勤整理打包，准备第二天前往桑丹康桑 BC。

单丹跟随向导多吉考察了 BC 位置，决定不把营地设置在 5236 米处，而是设置在比其海拔略低的一个草滩上，一方面海拔较低，有利于队员适应；另一方面，传统 BC 地形类似于启孜 BC，像个采石场，队员心情会受影响。

晚上开会，每个队员照常汇报个人身体状况以及这次适应性训练过程中的感受，有 4 个人出现感冒，有几个人出现头晕头痛。队医提出预防感冒措施：按摩、用手搓颈后部。高原感冒很多时候不是病毒性感冒，而是由于昼夜温差大，个人不注意造成的。

分组名单也出来了，次日上午去本营 12 人（阿旺、达琼、单丹、吴起全、魏宏、印海友、肖忠民、王志辉、纪明、欧阳邹瑾、邱一洲、赵鲜梅），下午去本营 5 人（多吉、刘波、徐勇、郭长城、王伟、李艾桐），阿旺和单丹先行，其余人跟在牦牛后面走。

9日，早饭过后，队员们出发。不久便到达BC。休息片刻便劳作起来，搭帐篷，搬东西，建炉灶，搭菜棚……不多时，BC建成。

印海友和王志辉主动申请做午饭，可惜想象中的面条最终只是一大锅面糊糊，大家苦着脸吃掉。

下午，吴起全带领后勤分装行动食和高山食，流水线作业。

晚上开会，确定次日后勤挖水源、挖厕所、挖垃圾坑、装高山食行动食；装备人员整理东西。又讨论了本营选址问题，安排如下：11日，A组上临时营地，B组运输物资至冰川末端；12日，A组往上修路，建立C1,B组运输C1物资，并到达临时营地；13日，A组修一段路后下撤，B组上C1；14日，B组修路至C2并下撤；15日，全队休整。

原计划建三个营地（临时营地、C1、C2），后来只建立海拔5500米和海拔6000米的两个，前者为C1，后者为C2。

10日除了早起要做饭的欧阳邹瑾和邱一洲、吴起全，其他人都睡到9点。早餐的稀饭里有花生和蜜饯，吴起全还给每个人做了煎蛋。

起床后大家开始忙碌起来，建厕所、挖垃圾坑、寻找合适的水源。

午饭是刘波做的手抓饭，据说是跟唐元新学的，他还做了尖椒炒肉，李艾桐和邱一洲、吴起全合作做了南瓜饼。吴起全、邱一洲还展示了他们的抢勺技法。纪明做的菜是炝黄瓜，他第一次做菜，连火都没点，直接凉拌了。

15点开会，大家的个人状态都很好。单丹讲了训练内容：C1之前主要练习滑坠制动，之后主要练习修路结组。

分组是：A1组，单丹、邱一洲、肖忠民和印海友；A2组，徐勇、赵鲜梅、魏宏和王志辉；B1组，吴起全、纪明、李艾桐和郭长城；B2组，刘波、欧阳邹瑾和王伟。次日 A 组需 6 点 30 分起床，7 点 30 分出发；B 组 7 点起床，8 点出发。然后大家检查装备，装包。

11 日，A 组 7 点 30 分出发，B 组 8 点出发。看着整装待发的 A 组，李艾桐有点羡慕，也有点说不上的感觉，毕竟 A 组上雪线将面对一些未知的情况。吴起全不忘在最后加一句"注意安全啊，兄弟们"，并且特意嘱咐徐勇："这回要带队了，可要注意啊。"

本来是 A 组提前出发，但他们背得太重，结果被 B 组超过。看到冰川末端，B 组都有些激动。A 组需要 B 组支援运输。纪明、王伟、吴起全、刘波得上雪线，到达 C1；B 组其余人，李艾桐、欧阳邹瑾、郭长城返回本营。

本营的阿旺已经把饭做好，有蛋炒饭、花菜、木耳、胡萝卜丁。大家都十分疲劳，看着那些菜口水直流，可真盛在碗里，却没有吃的力气。

少了 A 组的人，本营有点冷清，但是还可以在本营懒散一天，吃自己想吃的菜。

当日 A 组建立 C1（海拔 5535 米），B 组运输修路物资至 C1，个人装备至冰川末端（5400 米）后撤回本营。

下午徐勇、肖忠民、达琼向 C2 修路侦察，修路 200 米，预计仍需修 600 米。

本营到 C1 约需 4.5 小时（上午 7 点 30 分出发，12 点到），这一趟其实走了弯路，后来沿河谷走只用 3 小时。C1 到 C2，预计 2.5 小时。

C2 处于裂缝区

7 月 12 日，A 组 8 点 30 分出发，途中发现地形变化极大，由于近期无大的降雪，原本的裂缝全部显露出来，变成一个大的裂缝区，主要以明裂缝为主，但都极宽，很多需要有梯子才能通过。登山队没有梯子，只能在裂缝区里找路，6小时后建立C2（海拔5970米）。营地周围都是暗裂缝，雪又非常软，极容易掉入裂缝中，遂取消原定的探路计划，在帐篷里休整。天晴后，用望远镜观察，原定新路线东山脊靠近顶峰附近冰挂极多，如果在下面修路，很容易造成扰动，使冰挂坠落伤人。和达琼老师商量后决定走2000年藏队老师建议的另一条路线。肖忠民、单丹、邱一洲、达琼老师承担修路任务，修路350米。

B组，负责早饭的刘波起晚了，集体晚起半个小时。吃完早饭，出发。经历痛苦的碎石坡，到达冰川末端，比前一天提前20分钟，重新装包，穿上雪套冰爪，踏上冰川。

李艾桐是第一次接触冰川，感觉很怪异，刚开始有点不知如何掌握节奏，后来发现冰面为水冰，只要把脚放在上面，无须用力踩踏，即可抓紧冰面，很轻松。

到达C1看到两顶可爱的黄色帐篷，短暂休整，整理帐篷，之后开始训练。

B组吴起全教冰坡修路、结组、保护点设置以及冰壁撤绳的步骤，他很负责。刘波、郭长城、阿旺则运输帐篷、部分修路物资至C2。刘波、郭长城、赵鲜梅下撤至C1，阿旺留守C2。

等刘波他们回来，训练任务也已完成，然后李艾桐、纪明、吴起全、郭长城回到帐篷吃饭进行文化建设，23点30分睡去。

晚上商量决定次日一早阿旺、达琼、徐勇、邱一洲侦察通往传统路线山脊的道路，A组其余队员下撤回本营。

13日，早晨B组6点30分起床，向C2挺进。上了几个长坡，开始遇到小的冰裂缝，随着不断接近 C2，冰裂缝宽度也在增大。

C2 处于裂缝区，大部分为暗裂缝，吴起全决定下午不再训练。刘波跟单丹商定，如果第二天一早修路可以到顶，则让 B 组其余人沿路线绳一起登顶，于是要求 B 组早晨 3 点起床。本来第一阶段是技术培训，并没有登顶准备，而且能否登顶也不确定，不过大家也不多想，跟着走就是。

A 组徐勇、邱一洲、阿旺、达琼修路 200 米至山脊下（海拔 6200 米），其余人下撤回本营，后邱一洲、阿旺、达琼也下撤，徐勇留守 C2。B 组上至 C2。多吉从本营上至 C2。

14 日，早晨 3 点，C2 被闹钟吵醒，队员们抓紧时间收拾穿装备，顶着满天的繁星，刘波、吴起全、徐勇、多吉在前面修路，李艾桐、纪明、王伟、鲜梅、欧阳邹瑾、郭长城结组走在后边。一开始结组走，后来有了路绳就用上升器上，漫长的陡坡用头灯照不到头。没有路绳，就沿脚印走，终于看到修路的四人，回望，朝阳初升，一边云霞漫飞，一边是壮观的陡崖。

通往顶峰的大坡很陡，且发现了裂缝，临时决定 B 组不上，止步6200 米。B 组 7 点 15 分开始下撤，回撤过程缓慢，但还算顺利。回到帐篷，6 个人都极度疲惫，一边观察着 A 组 4 个人向桑丹康桑顶爬去的身影，一边在帐篷内横七竖八睡起觉来。

过了 9 点，单丹和刘波沟通，预计的时间不够修完路，刘波提出继续修路，单丹同意。刘波、徐勇、吴起全、多吉修路 250 米至东南山脊。路绳不够，采取结组绳方式于 10 点 55 分登顶。

10 点路绳修完，刘波未和另外两位队员沟通，通知单丹准备下撤，但后来上面 4 个人又商定准备继续冲顶，由于对讲机没电，无法及时与卜面沟通，导致 BC 队员都以为他们已下撤，准备午饭去了。10 点 55

分传来他们登顶消息，本营又重新开始准备接应。

在C2的6人听到对讲机中传来刘波、吴起全、徐勇、多吉登顶的消息，短暂的兴奋后，等待他们下撤。14点左右4个人平安撤回营地。

跟BC的单丹联系，单丹同意六人先行下撤，刘波等登顶4人可在C2休息后再下撤。

先撤回C2的是刘波，接着是徐勇，两人都显得很疲倦，然后是多吉和吴起全。多吉似乎还可以，吴起全已经筋疲力竭，钻到帐篷里，连鞋都没脱，就倒下。徐勇都没休息，先于先下撤的B组六人下到BC。后来其他人也陆续到达BC。

这时牟治平、陈旭东、侯洁、霍光四人已到达本营，登山队队员全部团聚。

晚上开会，总结第一阶段训练，对冲顶时间展开讨论，强调存在的问题，大致安排下阶段计划。

本次登顶是三驾马车事前沟通好并询问教练意见后作出的决定，并不是三个队员擅自决定的。在事后的全体会议中，大家很快就达成共识：

关于关门时间。3名队员确实超过预定关门时间，他们也承认了错误，作出检讨。根据他们的实际攀登经验，发现要在12点前通过大坡下的平台，须在11点前下撤。为保证时间充裕，明确后面三组的关门时间分别为10点、10点、10点30分。

关于新队员传承。在山鹰社登山活动中，基本上是以老带新，登顶也会带上一名新队员，但这次登顶，三名老队员把所有新队员留在C2的做法值得商榷。

关于接应。这次登顶另一个潜在的危机在于接应力量不足。留在C2的队伍只有赵鲜梅和王伟两名老队员，其余都是新队员。一旦上面队伍出事，C2 的队伍根本不足以接应。作为攀登队长，单丹没有立刻意识到这点并采取措施，为此作了检讨。

关于通信和交流。由于对讲机电池原因，在顶峰对讲机不能一直保持开机，使得 BC 和顶峰交流不畅，比如刘波改变计划冲顶，不能及时通知本营，本营的人忙着做饭，没人及时应对突发事件。很早就强调过，在山上一般是整点前后十分钟通话，通过危险地形和冲顶过程中要保持全程开机，以后的队长、攀登队长、通信和老队员应注意。

15 日，10 点，陈旭东、牟治平上 C1 适应。到顶峰全程修路还需要400 米路绳，肖忠民、单丹、邱一洲把本营所有干绳、国产绿绳背上山，替换质量较轻的白绳，共换绳 300 米，这样 C2 共有在北京购的白绳 400米和在拉萨购的 100 米，能满足冲顶需要。

其他队员休整，有的在帐篷里睡觉、打牌、下棋、看陈旭东带来的电脑里的电影；其余人在炊事帐里聊天、跟多吉学歌。

晚上分组，确定后一阶段计划：

16 日：A 组上 C2。

17 日：A 组（刘波、吴起全、纪明、肖忠民、欧阳邹瑾）修路，其中欧阳邹瑾留守 C2，其余人修路后留守 C2 接应 B 组，直至 B 组第二天修路结束安全撤回 C2。B 组上至 C2。

18 日：B 组（徐勇、陈旭东、印海友、赵鲜梅、李艾桐）修路，其中李艾桐留守，其余人修路后留守 C2 接应 C 组，直至 C 组第二天登顶结束安全撤回 C2。A 组下撤回本营。C 组上至 C2。

19 日：C 组（单丹、牟治平、魏宏、郭长城、王伟、邱一洲）登顶，B、C 两组撤 C1、C2。

每组早上出发时间都为 4 点，关门时间 A、B 组为 10 点，C 为 10 点 30 分。

从 16 日开始每天都有一名教练上到 C2 作为接应，不参加修路或登顶，最后一名教练需在 C2 待两天。

16 日天气突变，一夜的雨雪，吴起全半夜起来拍帐篷上的雪，以免帐篷被压垮。考虑到上山脊前一段的平台正处在大坡下方，前几日在 C2 观察，雨雪稍大，便会出现流雪（经常）甚至雪崩（观察到一次），决定暂不上山，本营休整。

晚上开会，刘波强调休整期间各尽其责。单丹说，如果天气转好，则按原计划冲顶；如果天气不好，则改成训练。

17 日，BC 阴有小雨，队员们继续休整。早晨大家按计划起来升社旗，陈旭东为社歌主唱。升完社旗，大家照个人照。这天一直阴雨蒙蒙。下午在炊事帐里，纪明讲述自己初中的恋爱故事。

晚上开会，询问后勤情况得知，食品只够支撑全队到 24 日，整个登顶计划（大雪后需至少一天时间让雪况稳定）供需最少五天，决定 18 日仍是雨雪天则放弃登顶，仅侦察队伍出发。如果天气持续不好，冲顶计划和训练计划都取消，侦察队伍提前到 20 日出发。

次日科考队将上山，因此人员分三组：一组上山撤营（单丹，王伟，王志辉，郭长城，印海友，牟治平，肖忠民，陈旭东，阿旺）；一组留守本营给科考队做饭（吴起全，邱一洲，赵鲜梅，欧阳邹瑾，魏宏，李艾桐）；刘波、纪明、徐勇、多吉下山接科考队。

BC 会师

7月18日，早晨8点大家被吴起全的一声吼震醒，爬起来的速度比往常都快，吃完早饭，立即按分组行动。陈旭东、牟治平、阿旺、单丹、邱一洲、郭长城、印海友、王伟、肖忠民上至C2，撤C2和路绳。其中单丹、郭长城状态不好，留在C1，其余人把C2撤下来。刘波、徐勇、纪明下山接科考队。

吴起全、魏宏及3个女生留守本营。赵鲜梅把本营帐篷整理一番，睡袋被摞成两摞，吴起全戏称为"新娘床"，炊事帐篷也在李艾桐、吴起全、欧阳邹瑾、邱一洲、魏宏的努力下变得焕然一新。大家打趣地说："可惜科考队看不到我们混乱的样子。"

邱一洲与吴起全大体商定给科考队做的饭菜：冬瓜肉丸汤、土豆、胡萝卜、炖牛肉、素炒茄子、拌苦瓜等。本来还有吴起全的炸排骨，但毕竟是高原，失败了。

他们正在积极准备中，对讲机中传来兴奋的声音，队员们赶忙冲出炊事帐，与陆陆续续到来的科考队队员拥抱、献哈达，并给科考队献上事先准备好的炒花生、可乐、罐头，然后炊事帐里紧锣密鼓做饭。

天下起雨，科考队吃完饭，雨更加紧密，纪明、魏宏、刘波和多吉上山接应。大雨倾盆而下，上山的那批人一个个落汤鸡一样回来，大家忙着递板蓝根、递饭。

登山队开会决定侦察的人员，A组是徐勇、吴起全、纪明和印海友，B组是邱一洲、王伟、魏宏和王志辉，另外还有达琼老师。然后，回帐篷，登山队和科考队联欢。

联欢结束，休息。本营帐的睡位有限，白天从C1、C2带下来的睡袋都被淋湿，有几个人睡到了炊事帐篷，陈旭东、霍光、单丹、郭长城没地方睡，就通宵玩扑克。

19日，早晨，科考队部分队员上山去看冰川末端，侦察队员积极准备下午出发。

向导阿旺和多吉由于尼玛学校在20日另有安排，必须下午下山。牟治平要去启孜峰，忙着给大家补拍个人照。

帐篷前堆满晾晒的帐篷和防潮垫，一片劳作的混乱景象。吃完午饭很久，队伍才下山。天色阴沉得厉害，淅淅沥沥几个雨点后就大雨倾盆，但很快又雨过天晴。炊事、本营、装备各大帐篷都被整顿一番，睡袋也拿出来重新翻晒，赵鲜梅还趁机洗了头。制订好万一下雨如何抢收睡袋的预案，5个男生开始四国游戏。

晚饭是李艾桐和赵鲜梅主厨，陈旭东和郭长城打下手。按照单丹的说法，女人主厨的结果是全素，几个男人决定从次日开始做饭，也就是做肉。

20日，休整，整理本营，过"捕风捉影"的日子。中午单丹做五香牛肉，并创意做拔丝菠萝，在没有白糖的情况下，以蒸馏罐头汁代替糖汁。大口吃着五香牛肉，大口喝着雪碧，采用这样豪爽吃法的就是"女土匪"——赵鲜梅。

接近傍晚时分，赵鲜梅拿着一白一蓝两条哈达，想去距营地不远的玛尼堆祭山神。结果，最后聚了一群人（陈旭东、肖忠民、郭长城、欧阳邹瑾）。一行5人扛着两面红旗——山鹰社社旗和登山队队旗浩浩荡荡出发。

晚上天气出奇的好，又可以看到桑丹康桑清晰的轮廓。好的天气周期开始，可惜他们就要走了。

21 日，天色又阴沉起来。刘波、欧阳邹瑾守营，单丹、肖忠民、赵鲜梅、李艾桐、陈旭东、郭长城 6 人 9 点上山，上 C1 收帐篷，从冰川末端取回技术装备。下午雨一阵，风一阵。上一次山，大家都较累，大部分队员憋在本营帐篷睡觉。队长破例同意熬夜。

22 日，天色仍然阴沉，大家起得特别晚，一直睡到 10 点，才抓紧时间收拾装备，打包，收拾垃圾，分类焚烧。把几大包的高山食（方便面和粉丝）送给藏族牧民。忙碌了一天，晚上刘波给大家做五菜一汤。

23 日早晨 7 点，刘波站在帐篷入口，一声怒吼"起来啦"，把大家从甜美的梦中震醒。但天公不作美，打好包，准备正式下撤，又下起很大的雹子：雨夹雹子。等登山队下撤到原来的临时营地，天空蔚蓝。装包上车，一切混乱画上句号。

"侦察马帮"：冷琼山谷

7 月 19 日，上午整理好装备、后勤等物品，中午在桑峰吃完最后一顿丰盛大餐，侦察队 9 人（包括达琼老师）背上沉重的行囊踏上新的征程。

他们先借科考队的车到达公路，在公路上屡屡拦路搭车未果。后拦下一辆小车，不足以装下 9 人 12 个大包。邱一洲、吴起全先行，乘小车去当雄找大车，谁知随后其他人遇上一辆直达羊八井的大巴，真是造化弄人。在当雄接上邱一洲、吴起全后，几个人顺利抵达羊八井，住在羊八井兵站招待所。

20 日上午徐勇和吴起全去联系车，其余人在招待所休息。11 点 30 分，找到一辆丰田小卡，司机师傅系四川人氏。大雨瓢泼，他竟不可思议地把人和包全塞进车，一路劈风斩雨，哪管崎岖，何惧泥泞，勇往直前。经过羊径雪村，在23号路标前方拐进小路，辗转到达亚多乡7村，即侦察队当天的目的地。

13点30分，在半山腰搭好帐篷。坐在山坡上抬眼望去，最外围是纯美的蓝天白云，中间是三面环绕的巍峨青山，再往里就是一片平坦的绿色原野，几座青灰色古朴的小村落点缀其间；前方还有一脉横向的石头山，俨然一座石门岿然傲立。色彩鲜艳，层次分明，这里简直就是一幅自然伟力的杰作。几匹马儿草间悠闲，成堆羊群山坡漫步，鼠兔在洞间来回穿梭，鸟儿在丛中轻飞，阳光飒飒，风儿轻轻，白云流流，炊烟袅袅……

21日早上，他们好几次醒来，听见淅沥雨声，便又倒下睡觉，直到11点多才起来，恰好云消雨霁，天气转晴，赶紧拔营装包，大约13点，在两个藏族村民的带领下出发，前往侦察的目的地——冷琼山谷。马是当地村民的主要驮运工具，队员们入乡随俗，绑包上马背，再一人牵一马，"侦察马帮"就这样成立。

山高路远水长。爬草坡，翻山梁，蹚河滩，越碎石，终于来到冷琼山谷。山水间妩媚充盈，沙草里清怡弥漫，牦牛星缀绿原白沙，好一派清幽画卷。

16点到一处马儿过不去的地方，就在那里安营扎寨。两位藏族同胞展示他们生活的潇洒——席地生火煮茶安享。那个皮囊式的鼓风机简易方便，显示了当地人的智慧。这晚静谧温馨，只有小河流水伴大家入睡。

22日早上细雨绵绵，一上午只能坐在帐篷里聊天谈地，没什么聊的，便大眼瞪小眼。雨停，可远处待侦察的山峰依然被云雾笼罩，没办法上去。侦察的生活就是这样，天气不好便只有静静等待。

16点，远处的雾气开始消散。队长徐勇当即决定抓住机会,准备上山。收拾好装备，16点45分，A组4人先行出发。这一路甚是辛苦，两个多小时后接近冰川末端。此处冰川呈阶梯状，破碎险陡。思考对策之际，对讲机里传来达琼老师的声音，说只要翻上对面的大石坡就能看清山况和路线。达琼老师没一起出来，在帐篷里待了40分钟，实在无聊才出来，神不知鬼不觉地就赶了上来。A组费九牛二虎之力爬上石坡，近触那座未知的雪峰。待A组下来时，B组刚好到达。

20点30分两组一起回撤。天已渐黑，路仍是难走。大家终于在黑暗的煎熬中"倒"在营地，已是23点。凭着仅存的一点能力消灭掉还值得一吃的后勤食品，便酣然入睡。

23日9点30分拔营走人。除了脚印，侦察队还留下无数高山食品，造福当地村民。不到两个小时回到亚多乡，天空下起珍珠大小的冰雹颗粒，联系好的司机迟迟未到。他们在冰雨中伫立良久，15点才看到那辆丰田小卡疯狂驶来。上车刚舒一口气，开不到20分钟，车又陷到河里。整个下午便投入抬车活动，使用一切可行的办法，车就是出不来。10个男人居然被这一条小河沟搞得一筹莫展。最后无奈，只能用海事卫星叫来大卡车，然后就是绵绵无期的等待。

21点45分，救命的大卡车驶来，一下子就把丰田拉出来。23点侦察队到羊八井，见到刘波和陈旭东。第二日凌晨1点到拉萨纳金宾馆，见到诸多登山科考队的兄弟们。

2005年桑丹康桑登山队队员名单（年级/院系/职务）

刘波：2002/环境学院/队长
吴起全：2002/外国语学院/后勤队长

单丹：2002/ 法学院 / 攀登队长

牟治平：1999/ 政治学与行政管理系 / 技术指导

陈旭东：2001/ 化学与分子工程学院博 / 技术指导

肖忠民：2002/ 信息科学技术学院 / 前站队长，大厨

王伟：2003/ 外国语学院 / 训练组长，摄像

徐勇：2003/ 国际关系学院 / 装备

邱一洲：2002/ 元培计划实验班

赵鲜梅（女）：2003/ 经济管理学院 / 后勤，前站

李艾桐（女）：2003/ 环境学院 / 队记

欧阳邹瑾（女）：2004/ 力学与工程科学系 / 队医，财务

纪明：2003/ 信息科学技术学院 / 队记，后勤

王志辉：2003/ 医学部 / 摄像，后勤

郭长城：2002/ 环境学院 / 装备，摄影

魏宏：2002/ 物理学院 / 队医，出纳

印海友：2003/ 信息科学技术学院 / 前站，通信

垂直极限
——2006 年博格达

> 博格达让我们看到死亡的讯息，却没有把我们推下死亡的深渊。对博格达，我们感激并敬畏。

尝试技术型山峰

尽管从 2003 年起山鹰社将每年的雪山活动定位于"登山训练"——期望通过训练提升整支队伍的登山技战术水平以及锻炼队员之间的协调指挥与应变能力，不执着于登顶，但每届理事会依然努力穷尽登山训练模式的各种可能，做出自己的创新性探索。2005 年下半年开始物色第二年山峰，决定以三年来山鹰社探索出的成熟稳健的登山训练模式为基础，尝试攀登技术型山峰，丰富社内技术经验，进一步开拓高校学生登山的思路，将目光从西藏转移到大西北，定格在天山山脉的博格达峰。

博格达峰坐落在新疆阜康县境内，是天山山脉东段的著名高峰。"博格达"蒙古语意为"神""灵"，因为主峰博格达峰一年四季冰峰雪岭，如银甲披挂，古代蒙古人敬奉为"神山"，由此而得名。此峰三个峰尖（5445米、5287米、5213米）紧依并立，主峰博格达峰海拔5445米，位于东经88.3度，北纬43.8度，有4条山脊：东北山脊、西南山脊、北山脊、东南山脊。除东北山脊坡度稍缓，其余几条山脊坡度达七八十度，且北山脊是雪崩的多发区。在主峰的东、西，分别排列着7座5000米以上的高峰，60多座4000米以上的高峰。

博格达峰终年冰雪皑皑，山体陡峭，山峰顶部基岩裸露，岩石壁立；峰顶以下为冰川陡谷，地势险要；中部则为冰雪覆盖，常年不化。博格达峰地处亚洲大陆腹地，受西北高空气流的影响，气候特征十分明显。7月气温最高，月平均气温10～12℃。年降水量不超过200毫米，北坡多于南坡，大量降水集中于夏季的7、8月，占全年降水量的三分之二。每年9月下旬至次年5月底为积雪期，不宜进山；6、7、8月是登山活动的最佳时期。

登山界普遍将博格达峰作为高手级攀登的目标。虽然在1980年以前就有英国和苏联登山队前来攀登，中国登山协会也曾在博格达峰建立登山训练营，攀登过周边的山峰，但直到1981年6月9日，日本京都队11人才首次登顶，同时也付出沉重代价，队员白水小姐在通过博峰巨大的扇形冰川时不幸掉入冰缝遇难。1998年8月乌鲁木齐市登山探险协会的王铁男和张东开创了中国人登顶博峰的记录。同年香港登山队3名队员强行夜间登顶，不知所终，两年搜寻未果，成为博格达峰登山史上的一个谜。2000年曹峻、陈峻池、徐晓明和杨春风以阿尔卑斯式登顶。陈峻池后来回忆：那里"挺危险的"。这山对技术的要求非常高，登山技术派徐晓明都说再也不来博格达了。"除了从BC出发的一两个小时内和接近顶峰的20分钟里，没有一分钟不是提心吊胆。冰镐是怎么丢的都不知道。五天里精神受到巨大摧残。"

2005年12月，山鹰社理事会终于完成2006年山峰的选择工作，目标定为博格达。自那时起，登山队老队员便意识到身上的压力："仅就技术而言，这座山达到了这个队伍能力的极限。"选择博格达，主要有四个原因：

1. 山峰的难度与队伍实力相当。经过2003年至2005年的积累，山鹰社有了一批具有相当技术水平的登山队员，能够保证登山活动的安全进行。博格达峰是一座具备相当难度的山峰，其难度在于技术和战术组织，而这两项是北大登山队的强项。在以安全为首要考虑的前提下，在获得充分保障的基础上，登山队能够充分发挥自己的优势，这对登山队的技术和组织是一次很好的检验，同时也是登山队成长难得的机会。

2. 多年来，山鹰社一直把攀登目标定在西藏，而事实证明，西藏绝大部分适合业余登山队伍攀登的山峰，在7月都是雨季，这极大地限制了队伍实力的发挥，也很容易使登山队员陷入由坏天气引起的危险中。博格达峰的攀登季节为6至9月，暑假正好在其攀登季节内。在此期间，好天气的周期非常长，这在很大程度上解决了天气困扰和学生登山队时间限制的问题。

3. 近几年来，有多支队伍成功攀登博格达峰，路线比较成熟，也有了丰富的一手资料，可以根据这些资料做好充分准备，针对攀登难点提前想好应对措施，做到攀登计划具有切实的依据。

4. 博格达峰丰富的冰雪地形和很长的好天气周期，使登山队有更充足的时间和精力完成训练计划，实现训练目标。博格达是难度很大的山峰，路线难度加上变幻莫测的天气因素，对队伍的整体攀登技术、组织能力都是很大的考验。技术上要求队伍中有一定数量具备领攀能力的队员，承担繁重的修路任务，并且每位队员要器械操作熟练，有扎实的冰雪技术。运输、行军、不同组的配合接应应有周密的计划并严格实施。该山峰是训练攀登技术、增长雪山经验、体验攀爬乐趣的一个好去处。

博格达攀登高差近 2000 米，滑坠是可能遇到的最大危险。登山队把战略确定为全程架绳，这种攀登方式虽然很耗时耗力，需要长时间、长距离修路和大规模、大强度的运输，但它能极大地提高安全系数，在大规模队伍攀登中体现出无可比拟的实效性。

总而言之，博格达峰对队伍能力的要求是：三分之二队员有多绳段攀爬的经验；二分之一队员能够领攀；所有队员能够在陡坡上进行器械操作。为此登山队请国家队教练孙斌做了多次培训：6 月 1 日，组织桃源仙谷冰坡冰壁技术训练；6 月 3 日，举办登山理论讲座；6 月 4 日，组织白河大岩壁结组攀爬。

五一期间，出于对山峰技术难度的考虑，7 名登山队老队员去四川半脊峰进行实战演练，分两个结组分别从岩石路线和冰壁路线冲顶，增强了队员的领攀、多段攀爬技术和冰雪岩混合技术，极大地加强了队伍的技术力量。其余队员赴河北小五台进行大强度的模拟行军拉练，一天完成北东山脊穿越，经受住长时间行军考验，在体力、精神和集体行军方面得到极大的锻炼。2005 年把半脊峰攀登作为暑期攀登活动的一个重要准备卓有成效，2006 年依然采取这样的模式，锻炼老队员，加强他们之间的磨合。

离开西藏，转战新疆，与当地登协交流遇到一些麻烦，部分是预计到的，但也有很多是始料未及的。山鹰社自 1999 年攀登克孜色勒后就没有再去过新疆，许多工作都要从头做起。在办理登山许可证的过程中严格按照《国内登山管理办法》提交申请，聘请向导，交纳费用。尽管挫折不少，但最终还是得到登协认可，给山鹰社发放了登山许可证。

登山队于 2006 年 4 月 24 日成立，共 17 名队员：徐勇（队长）、肖忠民（攀登队长）、纪明（后勤队长）、刘明星、魏宏、李兰、董婧、钟志旺、印海友、姜锐、方翔、余彦敏、张焓、王志辉、刘刚、张振华、魏超。其中有雪山经验的队员 8 名，设队长、攀登队长、后勤队长各一名，作为全队决策核心；其他队员分别担当装备、医药、摄影、摄像、队记、通信、财务等职位。队伍成立后开始为期一个月的集训。

针对博格达峰技术难度高的特点，适当减少负重拉练强度和次数，而将更多时间投入野外攀岩和人工岩壁负重攀岩等技术训练中。通过大密度活动如桃源仙谷、天仙瀑、小五台冬训；小五台北东穿越；白河先锋攀爬、大岩壁攀爬；五一半脊峰攀登等，一批老队员技术和经验都有扎实的进步，新队员的技术也有了提高。在 6 月底还去白河爬了一次大岩壁。山鹰社有效的技术传承是每年登山的根本保障。这些表明，只要有足够多的实践和积累，队伍的技术潜力可以在一年之内有效提升。

2006 年 7 月 4 日至 28 日，北京大学联创策源登山队一行 17 人攀登博格达峰，7 月 24 日、25 日分两个批次成功登顶。

白水营地

6 月 30 日，16 点，北大南门口聚集着即将出发的登山、科考队员和前来送行的人们。火车站人很多，尽管还有一个多小时才开车，检票口已经排起长长的人龙，鉴于此形势，纪明安排部分人跟从小红帽先进站，为庞大的行李团打好前站。

还未在车上安顿好，火车就缓缓开动，车上，众人纷纷涌向窗口向朋友们挥手道别,站台上的人们跟着列车奔跑,挥舞着双手。

7月1日,15点30分,列车提前到达兰州站,登山队顺利赶上前往乌鲁木齐的火车。2日16点40分,火车抵达乌鲁木齐,前站诸君和两位藏族向导赶来车站迎接,各路豪杰会师乌市煤炭招待所,一番热闹,一阵欢喜。晚上聚餐,请来王铁男老师和在登山后勤方面经验丰富的甄老师。

3日早上起来,乌市下起淅淅沥沥的小雨,跑步计划取消。9点30分,装备和后勤采购的各小分队分头出发。

装备方面,部分人在刘明星带领下去车站领取托运的行李,并购买一些东西。后勤方面分成三组,一组人在王志辉带领下去菜市场,魏宏和董婧前往超市,纪明和刘刚则随甄老师在乌市几个点采购。后勤采购是一项很有趣的工作,一方面要核对计划上列的各项食品和数量,另一方面要发挥自己的想象力在琳琅满目的商品中进行挑选。只有一天准备时间,一切都以效率为根本。上午完成采购,中午各个房间铺满买来的各类蔬菜,电风扇对着这些蔬菜呼呼地吹,好让它们早些变干。下午装包,蔬菜、零食、杂物都要装袋、封箱,临时发现缺了东西,还要赶紧补上。忙完已经是半夜,招待所的走廊堆满登山队的物资,很是壮观。

晚上与科考队饯行,少了些许离别的伤感,但在举杯相碰间传递着牵挂与祝福。

4日早上5点30分就起床,科考队也早早地起来为登山队送行。把包装车,一起在招待所前合影,相拥道别。3日的雨添了大乱,从柴窝堡进山的路被水淹了,只好绕道达坂城,这里的路刚刚铺设好,被水浸后亦无法通行。再次绕道盐城,路仍不好走,勉强可以通过。14点45分,终于到达三个岔沟口(入山口)。和当地牧民敲定了骆驼和马匹的事。

队伍分两批进山，一批跟着柴新虎教练，一批随驼队走。驼队出发不久，一头母马冲向一头骆驼，骆驼吓得又跳又跑，骆驼背上驮的东西如天女散花般四处散落，可乐、酱油翻了一地，唯一的精神食粮——多功能播放机亦不幸遇难。晚上在二号羊圈扎营，天气渐渐变冷，离雪山越来越近。

5日，队伍仍是分两批走。河谷宽阔，蓝天、白云、雪山、冰湖、绿草茵茵，山羊成群。魏超崴脚，享受到骑驴的待遇。她穿着红色冲锋衣，老实地坐在小毛驴上，就像出嫁的新娘子。

15点30分，队伍到达传统的白水营地。当年日本京都大学登山队就将BC设在此处，白水小姐的墓碑就立在BC。从这个BC出发，登山必须跨越3公里左右的博峰北坡的大冰川，白水小姐就是在跨越冰川时掉入冰裂缝牺牲的。从这个营地出发，指挥者无法看到登山过程，不利于指挥，另外由于冰川和山峰的屏蔽作用造成几处通信死角，海拔3500米的BC和海拔4700米的C2到5080突击营地无法通信。北大登山队这次登山计划将BC设在四公河源头的冰川附近，距白水营地3公里处，那个营地视野开阔，可清楚地看到整个登山过程，并且没有通信的死角，有利于BC的指挥；从营地出发沿冰川东侧边缘行军四小时左右可以到达海拔4300米的C1。部分人前去探路，发现从这里到原定的四公河源头营地的路不利于驼队通过，决定放弃计划中的营址，仍把BC建在白水营地。大家积极行动起来，搭建本营帐和"临时厨房"，整理后勤物资。

BC的第一顿晚餐，由三位新疆向导做羊肉抓饭，地道的新疆风味。后勤食品中肉是必不可少的，没在乌市买鲜肉，怕在路上坏了，也因为BC离四号羊圈不远，可以请当地的哈萨克牧民现宰羊送上来。到BC第一天后勤就买了一只羊，大家商讨怎么做着吃，柴新虎教练自告奋勇给大家做地道的新疆羊肉抓饭。教练对羊的身体构造非常熟悉，用一把瑞士军刀把羊分解成块，干净利落，庖丁解牛一般。不同部位的羊肉适用不同的做法，抓饭宜用羊排。羊肉算好一人一大块。另有人将大米洗净，胡萝卜洋葱洗净切好。开火，油入锅烧热，放进洋葱煸炒，随后下羊肉块，翻炒，再下胡萝卜炒一会儿，加盐、孜然粉，炒匀，加适量水，约过 20 分钟，再把大米捞入锅内，约焖 10 分钟，将大米翻动一次，不要翻动下边的肉与萝卜，再焖约 20 分钟，把锅内的肉、萝卜和米饭翻搅均匀即成油亮喷香的抓饭。为什么新疆人爱吃抓饭？从这做法可知省力、省时，饭菜俱全而且营养丰富。

"血氧饱和度"是本次登山一大热门名词。本次北大登山队和中科院华大基因研究所高原组合作，由他们提供器材，在登山期间对每个队员进行生理监测。血氧饱和度与心率的比值成为判断高海拔适应性的一个有效指标。行军期间，血氧饱和度在 90 以上的，当仁不让成为背包主力军。晚上体检，血氧饱和度更成为第二天能否进入挖厕所小分队的重要指标，结果徐勇和李兰以绝对优势入选。

6 日，BC 视野很好，博格达就在眼前，时而被浮云遮去部分，时而完整清晰地呈现在灿烂的阳光下。

上午，继续本营建设，搭建炊事帐，挖厕所；队医整理药品，通信调试通信器材。修建的厕所旁有几株雪莲。向导艾山老师让大家用石头把那些已经开花的雪莲四周垒起来，这样别人就不会采摘或破坏那些雪莲，这是当地牧民的习惯。

午餐丰盛，吃午饭的工夫，外面下起冰雹。午后，天又放晴，后勤小组开始分装行动食和高山食，装备小组开始制作阻雪板、理绳。16 点过，肖忠民带领大家去爬 BC 附近的一座小山，活动筋骨，也借此远眺即将攀登的路线。山脚附近，有几个玛尼堆和石碑之类的东西，大都是为了纪念那些在博格达遇难的人而搭建的，据艾山老师说，每一个本营都有它自己的文化，这些玛尼堆和石碑所代表的，大约就是博格达白水营地的文化吧。

下了一夜的雨，7日上午又飘起小雪。原定的上冰川修路和运送物资计划取消，大家在BC休整。做饭、打牌、聊天——传统的本营生活。纪明和刘刚实践炸油饼子，很受欢迎。

攀登开始：风雪弥漫

7月8日早上起来，天气很好，9点A组出发，一小时后B组出发。A组的任务是修路，B组负责运输。第一次上冰川，大家很兴奋，也很小心翼翼。这里的冰川相当破碎，布满暗裂缝，虽然裂缝都不是很宽，但亦相当危险。B组沿着A组设好的路线旗行进，翻过三个坡，跨过一条大的冰河，开始结组通过裂缝区，一路都还顺利。14点15分，B组到达海拔3900米的下包处。A组已经爬上碎石坡，正在雪坡上架设路绳。B组把运上来的物资放在驮包里并用石头压好，稍做休息便重新结组下山，留下魏宏和大平措接应A组队员。

9日，周末有很多徒步穿越的人上来，本营帐周围一夜间多出好多小帐篷来。早上起来，居然还看见一对新人在朋友的簇拥下在炊事帐附近小山坡上照婚纱照。

7点，A组的队员起床，匆忙收拾东西，吃点"三包饭"便上路。他们要建好C1并尽量修通往C2的路。

9点30分，B组背上建营所需的物资出发，走已经走过一遍的路相对轻松。在海拔3900米吃过午餐，继续向上走。先是一段碎石坡，然后便是看起来很近，走起来却似无尽头的雪坡，走几步就要停下来喘口气。C1 是一片平坦空地，堪称五星级营地，既舒适又便捷，夜晚还能看到山下万家灯火的城市。

A 组部分队员等待 B 组，另一部分队员上山修路。卸完东西，简单休息一下，B 组便下山。B 组当天返回 BC，A 组宿 C1。

一路下坡还算好走，但回到 BC 仍是疲惫不堪。艾山老师为 B 组准备了丰盛的晚餐，大家一顿狼吞虎咽后便各找各的乐事。一些人与艾山老师在炊事帐内放声高歌，那略嘶哑的歌声伴着极富节奏感的鼓点，像是对郁积在心中的某些情感的释放，又像是对雪山下这种自由而平和的生活的无限向往。

10 日，B 组在 BC 休整。

从 C1 到 C2 是段极陡的上升和两段很长的横切，其间还要跨越一道冰裂缝，还伴有汹涌的流雪。无论对修路组还是运输组，这都是很大的挑战。A 组负责运输的队员背着沉重的背包在横切路线上前行，只有冰爪单侧能嵌进冰中，必须小心翼翼。C2 营地建好，由于绳长不够，用完携带的所有绳子还差十几米才到达 C2。临近傍晚，天气开始变坏，还有部分队员在横切路段上奋战。还好在天气坏透前，大家都钻进了帐篷。

11 日，由于绳子不够，B 组继续在 BC 休整，艾山老师托朋友买来1500 米的绳子，下午可以送上来。A 组按照原定计划撤下来，部分队员在下撤的过程中发生滑坠，还好有路线绳牵着，有惊无险——博格达作为一座技术型山峰已经初露它的峥嵘。

晚上开会，A 组队员讲 C1 到 C2 的线路以及自己在其间行走的体会——挺难的，不过大家都对这样具有挑战性的线路充满向往。

12 日，B 组上 C1，A 组在 BC 休整。B 组 8 点起床，拼命往肚子里塞些吃的，又拼命往包里塞些杂七杂八的东西之后便出发。

漫长的冰川，董婧尽量放开步子走，可到海拔 3900 米时，已经喘息不已。吃过午餐，继续向 C1 进发，仍很累，但因为是沿着路线绳走，不必注意队列，可以调整好自己的节奏。到达 C1 时间尚早，徐勇决定试着向 C2 走一段，练习步法，为第二天的行军做准备。C1 往上的路确实很陡，不过按徐勇的话说，只要掌握正确步法，是可以像高速公路一样畅通无阻的。上去还好，下来就更考验技术，好多人都发生滑坠，还好有路线绳在，也就不怎么恐惧。为了练习步法，B 组一路下来都没有用下降器——脚有些疼，不过步法确实大有长进。21 点 30 分，B 组回到 C1，简单地吃过晚餐便睡下。

13 日，A 组继续在 BC 休整，B 组上 C2。大约是因为之前步法训练缘故，这一段走得还算顺利，但仍有小的滑坠发生，横切路段冰多雪少，很难踩出路来。12 点 B 组全体到达 C2。

下午，部分队员去修 C2 通往 C3 的路。C2 到 C3，是博格达最凶险的一段路：先是 500 米长、平均坡度达 60 度以上的大雪坡；再是将近 200 米的冰槽路线，坡度再次陡然上升，还有一块近 10 米高的直壁横在路上。雪坡上没有一个休息的地方，只能依赖前面队友的脚印以节省力气。冰槽里更是凶险，虽有绳子和上升器，行进也非易事。与这段雪坡相比，C1 下面那段雪坡实在算不了什么。原计划是要尽量修到"马头石"的，由于天气突变，再加上上面的雪开始变软，根本踩不住，16 点，离马头石还有 100 米，修路组被迫撤下来。

晚上，天气更坏，风吹着粒雪敲打在帐篷上，必须不时拍打帐篷，把落在上面的积雪抖下去。

14 日，天气仍很坏，风很大，雪花纷飞，连出帐篷上厕所都成为一种挑战。B 组在 C2 休整，窝在 C2 的两顶小帐篷里，只能以睡觉和聊天打发时间。A 组继续在 BC 休整。

15 日，早上起来，天气还是不好，B 组决定下撤。横切的那一段雾很大，眼前只觉白茫茫一片，看不见雪坡，更看不见下面狰狞的裂缝，索性不去想它们，只是牵着路线绳，沿着前面的人踩出的路走，一路下来，天慢慢放晴，到达冰川裂缝区末端，雾已全散，A 组部分人在这里接应，拆去结组绳，一起回 BC……

下午，新疆当地户外组织——小羊军团上来一个二十几人的徒步团，BC 周围支起各色的小帐篷。和他们一起上来的还有李建江及华大基因的徐大夫和洛桑。李建江带上来一些后勤补给，那一大麻袋花生米着实让大家欣喜万分，魏宏更是激动，当天晚上便在炊事帐内忙着做油炸花生米。

晚上开会，大家谈自己的分组意愿。大多数人都想去修路，想登顶，但都表示绝对服从安排，毕竟是以一个团队来登山的。此外，徐勇又强调"独立攀登"—— 这是山鹰社区别干其他许多登山团队的根本——要靠自己的能力来登山，能走到哪儿就走到哪儿。

独立自主攀登是山鹰社成立以来始终坚持的一项登山原则。登山管理机构和登山向导的介入，使一个根本性的问题摆在面前：怎样坚持独立攀登？何谓独立攀登？"我们自己完成运输，我们自己修完所有的路，我们自己安排所有攀登计划，我们自己做出所有决定，当登完一座山时，我们可以说完成了一次独立攀登。我们可以无愧于心地说，我们独立攀登了博格达。"徐勇在后来的登山报告书中这样解释道。

16 日，全队在 BC 休整，艾山老师下山。他阅历丰富、性格开朗，他的故事、他的歌声感染着每一个人，给本营生活带来好多欢乐。

下午，包饺子，全民总动员，自是热闹，花样也很多。让BC生活丰富多彩起来的，是炊事帐里的锅碗瓢盆油盐酱醋。海拔3500米的炊事帐，一如往年的简朴，在5×5平方米的空间里，正中央搬石头垒一个灶台，刚好放下两个煤气灶；四个角落则分门别类放着在乌鲁木齐采购的食品。洗菜择菜就在20米外的小溪边，切菜有折叠桌，但桌子并不结实。切肉就直接拿案板到帐篷外一块平整的石头上。登山队中烹饪手艺好的人不少，想学习爱实践者更多。看中某种原料，想要吃哪个菜，心情好或者心情不好了都是一个人下厨的理由。每顿饭一般要花两个小时才能做好，因此早早地就有人跳出来主厨，再叫上两三位帮工。

洗菜切菜淘米，一切准备妥当，主厨开始大显身手，像演出一般，灶台四周早早围了许多看客，看高手炒菜也确实是一种享受。但若是主厨没经验，少不了会有心理压力，手忙脚乱。旁边就有人指点传授，有时建议并不一致，甚至相反，于是开始一场论辩。那边主厨又急问：盐在哪儿？味精在哪儿？众人一阵忙乱，又是递盐又是加味精，一道菜往往多人参与而成。出锅，摆上台面，叫声开饭，一群饿汉蜂拥而上。菜炒得好吃，溢美之词不绝于耳，若是菜少了某种味道或多了某种味道，就无人问津备受冷落。如果登山队开一家餐馆，那么特色菜单如下：

凉菜：炝黄瓜（纪明）、海带丝（李兰）、花生米（魏宏、王志辉）；

主食：炸饼子（刘刚、纪明），烙饼（魏超），抓饭（张振华）、拉条子（李建江），饺子（all）；

素菜：烧茄子（董婧）、炒圆白菜（李兰）；

肉菜：咖喱牛肉（李兰）、大盘鸡（徐大夫）；

汤：海米冬瓜汤（方翔）。

下午开会确定新的分组名单。除了攀登计划的准备，还有食品的储备。晚上，魏宏炸了许多花生米和肉干，准备带上山吃。只要能背，想象力够丰富，队员们啥都能带上去。甚至到后来缺乏饮品，大袋果珍也跟着一起登上山。

垂直冰壁

7月17日，早上下雨。临近中午雪霁天晴，纪明建议徐勇趁着好天气抓紧时间上山。对于部分A组队员来说，待在BC都快发霉了。徐勇决定出发。

一下午就要赶到C2，确实是一项挑战。大家结组通过裂缝区，在海拔3900米稍事休息，继续往C1赶。16点，全部到达C1。C1再往上，大家也不怎么担心，反正时间还早，乌鲁木齐要22点左右才开始天黑，再怎么磨也能磨上去。19点，A组全体队员到达C2。

B组继续在BC休整，方翔等人大展厨艺，炸了羊排准备带上山吃。

18日，B组上C2，A组修好通往C3的路并建立C3。

6点，大平措准时叫大家起床。A1（修路组）匆匆吃过早餐，拿些必需物品便出发。怕雪软化不好走。一小时后A2（运输组）也出发，都背了很多东西。雪坡越来越陡，差不多达到50度，而且逐渐变得松软，行走越来越困难，每一步都必须迈得很大，否则上面的台阶就会被踩塌掉到下面，白白浪费力气。A1组修路进展不很顺利，接近11点，运输组到达上次路线绳末端，开始等待。

在接近 50 度的雪坡上休息并不是一件容易的事，尤其是背着超过 20 公斤重的包。张熔先向路线旁边平移一步，以免破坏踩好的台阶，然后用脚踏出一个能够勉强站稳的小平台，再用冰镐在腰部以上挖一个坑，以容纳身后的背包，然后转身背靠雪坡休息。上面不断有雪和碎冰落下来，发出砰砰的闷响，寒冷让血液快要凝固，还好博格达与周围群山风景极佳，让等待不是一件无聊而痛苦的事。

王志辉先在雪坡上"游"一段路，把绳架好，换徐勇继续往上修，魏宏给他打保护。爬过雪坡，最具挑战性的攀登才刚刚开始。大家从岩石下方平移十余米到达岩石间的冰槽入口，开始攀爬。仍旧是走走停停，可是背着大包在超过 70 度的冰坡上休息，更是一件几乎不可能的事情，于是路线中任何能够容纳半个脚掌的石块，都成为等待的极佳场所。冰槽中没有阳光，寒气袭人，停下不动时脚趾很快就麻木，往上爬几步又慢慢恢复知觉，传来阵阵疼痛。3 个小时的时间，队伍在冰槽里上升的高度不超过 30 米。

到 C3 的最后一段是很陡的冰壁，最开始的 4 米左右是垂直的。这道垂直冰壁成为难以逾越的一道门槛。

冰壁开始一两米还有一定坡度，能够勉强站稳，爬得不是很累，可到垂直的地方，难度骤然增加。张熔背着大包，重心完全没法贴近冰壁，不得不把力量用在冰镐上以保持身体平衡，而冰又很脆，冰爪踢进去感觉并不牢靠，冰镐挥进去便裂开，再一用力就崩落，于是脱落，被上升器挂在路线绳上。因为负重太多，只有一支大冰镐做辅助，再加上近 12 个小时的奋战已经让大家疲惫不堪，对于许多新队员来说，要背包爬上这个冰壁实在是太困难。张熔还能勉强挣扎上去，刘刚就显得无能为力，爬几下就被迫把包用大锁放下来，可包在下滑过程中腰带断了，包沿着雪坡向下滑去,幸好张振华在下面把它截住。纪明换用一支小冰镐空身爬上去仍很费力。王志辉先前就被上面踢下来的石块砸到胸口,又因为岩锥脱落而在冰壁上滑落,幸好落到下面的张振华身上,两个人被一个上升器挂住,都没有什么大碍。张振华事后回忆:"从山上掉下来的,先是雪,再是冰,再是石头,之后是一个装得满满的登山包(刘刚的),最后竟是一个大活人(王志辉)!"

翻出冰坡,眼前豁然开朗,远处的群山和山下扇形的冰川在夕阳下金光闪闪,极为壮观。可张焰已没有心思去欣赏它们,摇摇晃晃地爬上一个几米高的雪坡,便到 C3 的位置:一个大约 20 度的雪坡,一侧较为平缓的是雪檐,根本不敢靠近,另一侧则是越来越陡的雪坡,一旦滑下去必然没命。

徐勇、大平措、张焰、刘刚和纪明 5 人先行到达 C3,冰壁下还有 5 个人和 6 个包。时间已过 22 点 30 分,天开始黑,没有雪铲,只好用冰镐和脚把上面的雪挖到下面,再用脚踩实。不一会儿,董婧也空身爬上来,大家一起整出两块勉强能够放两顶帐篷的斜坡,这时,太阳也完全落山。寒气迅速袭来,没有帐篷的队员们只能够站在寒风中瑟瑟发抖,几个人分食了一袋行动食,是出发后的第一次进食,然后继续发抖,等待。

王志辉滑坠的事故让大家都很紧张。好在有印海友和魏宏在下面主持大局,经和徐勇商量,决定把包放在冰壁下面,只运一顶帐篷和一些必需物资上来。

天上星光灿烂,山下灯火辉煌,大家却无心欣赏。C3 位于一个大雪坡上,风很大,站在雪坡上,只能不停地活动自己的手指脚趾,以防冻伤。大平措唱起歌谣给大家鼓劲,对讲机里传来肖忠民和李兰的声音,他们都很担心,不断地说着注意事项和一些鼓励的话。C2 看不见 C3,却能隐约看见 C3 下面的那个冰壁，一个光点在冰壁上下移动，那是印海友的头灯。B 组的兄弟姐妹站在 C2 望着那个光点，心都提到嗓子眼。

张熔找个防潮垫坐在上面，蜷成一团以减少受风面积，把外面羽绒服的帽子拉了又拉，大脑仿佛已经没有思考的能力，只不停地告诉自己不能睡着，要不停活动手脚。7 个人手里还有两个头灯，驱走黑暗带来的恐惧。平措不停地唱着歌，做着运动，用他那乐观的态度鼓励着队员们，让等待不那么绝望。

凌晨 2 点，漫长的等待终于结束，魏宏和刘明星背包的身影出现在面前，印海友也随后赶到，大家合力很快在一块并不很平整的地面上搭起一顶 VE-25，也顾不上认真打防风绳，就一个个钻进帐篷中。帐篷很斜，一侧深陷下去成一个大坑，只能够用来放东西。

10 个人挤一顶 VE-25，这在许多人看来也许是一件极其痛苦的事，可对于此刻的队员来说，却是那么的幸福。也不知从哪儿冒出 3 瓶脉动，立马被抢光，然后在帐篷里烧几锅水，大家喝个半饱，然后昏昏睡去。吃过东西后，大家层层叠叠地睡下。空间太小，魏宏和刘明星在门廊窝了一夜。

19 日决定全体下撤，天刚亮，A 组开始收拾东西下撤，B 组部分人在 C2 接应，部分人先下山。

16 点 30 分，A 组和 B 组全部回到 BC，徐医生和洛桑准备了果珍和羊肉抓饭，他们饱餐一顿。

20 日，一觉醒来，已经快 12 点，大家再次开始享受慵懒的本营生活。

晚上开会，讲下一阶段（冲顶阶段）的计划，大家依次谈自己的想法，并对上一次行动的失误进行讨论。魏宏第二天下山接科考队。魏宏即将毕业，有急事在身，这次下山就不再上来。

21 日早上，魏宏起来和大家道别。"博格达很壮美，她也许将作为我的最后一座雪山，时而出现在我的睡梦之中。"魏宏在后来这样回忆道。

BC 即将断粮，幸好科考队就要上来。BC 海拔低（3500 米），大家食欲特别好，食品消耗也就快很多。但这并没有造成大的烦恼，因为事先已经有过这方面考虑。BC 与下面联系方便，补充物资并不困难，而且早已得知中途李建江会上山，后面还有科考队也会上山，他们都会帮忙补充一些 BC 食品。这样做主要是避免浪费，最后下山时基本上把 BC 里食品全部消耗光了。

上午上来一支雪莲科考队，40 来号人，很是壮观，他们队伍中有许多记者，意外地为北大登山队的登山活动做了很好的宣传。下午，徐队还被邀请去参加他们组织的"天山雪莲论坛"。

傍晚时分，一层薄雾笼罩在博格达上方，好似给她戴上一顶轻盈的白帽。晚上开会，新分组名单下来，冲顶阶段即将拉开帷幕。A 组是肖忠民、纪明、张振华、张焓、刘明星、印海友、李兰和刘刚，教练是平措。其余队员是 B 组。

顶峰的微笑

7 月 22 日，方翔和董婧做早饭——稀粥和煮鸡蛋。这时大家才得知 BC 已经"蛋尽粮绝"……A 组要上山，大约 9 点 30 分出发。临行前场面很壮观，雪莲科考队的人全都围过来，闪光灯频频闪亮，让人目眩。

纪明不知道这是第几次上冰川，他的心中没有波澜，只是重温以前的风景和憧憬未来的路。这条大冰川是沟通 BC 和博格达的桥梁，出征时的雄心壮志，归途中的百感交集，都铭刻在冰川上踩踏出的每一个脚印之中。冰川后半段是裂缝区，事实上那并不是特别恐怖的裂缝，只是冰、水、土、石的交错混杂让其显得狰狞。

队伍走得很快，大约 1 小时 40 分钟就到海拔 3900 米。简单休息，继续上 C1。C1 的景象让 A 组惊愕——Hotel 的外帐已被大风和雪撕扯得面目全非，那顶 VE-25 更是不幸，被天外飞石击中。那飞石先后击穿外帐、内帐、帐底，击中一件帐篷里的营地服，并将营地服打入地下半米深。钻进帐篷，看到那地上的坑和帐顶的窟窿，顿时不寒而栗——要是这里面住着人……不敢往下想。C1 顿时从曾经惬意的五星级营地变成潜藏死亡威胁的洞穴。博格达让队员们看到死亡的讯息，却没有把他们推下死亡的深渊。对博格达，他们感激并敬畏着。

纪明、张振华、张焰在后面把 C1 往下的路线绳撤掉大部分，又用 C1 的干绳、绿绳换掉 C1 往上的一部分路线绳。这样，A 组一共背 600 米路绳上去，再加上 C2 还有 300 米路绳，一共 900 米。这些绳子够从 C3 修到假顶[1]。上 C2 途中，他们遭遇流雪，幸亏不是致命的。山上的路线已被大雪覆盖，刘明星重新开路，走得很慢。到达 C2 已经是 18 点。这次上山，让他们再一次感受到博格达的威严与神圣。

科考队上山了。A 组没办法与他们一起在 BC 共度温馨之夜，晚上山上山下用对讲机通话，唱歌。这夜，本营帐欢歌笑语，其乐融融；而 C2 一片沉寂肃穆，A 组很早就休息，第二天还有任务。

23 日，A 组很早就起床上路。阳光没有出来前，雪很硬，走起来会容易很多，C2 到 C3 的路先是一个大雪坡，前面的一段是纪明修的，走起来熟悉得很，后面的路，雪坡更陡，不过踩着前面的人的脚印，倒也

---

1 假顶：开始误以为是顶峰的山峰。

不是特别累，不久，就到冰槽。冰槽上面的雪粒、冰粒、石头像雨点一般打下来，要把人砸成蜂窝煤一般，幸亏大家都戴了头盔。不过砸到身体其他地方也让人疼痛不已。起初纪明还想统计自己被砸多少次，后来发现这是不可能完成的任务……

艰难地往上爬，遇到一面 4 米左右高的直壁，也是之前他们难以逾越的地方。这回，A1 组先背一部分绳子上去，他们要抓紧剩下的时间修 C3 到顶峰的路。A2 组负责在后面运输。纪明让张振华和张燧先上，然后用滑轮组把这次背的和先前留下的大包一个一个拉上去，人再空身上攀。事实上，这样做也不是一件容易和省力的事情，但安全很多。这中间纪明也爬上去，把上面路线绳调整了一下。A2 组共花五个多小时才搞定。到达 C3，已是黄昏。

A1 组还在上面修路，他们走出去已经很远。A2 组在 C3 搭帐篷。大风，陡坡，高海拔，疲劳……这种状态下搭起两顶 VE-25 实在不易，光是平整地面就耗掉大半力气。煎熬着搭起一顶 VE-25，很斜，看着就像要滑下去的样子，好在准备了绳网，罩在帐篷上，让人安心多了。时间不早，A1 组下来，大家又合力搭起另一顶 VE-25，终于松一口气。

C3 凶险！纪明眼睁睁看着肆虐的大风把一个羽绒服套子吹跑，印海友眼睁睁看着雪铲顺着陡雪坡滑下去。在 C3 上厕所要把自己保护在绳子上，任凭大风吹得直哆嗦，纪明、印海友、刘明星都深受此苦。鸟瞰 C3 营地，两顶 VE-25 就像茫茫雪海中两条无助的在漩涡中挣扎着的小船……不过，最危险的地方往往寄寓着希望。这是队员登顶前的最后一阶。

平措的一只冰爪坏掉，下撤到 C2。联系 B 组给他带备用冰爪，但他已经没有可能一起上了。在高山上，缺失装备就像雄鹰折断翅膀，不能再飞翔，再牛的人都是一样。

忙了一整天，大家都累了，睡在倾斜的帐篷里，无梦到天明……

24 日早上，大雾笼罩博峰，一片白茫茫。7 点 30 分，A1 组出发。他们还有路要修。A2 组在帐篷里写登顶罐留言。纪明、李兰、张焓、张振华将四张纸条装进一个小罐子里。天气不见好转，一个半小时之后，A2 组也向着顶峰出发。因为平措下去，刘刚进入 A1 组。

大风扬雪，把 A1 组踩过的脚印覆盖得毫无痕迹，纪明只有重新开路。其实，纪明踩出的脚印也在一瞬间被风雪吞噬，后面的人也要重新来过。走过一个雪坡，又来到一个小冰槽，又是一个冰壁。冰槽里流雪极多，一阵风过来就带来一场小流雪。雪粒打到人的脸上特别难受……过了冰壁，是雪岩混合的路。雪很软，一脚踩下去不见底，走起来像在雪里游泳。雾还是很大，幸好有路线绳做指引。不久 A2 组就追上 A1 组，印海友还在前面的大雾里寻找路。不知不觉间，两组到达假顶下面的最后一块大石头。印海友上去修最后一段路，其他人在后面跟着爬上假顶——顶峰就在眼前。就在这个时候，离顶峰还有十五分钟路程的地方，天气突然好转，大雾消散，大风止息，守得云开见天明。博格达是如此眷顾这群自然之子。

队员们空身结组迈向顶峰。纪明在前面打头，一步步地靠近，目标，成功，光荣，梦想——顶峰！走在结组绳前端的纪明回头对兄弟们大喊："我们登顶啦！"纪明在顶峰打一个雪锥，保护结组的安全，然后，用对讲机通告 BC 和 B 组："北京时间 13 点整，北大登山队 A 组全体队员成功登顶！"每个人都在对讲机里表达自己登顶的感受，李兰成为第一位登顶博格达的中国女性。猎猎风中他们不觉寒冷，四下观望，一览众山小。照相留念，记录永恒瞬间；埋登顶罐，把他们的心愿永远留在博格达……那半个小时，是博峰之行留给每一个人最闪亮的回忆。

　　A 组下撤的过程有惊无险。B 组早已到达 C3，次日是他们的 showtime。简单交代几句，A 组继续下撤。从 C3 到 C2 的下降有惊有险。坡陡路险是一方面，另一方面，纪明的 Reverso 总是被结冰的绳子卡住，动弹不得。途中一个结点正好在直冰壁的中间，多少人在那里过结过得都要哭。纪明还拉出了一个岩锥，幸亏两段绳子是连在一起的。纪明第一次修路时埋下的大冰镐已经被层层积雪压得结结实实，纪明一个人用 40 多分钟才把它挖出来。

　　下到 C2，平措递上一口热水，进了帐篷，开始扫荡高山食，大家捡自己喜欢的吃，可是似乎食欲都不怎么好。这一晚没有太多兴奋，或者这是高潮之后的平静。

　　A 组睡得都很深沉，25 日醒来已经是 9 点。朦胧之间听到对讲机里传来 B 组早上登顶的消息。这一下皆大欢喜。A1 组的肖忠民、印海友、刘明星留下接应 B 组，纪明则带领 A2 组（包括刘刚）及平措一起下撤 BC。A2 组背上 C2 的多余食品、气罐、锅、睡袋、防潮垫和所有垃圾。到达 C1 后撤 C1，带上所有的物资继续下撤，本来已经很重的大包又加不少重量，大家笑称 A2 组是一群骆驼。

　　C1 往下的路线绳大都被拆掉，但不巧，坡上的雪已经退掉多半，露出湿软的冰，很容易粘上冰爪让人摔倒。更可怕的是，大风扬起冰雪扑面而来，吹得人无法站稳。此时大雾也起来，把他们吞没，能见度不出 5 米。A2 组背那么多东西，只能凭着感觉小心翼翼缓行。平措的一只冰爪是坏的，只能利用那只好的冰爪和冰镐一顿一顿地在后面走。他怕 A2 组队员担心，一路哼着小调。他们看不见他，听着小调就知道平措一直跟在后面。平措真有革命乐观主义精神，这时还体谅别人的感受。博格达在北大登山队临走之前又给他们一场可怕的虚惊。这场风雪大雾也给从C3下撤C2的B组造成不小的麻烦。

到了海拔3900米，天气好转。A2向着BC出发。纪明又是结组开路者，在前面大步流星，意气风发。过完裂缝区，队员分开走，纪明依然保持神速，第一个杀回BC。本营里董婧和洛桑及科考队留下的霍光、许彦和王媛媛在迎接他们，每人献上一个深情的拥抱。徐医生给他们准备了姜汤、抓饭，后来又献上一道大盘鸡。大家忙活着，热情周到地"伺候"着每一个刚从山上下来的人。

B组和A1组也陆续下来，BC瞬间热闹起来。

夜袭天池

7月26日，BC又恢复往日的热闹，徐勇联系驼队，确定28日撤营。简单整理后勤物资，把一些垃圾焚烧，把装备等分类装包。

之前徐勇在山上许愿要带大家去夜袭天池，此时终于可以兑现诺言。23点，夜袭队伍出发。徐医生、洛桑、方翔、李建江和刘刚也一起下山。这些人中没有一个熟悉线路，又是在晚上，实在是一项很大的挑战。不过大家并不怎么担心。

27日，早上6点55分，登山队到达著名的天山天池——不怎么大也不怎么美的一个池子，让人有些失望。在天池待了大约半个小时，大家便收拾东西踏上归程，回去走在河谷与来时相对的另一边，这才是传统的路线，虽然路好走许多，但大家都已筋疲力竭，只凭着意志力顽强地向上爬啊爬。天池和BC的高差达1800米。16点20分，经过17个小时的行军，终于滚回BC，狼吞虎咽吃些罐头和李兰做的咖喱大杂烩，便进帐篷睡觉。

这一觉睡得天昏地暗，从 17 点一觉睡到 28 日早上 8 点，匆忙收拾东西，队伍分成两组下撤。

李建江等来接，买了西瓜和各种饮料，之后一起去柴窝堡吃辣子鸡。重回煤炭招待所，洗 24 天来的第一次澡，给家里打电话，睡在软软的床上看电视。

接下来的几天自由活动。8 月 4 日全体返回学校。此次暑期登山活动圆满结束。

"攀登博格达是登山队的一次大演练，老队员的实力得到最大程度的发挥，新队员触摸到体验的底线。这是一次极限攀登，包括技术和体力、训练和组织各方面。攀登过程中，修路的艰辛，运输的劳累，等待的煎熬，登山队员们都无怨无悔，坚守着阵地，勇敢地完成任务。让我为之感动的不是登顶那一刹那的荣光，而是一步一步往上爬的背影、坚定的眼神和一声比一声沉重的喘息。"登山队长徐勇这样总结。

"今年的攀登也是一次纯粹而真实的攀登，博格达美丽而危险，她让我们看到太多恐怖的信号，嗅到太多死亡的气息，所幸一次又一次有惊无险，让我们大感劫后余生之凉意。这种刺激也着实将攀登的境界提升一层。这次攀登，让我们过足瘾，也让我们心跳。博格达是疯狂的，所幸在她疯狂的时候我们并不疯狂；我们有时也很疯狂，但我们疯狂的时候博格达却给予了最慈祥的眷顾。我们登山的意义，全都凝结铭刻在通向顶峰的每一个脚印之中。老队员的技术经验进一步完善和提高，新队员的学习经历更加充实。在山上的每一刻大家都有学习和进步，而顶峰的微笑只是一个象征罢了。"后勤队长纪明在随后的感想中这样写道。

博格达的攀登是一种尝试，自 2002 年山难以来，山鹰社就在不断尝试——2003年的登山训练、2004年的侦察新山峰、2005年的新路线。在遭受挫折之后，山鹰社先想到的是让自己成熟起来。技术型攀登是一个让人向往又不敢轻易尝试的领域，更何况是在追求独立攀登的前提下。选择博格达，避开雪崩高发期，避开绵绵无绝期的坏天气，耐心等待，仔细地寻找机会，在确保最大安全系数的前提下，登山队成功了。

2006年登山队队员名单（年级/院系/职务/绰号）

徐勇：2003/国际关系学院/队长

肖忠民：2002/信息科学技术学院/攀登队长

纪明：2003/信息科学技术学院/后勤队长

王志辉：2003/医学部/前站，装备

魏宏：2002/物理学院/装备

印海友：2003/信息科学技术学院/训练，前站，大厨

刘明星：2005/物理学院硕/总装备

余彦敏：2004/力学与工程科学系/队医，财务

魏超：2005/社会学系/后勤

董婧：2005/数学科学学院/后勤，通信，队记

张振华：2005/化学与分子工程学院硕/队医，摄影

刘刚：2004/医学部/后勤

姜锐：2004/元培计划实验班/摄像

张焓：2004/生命科学学院/"小黑"

钟志旺：2004/光华管理学院/赞助

李兰：1998/应用文理学院

方翔：1999/法学院

李建江：2000/城市与环境科学系硕

勇者无畏未登峰

——2007 年甲岗峰

> 如果没有身临其境，任何人的想象都无法给人一个真正的
> 山顶。

山鹰社的登山总是伴随着创新，每一年都有亮点与特色。2002 年山难以来，在新理念的指引下，山鹰社 2003 年重回玉珠，在老起点进行新的起飞；2004 年进军启孜，重点在技术训练；2005 年再上桑丹康桑，重点在战术训练；2006 年挑战博格达，攀登这座提高级的技术型山峰，可谓集近几年训练效果之所成。

2007 年也不例外，山鹰社把目标投向难度适中的未登峰甲岗峰。未登峰是一个不小的诱惑。山鹰社登未登峰，是想要在国内未登山峰开发中做出自己的贡献，也给其他高校登山队选山打开新思路和渠道，提供新的信息和资源。

甲岗峰海拔 6444 米，系冈底斯山支脉申扎杰岗日山脉主峰，位于中国西藏自治区申扎县境内。距离申扎县城仅 10 公里，在申扎县内可

以清晰地看到甲岗峰。申扎县距离日喀则直线距离约185公里，公路约300公里，一天可以到达。

选山前，社长纪明和肖忠民曾去中国登协拜访于良璞老师。于老师是中国登协的山峰专家，他介绍了甲岗峰情况。他曾于20世纪90年代侦察过该山峰，认为适合大学生登山队攀登。

未登峰的攀登伴随着各种困难与危险。从攀登结果看，实际的攀登路线比预计的难度高很多，主要是裂缝，无论密度、宽度还是难度，都超过事前的估计。最后登山队克服各种困难，做足训练，于7月20日、21日分两组分别冲顶。除留守本营的两名队员外，其余队员全部成功登顶。在攀登过程中，队员们创造性地使用山鹰社多年未曾接触过的梯子，收到良好效果。

大部队的攀登路线是甲岗北偏东方向的一个山谷。正式攀登结束后派出八名侦察队员，用两天时间对甲岗东面及东南方向的两个山谷进行了实地侦察，在冰川末端拍摄了许多第一手照片资料。

此外山鹰社还全面践行绿色攀登。社里登山一直倡导环保，攀登处女峰，对环保要求更加严格。从绿色攀登计划的制订，到具体实施，再到善后清理工作，做得都相当出色。攀登过程中塑料袋使用比以前大大减少，物资、垃圾都用麻袋装，分装高山食和行动食都用睡袋套或大防水袋。攀登结束，甲岗峰上没有留下任何垃圾，包括路绳、路线旗、雪锥等，全都运了下来。本营垃圾实行分类管理，用三个大麻袋分装塑料制品、纸制垃圾和烂菜叶等，像电池这种高污染垃圾有人专门负责回收。

前站

7月1日，艳阳高照。前站（柳正、张焓、谢宇和王文涛）踏上征程，天公如此眷顾，良好的开端预示着成功的第一步。

南门外仍然是依依不舍送别的情景，离别的情绪尽在不言中。大家争相合影留念，仿佛欲将无尽的相思定格在胶片上。张焓最受女生青睐，屡次遭受围攻。最赞的还是那条红腕绳，登山、科考队人手一根，八字真言曰：许彦敏敏曼曼媛媛，拳拳真情让人铭记于心。

9点33分，火车启动。

3日，终于在火车上看到雪山，和照片上的一样，甚至比照片上的更美。蓝天白云下是连绵的群山。雪山沐浴在阳光下，金光闪闪，耀眼夺目，像宝石一样点缀在高原大地上。

当晚入住拉萨，他们住的纳金宾馆可谓鱼龙混杂，什么人都有。很多是来西藏工作的青年，拉萨电视台的记者就住对面房间。

4日，整整一天耗在登协、尼玛学校和客运站。去客运站无功而返。去过申扎县的人不多，清楚申扎县情况的人更少。最令人无语的是，作为拉萨主客运站的西郊客运站竟然没有联网。这次是首登，在进山费上出现一点波折，最后登协主动大幅降低要价，皆大欢喜。尼玛学校与山鹰社有传统友谊，事情比较好商量。

拉萨是一个很有特色的地方，最明显的莫过于拉萨人的工作时间。上午9点上班，和内地差别不大，但午后15点30分上班，18点或18点30分就下班。上午办不成的事，下午基本上没戏。谢宇羡慕地说以后可以来拉萨开餐馆。

拉萨物价比较贵，5毛钱包子不比小笼包大。据的哥讲，这还是最便宜的。以前前站预算，每人每天伙食是 15 元，明显感觉到窘迫，只能吃炒饭和面条之类。一盘白菜就要 8 元，吃炒菜基本上没什么指望。四个人战战兢兢勉强守住预算。

5 日，拉萨天气多变。白天明明烈日当空，晚上就淫雨霏霏。太阳还在头顶，忽然飘过来一朵乌云，让人措手不及。

清早，四个人就在登协门口等候。这次到登协是为了办妥手续，拿到许可证，安排好托运车。登协对山鹰社还是友善的。

在尼玛学校看到要租的帐篷。那顶据说能在珠峰本营使用的大帐篷，着实把他们吓一大跳，光帐篷杆就要七八个人抬。

通过政府介绍，他们联系到测绘局和气象局，测绘局没有甲岗峰 1∶50000 的地图，气象局则要收费。

谢宇去东郊客站帮科考队问去米林县的车，无功而返。沿路买一些登山过程中的日常用品，如磨刀石、暖壶等，又是和谢宇的四川老乡打交道，所以前站带一个四川人是很方便的。

6 日，到拉萨第三天，也是不能洗澡不能吃辣的最后一天。每天早上，他们都会在门前绕树跑上几圈，虽然和北大五四操场的 35 圈相去甚远，但对于高原生活还是一个不小的运动量。

尼玛学校和西藏登山队相距不远。去西藏登山队收获颇丰：一张体育局系统的联系方式，证明他们之前跑了太多的冤枉路；见到传说中的女英雄桂桑，听她解说展览室中的陈列。甲岗峰所在的申扎县，是西藏登山队至今唯一还未侦察的地方，结合近日来其他人对这个地方的反应，他们不禁对刘明星所说的"交通方便"产生怀疑。

尼玛学校给出的租车和租装备价格在可接受的范围之内。根据尼玛学校很多人的描述，他们觉得去申扎的所谓的申南水泥道可能不存在，又为这次登山增添了变数。

这几天他们饮食都是在纳金宾馆旁边小吃店解决，饭菜味道过得去，价钱还算公道，就是上菜速度慢一点，但一次性筷子质量不错，他们舍不得丢掉，擦干净就插到水壶套里，重复利用。这一点他们准备向大部队推广，将环保进行到底。

7日，一整天休息。他们沿着街道一路逛过去，挨个询问五金店和修理店是否有发电机的火花塞卖，最终一无所获。

最大的收获是参观博物馆和图书馆。博物馆周末对学生免费开放，馆内展览涵盖西藏地区的方方面面，从远古文明到和平解放，从家庭起居到山川自然，是名副其实的西藏大百科。丰富的博物馆看得他们心潮澎湃，下午的图书馆之行则让人平静。

他们路过布达拉宫，瞻仰它的雄伟和壮丽，也见识它虔诚的膜拜者。最让王文涛感动的是城墙上悠闲自在的鸽子，墙上美观的砖洞是它们的家。一只鸽子飞到附近，平静地留在镜头里。这是人与自然和谐的一幕。

晚上，前站从火车站接回大部队。

凝聚愿望与理想的征途

7月5日，北京，大部队终于踏上凝聚太多愿望与理想的征途。

学校特地派校车送登山科考队去北京西站。

7日，经过两天的旅途，开始的喧嚣和青涩纷纷褪去，更多的人开始凝望着窗外的美景，而不是凑在一起闹腾着玩牌。

火车上并不宁静，听着日趋熟悉的藏语，偶尔爆发的小孩哭声，旅途总不会缺少这种种嘈杂。海拔已经升到4000米，马上到达的将是青藏线上的最高点——唐古拉山。后勤的酸奶泡面全都起了不同程度的高山反应，队员们却没有多少感觉。

窗外是层层叠叠的山，一眼望去，都低得仿佛一口气就能冲上顶去，山顶的雪却已然和天上的云连成一片，依稀可以辨别出轮廓。雪是白色的，一种说不出的白色，好像会自己发出光来，迷得人眼花。云可以连绵不断于目光尽处，凝而不动，偶尔露出一丝天的颜色，是一尘不染的蓝。时不时可以看见一群群的牛羊，都随时间静止一样，仿佛草原上壮观的雕塑群。

18点30分，天空还没有一丝变黑的迹象，登山队奔向纳金宾馆。

8日，7点30分，睡眼惺忪地起来，天已大亮，全体集合在楼下慢跑。阳光充沛，空气清凉，道旁的树木枝叶青翠。虽然是慢跑，大家纷纷表示心脏还是有压抑的感觉，到底是在高原。

吃完早饭，各就各位开展工作。首先集体去邮局领大量现金，分头工作。柳正带领一批人去超市购买本营食、行动食和高山食；李建江带领部分人去菜市场买本营的肉类和蔬菜；另有一批人补充装备。

21点多，任务圆满完成，大家聚在天台上聊天，看云彩颜色慢慢变深。夜里，拉萨满城橙色灯火。拉萨不是天堂，而是人间。22点开会总结一天的工作进度，安排第二天工作。大家服用冲剂和维生素，散开去睡。

9日，天刚蒙蒙亮，睡在楼顶的李建江和王文涛一个一个将队员们叫醒。趁着还没有热辣辣的太阳，该收菜了。经过一夜的风干，蔬菜表面的水分都已蒸发，软绵绵的。把每颗菜都用报纸包起来，装进麻袋。

吃完早餐，柳正和刘明星先去登协；纪明和刘媛去西藏登山队。其余人稍微休息，接近10点，出发去参观藏队。西藏登山队成立于1960年，经过近50年风风雨雨，如今已是硕果累累。参观西藏登山队展览室，感觉就像走进一个历史与荣誉的殿堂。尹书记详细介绍了西藏登山队具体情况与任务。现在藏队有两个首要任务，一是完成14座8000以上高峰的3人以上团队登顶，二是完成2008年奥运火炬的珠峰展示任务。离开藏队，去尼玛学校拜访登山队的三位教练。教练都躲在一棵小树底下乘凉，腼腆得不行。

19点，登山队和科考队再次到饭馆聚餐。这次多了4个人，一是8日刚到的郑培，一是陕西电视台"勇者无畏"栏目随队记者张利军，还有两个是教练次平和阿旺次仁。尼玛校长特地赶来为登山科考队祝福加油。

10日早晨，登山队与科考队告别，刘媛哭着和赵碧若交换项链，一一拥抱。车子开动，15点到达日喀则。

11日目标是到达申扎县。早上淅淅沥沥下了小雨。李建江和李响坐卡车，押运物资。车过大桥去南木林县，走了60多公里柏油路，后面是土路。司机技术都很好，没怎么耽误。

感觉是爬了好多山，越走越高。过了一个山口，到达平缓高原，豁然开朗。车行在谷地。路过的两个深蓝色的小湖看起来很清澈，很美。一路上见到好多藏羚羊。

20点抵达申扎县城。县城很小，只有两条街。登山队在粮食局招待所安顿下来，然后去吃饭。找好饭店，黄倩倩点菜。李建江和柳正出去买羊，到大市场问过两个人，商量好后坐他们的摩托车去附近的草原拉就地宰杀的羊。

李建江和柳正把羊带回去，随后开会，安排第二天的工作。晚上回住地休息，李建江叫几个人出去买鸡蛋、西红柿。所有事情安排妥当。

勇探裂缝，以梯为路

11日半夜，薛秀丽轻声地把黄倩倩唤醒，脸色很难看，她说想吐。黄倩倩一下子坐起来，套上衣服，从屋里拿个脸盆同她走到走廊。薛秀丽吐得厉害，回屋，她说好些，让黄倩倩继续睡，她自己也爬进被窝。之后4点和6点她又吐了两次，并伴有腹痛。黄倩倩认为不能再拖，叫醒纪明，去卡车上找出葡萄糖用热水冲给薛秀丽喝，又让她吃药。她表示舒服些，可没多久全都吐了。

情况糟糕，必须去医院，借了客车开去医院，由刘明星和刘博陪同。因为薛秀丽已经疼得直不起身子，嘴唇发白，满脸虚汗，不愿说话。偏偏医院9点开门，此时根本没有人，最终发现街边的小诊所，刘博拍开大门，为薛秀丽插针输液。大家都很担心，陆续过来，想留下来照顾薛秀丽，但还得按照原定计划回旅馆收拾东西，坐车去建立本营。

卡车驶出申扎，一路奔向甲岗方向。期待那么多日夜，总算熬到进山的这一刻，每个人脸上都洋溢莫名的兴奋。

不到半个小时，甲岗已从远处的一抹雪白变成真真切切昂立在眼前的庞然巨物。队员们下车寻找合适的建营地址。很快，一条从山谷奔流而下的小溪进入视野，最重要的水源问题解决了，可以建立BC。

在教练们的指导下，本营帐立起来。这个可以容下几十个人的巨大绿色容器让每个人都不住咋舌。打好防风绳，本营帐俨然已经成为一座结实无比的房子。纪明率领一批人把后勤帐立起来，这是个尖顶方形帐篷，宛若一座简陋的城堡。接下来的十几天，从这座城堡之中将会生产无数的美食。

建成两顶帐篷，简单地吃过午饭，接下来是极艰巨的任务——挖厕所，就是挖一个够深够大的坑。这个庞大的工程让他们受到严重打击，虽有心理准备，但草皮坚硬，石头林立，他们挖得欲哭无泪。大风无情地摧残他们的毅力，四人只好轮流作业，每人十铲，每人八铲，到每人两铲……轮换时间越来越短，坑也越来越深。最后在厕所前立一块麻布遮挡，插上一面红旗来表示厕所里有人。厕所终于完工，四个人背着工具心满意足回到本营。

薛秀丽被诊断为急性肠胃炎，刘明星和黄倩倩留在医院陪她。刘明星还抽空去了镇政府和气象局。薛秀丽又呕吐一次，她非常渴，却不能喝水，好在腹疼缓解，逐渐有一点精神。13点多输完液，又取药回去服用。薛秀丽不肯吃东西，依旧虚弱。刘明星和黄倩倩草草吃了午饭。教练来镇上买东西，卡车顺便把他们3个带到本营。他听说本营建得差不多了，呼叫本营说薛秀丽要喝粥。纪明爽快的声音从对讲机传来——"没问题，我会亲自找人做的。"

18点多回去，男生都站在卡车后面，在寒冷的大风里，卡车驰骋于高原草地，视野异常开阔，有天地任我闯荡的错觉。后勤帐里体贴的俞力莎热好饭菜，王文涛早已熬好香喷喷的白米粥，薛秀丽本来从半夜到晚上几乎滴水未进，这时终于有胃口，吃了不少。纪明很满意自己选贤任能的成果。只有刘明星一脸懊恼，遗憾错过重要的厕所建设工程，不过他带回一块木板，完成了蓝图最后一笔。

13日，一早起来整理个人装备和公共装备，冰爪、冰镐、双套靴……整理完装备，又分批行动，分高山食，挖废菜沟，煮好红烧肉和青椒腊肠。

吃完中饭，上ABC。从4800米的海拔上升是一件很考验人的事。高山氧气稀薄，几乎所有人走上一小段距离就开始大口喘气。不到20分钟，就有了第一次休息，大家相视苦笑。

接着一路向上，总算有些好转，队伍上升缓慢而有序，默默前进40分钟，海拔已经达到5050米，第二次休息。天气变化很快，忽然间落下的冰雹、时隐时现的阳光、一路相随的细雨、冰寒刺骨的山风，他们坦然接受大自然给予的考验，向着目的地前进。

ABC是个四面环山的斜坡，坡度并不大，足够建营。中间竖着一块巨大石头，可以挡风。高山帐建在石头背后。所有人到达营地，卸下装备，装在大防水袋中，部分队员当晚住在ABC，其余人开始下撤。

下山的感觉与上山截然不同，卸下所有负担，沿原路返回，一切变得鲜活：洁白的石莲，纯蓝的小花，惊艳而过的羚羊，雪山给大家不断的惊喜。回到营地，教练们已煮好鲜美的羊肉面片，又是美美地饱餐一顿。

回到营地，薛秀丽、刘博和刘东东都发生不同程度的高原反应。他们之前就有些不适，坚持一天，还是力不从心。晚上开会，分成AB两组：A组：纪明、刘明星、林涌、张焓、李响、傅航杰、黄倩倩、张记者，教练阿旺；B组：李建江、柳正、张其星、赵碧若、薛秀丽、刘博、刘东东、王文涛、教练次平、丹增。

14日，李建江一早起来备好丰富早餐。按照计划，A组9点20分出发。傅航杰状态很好，走得飞快，刘明星押后，陪黄倩倩走在后面。11点30分，吃些行动食。纪明考虑大家负重较大，行军较慢，便呼叫张焓和李响下来接应。没多久，就看到在碎石坡上快速移动的两个人影，见到救星，众人两眼放光。

13点30分，到达ABC，李响头疼得厉害，张记者同他留在ABC调整。略微休息，14点20分，A1组（纪明、刘明星、张焓）出发，到冰川末端修路。A2组林涌带领黄倩倩和傅航杰理绳，16点出发，把个人装备和部分路绳背到冰川末端。林涌给黄倩倩50米绳，他和傅航杰各负责 100 米。黄倩倩感觉还行，只是翻鞍部，乱石居多，走得比较慢。傅航杰回过身——"把路绳给我。"黄倩倩乖乖交出去。傅航杰一个人背 150 米继续走得飞快，这时他不再像个小孩。往高处走，每个人都在成长。

A2 组花 50 分钟走到冰川末端，A1 组正准备下撤。冰坡比预先估计长得多，雪非常薄，一旦滑坠，不可能制动，必须修路。已经修了 200 米，估计还有至少 50 米要修。A2 组把装备放进防水袋，17 点 30 分下撤回ABC，钻进帐篷，煮方便面粉丝和冲剂。胃口还行，说明状态不错。张焓有点上火。落日被山头遮挡，只看得到紫色云彩。

夜色笼罩，队员们在温暖的帐篷里交换彼此的故事。故事里那些刚刚好的幸福，还有讲故事人之间的坦诚相交，皆令人动容。23 点，睡下。

ABC 的夜晚，并没有想象中的寒冷。黄倩倩跑到另一顶帐篷，只剩下傅航杰、纪明和李响窝在一顶牧高迪里。15 日，一早起床，傅航杰的头有些隐隐的痛，也没有前一晚的好胃口，草草地煮一些牛奶加咖啡，3 个人一并喝了，又煮了些水灌进钢瓶。

这天的任务是继续沿冰坡修路一直到 C1。刘明星和纪明率先上去修路。张焓和阿旺负责先带傅航杰、黄倩倩以及林涌三个新队员上冰川，并把一些路线绳和雪锥背上去。

经过之前一天的奔波，一向硬朗的林涌也感到有些不适，但他仍旧背得很多。黄倩倩并没有明显的不适，但稍一运动便喘个不停，一直走走停停。

上到冰川末端，好好休整一下，再次换上全新装备。登山鞋变成双套靴，近视镜套上大雪镜，再穿上冰爪安全带，一切都准备就绪。在这期间，阿旺因为耐不住寂寞，早就已经上了冰川。其他人一个接着一个，沿着已经修好的路线绳一步一步往上挪。

上升的路永远都是那么艰辛，不管是碎石坡，还是一望无垠的大冰川，每走几步，呼吸便仿佛到极限，只得停下来大力地喘。喘到稍稍正常，又开始默默地往上走。这期间唯一的娱乐方式，便是走的时候数自己的步数，休息的时候听自己喘气的声音。偶尔四下环顾，前面是纯白的坡，左右都是连绵的雪，往后看，一览众山小，让人顿时升起一种豪迈。

前面渐渐出现两个黑点，正是埋头修路的纪明和刘明星。所有的路，第一次走都是最辛苦的，而一旦到达目的地，又变得平坦。这已经是上冰川的最后一段路，傅航杰趁机换上 8 字环给刘明星打保护，结果绳子已经冻得又硬又粗，好不容易放完绳，手却酸得要命。

抵达冰川顶端，刘明星和纪明、阿旺接着上去探路，剩下的人等到齐后再追随他们的脚印上去，到达冰岩混合地。吃饭，再结组，走上去 C1 的路。结果在冰川上没有崩溃，在去 C1 的路上却着实难受，恨不得走一步就歇一歇，歇一歇就下一次包，下了包就不要再背上去。在各种幻想中，队伍始终有条不紊地前进着，不知走了多久，路过多少美丽的风景，跨过多少大大小小裂缝，他们终于来到 C1。

傅航杰已经无法用准确语言形容这一路景色，仿佛整个天空就突然打开，是一种突然超凡脱俗的感觉，又好像精神达到另一种境界。

抵达 C1，整个人再次彻底松弛下来。休息一会儿，把两顶帐篷搭起来，然后一致决定去练习裂缝救援。

纪明身先士卒，在双重保护下一点点降下裂缝，没过多久，下面幽幽传来一阵哀号："踩到雪桥下不去了……"大家一致希望纪明在下面多体验一下，但"救援"始终还是要进行的。在张熔制动后，傅航杰也一边回忆一边进行着 1/3 系统的制作，挣扎好久，正拼命一点一点地往上拉纪明，纪明竟然自己挥着两个冰镐爬上来了。

接下来是最勇敢的黄倩倩同学。为了体验裂缝救援的刺激，黄倩倩不仅选择了一个深不见底的裂缝，还决定直接往后跳上雪桥掉入裂缝。在大家啧啧不已时，黄倩倩勇敢地一跳，然而，雪桥太结实了。黄倩倩只好一点点降下去。这个裂缝深了很多，不一会儿，除了在裂缝边缘的张焓，外面的人已经听不见里面的任何声音。

傅航杰不由自主地抽紧手中的绳。刘明星和纪明开始紧张的救援，张焓一直在边上大声地传递着信息，时间变得极为漫长，仿佛过了很久很久，黄倩倩的羽绒服忽然出现在裂缝的边缘。大家齐声欢呼。

最后，张焓再次献身，深入裂缝探秘，进行拍摄。地下景色果然令人震惊，仿佛是另一个世界。

天色渐暗，大家打道回府。

16 日 A 组任务相对轻松，8 点起床。在 C1 住一晚，黄倩倩一起来就头疼，动作迟缓；刘明星鼻塞，未休息好；林涌前一天负重过多，反应严重，头疼并且呕吐，但被问到是否要休息或者减负时，总是一句话："我可以。"

黄倩倩很内疚，觉得作为队医她很失职，应该带清凉鼻舒和马叮啉的。已经通过对讲机联络过 B 组，考虑到他们运输任务很重，A 组决定由纪明和张焓下去接应，刘明星带领余下的人在雪坡上训练，计划内容是滑坠和修路。雪太软，坡又缓，黄倩倩一点一点蹭，才下了十多米，无奈放弃，改练修路，顺便帮 B 组修一部分，减轻他们负担。在裂缝区往上修了 150 米，发现都是小裂缝，待 B 组上来就把这段路绳拆了，往上背。挖雪锥是个体力活儿，几个男生奋力下镐，基本上没让黄倩倩有机会累着。黄倩倩第一次打保护，由于 8 字环的阻力，手臂经过无数次简单重复的抽绳动作变得非常酸痛。打个保护尚且觉得累，不难想象一步一步向上探路是何等艰辛，而且除了体力，路线的选择还需要技术和丰富的经验。

大约 16 点，B 组的李建江和张其星首先上到雪坡，说了说这两天的大致情况：薛秀丽已经恢复，刘博却在 ABC 吐了，已经撤回 BC。下方的冰川上，可以望见 B 组其他人正陆续到达 C1。

李建江看着一望无际的雪坡，忍不住试试滑坠的感受，尝试各种姿势——从滑滑梯到驴打滚，模样笨拙可爱——不得不承认滑坠实在太难。休息没多久，还是很累，他们开始继续往上修路和背绳。黄倩倩也完整地背上 50 米绳。李建江一边说自己反应严重，一边背着 150 米绳子一步一步往上走。林涌从前一天开始就没吃任何东西，人很虚弱，却怎么也不肯让别人帮忙，硬是自己把一段路绳送到上面。傅航杰上上下下总是一阵快跑，然后一屁股坐下来歇上一小会儿，快速移动的红色身影让人看了不由也精神起来。刘明星、张焰和次平在前面结组探路，发现原定路线上遍布裂缝，三四米宽，路况不明，前景堪忧。

17 点 30 分，A 组往下走，张焰留下，纪明代替刘明星继续探路，关门时间是 18 点。还没到 C1，黄倩倩就听见薛秀丽清脆的声音，她已经完全恢复。走近帐篷，薛秀丽过来帮黄倩倩提东西，神采奕奕；赵碧若贤惠地在帐篷里为 A 组煮热水。王文涛嗜睡，大家不断地叫他多动动。

A 组喝过热水，心里暖暖的，又有了力气，告别 B 组，18 点 40 分开始下撤回本营。李建江跟着一起下，暂定由他和刘明星走去申扎县买梯子，供第二阶段使用。这个山鹰社 18 年登山史未曾用过的方法来自队长纪明，不知效果怎样。但是，水来土掩，兵来将挡，集众人的智慧，方法总会比问题多。

过了关门时间，纪明还在尝试新路线，困难反而增强他们的斗志。刘明星关心探路进程，几次用对讲机与纪明联系，但另有重任在身，还是带领A组其他人下撤。除了果冻，大家都是一天没有吃实质性的东西，越走越累，脑海中本营温暖的灯光支撑着他们迈出下一步。刘明星的一只冰爪坏了，比较郁闷。傅航杰一边喊着累，一边冲在最前面。黄倩倩走得快哭出来，还是在心里大声命令自己跟上刘明星的步子，甩开手跨着大步，走了一段反而舒服了。

在最后一个坡上休息，抬头望天，看不到日落，但是漫天云彩。下到最后，刘明星滑了一下，差点摔倒，他的体力也接近透支，膝盖发软，只是没怎么表现出来。21点多，终于回到BC，张记者和阿旺为他们准备好了美味晚餐，他们一顿狼吞虎咽，然后心满意足钻进睡袋。

B组则是早上7点30分起床，9点左右全体出发。刘博仍有些头晕反应，留在ABC营地。到冰川末端过河，河面结冰，薛秀丽和柳正先后在石头上滑了一跤，是标准的前滚翻和侧滚翻。

整理好个人装备，次平、张其星和刘东东这些背负能力强的在冰川上消失后，对讲机突然接到A组的信息，让B组加背一些物资，然而他们每个人背负的重量差不多已经到了极限。商量的结果是柳正回ABC取帐篷等物资，李建江带领其他人重新装包往上走。大家都走得郁闷。往上走大约两段绳距离（每段绳大约是50米），遇见纪明下来接，薛秀丽把包与他调换后感觉轻了很多。12点左右上到冰川顶端，看见赵碧若一个人在无聊地等。接着王文涛上来。12点30分，纪明带着柳正也上来，吃午饭休息，把赵碧若的行动食消灭干净。

B组13点出发前往C1。走了十几分钟到达冰裂缝区，五个人调整一下包，结组行进。纪明走在最前面。一路上为了避开冰裂缝区绕了很多路，C1 看起来很近，走起来却很遥远。15 点 15 分，B 组到达 C1，远远看到 A 组修路的人在上面的斜坡上排成一条线。纪明和柳正各背一些绳子和雪锥开始往上去修路。17 点开始，A 组队员陆续撤回 C1。最后刘明星带他们下撤回本营，李建江也跟了下去。纪明他们又在开始探新的路线，原本攀登计划所定的路线由于冰裂缝太多而被放弃。18 点多，B 组老队员和教练撤回 C1。按组分好帐篷，各自做饭。帐篷外一夜暴风雪，连上厕所都成大问题。

山登绝顶我为峰

7 月 16 日晚，纪明说次日 5 点 30 分起床，7 点出发，一度被 B 组队员以为是"真心话大冒险"，但最后被证明为残酷现实。晚上薛秀丽有点缺氧，一直没怎么睡好，17 日早上 5 点 30 分左右听到张其星喊起床，没听到纪明那边有动静，就大胆睡到 7 点。后来证明，后面训练基本没时间了。

外面风雪仍旧很大，最后渐渐变小。大约快 9 点薛秀丽钻出帐篷，张焓、柳正和次平已在外面整理了半个多小时。9 点 30 分，张焓、次平和张其星出发去探路，继续未探完的新路线。10 点多，纪明、柳正带几个新队员去练习修路。赵碧若身体不舒服，留守 C1 营地。开始是柳正带路，后来陆续换成王文涛、刘东东和薛秀丽。大约 11 点，走到 15 日修路的尽头，纪明为他们讲解有关修路的技术问题。王文涛状态有些差，一停下来就打盹。

柳正先做示范，向上修路，王文涛给他打保护。后换成刘东东修路。纪明通过对讲机和前去探路的张焓联系上。经过一番讨论，决定放弃原来的路线，改走新探的路线。撤回绳子，王文涛状态不是很好，先回C1，剩下几个一共背了近400米绳子到新探的路线上。

15点多，B组全部撤回C1。薛秀丽和柳正走在最后，柳正押后。16点多从C1下撤，17点30分左右回到ABC营地。柳正、张其星、张焓清点完食品和装备，开始下撤。这次薛秀丽和纪明走在最后，纪明押后。19点30分，B组最后回到本营，受到A组热情欢迎。

在本营时间过得特别快。17日，黄倩倩睡到9点过，阳光蒸得营帐内闷热不堪。刘明星、李建江、林涌、李响四人一起去买梯子，黄倩倩坐着把油菜仔细整理一番，挑出能吃的。

将近15点，起风了，天阴阴的，蓄了雨水，仿佛要沉下来。黄倩倩和刘明星通话，得知他们还有一段距离。正在这时，黄豆大的雨点砸下来。刘博冲出来放下"窗帘"，黄倩倩赶紧去帮忙，才放下一块，冲锋衣就全湿了。林涌是短袖短裤出去的，黄倩倩准备好毛巾和热水、板蓝根，等待他们回来。

刘明星等先后回来，都湿得差不多了，雨也已经停了。找不到现成的梯子，只能临时定做，第二天老板会给送过来。和A组无法联系上，不能确定他们什么时候撤到本营。结果他们下来，饭还没好。幸好有刘博美味的葱油饼出炉，还打开甜蜜的水果罐头，这时黄倩倩的汤也做好了。

18日集体休整，从上午做饭一直到晚上，登山队度过了热闹而快活的一天。在薛秀丽的带领下，众人为了一顿美味的饺子，忙得不亦乐乎。工具简陋，纪明把桌子搬到帐篷外剁得起劲，过于兴奋，一不小心把肉打翻到地上，可怜兮兮跑进去报告薛秀丽，被要求去溪边洗干净。刘博揉面，薛秀丽擀皮，李响、赵碧若是包饺子的主力。傅航杰一边玩一边包，包个像刺猬的东西。李建江主掌高压锅，由于煮得太久，饺子变成了糊糊。刘博炒花生，第一次实验微焦，第二次进步很大，松脆喷香。

王文涛和黄倩倩帮李建江整理蔬菜，坏的扔掉，好的排放整齐。李建江一向默默干活，不抱怨，也不自夸。

申扎的落日，没有想象中浓烈，却足够美好。有小鸟停在石块上，张焓摄影，留下专注的背影。这个看似木讷的人对世界的细节敏感而着迷。

接着围坐在一起，队员们表达自己对于下阶段分组的愿望。有人强烈希望早日冲顶，有人甘愿默默承担。老队员开会决定分组。A 组是刘明星、张焓、张其星、柳正、刘东东、张记者和阿旺次平。B 组是纪明、林涌、李建江、李响、刘博、傅航杰、薛秀丽和黄倩倩。赵碧若和王文涛守营。因为两个队记都在 B 组，张其星负责 A 组队记。长的钢管梯子由 A 组轮流背到 C1，先是刘明星，张焓，然后是张其星。出发时，刘明星把梯子横放在背包里，用头包固定，转身得先疏散人群，拍合照更是壮观。

为了保证登顶，A 组所选队员都是状态体力技术比较好的，他们用两个小时就到达 ABC，比平时快了一个小时。计划在 C2 待一晚，8 人坐在一顶 VE-25 里，凌晨三四点去冲顶。教练受不了这么多人挤在一起，要自己带一顶二人帐篷上去，便拆下 ABC 的一顶帐篷。A 组从 ABC 出发比较晚，主要是考虑到只需要到 C1，中午走，下午就能到，收拾好营地就可以休息。

B 组在本营休整，纪明开设魔方讲座，吸引了大批认真的学员，不时传出诸如"超级五步法"之类高级词汇。这是纪明与众不同的地方：其他人不过是自己玩，他却能在自己掌握后归纳总结出一套有效方法，教给别人。这种能力在登山队的技术传承中也一样重要。

发电机又坏了，晚上大家都窝在后勤帐，打开煤气灶，一圈蓝色火苗跳跃，众人的影子在后勤帐上摇晃。许多人讲起自己的故事，在这一刻，每颗心都不再设防。

20日，A组分为A1和A2组，A1组（刘明星、柳正、张熔和次平）修路，A2组（张其星、刘东东、张记者和阿旺）运输营地物资——将C1一顶VE-25及其他必需物资运送到C2建营。A1组先走半小时去修路，张其星带领A2组拆完帐篷后跟上。

A1组5点45分起床，8点15分出发，雾很大，能见度很低，晚上刚下过雪，有点冷。张其星夜里没有把内靴放在睡袋里，穿上里面冰凉冰凉的。翻过一个坡度五六十度的雪坡，看见A1组正在裂缝处架设梯子。队员都没有架梯子经验，是教练在架设。架设梯子很花时间，需要两边各两个雪锥固定，还要修一根路线绳。架好梯子花了一小时左右。

大雾依旧笼罩在周围，除了修路的，其他人没事做，只好来回走动，以免把脚冻坏。大家都担心天气变坏，得在坏天气到来前到达C2营地，但这片裂缝区，裂缝都被雪盖住，形成雪桥。这么多这么大的裂缝群，社里以前也没有遇到过。

地形的复杂是这座山的难点，需要丰富的经验，但也就一片裂缝区在，过了就没有难的了。他们绕着裂缝修了三四百米路。天气没有变坏的趋势，只是大雾不散，也幸亏有大雾，给他们赢得宝贵的修路时间。这样的天气很适合过裂缝区，冻了一晚上的雪桥足够支撑人走过。若晴空万里，那些雪桥恐怕早就断了。

大家紧张地修完裂缝区的路，一看时间才13点，心中想着离顶峰更近，垂直距离就三百米，况且上面这段路看上去不是很难，就一个坡度三四十度的大雪坡，挺长的，要走一个小时左右，可以安心地在这里建营吃饭，等着次日冲顶。大雾渐渐散开，阳光洒在雪上，刺得人眼生痛。

刘明星最后一个到达，他一个人带上来两个包，背一个，提一个。他把背上的包扔在地上，吓得大家差点没犯心脏病——明显感觉到地在抖动，下面竟然是空的。站在雪桥上吃饭，这太恐怖了。

大家迅速收拾东西，逃离是非之地，换到前面不远看上去很平的地方，准备继续享用午餐。张焙又扔一下包，这次地面又抖几下。看看四周，都很平整。但这两下已经让人觉得脚下是一个巨大的裂缝，空空如也。

几个人忐忑不安地吃些行动食。考虑到早上一直是大雾，太阳刚刚出来，雪坡上的雪应该很硬，经验丰富的阿旺建议立刻冲顶，然后赶紧离开这个是非之地，下撤到 C1。大家一刻也不想待在这个地方，都同意冲顶。

13 点，A 组将所有物品放在 C2 营址，每人带上一瓶水出发。因时间紧迫，这段雪坡没有修路，A1、A2 分别结组行军。A1 由次平开路，后面是刘明星、柳正、张焙。A2 由张其星开路，后面刘东东、张记者和阿旺。张记者体力不支，A2 组渐渐落在后面。在雪坡快要走完时，张记者实在是跟不上。考虑到没有时间，决定将张记者留在雪坡顶上一个安全的地方。15 点 30 分左右，A 组除张记者外全部登顶。

张其星站在山顶，望着西面那一片白茫茫的山头。他已经站在甲岗的顶峰。顶峰的风景确实不一样，俯瞰群山，仰天长啸，壮怀激烈。阳光依旧灿烂，远方的云流过，云的上面是蓝蓝的天。山登绝顶我为峰，张其星诗云：

　　脚踏绝顶小群山，
　　胸怀日月照乾坤；

风卷云涌身何处，

山鹰依旧啸长空。

B组当天任务是上到C1。赵碧若和王文涛准备好了丰盛的饭菜。吃过午饭，12点10分，B组出发。剩下王文涛和赵碧若在本营。

傅航杰鼻塞，加倍缺氧，难得落在后面。林涌押着傅航杰和薛秀丽，用"龟兔赛跑"的故事轮流"激励"他们。黄倩倩有点无力，深呼吸时胸口微微发痛，也走不快。14点45分B组到达ABC，调整休息，拆下一个步行者帐篷带上冰川。

对讲机中突然传出兴奋的声音——"我们冲顶成功了！"ABC一片欢呼，疲倦仿佛被这惊喜一扫而光。黄倩倩看看表，15点20分。

此时，登山队长纪明也卸下很大一部分压力。他在山鹰社里4年，去过1次科考，登过5次山，当了一年社长，经历算是不少，但新的登山总让他无比向往。这一次攀登可能是他在山鹰社的谢幕演出，他更加珍视。甲岗，从开始的和蔼近人，到后来的狰狞毕露，让人捉摸不透，却又欲罢不能，直到历尽艰辛接近顶峰，他才有释然的感觉。

想到自己也将登上顶峰，B组也觉得充满力量，向C1前进途中望见下撤的A组，不过是茫茫白雪世界的几个小黑点。

19点10分，B组到达C1，马上休息。纪明通知次日3点起，4点出发，尽早通过裂缝区，以免阳光长时间照射造成雪桥融化。

林涌、傅航杰和黄倩倩同帐，写完登顶罐，打算尽早睡觉，时间不多，懒得钻进睡袋，只是将它盖在身上。不知怎的，他们却聊起社里的人事和彼此生活，到凌晨1点多，决定稍微休息，积蓄体力。

A组有3人留下帮助撤营。一天内修路、冲顶、下撤，已经非常累，他们没有地席，仅靠一张防潮垫支撑一夜，但为了保证 B 组休息，他们没有一句抱怨。

21 日，是个值得记住的日子，有那么一些话，那么几张纸，将沿着冰镐死死滑入深雪的痕迹，与一个泡腾片的罐头一起，也许永远地埋在甲岗的顶峰。北大登山队的登顶宣言，留在那个海拔 6444 米的地方。

凌晨 3 点，B 组起床，煮水，出帐篷。微弱的灯光洒向夜空，没有星星，只有斜斜的慢慢飘散的细雪，融化在一片沉寂的黑色之中。在一阵紧张的繁忙后，所有人都穿戴上自己最后的顶级装备，十几支头灯齐刷刷地射向前进的道路。

4 点 30 分，B 组开始冲顶。天黑得只余下几缕头灯的光芒，稍远一点，这种光芒便退化成一个个微微亮的点，仿佛未醒的错觉。他们只是在黑暗中不停地行走。依着前面点点亮光的指引，迈过一条条裂缝和雪桥。又沿着路线绳，一步一步上到一个极大且陡的雪坡。路不好走，随着海拔不断上升，大家的状态反而有所好转。

7 点，B 组抵达 C2。太阳欲出而未出。大地的尽头，一条赤黄色的光带，分隔着两个迥异的世界：上面，是天，地平线的近处乌云滚滚，远处却白云袅袅；下面，是地，近处尽是浓墨的山峦叠嶂，只辨得依稀形状，远处是各种起伏的雪，环绕在看风景的人周围。

再向上走，裂缝的危险更加难以预测，天也开始蒙蒙亮。他们终于在一个缓坡上发现 A 组留下的行动食，大家一阵欢呼，仿佛顶峰已经触手可及，纷纷将最后的冲顶食从背包中掏出来，士力架、红牛……所有的珍藏在每个人手上传一圈。大家精神抖擞，志气满满，放下包，穿上羽绒服。离顶峰只剩下最后 100 米的垂直高差，最后的挑战开始。

越往上走，雪越厚，坡渐陡。四周的景色越来越单纯，走累了，往雪上一躺,眼前只是无边无际的云。太阳已经升起来,厚厚的积云却始终挡着大部分的阳光,甚至连太阳也看不见,只是一条条的金光从云层的缝隙中射出来,仿佛传说中的佛光一般,有一种足以震慑人心的魅力。从日出开始,太阳似乎一直与他们处在同一个高度,依着他们的速度徐徐上升。

8点40分,B组登顶。风一下子变得猛烈。四面八方的风,再也没有任何阻挡,如猛兽一般,全都嘶吼着扑在人身上,冷到刺骨。山顶一面是稍缓的山脊,一面却如刀劈般直削而下,看得人心惊肉跳。

B组在山顶流连30分钟后下撤。新队员先下,老队员将带上山的绳子和保护站全都拆下来,做到不留任何东西在山上,完成绿色登山的最后一步。

冲完顶,似乎一切都变得明朗起来。一路下降,一路欢声笑语。上山时的黑暗已被阳光彻底冲散,一切难以名状的景象完全展现在眼前:深不见底的裂缝,千奇百怪的雪堆,弱不禁风的雪桥,直耸而下的峭壁……原来一路默默向上,完成的竟然是一条如此艰险的路。

他们背了很多很多东西,比赛着从雪坡上跑下来,每走一步脚后跟都会狠狠扎进雪里,每一次倒下都伴随着自己浓烈的笑,每一次站起来又喘得仿佛天地都会一齐颤抖。

他们下山了。他们累得不行。他们还很年轻。他们以独有的热情像中毒似的爱着这种生活。

22日,所有人在本营休息,生活懒散。晚上,在后勤帐开最后一次登山队集体会议。纪明说了许多,到后来,声音哽咽。大家默默听着,新的社长将很快从他们中选出来,其他人也会各有各的责任。经历一个月的共同生活,彼此的合作会更有默契。未来一年,有人放手,有人接过。

山鹰会更好。

"那一世转山……"

经历连续几天的艰苦跋涉，即使是这群热爱野外的年轻人，也不免身心俱疲。在山峰侦察动员会上，大家的表现不免让人失望。最终组成8个人队伍。

然而，从背上背包的那一刻起，他们的激情就已重新燃起。负重行军已是家常便饭，苦中作乐是山鹰社的传统。几公里的距离并不长，但在高原上，这是一段遥远的路程。

天苍苍，野茫茫，略显贫瘠的土地上，草皮延伸到天边，没有个尽头。有人把此行视为一次旅行，一路上有说有笑。但是在辽阔的草原和险峻的大山面前，人类是何等的渺小。很快，队员们就分散开，前面的人居高临下，看到的只是一个个小点如蚂蚁般挪动。所幸，视野开阔，不至于落下任何一个人，但对这个问题的不够重视也让他们后来在山地中尝到苦头。

事实上，他们就像一群观光游客，前面带队的永远是领队张其星，地图归他看，大家对地理远没达到比较专业的水准，甚至在心理上也没有达到。有的人走马观花，有的人行色匆匆。没有带动大家的学习热情，大概是这次侦察最失败的一个地方。从另外一方面讲，这支年轻的队伍所能做到的，也只限于对有限的地方做有限的描述和观察。

绕着甲岗峰转一上午，终于赶到预定的一个山谷吃午饭。这个山谷将是侦察的第一站，从此山谷往东能靠近甲岗西面的冰川。

山谷中是汹涌的冰川融水和极端破碎的乱石。只能选择爬上山谷南面的小山包，以揭开甲岗西侧的神秘面纱。但是，侦察队此时已经放松警惕，王文涛冲到前面，没有任何与大部队联系的手段，以致跟大部队失去联系达8小时之久。他幸运地结束了一下午的艰难跋涉，而大部队则经历了一场噩梦般的大搜寻，李响的手还受了伤，承受最大压力和反应最强烈的恐怕还是登山队长和社长纪明。王文涛晚上独自回来，目睹一个人从极度压力和不安到突然卸下包袱能变成什么样子，这让王文涛很长一段时间寝食难安，追悔莫及。

这次登山比较顺利，侦察中人员走失应该是整个登山中最大的事故，所有人都应该引以为戒，警钟长鸣。

整个侦察行动也受到影响，不得不等到第二天再去下一个山谷。

23日出发时，侦察小分队对要带的东西进行了精简，特别是食物和衣服，24日则为此而付出代价。早上撤营时，食物已差不多告罄。午饭只剩节约下来的少得可怜的行动食。从中午开始，几个人就尝到饥饿的滋味。登山剩下的3瓶红牛成为大家最关心的。

天公不作美，绕山转到甲岗南面谷口时下起了雨夹雪。有的人没有冲锋衣，有的人没有可供防护的帽子，不一会儿衣服就湿了。王文涛不得不时时揉一下后颈。在雨雪的击打之下那里已经有点麻木。雨雪之下，溪流猛涨，原来光秃秃的山头上垂下一条条白色的小辫子。最令人头痛的是，山峰已经消失在云雾中，他们很难靠近冰川。

吃完午饭，开总结会，决定原路返回。这一路对于王文涛和刘东东来说，可谓是暴走的经典。5个小时，刘东东没有减慢步伐的倾向，王文涛只好舍命陪君子，紧随其后。只有当后面的人看不到踪影，两人才停下来休息一下。王文涛还有两粒大白兔、三颗话梅糖和五个山楂卷，刘东东早已经弹尽粮绝。雨水浸透衣服，雪粒无情地敲打在脸上，他们飞奔在希望的原野上，但一个又一个草坡无情地把他们抛向下一片绝地。

远处，本营帐篷上的旗帜似乎已经在向他们招手，却转眼间，又沉到地平线下面。

口袋里的糖已经黏糊糊，却还是希望的一部分，虽然一直很饿，但两人约定，走一程吃一粒糖。草地越来越开阔，大部队也越来越不易脱离他俩的视线。曾经有大把大把的糖摆在面前，没有带过来，到了需要它们的时候，后悔莫及。

到本营时，刘东东抢先一脚踏入温暖的帐篷，王文涛则一头倒在门前。过了约一个小时，所有人全部回到本营。科考队前一天已经到达BC，他们也是吃了很多苦头。入户考察，伙食相当糟糕，天天肥肉加土豆，登山队想让科考队消灭土豆的希望破灭了。

这一天是赵碧若的生日，科考队员做了一个相当棒的蛋糕。部分人在后勤帐狂欢至凌晨1点多。纪明说："下面由我演唱我为刘德华先生写的《忘情水》。"在他的深情演绎下，众人强忍着笑痛哭流涕。

28日早晨6点，张其星的手机响了，大家都起来。黄倩倩把本营一帮人叫醒，发现傅航杰竟然坐在睡袋里打牌到天明。虽然普遍睡眠不足，有点头疼，大家还是忙碌工作。拆掉帐篷，明显看到一块长方形区域草地显出与周围不同的嫩黄色，这是登山队留下的痕迹。但，在灿烂阳光下，这些痕迹很快就会消失，唯有曾经的笑声和低语不散，也许过往的羊群会听到。

天际的亮光从一条窄带扩散开去，天地渐渐明亮。8点15分，车子载着队员们离开，14天的生活同哗哗作响的流水声一道远去。远望，甲岗在云雾中静默无语，一切如初。

2007 年甲岗峰登山队队员名单（年级 / 院系 / 职务 / 绰号）

纪明：2003/ 信息科学技术学院 / 队长

刘明星：2005/ 物理学院硕 / 攀登队长

李建江：2000/ 城市与环境科学系硕 / 后勤队长

王文涛：2005/ 地球与空间科学学院 / 后勤，前站

刘博：2004/ 信息管理系 / 摄像

傅航杰：2006/ 信息科学技术学院 / 装备，队记

柳正：2005/ 地球与空间科学学院 / 后勤，前站

张其星：2005/ 物理学院 / 媒体

林涌：2005/ 物理学院 / 装备，摄影

李响：2005/ 化学与分子工程学院 / 后勤

刘东东：2005/ 哲学与宗教学系 / 队医

赵碧若：2005/ 考古文博学院 / 媒体，摄像

薛秀丽：2006/ 法学院 / 赞助

黄倩倩：2006/ 中国语言文学系 / 队医，队记

张焓：2004/ 生命科学学院 / 装备 /"小黑"

此处就是顶峰

——2008年考斯库拉克峰

> 登山之所以如此独特，就在于它本身所能赋予人的东西。

　　山鹰社有自己独特的历史与文化，每一届都演绎出自己的精彩。考斯库拉克峰（Koskulak，以下简称考峰）是一座美丽的山峰，与北面相邻的雄伟的慕士塔格相比显得清秀玲珑。2008年北大山鹰社选择考峰本身就是一个突破。自2002年山难以来，山鹰社不管在队伍实力还是组织上都损失惨重，这些年基本都是在恢复。7000米一直是个坎儿，每年选山虽未明说，但大家心里都清楚，选择此山，必将承受巨大压力和挑战。

　　此前，北大登山队爬过技术型的博格达，登过处女峰甲岗，在技术和经验上都有充足的准备。但登山不仅仅是技术与经验的积累长进，更重要的是队伍整体的高效运转与队员相互的默契配合。山鹰社每年都换不同的山峰，每年登山的也是不一样的人，任何山峰对他们来说都是未登峰，前人的经验都在书里，渐渐地都流逝在记忆中。

　　没有登顶是最大的遗憾，一系列的原因促成了这一结果。首先是托运的装备迟迟未到，大部队在喀什等了 5 天，致使队伍一进山就遇到坏天气周期，又等了 4 天。等待 9 天是未能登顶的主要原因。错过好天气，攀登周期过长，导致食品供应不足。在宾馆天天没事做，队伍很容易涣散；在山上没事干，只能每天爬小山头适应。

其次是山脊路线比预期的要困难，一条 50 米宽的雪坎横在眼前，教练强烈建议不能再上。雪桥很深，由软雪堆积而成，一脚下去就陷到腰，只有早上雪冻硬时才可以走，11 点以后雪桥被太阳照软就不能走了。这样在 C3 就要住至少两晚，算上 C2 时间，至少需要 4 天时间冲顶。坏天气周期已经开始，不敢保证还有这么长时间的好天气。

最后是主观原因。老队员没有海拔 7000 米经验，甚至 6500 米都没有。这对大家来说是很困难的，冒进的决定不可取。

登山队队长张其星认为，山鹰社的登山模式，以登山训练为目的，以技术传承为指导，理性选择，避开所有不可控的危险，保证最大的安全。这是一个安全的模式，是从大局出发的必然选择，但为训而练，为练而登，在一定程度上淹没了对山峰的激情，对爱山的人来说有些可惜。张其星爬过雪桥，感受到新队员那涌起的激情，也能感受到大家撤营时的忧伤失落。但是，不必后悔，人生路上，总有登顶时刻。

色满会议

2008 年 4 月 21 日，考峰登山队正式成立。21 点 15 分，登山队召开第一次正式会议。张其星请来老队员陈宏座谈。陈宏是 2002 年科考队员和 2003 年、2004 年登山队员。他问了几位新队员的感受，讲了讲自己的想法。令人印象较为深刻的是他对登山本身的兴趣的强调。他认为，如果登山仅仅是因为这群人，那就太过奢侈了，因为在其他社团或者环境也可有如此收获。登山之所以如此独特，就在于它本身所能赋予人的东西。

座谈结束，分配职务。后勤：刘博、徐琰、黄倩倩、王柳、刘睿（训练后勤）。通信：刘东东。装备：李响、楼央、贺鹏超、吴涛。摄影：吴涛、刘东东。摄像：陈颖。队医：刘睿、柳正、楼央。队记：刘睿、贺鹏超。训练：吴涛。财务：陈颖。出纳：徐琰。赞助：王柳、刘睿、徐琰。媒体：黄倩倩、王柳。小白兔：刘睿。

2008年7月8日，早晨天气阴沉，中午下起大雨。15点10分，登山队和科考队从南门出发。15点30分到达北京西站。科考队是16点50分发车的火车，登山队是18点44分发车的火车。登山队先送走科考队，在候车室等候。卢威从学校赶来，背来落在办公室的一包帐篷。

10日上午，火车两边窗外可以看见土黄的大地延伸向远方，尽头两排高山。几座山头处，白雪清晰可见，其中最吸引人的就是山鹰社2006年登过的博格达峰。

11点，登山队抵达乌鲁木齐。乌鲁木齐的温度并不特别高，但日照强烈。出站后顺利找到从西藏登山学校聘来的两位教练。柳正一位搞户外的朋友"蚂蚁"也来迎接。前站定的旅馆离车站百十米远，名叫佳宿。

根据前站经验，从乌鲁木齐到喀什的车比较挤，登山队近20个包还有数箱日加满功能饮料（赞助）若直接随车带去喀什，料想会十分麻烦。12日12点多，张其星和贺鹏超去旅馆附近几家托运公司了解，最后确定一家，0.80元/公斤，保证发车第二天货到喀什。老板陆续提出牙膏、洗发水、电池等东西不可托运，大家又多跑了几趟再做调整。

15点，登山队在一家重庆炒菜馆迅速解决午饭，整好行李前往火车站。蚂蚁决定送登山队上大本营。

13日在火车上度过。22点10分，天仍大亮，终于到达喀什。在出站口仔细搜寻，很快看到前站。站口还有联络官，寒暄两句，便随前站队员上车。不多时，天已昏暗，闹市区灯光下的城市显得清新亮丽。

当晚住在色满宾馆，从外乍看，宾馆像是城堡，住的却是地下室，下去一团昏暗，房间倒算干净。安排好房间——一个大八人间、两个四人间，大家早已饥渴难耐，在前站带领下，找家饭馆大吃一餐。

0点30分回到宾馆，老队员开会。1点45分召开全体会议，决定如下：14日分超市、菜市、工具、运输四个小组分头采购并取回托运物资、办边防证；15日，大部分人先去塔什库尔干（简称塔县），16日去绿弓湖；16日，留下的两个老队员随物资一起到绿弓湖，与大部队会合，建过渡营地；17日早晨由驼队运输物资到达本营。

14日全体8点30分起床，跑步5分钟。10点20分财务归来，拿到预支的钱，各小组出发。

喀什相当小，贺鹏超和楼央、李响去补充工具，最主要是机油，从宾馆到目的地几乎跨半个城市，步行只一个小时就到达。

按要求，各组需在14点前返回，结果进展不一。16点回宾馆开会，各组总结工作进展情况：进山费，不算驼队是10060元；工具尚差火花塞；内务缺哨子和做头巾的布；超市花费5300多元，还差3样东西，菜市场费用1000多元，羊肉待补。

会后刘博、李响拿着大家的身份证去边防支队办边防证，被告知必须本人出面，于是通知大家到场。办完证，又到吃饭时间。大家对后勤安排的饭有所不满，费用问题是瓶颈，于是给每人6元钱，自己吃（晚上开会时这一点受到李兰批评：登山队吃饭从来就是一起的）。饭后，队员们三三两两结队出行逛喀什。

晚上开会，很多人没有按时回来，这让提早赶回来的人很不满。这个问题在之后的会议中也得到彻底讨论。这应该是队伍出行以来最具反省精神和批判性质的一场会议。很多问题，以纪律为首，各职务包括3个队长的做事方式，等等，在李兰和徐勇的凌厉批评下暴露出来，事实确实如此，尽管在某些问题上存在着标准的不确定性。纪明话虽不多，但言语铿锵，理明意深，尤其气度平和，让人很是受用。徐勇、李兰讲得极具说服力。

这次会议从0点10分开始，开了近两个小时。之后3位队长又和3位协作进一步讨论。

会议事务性安排为：从地接社再借5副踏雪板；若装备15日在乌鲁木齐装车，则15日早包菜，把高山食装麻袋，下午大部队离开去往塔县，留两人在喀什与装备同行；16日在塔县适应一天；17日离开塔县，下午建营，否则计划延迟一天。

15日，8点45分集合，吴涛带大家训练，增加准备活动和两组俯卧撑。吃完早餐，回到色满宾馆，装备还没消息，一切只得往后推。

刘睿和联络官去买火花塞和套管。后勤组4人，外加李兰、吴涛、柳正、楼奂共8人将一些后勤物资运送至地接社3号仓库，并把东西全部装麻袋封口。期间，地接社董经理执意请大家吃当地的抓饭。董经理是联络官老李介绍的，为人豁达热情，这次活动在各个方面都为登山队提供了最大的优惠和便利。

其他队员则在色满中餐厅解决午饭。15点30分，在色满宾馆007房间再次开会，主题是探讨大家心目中理想的登山队以及对各职务的看法与要求，以期对队伍进行重新认识和定位。话题很好，但受到前一晚那场会议的影响，众人比较沉默，只好按号发言。

徐琰的发言关键词大抵是高效、纪律、开心、和谐、交流等。柳正讲新队员，提到积极主动、独立自主几个关键词，很具启发意义。李兰也极力强调在登山活动中个人所应具备的足够的独立性和照顾自己的能力。另外，新老队员这种身份化的潜在区分也颇受置疑，这几乎造成两者之间交流的巨大鸿沟。

各人发完言，又进行各个职务具体工作的讨论。先由职务负责人讲自己的计划和认识，然后大家评判，结论如下：

训练，强调需带出气势；本营帐整理，需同时接手内务、照明设施，定期率领大家做清扫工作；关于队长，提出不应插手太多具体事务；关于媒体讨论较多，因为它与赞助密不可分，讲到找一家媒体建立长期关系，各种联系渠道资源需要更好传承等，另外应好好利用老社员资源，譬如李兰，杂志渠道尽可找她。也谈到山鹰社的封闭性，其实不必如此低调，很多小细节都可达到宣传的功效，譬如随身携带社里宣传手册，遇人就可送一本，又如将《没有顶峰》送给赞助商等，绝对是上佳礼物和绝好的宣传品。总之，讨论很多，社里不少事掺杂其中。

会议开到很晚，难免有小的争论引起情绪波动，但在和谐的大氛围下被一一化解。

16日早上，相同的集合、训练、早饭程序，跑步加量。得到消息，装备最早18日才能卸车，20日才能到喀什，只能继续停留。11点，会议继续，风格依旧，针对3位队长，大家都提出自己的意见和期望，刘睿尤其能说。14点会议结束，"色满会议"圆满谢幕，堪载史册。

按照李兰的说法，这次会议很大程度上帮助登山队探寻更好的做事方式。一旦发生冲突，势必会有妥协，而妥协就意味着牺牲一些东西。

所以，必须避免这一点。

14点30分吃午饭，饭后午休。16点30分起床，刘东东作通信讲座，内容包括山上的通信计划、对讲机和卫星电话的使用，等等。休息之后又到晚饭时间。晚饭在吴涛和王柳搜索出的一处地方，饭菜相当可口。以"小明走路"为代表的系列游戏将饭桌上的气氛一次次带向高潮。

17日上午黄倩倩负责讲解登山理论考试试题，李兰讲解技术知识，集体讨论，其乐融融。结束后几个新队员又看一遍纪录片《大雪崩》。

23点30分开会，张其星带来好消息，说装备情况比较乐观，确定19日前往塔县，留徐勇、纪明等装备。这几天刘睿拉肚子情况比较严重，精神也不大好，决定第二天去医院治疗，如果情况不佳，需暂留喀什进一步疗养。

18日，上午分组工作，分作菜市场、超市、留宾馆包菜三批。还要买菜是因为几天的耽搁致使很多菜已经坏掉，损失不小。

刘睿被送去医院治疗，柳正、楼奂、徐琰等轮班守护。晚饭后，大家都去医院探视。

晚上开会，确认次日去往塔县的计划，同时又增加一名病号李响。刘睿、李响一同留下，多休息一天，再一起坐班车去塔县。

塔县草甸之舞

7月19日9点，大部队与刘睿、李响、徐勇、纪明作别，坐车前往塔县。

一路车上，楼奂、黄倩倩互给对方扎小辫，柳正也加进去。王柳始终有兴致地拍车窗外路边景色，不时向吴涛请教。其他人各有闲情逸致。时间久了，难免有些困意，但随着海拔上升，积极适应才是应做的，只好强忍困倦。

接近边境，路上查边防证很严。途经卡拉库里湖，司机停下，大家下到湖边戏耍一番，与身后的湖、湖后的山合影留念。山就是赫赫有名的冰川之父——慕士塔格，而考斯库拉克就在其主峰南面约5公里处。之后的路途中果然看到考峰。那个久经讨论、极具不确定性的雪坎也清楚可见。

18点，终于到塔县，入住在路口一家名为犇磊鑫的宾馆。这宾馆实惠、干净，还提供热水。塔县海拔3200米，大家放好东西，出去适应，刘博和王柳去联系吃晚饭的地方。大部队去石头城，贺鹏超和吴涛、刘东东、张智（随队纪录片拍摄者）随意在街上转。19点30分，去吃高海拔的第一顿饭。饭桌上讨论热烈，关于吃饭不能吃得太快，否则增加消化负担，还有应吃些清淡的蔬菜等。

饭毕，集体到大草甸玩一圈。草甸还算壮阔，不远处一群土山，在阳光下相当漂亮。大家随意拍照戏耍，被一群孩子吸引。小男孩、小女孩很快和柳正混熟，一起玩着古老的丢手绢，大家都加入进去，不亦乐乎。为首的一个小女孩，性格极为开朗，最后献上几首童歌和自创的舞蹈。

晚上开会。队医问大家身体状态，贺鹏超有点头痛，陈颖拉肚子未愈，反应有点严重，其他人情况都挺不错。得到好消息，托运装备已从乌市火车站卸下，就快运到喀什。

20日8点30分，全体起床，慢跑训练，虽然速度很慢，跑起来还是气喘。

刘博和贺鹏超去联系车，以便在大本营队员反应严重时可以随叫随到，运至塔县医院进行治疗。楼奂找医院联系方式，王柳、吴涛负责联系在塔县的用餐。要求13点前回到宾馆，结果都很早完成任务，回到宾馆休息。将近 13 点，柳正、楼奂和贺鹏超去气象局联系登山期间的天气预报。

到气象局，负责人正准备离开。他们表示由于距离原因，没法给出精确预报，只能做出大致判断。这已足够。谈到费用问题，气象局表示登山队都是学生，不会多收，不过也得几百元钱。向其要发票，负责人不知跑到何处找了一圈，回来表示没法开发票，不在乎那点钱，义务帮登山队做预报，随问随报。柳正等连声感谢。

这天买回不少西瓜、哈密瓜，并联系好牛羊肉和少许蔬菜，第二天早上来拿。其他人继续四处游览。塔县很小，比较繁华的只有一条街。

17 点众人翘首企盼的刘睿、李响终于来到塔县。下午饭后众人再次去大草甸，大家兴致高昂。

晚上开会，确定第二天前往 BC。

晴雨两重天

7 月 21 日，早饭结束，后勤队长刘博带几人补充牛羊肉和少许蔬菜等后勤物资。10 点装车出发，雨稀里哗啦落下来。车开不到 10 分钟，停在一加油站。徐琰突然意识到自己的西格水壶落在宾馆大厅，恳请师傅掉头往回开。师傅不乐意，又驶出数十米，宾馆女服务员突然出现在公路另一侧，一手持伞，另一手高挥西格水壶，徐琰探出车门接下水壶，满心感激。

11 点 50 分，到达 314 国道转向去往 BC 的简易公路的岔路口。有一条宽约两三米的水渠，已经填充一堆碎石，但仍不够，于是全体下车挑拣石块填充。此处海拔已上 4000 米，队员们无明显反应，但不得不缓慢做动作。不多时，填充处已有模样，用铁锹再加几把土，踩上几脚，便告完成。车子顺利驶过。从喀什来的托运装备的卡车半个多小时后到达，联络官建议大家沿路往前走走，以助适应。

近13点，卡车到来，徐勇、纪明随车，接上走在路上的队员，13点20分到达绿弓湖处，与驼队会合。那些骆驼都瘦得瞧不出驼峰。天气始终阴沉，风也不小，大家找出自己的驮包翻出冲锋衣穿上。14点20分，进军BC。两位老乡赶着两头毛驴在前带路，队员依次跟上，驼队由教练看着，走另一条道。

大家控制节奏，避免消耗太大，走走歇歇，路途漫长，倒也愉快。不到17点，最快一批就已到达BC。到了BC，贺鹏超忍不住搜索自己高反的迹象，似乎并无意料中的头痛，唯有气喘相当明显。

BC东侧是个大土坡，往上能看到考峰C1上的大雪坡。由于角度问题，C2及往上的雪况完全看不到。西边往下几十米是条小河，再往东又是小土坡。BC南边不远处是考斯库拉克冰川，冰川末端可见，北边则是卡拉雄冰川，慕士塔格主峰就在那个方向。

休息不多久，老队员敦促大家建设BC，提醒多动一动，有利于适应。张其星领一批人搭建本营帐，柳正领一拨人搭后勤帐，贺鹏超则拿着清单，穿梭于各式包中取出所需装备、工具等。大厨王柳虽是新手，但有众老队员压阵，自己又很积极，后勤工作有声有色。登山的生活性、体验的丰富性，就在这些细节中。

本营帐异味难驱，柳正提出用后勤帐做本营帐，但太小，不能实施。装备帐是徐勇带的新帐篷，初时无人得其要领。李兰仔细瞧完帐篷构造，大悟。

后勤帐搭建完毕，建好灶台，就烧水做饭，下挂面。一切都差不多时，已快凌晨，开会也不多说，只是讲需要晚睡早起，以便适应，剩下的混乱留待天亮再收拾。会毕，队医了解大家身体状况，都算正常，又测了血氧值，都下到百分之七八十的水平，心率却是每分钟上百次。

大雪飘了一夜，22日早上醒来，一切都白了，雪仍零星地落着。帐顶积下厚厚一层雪，需要用雪杖在帐内敲打。抬头望考斯库拉克，哪里还有雪线，早已茫茫一片。雪不到中午就已停，太阳出来，很晒，风时大时小，温度足够低。中午，目力所及的土坡上都已恢复本色。

下午天气相当好，全队上山适应性行军。挂上水壶，戴上帽子，冲锋衣绑在腰间，挂着登山杖走上七坡。教练和李兰几个在前面，其他人在后面三三两两跟着，都控制着节奏，避免太累。两位女生黄倩倩和楼奂状态很好，率先跟在教练和李兰后面。过第一个小土坡，遇到一条从山上直向下的小河，过河后是纯粹的碎石坡，某些路段是一些相对较大的石头。走了1小时15分，到关门时间，这时距离雪线还有相当长距离，尽管看起来近在咫尺。在山间，平时的视觉经验根本无效，常常是一种彻底的误导。

回到BC休息一阵，吃毕晚饭，黄倩倩带大家整理第一阶段的高山食和行动食，虽是小活儿，但蛮讲究技巧。刘东东有些反应，恶心严重，不过按他去年的经验，适应好就没事了。此前状态就不大好的陈颖还是挺让人担心；刘睿也头疼，但态度相当乐观，作为队医，他经常用特有的感染力引导大家不去多想高反这件事。

晚上开会，计划次日向C1方向做适应性行军。由于本营帐异味难驱，全队四分五裂，装备帐、后勤帐都住满人，另外又搭了两顶小帐。本营帐倒是相当宽敞。

23日，早上醒来，再遇风雪天气，在BC继续休整一天。坏天气周期来得早，去得也早，第一阶段是好天气无疑。除了整理装备，就是娱乐。本营帐有味，就在后勤帐、装备帐及另外两个小帐活动。有打牌四人组，双升四人行，另有张其星为首的象棋军团，李响则捧着一卷稿纸坐在坡上写日记。

16 点，大家决定往慕士塔格方向做散步适应，于是带上登山杖，裹好衣服出发，边走边聊，非常放松。翻过几个小土坡，上到一个小顶峰，举目四望，慕士塔格主峰映进眼帘，再往北边，远方辽阔处，可见 204 大草原，慕士塔格大本营也瞧得出轮廓。大家争着和慕士塔格合影。

不多时，大片乌云从西边袭来，他们只得往回撤。刚撤回，冰雹就噼里啪啦下起来，不是很久，只是天空仍然乌云密布。北边远处的山头上却是金光闪闪，晴雨两重天，如此分明。

风雪锁 C2

7 月 24 日，天气终于转好，队伍准备进军 C1。按照计划，每人至少背上个人技术装备和睡袋。另外还有 C1 建营物资，第一阶段的高山食、气罐、吊锅。帐篷是两人分一顶，总共三顶：两顶四人帐，一顶沐雪的二人帐。

一切就绪，10 点上包，大家戴好头盔雪镜，手持雪杖，在营地前排成一列拍了出发照，然后按自己的节奏，一步步慢慢向上，有意识地加强呼吸。上到坡顶，花了将近 20 分钟，队伍停下，略休息调整衣服。冲锋衣脱下，插在头包下，喝两口水，含块糖继续出发。

大家排成一列，一个跟一个，不得超越。张其星、柳正和李响在队伍中间灵活调整。为保证行军速度一致，状态不甚好的陈颖和王柳走在队伍前面。这一段碎石坡相当长，一路沿东南方向，尽头就是雪线最低处。雪层很薄，不过新雪刚过，还算好走。穿着高山靴，踩着前面的脚印，稳稳向上，大概 50 米后横切两米，上到东侧大石坡。

这个坡全是岩块，走两步往往带下几块滚石。队员们走得辛苦，每变一个坡度，就会垒一个小玛尼堆做路标。再往上，看见雪线，却不敢判断距离。直到真正走近，才确信已经到 C1 选址范围内。柳正和教练上上下下仔细观察一阵，最终确定 C1 位置在雪线下十多米外较缓的地方。此时已是 14 点 20 分，行军用了四个多小时。

建设营地，首要任务是平整地面。队员们轮流用铁锹、冰镐，先凿后铲，愣是整出三块还算平坦的坡面，两上一下。仍有一些碎石很难凿出，后经徐勇挽袖力凿，得以解决。搭帐打防风绳时，四周石块不少，但都不够稳定，便挑出些巨石，栽稳，再将防风绳绕在上面打紧。最后将睡袋、防潮垫、地席等塞入帐篷，个人技术装备塞入大防水袋，C1 建营工作就算完成。

在 C1 不多做停留，很快就要下撤，回头望望考峰，还是只能看见眼前巨大的雪坡。再往下看 BC，几个渺小的黑点清晰可见。

下撤路上贺鹏超觉得轻松很多，然而脚随石动，总不敢放开走。下到初上时的那个土坡顶，俯视近在咫尺的 BC，恨不能直接冲下。真正走起来，却是困难多多，膝盖也生疼。下到坡底，加快步伐直冲后勤帐，联络官老李的饭已经备好了。

晚上开会，主要是分组，次日第一阶段就正式开始。先是队员报意愿，大都比较两可，徐琰和贺鹏超比较倾向 A 组，老队员商议确定分组名单：A 组是柳正（组长）、李兰、李响、黄倩倩、吴涛、刘睿、徐琰和贺鹏超，教练是顿巴；B 组是张其星（组长）、徐勇、纪明、刘东东、陈颖、楼奂和王柳，教练是次珠。刘博因感冒未愈，留守 BC。A、B 组长分别划分具体任务。

25 日，早上醒来，吃过早饭——滋润的南瓜粥。按照计划，A 组背上 C2 的建营物资、400 米路绳、两条结组绳、少量路线旗、雪锥、踏雪板和两个小冰镐等，当然高山食、行动食和气罐、吊锅也是必需的。10 点 20 分，拍照，正式出发。

柳正开路，李响押后，其他人在中间一列行进，贺鹏超习惯性地走在第二个。按着柳正的节奏，之字形上升，走得不紧不慢。

这次比起前一天全队上 C1 快许多，20 分钟到达第一个乱石坡顶。之后每半个小时休息一次。12 点，柳正与 BC 通话，一切顺利，能看得到远处 B 组移动的队列，通过对讲机听到 B 组与 BC 通话，扬言不到半小时就可追上 A 组。

A 组继续前进，一口气走了 40 分钟，到达最低的雪线下。李兰背包实在太沉，肩部肌肉有劳损，便给贺鹏超和徐琰分些雪锥来背。徐琰状态不错。吴涛看起来比较疲惫，但始终坚持。12 点 50 分继续前进，先过小雪坡，横切到乱石坡，徐琰、贺鹏超和李响轮流开路，主要是选择容易走的路线，选一些相对较大而又比较稳固的石头。教练顿巴始终走在队首侧面，不时给一些选择路线方面的建议。

一个小时后到达 C1，休息，吃行动食，晒太阳，享受清风，看短信或是打电话。

饭毕，找出技术装备、安全带以及双套靴穿上。15 点 15 分，各背一捆路线绳和少量路线旗、雪锥，带上冰爪、冰镐和雪杖上雪线换鞋，贺鹏超和徐琰额外每人背一捆结组绳。他们的结组绳相当重。

15 点 30 分换好冰爪，出发。这时才是真正意义的走在冰川上，雪线上下显然不是同一种感觉。起初一段，雪不很厚，能感觉到冰爪入冰的脆感。还是一列队形，柳正开路，徐琰在后，贺鹏超跟着，后一人踩前一人脚印，走得有条不紊。

真正登到高处，贺鹏超觉得有些力不从心，开始只是气喘，现在却腿酸。一边走一边想着冬训时教的步法，以转移注意力，有些效果。到达一个缓坡处，稍休息。雪山行军，目标就是目力所及眼前雪坡的尽头，那儿势必会有一个缓处，便有可能作为下一个休息点。但从当时来看，那个尽头实在给人遥遥无期的感觉，远非在山下远望所以为的那般轻松。这段雪坡南边是一段碎石路的延伸，休息点旁边有很多裸岩可坐。

休息期间，李兰提出上面的路需要结组，教练觉得坡度太缓，不必结组，而且会影响行军速度。柳正试图征求每个人的意见，但新队员毫无经验，哪里谈得上有自己的想法。如果只凭感觉，当然希望上得越快越好，但出于新奇，又想尝试在雪山上结组行军的感觉。根据李兰判断，上面可能会有裂缝，柳正根据收集到的资料和自己的经验，不大认同。最后决定不结组。

继续走，柳正提出让新队员在前开路，却无人应答。这让柳正失望。其实他们并非不愿，只是不大相信自己能够开出保障大家轻松安全行走的路。教练在队伍侧面时快时缓，边走边观察。右侧的西南山脊，可以清楚地看到一群巨大的裂缝。

突然，教练喊住柳正，走到他身旁，拉开他，用冰镐刨。裂缝，明确的裂缝。它不大，最多20厘米宽，两米左右长。大家都知道裂缝的出现意味着什么，柳正叫大家就地休息，讨论下一步计划。教练独自向东北方向走，在那个方向可以看到远处几面路线旗，想必是之前的西班牙队伍留下的。大家意见比较一致，决定下撤，也因为时间已不早，17

点 55 分了。为了不破坏已踩出的脚印，在旁另开新道。下到上来时的第一个缓坡处，贺鹏超和徐琰将包里的结组绳放下，这时达成共识，从此处再往上行进必须结组。

回到 C1，先是分第二天要背的装备，然后分帐，A1、A2 各住一顶四人帐，柳正和顿巴住二人帐。

26 日任务是建 C2。早上 7 点起床，天还未大亮。外面下着雪，不大，很快停了。拉开门，只见不远的低处云卷云舒。登山队爬的是西山脊，日出自然看不到，黄倩倩虽感遗憾，仍饶有兴致地用从吴涛那里学来的技术拍云景。

吃过早饭，收拾装包，体力和适应情况较好的六人分背三顶帐篷。穿戴技术装备，上到雪线，穿上冰爪，扣入冰镐。原计划 9 点出发，实际 10 点 12 分才行向 C2。

一夜小雪已将前一日脚印掩住七八分，很难辨认。柳正在前开路，贺鹏超和徐琰跟上，李响押后。他们的节奏掌握得很好，尤其雪杖、冰镐和两脚的节奏。

11 点 08 分到达第一个小平台处，结组绳正在此处。A1、A2 各四人分别结成一组，顿巴教练在旁同行。A1 组柳正开路，黄倩倩在最后，贺鹏超和吴涛在中间。A2 组刘睿状态不错，自告奋勇做第一个。此时山下雾气茫茫，正在缓缓上升，料想 B 组行军至 C1 会比较麻烦，与 BC 通话证实了此点。柳正判断雾气不会对 A 组有影响，太阳一出就会消散。果然雾气并未追上他们，而山下的雾也逐渐散去。

12 点 28 分到达第一裂缝处，这里有前一天放下的雪锥、路线绳、踏雪板等。休息一番，补充水分和行动食，并讨论是否将此处的装备背至 C2。最后决定先行上升，若到 C2 体力富余，再下来背负装备。12 点

45 分继续行进。

结组行军，安全许多，但四人节奏很难一致，要费力不少。这一路，碰到不少裂缝，横向、纵向都有，柳正教贺鹏超在探出裂缝后怎样进一步探明裂缝方向、长度、宽度等，他探出裂缝可疑处便跨过，留给贺鹏超确认并挖开。在裂缝旁边必须插一路线旗做标记。

14 点 52 分，A1 组到达一处缓平台，平台上是一段略陡的雪坡，西班牙人的营地旗就插在附近。柳正观察一会儿，让大部队休息。贺鹏超给他打保护，他缓步向南横切，观察南侧雪檐情况，到边沿时伏地而进，然后撤回两步，向上走了走，观察一番。回来给大家讲清情况，决定 A1 组向上侦察，A2 组继续休息。

向上走 20 分钟，在前面不远处发现一个更大的平台。此处可直接看到 C2 到 C3 那段山脊路线。经与教练商议，柳正打算将 C2 建在上面这个更大的平台上。A1 组下撤，15 点 30 分返回原处。大家边休息边讨论，最后确定 C2 建在上面的平台上。

A1、A2 结组攀登。这段陡坡起步一段雪极薄，近乎走在冰上，再往后雪极深，走起来十分费力。16 点 30 分到达 C2，营地雪厚，有些松软，平整后踩实，开始搭帐。A2 组仍是一个四人帐，黄倩倩和顿巴住二人帐，剩余三人住一帐。柳正看大家状态不大好，决定不再下去背装备。通过对讲机了解到 B 组情况，也是状态不佳。他们打算背着 C3 建营物资等从 C1 能走多远就走多远，最后是放了裂缝起始处。

27 日，7 点，A 组被闹钟叫醒，普遍感觉很冷，头也痛，柳正反应尤其严重。又是一夜雪，风很大。穿好衣服，仍然钻进睡袋。过一会儿，天亮些，风雪依旧，雾气弥漫，A1 三人忍着口渴，吃着饼干。

8 点，柳正与 BC 通话，得知 C1 天气很不好，BC 那边嘱咐天气转好再行动。李兰帐篷多烧了一钢瓶热水给 A1 组。几个人就这样裹得严严实实无所事事地坐着，祈祷天气转好。打着盹儿，却不敢睡，怕反应加重。

9 点，再次通话，没有太多 B 组消息，主观判断他们状态不太好。

10 点，与 BC 通话，经了解，B 组队员状态不错，C1 天气转好，准备向 C2 进军。这时 C2 仍然风雪天气，能见度极低，柳正等建议 B 组等 A 组下撤时再向上进发。

11 点，B 组提出打电话给气象局，询问天气情况。天气预报为，27 日、28 日两天坏天气，29 日好天气。

12 点，柳正提出让 B 组提前下撤回 BC，留两个老队员接应 A 组，又与李兰、顿巴商议，决定先行收拾东西，一旦天气转好，随即下撤。

13 点 25 分，一切就绪，风还较大，但雾已散。A 组结组下降，直到最下面的小缓台处解除结组，飞一般下到 C1。纪明与次珠教练在下接应，送上果珍和清水。在 C1 休整一番，解掉技术装备，只背个人物品下撤。

小雪还时断时续，碎石坡上沾上不少雪，路很难走，但大家下山心切，即使鞋内进了石子，也顾不得。16 点多，队员们陆续回到 BC，后勤帐前的桌上摆满西瓜，刘博送上温热的果珍，陈颖摄像。近 17 点，突然发现 BC 西南坡上出现一辆小车，车子停下，出来四个人，原来是新疆登协一位前辈，听说北大登山队在此，就过来探望。

饭后，老队员商量第二阶段的事，决定第二天休息一天。

28 日休整，晚上开会，决定增加一个阶段。重新分 A、B 组。A 组任务是第一天背部分路线绳和 C1、C2 之间剩下的装备，上到 C2，第二天从 C2 往 C3 修路，第三天下撤回 BC。B 组第一天上 C1，第二天上 C2，第三天接着修路，当天下撤。

A1是修路组，队员有张其星、李响、刘东东和贺鹏超。A2是运输组，队员有李兰、吴涛、楼奂和徐琰。徐琰因膝盖疼痛，视第二天恢复情况而定是否上山。其余人归入B组。

雪坎阻断登顶路

7月29日，早上10点，A组出发，平均每人包里有一捆绿色路线绳，其余为个人物品。张其星带队，只用2小时45分钟就到C1。据说他走的是之前B组经历数次探索找到的最佳路线。

到C1先是休息、吃行动食，然后装上高山食和气罐，穿好个人技术装备，即刻出发。李响因状态不好，提出在C1等B组，第二天再跟B组上C2。剩余7人加教练，按照原计划，也不结组，一路上升，到C1、C2之间放装备的地方已是15点45分，大家背了尽可能多的装备，包括3捆路绳、雪锥和一些杂物，满满当当。张其星叫大家不必走得太急，慢慢走到C2，保存体力第二天修路。

张其星、刘东东、贺鹏超、吴涛、徐琰轮流开路，用时2小时到达C2前的大陡坡。张其星决定在此修路，50米路绳即可，李兰打保护，其余人边休息边看李兰如何操作。很快上升，过陡坡，C2就在缓台不远处。这段路雪很深，大家奋力拼完，赶到C2。徐琰跟教练住二人帐，A1、A2组各一帐。在C2，距离两米就足以决定手机信号有无。教练帐几乎总有信号，其他二帐却鲜有信号，张其星、刘东东便尝试把手机给教练，让其帮忙接发短信。

A1帐烧完4锅水，隔壁帐还在打火。A1组便烧了锅水递给他们，本想换包辣味海带丝，结果只换来几片吃剩的豆腐干。张其星起初有些

324

高反，没有胃口，一包海带丝下口，瞬间辣得全身细胞被激活。据教练讲，辣有助治高反，高反上头，辣亦上头，以毒攻毒。日落将尽，吴涛、徐琰带头外出摄影，刘东东、张其星亦钻出帐外。

B组也分两小组，B1组负责修路，B2组负责运输装备，背上950米路绳、6袋高山食、18个雪锥、14个气罐上山，11点从BC出发，任务是到达C1。此前B组只在山上适应过一晚，这样安排更有助于适应。王柳状态十分好，和刘睿一路走在大部队的前方。虽然B组背的东西很多，但任务比较轻，走得都比较轻松。休息三四次，到达C1。前方A组清晰可见。

30日，在C2的A组7点起床。9点，A1组3人加教练结好组，各背两捆绳，先行出发。A2组随后跟上。

从C2起，先是一个小坡，上去就是一个巨大缓台。过了缓台，就是照片中出现过的那段山脊。早上行军，雪层很硬，踩着非常省力。上了山脊，终于看见A2组出现在缓台尽头。山脊左边雪檐，右边雪槽，路线偏右一些，基本相当于斜切雪坡。起初坡度较缓，数十米后渐陡，张其星决定修路。贺鹏超打算坐在旁边看，脚没踩稳，开始往下滑，所幸冰镐插得稳固。他急忙爬起，用脚跟狠狠踏出两个凹坑，踩在上面，才算稳住。

张其星修路，刘东东打保护，二人用对讲机沟通，教练在一旁看，贺鹏超则看操作，回忆之前的训练，帮刘东东抽绳。不久，对讲机中传来可以上的声音，贺鹏超跟着教练的操作，挂上牛尾就上。到达保护站，贺鹏超急切想知道保护站模样，证实之前学到的东西。按照要求，保护站应包括两根雪锥——一个横埋，一个竖插，但这种雪层，一个竖插已经足够。接着刘东东、张其星又各修50米路，贺鹏超帮着打保护抽绳。

张其星叫贺鹏超上去修路。他挂上对讲机、两个雪锥，绳头打 8 字结穿过保护环，背上一段绳上去。建完这个保护站，已经 13 点多，便决定在此吃午饭。A2 组也上来了。吃饭期间，看到 B 组到达 C2。

在 C1 的 B 组 7 点烧水吃饭。9 点 45 分背上重重的包奔赴 C2，在路上装上雪锥。纪明教刘睿和王柳除八字上升之外的步法。雪硬，他们越走越快活。王柳保持强劲势头，走得非常好。12 点 5 分休息，12 点 57 分到 C2，都饿得不行，吃行动食充饥。

A 组吃完饭，看时间，还能再修 200 米。修完一段，刘东东上去修，发现雪层很薄，底下是冰，雪锥竖插很难打，冰又很脆，敲进冰锥，一拔就出来。刘东东刨出一个横槽，将雪锥横敲进去，才算稳固。

过一会儿，对讲机里传来 B 组声音，他们打算当天就上来接着 A 组修路。这时 14 点多，A2 组先行下撤，输运物资留在当地，途遇正在上行的 B 组。李兰说了情况，此时雪开始化，已经修不了路。王柳打退堂鼓，说既然修不了，背上去也没用，还不如明天一起背。这时柳正、纪明、李响、顿巴、黄倩倩已远远地出现在山脊横切处。B2 组长刘博高反比较严重，留在 C2 营地，准备次日中午下撤。刘睿申请押后，和王柳等后面的陈颖。陈颖也很疲惫，他们决定回 C2 营地，将包固定在雪坡上后就往回走。运输任务没有完成，纪明他们非常气愤地回来，刘睿被纪明教训一顿。柳正叫大家开会，说完回帐篷，吃饭睡觉。

最后一段，A1 组修到 15 点多，贺鹏超和刘东东先撤，张其星修完路也跟着撤。到 C2 装上垃圾和个人物品，已是 16 点多，继续下撤。次珠独自狂奔而下，张其星、刘东东也往下冲，其他人远远跟在后面，半个小时就撤到 C1。

此时太阳底下，暖风和煦，脚下石头也是温热的，闲下来的晒太阳，也晒晒装备，等全组下来再稍作休息。17 点 45 分撤向 BC。

31 日，又是一个美丽的"春天"。沿着路绳上升，走 30 步休息一下。王柳逐渐找到状态，刘睿和陈颖走在后面。看到 5 大捆绳，刘睿和陈颖商量都背上。陈颖五捆、刘睿七捆，一起走着，互相加油，要做最强的运输队。纪明、柳正、李响、顿巴在前面修路，其他人坐着聊天，一点都不冷。刘睿中途下到背绳的地方拿过一次帐篷。接到黄倩倩通知，让陈颖送刘博下到 BC。陈颖暂时离开运输队，男人般的王柳背起 5 捆绳出发。当刘睿最后一个到达雪坎下的小平台，柳正说因为雪坎的原因，路修不下去了。雪坎左有长 20 米、宽 6 至 7 米的雪桥，硬雪层厚 20 厘米，最左侧为雪檐。教练说，如果继续上攀，出事故他不负责。

这个"春天"如此短暂。B 组只好下撤，在 C2 商量，决定回 BC 从长计议。C2 到 C1 的雪坡被晒化又冻上，成为滑滑的冰面，很不好走。到 C1 发现陈颖和刘博还在那里。原来刘博在下撤时不小心滑倒，幸好及时制动，吓得陈颖一身冷汗。大家一起撤至 BC，A 组准备了丰盛晚餐。

晚上开会，做第二阶段总结。A 组任务基本完成，还算顺利。B 组主要总结纪律问题。

8 月 1 日，全队休整，晚上开会，张其星宣布最终决定：放弃冲顶，进行训练。重新分 A、B 组，A 组上山训练，B 组去冰川末端考察。

新队员除徐琰、楼奂外，都在 A 组，另有刘东东、李响、张其星三名老队员。其余队员在 B 组，柳正因脚伤在第三阶段留守。

雪桥遗恨

8 月 2 日，早上天气还算晴好，10 点 05 分，A 组队员背上高山食和个人物品出发，刘睿押后。可能起步走得快了些，队伍距离拉得比较远。刘东东的脚伤发作，走得非常痛苦。张其星决定让刘东东直接下撤，联系 BC 换个老队员上来，得知 BC 只有柳正一人，其余人都已去冰川末端，对讲机一时联系不上。刘东东决意要上 C1 看看，表示至少可以把自己的技术装备背下山。

A 组继续行走，转向乱石坡的雪线前，雪全结冰，几乎无从下脚，只得上去两步，直接横切到石坡上，互相搀扶，总算过了此处。教练有意耍酷，在冰上走一段，又跟跟跄跄舞蹈般切回到石坡上。

到达 C1 已是 13 点 15 分。此时漫天云块，风势凌厉。吃过午饭，14 点多继续行军。刘东东暂时留守，王柳状态也不甚好，但在大家鼓励下，也坚持上去。到第一个缓台处略休息。这段坡因雪化，几乎就是在冰坡上行走。张其星决定在此处训练修路，这次要用冰锥。计划是四个新队员一人修 50 米，王柳则跟教练慢慢向上先走。

第一段贺鹏超修路，刘睿打保护，打保护抽绳相当困难，修路人在前面走，常常会被绳拉住。接着陈颖、刘睿各修一段。小雪开始漫天地飘，风猛烈地刮。修路耗时太久，又怕天气变得太快，决定直接行军，吴涛未能修路。

教练、王柳在前方已成小点。李响和贺鹏超走在前面，张其星等后面 3 人。风雪依旧，没有消停的意思。队员们不只呼吸更加急促，大腿也有酸累感觉，走得十分艰难，看着地面上无数脚印，乱七八糟，便也不讲究，只要是坑，就顺着往里踩，碰到裂缝，也不愿多耗力气，轻轻一跨，有时不稳，一个小跟跄，就得休息半天。每走几步，休息的念头就冲上来，但为快些到达，总酝酿一番，一口气连走数步，然后大喘着休息。

李响在贺鹏超前两三米的距离，张其星四人结组在一起，在后面数十米开外。听到张其星的几声呼喊，叫前面的贺鹏超和李响走得慢些。两人停顿一下，以为是怕走得太急，要他们注意安全，接着便走。看前面王柳的影子已经消失，走着走着，便又想快起来，拼着劲儿走完最后一段，到达C2。教练已经进帐休息，王柳坐在外面休息。此时18点15分。贺鹏超也跟着坐下休息。风雪渐渐小了。

近19点，大家都到达，张其星一上来就批评贺鹏超跟李响，说他们困难来了，就自己先跑，也不管队友，叫慢点也不听，凭体力好也不能这样。贺鹏超对这样的说法无法接受：一是他并没有意识到是怎样的困难，二是从未有过顾己不顾人的念头。但错了是肯定的，于是道歉，保证不再犯。

李响、吴涛和贺鹏超一顶帐篷，刘睿、张其星和王柳一顶帐篷，教练独自一人。张其星时不时探出帐篷，惊叹一番。风雨过后，天气相当晴朗，阳光异常饱和，几乎射穿帐篷。

3日，早上5点起床，为赶早到雪坎前探一探，A组8点20分出发，雪很硬，走得很顺，只是间歇下着小雪。BC通话表示担心，A组却乐在其中，不以为意，10点20分顺利到达雪坎前平台处，稍作休息。

前面的危险区是两道并排的大裂缝，前后大约50米，宽数十米。右边一半是彻底空的，左边一半有很厚的雪桥，裂缝上宽下窄，积得住雪，但没有根基，雪极软。

张其星、教练、李响结组而上，剩余几人在平台上观望。教练为首，先上。到松雪区，眼见教练一脚下去就没了整条腿。教练吃力地走几步，就开始往回走，显然已经放弃。张其星坚持要上，李响打保护。张其星走几步，与教练状况相同，但他改为跪在雪面上，近乎趴着行走，以减小压强，效果不错，成功经过险区。李响以相同方式上去一段，往上观察，前面雪坡挡住视线，因少带一段路线绳，只好止步于此。

不久下撤，张其星抓着绳一路滑下来，用冰镐控制。李响则一步步走，陷下去又拔出来。尽管大家都有想上的强烈愿望，但因种种原因已经无法实现。

不能登顶，此处就是顶峰。吴涛给每人拍照，又帮刘东东埋下写有其愿望的登顶罐。大家各自往包里塞满堆在此处的装备，就此下撤。快到坡底时，张其星建议留4捆绳在地上，以备下午修路训练用。刘睿走在后面，待前队到C2休息，看到他背着大包，身上挂满绳，步履蹒跚下来。原来他走着走着，看到地上有4捆绳，以为是前面的人背不动放下的，便拼老命捡起来背上，走了几步走不动，又放下两捆，因为还有押后的李响，可以留给他背。大家不禁愕然而无奈，又很是敬佩，只好通知李响再留两捆绳在上面，以备训练。

在C2，大家也不进帐，坐在外面，吃吃饭，休息休息。王柳突然有学习收绳的兴趣，她绳收得漂亮、规矩，可能是女生臂展比较协调。

14点多，张其星带队上去训练，李响和教练去拆绳和雪锥。

到坡底，开始修第一段路，陈颖打保护，贺鹏超修。陈颖的保护点费九牛二虎之力终于搞成横埋，异常结实。王柳、陈颖都修了一段。因时间问题，刘睿和吴涛没能修。尤其吴涛，再次做出牺牲。不过，对于他而言，技术完全不成问题。

滑坠制动只有王柳没有练过，其余人在小五台已做系统训练。南边就一个大坡，雪太厚，始终滑不起来。起初王柳还有忌惮，到最后就完全放开，乐呵呵地玩起来，随意一个姿势就往下倒。总归还是头朝下能滑得快些。上上下下无数趟，终于折腾累了，也练得差不多，就放王柳上去休息，然后拆掉修的路，撤回。

A 组回到 C2，B 组派来纪明、徐琰上来帮忙背东西下去，徐琰已经背东西撤回。纪明以状态不好为由留下来，实则为当晚给大家讲故事。

待收拾东西进营生活，纪明的故事也开讲，纪明从山鹰社成立起因讲起，登山队史、重要人物，绘声绘色，娓娓道来。动情处，慷慨激昂。

4 日，7 点起床，吃完早饭，收拾东西出帐。没有登顶，C2 成为赞助照的拍摄地。风寒料峭，队员们分作两边，一边举登山队队旗，一边轮番举各类赞助旗，无止境地接受吴涛相机的洗礼。

撤营远比预想的要复杂。东西之多、之碎超乎想象，垃圾、装备、食品都不能留下；绳子太多，不可能背下去，就分成两堆，每堆各用一条绳捆在一起，准备拖下去。11 点 25 分，收拾停当，下撤。教练和纪明拉一捆绳，张其星和贺鹏超拉另一捆，刘睿押后。

一开始雪厚，拖绳子相当费力。后来坡度陡些，雪层也薄些，绳子跑得很快，只要保持跟它一样的速度，就会相当轻松。

下到 C1，已经 12 点 30 分，B 组正在撤营。大家尽可能将自己的包塞到最满，外挂也尽可能多。尽管如此，还是落下十多捆绳背不下来，只得第二天再跑一趟。

5 日，早上起床，阴风阵阵，不由担心天气转坏会影响装备晾晒。不多时阳光暖暖，几乎可以单衫在身，不过风还是依旧大。

吃完早饭晒装备。纪明看着搭起的一顶顶高山帐，尤其那 6 顶 VE-25，不由感叹：我们社现在真是发了。很多队员习惯性地使用这些装备，却极少意识到这一切得来的不易。

大家继续娱乐事业。突然间张其星大喊帐篷飞了，果然，一顶 VE-25 向南边飞去。贺鹏超和张其星拔腿便追。帐篷连滚带飞，却是神速，所幸被巨石阻挡，终于追上。不多时，张其星又指向南边，一顶帐篷屹立在远方。大家不及多想，赶紧追回帐篷。

张其星和吴涛、刘睿上山背绳，贺鹏超整理剩余的高山食、行动食，做成火车食，其他人则开始收装备。

晚上开会，主要是总结，再次讨论冲顶的问题。

6日，登山队下山返城。

2008年考斯库拉克登山队队员名单（年级/院系/职务）

张其星：2005/物理学院/队长

柳正：2005/地球与空间科学学院/攀登队长

刘博：2004/信息管理系/后勤队长

李响：2005/化学与分子工程学院/装备

刘东东：2005/哲学与宗教学系/通信

黄倩倩（女）：2006/中国语言文学系/后勤，媒体

陈颖：2006/物理学院硕/摄像，财务

刘睿：2007/医学部/队医，队记，后勤

贺鹏超：2007/地球与空间科学学院/装备，后勤

徐琰：2006/化学与分子工程学院/出纳，后勤

吴涛：2007/信息科学技术学院硕/摄影，装备

楼奂（女）：2006/法学院/队医，装备

王柳（女）：2007/政治学与行政管理系/赞助，后勤

纪明：2003/信息科学技术学院

徐勇：2003/国际关系学院

李兰（女）：高山协作

目 录
contents

001 （五）鹰之意：前行与重返

跟不同的人登山，是不同的感觉

——2009 年四返玉珠峰　002

每组攀登的是不同的雪山——2010 年卡鲁雄　020

无兄弟，不登山——2011 年素珠链　049

在顶峰放声歌唱——2012 年雀儿山　068

路线绳末端是顶峰——2013 年重返克孜色勒　088

流浪的圣徒——2014 年重返格拉丹冬　111

锲而不舍——2015 年重返阿尼玛卿　142

161 （六）鹰之神：平凡与辉煌

再返喜马拉雅——2016 年卓木拉日康　162

白雾与灯——2017 年团结峰　181

地球之巅——2018 年珠穆朗玛　203

对攀登的纯粹的渴望——2018 年再返甲岗　254

293 后　记

（五）

鹰之意：前行与重返

　　"有气而有意"（《鹖冠子·环流篇》），"由来意气合，直取性情真"（杜甫），"气意得而天下服"（《管子》）。意者，可轻可重，可坚可柔，可方可圆，可进可退，可远可近，可长可短，在忐、心、性、气的基础上，有坚持，有追求，而不流于轻浮，平滑而行，即喻鹰的盘旋与滑翔。

跟不同的人登山，是不同的感觉

——2009 年四返玉珠峰

我们不是来登顶的，而是来找困难的。

19 年前的 1990 年，北大山鹰社登山队选择玉珠峰（从南坡攀登）作为自己的首登峰。

12 年前的 1997 年，北大山鹰社登山队选择玉珠峰北坡二号冰川作为攀登 8000 米卓奥友峰的前奏。

6 年前的 2003 年，北大山鹰社登山队再次选择玉珠峰北坡二号冰川，作为遭遇山难的山鹰重新飞起的起点。

2009 年，北大山鹰社登山队选择玉珠峰作为 20 年社庆新老山鹰们欢聚一堂的据点。

20 周年社庆筹办前期，在老社员的建议下，社里决定第四次回到玉珠峰，举办玉珠峰登山大会，让新老山鹰们有一个共同体验雪山魅力的机会。

最初做计划，考虑从南坡传统路线和北坡三条冰川同时攀登，但因为本营营址的选择和现场指挥的复杂而放弃，其后又一再修改攀登路线，最终将北坡二号冰川传统路线作为攀登路线。（从最后攀登实际情况看，路线难度比原来预想的要高得多，主要是坏天气周期的影响和微地形的变化。）

2009年4月20日北京大学探路者登山队成立，队员是薛秀丽（登山队长）、贺鹏超（攀登队长）、张其星（后勤队长）、刘东东（总装备）、李响（副总装备）、李建江（大厨）、贾培申（前站队长）、张伸正、张亚萍、周乃元、杨洋、李赟、王丹丹、钱俊伟、冯春远和叶浪花。队伍规模比前两年稍大，新老比例为10：7，女队员人数较往年多，男女比例为11：6（历年队伍中女队员一般为2至4人）。

社里在对登山队员技术培训方面已有一套相对成熟的运作模式，一般而言，针对新老队员在技术和经验方面的差异，会有不同的训练内容。2009年基本延续以前的经验和节奏。

原计划所有新老队员齐聚本营，联欢和交流。但受到本营条件、攀登周期以及老队员假期限制，最终先保证在校队员顺利攀登，老队员分三批攀登，大部分在校队员仅与第一批老队员在本营短暂见一面。

6月29日至7月13日登山队攀登玉珠峰，7月11日上午分两批共20人成功登顶。

初次上山适应，还是美丽的

6月25日，登山队出发。印海友、姜锐、余彦敏、肖忠民等老一辈登山家来到北大南门。许多社员第一次意识到山鹰社有那么多赞助单位，大家把登山队送到车站。车走了，送别的人一直在后面追着火车。

在火车上，旅途正式开始，大家以各种方式相互调侃，热闹有趣，以至于同车的人纷纷想要加入山鹰社这个大家庭。

26日到达格尔木，和前站会合，住进宾馆，大睡一场。

27日早上，后勤队长张其星作为前站，已提前搞定甜甜饭店老板娘，老板经常给队员们送茉莉茶，说努力成功之类的话，让人感动。于是队员们决定和老板合影，允许他把照片挂在显眼的地方招揽顾客。

下午分头进行蔬菜、肉类、后勤内务的采购活动。北大体教部教师钱俊伟太会过日子，通过各种"威逼利诱"，把那些卖东西的大叔大妈"气"得"口吐鲜血"。周乃元和钱俊伟要搞报纸用来包菜，苦于没有途径，钱俊伟看到"有事情找政府12345"，于是打这个电话，结果在市政府从市长秘书那里搞到很多报纸。张亚萍、叶浪花、王丹丹把卖东西的人搞疯了。确切说是叶浪花，她不仅仅购买登山队需要的东西，还特别热心帮那些超市推荐各种关于水果减价的信息。

下一步是回宾馆吃饭，出去散步，接收托运装备，回来看电视。

之后要开会和接教练。西藏登山学校委派的三位教练是洛琼、洛桑欧珠、洛桑顿珠。他们都非常年轻，但都有八千米雪山攀登经验。入选西藏登山学校是一件非常困难的事情，要经过严酷的体能选拔。每年登山学校只招20多个学生进行培训，整个登山学校的登山队员只有60个左右。委派来的教练就是其中最棒的队员。

28日8点左右，大家从床上挣扎起来，在甜甜饭馆一番"厮杀"后各自行动。

中午，一部分老队员在金帝宾馆整理装备。14点，一部分队员去金帝宾馆运输装备，一部分回华东旅社整理蔬菜，一部分到西单商场运输后勤物品。青海登协方面提供的皮卡车不够大，从青海登协租借装备就差不多装满了，于是又租了一辆。

晚上本来安排与教练们一起吃饭联络感情，不巧的是教练见到一个几年不见的老同学，通知他们时他们已经酩酊大醉。订餐过程出现一点预算方面的小问题，刚开始气氛有些僵，但并没有影响大家的食欲，依然吃得很high。

20点左右，登山队长薛秀丽组织开会。先是做各项活动口头总结，主要是前站和后勤。前站工作有张其星帮助，进展十分顺利，工作量多质优，后勤工作更是井井有条。最后说第二天的安排，西大滩修路，上午8点以后禁止通行，必须出发得很早，定于凌晨3点30分起床。

29日凌晨4点，登山队终于踏上触摸玉珠的路。格尔木的空气很凉，巴士里出奇的安静，不知是出于困倦，还是带有几丝紧张的期待。外面汽车发动机的声音异常清晰。

起先大家都在睡觉，醒来发现窗外的景象令人惊叹。开始是尖尖的土色的山，一片荒凉。山逐渐变得浑圆，还有一些沙丘，阳光刺眼，大家赶紧抹防晒霜。最佳防晒奖给张伸正，打劫帽加墨镜的搭配完美地掩盖住他最近痘痘泛滥的皮肤。来自高原的大一女生杨洋只戴帽子。周乃元、叶浪花、张亚萍、薛秀丽和王丹丹5位女生挑的头巾布堪称经典，白布上蓝色的小花和草莓图案简直是百搭，尤其是放在李赞、李响等人身上，具有令人惊艳的视觉冲击。

唱一会儿歌，就喘不过气来。不知道是谁惊叫，"看到玉珠峰了！"刘东东和钱俊伟趴在窗边疯狂拍照。车一路开，薛秀丽兴奋地说："看，《没有顶峰》里就是这个样子的。"就是那一片草地，从巴士挡风玻璃里看到一片绿色晃动着接近。此时，法学院大一女生周乃元脑海里响起《没有顶峰》里的"here I am"。不是那辆卡车，不是那个时代，也不是那群人，但是大家的心相通。对高原的向往，那些阳光、那些雪、山上的狂风、顶峰的辽阔。急促的呼吸。加速的脉搏。Here I am。我们来了。

9点多到达海拔4200米左右，车开不上去，决定原地建本营，搭帐篷，收拾装备。男生多多少少都有些高反，晕乎乎的；女生都很精神，以至于被派去挖厕所、挖菜坑、挖电线坑。最欢乐的是挖厕所，杨洋用铁锹疯狂刨土，薛秀丽挖土的姿势也非常专业。

30日是适应本营的第二天。早上8点起床，吃贾培申做的无比香甜的南瓜粥，还有前一天晚上张亚萍和张其星强强联手做的海带丝。之后，在教练带领下，大家上升到海拔4700米的地方，进行适应性训练。这时张亚萍感觉到头疼。钱俊伟自从上山就脑袋胀痛，晚上咨询教练，说是正常反应。

下山时下小冰点，冷冷的冰雨落在脸上。张亚萍身体状况还好，但路上很多碎石，实在难走，走在最后，欧珠教练陪着，两人跟上手冻得没有知觉的杨洋和贺鹏超。

14点，回到本营。叶浪花和张亚萍都非常喜欢这种不用费脑子和发呆的日子。17点30分做饭，后勤是张亚萍、冯春远、吴涛和张伸正。后来叶浪花加入进来煮米饭。张亚萍做家乡菜小白菜炖土豆，冯春远做的是菜花炒猪肉，吴涛做出7张饼子。张伸正比较可怜，一直被使唤来使唤去，做了一个辣椒菜。后来冯春远说张伸正是跑腿的料。饭后整理高山食品。

晚上，张亚萍、李赞、钱俊伟和三个教练交流，大谈各大高峰。张亚萍发现李赞知道很多山峰消息。作为预备役指导老师，钱俊伟经常问教练他高反是怎么一回事。

7月1日，后勤7点30分起床，早饭是贾培申的南瓜粥，配上咸蛋和煎蛋，相当美味。10点30分左右，出发前往换鞋处。当天的任务是把个人装备及一些路线绳带到换鞋处。队员在背包上插几根路线旗，有点像京剧里的黑脸，很酷。前面一段草坡大家走得相对轻松，只是在这海拔4000多米的高原上谁也不会这么想。接着是碎石坡，冰川融水和着黄泥借着山势汹涌而下，哗哗的水声像极疾风劲雨的合奏。拉得长长的队伍蠕行在这苍茫大地。

乌云滚滚，原本晴朗的天空霎时暗下来，冰雹随着疾风噼噼啪啪打在冲锋衣上。接近换鞋处，强劲的冰雹变成雪花，世界安静得只剩下簌簌的雪声与呼呼的风声，湿漉漉的碎石很快被蒙上一层雪。教练协助队员们搭起一顶帐篷，把个人装备分组装进防水袋堆在帐篷里，之后迅速撤离。贾培申的抓绒手套湿了，两只手很快失去知觉，浑身发抖，想换一双手套，却连冲锋衣的口袋都摸不到，或者说是感觉不到。他意识到严重性，感觉手要废了。贺鹏超把他的防水手套给贾培申戴上，一直喊："活动手指，活动手指，活动手指。"

无所畏惧的是勇者，但勇与莽似乎总有那么一点交集。与自然抗争，莫谈征服。雾气随风在山谷间流走，脚下是又硬又滑的石头，队员们拖着笨重疲惫的身躯，17点左右回到大本营休整。20点多，"西边日落东边雨"，远处一道彩虹架在两座山间若隐若现。西边的天空橘黄一片，云朵不断变幻，似乎在预示着后面的天气。

2日傍晚时分，下起中雪，肆虐的风割得人脸生疼，雪花连缀成一条线，从云霄斜插入地。不消几分钟工夫，帐篷顶就铺上一层白棉褥。教练担心压倒帐篷，冒着风雪拍打帐篷。队员们都躲在本营帐看电影，贾培申和李赞躲在后勤帐里看雪。远处的雪山躲在白雾里，让人有一种歌唱的冲动。

3日李建江和纪明要来。大家拜托他俩在格尔木买了很多东西，薛秀丽和吴涛去迎接他们。二人过来马上参加做饭等活动，适应不错。

重新分组，李建江和纪明都分到B组。欧珠教练带A组，特别可怜地带领着一群爷们儿——贺鹏超、李赞、钱俊伟、张其星、李响。洛琼教练带B组，带领运输组冯春远、刘东东、张伸正、王丹丹、吴涛和两个新来的队员。顿珠教练带C组，带领薛秀丽、张亚萍、贾培申和周乃元。C组的技术力量要求天气一定足够好，但是天不遂人愿，7月5日这一天天气非常糟糕，全靠顿珠教练。

这三个教练里，最帅的是欧珠教练，最亲民的是洛琼教练，身材最好的是顿珠教练。欧珠教练和张亚萍同年出生；顿珠教练只有十九岁，登山学校二年级学生，他在7月5日的表现堪称男人的典范。

不能用简单的语言描述女生组的攀登

7月4日，早上起床山上仍是大雾，但登山队仍决定上山。计划是A组修通到C1的路，和B组建起C1，宿C1。C组运输物资至C1下百米处，回撤本营。

按照计划，早上7点30分起床，吃饭，整理装备。A组8点出发，B、C组8点30分出发。依然是令人崩溃的碎石坡，一个山头接着一个山头，再一个山头又一个山头。雾没有散去，阳光撕开云朵投射下来，把面部雪镜以下部位炙烤得火辣辣的。

13点左右，C组踏上雪线。有了路线绳、上升器、牛尾，还有前方深深的脚印，就有强烈的安全感。很难想象走在第一线的感觉，那种未知感和随之而来的恐惧感才会让人对攀登有更深切的体会。修路有些慢，加上第一次上雪线动作有些磨蹭，C 组在雪线上等。他们的包非常重，阳光照射强烈，需要不停转换姿势防止晒伤。

忽然从一处短短的直冰壁中传来一声凄厉的惨叫——"救我！"原来是张亚萍踢德式没有踢上去，悬在那里。教练告诉她使劲踢，就是不伸手拉她。这很让张亚萍郁闷。背着重重的背包踢德式，有相当挑战性，有时突然没力气，只能抓着上升器和冰镐，趴在冰壁上大口大口喘气。

后来是一段裂缝区，有路线绳，行进较为容易，虽然还是有队友失足。教练们生猛，只挂一把牛尾，不用上升器，在雪线来去如飞。

17 点左右，天气转坏，开始下雪，C 组集体下撤。18 点左右到达换鞋处。正在换鞋，突然一块滚石砸在贾培申的左膝上，再跳到脚踝，弹到薛秀丽的后背。贾培申的小腿立即麻木，禁不住一阵惨叫。

教练立即招呼贾培申躲到帐篷后面，他爬过去。幸运的是滚石速度不算快，薛秀丽基本没事，贾培申的左膝只是青肿，没有伤及筋骨，多亏了高山靴还在脚上，脚踝没什么大碍。贾培申望望头上高高的裸岩，表面被风雨剥蚀，似乎就要哗啦啦倒下来，从此对换鞋处有了阴影。20 点左右回到本营，守营的叶浪花和杨洋好好招待了 C 组。

5 日，大雾，下午暴风雪。A 组修通临时 C2 外加 200 米路绳，B 组运输至临时 C2，遇到暴风雪，建起临时 C2 并宿在那里。C 组运输至 C1，宿 C1，被风刮走一顶储备物资的帐篷。

前一天被滚石砸那一下，贾培申行动有点不便。薛秀丽几次三番问他如何。贾培申听说第一阶段 C 组可能冲顶，觉得这点伤不算什么，坚持上雪线。叶浪花加入 C 组，杨洋守营。

C 组任务艰巨，要把高山食背上 C1。令人崩溃的是那个碎石坡，换鞋处往上，上到雪线，可怜 19 岁的顿珠教练，必须前后游走照顾女队员。

贾培申作为 C 组唯一男队员，没办法像教练那样游刃有余，只能老老实实在前面走自己的路。周乃元在冰壁踢德式，开始很崩溃，后来踢得杠杠的，结果一得意，就掉进最窄的裂缝。她用引体自救出来，第一次如此地感谢攀岩队的训练。教练对她很不放心，盯着她过每一条裂缝。

18 点左右到达 C1，休整一会儿。薛秀丽让贾培申去拿地席，他刚把头从帐篷里拔出来，就听到薛秀丽的一声惨叫，再转头回来，身边那顶高山帐已经在 10 米开外，顺着雪坡瞬间蒸发。风夹着冰雹毫不客气地打下来。贾培申赶快跑过去拉住防风绳，一屁股坐在雪地上。

同时，周乃元好不容易到达 C1，刚把东西扔进帐篷，大风就吹起来。她已经脱掉外靴，钻进帐篷。轰隆一声，感觉帐篷正翘起来。隐约听见外面薛秀丽惊叫一声，忙抓住帐篷杆喊教练。帐篷乱晃，周乃元在里面抱着睡袋趴在地上，不敢动，以为这样可以稳固点，但帐篷是滚下，不是滑下，在帐篷内无论怎么做都是危险的。她问薛秀丽："我该做什么？"薛秀丽说："你快出来。"周乃元急急忙忙从里面钻出来，没有时间思考，把外靴套上，蹲在薛秀丽旁边，死死抓住帐篷杆。雪吹打在脸上，抓绒衣的袖子可以拧出水来，手指头完全没有感觉。两个人羽绒服都湿透，好几次都觉得抓不住了。

张亚萍和叶浪花也是好不容易到帐篷，如愿以偿和教练一顶帐篷。进到帐篷没多久，就听薛秀丽在外面喊："教练出来，教练快点出来。"教练一声叹息，出去，过一会儿，他喊："如花，你们快出来，戴手套，也把我的手套带出来。"张亚萍和叶浪花马上出去。风大得让张亚萍花容失色。没有人的那顶帐篷，装满高山食品，全都被刮下山了。后来教练回忆说，他登山这么多次，从来没有遇到过这么大的风。

他指挥 5 个人用全身的力量压帐篷。周乃元、薛秀丽和贾培申稳住一顶帐篷，教练、张亚萍和叶浪花稳住另一顶。顿珠有些慌，对着薛秀丽喊，让 A、B 组支援。事实上 A、B 组此时正在风雪中趴在包上，把头埋在包的缝隙里，抱成一团取暖，身上衣物全部结冰。他们已经没有想法，甚至没工夫思考这风什么时候停，唯一想法就是取暖。情况紧急，呼救不成，顿珠想下撤。薛秀丽满脸无奈："帐篷怎么办？"没办法，每隔一分钟喊一次"压住"，拿雪锥和路线绳把两顶帐篷固定。剩下的人帮不上什么忙，C 组技术力量有待提升。

教练四处敲雪锥，周乃元才知道有一顶帐篷飞走了。顿珠展示了他的艺术细胞，把两顶帐篷连接得相当艺术。

风小了，顿珠用对讲机跟洛琼教练用藏语通话。杨洋懂藏语，她透露说顿珠觉得 C 组基本都是女生，力量薄弱，要求下撤。C 组都觉得对不住这位年轻教练。薛秀丽和其他组通话，决定留宿 C1。C 组在高山帐里过了非常有爱的一夜。

贾培申由于英勇表现，被女生称为贾大爷。周乃元本就有爷们儿风范，被叫甄大爷。登山队长薛秀丽，则被称为秀小爷。张亚萍、叶浪花和教练住一顶帐篷，周乃元、薛秀丽和贾培申住一顶帐篷。教练感冒了，一直咳嗽，一直喝水，不停地喝水。周乃元是第一次登山，这样的经历真的很特别。在大风雪中死死抓着帐篷杆，把头抵在黄色的外帐上，跟薛秀丽一起唱《海阔天空》……

7 月 6 日，A 组 5 人往 5920 峰再修 700 米路绳下撤本营。B、C 组直接下撤本营，第一阶段结束。所有队员回到本营。吃完晚饭，狂风大作，大雨如注。洛琼教练在后勤帐和张亚萍、叶浪花、钱俊伟、李赞、王丹丹一起躲雨。另外两个教练也过来，一起 happy。钱俊伟做了很多好吃的饼子和冬瓜汤给大家吃，

7 日下午，决定让纪明、李赞和周乃元下格尔木补充物资。李建江、张伸正和洛琼教练到冰川末端寻找那顶被吹飞了的高山帐。结果辛辛苦苦背上去的高山食全没了，外帐也破了个大洞。

8 日继续休整。欧珠教练去一号冰川考察，钱俊伟高兴地转来转去。其他人在本营打闹。

去格尔木重新补给高山食品的李赞、纪明和周乃元回来，大家又开始新一轮的分装高山食品，给第二天做准备。

把眼泪流到最高的地方

7 月 9 日，开始第二阶段攀登。再次分组，A 组是贺鹏超（组长）、吴涛、刘东东、张其星、王丹丹、李赞、冯春远、张伸正和李响，教练是欧珠；B 组是薛秀丽（组长）、纪明、叶浪花、张亚萍、周乃元、贾培申、李建江、钱俊伟和杨洋，教练是洛琼。顿珠教练继续守营。

早上 8 点 A 组先出发，B 组 9 点 30 分出发。A 组走到临时 C2，B 组到 C1。

B 组运输任务和行军任务都不是很重，走得非常 high，很快到达营地。李建江还是任劳任怨地干活儿，队友不愿意干的各种活儿他都愿意干。

接连几天大雾，修路进展特别缓慢。原本以为轻松简单的玉珠峰之旅，实际上充满艰难，看来世界上没有太容易的事情。

10 日，为了早点把路修完，在临时 C2 的 A 组 5 点 30 分起床，8 点 30 分出发。13 点 45 分，到 C2，因为大雾被迫休息。16 点，从 C2 出发。19 点 30 分返回。

雪还没化开，路线绳很难抽出来，必须借助上升器使劲拽。有时绳子没抽出来，脚反而陷到雪里。开路人员体力消耗巨大，每走几步就要换人。

到山脊处，又遇到之前的情况——路找不到，白茫茫大雾把周围一切都挡住。不同的是，前一天还有以前的路可以找，这天后半段全是没修过的路。走到山脊上，看不清路瞎走，容易走到悬崖边雪檐上。坐在山脊上，众人面面相觑。贺鹏超打保护，教练大显神威，找到传统C2位置。原来就在山脊下一点。

在C2，大雾，搭好营地，队员们躺在雪地上焦急等待。修路任务远远没有完成，玉珠峰顶到底有多远？山脊雪坡上睡觉，由于雪反射，山顶上紫外线特别强，隔着大雾和雪镜，眼皮能感觉到紫外线的存在，拿安全帽罩在面上又憋得慌。中午的帐篷更不用提，像桑拿房。疲惫帮助了队员们，他们在各种纠结中逐渐昏睡过去。

"雾散了"，16点左右，攀登队长贺鹏超兴奋地给昏睡中的队友一个喜讯。但雾去而复返，只比中午好一点。为了完成修路计划，A组依然出发。19点左右，基本上看不见了，山风吹来，很冷。教练让不修路的队员先撤，他和贺鹏超修完最后200米。

在C1的B组7点起床，5个人一顶高山帐，挤得够呛。钱俊伟很有创意地说，常年这么睡下去，身材肯定极好。帐篷里缺氧，叶浪花半夜坐起来，伸手拉开门廊，一阵大喘气。他们9点30分出发，走向临时C2。雾非常大，只能跟着脚印走。从C1到临时C2，负重相对轻，路程相对短，只用两个多小时就到。在临时C2又搭起一顶帐篷。纪明、钱俊伟和洛琼教练往上走了走，李建江和贾培申练习修路，张亚萍和周乃元练习修路，浪花在一旁拍照片，他们摆出各种能看见logo的pose。可以清楚地看到雾气随风游走，帐篷若隐若现。

17 点左右，分帐做饭。钱俊伟与洛琼合住"两人标间"，另外两顶分别住四人。B 组确定第二天冲顶计划，决定 2 点起床。

11 日，天气出奇的好，没有一丝云彩。凌晨 3 点多 A 组就起床了。一出帐篷，就看到眼前有个大馒头，在月光下显眼得很，那就是顶峰。月亮很亮，加上雪的反射，都不用头灯。6 点 40 分，坐在顶峰下，没有一丝风，吃冲顶食，喝结了冰的红牛，看对面的云霞慢慢变黄。然后向着顶峰出发，接触到第一缕阳光。教练怕队员们累，说要 3 个小时到顶，其实 45 分钟就到顶了。

玉珠峰峰顶很平，只是因为看到铁架，才确认是顶。大家在山顶拍照，刘东东忙着发短信，竟然忘记埋登顶罐，后来下去时，碰到 B 组，才让纪明把登顶罐带上去。张其星把这次攀登和登顶当作自己的毕业典礼。大学四年，他都在山鹰社，对山鹰社、对山鹰社的人与事是那么的熟悉，而一旦离开校园，这一切将变得遥远。在他看来，这种像童话般的日子，可能只属于大学时代。

B 组是凌晨 2 点醒来的。随便烧些水，吃两片核桃酥，就出帐篷整理装备。穿好装备，3 点 20 分出发。教练宣布从临时 C2 到顶峰要 10 个小时，"关门"时间是 12 点。12 点如果没有登顶，就要撤回 C2，第二天再冲顶。

按照计划队形，从前到后依次是纪明、钱俊伟、周乃元、张亚萍、贾培申、叶浪花、洛琼教练、杨洋、薛秀丽、李建江，每个男生照顾一个女生。男生背包里装上自己以及一位女队友的冲顶食品和衣物。

月朗星稀，难得好天气。雪层冻得很硬，风很冷，不仅抽打脸，所有能钻到的部位都似乎被刀子刮着，裹着羽绒服还不停地打战。叶浪花肚子痛，一步一步走得很痛苦，最后挂在保护站上上厕所，前面和后面的队友原地休息。按她自己的话说是众目睽睽之下。

明亮的月亮穿行在薄薄的云里，远处天空一片黛青色，皑皑白雪覆盖的山头清晰可见。在埋头前进的间隙不经意一瞥，会被深深震撼。纪明和钱俊伟在前面开路，缓的地方 20 步一休息，陡的地方 15 步一休息，节奏掌握很好。纪明还时不时回头问周乃元快不快。周乃元想起很多登过山的老队员说跟不同的人登山是不同的感觉，她庆幸是跟这些人登山。

到 5920 顶峰，大家都累得要死。身后的山后是一点一点走出来的太阳，长长的夜晚就要过去，世界是黑色的，蓝色的，也是橘红色的。周乃元禁不住想哭，可是她忍住，一定要把眼泪流到最高的地方，那是最美的流泪方式。月亮还在，太阳出来了。

7 点左右，B 组到达 C2，比计划提前一个小时。此刻旭日东升，东边的天空金黄一片。C2 在一个很宽阔的平台上，远处大馒头顶峰清晰可见。在 C2 休整片刻，薛秀丽的脚有些冻伤，跟李建江在营地多留一会儿，其他人按队形继续前进。

横切 6040 峰时，他们看见 A 组队员在攀爬最后的长长雪坡，尽头就是玉珠顶峰。他们 10 个人，每 5 个人结组，一根绳，像一串小蚂蚁。坡很长很长，小蚂蚁要爬很久很久。在纯白的雪坡上，10 个小点一点一点挪动，在"大馒头"上冲锋陷阵。这个场景让人感到震撼，周乃元后来写道："登山以来第一次这么真切地感受到生命的力量，居然不是自己攀登的时候。"

8 点左右，B 组到达馒头前的鞍部。贾培申难掩心中的兴奋，环视周围，一览众山小。钱俊伟用对讲机跟 A 组联系，要求他们快些下撤，B 组要用他们的结组绳。钱俊伟直接喊道："你们别臭美了，快点下来，让我们上去爽一把。"

9点左右，A、B组会合，好多天不见，相互拥抱。B组结组冲顶。最后的雪坡很累。为了不给一条绳子上的其他四人添麻烦，周乃元一步一步咬着牙走。杨洋体力有些不支，队友们一直鼓励她。置身云端，放眼望去，天高地阔，那种感觉着实美妙。10点左右，B组全体登顶。众人忙着互相拥抱，忙着拍照、打电话。纪明在雪坡上来了个名副其实的驴打滚，贾培申和薛秀丽两个帅帅地空翻，囧的是翻完有些缺氧。教练跪在顶峰铁架旁许愿、祈祷。

11点左右B组下撤，队员们思想有些麻痹，分散地各自行走。有人一马当先在前头，体力消耗大的走在后面。队伍拖得非常长，没有什么组织性。张亚萍、钱俊伟、周乃元、薛秀丽首先回到营地。

洛琼教练陪着杨洋慢慢地在后面走，李建江、叶浪花和贾培申一起走在后面。贾培申慢慢感觉体力不支，走过C2营地，浑身酥软无力，脸颊发热，走一步摔一下。前方纪明和薛秀丽希望贾培申跟上去，但贾培申很快就看不见他们了。天气转坏，大雾，开始下雪。贾培申坚持走，用大锁再做一个牛尾，把雪杖挂起来，先插下雪杖再走两步，倒在雪上喘口气，爬起来继续。其间滑坠一次，还好有路绳，也制动住。

他隐约听到后面有笑声，似乎过了好久，李建江和叶浪花追上来，把他的背包带走。贾培申觉得还能坚持，就让他们先走。他们很快从他的视野里消失。他感觉听到教练在跟杨洋说话，时不时回头看，但感觉过了很久很久，看到的还是无边的白雾。趴在雪上，会听见咔嚓咔嚓的声音，赶快挣扎起来，继续一镐两步地走。

贾培申体力透支，发着高烧，给薛秀丽打了电话，说自己情况不佳。李建江自告奋勇过来接他。雪很大，雾很大，感觉过了好久好久，贾培申终于听到李建江喊他。李建江扶住他，他再也站不住，直接瘫倒。李建江、纪明、钱俊伟把他拖回帐篷。

B 组留宿临时 C2，A 组下撤到本营。

"独立攀登"之争

A 组 11 日登顶，下撤到临时 C2，7 月 12 日的任务是回到大本营。因担心过雪崩区，预定早上 7 点起床，8 点 30 分拔营走人。大家沉浸在冲顶的喜悦中，全都在帐篷里睡得不省人事。张亚萍她们率先出来拆帐篷，9 点 40 分下撤，走到 C1。突然前面一个身影向张亚萍走来，不像是登山队的人。仔细一看，原来是科考队的弟兄们。张亚萍和小荣、小宏、田原、阿耶等人拥抱，到葛旭那里还被他抢了一个香吻。

到传统营地 4470，有大石头摆成一个圈圈。几天前洛琼教练和欧珠教练要张亚萍在这里一起休息，她没有答应。这时她再也顾不上女性的矜持，首先在这里脱鞋休息。躺在充满草香的草地上，看着蓝蓝的天、白白的云。其他队员也都脱掉鞋子，躺在绿地毯上，打闹嬉戏，谈天说地。

回到本营，贤惠的科考队早已准备好吃的。晒完装备，大开杀戒，教练们倒是秀气，吃一点点就走。科考队兄弟看到本营那么多蔬菜，每个人都下厨。只要听到登山队员赞美他们的菜，马上"傻乎乎"地说："我再去给你们做。"钱俊伟不由得感慨："这就是登山队女生的选拔标准。"大家都非常认同。这一批来登山的女生，真正会做饭的只有王丹丹一个。

在 C2 的 B 组也下撤到大本营。贺鹏超带着科考队接他们的那一刻，贾培申泪流满面。

晚上登山队总结，讨论到"独立攀登"问题。这次教练帮忙修了350 米路绳，总让人感觉怪怪的。李响提出："独立攀登"理念自被提出，似乎再也没有新进展；如果我们把教练当作普通队员用，让他们做我们也有能力做的事以提高效率，这是否违反独立攀登理念？

这是一个很有争议的提法。表面上看这样做没有问题，但深究就会发现，"把教练当作普通队员来用"这一说法本就存在问题，因为教练与队员间的差异是客观存在的，他们必然在技术、经验方面超过队员，在实际操作中这个标准很难把握。

张亚萍说，其实"独立攀登"本身就是一个理想化的提法，只是一种要不懈追求但很难纯粹的理想状态。事实上，也不会有人去深究这个问题，但偏偏山鹰社的人是一群实诚的孩子，做得稍微有些偏差，就觉得违背原则。王丹丹认为这其实是一个类似于道德自律的问题，"独立攀登"只是一种提法，是一种变通。

2002年山难以来，山鹰社反思转型，但向困难挑战的精神不变，只是更加理性。教练可以对决议一票否决。所谓"独立攀登"提法，只是为了与那种纯粹为体验而进行的登山活动区分开，就像贺鹏超说的，山鹰社的人本质上不是来登顶的，而是来找困难的，在攀登中面对困难、解决困难，才是应追求的。

会议中还提到队员个人成长、体会、感悟，气氛凝重而诚恳。

13日下午，跟曹峻等老社员交接完，登山队回格尔木。李响自愿留下来陪老社员，第二次上到玉珠峰顶。

2009年玉珠峰登山队队员名单（年级/院系/职务/绰号）

薛秀丽（女）：2006/法学院/队长/"老大""秀"

贺鹏超：2007/地球与空间科学学院/攀登队长/"贺总"

张其星：2005/物理学院/后勤队长

刘东东：2005/哲学系/总装备/"牛东东"

李响：2005/化学与分子工程学院/副总装备/"李媚娘"

张伸正：2008/信息与科学技术学院/摄像/"张大美女"

贾培申：2008/信息管理学院（转系2009/信息与科学技术学院）/前站队长，队记，后勤/"贾大爷"

冯春远：2006/数学科学学院/装备，后勤/"猪妈妈""垃圾王"

李赞：2008/法学院研/装备，摄像，队医/"赞赞""赞赞花"

张亚萍（女）：2005/元培学院/队记，财务/"如花"

周乃元（女）：2008/法学院/后勤，赞助，队记/"奶圈""圈圈"

王丹丹（女）：2008/外国语学院研/后勤，队医

叶浪花（女）：2006/法学院/大厨助理/"浪花"

杨洋（女）：2008/法学院/后勤，出纳，装备/"Jiu""啾"

李建江：老队员/大厨/"大力"

钱俊伟：体育教研部教师

每组攀登的是不同的雪山

——2010 年卡鲁雄

登山，是现在不多了的一件可以叫一些人生死相托的事情。

冬攀雪宝顶

2005—2007 年三次五一长假期间阿尔卑斯式攀登半脊峰，使北大登山队队员能力有了很大提高。长假取消，"五一模式"没有办法延续下去。2010 年 1 月山鹰社 8 名队员攀登雪宝顶，建立起"冬攀模式"。

雪宝顶，海拔 5588 米，坐落在南北延伸的岷山南段，地处阿坝藏族自治州松潘县境内，离四川省会成都 400 余公里，是岷山的最高峰。大本营营址距离松潘县城约 60 公里。雪宝顶山峰主体由石炭纪的石灰岩构成。海拔 5000 米以下地带主要是岩石，海拔 4200～5100 米处山体风化严重，有滚石塌方的危险；雪线以上常年被冰雪覆盖，为三面体，呈金字塔型，坡面陡滑。西侧线路包含岩石（冰岩混合）、冰壁、冰雪坡、裂缝区和山脊等路段，难度略高于玉珠峰北坡二号路线，属于技术型路线。

对山鹰社而言，雪宝顶冬攀是开拓性的，第一次尝试在冬季攀登高海拔雪山，这势必牵扯到冬攀是否延续的问题。社长贺鹏超认为不必急着下定论。冬攀或者不冬攀，都不是原则性的。搞，对技术传承有益；不搞，也不是说技术就无法传承。

冬攀的初衷是训练，至于训练什么，贺鹏超认为不单单是技术，心智是超乎一切的。成熟的心智也许不能保证登顶，但至少能保证安全。在安全的前提下去体验登山，这是山鹰社登山的基本层面。

1月24日，登山队进驻海拔3200米左右的上纳米村，感觉适应还不错。

25日进山。一路风景不错。远眺，初见雪宝顶尖峰。

建好BC，集体上行适应，至ABC，李建江和克木宿于此，其他队员返回，找到李兰等为周慧霞新立的玛尼堆，虔心祭拜。

26日早上，李响、张振华、李赞上山修路。柳正、贺鹏超、王丹丹、贾培申、张伸正和李建江搬运营地至ABC。他们修通冰岩混合路段约100米，下撤后疲惫不堪。

27日，李赞、张振华、张伸正和贺鹏超四人上山修路，其他人建C1。到岩壁前，张振华状态不佳先行下撤，其他三人继续上行。

完成岩壁，就是冰壁。冰壁起步稍缓，此后就有60度，而且是纯亮冰。张伸正、李赞各先锋一段，时间已经不早，而且寒风凛冽，两层羽绒服勉强可以应付。后来李响、王丹丹跟上来，李响先锋半段就差不多到关门时间，修路100米左右，几个人被折腾得够呛，且风实在太大，便开始下撤。张振华、柳正、李赞和贾培申宿ABC，其他人宿C1。

28日，李响、李建江、张伸正三人上去修路，贺鹏超和王丹丹留守

C1, 其余人留守 ABC。临近中午, 李响因状态不佳回到 C1, 只有李建江、张振华两人在上面修路, 颇让人担心。这天修路 300 余米, 比前两日加起来还多。贺鹏超经过一天休整, 似乎起色不大, 一是吃不下东西, 二是缺乏攀登欲望。张振华、柳正、贺鹏超、李赞和李建江宿 C1, 其他人宿 ABC。

29 日, 李赞、张振华先上去修路。贺鹏超和柳正、李建江随后运输, 等赶上修路二人时, 山脊已近在眼前, 最陡的地方已全部通过, 剩下的就是大雪坡。雪坡下暗藏不少大裂缝。张振华用大冰镐做临时保护点送李赞上去, 贺鹏超用雪锥换冰镐出来时, 越挖越空, 直到一条深远的裂缝暴露在眼前, 不敢再挖, 于是竖敲进硬雪里, 才做成保护。

柳正上来, 无论状态还是攀登欲望都被激发出来, 但已没有时间, 而且狂风肆虐, 只得下撤。晚上讨论决定, 翌日为最后一天攀登。张振华、柳正、贺鹏超、李赞、李建江宿 ABC, 其他人宿 C1。

30 日, 李赞、张振华、贺鹏超和克木四人撤营, 其余人上行, 目标是在关门时间前到达尽可能高度后拆绳下撤。刚过中午马队就上来, 打点好东西, 静候大部队下撤。

离开雪宝顶时贺鹏超屡屡回望, 就结果看, 没有登顶。抛却一些根本性的原因, 贺鹏超觉得最直接的原因是体力不支, 有效时间不够。一方面是大家的适应并没有像感觉的那么好; 另一方面, 更主要的, 是 C1 的位置实在太低, 导致每天往返 C1 到路绳末端的时间就要半天, 单是爬到路线绳末端, 就已耗去大半体力。遗憾的是, C1 往上再无充分安全营地。贺鹏超觉得这一点不是绝对的, 只是队伍过于保守。

就攀登形式看, 这次攀登介于传统喜马拉雅式和阿尔卑斯式之间, 有点不伦不类, 好像是在打擂台, 玩车轮战。这也是不得已。但纯从训练看, 每天上上下下多爬个几趟, 纯技术上的经验倒是能多积累些。

就队伍组织看，八人队伍加两人协作，总的来说是合理的。但就实际形式看，不是很清楚，没有一个上上下下的体系和界定，队长、攀登队长、后勤队长的三核心架构感觉不到，克木名为教练，实为看营者，张振华作为技术指导，实则兼了教练身份。这样的队长核心制、教练指导地位，一偏弱、二偏强，民主讨论氛围倒是比较浓厚。

起先定的新队员做队长，贺鹏超本不大认同，总觉得弄不好是摧残大于锻炼，然而回头看，尤其时隔几个月再回头看，贾培申远比想象的能干。李赞等人的成长自不必说，虽偶与山鹰社条款有冲突，但不足为虑。王丹丹女中豪强。张伸正经冬攀一役，自信心、能力确有提升。李响素来性情乖戾，近来开朗平和不少，王丹丹功莫大焉。还有柳正浩然正气、张振华通天晓地、李建江潇洒走一回，都是通过这一次攀登进一步感受到的。

向卡鲁雄进发

北大南门，一年又一年，一群又一群山鹰人，从这里出发，去成长，去探索属于自己的未来。7月15日，17点30分，又一群山鹰人从这里启程。

作为国内成立最早的高校登山社团，山鹰社已在社团运作和雪山攀登上逐渐摸索出一整套相当成熟的制度和模式。因为队伍人员的代谢和大环境变化，可以说每年的活动都是全新的。登山是山鹰社的最高宗旨和目标，作为学生社团，不应过多追求山峰的难度和高度，但可以在一些方面进行探索和创新。正如前辈所言：每一座山峰对山鹰社来说都是未登峰。本次活动也不例外。

选山工作的重要性无可置疑。按照惯例，理事会2009年12月确定夏康坚为目标山峰。夏康坚峰是位于藏北地区的未登峰，有一定难度，经过充分考虑和讨论，确定了可行的对应措施。4月末队伍成立，实际人员发生相当大变化，又对计划相应地做了一些修改。

6月初，山鹰社收到来自中国登山协会李致新主席和校友黄怒波的指导建议，理事会对夏康坚峰重新进行评估，认为其地处偏远，资料稀少，可控性相对较低，决定换山。参考西藏登山学校尼玛校长的建议，最终选择距离拉萨更近、交通更为便捷、路线更为成熟、资料更为详尽的卡鲁雄峰，事实证明卡鲁雄的选择十分成功。

卡鲁雄峰海拔6674米，地处拉轨冈日山脉，位于西藏日喀则地区江孜县和山南地区浪卡子县交界处，在拉萨西南方向约125公里处。它东侧和南侧分别分布着西藏的两大圣湖：羊卓雍错和普莫雍错。拉轨岗日山脉是一条绵延360多公里的山脉，在雅鲁藏布江之南，喜马拉雅山以北。卡鲁雄峰难度中下，雪线较长，有冰川地带，地形丰富，裂缝较多，适合有一定雪山经验的中级爱好者进行练习，以提高冰雪作业水平。

登山队培训按照既有模式开展。19名社员组成的北京大学探路者登山队，经过艰苦攀登，最终有16名队员成功登顶。两名新队员由于军训，出发时间晚于大部队，到达BC时攀登活动已临近结束，时间不足，无法充分适应，最终没能登顶；一名老队员由于状态欠佳及陪同新队员下撤，也未登顶。

这次攀登提出了"零垃圾"口号，在保证安全的前提下，希望整个活动尽量减少垃圾，并对回收的垃圾做分类。事实证明和预想中的一样，要做到完全的"零垃圾"相当有困难，其中最大困难来自对安全考虑，然后是资金。但是从计划到实施，全体队员为实现这个目标尽了最大努力，并积累了有益经验。

17日18点30分，火车到达拉萨。队员们状态良好，特别是来自林芝的北大法学院大二女生杨洋，像是回到老家。张焓帮大家拿走驮包，由他父母的小车载去住处。到公交站，已工作十多年的老队员周涛身着蓝衣出现在车旁。

登山队在拉萨安顿下来，分组干活。一切准备妥当，19日晚上，全体登山队员与5位向导聚餐。5位向导是次旦久美、丹增、当雄、罗布桑培（唐僧）、洛桑（也叫小黑）。洛桑和久美是亲兄弟。丹增是学英语的，2007年入学，奥运火炬登珠峰去修过路。当雄的真名是扎西桑珠，来自当雄。桑培在藏大学医，感觉和唐僧师徒没有任何关系，也不知道这外号是怎么来的。洛桑自我介绍，说到他登珠峰时到达8700米。向导们都很友好，出发前登山队长王丹丹一再强调要搞好与向导的关系。

7月20日，登山队9点20分出发前往BC。柏油公路先是沿着拉萨河直行，河边种有青稞和油菜。正值青稞收割季节，有人在田间割青稞。油菜花开得繁盛，只是一小片一小片的，花不及人高。河边山石上用石灰浆写有藏语，据向导说，是六字真言；有的石头上还画有梯子，据说是死后灵魂升天之意。

14点到达BC。BC建在通往山脚下采石场的石渣路边，离小溪大概六七十米，海拔4750米。营址上有压帐篷的石头围成的长方形，很容易辨认。在靠上（南）的位置，有高压电线经过，选择营址需要避开。这里地形较为平坦，视野比较开阔，可以看到公路上过往的车辆与行人。BC和攀登路线之间有山梁阻隔，看不到大部分路线。因附近建有基站，手机信号很好，通信非常方便。冰川融水经过枪勇湖的沉淀，流到BC处已非常清澈，在BC一直可以喝到清水。由于距公路较近，路人以及附近采石场的工人经常会来看看。

天气晴好，队员们开始建营。天上乌云渐渐聚在头上，西北风也吹得强劲起来，转眼便要下雨。建营用了 3 个多小时，17 点开始下小雨，一直到 20 点才停。建好营，攀登队长李赞带两个向导和周涛、刘炎林等人顶着雨往上侦察很远才回来吃饭。21 点天黑，饭后雨过天晴。

开完会，王丹丹勒令 23 点再睡。半夜，楼航迪、王晁、夏炜烨等人先后高反，搞得刘海东半夜操劳。

21 日上午一直下雨，13 点终于停了。李赞率一批老队员往上侦察，直到换鞋处。

计划下午新队员往上爬一爬，进行适应性训练。吃过午饭，楼航迪、贾培申、夏炜烨、王相宜、刘海东由于高反较严重，被王丹丹拦车送去浪卡子输液或吸氧。其他新队员在刘炎林和教练带领下，13 点 30 分出发向上，进行适应性行走训练。15 点 10 分到达海拔 5000 米。他们下撤途中遇 20 分钟阵雨，快到 BC 时又下起雷阵雨。

22 日，队员分两组，一部分适应较好的新队员在周涛、刘炎林和两个教练的带领下，运输个人装备和少量修路装备至换鞋处；其余队员在 BC 休整适应。李赞、张熔等留在 BC，准备第二天到 C1。

换鞋处海拔 5370 米，从 BC 到换鞋处需要一个半小时以上，大部分路段路线清晰，走过的痕迹比较容易辨认。从 BC 出来面向西南方向，可以看到山梁上基站的铁架子，沿路朝铁架子下方的垭口走。过垭口，可以看到一座石桥架在河上，过河后朝着河的上游走。傍晚冰川融水增加，河水会上涨，没过石桥，通过需要添加石头。河水是从枪勇湖流出的，走到湖口处，可看到湖左边小路。沿路走到湖对面，到达湖边一处平坦的草地处。从 BC 到达此处需三四十分钟，海拔上升比较缓慢。此后就是比较费力的爬坡，前半程路比较清晰，碎石较少，比较好走；后半程大部分在碎石上行走，路线稍有模糊，比较难走。中间有两段比较危险的横切，滑坠危险较大。路的右上方山体风化比较严重，行军要佩戴头盔。换鞋处"躲"在冰川里一片较平的碎石上。如果把换鞋处搬到冰川外面，换鞋之后就要穿冰爪走一段碎石坡。此处冰川比较"脏"，不是太滑，穿徒步鞋通过不会有太大问题。

天气几乎一直阴。江桑拉姆冰川非常破碎，夹带的碎石将大片大片的冰染成黑色；冰川非常雄伟，很多冰塔比人还高。换鞋处在初进冰川处，仅有一顶孤独的帐篷。把个人装备都放进防水袋里，公共装备如路绳、雪锥、大锁、帐篷等都入帐。

第一次上到换鞋处用时 3.5 小时，下撤 2 小时，在换鞋处休息 50 分钟以便适应该处海拔。大多数人适应得较好，但王丹丹和王晁走得非常累，王丹丹还吐了，但大家都坚持走了上来。

23 日，李赞、刘炎林、冯春远、洛桑和丹增寻找 C1 位置，所选路线偏离，到达 C1 而未修路，下撤时确定次日的修路路线。其余队员上到换鞋处，前一天上去过的人背少量修路装备，没上过的背个人技术装备。鲁文宾感觉第二次就轻松许多，状态一天好过一天。

从换鞋处到 C1 需要一两个小时。第一阶段侦察发现冰川中部路线较以往变化比较大，裂缝变多变宽，这次选择从靠近冰川西侧边缘稍微陡一点的斜坡上升。从换鞋处出来走一段乱冰区，不要向里走太多，在西侧寻找比较平坦、裂缝窄的地段通过。向上走大概 300 米，寻找稍微平坦的地方向右侧山沟切过去。向前走到沟底可稍微休息一下，随后开始 300 米左右的爬坡。这个坡是 30 度左右冰坡，不过不是亮冰，最上面像硬雪一样，冰爪容易入冰，走起来舒服。考虑到下撤的安全需要，可在此架设路线绳。接着是一个较缓的雪坡，沿着冰川融水的冲沟向前走。这段雪坡有些小的明裂缝，可以绕开。

在两条冲沟之间的一片平坦的冰面上建起 C1，海拔大约 5680 米。此处还在冰川上，四周有一些明裂缝，没有探出暗裂缝，建营时还是应该注意可能有暗裂缝。两边的冲沟都有流水，在 C1 取水方便，不用融雪烧水。某些角落有微弱的手机信号，可收到短信。三面都有山围着，风比较小。

其余队员给李赞一组留下一个空防水袋，下撤回 BC。不久，去浪卡子的 5 人步行回来，据说走了 5 个小时，这样有助于适应。

王丹丹说过："与专业登山家相比，我们身体都很弱，技术都很次，但我们为什么还能不断地登山？这是因为我们不是一个人或那么几个人在努力，我们是一群人。"

建 BC 第三天，老队员都比较崩溃，新队员无精打采，上 C1 的路也没有修，算是卡鲁雄给的下马威。刘炎林和周涛主动做了羊腿炖萝卜、芹菜炒羊肉。

晚上开会正式宣布分 A、B、C 三组。攀登队长李赞先让大家自由表达想法，说明自己的状态和分组意愿，然后老队员们齐聚装备帐，商量分组事宜，最后由李赞正式宣布三组名单。A 组是李赞（组长）、张焓、周涛、冯春远、唐文懿和鲁文宾，教练是次旦久美和丹增。B 组是刘炎林（组长）、刘睿、杨洋、曾钰宇、王晃和刘海东，教练是罗布桑培和当雄。C 组是王丹丹（组长）、贾培申、曹鑫、夏炜烨、王相宜和楼航迪，教练是洛桑平措。

大雾，A 组没有一览众山小

7 月 24 日，A 组修通换鞋处到 C1 的路，建 C1 并运输 C1 到 C2 的修路物资到 C1，当晚宿 C1。B 组在 BC 休整。C 组运输 C2 的营地物资到换鞋处，返回 BC。

C2 海拔 6100 米，从 C1 到 C2 需要一两个小时。从 C1 出发，沿冲沟向上走，选择宽度较窄的地方，跨到冲沟东侧。向上走 300 米左右，进入 200 米长的裂缝密集区。从此到 C2 全程架绳，大概 900 米。裂缝密集区里，路线上每隔二三十米就横着一道裂缝，且都是暗裂缝。队员们从中间比较窄的地方试探着通过，挖出裂缝。走过裂缝区，雪坡变陡，大约过两段绳距，便来到一处较陡的冰壁下。冰壁斜度六七十度，高 50 米，上面覆盖着 10 厘米左右的雪，需要用到德式步法，有一定技术难度。冰壁上方有一小平台，继续向上走，坡度变缓，雪变厚，有一些大裂缝挡在路线上，需要绕过。爬过一个绳距，一条两三米宽的深裂缝堵住去路。沿着裂缝边缘向左（东）横切，不多久裂缝开始拐弯，跟着裂缝向下走一段，再继续横切，选择裂缝较窄的地方跨过。这一段是整个路线中最为复杂危险的一段，路线比较曲折，距裂缝较近，保护点要非常牢固且在拐弯处设置临时保护点。继续往上，坡度变缓，裂缝却丝毫没有减少，不过大多是大的明裂缝，可绕过。5 个绳距之后，便来到 C2。C2 是一处较为平坦的雪原，西侧 30 米处有一巨大的裂缝，东侧有一些小的暗裂缝，队员需注意活动范围。C2 的三面也都有山围着，风很小。

A 组两小时就上到换鞋处，两个半小时到 C1。提高速度在于少休息，而不在于步伐有多快，休息时尽量不要坐着休息，站着喘几口气，吃点东西，一般来说就可以了。

到 C1 后，A 组 8 人分住两顶帐篷。跟鲁文宾一顶帐篷里的 3 人继续往上走，想找到 C2，留他独守空帐。烈日如火，帐内帐外都没法待，他强忍着炎热，煮包方便面，吃后又煮了许多水。这可能是他晚上血氧含量降到 53% 的原因，也间接导致他凌晨 3 点不得不起来到 C1 外面散步适应。

深夜在 C1 外散步实在是件惬意事。朗月之下，除少量裂缝外，四周一片洁白，远处是黑色岩石，虽然海拔很高，月亮星星还是离得很远。山上偶尔有冰崩或岩崩，只闻其声，并不觉得有可怕。头痛渐渐有所好转，鲁文宾就开始唱歌，这么高的海拔，竟然也能唱得出来。

对面是宁金抗沙峰，几条雄伟的冰川从山顶陡然落到山脚，月下宁峰是非常漂亮的，山下黑石与夜幕连成一块，山上冰雪便似飘在天上。

25 日，A 组往 C2 修路，由于路绳不够，虽到达 C2，但还有 150 米路没修，最后返回 BC。B 组背 C2 营地物资及 C2 以上部分修路物资上 C1，宿 C1。C 组在 BC 休整。

A 组撤回 BC，BC 好吃好喝应有尽有，就是一个温暖的家。

A 组原打算 26 日、27 日两天在 BC 休整，李赞突然想将计划提前一天。26 日傍晚，登山队开了一个特殊的会。当时 C 组正在 C1，B 组已经下撤回 BC。贾培申、王丹丹、刘睿就只能用对讲机与会。会议持续很长一段时间，起初争执不下，最后决定计划提前。A 组人员状态都挺好，其他组成员完全失去进 A 组的希望。

27 日吃完午饭，A 组 12 点 45 分出发前往 C1，17 点整到达，负重较上次轻，却也很疲惫，但速度比上次快。从换鞋处到 C1 一直下着小雪，喝的红牛很快就不管用，之后就到大冰坡。就这样一步步地挪到 C1。

进帐篷后又开始不停地下雪，直到入睡，外面白皑皑一片，竖插在地上的冰爪被埋住，登山包也快被埋，当时估计第二天建 C2 并且修路到顶峰的计划无法完成了。

18 点 30 分吃完饭，要 21 点才睡。慢慢地，只有帐篷上的沙沙声和偶尔有人起来拍落帐篷上积雪的声音。

28 日，A 组从 C1 上到 C2，约 11 点到达，李赞、张焓、久美继续往上修路，冯春远、唐文懿和洛桑短暂休息后也背上绳继续上。

从 C2 到顶峰需要 2 到 4 个小时。从 C2 出发，先是一个平缓的雪坡，明裂缝变少，暗裂缝增多。前 200 米，基本上没有裂缝，可以不用修路，单独通过。后面出现裂缝，可在裂缝两边打上保护点固定绳子，其余路段由于坡度比较平缓，可单独或结组通过。从主峰前山坡底下开始，坡度变陡，从此向上修路，路线与山坡边缘的雪檐平行向上，有一些暗裂缝存在，修路时注意挖开。主峰前有一座卫峰，其标志是裸露的岩石。到卫峰上的裸岩底下后开始横切大概一段绳距，然后沿着两块岩石中间的雪沟翻上去，即可到达主峰下的山脊。应注意与雪檐保持一定距离，以防踩塌雪檐。此后雪坡变缓，可选择结组冲顶。

C2 只有 B 组之前搭的一顶帐篷，周涛决定留下再搭一顶。鲁文宾在 A 组是适应最差的，背得最少、走得最慢。李赞坚持修了绝大部分的路，鲁文宾和唐文懿两名新队员又一直走在最后，别说亲自操作修路，连看都没看到。

在海拔 6100 米搭帐篷不是件简单的事。走疲了一点都不想动，搞了半个小时才钻进帐篷。接下来就是在炽热的阳光下等待，帐篷被晒得像蒸笼一样。

不到 16 点，李赞等 3 人回到 C2，说由于大雾、雷电，在山上看不见顶，高度计显示已达到 6670 米，可视为正式登顶。他们在所到处插了根雪锥，便在闪电中下撤了。李赞差点就被劈中，麻了一下，他们逃命似的跑回来。返回途中遇到正在往上走的冯春远、唐文懿和久美，就一起下撤。

途中久美在只有手抓路绳的情况下掉入七八米深的裂缝，幸好有背包卡住，然后慢慢爬上来。据久美说，当时路线绳两端已埋好雪锥，但中间太松弛，他就想在中间再加一个保护点，也没有扣牛尾，只是手拉着绳子往下走，踩塌了暗裂缝上的雪层。他告诫队员们：第一，有路绳一定要有保护，即使只是扣一个牛尾，当然上升器更好；第二，无论什么时候，冲顶或下撤一定要背包，空包也要背如此既可保暖，又可以在掉入裂缝时保护背部，卡在裂缝里也好。

C2晚上大雪，帐篷通风不好，里面很热，队员们拉开两边的门，只留一层纱窗挡雪。

29日，早晨5点起床，积雪已高出帐篷门10厘米左右，冰爪和包无影无踪。

有人手套等物找不到，一直拖到近7点才出发，比计划晚一个小时。接着是冲顶。前一天时间短促，有两段路还没有修，一段是中间的大雪坡，另一段是最后顶峰前的200米，这两段他们都是结组通过，决定前一段由晚一小时出发的李赞和张焙修，顶峰一段不修。

大雪掩埋了一切，很难找到大雪坡上面一段路绳。一步步往上走，久美不停地用脚扫开雪层寻找；也不知过多久，大雾中依稀看见顶峰前横切的标志——一片黑色的巨大岩石，未被大雪埋尽的几笔灰黑色给队员们登顶的希望。不久见到路绳末端，扣上牛尾，遇到特别陡的就用上升器借力拉上去。

不一会儿就到绳端，洛桑领头，6人结组冲顶。将主锁扣入蝴蝶结的那一瞬间起，鲁文宾就不断对自己说：登顶已是必然，失败只是偶然，只要一步步走就是。山脊上刮起大风，吹雪成雾，雪粒打在脸上带来一阵寒意。他头紧紧地缩在脖子里，只顾埋头看前面的脚印，偶尔一伸头，便有一把雪撒进脖子。走一段停一下，朝阳把远处的宁金抗沙峰顶染成了橙黄色，宁峰下部为云雾所遮，便似半空中悬的一座金山。

结组时鲁文宾与唐文懿的绳距只有两三米，因此，鲁文宾每走两步，就会被唐文懿拉住，接着他又把前面的冯春远拉住。李赞说最后顶峰前只有200米没修路，实际上像是走了一万米，漫漫雪坡，极其消磨心志。

不知过去多久，登顶了，然而大雾，无法一览众山小。

A组匆匆拍照就下撤。登山的最大困难在于下撤，C2以上的雪坡本来已经令人崩溃。鲁文宾到达C2已是中午，烈日当头，他休息很久，A组的人都走光了。刘炎林忽然发现他还在C2，跑过来问他："你怎么还没走？"每走一步，雪塞满冰爪，提脚很重，落脚很滑，差点崴脚，一跤摔倒就想坐下来休息，一休息就想在那儿长眠。于是大叫一声"加油！"又起来走。

鲁文宾就这么硬着头皮走到C1，又在快到换鞋处时碰到C组队员，一个个没精打采地往C1走。丹增说洛桑在换鞋处等他。他勇气倍增到换鞋处。吃了东西，有了力气，突然像是奥特曼下凡，走得快起来，一个小时就下到BC。

B组看到蓝天之下云幕之上的月亮和太阳、圣湖和神山

7月25日，B组攀登行程是从BC上升到C1。王丹丹做了丰盛的早饭，B组不慌不忙吃完饭，9点整从BC出发。出发前相互确认各项物资是否带齐。问到饭盒，24岁"爱说谎"的丹增教练抱着红色Petzl，郑重其事地回答："我可以用头盔。"顿时笑场。珠峰登顶好多次，会说英语法语日语的丹增教练，还这么像小孩子。当雄是真正的"90"后，此刻多么淡定。

曾钰宇出师不利，前一晚吃了长绿毛和虫子的羊肉，拉肚子了，还没翻过碎石坡就与队伍拉开距离。最后一个到达湖边休息处，双腿已开始发软。真正的上升刚开始几步，努力想要憋住的干呕还是爆发，自此再没有停下，变成每二三十步必须经历的生理周期。当雄陪曾钰宇走在最后，时不时讲些笑话给她听。

还没上到换鞋处，大概海拔 5100 米高度，杨洋因生理周期疼得直不起腰，组长决定让杨洋下撤，丹增教练陪同，呼叫 BC 接应。

中午时分，其他队员到达换鞋处，丹增陪同杨洋下撤回 BC 又追上来。

这是队员们第二次到达换鞋处，换上技术装备，身上重量顿时增加不少。这时收到攀登队长李赞的呼叫，让他们把换鞋处存放的修路物资及 Gas 全部背上去。

根据当雄的建议，曾钰宇把上升器牛尾上连接的小锁换为大锁。当雄解释，上升器上牛尾的锁如果是为了防止上升器上绳子脱出，用小锁是没有问题的，但如果用作牛尾，则必须换成大锁，因此还是一开始就换成大锁好。

曾钰宇是第一次上到冰川，她的鞋子有些偏大，走得不是很顺，所幸没有大问题，继续干呕着在乱冰区穿梭，跟着前方脚印，时不时映入眼帘的路线旗是心理安慰。

大冰壁上的几个黑点被确认为下撤的 A 组。最为聒噪的是冯春远和周涛，鲁文宾偃旗息鼓，看来在 A 组被虐得不轻。

"你是第一个上到这里的女生。"一路上都有人这么鼓励。

"这上面有冰坡，有雪坡，有裂缝，有意思得很。"周涛很兴奋，一点都对不起他的高龄。

大冰坡拉开众人距离，一是一根绳子上不该连接过多的人，二是这样的坡度确实很消耗体力，大家的速度都渐渐慢下来。

上完大冰坡，众人已分成三处，曾钰宇在中间。前面的人早已不见人影。刘海东是第一个到达 C1 的人，后面的人迟迟不见上来，估计是背包太沉的缘故，曾钰宇因背负的重量不多抢在前面。

大冰坡之后的长坡并不陡，只是很长，曾钰宇闭上眼睛沿着脚印前行，时而睁开眼睛看附近有没有裂缝，路线旗在前方时隐时现。这她觉得走得最漫长的一段。

一阵雷声将她惊醒，C1 就在眼前。右侧的山上发生岩崩，雷声之后那边是一片灰尘。

15 点 30 分，B 组全员达到 C1——搭在两条大裂缝之间的两顶帐篷，分别住进去。但大家都记得带饭盒，却没一个人带筷子。在帐篷里发现A 组留下的一把小刀，于是拔下一面路线旗，截掉部分竹竿，削成筷子，总算解决了吃饭问题。

丹增自有应付之道，拿出早已准备好的糌粑，还威胁当雄不能跟他抢，甚至连他的帐篷也不准靠近。当雄也不示弱，掏出一瓶可乐，得意扬扬地宣称："只有有实力的人才能把它背上来，你们要喝吗？"

前一天是罗布桑培教练的生日，此时他随 A 组下撤，行进中也没来得及说什么。B 组意外地在帐篷内发现 A 组留下三块对讲机电池，几番怂恿，呼叫 BC，大叫桑培，准备唱首歌以表祝福。丹增叫桑培，还说藏语，大家一头雾水。当雄看不下去，当起翻译，解释说丹增让桑培带"氧气"上山，他快受不了了。所谓"氧气"，就是香烟。

C1 没有信号，曾钰宇所在的帐篷聊天、唱歌，直到隔壁帐篷不能忍受，提出要用血氧仪测曾钰宇的血氧值。下午的骄阳晒得帐篷里一片火热，冰崩随之而来，噼里啪啦提醒众人这是高山之上。

26日，B组从C1上升到C2，再返回BC。早6点，全体起床，准备早饭。大家似乎都睡得不好，磨叽到7点50分才出发。

从C1出发，跨过一条水沟，沿山谷侧边前行，坡度慢慢变陡，十多分钟到达路绳起点。据A组介绍，自此向上架设了14根路绳，路绳尽头离C2还有150米距离。B组的任务是将修路物资及C2营地物资运送到路绳末端，若有余力，可修通到C2的路线，建立C2。

曾钰宇继续干呕，无法专心数数，只能在过结处休息片刻，看着连接点的绳结，猜想哪些路是自己人修的。可以肯定的是，大冰壁下的一段肯定是李赞修的，那里有一个蝴蝶结。李赞做技委培训时上升器失效，向下滑十多米，多亏一只"蝴蝶"展翅在绳子上，才停了下来，自此喜欢上蝴蝶结这玩意儿。

刘海东紧跟丹增走在最前面，丝毫不见前一晚的气若游丝。王晁由于身高和体重优势，被安排背很多东西，也走不快，和曾钰宇前前后后交替走着，当雄押后。

大冰壁立在眼前，冰面覆盖约10厘米厚的雪，一镐下去砸到的只是雪，第二镐下去勉强能砸到冰面。曾钰宇的鞋子太大，一踢德式脚就会从鞋子里脱出来。曾钰宇曾想过穿两双袜子，当雄说这样没用，到后来外面一层袜子会脱出来。她一手上升器借绳力，一手大冰镐，拉引体姿势，累到气若游丝，总算上去了。

大冰壁后路线上裂缝增多，明裂缝每走几步便能看见。更有一条宽大无比的大裂缝平行于路线边缘，长度约有百米，触目惊心。曾钰宇很紧张，生怕掉进裂缝，强迫自己打起精神，每次过裂缝都鼓足力气，大步冲过去，接着休息。这样的举动被难得严肃的当雄批评，告诉她不必如此紧张，过完裂缝不要立即停下休息，应往前多走两三步。

路绳末端，刘海东连接上绳子准备砸雪锥，哐哐哐哐四下大冰镐砸下去，雪锥纹丝不动。丹增实在看不下去，抢过大冰镐砸四下，雪锥不见踪影。所幸到 C2 最后 150 米路修完，B 组超额完成任务。

等曾钰宇干呕着走上 C2，丹增教练正系着绳子继续向前行走，看是否能将 C2 位置前移，节省冲顶时间。C2 与 C1 一样，建在两个大裂缝中间，对面是通往顶峰的平缓雪坡。

一路上一直阴天，大雾弥漫，需要睁大眼睛才能仔细辨认前方人影。丹增说，如果冲顶遇上这样天气，肯定不行。

C2 出去的一段缓雪坡，走上很远的距离也上升不了多高，B 组决定就在此处建 C2。用脚踩出平台，搭上一顶帐篷，把物资塞进帐篷。教练教队员们用路线旗固定帐篷，大家半信半疑，事后证明，的确保险。

12 点多 B 组下撤。雾变得更大，甚至下起冰雹，细小的冰雹沙沙沙打在头盔上。当雄冲到最前面带路，丹增押后。丹增在山上话不多，只是安静地走在曾钰宇后面，只告诉她按照自己的节奏走，不用回头看他，他会跟着她的。

下到 C1，丹增要留下等待 C 组，随同 C 组一起上 C2，其他人继续下撤。在大冰坡遇到上攀的 C 组。洛桑打头，曹鑫、夏炜烨、楼航迪紧随其后，贾培申在中间，王丹丹和王相宜在最后。

B 组下到枪勇湖上方，听到攀登队长与 C 组组长对话，说计划分组不变，A 组第二天就上山往上修路、冲顶，B、C 组次递冲顶。C 组组长没有立即表态，说跟教练商量一下。回到 BC，身在 C 组的后勤队长贾培申对这个计划意见很大，认为其他人没有机会参与修路，既无法锻炼新人，攀登也会留下遗憾。

夜里，老队员就攀登计划开会，问题解决。

27 日，B 组在 BC 休整。A 组收拾停当，吃完午饭，13 点上山。按照计划，A 组只需上到 C1。B 组守营，负责做饭。

曾钰宇发现在只有一个女生的组里，只要女生碰了厨房，男生便如获大赦般逃走。刘海东和王晁担任起超级洗碗工，偶尔打酱油偷吃。低调的王晁是偷吃天王，绝世无双。杨洋还在生理周期中，不宜大动，曾钰宇这个山寨厨师做了海带白豆汤和水煮肉，另外的菜是 B 组热爱烹饪的同仁做的。C 组回来，喝到曾钰宇尝试的黄瓜皮蛋汤。

夜雨如期而至，BC 排水系统不给力，积水再一次穿帐而过。桑培和丹增操起工具出门挖排水沟。两人一边挖掘，一边跳锅庄，引得王相宜、夏炜烨、王丹丹 3 个女生前往围观，王相宜还与丹增、桑培在后勤帐中挽手踏歌。

28 日，B 组从 BC 上升到 C1，每人背负自己羽绒服、行动食，另有若干高山食等。效仿 A 组上山模式，午饭后出发。

从湖边开始上升，曾钰宇渐渐落到最后，干呕还在继续。当雄以逸待劳，坐在路边休息让她先走，等她快消失在视线范围内，再背上登山包追上来，在她后面停下喘粗气。

中途遇到从宁金抗沙飘来的冰雹，噼里啪啦打在身上，生疼。在碎石坡，又听到一次碎石落进裂缝的连续咚咚声。

到换鞋处后当雄走在前面，换桑培押后。同样是学医的，桑培运用自己的专业知识分析曾钰宇的状态，说她可能是胃痉挛，吸气时冷空气不断进入胃部，导致不停干呕，嘱咐她不要吃辣的东西。"你什么都不用想，听我唱歌，跟我的脚印走就可以。"

杨洋第一次上到大冰壁下时状态不佳，这次她一直坚持走在前面。桑培拿出营养快线，给两个休息的女生喝，自己吸"氧气"（香烟）。

杨洋与曾钰宇一前一后，始终保持在10米可见的距离内，就这样走到C1。刘海东在帐篷内烧水等她们。

到C1的时间不是正午，太阳不那么晒。晚饭曾钰宇吃了在山上最多的一餐，咽下一整包方便面和一根火腿肠，外加若干零食。对讲机中传来A组三人登顶的消息。

23点到0点时近距离打了几个响雷，大家吓了一跳，以为是发生冰崩，然后听到沙沙降雪声。

曾钰宇很紧张，咳嗽几声，痰液是黄绿色，这是上呼吸道感染的前兆。曾钰宇问："有头孢吗？"一阵翻找声，然后："没有。"

"你们觉得，我们能登顶吗？"

"这要看你自己怎么想了。"

谁说的？太睿智了。

29日，凌晨3点30分，B组起床，准备5点出发冲顶。雪一直下个不停，积雪很厚，压得帐篷有些变形。队员们在帐篷内推推搡搡，将积雪顶离帐篷。打开帐门，积雪已到门廊边缘。

杨洋问："我们怎么办？"不知是谁回答："先到C2再说。"

大概是绵延的大雪打击了大家的积极性，他们磨蹭到5点17分出发。所幸雪小了，渐渐停了。桑培开路，当雄押后。

一夜大雪把脚印都覆盖，只留隐约的痕迹。桑培细心踩出适合行走的台阶，队伍行走速度很慢，需沿途搜索路线绳，将路绳从雪里扯出来，并用登山杖探测裂缝。走到需要拉引体的冰壁下，太阳开始窥视大地，大家拿出风镜带上。

人雾渐渐上来，能见度至多只有10米。中途休息一次，桑培和当雄更换位置，不少人穿上羽绒服，戴上防水手套。

9点20分，B组在浓雾中抵达C2。C2同样积着厚厚的雪，一个人都没有。浓雾偶尔转淡的当儿，桑培的火眼金睛看到两人在山上，判断是李赞和张焓在修补路线绳。

李赞让B组在C2稍等，另有A组其余几名队员在冲顶。

雪又下起来。10点左右，风雪里走出两个人，是李赞和张焓。冲顶时两人被雷劈，结组往下跑，半小时就到C2。两人在山上修补路线绳时，能见度不好，只能就此作罢，也就是说，路线绳中间有50米左右是断开的，需次日冲顶，然后直接返回BC。

10点52分，对讲机中传来A组其余队员登顶的消息。王正呼叫A组，原来火车晚点20个小时的王正和李苗已经到达BC。李赞、张焓在C2待一会儿，怕感冒，先行下撤。不久A组下撤人员到达。

30日，凌晨2点27分，曾钰宇又是在闹钟响前醒过来。刘炎林吩咐她躺下，继续休息。冰雹已停，帐篷外下的是雪，落在帐篷上沙沙沙响，没有节奏没有起伏，独留宁静淡泊。

4点1分，在提醒每人检查所带物品是否齐全的声音里，队伍出发。桑培在前，接着是杨洋、曾钰宇、刘海东、王晁、当雄，曾钰宇嫌羽绒服裹着难受，呼吸不畅，只穿了抓绒与冲锋衣走。

开始是缓坡，没有拉绳子，桑培走得慢．曾钰宇有些追不上杨洋，呼吸渐渐困难起来。刘炎林在她身后，一声不吭地超过她，在前面狠狠踩几脚，示意要踩着前人脚印前进，不要小步跑。

黑夜里雪正下得紧，桑培在前用头灯照明寻找A组留下的痕迹，每路过一根路线旗，都用冰镐在附近区域挖绳子，但毫无所获。中途经过一条绳索，大家把铁锁扣上，却只有50米，走完就没了。看来这里就是周涛所说的裂缝密集区，应该有两个大裂缝，可这大黑天的，看不真切，估计裂缝已被积雪掩埋。

杨洋吐了两次，有人提议杨洋坚持不了就下撤，杨洋一言不发，弯腰休息一分钟，继续前进。

天渐渐亮了，四处望去，一切都被云彩遮住，只有远山静静地待在视野里。刘睿抬头看看不远的前方，顶峰就在路的尽头。

雪渐渐停下，雪坡渐渐变陡。路绳再度出现，路线已经变为沿雪檐行走的陡坡。曾钰宇埋头专注踩前面的脚印。走了不久，桑培与当雄换位，男队员跟着当雄走到前面，曾钰宇与杨洋、桑培走在后面。

走完山脊，来到大雪坡中部，天已亮，回头可以看见羊卓雍错，上方是一片云海。当雄和李赞是一个风格，一走前面就开跑。曾钰宇和杨洋在后面，不慌不忙。天气转好，身上一点也不冷，只是委屈了脚趾头，需要时不时动动，不然血液不循环，冷得难受。

8点到达路线绳断开的地方，需要结组通过。当雄只找到一根路线绳，带男生先结组前进。桑培身上有一根四五米长的绳子，加上挖出的一根十余米的绳子，连在一起用作桑培、杨洋、曾钰宇结组。

刘炎林回复 BC 的呼叫，说天气不错，雪况不错，队员状态不错，估计半小时可到达顶峰。曾钰宇觉得这话有错，她清楚记得攀登讲座介绍路线的图片，顶峰全是积雪，下方是鞍部，显然这是个假顶。碍于自己是新队员，不敢妄加判断，便保持沉默。

大家没意识到后面还有相当长一段路绳，没有解开结组，只是把大锁扣到路绳上继续行走。一手抓结组绳，手拿大冰镐，每走一步都得挑开被锁挂住险些踩到的绳子，如此这般在路线上绕啊绕，走到 10 点多才走到顶峰下的鞍部——此时前面一个结组队已经接近顶峰。

天气相当晴朗，阳光有些刺眼，照在皮肤上有灼烧疼痛感。马上就没路绳了，杨洋问是否可以将包放在这里去冲顶，桑培表示背着包更安全。

上顶峰的雪坡前，曾钰宇与队友打赌，说最多 500 步便到达顶峰，便数着脚步往上走，提示大家离顶峰还有多远。杨洋又呕吐三次，走得相当难受。

2010 年 7 月 30 日上午 11 点 45 分，B 组历时 7 小时 40 分到达顶峰。大雾，什么都看不清，拍些照片，吃点东西，然后一起结组下撤到鞍部，雾气太大，几乎看不清前人留下的脚印。曾钰宇沿绳挂锁下撤，到需要结组的地方等桑培与杨洋。杨洋与桑培两人的安全带连在一前，桑培操作，一起下降。这方法是李兰教给桑培的。杨洋吐了六次，桑培担心让她一个人下降不保险，便用此法。

刘炎林走在前面，将大锁扣在绳上，抓着大锁下降。曾钰宇胆小，面朝下，看不太清前人脚印，根本迈不动脚步，便装 8 字环下降，速度追不上。刘炎林每次下降前都会嘱咐："这里坡陡，你一定要小心，大锁可得拧好了，我在下一个过结处等你。"

下到雪檐路段中部，天气变好，姜桑拉姆绰约立于眼前，甚至可以看到 C2，坡度开始减缓，曾钰宇便改换大锁下降。

将近 14 点，B 组回到 C2。午后雪层变软，走路吃力。此次攀登最累的一段就在返回 C2 之前的缓雪坡，几乎每一步都会陷到雪里，需要费尽力气把腿拔出来，马上又陷进另一个坑里。

C 组队友正在晒太阳，夏炜烨、曹鑫、楼航迪分别给曾钰宇提供水，并灌满她的水壶，教练还给里面放上泡腾片。B 组队员找出几乎未动的行动食，将里面剩余的糖果留给 C 组。刘炎林的脸明显已经晒伤，曾钰宇不敢看雪镜里的自己。

C2 下到 C1 的路，向下滑动的雪遮掩了裂缝，曾钰宇四次单脚踩进裂缝，一次双脚踩进裂缝。

大冰壁下撤前，刘炎林率先在大冰坡顶部发现两个黑点——是冯春远和王正。因 B 组冲顶时间过长，放心不过，他们来接应。

冯春远呼叫让 B 组到 C1 等他们，大家一起下撤。事实上冯春远和王正先到 C1，大冰壁下的雪更软，寸步难行。

B 组继续下撤，冰面上覆盖着薄薄的雪。雪面上时而出现 "+U"（加油）和 "快到了" 的字眼，用登山杖写成的。

C 组的卡鲁雄更多些人情味

7 月 28 日，早上起来，又是明媚的蓝天。B 组在中午稍早些出发，12 点 15 分左右，桑培、当雄、刘炎林、刘睿、刘海东、王晁、曾钰宇和身体已经恢复的杨洋踏上去往顶峰的征途。此时 A 组的先头部队已经到达 C2，开始尝试向顶峰修路。

王丹丹和夏炜烨接连到河边浣衣，楼航迪缠着绿头巾窝在阳光下的椅子里看书，贾培申在本营帐戴着耳机翻杂志。

15 点 45 分，基地台传来断续消息：15 点 12 分，A 组两名队员和一名教练登顶。

16 点 20 分，雨停了，空气里弥漫着清新的味道，夕阳照着远处的雪山。当一辆橙色拖拉机驶来时，两个拼命挥手的人影映入眼帘，王相宜三人尖叫着冲上去。

BC 再次沸腾，迎接两位天外来客，他俩的经历十分曲折：火车晚点，到处找从拉萨到浪卡子的车，找到 BC 的车，拖拉机行驶缓慢，几次抛锚……

王正胃口不错。李苗稍差一些，下车不久吐了一次，似乎感觉好点。傍晚王相宜和曹鑫留在后勤帐煮红糖水，顺便探讨物理问题。贾培申带着王正和李苗上到湖边。

临睡前李苗又吐一次，嗜睡，睁不开眼。正和王相宜第一天到 BC 的状态一样。

29 日早上 BC 风雨潇潇，温度很低。李苗状态不好，昏睡，呕吐，吃不下东西。王相宜扶她各处溜达一会儿，坐一会儿。李苗咬牙撑着。王正状态很好，在本营帐和装备帐间跑来跑去。

12 点，C 组丹增、贾培申、王丹丹、夏炜烨、曹鑫、楼航迪和王相宜向 C1 进发。不知谁在王相宜手里放了一把米粒，她学丹增将它们撒向天空。

12 点 30 分，太阳出来，C 组到达湖边。王丹丹走在最后，贾培申打头，然后是曹鑫、楼航迪、王相宜和夏炜烨。他们走到第一段碎石坡后最美的草坡，遇到已经登顶下撤的李赞和张焓。

15 点，C 组到达 ABC。从 ABC 出发到 C1，首先是雄伟而壮丽的枪勇冰川末端，巨大的冰塔林层次感极强，携带细碎的岩石，横亘在两个山崖之间。大大小小的裂缝间流淌着雪山融水，汇入大小枪勇错，又流进山下的大小藏布。

冰塔林结束，开始漫长的雪坡上升。回头，视野内蓦然出现四五座美丽的雪山。绳子末端需要跳两条冰河，而后相对平缓。在这里王相宜赶上夏炜烨，互相鼓气前进。楼航迪体力不好，落在后面。丹增押着他。

C 组后队 17 点 30 分抵达 C1，贾培申和曹鑫已到半个小时，正和留在 C1 等待的洛桑聊天。刚刚冲顶下撤的洛桑脸上略见倦意，仍是温和地笑着，算下来他该是本次在雪线以上待的时间最长的人。

30 日上午 9 点，C 组踏上去 C2 的路，开始是平缓的雪原，略上升，然后到达陡雪坡，开始架绳。陡雪坡的尽头是一条张着大嘴的裂缝。横切，上升几个坡，到达 C2。该修的路段业已修好，C 组只需沿绳走到底。对 C 组来说，卡鲁雄是有人情味的，巨大的雪原不再令人茫然，因为有一条夺目的红线和许许多多小旗，仿佛招呼熟识的客人走进它的怀抱。

行进在陡雪坡上，前面洛桑开路，贾培申和曹鑫紧跟其后，C 组这三个人一直保持队形，只是王相宜、夏炜烨和楼航迪的位置不停微调。楼航迪状态较前日好很多，丹增带着两个姑娘押后。丹增习惯与队员们拉开一大段距离，再用自己的节奏赶上来，再悠闲地就地休息。"哦，我不走了……"他每次都这么说。

云雾初散，耀眼的太阳是碧空迷炫的钻石，雪镜边上闪出七彩光晕。向前看，世界就只剩这片通向天空的雪、这蓝天和这太阳。

雪坡最后一段，沿大裂缝下沿行走，无数冰柱从雪檐内悬垂直下，深不见底。

12 点 20 分，C2 出现在眼前。开路的三人已到了整整一个小时。

吃东西，烧水，楼航迪缓过劲儿来，为赞助照寻找模特。太阳当头，紫外线的烧灼感越来越强，人都要熟了。

14 点多，前方的斜向雪坡上出现几个人影。B 组早晨冲顶，刚刚下来，刘睿、当雄、王晁和刘海东是第一拨，半小时后，曾钰宇和刘炎林走到面前。

将近 16 点，桑培陪着体力有些不支的杨洋下来。

17 点，大家终于鼓起勇气，钻进"烤箱"帐篷。

一夜风雪。

王相宜躺下就预感自己会睡不着，鼻子极堵，嗓子极干，喝的水像被海绵全部吸收，过几分钟又要冒烟。她闭上眼睛，C2 的美景慢慢浮现。

出帐篷，后退几步，可以看见碧蓝的羊卓雍错，水天一色，融进无限的宁静中。左侧宁金抗沙被夕阳微微染红，……沧海桑田，亿万年前本不曾存在的东西，亿万年后也将归于虚无。

在胡思乱想里，她睡着一段时间，醒来时天已黑。雷声滚滚，闪电接连把帐篷照亮。雪不停地落。

31日，C组凌晨2点起床。丹增烧水，雪还在下，他把门廊撩开，用手电筒向外照了照："喔，可能今天上不去了。""那我们再在这等一天吗？"他摇摇头。谁也不想睡，静静等着水开。

夏炜烨喂完一人一块绿箭，拿着包装纸说："我们写冲顶罐吧。"罐子是没有的，只能把小纸条留在顶峰。大家都在想上不去怎么样，冲顶纸条给了王相宜一些安慰，她一笔一画，写起来，都是写给妈妈的。她突然非常非常想家。后来那张纸条没能留在顶峰，因为要实现零垃圾攀登。

3点，队员们默默冲奶茶，嚼饼干。3点45分，雪稍小些，丹增说："我们试一试！"4点50分装备完毕，C组尝试冲顶。

天气很冷，风雪交加。大家把头灯拧开，照着前方的路。沿绳上升，依次是洛桑、贾培申、曹鑫、楼航迪、夏炜烨、王相宜和丹增。看不见更远的地方，使大家不去想顶峰到底还有多远，而是专注于步伐与呼吸，上升两段雪坡，中间拐一个弯，雪不知不觉停了。

再上升，楼航迪与曹鑫间的距离越来越远，楼航迪的小腿肌肉疼痛。王相宜和夏炜烨超过他前行，不久便追上前面的队伍，天色渐渐明亮，队员们身处在一片青玉般的大雪坡上端。

到一处没有路绳的地方，没有结组绳，大约几十米的路线，用牛尾扣住后面人的安全环，一个串一个，像毛毛虫一样挤在一起走，距离实在太近，只好相互扶着肩膀，喊："左！右！"

过了这段路不久，就是顶峰前的裸岩，沿着岩石的侧面通过。雪开始发黏，踩在前面的脚印上有时会塌陷。路线绳结束后，最后200米要结组通过。位置调换，洛桑第一个，然后夏炜烨、曹鑫、王相宜，贾培申最后；楼航迪和丹增还没过来，只能他们两个结组。

越接近顶峰，风越大，稍停一会儿就会迅速失温。风把云朵吹来，忽晴忽雾。晴时山下的湖泊河流清晰可见，蓝天延伸到很远的地方与地平线相交；雾来则掩住一切，偶尔露出一小块天空，让人疑惑那是天堂的入口。

最后那段雪坡雪很松，结组的速度慢下来。贾培申在后面大吼："德式踢上去！"

几番挣扎，8点40分，C组前队终于站在卡鲁雄的顶峰。9点，楼航迪和丹增上来。C组成功登顶。风很大，他们在顶峰没有逗留太长时间。王相宜冻得脑子都木了，后面的路走得浑浑噩噩，几步就要摔一下，最后一个下到C2。

下到C1的路上有一段陡雪坡下降，雪深得要命，一脚陷进去，费吃奶的劲儿才能拔出来。王相宜像蜘蛛一样吊在绳上荡来荡去，思索前面的人是怎么下去的。好在后面有丹增帮她解困，洛桑和夏炜烨在C1等她。

在ABC换鞋，一口气走到BC。忽然落下雨点，王相宜遥遥地望见四个戴兜帽的人影，原来是等着迎接最后归来的她。她接过好多双手递给她的罐头、果汁，还有好多句话，她一句也没听清，只觉得人生太美好。

18点，科考队如约而来。他们的整个行程已经顺利结束，在拉萨洗得清清爽爽，还把李苗带来（7月30日，李苗低血糖反应加剧，被送到浪卡子，后又回到拉萨）。

入夜，科考队在后勤帐做饭自娱自乐，登山队却在灯光昏黄的本营帐严肃地开总结会。正式的登山过程，就这么结束了。次日中午，王正、李赞、唐文懿、冯春远、刘炎林、张焓、桑培和久美将从 BC 出发，开始撤绳，其他人则在 ABC 上的冰川处进行结组和建保护站的训练。

2010 年卡鲁雄登山队队员名单（年级 / 院系 / 职务 / 绰号）

王丹丹（女）：2008/ 外国语学院硕 / 队长

李赞：2008/ 法学院硕 / 攀登队长

贾培申：2009/ 信息科学技术学院 / 后勤队长

冯春远：2006/ 数学科学学院 / 总装备

鲁文宾：2009/ 元培学院 / 后勤，队记，训练 /"奶爸"

夏炜烨（女）：2009/ 光华管理学院 / 媒体，装备，财务

曾钰宇（女）：2009/ 元培学院 / 赞助

王相宜（女）：2009/ 中国语言文学系 / 后勤，队记

李苗（女）：2009/ 医学部 / 队医，后勤

刘海东：2009/ 数学科学学院硕 / 队医，队记

楼航迪：2008/ 工学院博 / 装备，摄影

曹鑫：2008/ 物理学院 / 摄影，通信，后勤，财务

王正：2008/ 信息科学技术学院 / 通信

王晁：2009/ 数学科学学院博 / 后勤，出纳

唐文懿：2009/ 信息科学技术学院 / 摄像，装备

杨洋（女）：2008/ 法学院 / 后勤

刘炎林：1999/ 生命科学学院

周涛：老队员

张焓：2004/ 生命科学学院 /"小黑"

无兄弟，不登山

——2011 年素珠链

天这样蓝，所有的心事无处躲藏。

初试甘肃

2011 年 7 月 21 日，最后一组队员登顶海拔 5547 米的素珠链峰，并安全下撤。至此，北大山鹰社际华登山队全体队员及教练 18 人全员登顶，为此次登山训练活动画上圆满句号。

素珠链峰，是山鹰社攀登的第 20 座雪山。这次登山训练，是山鹰社开展的第 28 次雪山攀登活动。两位前任社长刘炎林和纪明曾在 2009 年对山鹰社 20 年登山历程做过划分：1989—1991 年，起飞；1992—1994 年，成长；1994—1998 年，发展；1998—2002 年，探索、转型；2003—2011 年，调整、突破。

2011 年国内高校的攀登遇到前所未有的困扰。西藏登山学校不能派出教练，很多队伍在选山问题上遭遇瓶颈，清华、人大、北航等七支高校队伍将攀登目标锁定在青海玉珠峰。

理事会在 2010 年 12 月召开多次会议，综合考量暑期攀登定位、队伍技术力量、山峰难度等，确定备选山峰。起初倾向于申请位于西藏冈底斯山脉的哲马岗日。理事会重新审视备选山峰，最终将目标锁定位于甘肃的素珠链峰。

甘肃有着丰富的山峰资源，有数座海拔 5000 米级山峰，但在甘肃开展的攀登活动并不多，在此之前高校登山队伍的足迹尚未踏上甘肃。将攀登目标定位甘肃的素珠链峰，可以开发更多资源，为高校登山开阔视野。另外，攀登选择技术难度较大的北山脊路线，是技术型攀登的一次尝试。

2011 年 4 月 25 日，登山队成立，成员有：冯倩丽、张钧南、吴锐、金圣杰、庄方东、李苗、田雪乔、夏元华、贾培申、曹鑫、鲁文宾、曹作伟、李赞（后来退出）、唐文懿和王正。

晚上会议，老队员刘炎林让大家踊跃提问。气氛慢慢热烈起来，问题渐渐指向登山最为核心的部分：为什么去登山？如何定义登山的成功？如何看待登山的危险性？如何处理社里事务和学业的关系？……这些问题，可能要靠时间和经历给出答案，但每一个人应该对自己要走的路有清晰的认识。在自己的团队中，要做的就是制定一个合理可行的目标，以最小的代价去实现。作为个人，又需要将视野放宽，不局限于社团这片净土之内。

接着职务分配。这是支有些慢热的队伍，信息科学技术学院和物理学院两方割据，只有两个文科女偏居一隅，肩负起队记和活跃气氛的大任。总装备曹鑫和后勤队长鲁文宾将 8 名新队员瓜分完毕，各项职务分配得当。

又是一年登山时，大强度的训练、团队的磨合、对登山定位的探索，目标是开发每一个成员乃至整支队伍的潜力。

前站

6月30日20点30分的前站会议并没有让田雪乔紧张，以为就是3个人小小碰一下头。会议开始前3个多小时才知道老队员都要去，作为芝麻官队医和火车食后勤，她突然有了压力，琢磨着要搞出一份书面文字作交代。队医药单还是蛮好搞的，轮到火车食就纠结了。和曹作伟飞信半天，决定还是稳妥一点，参考总后勤菜单先搞一份，具体买什么再说。会议现场证明，压力是不必要的。

散会后，田雪乔和曹作伟去家乐福买火车食，贾培申接着开会。临行前，贾培申叮嘱田雪乔，少买点儿，有人会送东西的。田雪乔本来还有点矜持的底线，听到王正每人每天35元的承诺，顿时心花怒放。

7月2日，田雪乔忘了测晨脉。她不小心用刀子划伤大拇指，顿时血如泉涌，热乎乎淌满手，滴了一地。赶到南门，登山队长王正和一些人已经到了。

向西，车窗外的景色，在城市与旷野的更迭中，一步步走向荒凉。

第二天到酒泉前站的武威，人呼啦啦走了半数，空出不少位置，3人可以坐在一起。车到酒泉，出站，南望，祁连山上笼着层层的云；北望，是雨后的酒泉——清朗疏阔的小城，宽度合适的干净马路、绿绿的行道树、不高的房子、长远而又不蓝得逼人的天让人一下子欢欣起来。

他们在一个加油站附近下了公交车，打听到可以在这里买油，然后找落脚的地方。大致搞清楚城市布局，决定住在离车站不远的口岸宾馆。

天色还早，小小兜一圈，在旅馆外找家店点三碗特色尕面片。酒泉第一夜，不敢太迟入眠。不用和登协打交道，前站的活儿就轻松些，拟次日上午去气象局和国土局，下午去找买各种后勤物资的地方。

气象台台长很热心。素珠链峰这名字颇为学究气，在当地并未广泛使用，直至搞清楚此山当地俗称祁连峰，形势才明朗。交流中了解到素珠链在张掖市内，离它最近的气象站隶属张掖市，做计划时从进山方便角度考虑选择在酒泉办理气象、国土资源事务，忽略了行政区划，稍有不便。热心的台长帮忙联系张掖气象台，同意汇集酒泉和张掖两方面资料提供给登山队，尘埃落定，大家都舒了一口气。

出发去国土局已是 10 点 30 分。路上行人稀少，偶有过客，仿佛在潜水时看到一条悠闲安静的鱼游过。四围并不全然寂静，只是感觉一切既清且缓，一路走去舒心淡然。

到了国土局，见到测绘科科长，简要说明来意，他十分迅速准确地在地图上定位素珠链，加以讲解，思路清晰。他们被告知，登山队要的资料只有张掖市国土局才有，但是这些资料一般不外借，要经过省局审批。他们三人时间精力有限，不可能搞到。出门一商量，觉得在现在的时间精力条件下搞到地图没什么希望，就果断放弃。

中午稍稍休息，下午去找 Gas 和菜市场。在小西街步行街的运动城找到卖 Gas 的地方，但存货不够。得到消息说在富康购物中心也有户外店，只是略贵。

接下来看菜市场。当地人都说春光市场最大最全，但稍微远一些。根据当地人指点，他们先到肃州市场，这里比较小，蔬菜量不是很大。而春光市场不负盛名，连香蕉都专门有一个分区，可以让菜农用皮卡帮助运菜回宾馆，贾培申提醒曹作伟联系车辆，在市场里有各种型号的皮卡车。

再去富康看了气罐。此事也大致有了计较。

第二天剩下的活儿是去五金店踩点儿，找到一个卖各种五金杂货的大市场，联系好一家店的老板。回宾馆睡一会儿，就该去酒泉站接大部队了。

祁连：山的海洋

7月4日，星期一，近11点，火车驶出站台，送行的社友们追着火车奔跑起来。直跑到月台尽头才停下。

火车是五成新绿皮车，车上但凡能落脚的地方都被卖了站票，座位间的走廊简直是鸡飞狗跳，上个厕所都得"跋山涉水"。欢声笑语中火车渐渐驶入夜色。大家在座位下铺了地席，安排好守夜，轮流去下面睡。

5日醒来，车厢里还是拥挤喧闹。很多人在谈论甘肃的地名，少数民族的大爷和小伙子用队员们听不懂的语言叽里呱啦聊天……

大部分队员家境尚可，平时如此长的路程应该不会坐这种又慢又拥挤的绿皮车。车厢中有很多人一路站回去，疲惫地照看着孩子的母亲、蜷缩在车厢角落里的老人、风尘仆仆抽烟的中年男人……大学生久居于象牙塔，受到各种关怀，年轻，富于朝气和梦想，自诩未来的知识分子和精英，但对于社会的认识总有一种雾里看花的感觉。习惯了通过媒体和舆论、通过书本知识和自己的主观判断来分析问题。很多人局限在自己狭窄的生活圈子里，并不关注更广泛的人群的生存，以及自己生存社会的走向。还有一部分人希望胸怀天下，却很少走到生活的真实里。此刻，若不是看到人们言语举止里的善良和淳朴，会以为贫穷必然会导致抱怨和不友善。这是多狭隘的想法！

窗外的景色是黄绿相间的平川，黄色开始略占上风，平川的尽头隐现着长长的山峦。交错的农田渐渐消失，灰黄的荒原蔓延，偶尔路过大片葡萄园。大地的起伏变得富有韵律，墨绿色的团状植物星罗棋布。

荒原变窄，山和田野渐渐出现。这里是河西走廊，戈壁滩里有一条绿色通道。巍峨的山、苍凉的荒野、温和的麦田和活泼的果园，在此处聚首。南侧车窗里，一直低眉顺眼的小山隆起成雄浑的巨物，霸占了半边天空，如同大西北奢侈的白昼，直到晚上八九点还没有暗下去的迹象。这样铅灰色线条的绵延的山，让人心中那些久居城市而产生的自大被瓦解于无形。

河西走廊是一条狭长的高平地，在祁连山以北、合黎山以南、乌鞘岭以西，也称甘肃走廊，东西长约 1000 公里，南北宽数十公里，海拔 1500 米左右，大部分依傍着山川。祁连山冰雪融水哺育着这片被造物主眷顾的土地，茫茫戈壁开放出美丽的绿洲之花。这里自古为沟通西域的要道，陆上丝绸之路经过这里。直到现在，此地依然是交通要道。

后勤队长鲁文宾此时连西瓜也丢在一边，掏出他的小破本本，凝望窗外，疾书几行。冯倩丽趁他不注意偷来看，是一首未成形的小诗，其中写道："想变成一只野羊，嚼那稀疏而苦涩的草……"这群人，大抵骨子里都有一种不折不挠的野性和理想主义的浪漫劲儿。

出站时，朝思暮想的三名前站——田雪乔、曹作伟还有贾培申，孩子似的在大门外蹦蹦跳跳。一行人在前站带领下进住口岸宾馆。

20 点多，天还大亮，一群车马劳顿饥肠辘辘的家伙在饭馆把十几道菜吃得盆碗光光。回到宾馆，几个队长安排了第二天的购买计划。

10 日是忙碌的采购日。大清早起来，13 个人吃了 16 笼小笼包。许多人都没有吃饱，但为了节约预算都没有开口。这是一群会苦中作乐的家伙。鲁文宾搅动着吴锐的八宝粥，说："你这里面没有宝。"吴锐搅动着鲁文宾的豆浆，说："你这里面没有豆。"

饭后分头行动。冯倩丽、鲁文宾、庄方东、田雪乔去买杂货和工具。宾馆边就有建材五金市场，几乎买得到任何东西。其间鲁文宾用电话和天然气站联系气罐事宜，电话那头一直说："五个气罐日百日十块钱。"叫老板娘帮忙沟通，才知道当地方言把"y"读作"r"。

酒泉当地有很多特色小吃，砂锅、糊锅、小面筋，便宜好吃，量还大，小店老板大多热情厚道。

下午接着采买。买灶具和火柴很不容易，在市场里苦苦寻觅许久才得。买齐东西，日杂店老板骑一辆电动三轮帮忙将采购的一堆东西送回。其他几拨人，农贸市场买蔬菜水果的、超市买行动食高山食的、街上买气罐的人都已回来，分头用报纸包裹蔬菜装箱，用盐腌制鲜肉，晾晒水分大的蔬菜，忙得不亦乐乎。

在酒泉只不到两天，队员们很少感受到它作为卫星发射基地的气息，但常常感受到西域文化和中原文化的碰撞，悠久历史带来的浪漫、朴实与宏大。对于市民来说，这座城市应该也是很舒适宜居的。

7日，早晨，大部分人去买剩下的物资，冯倩丽和田雪乔留在宾馆写队记。中午包装晾晒一部分蔬菜水果。托运的东西早已到达，可租的卡车只有晚上才能进市区。冯倩丽、鲁文宾和曹鑫去物流园打探情况。物流园18点30分下班，没办法协调。继续跟司机交涉，司机同意下午来将货取回，晚上去宾馆装车。事情得以解决。

提货时发生个小插曲。货物在兰州中转，货运公司不规范。班用帐篷的帐篷杆随意堆放在外面，其他货物也没有标记，在仓库里随意堆放，取货时无意中多拿了一件。最后点数才发现，送回去。

晚饭，两位教练斌斌、周彤和向导死猫也到达。死猫，本名王燕，是国内素珠链首登队员，她连大家名字都记不全，就给起了一大堆外号，什么大五、大六、张钧南、小贱。斌斌，本名达西仁琴，和周彤都是青海高山教练，常年在玉珠峰带队和培训。饭后回宾馆，把物资和装备装上车。

晚上开全体会议，教练、向导、队员全都到场。王正首先一番煽情，说"之前的一切，就为这 14 天的一哆嗦"，"从现在开始，14 个人拧成一股绳"，再讲安全原则和注意事项，要求大家一切从登山队角度出发，与教练保持良好沟通，进入登山状态。

教练强调了团队意识，信任队友，服从安排，融入集体；自信，同时对自己的状态清楚，任何身体不适、意见及时提出；多喝水、注意保暖，防止出汗，正确应对高反，结伴行动。攀登队长唐文懿强调了纪律和时间意识。队医讲了注意事项。

8 日早晨 5 点 30 分起床，6 点 20 集合完毕。三辆皮卡、一辆越野，一辆卡车从宾馆浩浩荡荡出发，开往素珠链。路上，一条宽宽的云带始终在右侧的车窗外起伏，标志着山的轮廓。绿油油的庄稼覆盖道路两侧的大地，让人几乎以为到了南方，只是空气非常干燥。斌斌讲起大西北沙尘暴的野蛮：伸手不见五指，在野地里能把人吹翻掩埋。这里是被大自然恩宠的戈壁中的绿洲，但并非一块温驯之地，只是大家尚未见识她的骄横。行近祁连山脉，刀劈斧削、棱角分明的山体映入眼帘。山上没有草木，铅灰、赤红、赭石色的土壤和岩石坦荡地呈现。

祁连山区并不似地图上一条细长的山脉，而是一片层峦叠嶂的山的海洋，低处山体都被低矮的绿色植被覆盖。路上经过世外桃源般的小村庄，在山谷中，小桥流水，耕田果树，山间花树，好似人间仙境。过了村庄，手机信号没了，张钧南的电话还没打完就断了，开始了与世隔绝的日子。

进入山的腹地，雪山融水汇成小溪，汩汩流出，溪畔野花盛开，芳草遍地，点缀着雄浑的山体。视野突然开阔起来，拔地而起的山峦平躺下来，成为一片水畔的草原。一个蒙古包旁边几匹马儿在吃草。各种奇形怪状的有趣的山体让人目不暇接。白云低低盘旋，在山体留下巨大的阴影。峰顶被冲刷，土方剥落，流下彩色的条带。

快到本营，车"高反"了，呼呼呼喘着粗气，就是上不去。为了减轻重量，队员们从车上下来。此时尚未体会高反的威力，冯倩丽和张钧南飞快地爬上一个五六十度的大土坡，上去之后气喘如牛眼冒金星，血氧骤降。

和师傅们一起吃过午饭，唐文懿、贾培申上去侦察营地位置。

终于来到本营位置。搬东西是大工程，还要平整地面。

本营搭建完毕，第一顿晚餐有周彤的豆角牛肉，还有不知道谁做的糊了的西红柿炒鸡蛋。大家都不敢多吃，怕消化不动，只有庄方东吃完饭还来偷肉。本营帐整理完毕，大家出去散步、适应。

这天晚上冯倩丽头疼欲裂。

山峰环绕而成的珠链

7月9日，天气晴好，阳光灿烂。原定安排是贾培申、唐文懿等三人向上侦察到ABC，其他人上午搬迁后勤帐，下午适应性行走到垭口。

实际情况是吃过早饭三人出发，行走约3小时到达ABC，用半个小时搭建一顶高山帐，然后下撤。

本营，吃过早饭，人分成两批。曹鑫带领冯倩丽、曹作伟整理装备。王正、鲁文宾带领其他人在本营帐下方附近搭建新后勤帐，从老帐运东西过去。11点左右在新后勤帐准备做饭，13点左右吃完饭，回到后勤帐整理个人装备，然后休息。

14点，大家醒来，听王正说外面雨夹雪，推迟到14点30分起床。14点30分左右唐文懿呼叫王正，不久三人回来。雨势不减，鲁文宾建议在帐内装高山食。于是队员们下到后勤帐，流水线作业。

16点多开始做晚饭，18点左右吃饭。饭后回到本营帐整理装备、休息。张钧南高反比较严重。

10日，早上起来众人争测血氧，总体比前几天好许多，积极适应的效果显著。帐篷外是蓝得难以言喻的天，像婴儿的微笑一样纯净，像少女的忧郁一样恬淡，被连绵的群山、山顶嶙峋的怪石和晶莹的雪山烘托着，又点缀着丝绒般柔软、随风流淌无拘无束的云团。7点40分，贾培申、曹鑫、唐文懿、周彤前往ABC并向上侦察到4600米。

9点5分，大部队出发，全体适应性行走至ABC，一部分男生背上个人装备。大家调节呼吸，寻找节奏，还是因为高反而气喘吁吁。上了公路，身体开始适应。翻过垭口，继续沿着公路走，景色豁然开朗，远处山峰云开雾散。两座山夹着一条山涧，路就在一座山的腰际开出来。山峦、公路，统统是彩色的，形成美丽的色块和线条，绿色的植被和灰色的碎石在山体上争夺阵地。走一会儿，素珠链出现在视野里，如云中仙子一般。

行近公路尽头，进入落石区，死猫说需要一个观察员，吴锐便停在原地。王正在队尾一声大喝，要他离开危险区域。观察员应该是占据安全位置的前后各一人。虽然没有出现危险，但大家都心有余悸。

接着是一片漫长的碎石破。一种不知是地衣还是苔藓的柔软绿色东西一团团地生长在碎石上。张钧南高反严重，但一直紧紧跟着鲁文宾。冯倩丽跟着这两个人，体会到向导来回找路线的痛苦。第一次走碎石坡，深一脚浅一脚，跌跌撞撞，上升、下降、横切，感觉永远走不到头。停下来休息，吃行动食。田雪乔深深爱上花生糖，大家纷纷慷慨馈赠。

在 ABC 前的最后一个大坡，冯倩丽双杖使得乱七八糟，死猫指导她交替用杖、大步低频、呼吸同步，果然顺畅许多。

11 点 35 分，大部队到达 ABC，上到平台，曾在远处闪耀的巨大雪盆出现在眼前，主峰被卫峰挡住看不见。冯倩丽虽然看过很多雪山照片，当第一次置身于这伟岸的雪坡下，心突然被雪山的壮美震撼，说不出话来。此情此景，如梦一般。队员们在平台上停留休息，山上天气变化多端，大家穿了脱，脱了穿。

13 点，大部队下撤，遇到酒泉空军基地一位司令和他的部下。他们准备到平台上去拍照。大家合影留念，司令说下山时把氧气送给登山队。

回去就快得多。走到公路上，冯倩丽、张钧南、吴锐开始飙歌：《天路》《青藏高原》《高原红》……尽是些高音，唱得声嘶力竭，唱得神清气爽脑仁儿疼。15 点回到本营。

晚饭后司令来了，带着许诺的氧气和意料之外的许多水果。

前站和本营用对讲机通信，说正搭卡车回来，要本营准备外伤药，唐文懿手臂擦伤。大家顿时紧张起来。16 点 30 分，前站回来，大家松口气，还好只是擦伤。

11 日，7 点 20 分，曹鑫咆哮着叫醒大家。早餐是炒米饭、烹土豆小棒棒、洋葱炒鸡蛋、黄瓜蛋汤和糖拌西红柿。

唐文懿、贾培申、曹鑫留守本营。9 点不到，王正、鲁文宾、庄方东、金圣杰、吴锐背修路物资，其他队员背技术装备，周彤和斌斌各自背负物资，出发。11点45分，他们到达换鞋处，卸装备，吃午饭，兵分两路。12点50分，王正、鲁文宾、吴锐、庄方东、张钧南和斌斌上C1。13点，周彤、冯倩丽、曹作伟、夏元华、金圣杰、田雪乔下撤。

13点45分，上升组的王正等到达C1。14点41分，下撤组回到本营。16点5分上升组下撤到本营。

晚上宣布下一阶段的分组：唐文懿、贾培申、曹鑫、周彤、死猫、冯倩丽、庄方东、吴锐为A组，其余人为B组。

12日7点，后勤起床做饭。8点，大部队起床。早饭是夏元华做的疙瘩汤、王正做的扬州炒饭、前一天剩的煎饼和张钧南的咸土豆丝。

A组决定11点出发去C1扎营，次日向上修路。修路的物资着实不轻，冯倩丽分到的已经很少，但还是让她暗暗叫苦。早上天气不佳，阴沉沉的天空时而飘下几滴水。

A组就要走。拍照、送别。B组看他们在坡上越走越远，回来，继续看《建党伟业》。悲剧的是王正、张钧南、夏元华被狠心的鲁文宾赶去做饭，其他人半是愧疚半是兴奋地看完《建党伟业》，然后吃饭。

A组出发，死猫拦车未果。A组开始爬坡，走得那叫快，一开始把教练都甩在后面。冯倩丽几乎阵脚全乱，只得收摄心魄，凝神调息。天气越来越差。

11点20分，A组到达垭口。雾很大，天上飘起小雪。行至碎石坡下，飞雪扑面而来。横切时，雪粒自谷底翻卷而上，掩人口鼻。到坡顶，雪便从空中倾泻而下。向导选择的道路偏低，地面湿滑，大家走得跌跌撞撞，雪打湿衣裳，身上又被汗水浸湿。雪从颈部灌入，眼都睁不开。天和雪山成一色，远处雪山的轮廓隐隐约约。

2009

最后的旅程。

攀登玉珠峰。

2009

MAPKU

C2 处看 6040 峰至顶峰。

玉珠峰顶峰，旭日下的合影。

2010 МАРКУ

雪坡攀登。

勇往直前。

笑傲峰顶。

清晨的卡鲁雄 C2 营地。

B 组素珠链登顶照。

A 组素珠链登顶照。

部分队员搭矿场的铲车出山，剩余后勤物资和垃圾被
放在铲勺里。

2011 MARKU

冲顶前，队员正在修路。

2012

7 月 25 日 B 组冲顶雀儿山途中。

7月26日撤回成都前本营合影。

7月23日B组抵达临时C2。

7月23日B组裸男在临时C2合影。

5月25日技术训练东壁结组。

5月5日团建素质拓展过

7月30日A组部分队员在海拔6300米处合影。

8月2日克孜色勒主体攀登结束后在冰塔林进行技术训练。

C1 下撤本营途中，跨越融水沟。

7 月 6 日早晨，进山垭口祭拜玛尼堆处合影。

7月16日早晨8:00，B组老队员李兰与李建江率先成功登顶格拉丹冬，图为李兰在顶峰。

7月8日14:00，新队员们第一次抵达C1营地。

在阿尼玛卿北东山脊。

出发时贴在车窗上的祝福。

2015 MAPKU

顶峰上的笑容。

在晒化了的东山脊攀登。

2015 年 8 月 5 日，分批冲顶，大雾茫茫。

快 14 点，终于上到 ABC。在巨大的平台上，风雪横扫。教练说什么也不愿再向上。攀登队长唐文懿让大家钻进装备帐，看能不能等天气好转。眼见天气不见好，队员们的衣服都湿了。唐文懿宣布就地扎营过夜，次日看天气情况再决定是否上升。搭起两顶帐篷，冯倩丽、死猫、周彤、庄方东一顶，其他人在另一顶。在这个风雨交加的下午，冯倩丽第一次体会到雪山环境的恶劣和人在极端环境中的无助。但帐篷里是温暖的，是风雪中两艘小小的方舟。

13 日早晨，冯倩丽起来，打开帐篷门，外面是不可思议的晴天和晶莹剔透的雪山，前一天的疲惫和阴霾一扫而光。烧水、做饭、撤营。唐文懿和老队员及周彤先行去 C1 修路，死猫带几个新队员跟在后面。

装备被搞混，由于穿错鞋子，冯倩丽磨蹭好久才出发。穿着冰爪走在雪里，即使缓坡也略吃力，他们在雪坡上走一小时，终于看到 C1 帐篷，在雪地里如一朵鲜艳的红色花朵。此时的素珠链犹如几个峰顶环绕而成的珠链。冯倩丽到达时，唐文懿等人已变成几个小小的黑点，远远地听到他们喊"解除保护"。

该新队员上了。冯倩丽犯了错误，把头盔遗忘在换鞋处。死猫把头盔借给她，自己稍后再上。庄方东、冯倩丽、吴锐在齐膝深的雪中跋涉。吴锐一直照顾冯倩丽的速度。到大雪坡下，开始上升、过结、上升。

一边注意手上的操作和不踩坏脚印，一边欣赏美丽景色：稍远的山脊岩石和白雪辉映，形成美丽的图案，再远处是彩色的山。白云从头顶、从山的腰际流过，与太阳幻化出五光十色的景和虹，脚下的雪坡时而明、时而暗。雪反着光，像一粒粒细小的钻石，天是那样的蓝。

太阳很毒，前面修路的人几乎都晒脱皮，变成花脸。原计划 500 米的修路任务变成 600 多米。

14 点左右，雪锥用尽，唐文懿决定用冰镐建临时保护，然后下撤。漫长的雪坡下降起来让人心碎，保护好的脚印也被踩坏。有人滑着下降，制造了几场微型雪崩，被老队员骂。

下到 ABC，就看到 B 组。这天是 B 组上升的日子。B 组上午在鲁文宾的带领下整理本营，晒气垫、睡袋，晒一两个小时，收东西，吃饭。全组出发走到 ABC 换鞋、雪套和冰爪。

死猫做了好吃的地三鲜、白菜粉条和鸡蛋汤。曹鑫独自在溪畔，把手机举在耳边，陶醉地唱着《天使》。雪山与世隔绝的氛围，让人容易陷入纯净的思念。

在本营可以看见极美的景色，青蓝的月亮下，几条翩然欲飞的云，群山被尚未落下的太阳染上金色。景色每时不同。

B 组走到 C1，分帐。田雪乔、斌斌、王正、曹作伟一个帐，夏元华、鲁文宾、张钧南、金圣杰一个帐。王正煮了粉丝和面，大家乱吃一气，只吃掉两包粉丝和面。

B 组 14 日的任务是到 C2。吃完饭，出帐篷，颇为混乱地搞全装备。终于见到 A 组修的长雪坡。鲁文宾、夏元华、金圣杰、张钧南结组走在前面，斌斌、曹作伟、田雪乔、王正结组在后面，边挂着上升器，边结组，走得颇累。

走啊走，B 组终于到垭口，下包休息。鲁文宾下到约 100 米高处保护点，再上来。整理分包再出发，他居然背上了八捆绳。一会儿到一个小山头下，鲁文宾和斌斌去看横切的路线，觉得不能走。王正下了结组去看。新队员留在后面休息。王正、鲁文宾、斌斌探路，见几乎全是雪岩混合路线，便开始修路。这时已是 10 点 50 分，离关门时间 14 点已不远。这一段长路把修路的队员们累得够呛。

田雪乔和曹作伟结组在前，夏元华、张钧南、金圣杰在后，穿着冰爪，嘎吱嘎吱，切着碎石，跟着修路向前走。有一段雪极深，曹作伟陷进去一只脚，田雪乔去拉，他说不行。田雪乔不明白为什么，直到她自己也陷一次才明白，只能脚出来，鞋丝毫动不了。

走完几个小山头，走上一个长长而平缓的斜坡，王正让大家休息，带了两人去探路，回来决定在这儿建 C2。他们实在很累了，撑着把两顶帐篷建起来，已经 16 点。回撤很快，雪岩混合路线看起来短了很多。田雪乔中途跟斌斌学了一种过结的方法。

下到雪坡上端，斌斌让女生先下，田雪乔就跟着夏元华、金圣杰下。太阳毒辣，雪坡那么长，开始总是走一脚滑两脚。看到右侧一些小雪块下滑切出的一条条线，又有些轻微的流雪，以为要雪崩，不敢太快，心里害怕着。右侧上方的雪坡平整而安静。像电影里的场景，夏元华、金圣杰在下面变成两个黑点，远远的；上方几个人也是几个小黑点，远远的。田雪乔手忙脚乱地往下走，仿佛总也走不到底。

好不容易到底，等鲁文宾、张钧南、曹作伟、王正下来。大家成一列匆匆回 C1。

在垭口下的坡上遇见 A 组的唐文懿和贾培申，A 组在本营休息。众人各有各的玩法。趁王正不在，庄方东做起拔丝，最后雄心壮志化为一锅"黑丝南瓜"。

唐文懿和贾培申帮田雪乔和夏元华把包背回去。回到本营，田雪乔抱着冯倩丽，差点热泪盈眶。晚上宣布新分组，进入第二阶段。冯倩丽和死猫回到 B 组，换上王正和曹作伟。两个队记都到了 B 组。

顶峰还在那里，但可爱的人在眼前

15 日 13 点，A 组出发前往 C1，准备冲顶。B 组在本营休整。

B 组定于 16 日下午出发，早上 8 点起床，后勤队长鲁文宾做饭，8 点 30 分与张钧南上垭口与 A 组联系，得知联络官中午到。中午饭由鲁文宾、金圣杰做豆角、胡萝卜。

中午联络官来了，是个沉默又壮实的裕固汉子，肤色像青铜一般，眉骨、鼻梁、下巴线条硬朗。

14 点 30 分，B 组出发，负重多为食物，路上十分轻松。到达 ABC，田雪乔被紫外线灼伤眼睛，双目流泪疼痛，坐在帐篷门口痛苦地捂着眼睛。鲁文宾细心地帮她穿上鞋子，等了一会儿，待她有所好转，再一起上 C1。

到 C1，死猫烧水，两锅一起用。一个气罐漏气，被旁边的炉头点着，燃起大火。大家呆了，慌张躲开，斌斌挺身而出，一把抓起着火的气罐，丢入刚刚挖好的引水的冰河。气罐在冰水上面，依然熊熊燃烧，丝毫没有熄灭的架势。众人惊魂甫定，回到帐篷，继续吃饭、聊天。

与此同时，A 组修路已接近顶峰。

17 日 12 点 13 分，心急如焚在 C1 等待消息的 B 组从对讲机中听到令人振奋的消息：A 组 8 人全员登顶。

17 点，B 组到达 C2，身披哈达的 A 组兄弟每个都如此可爱。虽然顶峰还在那里，但可爱的人就在眼前。

A 组下撤。B 组在 C2 睡下。这一夜注定难眠，大家不约而同地跟同帐的人诉说心事，那些埋藏在心底，未曾吐露的爱与遗憾……从此 C2 成为一个特殊的地方：队员们在那里默契地知道一些秘密，从此成为心贴心的人。无兄弟，不登山。

因为兴奋和闲聊，冯倩丽几乎一夜不眠，18日凌晨3点30分，B组起床，贴上暖宝宝轻装上路。

凌晨的C2，一片漆黑。大家带上冲顶食和头灯。在第一个大坡前，周彤发表了激情澎湃的讲话，让人顿生豪迈。

银色的月亮仍未隐匿，东方出现金灿灿的朝阳，不可阻挡的光明从灰蒙蒙的地平线漫溢出来，流淌、燃烧成一片恢宏的金红。祁连山寂静无声，那不是一座又一座骄傲而孤独的雪峰，而是一片磅礴的山的海洋，在内陆深处，平原与荒原的分际，沉默地把持边疆的日月星光……

开始结组，快的人耐心等着，慢的人努力赶上，在银白色渐渐照亮的雪坡上，听着脚下雪的咯吱声，听着自己的呼吸声，调整绳子的距离，提防可能发生的险情。

登上第二个坡顶，即之前看到的卫峰，补水补食。此处看得到顶峰，还要下降200米再上升。山在召唤，人在追逐，这就是登山队员们的使命。

顶峰下有两段三人通过的绳，王正、金圣杰和冯倩丽依次通过，在上面的人等在过结处紧盯下一个人，然后是两端单人通过绳。

最后一段是陡峭的冰壁，需要德式技术，四肢并用，好不狼狈。翻过这段上升，是一段横切，几块岩石上有1985年日本人没拆走的绳套和岩钉，王正敲下岩钉作为收藏。再过一个绳距的上升，便上到顶部较开阔之处，距顶峰只几步之遥。9点40分，冯倩丽、金圣杰、张钧南登顶。10点40，B组全员登顶。群山便在眼前，所有的疲惫顿时消失。

下撤是心碎到死的过程。回C2的路上上下下，没了冲顶的那股子劲儿，走得很累。到C2，唐文懿垫着防潮垫，坐在阳光明媚的雪坡上，为B组冲了奶茶喝。休息一会儿，继续向下，直到在碎石坡末端看到贾培申和李苗。

19 日，B 组在本营休整，李苗前往 C1。20 日，李苗前往 C2，等待冲顶。21 日，李苗 3 点起床，9 点登顶。至此包括教练、联络官在内 18 人全员登顶，其中王正登顶两次、唐文懿、周彤登顶三次。

撤绳组背着沉重的装备下撤，本营姑娘们准备了丰盛的团圆饭。天色渐暗，山上的人久等不归。终于，吴锐、曹作伟、张钧南和贾培申赶回来，带来一个消息：李苗体力透支，在 C1 前雪坡成为周彤用睡袋拖下去的第一个活人。他们冲好葡萄糖，送去给李苗喝。李苗回来，又生龙活虎了。大家大吃一顿。晚上开会做总结，互相点评。

22 日，王正大发慈悲，同意早晨 7 点起。拔营、拆帐、整理、打包。12 点一辆车上来，说下方叶家羊圈处被水冲断道路，其余的车上不来。队员们便在本营路口，坐在一大堆包、箱、盆、锅上，打牌煮面等消息。

大家决定和采矿的人沟通。他们的运油车也被堵在下面，不知是否可以请他们派出挖掘机把路修好。冯倩丽和田雪乔先被皮卡送下去，看到路断处，洪水从路的一侧流过路面，水势慢慢变大，湍急起来。

挖掘机来了，从两侧挖土填路，砸实。冯倩丽和田雪乔像史前人类一样，被工业文明的巨大力量惊呆。眼看路要填好，队友在哪里呢？上面终于有动静：一个小黑点慢慢变大，变成一辆威武的挖掘机，开到近处，忽然伸出几十只手，十几张激动的脸突然冒出来。

车再次发动。不知是开心还是不舍，来时的风景倒带一般，但此时的登山队员们已经是有雪山经验的老队员。

这天最激动人心的，不是那顿饭，而是洗过澡后的青春容颜。

2011年素珠链登山队队员名单（年级/院系/职务）

王正：2008/信息科学技术学院/队长

唐文懿：2009/信息科学技术学院/攀登队长

鲁文宾：2009/元培学院/后勤队长

曹鑫：2008/物理学院/总装备

张钧南：2009/物理学院/训练，小装备，赞助

冯倩丽（女）：2010/外国语学院/媒体，小装备，队记

吴锐：2010/物理学院博/通信，小后勤

金圣杰：2010/信息科学技术学院/队医，小后勤，出纳

庄方东：2010/化学与分子工程学院/队医，小后勤

田雪乔（女）：2010/新闻与传播学院/赞助，队记，前站

夏元华（女）：2009/物理学院博/摄影，小后勤

贾培申：2009/信息科学技术学院/摄影，前站

曹作伟：2009/信息科学技术学院/摄像，小装备，前站

李苗（女）：2009/医学部

在顶峰放声歌唱

——2012 年雀儿山

> 登山的风景，最美的是一路上流的汗，一路上的兄弟相依，一路上吃的苦。

2012 年在目标山峰的定位上有两种思路：尝试技术性山峰路线；寻找适合学生队伍暑期攀登的路线。顺着第二种思路，山鹰社主要调查了新疆的山峰。新疆有些区域山峰资源丰富且气候适合暑期攀登，但资料很少，如有机会实际攀登，并同时侦察附近山峰，能够大大拓宽学生队伍选山的范围。山鹰社初步锁定公格尔附近的 6220 峰，多方咨询和查找有关资料，并于寒假派出侦察队伍，对地形和交通进行实地考察。但由于资料稀缺，而侦察队伍带回来的资料里上方路段看不清楚，决定暑期放弃这座山峰，寒假再进行充分的侦察准备，如可行，2013 年选择6220 峰或者附近适合的山峰。

回到第一种思路，理事会最终选择了雀儿山。雀儿山是四川技术性山峰中为数不多适合暑期攀登的，地形丰富，冰川发育良好，有碎石坡、大冰原、裂缝、雪坡、冰壁等多种地形，虽然 7 月是雨季，但一般为小雨雪，对攀登影响不大，非常适合学生队伍在自主攀登过程中提升登山的综合技术能力。山鹰社以往虽然没有攀登过这座山，但路线成熟，资料翔实，没有不可避免的冰崩区、雪崩区，审批上问题不大。虽然实际攀登过程中由于地形变化，队伍没有按照原路线攀登，但对路线状况充分的把握对于安全攀登仍非常有帮助。

2012 年登山的特色和亮点，首先是全体队员登顶雀儿山。这次登山困难重重，经历了无法避免的裂缝、大风、恶劣气候等。雀儿山降水比较多，几乎每天下午都会降雨，山上易起雾。与前一年的资料相比，地形变化很大，在计划路线上出现两道意料之外的数米宽大裂缝，实际路线调整较多。考虑到队伍中女生较多，全员登顶可以说来之不易。

这次登山还是北大登山队第一次参与北京体育大学的国家级科研项目——低氧训练。在时任山鹰社指导教师钱俊伟老师的介绍下，登山队在出发前进行了为期 7 天的低氧训练，为北体大的项目提供数据的同时，加强了队员的高海拔适应能力。第一天海拔设置为 5000 米，时间 6 小时，有些队员出现头痛、不适的症状。中间五天训练时间都是 3 小时，海拔由 3000 米逐渐加到 5000 米。3 小时中间包括两次 10 ~ 20 分钟的跑步、骑车运动。最后一天在 5000 米环境下测试，队员状态有明显好转，在模拟高海拔环境下的血氧值也有所提高。

这一年登山活动还是社史上第一次与山鹰会先后攀登。2009 年山鹰社 20 周年社庆，在玉珠峰举办登山大会，在校队伍攀登结束，毕业老队员在同样路线上攀登。山鹰会是山鹰社毕业老社员 2009 年之后成立的组织，每年组织 1 ~ 2 次登山活动。登山队登顶下撤到大本营，与刚到达的山鹰会老社员们嘘寒问暖，亲切又温暖。

爱比山高："一个鸡蛋"的故事

依托暑期登山活动，2012年北大登山队与山鹰社战略合作伙伴际华户外携手举办"爱比山高"公益活动。想法的起源很简单，只是考虑作为一支大学生户外社团，能否通过登山活动本身对社会做一些力所能及的事。又因为山鹰社的登山科考队经常接触边远地区的人们，一直希望能够在进行登山科考活动、享受珍贵的山峰资源的同时，做一些事情来回馈当地。后来通过益暖中国"一个鸡蛋"公益平台，找到四川一所贫困小学——南充义工希望小学。

南充义工希望小学位于四川南充，有3个班共68名学生，没有住校生，共有50多名学生在校吃午饭，每天的午餐为学生自带二两米，菜是邻居乡亲送的，午餐种类以冬天萝卜、白菜，夏天莴笋、四季豆为主，很少吃肉。学校学生多来自嘉陵区桥龙乡石板沟村、二龙山村、白家乡唐家沟村、常乐院村及其他村落，该地区人均年收入为2000元，主要经济来源为农作物和外出务工，外出务工人员比例60%，留守儿童比例90%。生活水平低，孩子们的午饭质量得不到保证，他们普遍比城里孩子瘦小，饮食结构亟待改善。

登山队决定以暑期登山活动作为宣传亮点发起"爱比山高"活动，在北京大学三角地进行为期两天的募捐，目标是资助该小学68名孩子在一年内能够每天吃到一个鸡蛋。献爱心的人们在横幅上面写下对孩子们的祝福。登山队将横幅带上美丽的雀儿山山顶，其后带回与善款一同寄到南充义工希望小学。捐助人和其他关注此项活动的热心人士都可以通过 www.yigejidan.org 关注和监督后续。同时登山队与北大山鹰社战略合作伙伴际华户外进行合作，共同举办"爱比山高"捐赠活动。际华户外共捐助 68 件运动保暖衣服和 68 个运动水壶给南充义工希望小学，希望孩子们在漫漫上学路上身心都温暖一些。

募捐活动总计为南充义工希望小学募捐得现金 8942.80 元，用于改善孩子的伙食，由际华户外提供的价值 12000 元捐赠物资也寄到孩子们的手中。

川西行

先后送走科考队前站、科考队以及登山队前站，登山队大部队最后出发，7 月 5 日 15 点南门的送别依然是混杂不舍与激动。各种混搭的合照，2009 登山队、2010 登山队、2011 登山队、2010 攀岩队、2011 攀岩队都有人来——贯穿了山鹰"近现代史"。

队员们坐着高端霸气上档次的校车到达车站，送别的人拼命帮着往行李架上塞包裹。隔着车窗听不到声音，车里车外用手机打字聊天："你们的字真丑""字丑心不丑""白疼你们了""不会的，我们会加油"……在等待中耗尽所有的伤感与不舍，火车缓缓出发，车窗上还贴着送别的纸条："周乃元，会嗖的一声瘦下去的。""好好加油，雀儿山见！"……

6 日晚上 9 点左右，火车正点到达成都火车站。出站就看到三位前站。

在成都筹备两天，终于等来进山的日子。9 日一大早，队员们乘坐的三辆租赁的小面包车行驶在曲折蜿蜒的川藏线上。车窗外风景很美，晨雾笼罩着两旁青翠高耸的山峰，山峰下是水流湍急的岷江，水流激起的水雾和晨雾混在一起，川藏线便凌空架设在这薄雾中间。面对这美景，大家都没有心思睡觉。

过了二郎山山口，两边便成低矮的山丘，辽阔的草原能够一望千里，牛羊悠闲地啃食着草皮。路两边很多精致的白色小佛塔，还有挂满整片山丘的经幡，山坡上白色巨大的六字真言，藏区独特的风景让队员们激动、兴奋。中午在泸定县吃饭。上午跑得最欢的那辆车经受不住道路的颠簸，坏掉了。

傍晚终于到达康定县城，李家溜溜的大姐、张家溜溜的大哥都在哪里？康定城里抬头便望见云雾缭绕的翠绿山峰，脚下是清澈湍急的河流，山美水美，人更美。

住的地方是温馨的顶楼房间，床大又软和，实在是奢侈。晚上的会比较简短。几位队员出现上火、感冒、胃不舒服等不适应，不过大家都没有大的问题。

10日4点15分，闹钟响起，队员们火速起床刷牙洗漱。康定还处在安宁的睡梦中，犹可听见河水奔流。车逆流而上，高原黎明前的雾霭带着寒冷的潮气袭来，翻过海拔4000多米的山口，到达塔公草原寻觅早饭。

天空泛着晨光，映照着山坡上的五彩旗、一排排的转经筒、金色的塔顶。过了炉霍，再也没有平坦的路，感觉屁股都要颠掉。大家再也睡不着觉，在车上玩起猜谜。海拔逐渐上升，目的地越来越近。

11日一大早从甘孜出发进山，一路颠簸。颠到马尼干戈，简单吃过早饭，继续出发。远远望见雀儿山。在新路海景区门口，雇马队装上后勤物资和装备，队员背上自己的包开始进山。穿过长满灌木的沼泽地，蹚过冰冷的冰雪融河，经过4小时的跋山涉水，最终在15点多到达本营。令人惊喜的是本营竟然有信号。

在本营等一会儿，驮东西的马队陆续来到，大家卸货、搭帐篷。刚刚还是艳阳天，转瞬就下起大雨。第一天上高原，队员都有不同程度的高反。王家列参与了挖厕所、挖水坑、挖排水沟等重体力活儿，导致头疼加恶心，晚上没吃下东西。吃过饭，一群人在本营帐瘫坐，由于高反都没精神，晚上开会主要讲个人状态，周景高反比较厉害，其他新队员都有一些高反，老队员普遍没反应。第二天的计划是适应性行走，大概走到甘海子。

老队员不停提醒不要太早睡觉，一直等到23点才睡下，攀登就这样开始了。

12日，洛桑教练和唐文懿、庄方东、金圣杰早上探路，其余人员整理后勤和装备，整理完毕空身向上走，适应海拔。探路小分队到达换鞋处后返回本营，其余人员到达换鞋处前面一个平台返回本营。经过休息，大家的高反症状基本消失，状态良好。

裂缝

13日，万里无云，阳光普照，登山队需向ABC输送个人技术装备，早上9点30分起床，向上走。和前一天的适应性行走不同的是增加了负重，距离有所增加。领队走得比较快，不到甘海子，队伍就拉开了距离。

这一天也许是纪晓飞最崩溃的一天。她不知道落在后面的几个人是不是和她有同样的感受。最开始感觉有点头疼，想着慢慢适应，但是一直没能赶上前面的队友，既觉得自己拖后腿很想赶上去，又感觉身体的局限，欲速则不达，随着时间推移，越落越远，甚至看不到前面的队友，心理压力越来越大。她很痛苦，很想休息，又觉得不能休息，因为会增大和队友的差距，坚持，唯有坚持。到达ABC已经接近14点30分。快到时，田荟琳和常亚伟的加油声伴着她与大家会合。纪晓飞精神疲惫，再没有力气。在她后面还有刘文慧、何世闯、周乃元和押后的金圣杰。他们在 ABC 整理好装备就下撤。

下撤路上，纪晓飞的状态异常良好，却不甚开心。她苦苦想着这一路的孤独和无助。她是那样的孤苦无依。到了 ABC，没有人告诉她怎么整理装备、放在什么地方、怎么放。最后她筋疲力尽，教练帮她收拾好东西，放到帐内。先到的人躺在那里懒懒散散，让她很失望。她以为到达目的地就像回家，结果却不如所想。那一刻她莫名的想流泪，团队在什么地方，哥们儿在哪里？

下山时周乃元落在最后面，在等不等她的问题上前面的人吵起来。种种分歧都在晚上开会时引起争论，一方认为是为了完成任务，保证安全；一方认为要互相关心，不离不弃。

北大一支徒步队的到来让登山队员们有了口福。老师们做了红烧肉、炒素菜、青椒炒鸡蛋、黄瓜拌粉丝，还有面饼。在与世隔绝的高海拔地区看见亲人，特别开心，寂寞滚得远远的。

14 日，全体队员本营休整。休整，主要是玩。除了吃饭时间，所有人分成"三国杀"和"双升"两团各自开战，从早战至昏天黑地。只有后勤帐"饲养员"端着食物出现在本营帐门口时，一大群"动物"才会爬到门口疯抢食物。晚上根据大家的意愿和身体状况进行初步分组，洛桑教练、金圣杰、庄方东、常亚伟、李一楠、王家列在 A 组，其余人（除了唐文懿和李赞，包括小幺和虫草教练）在 B 组。计划第二天所有人上 C1，住一晚适应，之后 B 组撤回本营，A 组上到 C2，多住一晚再下撤，同时修 C1 到 C2 的路和运输物资。B 组下撤之前由李赞和唐文懿守营。

经过在本营一天的休整，大家状态都很好，三天的高海拔适应期已经过去，高反的几位都没有太大问题。15 日是真正意义上的第一天攀登，早上测脉搏大家都在 70 次 / 分钟以上。早晨 A 组和 B 组所有人出发上 C1，唐文懿和李赟守营。按计划，吃完早饭，B 组 10 点从本营出发，A 组 10 点 30 分左右出发。

本营出发后的一段路已经非常熟悉，大家也渐渐走出自己的节奏。B 组向导是夏炜烨，押后是石昊一，速度控制很好，顺利经过碎石坡。走到木梯地方，发现几张包好的大饼，应是前一天徒步队上雪线时留下的，虫草教练高兴地捡起来，说这个晚上煮面肯定特好吃。经过上次的洗礼，大家给上面的草坡起名叫"销魂大草坡"，重走，仍然心有余悸。刘文慧跟在夏炜烨和田荟琳后面，这两位姑娘真是"牲口级"的人物，一点儿都不喘，刘文慧拼老命才勉强跟上。

A 组在海子附近超过 B 组，14 点多到达换鞋处。经过简单的休整，穿上装备，踏上雪线。说是雪线，实际上刚过雪线的地方是巨大的冰川，放眼望去，除了光秃秃的矗立的山，就是茫茫的冰川，看不到顶峰。三个新队员都是第一次上雪线，在广袤的冰原上行走，很兴奋。这一段上升比此前的碎石坡轻松一些，大约用了 45 分钟走到 C1。这时下起小雨，大家第一次直接从本营走到 C1，都非常疲惫，立即拿出带来的帐篷开始建营。原本以为 C1 有一顶帐篷，A 组带两顶，B 组带一顶，总共 4 顶帐篷刚好住下总共 16 人。谁知在 C1 没有找到帐篷，只能抓紧时间建好 A 组带的两顶帐篷。将东西放进帐篷。等 B 组上来，已是 16 点左右。

B 组刘文慧刚上雪线的感觉不是很好，脚下的冰很脏，混杂着泥土及碎石，看不到茫茫的雪原，也看不到顶峰。顶峰好像故意藏起来一样，总也看不到，是不是非要等到最后的时刻才展现真颜呢？周乃元上了雪线果然满血复活，一改在大草坡的蹒跚。换鞋处离 C1 并不远，路况比较安全，只有中间几条不是很宽的横布的裂缝。小幺教练远远地走在前面，只能看到他的身影。走得远了，或是遇到裂缝，他会坐下来等大家。走到 C1 只用了一个半小时左右。

B 组一到 C1，队长们就商量，决定派 A 组 4 人继续走到前两天李赞和唐文懿上来建的临时 C2。需要从 C1 往上走约半个小时到一个小时的路程，离传统 C2 还很远，晚上住临时 C2。庄方东挑选洛桑教练、金圣杰、王家列、常亚伟 4 人继续往上到临时 C2 住。原本都已将个人物品放进帐篷准备休息的 4 人只好整理东西，两人一组结组往上走。洛桑教练和常亚伟一组，金圣杰和王家列一组。大家都非常累，走得比较慢，洛桑带着常亚伟走了半个小时，金圣杰和王家列走得更久。到临时 C2，已是 17 点 30 分左右，他们双腿发软，整完装备钻进帐篷，开始休息。

这是新队员王家列、常亚伟第一次住高山营地，兴奋得都不想太早休息。又不想太早吃饭，干什么呢？冲奶茶。4 人带的高山食加上帐篷里上次剩下的，共有 20 多袋奶茶，从 17 点多到 20 点多，4 人不断地烧水冲奶茶、吃豆干，听洛桑教练讲他当年学习登山的惨痛经历，讲他在家乡挖虫草跑赢全村人的趣事，还有小幺教练和虫草教练的各种趣事。洛桑喜欢侃大山，多亏了他，否则这晚该多么无聊。

煮面吃饭，依旧是边吃边侃。吃饭时听到附近山峰轰隆隆的落石声，持续好一会儿，大家很紧张，在 C1 营地的人则为他们担忧一晚上。其实离得很远，虚惊一场。22 点多吃好喝饱休息，第二天的计划是四人等 A 组的另外两个人上来，一块儿找到 C2 的路，在 C2 建营。

16 日，夜宿临时 C2 的 4 人早上醒来，因为比本营高了 1000 多米海拔，又有了高反症状，不过并不严重。吃过早饭，他们就等庄方东和李一楠从 C1 上来。接下来洛桑和金圣杰、庄方东、李一楠、常亚伟和王家列从临时 C2 出发，向上探通往 C2 的路。

探路的过程对于李一楠、常亚伟和王家列三个新队员来说是不容易的，连续的冰坡上升，磨脚的高山靴，完全类似的地形，不知道目标在哪里，只能跟着结组前边的人走。几个老队员和教练走错路，通往 C2 的路上有过不去的大裂缝，只好下撤另寻他路。将近中午，终于看到正确的路。经过几个雪坡和横切，上升到一片非常开阔的大雪原，雪原的尽头就是 C2 营地。

通往 C2 的路上遍布明暗裂缝，老队员开路，新队员在后边跟着，即便如此，仍然好多次陷进裂缝，不过最严重的只是陷到腰处，队友使劲一拉就能拉上来。这么长途的雪地路，基本上三步两陷，精力与体力慢慢消耗，尤其是好不容易休息完有了力气，抬腿一走，整条腿陷进雪中，又要费劲钻出来，瞬间就失去前进的动力。好在雪原上都是平路，还不算很累。

经过一天跋涉，下午到达 C2，迅速建营，由于是 2012 年攀登雀儿山的第一支队伍，C2 还没有任何人迹。

C2 背后是继续往上前进的路，放眼望去的第一感觉是畏惧，视线的尽头都是坡度很大的大雪坡。

搭好帐篷，在帐篷内歇一会儿，烧了一会儿水，等到唐文懿和李赞两个，晚上煮泡面吃，又是无聊地吃豆干、吃榨菜，天南地北地侃。

17 日早上醒来，继续头痛，这是新队员第一次连续在高山营地住宿，普遍感觉不很好。洛桑、李赞和唐文懿先行一步，向上找通往 C3 的路，金圣杰、庄方东和新队员稍晚一点，跟在后边运输绳子等物资。

爬 C2 背后的大雪坡，既要上升，又要应付时不时地陷进雪中，还是在海拔 5300 米以上的地方，常亚伟、李一楠和王家列都有点受不了，金圣杰和庄方东带着他们只能慢慢走。雪坡漫漫看不到头，也看不到希望，只能远远看到洛桑他们3个人走在前面，只能沿着他们的脚印往上一点点走。那3个人上了一个台阶，就看不到了。

他们在雪坡上绝望地爬，对讲机中传来李赞的声音，让他们立刻停止上升，前方遇到不可通过的大裂缝，有人掉进裂缝，正在救援。他们听从安排，原地休息，焦急等待进一步的消息。过一会儿，对讲机告诉他们，上边走不过去，今天下撤回本营。5人将背的绳、冰锥等物资原地放下，然后下撤。到本营受到B组兄弟的热烈欢迎。

晚上开会，李赞介绍了上边的具体情况，决定让正赶往本营的李建江在马尼干戈买梯子，搭梯子过C2到C3路上的大裂缝。

没有梯子，修路告一段落，大家在本营共度良宵。18日清晨是从一阵香香的煎饼味里醒来的。在面粉里加入鸡蛋还有胡萝卜、辣椒丝等，就做成好吃的煎饼。大家轮番上阵，抢锅翻面，香气四溢。

值得高兴的是，出山的教练带回珍贵的豆油。由于前一晚的饺子很成功，刘文慧和金圣杰商量着要做包子。剁好馅、和好面，周乃元和田荟琳冲过来要帮忙包包子。最开始她俩只是想做奇形怪状的包子，周乃元包了一个太阳形状的，田荟琳也包了很多形状可爱的。

由于馅料不足，他们又包了很多别的口味的。登山队里永远不缺乏愿意挑战的人。他们吃到很多奇怪的口味，比如橘子味的、奥利奥味的……

"梯子队"

经过三天休整，7月21日A组又要上山。这次主要目的就是修路和冲顶。

出发前，他们拿着买来的4架梯子，进行了检测强度硬度的各种实验。庄方东跟B组走。金圣杰和李一楠、常亚伟、王家列3个新队员一人一架梯子，背在登山包中，和李赞、唐文懿、洛桑、小幺组成A组。金圣杰和3个新队员承担将4架铝合金梯子从海拔4000米的本营运输到海拔5300米C2的任务，被称为"梯子队"。

上午10点，梯子队背着梯子从本营出发，先是上碎石坡。雀儿山的碎石坡相当长，梯子太长，重心很高，走得既累又左摇右晃，非常难受。13点左右到换鞋处，离目标——海拔5300米的C2还很远。一个下午，他们背着沉重的包不停地前进前进，经过C1也没有停留。走过复杂的冰裂缝区，走上大雪原，一步步地挪向C2。走到后来，身体已经对梯子的重量和腿的重量麻木了。

到达C2营地时发现帐篷不见了，只剩下一地的垃圾。累得瘫坐在地上的4人内心只有绝望。C2原来有两顶帐篷，所以他们只背一顶打算到C3用。望着周围茫茫的雪原和远处的峡谷，李赞猜测帐篷被吹下了峡谷。这么多人住一顶帐篷绝对不行，于是梯子队把梯子和物资放下，立即下到C1，C1还有一顶帐篷，正好第二天再上来，修通C1到C2的路，为B组做准备。李赞、唐文懿、洛桑和小幺留在C2，第二天背上梯子修通C2到C3的路。

此时天将要黑，背着梯子走了一天的梯子队没有休息，立刻出发。晚上到达C1已经21点。

22日，上去探路的李赞带来梯子不能用的消息，使本营和C2所有人都陷入绝望。往年的路走不通，其他的路依然无望，不知道接下来该往哪里走了。

探路的几个人都非常累，在雪坡上走得太久，高山靴都湿了，23日他们在 C2 休息，梯子队和虫草教练，加上唐文懿，往上走到裂缝处，抱的想法是不能登顶，也要让大家走到路线尽头，看看今年到底是走到了哪儿，同时再探一探路，看看能否找到其他线路。

唐文懿和金圣杰结组在前面走，王家列和虫草教练一组，常亚伟和李一楠一组在后面走，依旧是漫长的雪坡。临时决定王家列和虫草教练一组到裂缝处把留在那里的装备收拾下来，其他两个结组直接去寻找路线。王家列两人从裂缝下来，看到那四人在雪坡上走了一条新的路，尽头是一面大冰壁。沿着他们的脚印，走到冰壁下，前面唐文懿和金圣杰已经先爬上去，李一楠和常亚伟正在修路，又是等待。待他们修好路，王家列和虫草教练也爬上去。

王家列两人刚上去时有雾，完全看不清楚周围情况，用对讲机和金圣杰联系，跟着他们的脚印走。显然，他俩已经找到路了。然而，那时别人还没有意识到，只是麻木地跟随脚印。雾渐渐散开，冰壁之上的景象展现在面前，前方又是大片雪原，不过整体呈上升，雪原尽头又是大雪坡，雪坡上面的两个小黑点，就是唐文懿和金圣杰。雾散开后，太阳越来越毒，来不及涂防晒霜的他们都被狠狠地晒伤。

这时王家列再跟金圣杰联系，已经联系不上，也看不到他们的身影，决定尽可能向前走，把物资运到最远的地方，然后下撤。

下撤不久，回头就看到同样在下撤的金圣杰和唐文懿。见面后知道他们的对讲机没电了，另外，也是最重要的，他们已经找到通往顶峰的路，并且走到了顶峰前最后的垭口。这无疑让大家士气大振，在高山营地住两天，连续三天的高强度行军，湿透了高山靴，这一切的一切，终于有意义了。哪怕再累，第二天怎么着都得走到顶峰。这让几近绝望的 A 组重新燃起熊熊的热情。已经是在山上的第三天，自带的高山食已经没了，教练专门下到 C1 背上来一天的高山食。

晚上回到帐篷，王家列已经非常疲惫，吃完泡面躺下就睡着了。预想的冲顶前的真心话，彻夜长谈，都因众人疲惫至极而化为泡影。

B 组在本营休息多日，23 日也终于出发。早饭，按照惯例，冲顶前给每位队员加餐，一人一个煎蛋。早饭是后勤队长庄方东主厨。由于又来了一支商业登山队，考虑到山鹰会第一批人员当天到达大本营，队长决定把庄方东留下，看守本营，迎接孙斌他们。

上山的路已经很熟悉，穿过大本营后面一小片灌木丛，从一条独木桥上过河，穿过基本没有上升的树林，一条不大但是很长的冰川瀑布旁边就是销魂的碎石坡。一直要走到碎石坡，才开始有上升，才会慢慢开始休息着走。碎石坡挺危险的，一些看起来很大块的石头随时可能滚落；有两处要跳过水流的地方石头上都长着青苔，很容易滑倒。已经走过很多次碎石坡，大家都有了自己的节奏，虽然不快但是顺畅。走完碎石坡，在一个很陡的上升拐角处休息一会儿，吃行动食。

爬过梯子，走过雪线之前唯一一段修路的峭壁，就是销魂大草坡。大草坡下面，大家再一次休息。这也是惯常都会休息的地方，一个原因是为走大草坡而做准备；另一个原因是走峭壁要一个一个通过，需要等后面的人。

走完大草坡就是换鞋处，里面的速干衣全部湿了，风一吹，禁不住打冷战。刚上雪线就看到一个个像蘑菇一样的造型，下面是灰色的冰，上面卧着一块大石头。

C1 的帐篷也像蘑菇一样凸在一大块冰上面。时间还比较早，大家决定再上升一段，在临时 C2 宿营。撤 C1 时，田荟琳主动要求多背一条绳；周景也浑身挂满外挂，像一个可以移动的广告牌，摄影很开心地用他拍各种赞助照。一开始周乃元说，临时C2很近，拐个弯就到，可这个弯儿怎么也拐不完。通往临时C2的路裂缝密布，一条一条，横七竖八。对讲机一直开着，A组的新队员在冰壁修路，金圣杰和唐文懿找绕到山顶的路，李赞则很没节操地在营地烤袜子。

跨过几条大裂缝，终于到达临时C2，田荟琳又下去接纪晓飞。临时C2风景很美，姑娘们都打赤脚照相，还有更多人躲在帐篷里做吃货。这一天大家状态很好，早早入睡。

顶峰的歌声

7月24日，是A组登顶的日子。早上按计划4点起床，烧水冲奶茶，吃早饭，帐篷外李赞时不时提醒抓紧时间整理，吃完走出帐篷。虽然是黑夜，但因为在雪山上，周遭不是那种漆黑，天边有微光射来，又有雪的映射，雪山呈现深蓝色，巍峨而沉静。大家都意外地沉默，各自穿装备，没有预想中的激动与兴奋。

李赞和洛桑教练先收拾好，他们两个走得比较快，先结组出发。后边5个人，小幺教练和王家列结组，金圣杰、常亚伟、李一楠结组随后出发。冻了一晚，雪地明显结实很多，走在上面不用担心时不时陷进去。A组到达第一个冰壁下，天已蒙蒙亮，他们爬上冰壁，面对前方茫茫的雪原，无声前行。

雾渐渐弥漫开来，远处白茫茫的。王家列被小幺教练拖着，前方看不到李赞和洛桑教练，只能跟着他们的脚印一点点前进。后面是金圣杰、常亚伟和李一楠的绳队，隐约还能看到。一路上只有不停地走、喘、休息，再接着走，谁说登顶那天最为兴奋？分明登顶的路和往常一样让人绝望，让人累到想躺在雪地上，再也不起来。

很久没传出声音的对讲机突然哗啦几声，李赞的声音传来："呼叫A组，我和洛桑已经登顶！我和洛桑已经登顶！"王家列愣了两秒，赶紧大喊，"他们登顶了！他们登顶了！"从此路不再那么累，因为希望在前面，登顶在前面。

他们两人终于到达顶峰前的大冰壁下，透过大雾，看到冰壁上从顶峰下撤的李赞和洛桑。大冰壁下也是最后一次休息的地方，等后边的3个人到了，稍作休整，重新背起东西。与洛桑和李赞稍微交流一下情况，他俩就迅速下撤了。

最后的冰壁，5人顺利通过。冰壁上面是一段很窄的刃脊横切，是顶峰前的最后一个小考验。因为有雾，走起来还不害怕。

王家列是倒数第二个上去的。到顶时，完全看不清周围情况，白茫茫一片，连顶峰的大小都看不明白，更别提原来站在雪山顶峰眺望远方的想法。等人到齐，用对讲机向B组兄弟们汇报登顶消息："2012年7月24日11点5分，A组全员登顶。"汇报完，听到本营欢呼的声音。这3个月一路走来，经过无数辛苦、泪水与汗水，终于走到这里；纵然顶峰的风景不如预期，但登山最美的是一路上流的汗，一路上的兄弟相依，一路上吃过的苦。

顶峰情况比较复杂，不能停留太长时间，照完登顶照和赞助照，A组迅速下撤。中午返回C2，正好B组上到C2。

B组的任务并不繁重，只要从临时C2到达C2，大概两小时。早上醒来时大家还是懵懵懂懂的。外面下着潮湿的雪。唐文懿坚持让大家继续等待。忽然，话筒里传来沙沙沙，接下来是急促的喘息声——是李赞的声音。

"我们登顶啦。"时间是 9 点 35 分。

11 点左右，天气好转，周乃元下令拔营前进。这时沙沙沙再次响起，无线电波再次带来好消息："11 点 35 分，A 组队员全部登顶。"是金圣杰的声音，顿时营地里欢呼雀跃。

B 组收拾好行囊，奔赴 C2，一路上有很多裂缝，但有 A 组登顶的鼓励，个个很有冲劲。快到 C2 时遇了下撤的 A 组队员，都晒得黑黝黝，笑得跟花一样。

和 B 组分享完登顶的喜悦，A 组 5 人迅速下撤回到本营。下撤得特别快，也特别轻松。他们受到后续攀登的山鹰会的人的热烈欢迎，还见到李枝蔚和李芳等人，享受到果珍的热情招待。晚上吃到随山鹰会来的大厨做的面条，顿觉人生圆满。

A 组的"加油"声仿佛是把接力棒交到 B 组手里，次日就是 B 组冲顶的日子，18 点就要睡觉，然而这一夜注定无眠。旁边不知道是谁的鼾声，轻微有规律。帐外是呼呼的风声，3 顶小小的帐篷在这辽阔的雪原上非常渺小，队员们在感慨大自然的强大的同时，也为自己有攀登雪山的勇气和行动，为自己是一个山鹰人而自豪。

25 日，B 组 3 点起床，4 点出发。按部就班煮面，吃的都不是很多，黑暗中，穿好安全带，结好绳组出发。空身冲顶，感觉轻松很多. 头灯很亮，但在这开阔的雪原上却显得暗淡渺小。刘文慧跟在虫草教练后面，一步步慢慢上升。周乃元、虫草教练和刘文慧是最后一个绳队，被第一个绳队远远地抛在后面。黑夜中，只看见前面几盏遥远、渺茫的头灯晃荡着缓缓前行。

走到小冰壁，终于勉强看到太阳，太阳很远很小，从灰黑色的云层中一点点挤出来，没有想象中的震撼。小冰壁过去是一个横切，接着是不急不缓的雪坡，坡度不大，但是怎么都走不完。传说中拐个弯就到的垭口，拐了好几个弯都还没有影子。绳队的速度比较合理，走的不是很累，但很快就饿了，特别是距离垭口还有200米左右，怎么都迈不动脚步。

到达垭口，休息，补充营养。传说中的大冰壁就在垭口旁边，很高，看着不是很陡，不用挥镐和踢德式就能上去，不过中间要休息两三次。艰难地爬完大冰壁，接着是一个非常危险、暴露感很强的刃脊横切。雾很大，只知道顶峰就在那里，但看不见。周乃元押后，大家站在顶峰给她喊着"加油"，田荟琳举着摄像机记录这历史性的时刻——

2012年7月25日上午11点15分，北京大学2012际华登山队全员登顶雀儿山海拔6168米的顶峰。

这一刻，没有想象中的激动与兴奋，脑子里好像既混乱又一片空白，不知道应该说什么样的话、做什么样的表情、有什么样的感觉。周乃元用对讲机向A组通报登顶的好消息，摄像机对准周乃元，她激动地哭了，搞得几个姑娘都要哭，庄方东也很激动，眼睛红红的。顶峰的雾不大，能够模糊看见周围的山峰，空间很小，大家都挂着牛尾，行动不是很方便。

庄方东、夏炜烨、何世闯和刘文慧站在顶峰唱《光明》《漆黑的空间》《笨小孩》，歌调高亢，偶尔会卡壳，就停下喘一口气。顶峰白雾渐渐散去，周围的山峰挨个凸显出来，他们贪婪地想要唱遍所有想在顶峰唱的歌，踏遍顶峰的全部活动范围，看遍在顶峰能够看到的所有风景，好像不这样就对不起一年来的努力。庄方东拿着刘文慧的手机拼命搜寻信号给家里报喜，夏炜烨拿着相机，其他人下撤，最前面的人已经在垭口附近，小如蚂蚁。

下撤时李建江挂个小锁直接向下走，没有用绳，结果没走两步就滑坠了。幸好路绳两端固定，他滑到绳中间，停下来，控制住身体，然后向上爬回到路线上，继续过绳结下撤。

下 C2 时李建江和周乃元、周景结组。没走多远，李建江跨过隐藏在积雪下的暗裂缝，踩塌雪桥，小腿陷落到裂缝里，上身趴在雪檐上挥舞冰镐，试图自己爬上来，后面的周乃元和周景采取制动姿势，把他拉住。李建江在雪檐上不好发力，大喊周景，让他绕到正前面去，拉他上去。刚喊两声，雪檐垮了，李建江也滑进裂缝里，和背包一起，卡在裂缝狭窄处大概有 3 米深。还好是下午，外面气温很高，一点也不冷，只是冲锋衣里面的抓绒有点湿。

等了一会儿，他跟外面的队友喊话，说没事。外面庄方东是离他最近可以实施救援的队友，正与其他队员讨论营救方案，设置新的保护点。没过多久，李建江听到庄方东在他头顶喊话，接着垂下一根结组绳，李建江试图沿绳上升，但包卡住。他把包解下来，想放弃背包，又觉得这个想法要不得，便让庄方东多给些绳，他把包拴在绳的上端。李建江用绳的下端打几个绳圈，脚踩绳圈，试着自己向上爬。庄方东坐在裂缝边上，双手发力，把李建江和包拉上来。李建江终于从裂缝里探出身子，抓住庄方东的手，先把包托出来，然后自己爬出裂缝。

B 组直接撤到本营，最后一个人到达本营已经接近零点，算起来这一天总共走了 20 个小时左右，都精疲力竭。在换鞋处他们终于喝上从扎营那天就开始惦念的可乐。

登顶的喜悦还是崭新的。26 日早晨 5 点，闹钟准时响起，把大家从睡梦中唤醒。匆匆和教练及山鹰会已经毕业的老队员们拍照留念，匆匆话别。成功完成登山使命，再看到这些队友感觉大不一样。本营，再见了，来的时候充满期待，雀儿山是神秘的；走的时候满怀喜悦和留恋，雀儿是亲切的、热闹的。回家的路就在脚下，最后一次回望雀儿山，天气晴好，雪山轮廓清晰，好不巍峨。

2012 年雀儿山登山队队员名单（年级 / 院系 / 职务 / 绰号）

周景：2011/ 医学部 / 赞助 / 小装备，"小周景景"

夏炜烨（女）：2009/ 光华管理学院 / 摄影，队医，小后勤

何世闯：2011/ 地球与空间科学学院 / 摄影，小后勤 /"小何"

常亚伟：2011/ 信息科学技术学院 / 前站，队医，小装备，摄像 /"倒霉孩子"

刘文慧（女）：2011/ 信息科学技术学院研 / 队记，小装备 /"师姐"

金圣杰：2010/ 信息科学技术学院 / 总装备 /"老金"

周乃元（女）：2008/ 法学院 / 队长 /"乃圈儿"

唐文懿：2009/ 信息科学技术学院 / 攀登队长 /"糖糖"

李一楠，2011/ 生命科学学院 / 通信，小装备

李赞：2008/ 法学院研 /"赞赞"

纪晓飞（女）：2010/ 物理学院研 / 队记，财务，小后勤 /"小飞机"

田荟琳（女）：2011/ 元培学院 / 前站，赞助，小后勤，摄像 /"姑姑"

王家列：2010/ 元培学院 / 训练，摄影，小后勤 /"皮蛋"

石昊一：2010/ 中国语言文学系 / 出纳，媒体，小装备

庄方东：2010/ 化学与分子工程学院 / 后勤队长，前站 /"板砖"

李建江：老队员 /"大力"

路线绳末端是顶峰

——2013 年重返克孜色勒

雪线以下无风景，路绳之上皆兄弟。

一段时间以来，大学生参与户外运动受到各方不同程度的质疑，高校登山队所承受的压力越来越大。北京大学 2013 年登山队出发前后，得知某些兄弟院校队伍被迫取消或更改目标山峰。

2012 年 11 月，登山筹备进入实际选山环节。西藏连续两年因敏感的时间节点拒绝了北大登山队，2012 年虽然没有大的顾虑，但仍不能确定，只能留待商榷。2013 登山队大部分队员都在 2012 年体验了四川反季节攀登的不便，故不打算考虑四川、云南的山峰。进入视野的主要是新疆和青海的山，Chakrgil、格聂峰、克孜色勒峰、博格达峰都在讨论范围内，最终决定选择位于新疆境内的克孜色勒峰。

克孜色勒峰海拔 6525 米，位于新疆喀什地区阿克陶县境内，山鹰社 1999 年曾登顶，该山峰与公格尔、公格尔九别同属咖喇昆仑山脉，与著名的"冰山之父"慕士塔格峰比邻而望，地形丰富，冰川发育良好，有碎石坡、雪原、冰裂缝、雪坡、刃脊等多种地形。

从已知情况看，整体路线没有无法预知的冰崩、雪崩存在，最大的问题是海拔 6200 米左右的大面积裂缝区，安全情况可控。好天气与坏天气交替，适宜攀登周期的选择。

登山队老队员有周景、何世闯、常亚伟、石昊一、吴涛、田荟琳、王家列、柳正、李建江、贾培申，新队员为赵万荣、区宇飞、陈薪羽、汪子冲、周筱、杨柳、皮宇丹、余梦婷、张婷婷、张墨含。攀登活动自 7 月 18 日从卡拉库里湖前往登山大本营起，至 8 月 4 日撤回喀什止，共历时 18 天。

攀登因海拔 6100 米至 6200 米之间一段约 60 米长的雪桥而受阻，未能登顶。全队 20 名队员和 3 名教练，除 1 名教练和 1 名因工作原因提前离开的队员外，所有人至少到达海拔 6160 米高度，有两名老队员和一名教练曾到达海拔 6300 米处。

登顶失利后组织了登山训练和 6220 峰（克孜色勒旁的一座山峰）侦察活动。3 名队员和 1 名教练参与侦察，到达海拔 5200 米左右的雪原，基本确定 6220 峰的攀登路线。这是一次迟来的突破，山鹰社主张"爬一座，探一片"攀爬计划已经许多年，这是第一次在主体攀登结束后真正实践在附近山区进行山峰侦察。

"五连销魂碎石大陡坡"

7 月 17 日，前期准备工作完毕，大部队终于向山里进发。9 点 30 分，大部队正式出发，4 小时后来到卡湖景区大门口。

在海拔 3600 米的卡湖毡房过了一夜，18 日一早，很多队员都有些高反症状。约9点30分驼队姗姗来迟，装包后10点55分出发。一天的行进后，押后团周景、余梦婷、王家列和石昊一到达本营已经是20点05分，一大一小两顶帐篷已搭好，第三顶帐篷也已搭好骨架。

经过一天休息和两天高山适应，队员们身体有所好转。

7月20日，沿前一天贾培申和柳正探好的路适应性行走，任务是将个人装备运到换鞋处。

9点吃过早饭整装出发，一直上升，全是翻石头的路。上山必须过河，为了寻找最佳过河位置，队伍走走停停行进比较慢。河水浑浊，又凉又急，没过膝盖。男生纷纷脱下鞋，用鞋带将鞋子绑在一起，扔到河对岸，再换上拖鞋，用登山杖试探着慢慢渡河。登山包太重，全由三位英勇的教练背了过去。众女汉子不甘示弱，脱鞋换拖鞋，挽起裤脚一气呵成，只有状态不好的皮宇丹由柳正背过河。

顺着山坡一路往上，脚下稀疏的青草缀满各色小花，甚是可爱。向右看，慕士塔格上方万里无云。大约走到一半的地方，花草渐少，大石头多起来，走起来很费力。再往上，就全是大块小块的碎石头，每一步都要注意踩稳，否则可能摔倒或者踢落石头砸到下面的队友。

太阳高高挂起，高反的队员喘得更厉害。风景犹在，只是没了心情。也有不高反的，比如杨柳和张婷婷等，紧跟教练一路上到换鞋处。第一梯队11点30分到达海拔4750米，休息并午餐。

海拔4750米之后是一段较为平坦的路。相比无穷无尽的上坡，这可称之为世界上最美的路之一。然而好景不长，接着是无比销魂的五连坡。皮宇丹的体力已降到最低水平，头晕气喘，无法连走20步以上，每次停下都手撑登山杖休息，就这么挣扎着向上爬，速度越来越慢。

14点40分，皮宇丹听到附近对讲机传来第一梯队已经到达换鞋处的消息。接下来何世闯和教练一起去探 C1，其他人坐在原地放装备，吃东西，唱歌聊天，好不惬意。杨柳想一起去探 C1，走到雪线发现没有带冰爪，被何世闯赶回换鞋处，就无聊地穿上冰爪，在附近雪面练步法。

余梦婷和张墨含穿插着慢慢往上走，张墨含一副随时都要倒下的样子，余梦婷觉得不能丢下他一个人，遂结伴而行。

皮宇丹终于爬到第五个坡，坡顶的小旗已在前方不远，陈薪羽的身影刚刚消失在坡顶的阳光里。她正准备鼓足勇气往上冲时，教练们蹦跳着从山上下来，接过背包让她直接下撤。此时已是 16 点。

大部队下撤沿途收拢队员，让遇到的人把背包里的个人装备原地卸下用石头压着，跟着下撤。到达本营已近 18 点，经过一天的融化，河水比上午大很多，也急很多。队员们在河两岸拉了路绳，大家牵绳过河以免被河水冲走。皮宇丹和余梦婷被柳正背过河，坚持自己牵绳过河的杨柳差点被湍急的河水冲倒，被柳正一把拉住牵过了河。

经过 21 日本营一天休整，22 日是第一阶段适应的最后一天，全员运送公共装备到换鞋处。9 点出发，每人至少背一个雪锥和一捆 50 米路绳，能者多劳。前一天在教练的帮助下，何世闯在河两边垒好沙堆，李建江、田荟琳带来的梯子横跨在上面，加之早上水量相对小，免去大家渡河冻脚湿鞋之苦。路线和上次走略有不同，经过一个大坡很快上到山脊，一路沿山脊走。杨柳在海拔 4000 米以上的碎石坡比在平常野外走得还带劲儿，出发不久就一马当先。为了弥补 2012 年雀儿山没有高反的遗憾，田荟琳这次也加入高反队伍，但依然体力十足，一上换鞋处就秒杀众人。区宇飞两天前奋力冲向换鞋处未果，体力耗损严重，高反加剧，显得萎靡不振，一路跟在余梦婷和张墨含后面被押后押着。直到距换鞋处一个半山头的地方，原本落后的区宇飞有如神助，似乎高反症状一下子被扔下山坡，像风一般冲上去，如同放电影突然按了快进键一样。

终于见到雪，一扫前日被关门的阴霾。换鞋处两顶帐篷屹立风中，田荟琳、杨柳等人早已等候多时。妖风肆虐，让人站立不稳，却意外从慕士塔格峰刮了点信号过来，区宇飞溜到一边，许久才依依不舍挂掉电话。大风迅速带走行军3个多小时获得的热量，瑟瑟发抖的众人围在一起取暖。

如果说上山是考验体力、耐力，那下山就是心理素质的试炼，上山如履平地的杨柳却被下山难住，余梦婷也在一堆碎石中紧张下挪，眼睁睁看着教练们凌波微步，鱼贯而下。

五连坡过后，再沿山脊往下，最后一段是沙石坡，比上面的碎石坡更滑。幸好还有一片片草地，星星点点生长着精致温润的高山点地梅，很漂亮，让人心情大好。每隔几步就有旱獭打出的洞，远远看到本营三顶帐篷立在河边的平地上，在群山之间，孤零零的，但对于队员们而言，却有到家的温暖和踏实。

进了帐篷，余梦婷瘫倒在一堆睡袋上，听有人说："本营怎么这么黑。"抬头一看，张墨含戴着墨镜，一副不明所以的样子。

在帐篷里等待给人一种不真实的温暖

第一阶段结束，真正的攀登开始。按计划，A、B两组7月23日住C1，C组守营。早上6点30分，C组的女队员们和陈薪羽挣扎着爬出温暖的睡袋，穿上红彤彤的羽绒服，为A、B组做爱心早餐。

A组有王永贵（教练）、贾培申、柳正、周景、何世闯、赵万荣和汪子冲，前四人为A1组，后三人为A2组，早上8点出发，第一天目标是到达 C1。C1 在第一阶段已建好一部分帐篷，任务轻松不少。第一次体验这种短小精悍的队伍行进，赵万荣和汪子冲开始还有点不太适应，后来逐渐找到自己的最佳节奏。

首先爬大山脊及山脊后骤然而起的五连坡。用时 55 分钟爬上山脊，大家的路线都不一样。王永贵简单粗暴，体力好，吃嘛嘛香；贾培申两根登山杖使得别有一番风味；赵万荣、何世闯和周景直上直下；只有汪子冲乖巧地沿"之"字上升。

11 点 12 分 A 组全员到达换鞋处，换上高山靴、穿上冰爪、戴上雪套，12 点开始向雪地行进。A 组只有汪子冲一人第一次上雪线，其他人在前几天已经到达 C1 建了几顶帐篷。走了一段山脊就到最后一个碎石坡，也是最销魂的一个。本已经和 C1 海拔差不多高，可还要继续上升至海拔 5220 米再下降到 C1。

到了海拔 5220 米，可以看见一段下降的路绳和坡下的 C1 帐篷，保护站建在两块石头上，用 8 字环下降。A2 组 13 点 50 分到达 C1，在前面的 A1 打算继续上升，结组上去探探路，后面三人也赶紧结组。赵万荣和汪子冲经历很多第一次，难免有点手忙脚乱。

A1 四人走得挺快，不久就消失在大雪坡上。A2 三人背些公共装备晚些出发，和 A1 会合后把一些装备就地埋下，回头看 B 组还没有到C1，通过对讲机联系后，大家准备先下撤回 C1，等 B 组到达再一起搭建帐篷。

B 组早上 9 点出发，这是第三次上"五连销魂碎石大陡坡"，周筱、常亚伟、杨柳走在最前面。13 点 30 分，大家到达换鞋处，全体穿好装备继续上行。

ABC 过后出现一个角度大概在 30 ~ 40 度的小碎石坡，不是坡小，而是碎石小，上一步滑半步，没有一步是实的。过了小碎石坡，又下降一段，C1 就到了。17 点第一批到达 C1，半小时后押后到达。

A 组等到 B 组上来，一起把营地建好。

据赵万荣吐槽，同帐篷的柳正和两位教练吃得很多，害自己没吃饱。

何世闯、周景、贾培申和汪子冲的帐篷防潮垫铺得不是很好，四人勉为其难地拱进帐篷，把奶茶、豆奶、板蓝根、VC 泡腾片，能喝的都喝了。何世闯掏出手机放几首歌以打发无聊，没想到一发不可收拾，帐篷里鬼哭狼嚎，很久都没有停止。

C 组送走 A、B 组后，纷纷表示手脚都冻得没有知觉，还是先钻回睡袋躺一会，午饭前再洗碗收拾吧。13 点多起床，皮宇丹突发奇想，午餐定为南瓜饼。折腾到 16 点，一顿长长的午餐终于吃完。

7 月 24 日

［A 组］

24 日，一早醒来，天气和之前一样好。早饭是饼干和豆奶，还有前一晚剩下的奶茶。王永贵、周景、贾培申 3 人先行结组为 A1 组。后面 3 人组加上柳正为 A2 组。任务是到达 C2，并侦察 C2 至 C3 一部分路，晚上睡在 C2。

上午阳光强烈，10 点左右，柳正到达 A1 组树立的路线旗处，发现前面有一些被刨开的裂缝。继续沿着路线旗左边上升，不想没走 10 步就陷下去，柳正赶紧制动，后面 3 人一时没有反应，过了两三秒才匆忙做动作。柳正掉进裂缝，卡在里面没有掉下去，最后自己爬了出来到达安全区域。

柳正继续作为 A2 组先锋探路。路线旗左边是一大片裂缝区，裂缝太多且危险，就没有挖开。4 个人往右边平移再上升，也沿路架设路线旗，经与 A1 组及 B 组联系，让 B 组试着在这一段修路。

在继续上升的路上，冰镐时不时会一下子插到底，令汪子冲心里挺没底的。不停有小裂缝，不停地制动保护，紧张变成严谨。走过一段裂缝区，翻过大雪坡，又看到 A1 的身影。在 A1 组前面不远处的又一个大雪坡后面，就是 C2 的位置。

A2 组到达 C2 时，只看到一些装备和物资堆在那里，A1 已经继续上升去修路了。

得到消息，B 组撤下去两个人回 BC 守营，需要 A 组一人进 C 组。贾培申修路修得正欢，无暇做决定，赶紧叫 3 人尽量往上带修路装备。柳正没背包，带了 50 米绳和几根雪锥就先上去。A2 其他 3 人老老实实结组，先经过一段容易滑坠的危险路段，在路线绳起始端装上上升器，何世闯先上，赵万荣第二，汪子冲最后。

这是汪子冲第一次走陡且连续的雪坡，还要推绳子很松的上升器，就更困难了。待行到路线绳末端，新队员赵万荣已经在修路，汪子冲和周景、何世闯坐在保护站边上，挂着大锁或小锁，等待贾培申分配任务。因为接下来需要修路的一段是比较难的部分，是刃脊，有大风，还伴着雪渣渣，贾培申决定叫周景去。

贾培申见任务已经完成，便用对讲机叫 A2 后续三人先下去接应 B 组搭建帐篷。柳正已先下到 C1 和 C 组会合。汪子冲没有意识到这种路根本用不上下降器，装上 8 字环就开始下降，而赵万荣则扣把大锁下去。下到快到路线绳起始段时，汪子冲轰的一声沉下去，8 字环下得比较暴力，脚踩得特别重，把一个暗裂缝踩出来。汪子冲单手死死抓住制动端，插好冰镐把自己弄了出来，与随后而至的赵万荣一起往裂缝里看，很深。之后的登山过程中，这裂缝越来越大，令人后怕不已。

A组3人到达C2，和B组一起建营地，两顶帐篷很快搭好。19点，A、B、C组通过对讲机开会。贾培申决定次日A组由他与王永贵、周景从C2冲顶，B、C两组原地待命。修路物资缺乏，由李建江和罗呈学教练背负修路物资上到C2，A组何世闯、赵万荣、汪子冲在他们到达后上到C3建立营地。B、C两组具体安排根据冲顶的具体情况决定。

［B组］

C组要上到C1，本营没有人看守，决定让状态最不好的老队员石昊一带着状态最不好的新队员张墨含下去本营守营。

B组剩下7人，分为两个绳队向C2进发。一开始走得挺high的，能看见A组队友。在A组留给B组修路的地方，周筱挖了个雪坑，原来冬训时觉得修路不耗费多大体力，这时才真切感受到高原上挖坑不易，好像挖的总也不够深，挖好时已满头大汗，他对于A组修路的工作多了一份理解。

继续上升，区宇飞渐渐体力不支，一开始减轻些负重还能走，后来完全不行了，组长决定弄个雪锥保护区宇飞原地待命，将区宇飞包里的睡袋拿出分装时，睡袋掉在地上顺着山坡滚了下去。上到C2，周筱气喘吁吁，一下子瘫坐在地上，而吴涛和常亚伟好像什么也没有发生，立马又下去解救区宇飞。

一个睡袋跑掉，一个防潮垫不知道去了哪里（事后分析应该是落在包里没有拿出来），A组必须有一个人下去C1睡觉。组长决定他和杨柳留下来等A组分出来的那个人一起下去，让罗呈学教练带着周筱先走。

096

周筱从 C2 到 C1 的奇幻之旅开始，C2 到 C1 是大雪坡，教练走得奇快，两人是一根绳上的蚂蚱，这样的速度对于教练来说很爽，对于周筱则是极限，大踏步勉强跟上，感觉是有人搂着跑步。然而不幸马上降临，有人搂着跑渐渐变成有人拖着跑，过山车般的滑行下降变成小球般翻滚下降，最终罗呈学用 15 分钟把周筱从 C2 拉到 C1。

由于沟通原因，B 组的物资带得不够，又发生睡袋"逃跑"事件，晚上攀登队长贾培申很生气，开会时表达了不满，一天就这样又过去了。

[C组]

在本营炸了一天南瓜饼后，C 组开始真正的攀登。每人背一个睡袋，再将高山食、GAS 等物资分配好，田荟琳、李建江、陈薪羽等人还背了一些公共物资。

出发照照例以慕士塔格为背景。河床石头上有一层透明薄冰，陈薪羽一脚踩滑，跪倒在石头上，被剜去一块皮肉。队医张婷婷渡河回对岸，为陈薪羽处理伤口，押后李建江留下陪同。教练向导领着田荟琳、皮宇丹、余梦婷先出发。三上碎石坡，算轻车熟路，其余 3 人晚半小时出发。满以为陈薪羽就此加入守营组，但他仍坚持攀登。

到换鞋处，碰到从 B 组下撤的守营二人组——队长石昊一和张墨含。两个高反严重的可怜娃，他们俩竟比赛谁先到本营，一路狂奔向下。

从换鞋处往上，到山头处换上冰爪，前往目的地 C1。往上完全是冰雪世界，但通往冰雪世界的山脊只容得下一人通过。山脊上覆盖些雪，不很厚，两边的碎石坡挺陡，雪留不住。最后的一个大陡坡，远远看去跟悬崖无异。鲜红的路线旗在风中招摇，指示着前进路上的雪檐。

皮宇丹换上冰爪，打了鸡血似的，跟着教练全速前进。教练风湿性关节炎发作，拄着冰镐，一瘸一拐往前走，速度居然不慢。

还有一个一瘸一拐的是陈薪羽，他高反很严重，不幸还感冒、发烧，又摔破了腿，但他深知如果这一次不上到 C1 适应，会给往后的攀登带来很大困难，因此坚持向上走。最后的大陡坡，他们走三步滑退两步。

C1 的 4 顶帐篷在雪山环抱下显得太过渺小，只有那一抹橙黄让它在茫茫白雪中显现出来。远远地可以看到雪山上横亘着一条条裂缝，克孜色勒旁边就是公格尔九别峰，目力所及处都很陡峭。C 组挨个沿着红色的路线绳下降，和早已到达 C1 的区宇飞会合，此时已经快 18 点，区宇飞经过休整看起来已经正常。

不久 B 组队员下撤到 C1，王家列和常亚伟黑了不少，杨柳则气定神闲。余梦婷和田荟琳将王家列和周筱挤到隔壁与皮宇丹、张婷婷同住一顶帐篷，李建江被派驻到教练帐篷，陈薪羽拖着伤腿进第四顶帐篷，与吴涛、杨柳及因为滚落了一个睡袋而下撤到 C1 的 A 组队员柳正同帐。

22 点 30 分熄灯休息时，外面天还很亮。

7 月 25 日

[A 组]

按计划，贾培申、周景、教练王永贵冲顶，A1 组 3 人早早出发。A2 组何世闯、赵万荣和汪子冲 3 人留守 C2，起床时往帐篷外看一眼，天气正迅速变坏，顶峰渐渐看不清楚，整个 C2 被掩入雾气之中，天空飘着小雪，这是上山以来从未有过的情况。他们赶紧用对讲机和贾培申联系，但对讲机貌似出了问题，听不到其他人的声音，也就无法判断自己有没有呼出去。他们很着急，此时顶峰已经不明显，收不到任何讯息，很担心 A1 的情况。A2 连一条绳都没有，没法结组，不能往上接应，也不能下撤，唯有等待。

大约 10 点，胡思乱想中，帐篷外有了声响。打开帐篷一看，是李建江和罗呈学。两人似乎刚从盐堆里爬出来，眉毛胡子全是白色粉末，那当然是雪。两人先把头盔什么的扔进帐篷，再把绳子从包上卸下来，各 3 捆 50 米绳、6 根雪锥，每人又都带一条睡袋一个防潮垫，怕一时下不去，就留在 C2。

一共 6 捆绳，足够 A2 结组了，最重要的是李建江身上有对讲机，终于可以和其他人联系了，得知 A1 组早已开始下撤，但由于能见度太低，很难判断方向以及路线，还没找到路线绳末端，加上 C3 之上裂缝很多，行军很慢。贾培申决定全体下撤，处于 C2 的队员等待 A1 组到达后一起下撤。

何世闯立即和 BC 联系，说明情况并做好接应 A1 组的行前准备。何世闯、李建江、罗呈学教练消失在白色中，汪子冲和赵万荣留守 C2。

焦急的等待中，终于听到贾培申说找到了路线绳末端，大家才稍微放松些。

汪子冲拉开帐篷，时刻关注前往 C3 的方向。赵万荣反应有点迟钝，A1 组都快来了，他才手忙脚乱找相机，最终好像拍到了 A1、A2 会合的时刻，但这似乎已不再重要。

大家略微休整几分钟就开始下撤，终于在 19 点多全部撤回 BC。

［B 组］

A 组修路物资不够，贾培申决定派李建江和罗呈学教练一大早运东西上去，区宇飞和邓子荣教练回本营，最初 9 个人的 B 组只剩下 5 人，但任务还是要完成的，背上沉重的高山食，大家就出发了。

第一绳队是王家列、周筱和常亚伟，第二绳队是吴涛和杨柳。不经意间，山上起雾了，而且越来越大，雾气和雪地渐渐连为一体，如果不是重力原因，都分不清哪里是天，哪里是地，哪里是雾气。前面的路不是特别清楚，新队员周筱心里不禁害怕起来，组长王家列依然淡定地保持着他的节奏在前面带路。

不知何时，天上又开始飘雪。对讲机里传来贾培申的声音："这只是高海拔地区由于低温雾里面结的小冰晶而已，不是真正的降雪，不要害怕。"又通知本营查一下天气，其他活动按原计划进行。

雪越来越大，雾也越来越浓。突然接到命令立马下撤，一行5人把高山食就地掩埋，迅速下撤，同时沿途插好路线旗，为A组指路。

［C组］

根据前一晚的安排，等贾培申消息，若C3可建营，C组上升至C2住一晚，B组运路绳等修路装备，建C3、宿C3；若不可，C组上升至C2后回C1，宿C1，B组宿C2；A1组尝试直接冲顶，无论是否成功，A组都直接下撤。

7点30分，帐篷顶已能看到微微光亮，皮宇丹经历一晚上辗转反侧，无数次看表后，终于成功熬到起床。结冰的内帐让大家对钻出睡袋一事都很纠结，但还是挣扎着爬起来，王家列以迅雷不及掩耳的速度卷好睡袋，开始烧水，周筱掏出塞进睡袋里的内靴摸了摸，欣慰地说不用穿湿鞋了，张婷婷贤惠地拿出早餐，招呼大家收拾东西做饭。

9点多，贾培申的声音从对讲机里传来，表示可以建C3。按照计划，B组往上运东西建营，C组适应性行走至C2。穿好装备约10点，皮宇丹、柳正、余梦婷一组，田荟琳、陈薪羽、张婷婷一组出发，李建江从 C 组转到 B 组，7 点 30 分就已经出发为 A 组运送路绳和雪锥至 C2。

雪比刚起的时候更大一点，但不妨碍自由行动，盘绳结组，爬雪坡的确比碎石坡爽，没有那种上一步退两步的纠结。皮宇丹正高兴，脚不觉陷进雪里，费了很大力气才拔出来，如此反复。柳正在前面带路，余梦婷在后面偶尔扯扯绳，一发力就感觉要被拽下去。走到传说中三大雪坡中的第二个时，接到贾培申通知，全体下撤。

雪已经很大了，能见度非常低。两组绳队默默退回 C1。路上听到下撤的教练和区宇飞在五连坡迷路的消息，他们少一件羽绒服，食物也不够。经过商量，考虑到 C1 到换鞋处有一个比较陡的下降，决定由田荟琳和柳正下撤去营救他们；四个新队员留在 C1 等待 B 组下撤，再一起回本营。C 组四人默默坐进一顶帐篷，听着对讲机里传来的消息，直到 13 点左右听到对讲机里何世闯说已经到达路线绳端及到达 C2 等一系列消息，才稍微放下心。

等到王家列等人，大家往本营走，装上上升器，到达坡顶。雪停，风景大好，除克孜色勒头顶上白云朵朵，其他山上都是乌云盖顶，阳光偶尔透过乌云缝隙洒向大地。

还没走到换鞋处，又下起粒状大雪，本来因为阳光灿烂而炎热的天气瞬间就冷得要命。雪粒子与空气摩擦放电，搞得皮宇丹数次以为闪电要劈到头上，奈何此时正处在刃脊上，边上是雪檐和陡坡，无处遁逃。走在皮宇丹后面的吴涛感受到放电，立即卧倒。

到换鞋处整理好装备，天空又放晴了。一路午后阳光，18 点左右回到本营。张墨含和区宇飞作为摄影，守在过河前的小路上，捧着板蓝根和茶叶水等着人家。

A组回来得晚，周景19点首先冲回本营，半个小时后汪子冲和赵万荣回来，之后所有人守在后勤帐门口为贾培申和何世闯喊加油，捧着热水和西瓜迎接他们的归来。

向路线绳末端攀登

经过7月26日、27日两天休息，大家或多或少恢复了体力和精力，第三阶段开始。

在休息的两天中，B组发生"重要减员"，当初9人的B组只剩下王家列、常亚伟、杨柳和周筱四人。在第三阶段B组又补充了李建江、张婷婷、石昊一和张墨含4个人。C组人员也因此有些调整，邓子荣教练因为身体原因留下守营，张婷婷去了B组，柳正和区宇飞加盟C组，而皮宇丹、余梦婷、陈薪羽、田荟琳依旧留在C组。A组加了教练罗呈学，又恢复到7人。

按照安排，28日C组守营，跟第二阶段一样，早上6点30分起床做饭。贾培申的嘴已被风雪严重摧残.早餐喝白粥，区宇飞还试验用最少的油给大家煎蛋吃。

A组这天的目标是直接上C2，8点出发，几个人节奏都差不多，一路无话。汪子冲开始跟两个教练走，过了换鞋处就跟不上了。12点，汪子冲到达C1，两名教练和贾培申、周景已结组上去。依旧是何世闯带领汪子冲、赵万荣上升到C2。他们到C2时已经是15点多，不再往前走，直接在帐篷休息。

B组9点出发，13点30分到达换鞋处。在换鞋处听见对讲机说A组到5260山头发现C1少一顶帐篷，接着又听到说旁边多了一顶小帐篷，里面有一个西班牙人。张墨含把三脚架背上来，想让B组成为唯一一个有全员合影的组，结果天外飞来一个西班牙人，三脚架没起到应有的作用，合影中反而多了一位外国友人。

17点B组全部到达C1。

送走A、B组，C组回到帐篷。用睡觉、娱乐、做饭打发一天的时光。22点装包，因为东西特别少，都表示压力不大，23点30分熄灯。

29日天气依旧好，A组计划一早就出发建立C3，修一部分C3以上的路。A2组依旧是3人；贾培申所在A1组行进比较快，C2至C3全程修路，中间还有一段刃脊。

到达C3，把高山食和帐篷放下。何世闯先行往前走，远远看见贾培申一群人分散在C3前的大雪坡上。汪子冲和赵万荣赶紧奔向他们。

这时对讲机里传出王永贵的声音："前面裂缝太多了，不能过了。"说完这句又重复一遍，像是强调这句话的分量。贾培申等了那么几秒，然后说："那你们下来吧。"

赵万荣后来跟汪子冲说，他其实很怕修路，怕老队员特别是贾培申骂他太慢，可是没办法，机会这么难得，该修还是要修的。

贾培申让汪子冲去修路，汪子冲背着登山包，沿着赵万荣才修的路缓慢行进。在修路过程中汪子冲问了三四次绳子还有多少米，每次赵万荣都说还有。走到最后，赵万荣发现绳子只有四五米长了，汪子冲便停下来。

贾培申说："别修了，赵万荣上去拍下路线照，然后下撤。"赵万荣赶紧取出单反拍照片。贾培申又催他们下去。把装备埋好，他俩就沿着刚修好的路下去。可是谁知道那一段路就是最后一段绳。

B组的任务是到C3建C3。杨柳先上，周筱第二个走。是以前没有走过的路，周筱状态不是特别好，渐渐地被甩开好几个绳段。每段绳上只能走一个人，周筱走得太慢，也把李建江和王家列的速度压了下来。

A 组回到 C3，发现 B 组只有杨柳上来，也没带什么营地物资，只好先把帐篷搭起来。等 B 组押后到达，物资全部到齐后，B 组就下撤了。

C3 帐篷搭好，A 组睡进去后，贾培申和李建江聊了很久。大家都意识到情况不容乐观，前面的裂缝区裂缝宽而密集，难以建立保护站。早上九十点钟，雪在太阳的照射下软化，危险系数更大，贾培申在对讲机里和大家说明了这个情况。

C 组守营一天后向 C1 进发，开始最后阶段的征程。区宇飞早起半小时为 C 组队员煎鸡蛋。C 组 8 点 30 分出发，柳正当向导，在速度上非常照顾队员们，力争让大家都走得舒服，且根据行军情况随时调整衣物。

11 点 40 分 C 组全体到达换鞋处，14 点 40 分到达 C1。见到西班牙人，柳正上前沟通，得知他打算下午往上再走走，不行就还下撤到这里，第二天下撤到山下，这是他的适应阶段。此时隔壁的公格尔九别特别不稳定，偶尔能听到轰轰的声音，不知道是雪崩、冰崩还是岩崩。

A、B 组将所有路绳都运了上去，C 组发现没有结组绳无法往上走，沟通后决定 B 组将两捆绳放在 C1 到 C2 之间路绳的末端。西班牙人先行出发，不久折返，因为气温升高，积雪变软不好走。如果此时不去取绳，就只能第二天早起去拿，权衡之后，柳正单枪匹马上山取绳。其余人收拾装备，赶紧钻进帐篷。柳正取绳回来，把绳截断充作两根结组绳。

西班牙人下到 C1，在一片没有雪的空地上支起帐篷。

A 组在 C3 早早吃些东西，对讲机里贾培申、柳正、石昊一讨论次日安排，最终贾培申作出决定：A 组 6 人冲顶，6 点出发，关门时间为

12点，汪子冲留守 C3，B、C 组合并上到路线绳末端。

一夜安眠，30 日 A1 组冲顶，A2 组汪子冲一个人守在 C3。

8点多，对讲机里传来贾培申的声音："裂缝区裂缝过于密集，保护站无法设立，超出我们的能力范围，冲顶失败，A 组下撤，B、C 组照原计划走到路线绳末端。"

A1 组下来很快，很快就出现在路线绳末端附近，又过 15 分钟下到 C3。水已烧好，但没人愿意喝。贾培申坐在帐篷上，看奇诡的天。教练王永贵、罗呈学默默收拾装备。赵万荣、何世闯坐在雪地上发呆。过了奇奇怪怪的几分钟，大家都活过来，开始下撤。

A 组在 C3 到 C2 路上遇到向路线绳末端进发的 B 组，11 点 B 组全部到达 C3。何世闯和石昊一拍完照直接下撤到本营。李建江默默地去路线前方照一些路线照，以给后人留下更多资料。

下撤的 A 组在 C2 到 C1 路上遇到往上走的 C 组。C 组的任务是上到 C3，如果时间尚早，则到路线绳末端收绳。大家士气不高，似乎只想努力爬好这向上走的最后一天。

C 组继续往上走，11 点 15 分到达大雪坡，休息、吃行动食。12 点 40 分，翻过大雪坡的假顶，终于到达 C2。柳正指着边上的斜坡，示意不可大意，这里高差 800 米，翻滚几下，什么制动都没有用，听得人一阵寒战。对讲机里传来 B 组的笑声以及跑调队歌，他们已经到达路线绳末端，在那里唱了半小时的歌。

休息 25 分钟后出发，从 C2 到 C3，全程有修好的路，走了一个上午。接近中午，大太阳晒得人晕乎乎的，又有几处比较陡，C 组只能走二十来步歇一次。保护站旁边稀疏地分布着冰镐深的洞，挂上牛尾，插入冰镐，可以大喘几口，休息好了再向下一个结点进发。就这么小心翼翼气喘吁吁，翻过最后一个又陡又漂亮的刃脊，终于看到 C3 橙色的帐篷以及帐篷边上 B 组的队友们。B 组已等待多时，要帮 C 组把撤下的路线绳和雪锥背下去。不管 C 组多晚到达 C3，都会有到达路线绳末端的机会。

15 点 15 分，C 组全体到达 C3，收拾收拾东西，15 点 40 分，趁着雪还没软空身冲"顶"。从 C3 到路线绳末端距离不长，只有 9 条路绳，坡度也没有 C2 至 C3 的陡，16 点 41 分，C 组全员到达末端。

柳正居然知道"顶峰"有信号，带了电话，队友纷纷借来给家人抑或"家属"打电话。6160 米，C 组此次登山活动的最高高度。下撤路上，田荟琳和柳正负责把路绳和雪锥收走。

次日需要拆路线绳和撤营，背负任务比较重，C 组又多是老弱病残，需要 B 组和 C 组换一些人，王家列和常亚伟留在 C3，杨柳和张墨含也留下等着接 C 组一名队员下撤到 C2。

周筱和李建江还有张婷婷先下去。C3 到 C2 的路有几处大陡坡，周筱把自己挂在绳子上，大踏步向下走。突然右脚一下子踩空，陷下去，身体也随之下沉，然而左脚仍在冰面之上，裂缝还没有宽到他掉下去的程度，身体由于过于扭曲被卡在那里不得动弹。周筱想到自己是挂在绳上的，也没有多害怕，就努力起来，最终想到可以转动一下身体，左脚就可以用上劲儿，就这样出来了。

皮宇丹跟随 B 组的杨柳和张墨含一同下撤到 C2。这时已晚，一天的阳光把雪晒软许多，几乎每步都能陷到大腿，是在雪里游泳的状态，甚至有一次两条腿都陷入雪中，无法动弹，靠杨柳往上爬两条路绳，把她从雪里挖了出来。

大家在 C2 烧水吃饭睡觉。周筱由于在裂缝里滚了一圈，鞋子等全湿，在帐篷外面晒鞋晒袜子，阳光非常给力，鞋袜不久就干了。晚上对讲机里说 C3 没有小刀，收绳有可能要用，决定让走得最快的杨柳第二天一大早把小刀送上去。

A 组下撤到 C1，瓜分了余下的红牛和士力架，每个人的包都装得满满的，背包外挂更是惨不忍睹。他们一路带着心爱的"废铜烂铁"和金子般的回忆，就这样回到了 BC。

31 日，C 组在海拔 6100 米的 C3 宿营，余梦婷一直处于睡睡醒醒的状态，柳正痛苦地呻吟一整晚，连隔壁帐篷都能听见。地不平，最低处的田荟琳被挤得一夜动弹不得。隔壁帐篷只有 3 人，并不暖和，常亚伟的睡袋拉链坏掉，嘱咐区宇飞和王家列晚上挤挤他，怎料睡熟后，区宇飞一挤，他就滚开了。

A 组在本营休整，B、C 组的任务是拆掉 C3、C2，撤掉沿途架设的路绳和保护站，下撤到本营。一大早 B 组的杨柳从 C2 上 C3 送小刀，周筱和李建江给杨柳做完早饭就睡回笼觉，然后起床收帐篷、装包。

在 C3 的 C 组老队员留在后头撤绳，余梦婷、区宇飞和陈薪羽先行下撤到 C2。C2 的帐篷都拆了，宿 C2 的队员正在装包。等所有人收完绳，下到 C2，B、C 组分 4 个绳队下撤。

余梦婷和张墨含深知自己速度慢，必须相互依靠，作为推土机的李建江也是慢速一派，3 人结组押后。周筱和杨柳、王家列一个绳队，王家列为了锻炼新队员让周筱和杨柳走两头，自己走最轻松的中间。

走到 C1 至 C2 之间，杨柳、王家列和周筱的结组因为要撤绳，改为押后，由周筱收绳。到了 C1，周筱背包里又增加一些东西，已经非常沉重，听说贾培申下撤背了 6 捆绳、8 个雪锥，他不由肃然起敬。

原定在 C1 的技术训练，因为贾培申和教练探得一片漂亮的冰塔林而改换地点，C1 的东西已经无法带走，只能第二天再上来运输。从 C1

到换鞋处，在张墨含的忽悠下，余梦婷没有换冰爪，只穿着登山鞋在覆盖冰雪的山脊上行走，体验了神经紧绷的感觉。

柳正、李建江要当天赶到卡湖，和张墨含一起先下撤。余梦婷等到下一拨人，与张婷婷同行，翻过五连坡最高一个山头，途中陈薪羽脚受伤。往下走，碰到来接应的何世闯、赵万荣，带着可乐、果冻等好吃的。吃过后继续下撤，兴奋劲儿一过疲惫席卷而来，赵万荣拖着又累又饿的躯壳一步步往下挪，无心欣赏风景，只想迅速回到本营。

河水暴涨，必须涉水过河。教练将大家的包都背过去。所有人过河时都东倒西歪，赵万荣险些被冲倒，余梦婷差点损失一只拖鞋，上衣兜里记着队记提纲的纸湿透，粘在一起。进帐篷拿东西，蹲下起到拧裤管的效果，水哗哗地往下淌，装备帐成了临时更衣室，睡在角落的周景被撵了出去。

当最后一人抵达营地，登山的主体活动就此结束。

尾声：探勘 6220 峰

8 月 2 日，贾培申、赵万荣、何世闯同教练王永贵去 6220 峰探路，其余人随罗呈学、邓子荣前往冰塔林进行技术训练。

训练组 9 点从本营出发，到达冰塔林后一直训练到 16 点 30 分，18 点 30 分抵达本营。

6220 峰探查组早上 8 点出发，走走停停，约 9 点 30 分抵达 6220 峰山谷。14 点左右到达雪线。与克孜色勒雪线突然出现的大雪坡不同，6220 雪线末端是一段冰舌。

走到冰舌旁边，里面别有洞天，下方是冰雪融化而成的冰河，在突起的冰川侧边还有融水涌出，是另一番胜景。走上冰舌，6220峰由远及近，攀爬线路比克孜色勒要短许多，线路也比较明确。

一晃到了17点，在预定的C1下方约1000米处，探路组决定提前扎营。冰川上扎营最大的好处是接水方便，刚融化的雪水在帐篷旁10米处流过，清澈见底，似乎可以直接饮用。

3日，大本营的人睡到自然醒，14点多，6220峰勘察小组归来，向大家描述6220峰地势及探路情况。

吃毕午饭，准备撤营。

4日一早，吃过早饭，正准备拆本营帐时，居然下起冰雹，已经把冲锋衣装入驮包的人被冻得无比狼狈，大家纷纷暂停手头工作，拖着各自的登山包躲入还未被拆掉的本营帐。

不久，雨过天晴。10点30分，登山队离开生活了18天的本营。

2013年克孜色勒登山队队员名单（年级/院系/职务/绰号）

周景：2011/医学部/"小周景景"

赵万荣：2012/信息科学技术学院/小装备，摄影/"二黑"

何世闻：2011/地球与空间科学学院/后勤队长，前站/"世闻哥哥"

常亚伟：2011/信息科学技术学院/训练，队医/"老常"

区宇飞：2011/数学科学学院/摄影，队医，小后勤/"粉包"

陈薪羽：2012/数学科学学院研/小后勤/"男神"

石昊一：2010/中国语言文学系/队长/"天线宝宝"

吴涛：2007/信息科学技术学院/摄影

汪子冲：2012/数学科学学院/小装备，队记，前站/"小小葱"

周筱：2012/基础医学院/小后勤，通信，出纳/"筱爷"

杨柳（女）：2011/数学科学学院/小装备，赞助，前站/"柳神"

田荟琳（女）：2013/元培学院/"姑姑"

皮宇丹（女）：2012/信息科学技术学院研/小装备，队记/"皮球"

王家列：2010/元培学院/装备/"皮蛋"

柳正：2005/地球与空间科学学院直博/前站/"柳大人"

余梦婷（女）：2012/哲学系硕/小后勤，财务，队记/"老鱼"

张婷婷(女)：2010/生命科学学院研/小后勤，小队医/"十七牲口"

李建江：老队员/"大力"

贾培申：2008/信息管理学院（转系2009/信息与科学技术学院）/攀登队长/"贾大爷"

张墨含：2011/软件与微电子学院研/摄影，媒体/"小姑娘"

流浪的圣徒

——2014 年重返格拉丹冬

只有新队员登顶，我们才敢说这次攀登活动是成功的。

探索"山岳会"模式

2014 年暑期攀登前期筹备最大的问题，是合适的老队员不足。"不足"既是数量上的，也是质量上的。

2013 年 11 月初山鹰社开始寻找第二年暑期登山的老队员。山鹰社登山队新老比例有不大于 1：1 的限制，为了带够新队员保证技术传承，也为保证登山活动安全顺利开展，老队员不能少于 6 人，但第一轮意向沟通，只确定了 4 人，其中只有一人具备两年登山经验且不愿意做攀登队长。在这种情况下，理事会一方面讨论解决之道并剖析深层原因，另一方面继续做老队员工作。为解决已确定老队员普遍只有一次登山经历的问题，决定在寒假期间以个人名义赴四川双桥沟开展冬攀活动。这次冬攀是很关键的，首先培养潜在的攀登队长，也给予其他老队员心理磨炼和信心。

冬攀归来，老队员数量问题不仅没有解决，反而仅有的一位有两年攀登经验的老队员由于个人原因退出，只剩队长、攀登队长与后勤队长3人。理事会讨论认为，登山队老队员问题本质上是社团发展的问题，社团缺乏给予老社员足够成长空间与吸引力的活动，结合社会压力等客观因素，导致社团轮转周期缩短。

2014年3月初召开理事会扩大会议，请来徐勇、贺鹏超、柳正和李赞等已毕业的老队员一起讨论，结合方翔与王正等人的意见，得出四点主要结论：社团活动周期缩短是必然的趋势，针对登山来说，可以考虑通过恢复冬攀常规化增加队长、攀登队长和老队员雪山经历来弥补；减轻社团工作事务性压力，缩减部长会规模，社团活动应以登山为核心，割舍才能有所发展，拓展针对老社员的进阶性活动机会；思考如何更好地利用已毕业老社员的力量，继续推行"由在校社员组织，毕业老社员参与"的山岳会模式，最终目标是使之成为稳定成熟的运转体系；在山峰选择上要有上限，但山鹰社不能丧失对登山的追求。

登山队正式成立前，经过进一步沟通与争取，又有两名在校老队员加入，加上4名已毕业的老队员，最终组成9人规模的技委团队。在校队员与毕业队员有一些问题需要注意，首先两者具有明确职能划分，登山队氛围和训练活动是靠在校生带动，毕业生主要在攀登期间发挥技术与协作看护作用。这就要求在校生老队员数量不能少于4人，队长、攀登队长、后勤队长与总装备四项重要职务必须由在校生担任，这是底线。另外毕业生的数量也不宜多于在校生，否则对团队氛围建设不利。最后一点是队长需要考虑到老队员对于登山队伍的影响，积极协调新老队员之间的关系，促进队伍融合。总之，登山队要保证以在校生老队员为主导，积极发挥毕业生的辅助作用，共同带好新队员，实现山鹰文化与技术的传承。

在山峰选择方面，主要备选山峰为桑丹康桑与格拉丹冬。2014年恰逢山鹰社首攀格拉丹冬20周年，有较强的纪念意义，但考虑到技术难度适宜性以及希望重返西藏为之后几年的规划铺路，经过与西藏登协方面的初步沟通，2014年3月正式确定暑期目标山峰为桑丹康桑峰，北大登山队2000年和2005年曾经攀登过这座山峰。2014年4月21日登山队正式成立，队伍构成为9老10新；13男6女；4名毕业生和15名在校生，在校生中本科生11人，研究生4人。总体而言，2014年登山队是一支构成较为复杂的队伍，因此在日常训练和事务性工作中进行磨合尤为重要。随后进行为期两个月的集中训练与事务性筹备工作。

5月初，西藏方面的态度发生变化，登山队一方面想尽办法，尝试多种途径继续争取，另一方面开始着手备选山峰格拉丹冬的筹备，两座山峰的工作计划同时跟进。最终6月17日理事会正式对外公布更换暑期目标山峰为青海省格拉丹冬峰。全队于6月27日启程奔赴青海。

受困雁石坪

6月27日，登山队出发。

29日到达格尔木，全队入住石昊一亲戚家的空房里，经过几个小时的短暂休整，队员分组采购物资，联系车辆，租借装备等。

已经工作的老队员李建江与李赞以及赞助商骆驼公司特派随队摄影阿杰于30日抵达格尔木与大部队会合。

最后一名已经工作的老队员楼航迪7月1日早上抵达格尔木，立即打车前往南山口检查站外与大部队会合。至此，登山队共20人集结完毕，乘车沿青藏公路，向目标山峰格拉丹冬进发。

7月1日晚，全队投宿在联系好的可可西里索南达杰保护站。队员们看到野生的狼都很兴奋，换上长焦跟着拍了好久。

夜里的降雪为可可西里铺上一层白色，索南达杰保护站的海拔接近4500米，初上高原的部分队员出现轻微反应。积极适应是应对高反的唯一有效途径，晚一点睡上一觉，症状就能缓解。

7月2日，登山队告别索南达杰保护站，继续向长江源头格拉丹冬进发。在位于唐古拉山镇的长江源水生态保护站，他们意外遇到"绿色江河"的创始人杨欣老师，索南达杰与沱沱河两个保护站均为杨欣老师牵头创建。他1986年进行长江漂流，随后投身三江源地区的环保事业。

按照计划登山队7月3日应当从唐古拉山镇前往雁石坪，雁石坪是进入格拉丹冬前的最后一站，2日晚意外地了解到雁石坪镇虽地处青海省境内，实际却由西藏自治区安多县管辖，且雁石坪与格拉丹冬进山路线上均有设卡检查，队伍进山有极大可能会被阻拦，决定由张墨含、石昊一、李建江与林美希四人先上雁石坪进行侦察沟通。

雁石坪镇碰壁，队里决定4日由张墨含和石昊一前往西藏安多县一试，若是安多县政府也不允许，估计就要去拉萨协调了。当时巨大的压力主要有两方面，一是队伍每天产生数额不小的生活开销，二是两位已经工作的老队员是请假来登山的。

4日一早张墨含与石昊一搭乘班车前往西藏安多县，需翻越海拔5200米的唐古拉山口。格拉丹冬正是唐古拉山脉的主峰，而唐古拉山东段也是地理教科书上讲的青海、西藏两省的分界线。实际情况是在雁石坪下面30公里处的青藏公路上就已看到"西藏欢迎你"的界碑。

经过一天斡旋，最终得到批准，但需要每人签订安全责任告知书方可进山。5日中午两人乘班车返回雁石坪镇，并向大部队报告，当天下午登山队从唐古拉山镇上雁石坪，因途中遇严重车祸封路，当晚23点才到达，连夜前往派出所在责任书上签字。

7月6日早晨6点，全队乘牵引车离开青藏公路，驶向格拉丹冬长江源头的漫流区。

你好，唐古拉

7月6日清晨6点30分，登山队员、教练和司机师傅在雁石坪镇重庆饭店一起吃了第一顿"团圆饭"，也是进山前最后一顿"人间"食物。快速而简洁地干掉早饭，还有遥远而充满未知的路途等着队员们。

从以前资料看，攀登格拉丹冬的最大难点在于进山。离开109国道，穿行于长江源头漫流区，要走近100公里的土路，甚至没有路，而是时刻可能陷车的沼泽，还有尕尔曲和尕日曲两条大河拦路。进山的困难是临时换山时理事会最大的疑虑，"能否顺利进山抵达本营决定了攀登的成败"——登山答辩会攀登计划的论述更是将此视为重中之重。

登山队的全部希望都寄托在两辆军队退役的六轮驱动牵引车上。沿着109国道南下，在路旁找到1994、2006、2010年的北大、人大和清华报告书中均有提及的标识物——白塔，便可叩响格拉丹冬之门。

顺利找到白塔，向西驶下公路，穿过青藏铁路高架桥梁，铁路桥下果然有关卡，拿出签字画押的责任书与身份证登记，顺利放行，队伍告别青藏线，向唐古拉深处进发。离开109国道，土路并不十分难走，甚至几次遇到驾驶着挖掘机作业的筑路队。张墨含与石昊一在安多县奔走时便曾听闻格拉丹冬地区在筹备开发，不想挖掘机都已开进来了。

车行 1 小时有余，抵达一垭口，其时大雾弥漫，教练说晴时此地可见格拉丹冬。

忽然有人惊呼，"彩虹！彩虹！"张墨含本能地抓起相机跳下车，竟然是白色的虹。

白色的彩虹，名叫"雾虹"，形成机制与彩虹相同，只是雾气中水滴较小（小于 0.05 毫米），导致光的折射无法形成色散，只有白色。据说这种现象直到 2011 年才进入公众视野，在北极被抓拍到。

再行没多久，车又停了。雾已散去，教练特地叫大家下车看格拉丹冬。地平线上起伏的洁白山体是唐古拉山脉，矗立在群峰之间的那座高高尖尖的山峰便是格拉丹冬。

"格拉丹冬，海拔 6621 米，藏语意为'高高尖尖的山峰'。"——攀登计划开篇的介绍每名队员都已烂熟于心。

一睹格拉丹冬尊容之后，继续上路。中午 12 点，对讲机中传来驾驶舱中赵万荣的呼喊，叫大家往左侧远处的山脚下看，有狼正在捕猎。众"摄影师"仔细寻找一番，方才发现几个黑点。

13 点左右，车行至唐古拉山脚。一路高歌猛进，尕尔曲和尕日曲没过轮胎的河水没能阻挡队伍，但最终登山队没能逃过陷车的劫数，14 点 15 分，距离计划中的本营位置 3 公里处，两辆车无一幸免，所幸时间充裕。

陷车的处理方法是打桩拖拽，即挖一个大坑，把备用轮胎埋进去，用车头部的牵引绳钩住轮胎把自身拖出。队员们轮流上阵，挖了一个巨大的坑，放下备胎埋好，人全部压上，汽车发动，噗，人仰马翻，轮胎被拉出来，第一次尝试宣告失败。教练和司机师傅亲自上阵，埋得更深，填更多的土，这回成功了。

16 点左右，牵引车抵达海拔 5200 米的计划中的大本营位置，选好营址，安营扎寨。本营的第一顿晚饭是高压锅压得稀烂的南瓜粥，易消化，防止高原反应加重。教练对晚餐的艰苦有些意见，这似乎也是每年登山队都会遇到的问题。张墨含还记得 2013 年老邓教练一直喊："你们后勤太差了，人家清华本营随便吃，还有女生专职做饭。"教练都是性情中人，嘴上说说，几天后便与队员们打成一片，同甘共苦。幽默风趣的龙舟教练、假装害羞的斌斌教练，在登山的过程中教了大家许多，不只是登山，还有生活。

垭口适应

张墨含和赵万荣拉着龙舟教练一起观察了攀登线路。格拉丹冬的可查攀登记录有 1994 年的北大与清华登山队、2006 年的人大登山队，以及 2010 年的清华登山队，三次攀登均为西北山脊传统路线攀登。由于尕日曲山谷的本营海拔高达 5200 米，该路线常规情况下仅在翻上山脊前海拔 6050 米的垭口处设置一个高山营地，但 2014 年考虑到科考队的体验以及冲顶批次问题，决定在海拔 5600 米处增设一个过渡缓冲性质的高山营地作为 C1。

龙舟教练蹲在本营附近的草坪上，一脸严肃，注视着通往顶峰的山脊，仔细观察确认，担忧地说："难了，比以往要难得多。塌了，全都塌了，山脊和垭口前的雪塌掉了，要上去看了才知道情况。"龙舟教练 2006 年曾经带人大登山队成功登顶格拉丹冬，之后又多次带队进山活动。听了他的话，张墨含心里咯噔一下，马上拿出长焦镜头拉近观望，山脊的雪檐塌得一塌糊涂，原本的刃脊与难点"博雅坎"不知是否还能通过，甚至连能否翻上垭口前的横切路段都不知道。这段横切路线原本在本营可以清晰看到，如今却凹陷下去，被挡在垭口与前方的冰川之间。担忧是没有用的，必须上去看过，才能摸清情况。

晚饭后老队员首先在装备帐开会，就当前情况分析讨论，结合攀登计划安排7日与8日的行动。当晚22点全体队员集中到本营帐，这是进山后的首次集体会议，总结进山情况，向新队员通报近期任务安排，汇报个人状态。

传统上进山后在BC的第一夜必须晚睡。睡眠会抑制呼吸，对初上高海拔的机体适应不利，所以即便这一天疲惫不堪，也要尽量晚一点入睡。

7日7点30分，赵万荣、汪子冲、杨柳、石昊一与李兰5名老队员准时起床。此时已有另外3名新队员在后勤帐生火造饭。8点30分两位教练从奥索卡帐篷中钻出来。当天的安排是分两组行动，攀登队长赵万荣带领5名老队员上冰川侦察探路，张墨含留在本营，负责带新队员完善营地并进行适应。用过早餐，收拾好行囊，探路组向格拉丹冬雪线进发。其他队员零零散散走出本营帐，有的睡眼惺忪，有的憔悴不堪。海拔5200米的第一夜，对每个新队员都有特别的意义。

本营海拔高达5200米，与2013年攀登的克孜色勒的C2同一高度，但格拉丹冬的植被极好，比新疆海拔4300米的本营更加舒适。为避免破坏草场植被，建本营帐没有挖排水沟，厕所也是因地制宜，直接设在营地附近的一道沟壑中。

生态保护与户外旅游具有不可调和的矛盾。无痕山林是一种理想，登山队此行将环保问题视为重中之重，用盐代替牙膏刷牙，用皂角粉代替洗涤剂刷碗，厨余垃圾打包带下山，剩饭也尽量喂狗。但即便做得再好，也无法消除20余人对于长江源区脆弱生态的影响，所谓风过留痕，雁过留声，撤营时人类活动的痕迹令张墨含感慨不已，所幸该地区少有人踏足，生态环境自可恢复如初。

中午时分，对讲机中传来前方探路组的好消息，5名老队员与教练顺利抵达预计C1营地处，实测海拔5670米，放下两顶高山帐准备下撤。下午本营组计划前往营地上方的一个垭口进行适应性行走，但午后天气开始变化，格拉丹冬的山体笼罩在云雾中，刚刚出发便降起细雨，雨势渐大，只好返回本营，众人围坐帐内看户外纪录片，讨论影片Steep中的各种陡坡。坏天气持续两个小时左右，再走出本营帐，天空已经蔚蓝。

本营组再次向垭口进发，上到一半，俯瞰在河谷中穿行的探路小队，他们离本营已不远。

在爬升的途中一片云飞来，降下毛毛细雨。未到垭口处，就看到山后的另一道冰川，消融的冰水顺势下泄，汇入宽阔的尕日曲河。其实很难说那是河道，直观的视觉印象是大面积河滩，地理学中有专业名词"漫流"描述此类河道。

在格拉丹冬的首日可谓一帆风顺，探路组走通BC—换鞋处—C1的路线，在C1放下两顶高山帐，大部分新队员在本营适应良好，最棒的是大家心态乐观而稳定。攀登雪山是一个繁复的过程，高海拔适应是其中重要的一环，这也是大型学生队伍坚持采用极地式攀登的原因，高原反应在生理上会影响每个人，但个体间的感受却不相同，适应速度也有差别，除了体质差异，心态是更重要的因素。2013年张墨含是新队员，高反严重，2014年却适应得好得令自己都有些吃惊，因为心里有底，可以以积极的心态应对感官上的不适，这也是心智的成长。

8日，前一天探路的老队员在本营休整，张墨含带其余队员上雪线。往年一般第二天安排运输个人技术装备至换鞋处即可，主要目标仍是高山适应。鉴于 BC 至换鞋处的路程较为轻松且队员状态不错，决定尝试直接运输部分装备物资至 C1 营地。

从本营出发沿河谷走到尽头便是换鞋处，一路几乎没有上升，直到临近冰川的最后几百米植被才完全消失，冰川搬运的终碛砾石遍布河滩。湍急的融水蜿蜒曲折，形成河滩与冰川的分界线，再向上便是冰川末端的乱冰区。

换上高山靴与冰爪，跨过融水沟，踏上冰川的起步是一段 30 度左右的冰坡，虽然几个老队员如履平地，但考虑到滑坠的后果以及新队员情况，还是要修路的，这是登山队长张墨含第一次正儿八经地在雪山上架绳。距离冬训的最后一次冰上行走已过半年有余，新队员首次上冰川，步法生硬而略显笨拙。

新队员乔菁的状态比较差，一直被石昊一押着，走到换鞋处已是中午时分，便没有上冰川。另外两名女生新队员刘超颖与张子衿也是张墨含一直比较担心的，在北京体育大学低氧实验室模拟训练时她们三人反应严重，血氧与心率数据有点吓人，北体大尹老师在出发前特意嘱咐要密切关注她们的状态。在行进过程中张墨含一直提醒控制速度，尤其是女生，不要走得过快。李赞与楼航迪带着夏凡与张成早早飞奔出去，剩下一队人缓缓而行。眼看午时已过，天气将变，后队中只有张墨含和李建江两名老队员，决定 3 名女生新队员原地等待教练接应下撤，男生背着装备物资赶往 C1 营地。

C1 营地位于中碛堤根部，路线上以冰和硬雪为主，地形平坦，沿途遍布大大小小的融水沟，平行于冰川的流向，可以看出格拉丹冬的冰川退化极为严重。经观察，确定不存在暗裂缝的威胁，行进无须结组，C1 以下路线最大的危险是落水失温。

14点左右队员们抵达C1营地。狂风乍作，闷雷滚动，吓得众人急忙将冰镐甩得远远的。不一会便飘起雪，能见度骤减至10米以内，乌云更是厚重得看不到尽头。李赞凭借丰富的雪山经验断定天气会好转，建议原地等待。果不其然，雪没飘多久，乌云逐渐散去。队员们收拾好C1营地物资，合影后抓紧下撤。后来才认识到，格拉丹冬地区每日必有阴晴数次变化，山中半月仅有一日未曾降雪降雨。

下撤途中张墨含回头举起相机，李赞便本能地配合摆出pose。李赞，2008年入社，2009玉珠峰登山队员，2010卡鲁雄攀登队长，毕业以后投身职业登山，体力、技术与经验皆为一流。2013年初因为一次意外事故，几近瘫痪，一年中凭着顽强的毅力与决心进行康复训练，奇迹般恢复运动能力，虽然身体依然带着钉子，走路也略显跛态，大家有时开玩笑叫他瘸子。格拉丹冬是李赞复出的首次雪山尝试，张墨含想他是希望重新找回自己。苦难没有将人压垮，便使人强大。

下撤时大约15点，已经比较晚，被太阳照射一天的雪面变得软软的，几条小的融水沟变宽。不少队员踩塌松软的边沿，失足落水，虽然有高山靴和雪套的防护，还是免不了冰水灌入浸湿袜子。再过融水沟，大家都小心翼翼。

在冰川末端至C1营地路线的中间位置有一条特别大的融水沟，如一道深嵌的伤痕贯穿整条冰川，流淌的冰水回转湍急，拐弯处水花四溅，隆隆作响，一旦落水便无生还可能。沟的两岸是坚硬的蓝冰，脚法与心理过硬通过便没问题。其实，这种所有人都意识到危险的地方，反而是相对安全的；真正的危险隐藏在平静之下，不易察觉才最危险。

18点全员安全返回本营，迎接大家的是热乎乎饭菜。晚上老队员开了一个很长的会，主要争议点在于是否就此结束攀登第一阶段进入第二阶段。山鹰社在暑期登山中一般将攀登周期分为三个阶段，分别是适应阶段、运输修路阶段与冲顶阶段。第一阶段的任务是高山适应与路线侦察；第二阶段将队员分组修路与运输物资，这也往往是为期最长的一个阶段；第三阶段便是分组冲顶。2014年具有一定的特殊性，首先是进山日期延误，其次是C2以上的路线状况尚不清楚，同时大部分队员适应较好，已提前开始进行物资运输。最后老队员综合各方面因素考虑，决定采取折中策略，模糊化前两阶段的分界，亦不在第二阶段对全队进行传统分组。9—11日攀登队长赵万荣带部分老队员上山，主要任务是建立C2营地并摸清C2至顶峰路线的路况；10—11日张墨含和其余老队员带新队员上山，负责后勤与修路物资的运输，并接应配合赵万荣组。

长江之水天上来

7月9日一早，赵万荣、汪子冲、杨柳、李兰与龙舟教练组成的5人精锐小队A组开赴C1营地，完全由老队员和教练组成A组并非山鹰社的传统做法，而是为了争取赶上进山延误的日程并尽快探清C2之后的路况，提高效率的代价是减少了锻炼新队员的机会。因需携带足够的路绳、雪锥与后勤物资，这一天A组压力甚大，女队员杨柳的背负也超过了20公斤。大部队则在本营休整，准备10日向C1重装运输。

10日李赞、石昊一、乔菁、张中义与赞助商骆驼的随队摄影师阿杰5人留守本营，大部队及斌斌教练共12人从本营运输大量物资至C1，A组则从C1出发打通至C2的路段并建立C2营地。

乔菁在8日的适应性行走中反应较重，出现呕吐症状，9日的血氧与心率数据依然不理想，注定不能在第二阶段上山，因此承受着较其他人更大的心理压力。张中义在 9 日晚靠嗑阿司匹林度日。李赞因脚伤，决定不再上山，等最后冲顶阶段再试，昔日攀登卡鲁雄的攀登队长只得在本营烙饼解闷。

因为又加上两顶高山帐和之前留在 C1 营地的部分物资，A 组的负重量比前一天更加夸张。杨柳下山后一直在骂娘，说每走一步都恨不得把背包扔下山，据她估计负重已将近 30 公斤，远超自身体重的二分之一。这对于身高 1.5 米的女生来说确实太过辛苦，可杨柳毕竟人称"柳神"，完全不高反，行进速度依然没有落下。

登山队长在大部分情况下是带 B 组的，这次上山张墨含自然是在大部队中，同行的老队员只有李建江和楼航迪两人，新队员却有 8 人，压力比较大，好在经过 7 日适应性行走，大家的脚法娴熟许多，行走节奏也把握得更好，逐渐熟悉原本陌生的冰雪环境，心态与精神趋于平和稳定。不积跬步，无以至千里。能力的提高与成长，的确就在一次次迈步中自然达成。

林美希、刘超颖与张子衿三名女生新队员之前未上到过 C1 的高度，因此从换鞋处之上的冰川开始做简单分组，3 名老队员各带一名女生新队员与一名男生新队员。斌斌教练带着体力较好的夏凡与张成先行前往 C1 搭帐篷。与张墨含一组的是张子衿与乔袭明，张墨含的节奏是 30 步一休息，张子衿跟着微微费力，后来便由张子衿走在前面带节奏，张墨含在最后边走边拍照。

这一天 B 组携带的物资有 3 顶高山帐、20 捆路线绳、30 个雪锥、8 袋高山食以及炉具若干。队员很给力，攀登第四天便将几乎全部的修路物资背到 C1 营地以上，为后续攀登奠定了坚实基础。

经过连续 3 天的踩踏，路线上靠近融水沟的雪层变得非常不结实，加上负重较大，几乎一踩便陷进去，雪层下面是雪与水的混合物，运气不好会打湿裤袜。斌斌教练是练摔跤出身的蒙古族汉子，雄壮威武，因而也湿得彻底。

队伍抵达 C1 营地是 14 点多，与 8 日适应行走速度相仿，但负重多了一倍不止，这说明大家的状态有所提升。A 组差不多同时抵达 C2 营地，打通了 C1 至 C2 之间的线路，架设了大约 300 米路绳。A 组带走两顶高山帐上 C2，C1 营地还有 4 顶帐篷，B 组 12 人搭起 3 顶便够，4 人挤在 1 顶帐篷里比较暖和。山鹰社一向是拿两人帐当三人帐用、拿三人帐当四人帐用，正如把女生当男生用、把男生当牲口用。

C1 营地边上有一条很小的融水沟，涓涓细流，冰冷清澈。山鹰社每年新入社成员 700 余人，有机会喝到海拔 5600 米冰川融水的不过十余人。

张墨含曾在 25 周年社庆活动中说，山鹰社最大的成就不在于培养多少曹峻、孙斌这样的登山运动专家，而是带给无数人以新鲜的生命体验，在不同程度上对视野、胸怀甚至生命轨迹产生影响，在各个领域出现不计其数而又各不相同的人物。

10 日晚上 B 组开会，大家纷纷表示状态良好，希望第二天继续上 C2 营地，但按计划 C2 营地只有 3 顶高山帐，满员可容纳 12 人，A 组已有 5 人在上面，这意味着 B 组 12 人只能上去 7 人，其余 5 人须按计划在 11 日下撤本营。大家状态都好得出乎预料，这倒让登山队长为难，考虑到向 C2 的运输需负重，决定 3 个女生全下，男生根据早起状态再定。

11 日清晨 6 点 30 分起床，全员依旧状态良好，张墨含只得拉上向勇博士带着 3 个女生下撤，把上山机会留给大一的新队员。

斌斌教练带 6 名队员向 C2 进发，出发时已起雾，并愈发浓重。张墨含 5 人暂且留守 C1 营地，以备在需要时接应上山的队友。遥望队友消失在中碛堤前的大坡上，只剩下白茫茫一片，海拔6050米的C2营地天气则更加糟糕，A组原计划向西北山脊的垭口修路，此时不得不留在营地观望。

正午刚过，虽不见日头，但雾已渐渐退散，山下的河谷若隐若现。对讲机中传来消息，B组运输队员已经到达路线绳末端，沿路便可直达C2，由A组负责接应。张墨含5人收拾营地准备下撤。

向C2运输的队伍大约在13点抵达营地，张墨含5人也下撤至换鞋处。天已放晴，格拉丹东高高尖尖的顶峰仍藏在云中。他们在河谷中缓缓地向本营行进，终于有时间仔细欣赏风景，沿途的牦牛、兔子、湿地植被以及遍布山谷两侧的冰川。

河谷中可以看到残存的冰川，来自城市与环境学院的刘超颖说，是由于覆盖在冰上的石头比热容较大所致。可见在不久前两侧的山谷冰川还是延伸到河谷中的，格拉丹冬地区的冰川退化实在惊人。张墨含希望将冰川地貌考察加入2014年攀登活动中，因为队伍中有城市与环境学院和地球与空间科学学院的同学，为此还让刘超颖联系城市与环境学院的刘耕年老师，可惜最终未能有所作为，一是准备太过仓促，二是攀登任务实在紧张。

其实20世纪90年代山鹰社创立之初，登山队是在攀登中进行考察的，后来科考队从登山队中独立出来，两支队伍向着不同方向发展。时代不同，社会环境也随之变化，不进则退，高校社团也是如此，经理事会讨论，2014年科考队进行调整，尝试以高海拔徒步作为活动主体穿插进行入户访谈，更加注重"山"的部分。

张墨含等到达本营时将近16点，守营的小伙伴们早已冲好果珍等着。

12日上午，足足睡了一夜的张墨含很晚才醒，得知C2的兄弟已经开始干活儿，赵万荣与教练结组在前探路，李兰带着汪子冲与杨柳随后修路，还有一个绳队在后面跟随运输。C2 至垭口的软雪区路线全部打通，赵万荣也探上西北山脊，大致观察到"三块石头"之前的地形，随后按计划全队返回本营。

在本营的人则切菜和面，准备用一顿饺子迎接归来的队友。喂饱 20 多个人实在是个大工程，一直搞到 16 点左右，两个高压锅轮番上阵，猪肉白菜和羊肉南瓜两种馅，味道竟比预期的好得多。

还有一个"小插曲"，午后队员突然把张墨含叫出后勤帐。远处零零散散约莫 20 匹马正向登山队营地集结，马上的是年纪不同的藏族汉子，最小的大概不到 15 岁，老的很难估计年龄，离营地 30 米处他们下马走过来。原来是远处的牧民不知道登山队的来历，村主任派人过来赶人。大家又拿介绍信又打卫星电话，报了一堆镇里、县里领导的名字，总算是对付过去，最后还与距离最近的那户牧民成为朋友。

13 日全队在本营休整，晚饭后拍了唯——张全家福，只少了镜头后面的斌斌教练。

陡壁，攀登陡壁

7 月 13 日，进山后的第七日，全队在大本营休整。局势并不乐观，主要问题有二。首先是 11 日、12 日遭遇坏天气，第二阶段任务未按预期完成，路只修到垭口处，西北山脊还有 1000 米路线需要架绳。其次是留给老队员李建江和楼航迪的时间不多，他们都是请年假来登山，20 日必须回到北京上班，龙舟教练也要在 17 日赶回格尔木去带另一支高校队伍。

登山队长张墨含有些动摇，怀疑此前脱离攀登计划的决策是否妥当，要么做出调整，要么坚持到底。接下来比较保守的策略是放慢节奏，稳扎稳打，先把路修通，再安排各组冲顶，这意味着有的组可能要上两次山，李建江与楼航迪失去冲顶机会。

另一策略是全队直接进入冲顶阶段，14 日 A、B 两组上山，15 日 C 组上山，顺利的话 A 组在 15 日修路的同时完成冲顶，17 日全队结束攀登。这是激进的策略，A 组几乎是背水一战，一旦出现问题，B 组和 C 组将陷入进退两难的尴尬境地。这种脱离掌控的随机性令他不安。

龙舟教练和赵万荣则对第二种方案比较有信心，张墨含权衡利弊，决定克服心理障碍，放手一试。具体营地容量、守营安排、物资配比等几方面因素综合协调，老队员们就各个细节反复推敲调整，终于形成第二种策略的可行方案。

分组安排：A 组是赵万荣、汪子冲、张墨含、李建江和龙舟教练带 2 名新队员。B 组是石昊一、李兰和斌斌教练带 5 名新队员。C 组是杨柳、楼航迪和李赞带 3 名新队员。

日程安排是 14 日 A 组上 C2，B 组上 C1，C 组守营。15 日 A 组修路冲顶，B 组上 C2，C 组上 C1，司机师傅守营。若 A 组冲顶成功，留下部分人带 B、C 组冲顶，其余人直接下撤。若 A 组冲顶不成功，龙舟、李建江和张墨含带一两名新队员下撤，保证 C2 三顶高山帐 12 人容量，赵万荣与汪子冲 16 日继续带 B 组冲顶。16 日 B 组冲顶下撤，C 组上 C2，龙舟与李建江随牵引车出山接科考队，A 组下撤的人负责守营。17 日 C 组冲顶下撤，B 组部分人留 C2 接应 C 组。18 日全队返回本营，准备撤营。

登山队开会多，大概只有分组会议是新队员真正期待的。往年一般是在第二阶段开始前进行分组并在第三阶段进行微调。13 日晚上终于迎来大家期盼已久的分组会议，新队员显得异常兴奋，个人陈述或深情或理性，进 A 组大概是每个人都向往的。最终，经老队员讨论，体力最好的夏凡与行事最稳妥的周泽宸进入 A 组，张成、乔袭明、向勇、林美希与乔菁被分入 B 组，张中义、刘超颖和张子衿在 C 组。一直高山反应较重的乔菁终于有机会上高山营地了，其实大家仍然担心她的状态，因此把她分在 B 组，一旦出现问题，C 组便可接应其下撤。

14 日一早 A 组最先出发。顺利的话这是最后一次上山，所有的相机、镜头和三脚架必然要全部背上，剩余的公共物资基本上是高山食，负重相比上一次上山没有增加。走出没多远，张墨含右后脚跟磨破的伤口隐隐作痛，走到换鞋处还好，穿冰爪上冰川变成钻心的疼痛，上冰坡时法式步法根本无法使用。一瘸一拐地蹭上冰坡，他起了下撤的念头：这种状况能不能走到 C2 都难说，但如果真的下撤，对队伍的影响又是极坏的。他坐下来脱掉袜子查看伤口，原来是冰爪的后卡正好打在伤口处，而楼土豪的单套靴又薄。结痂已破，血肉模糊，他抱着试一试想法，把鞋垫去掉，在鞋帮与脚跟之间垫上两只劳保手套，卡头避开伤口中心，勉强将脚塞进高山靴，穿上冰爪，果然好了许多。

过了 C1，李建江一直押着张墨含走在队伍最后，天公不作美，一路上都没有掏相机。14 点 30 分抵达海拔 6070 米的 C2 营地，他们一头钻进帐篷喝水休息，天气越来越差，主峰被乌云遮蔽，白茫茫一片。

张墨含与本营和 C1 通话，决定 15 日凌晨 2 点 30 分起床冲顶。早早吃过晚饭，19 点熄灯睡觉。

15 日凌晨 2 点 30 分 A 组起床烧水吃饭，3 点陆续出发，没有结组，赵万荣和汪子冲走在前面，率先抵达垭口。天气非常好，感受不到一丝风，但在山脊上走走停停，依然被冻得四肢冰冷。日出时一般比夜里更冷一些，因为空气受照射，温度变化引起对流，高海拔的风寒效应感受十分明显。

过了垭口，要修路行进，队员们间距紧凑，时走时停，赵万荣与汪子冲在前交替先锋，其他队员紧随其后保障路绳装备。在比较平缓的地方，赵万荣让夏凡和周泽宸轮番练习先锋保护，龙舟教练则在一旁看护。

平缓的路段并不多，从垭口向上大约4个绳距，坡面开始陡峭，雪没脚踝。赵万荣与汪子冲开路体力消耗较大，其他队员在后面踩脚印相对轻松。

在硬雪陡坡上，滑坠是最大的危险，即使原地坐下休息，也要先刨一个平坦的坑，否则会向下滑坠。虽然有上升器连接路线绳，但还是应尽量不让路绳受力，当天埋下的雪锥并不值得信赖。

西北山脊主要是南北走向，略微偏西，刮西风，山脊东侧是大雪檐。队员们其实并非走在山脊上，而是始终在山脊西侧的坡上斜切行进。这种地形走起来十分不舒服，因为有两个维度的下滑分力，一是沿山脊走向向下的，一是垂直于山脊向西侧坡下滑的，冰爪常常只有左侧的齿可以踏实入雪。身体转向西侧，用孙斌所教的Z-Cross步法，倒是省力许多，但左腿始终作为主发力腿，时间久了也会疲惫。

夏凡是大一新生，在新队员中体力最猛，但也是心智最不成熟的，天真烂漫，情绪波动较大，易受感染，走走停停的节奏、刺目的阳光、寒冷的体感温度以及坐立不适的地形令其产生负面情绪，状态受到极大的影响。攀登雪山的艰难绝不仅仅限于体力与技术的范畴，自我认知与自我把控是最基础的素质。

越走，坡度越陡，直到眼前出现一面最陡处目测近70度的冰墙，登山队长张墨含、攀登队长赵万荣和后勤队长顿时都有了先锋攀登的欲望。最终还是攀登队长赵万荣先上，而山鹰社史上最擅长摄影的队长张墨含，自然是做本职工作。照片上看起来坡度也就 60 度左右，实际上要陡得多，尤其是中间那部分。

汪子冲负责给赵万荣打先锋保护，龙舟在一旁指导。他们所处位置的坡度也有近 60 度，这种地形上做保护有不小的难度，又不敢完全吊挂在雪锥保护点上进行操作。一路 solo 的龙舟教练也将牛尾扣入保护站。汪子冲后来说他当时心挺虚的，赵万荣万一滑坠，三人就一起下去了，即使被后面的保护点拉住，再攀个几十米上来，也绝非易事。

赵万荣本打算在先锋中间做临时保护点，攀上去后发现挖不到亮冰层，无法打冰锥。在如此陡峭的硬雪层上，雪锥更是无用，只得一口气上去。如此一来，汪子冲的保护倒是没必要了。

在赵万荣头顶左上方的雪檐上有一个竖插的雪锥，龙舟看到后说那是他 2006 年带人大登山队攀登时留下的。当时离左侧的雪檐还很远，可以看出 2006 年的路线更加贴近左侧山脊。近些年山脊东侧塌得厉害，此次的路线变成自始至终在山脊西侧的坡面斜切行进。

这段绳距的攀爬更像是攀冰，一路德式翘脚尖一镐两步，不过砸镐要轻松许多，毕竟砸的是雪。

赵万荣在 10 点左右做好上方保护站，一个雪锥加两个冰锥，出于安全考虑，这段路线只允许单人通过，大大减缓了冲顶的进度，夏凡上来时已经 11 点 15 分。

70 度雪坡之后依然是陡峭的斜切路线，距离 12 点的关门时间越来越近。赵万荣之前戴墨镜先锋出现雪盲征兆，眼睛轻微刺痛流泪，换上雪镜在后面休息。张墨含给汪子冲打两个绳距的保护，后勤队长也累得够呛。在这种情况下，张墨含终于有机会去先锋修路。他修了一个 50

米的长绳距，中间没有临时保护点。

　　传说中的"三块石头"或"博雅坎"就在面前，资料中说翻过去便是如足球场般平坦的"五四操场"，至顶峰再无难点，可以说是胜利在望。此时已近12点30分。这一日原定的冲顶关门时间是11点30分，出发后龙舟教练说可以改为12点30分。的确，天朗气清，惠风和畅，登山队进山以来从未见过如此好的天气，可谓天赐良机。这种情况下没有人愿意下撤的，队长也不愿意，但队长还是提醒赵万荣已过关门时间，赵万荣询问了龙舟的意见，并向本营汇报，决定关门时间再推迟一个小时。

　　三个队长已经不太干得动，龙舟教练修了最后两个绳距，抵达博雅坎下方。左边是从亮冰路线翻上博雅坎，右边是绕过"三块石头"背后的雪岩混合路线，都是极为陡峭的攀爬，最陡处甚至超过之前的70度大坡。此时已将近14点，队长张墨含认为在天黑或天气变化前不能返回C2便有危险。

　　赵万荣、汪子冲与李建江不愿就此放弃，知道再翻上去就是通往顶峰的坦途，意外的是龙舟教练竟突然比队员还热情高涨，率先冲上雪岩混合的路线做保护点。张墨含只好艰难地带着夏凡与周泽宸两名新队员掉头下撤。艰难之处不在于队长与其他老队员的分歧，其实队长也不想下，但不得不下。他相信这几个老队员的能力，即使遇到意外情况他们仍有可能渡过难关，但如此陡峭的路线对于第一次踏上雪山的新队员来说潜藏着巨大的风险，环境与心态的变化可能将风险转变为危险，甚至是严重的后果。

　　张墨含一行下了两个绳距，龙舟教练和赵万荣也翻上"三块石头"，发现通往"五四操场"的路线有巨大的裂缝，而路线绳已经用光。约14点30分，全队下撤。

这一天张墨含下撤异常艰难。好天气意味着雪被晒得更软，体力消耗殆尽。他担心侧滑，不敢只抓大锁下降，一路装着下降器，直到下面相对平缓的坡才拆掉。夏凡与周泽宸边走边滑，蹭了下来。夏凡的雪镜不知什么时候滑坠，用头巾蒙住眼睛，更增加了下撤的难度。垭口到C2那段横切变成噩梦，那根本就是一个软雪槽，夜里通过时雪硬，此时走几步便会突然陷进雪层没至大腿根部，动弹不得，要用手一点一点将自己刨出来。北侧低矮的雪坡上依稀有雪崩的痕迹，软雪的堆积大概与此有关。这本应是快速通过的路段。张墨含在山脊上看到先下去的李建江被卡在雪中近20分钟，还是李兰从C2出来将其挖出，之后李兰挖了一个又一个的队员，也包括张墨含。

A组全部返回C2，已是17点多，B组第二结组绳队刚刚抵达，据说是押着乔菁从C1走了8个小时。得知上面的绳不够，李兰又带着B组男生下去拆了几段路绳。三位队长商量下一步安排，发现诸多未预料到的状况：张墨含已无力下撤到C1，李建江宁愿上班迟到两天也还想再冲一次，赵万荣和汪子冲第二日接着冲也有点虚。张墨含更加担心B组、C组的新队员。最终决定改变计划：16日B组仅让斌斌教练与李兰带李建江进行冲顶尝试，石昊一带5名新队员走到70度大坡返回；17日C组安排视B组进展而定；当晚龙舟直接下撤本营，赵万荣与汪子冲下撤到C1住宿，16日上午再返回本营守营，司机师傅送龙舟出山顺便接科考队；C2刚好满员12人，16日张墨含带A、B组新队员下撤本营。

张墨含与斌斌、李建江和李兰一个帐，难受得厉害，睡不安稳。凌晨3点斌斌3个起床冲顶，他一个人在帐篷内滚来滚去。7点，石昊一带B组新队员出发，留下夏凡、周泽宸与张墨含三人在C2营地睡得如死狗一般。

早上 8 点多对讲机传来斌斌教练与李兰、李建江成功登顶的消息，队长心中算是踏实一些，总算有队员登顶。李兰下来后张墨含问她感觉难度怎么样，李兰说坡度接近博格达时张墨含好想踹死赵兴政那家伙，一直把格拉丹冬说得无比简单。决定 17 日让 C 组冲顶，A 组与 B 组新队员下山休整，伺机冲顶。

石昊一带 B 组新队员返回到 C2，已过 13 点，除了留下斌斌教练和李兰接应 C 组冲顶外，其他人一起下撤本营。

17 日一早在本营收到消息，C 组碰到坏天气在 C2 原地等待，18 日再尝试冲顶。

最后的战役

7 月 17 日，司机王师傅和陶师傅从雁石坪接上山鹰社科考队来到格拉丹冬大本营与登山队会合。

由于多方面原因，2011—2013 年的三年里，山鹰社暑期活动均未实现本营会合，部长会日常工作中登山队员与科考队员之间普遍存在距离感，张墨含下定决心恢复这个传统。2014 年的科考地是青海玉树的年保玉则地区，距离登山队所在的唐古拉山脉十分遥远且交通不便，需要先乘汽车到西宁，再转火车至格尔木，然后包车上雁石坪，最后由登山队的牵引车接入长江源区。

科考队的到来令登山队员十分兴奋。A、B 组大部分人正在本营休整，听到汽笛声，纷纷冲出营帐迎接，牵引车沿着尕日曲河谷颠簸着缓缓驶来。车到近处两拨人在车上车下挥手欢呼，夏凡冲向汽车吼着："科考队来啦！科考队来啦！"没有出现《没有顶峰》会师奔跑相拥的镜头，大概一方面是张墨含和若梦两个队长都内向腼腆，另一方面科考队员们下完车都在忙着找厕所。

C组正在C2等待时机冲顶，A组与B组新队员刚刚下撤。理想中的是登山队全部冲顶完成，科考队进山，由登山队员将冬训过的科考队员带上C1进行体验。这次攀登似乎自进山之始便中了事与愿违的诅咒。其实在前期准备过程中曾考虑到会合时机不恰当的问题，为此张墨含还与赵万荣颇有争执，他担心科考队提前进入会影响尚未完成的攀登，张墨含希望尽量给予科考队员更好的体验。

科考队不但带来物资补给，还带来了随队的新华社驻青海分社摄影记者郭求达。郭求达，外号郭大神，是已毕业的山鹰社老社员，正在青海外派。

17日晚上的会议非常艰难。首先，老队员们确定针对A组和B组队员再组织一次大部队冲顶；其次，科考队返程车票决定最晚必须在21日撤营出山；第三，没有多余装备，无法上雪线进行体验，科考队只能在本营做饭。最终决定大部队18日上C2，19日冲顶，C组18日无论是否成功登顶必须下撤，只留杨柳在C2接应大部队；科考队19日和20日分两批用C组装备上雪线体验。

龙舟教练已经出山，楼航迪和李建江19日一早也要离开。这意味着张墨含、赵万荣、汪子冲和石昊一四名老队员中必须有一人留在大本营，19日带科考队上C1。如果一切顺利，大部队将在19日成功冲顶，留下的人将失去登顶机会，显然这种事只能由队长担当。石昊一是2013年登山队长，多次提出要留下来。张墨含看出他是想登顶的，加之自己脚伤，最终还是张墨含留下来。

18日一早，对讲机传来振奋人心的消息，C组成功登顶，第一个到达顶峰的竟然是伤愈复出的李赞，随后是杨柳、楼航迪和张中义。张中义成为本次攀登首位登顶的新社员，这对山鹰社队伍来说意义重大：只有新队员登顶，才敢说这次攀登活动是"成功"的。

天还未亮，C组就从C2出发。张中义认为，从C2到顶峰，是一段孤独的旅程，只有眼前的路和身后的脚印，饱含着希望与憧憬，夹杂着对大自然的敬畏。晨曦暖暖地在脸上徜徉，山被淡淡的温柔的日光所环绕，饱含着一种似水的柔情，和平时见到的庄严肃穆颇为不同。快到峰顶的一段路，风特别大，刚踩的脚印瞬间就被风扒拉得不剩一点影子。被风刮起来的小冰粒扑打在脸上，像无数把刀在脸上狂欢。到达顶峰，没有呐喊，没有狂欢。远处的山，近处的山，全都在脚下。风，感觉也没那么凌厉。终究得下山，令人绝望的是快到C2的那段横切，一步一陷毫不夸张，每次都是把大腿完全陷进去，还得把自己挖出来，最后慢慢地爬回去。

张子衿在海拔6500米处出现失温征兆，和刘超颖被斌斌教练带回C2。合并后的A、B组从本营向C2进发。

科考队的烹饪水平高出登山队实在太多，乔菁因为状态太差，留在本营，没有再上山，与科考队接管厨房。

下午，斌斌教练、李兰、楼航迪、张中义和张子衿回到本营。最近一户牧民正好要去雁石坪办事，答应第二天一早搭李建江和楼航迪出山。

张墨含度过了心情颇为复杂的一夜。19日早晨7点，对讲机里传来赵万荣的声音，"张墨含恭喜你昨晚作法成功，这天烂得毛都看不见。你赶紧带科考队上来吧。"从赵万荣的声音中听不出任何悲观情绪，以致张墨含一直怀疑他们是不是故意等他，或者说有多少有意的成分，毕竟前一天是好天气。8点他和张子衿带上科考队从本营出发，到达换鞋处，于佳明、徐倩凇、陈琪与霍非4人与他们继续上C1，李赞则从C2撤回C1接应。20日再由斌斌教练带另一拨考队员上C1体验并接应登山队撤营。

只有经过冬训的科考队员才可以上雪线，初上冰川的队员步伐沉重，看起来颇为笨拙且行进缓慢。

张子衿是一个精力充沛而热爱生命的小女孩，心地善良而有活力，在冲顶过程中因为衣服穿得不合适而出现失温征兆，主动向教练说明并要求下撤。作为队长，张墨含对张子衿的行为很欣慰，他认为，这类活动最大的危险在于对风险的无知。山鹰社开展登山活动的一切准备工作都是在教导新社员认识、规避并应对潜在的风险，张子衿做得非常正确。

一行人大约14点30分抵达C1营地，于佳明反应较严重。李赞已下到C1上的雪坡，张子衿留在C1带科考队员过夜。

张墨含独自前往C2，与冲顶大部队会合。15点多，格拉丹冬的天气开始变坏。理论上单独行军在山鹰社是被禁止的，此举下山后也被不少人吐槽。在当时情况下单独行军是否合理可以商榷，但张墨含感觉非常好，认为是整个登山过程中最好的一段攀登体验，可以安静而专注，只需考虑自己和风景。

大约17点张墨含来到C2，刘超颖正独自坐在帐外看雾茫茫的风景，帐内是赵万荣和汪子冲的欢声笑语，杨柳已在山上待了4个晚上。照例烧水，吃过方便面，早早"熄灯"，20日凌晨3点将是格拉丹冬之行的最后一次冲顶，能做的只有尽量睡着和祈祷好天气。

7月20日凌晨2点30分，C2的队员起床烧饭，风打外帐沙沙沙响。探出头，风并不大，看不见月亮，天气不好也不赖，微冷。3点出发冲顶，石昊一、赵万荣、汪子冲、夏凡、乔袭明、张成、向勇、周泽宸、林美希、刘超颖和张墨含，9男2女共11人，没有教练，最后一次冲顶。

日出时分，雾没有散去，风越来越大，白茫茫的天气看不出时间变化。全队通过70多度的陡坡时已不早。皮肤感受到云的快速流动，四面八方开始飘雪，越来越寒冷。到达"五四操场"前，单独通过雪岩混合路段根部，张墨含又犹豫了，已经11点，天气毫无转好迹象，他担心上面"五四操场"风更大，担心天气变得更差，C1说看不到主峰，本营说连冰川末端都看不到，一旦上去便可能没有回头余地，他无法判断会不会发生暴风雪，如果暴风雪来临11人能否及时撤下来。

此时赵万荣、汪子冲带着夏凡、张成和向勇已经翻上去，结成两个绳队向"五四操场"进发。乔袭明与周泽宸紧随着张墨含，石昊一押着两个女生在最后面。张墨含想到2002年的山难，那些文字在他脑中挥之不去，也幻想着登顶的侥幸，幻想着"五四操场"上云开雾散，风平浪静。那一刻张墨含明白不存在绝对准确的判断，也不存在完全掌控的安全，但必须决断。最终抱着一定的侥幸心理他选择继续向上。

张墨含翻上海拔6500米的岩石，后面是未曾走过的路线。等乔袭明与周泽宸上来，形成3人结组，绕过几个大裂缝，到达路线绳末端。前面是白茫茫一片，几乎分不清天与地的界限，赵万荣在对讲机中告知这已经是传说中的"五四操场"。

这一刻，在新队员周泽宸的大脑里，一个狂躁的声音反复地对他咆哮："你已经冻得不行了，看这雾，看这风，不会停下来，再过一会儿你就会失温的。快走到前面去告诉队长你想要下撤。"接下来所遭遇到的是整个登山活动中最令周泽宸恐惧的处境。大雾弥漫了整座山峰，没有消散的迹象，他们站的地方能见度不到10米，找不到山峰位置。大风呼啸，比上一次冲顶寒冷得多，尤其是看不见路，不敢随意走动，缺少自身发热，再加上一路疲劳和没吃没喝，他感到无法维持体内的平衡状态。他想到过放弃，不止一次想到过跟张墨含说"要不下撤吧"。但是已经走到这一步，这是失而复得的机会，他不愿再失去，既然别人都没慌，他也不必慌。

张墨含用登山表的指南针确定大方向，领着结组跟着前面的脚印行进。雪花越飘越大，脚下覆盖的雪变得松软，痕迹愈发模糊，他们走走停停，停下来会冻僵，走又担心走到雪檐上。

此时，赵万荣5人已登顶。新队员向勇记得最后冲顶时，已然没有多少感觉，就是跟着前面的人一直往前走，特别是翻过最后的垭口，严重缺氧，走几步就歇一会儿，心跳异常猛烈，说不定什么时候心脏就会爆开，后来才渐渐适应。顶峰合影时能见度不足5米，然而山顶上那种天气的变幻，看得一清二楚，云就在头顶，生怕一道闪电从身边划过。

新队员张成则写道："跟随登山队这一路，没有争执，没有面具，没有伤病，连高反都没有。看到的听到的都是直达心灵的语言，从红色到橙色的夕阳，从湛蓝到深灰的天空，从茫白到刺眼的雪谷，从淅沥到呼啸的冰雹，从圆润到狰狞的砾石，从优雅旷远到险山曲折的青藏线，从粉红到黝黑的脸蛋，从染尽高原黄到缀满星空银的满天星。对这些语言，不需要礼节式的回应，安静地感受就是最好的感激。这一路无牵无挂，无忧无虑，作为一名新队员，认真完成老队员的吩咐，凭着那种惯性冲在最前面，去完成登顶。内心对顶峰的渴望就如空气，越到顶越稀薄。最大的渴望渐渐变成享受那种安静，听自己的声音。登山队这一路如此简单安静，让我惊讶专注竟可以到达这种程度，自我追逐的游戏竟如此让人着迷。"

赵万荣依然无法为张墨含他们指明方向。石昊一带两个女生结组也迷了路，张墨含往回寻找，试图会合，周围的云时而稀疏一点点，依稀看到人影，通过喊话确定彼此方位，终于会合，原来近在咫尺。赵万荣等拍完登顶赞助照，准备下来接应。张墨含 6 人慢慢移动，保持身体发热，持续喊话，吸引下撤的绳队。

天稍许好转，汪子冲的结组出现在眼前，随后是赵万荣。大约 20 分钟后出现的裸岩标记物，使张墨含他们确信已登上顶峰。周围的云还在快速地变换流动着。此时周泽宸觉得队长说得对，在顶峰上什么也顿悟不了，只想着赶紧下山回家吃肉。

时过正午，气温逐渐回升，本营传来消息，说笼罩着山峰的云层开始散去，冰川末端已经露出来。待所有人顺利下撤到 70 度雪坡，张墨含的心终于踏实。他第三个到达垭口与 C2 相连的横切路段，发现最前面的汪子冲正在软雪中奋力游着，自己也尝试迈出几步，结果彻底陷下去，雪比上次经过还要软，只得连滚带爬地蹭向 C2，行进十分缓慢。一回头，后面一坨滚来滚去的小伙伴，非常有喜感，短短一段路他们竟然滚了一个多小时。

由于 21 日一早必须出山，下撤时间非常紧迫，C2 和 C1 还有大量营地物资等待收拾，他们不得不放弃撤除全部路绳的计划，将雪锥和路线绳留在陡坡上，没能实现零垃圾的攀登，有些遗憾。

大家陆续抵达 C2，杨柳给大家煮好果珍和姜红茶，有的队员已经疲惫不堪，稍事休息还要拆除营地收拾装备。开始下撤时已经将近 16 点，每个人都是超量负重，登山包挂满外挂。张墨含背着近 30 公斤的背包，状态很差，脚趾疼痛难忍，走几步就要停下来，后来才知道是左脚大脚趾冻伤的缘故。到达 C1 已经日薄西山，斌斌教练和若梦带着部分科考队员已将营地收拾妥当，科考队员又分担了部分负重。

离开 C1 没多久天便全黑下来，大家拿出头灯。这是张墨含第一次在冰川上走夜路。黑暗中的冰川似乎处处相同，过了一条又一条融水沟，看不到路线旗，前队偏离路线。就在这时远处的冰川尽头亮起一片光点，原来是李兰带着守营的科考队员乘牵引车前来接应，双方通过对讲机不断校正路线方位。有了队友的指引，大家终于成功走出冰川，顺利抵达换鞋处。

张墨含的状况非常糟糕，走在队伍最后。冯倩丽看到他，迎了过来。她是今年科考队的徒步队长，2011 年的登山队员，是张墨含加入山鹰社时的部长，老部长显然看出他的窘态，替他背上沉重的背包，他连客气的力量都没有。

在河谷中走了近一个小时的碎石路，看到牵引车的灯光和两位司机师傅关切的笑脸，这简直是人生过往中最幸福的一刻。大家挤在颠簸的牵引车中，抵达大本营时已经凌晨 1 点，厨房里守营队友准备了丰盛的饭菜，摆满两大桌，科考队大厨小龙猪的手抓饭最受欢迎。

大家胡乱睡了几个小时便起床收拾撤营，像打仗一样，丝毫不比攀登本身轻闲。牵引车开动，队员们到最近的牧户家，将带不走的物资留下，牧民兄弟请大家喝纯正的牦牛酸奶。相比进山，出山的路途感觉更加漫长，车上多了 15 个小伙伴，更加拥挤和欢闹。走到一半时陶师傅的车歇菜，只好将所有装备和人转到另一辆车上，塞得满满的，驶向山外的世界。

2014 年登山队队员名单（年级 / 院系 / 职务 / 绰号）

张墨含：2011/ 软件与微电子学院硕 / 队长 / "前理" "小姑娘"

赵万荣：2012/ 信息科学技术学院 / 攀登队长 / "二黑"

汪子冲：2012/数学科学学院/后勤队长/"小小冲"

杨柳（女）：2011/数学科学学院/总装备/"柳神"

乔袭明：2013/信息科学技术学院/总摄像，装备/"小明"

周泽宸：2013/医学部/通信，小装备/"实干家"

林美希（女）：2013/生命科学学院/赞助，小装备/"希姐"

夏凡：2013/生命科学学院/总队记，小摄像，小装备

刘超颖（女）：2013/城市与环境学院/财务，小摄影，小后勤

张成：2013/地球与空间科学学院硕/训练，小摄影，小后勤

张子衿（女）：2013/外国语学院/小队记，小队医，小后勤/"纸巾"

向勇：2011/物理学院博/出纳，小后勤

张中义：2013/医学部/小后勤，小队医

乔菁（女）：2013/外国语学院硕/媒体，小队记，小装备/"阿姨"

楼航迪：2007/工学院博/总摄影

李建江：老队员/"大力"

李赞：2008/法学院硕/"赞赞"

石昊一：2010/中国语言文学系

李兰（女）：老队员

锲而不舍

——2015 年重返阿尼玛卿

> 山鹰社的女生不能把自己当作女生,因为山不会把你当女生。

山鹰社 2015 年依然是把主要精力集中在"登山训练"上,但近年来由于各方面条件限制,西藏基本上不接收自主攀登的高校队伍,新疆由于局势问题学校和社团压力都很大,四川除了雀儿山鲜有适合进行大队伍雪山技术训练的山峰,云南由于气候原因不适宜进行暑期攀登,青海以及甘肃的山峰资源屈指可数,大学生攀登的山峰资源有限。理事会进行几轮讨论,才确定阿尼玛卿作为暑期攀登目标。阿尼玛卿山区域有4 座 6000 米以上的独立山头,冰川发育完整,适合进行雪山训练。

最大的问题在于,虽然山鹰社曾于 1996 年攀登过其主峰玛卿岗日,但由于地震影响,山体地形已经有很大变化,1996 年以后主峰再无翔实的攀登资料可供参考。理事会讨论认为,即使无法登顶,该山峰丰富的地形也能让队伍达到很好的训练效果。

一支攀登队伍的成立，在初衷上都以登顶为目标去规划整体安排，也只有如此，才能激发整个队伍最好的状态。这就面临山峰的实际难度与队伍攀登能力、配合能力是否匹配的问题。2015年阿尼玛卿东山脊的攀登充分暴露山峰难度过高对于队伍整体的影响，2015年10月10日就此召开扩大理事会，达成共识：对于老队员个人能力较强，但队伍整体心理年龄不够成熟的情况，建议选择难度较高的成熟山峰攀爬，既可达到训练目的，也可最大程度规避不确定因素；在老队员心理年龄足够，面临未知风险时仍能保持良好配合和清醒头脑情况下，则可考虑资料稀缺的山峰进行开拓。

山鹰社20世纪90年代基本确立社长为第二年登山队长的制度。登山队长需要承担起组建队伍、训练队伍、制订登山计划、拉赞助、与社团和管理中心搞好关系等各项任务，工作量很大，若没有例行制度（冬训、技委制度等有助于社团技术传承和人才培养），队长个人需要花费大量精力，难免顾此失彼。但山鹰社对于山鹰精神和技术传承的看重，以及社团以登山为核心的一年活动的组织，都将社长放在核心位置，如果将社长和队长分为两人，反倒在传承上会有缺失，在活动的组织上也各有考量，极有可能导致整个社团形态改变。

2015年山鹰社社长皮宇丹是一位女生，这种制度对于女社长是一个很大的考验。老社员李兰说过：山鹰社的女生不能把自己当作女生，因为山不会把你当女生。她赞同这句话，只有这么想才配得上登山队员该有的担当。而无论自身技术实力如何，都弥补不了在攀登时无法作为主力而导致的修路经验、路线判断与队伍需求等攀登硬实力的缺失，从而导致攀登决策上的话语权缺失，攀登队长在这方面的补充就显得尤为重要。理事会选山工作从2014年11月提出，却迟迟无法决定攀登队长人选。

为培养攀登队长，解决老队员攀登经历缺失的问题，2015年2月，若干老队员决定以个人名义前往四川雪宝顶进行冬季攀登训练活动，这对队伍的磨合以及老队员攀登准备和心理磨炼起到一定作用。社庆（4月1日）前夕，理事会经综合考虑，任命周泽宸为攀登队长。

三位队长中有两位女队长（登山队长皮宇丹和后勤队长张子衿），这与近年来女生在社团中承担越来越多的工作、个人综合能力相对同年龄段男生较强有关，也因与早期山鹰社攀登相比，以登山训练为基准的攀登更能容纳女生。从最终结果来看，在男生老队员足够的情况下，两位女队长与男攀登队长的组合是没有问题的，前期队伍的氛围与训练由所有老队员共同带领完成，实际攀登中后勤队长的细腻和体贴也有助于队伍的配合和矛盾的消除。

2015年5月4日，登山队正式成立，队伍由9名老队员与8名新队员组成，13男4女；此外还有山鹰社指导老师钱俊伟。老队员有皮宇丹、周泽宸、张子衿、乔袭明、夏凡、张中义、柳正、李赞和李建江；新队员有贾璐、梁钧鋆、金扬、李进学、朱洗辰、朱景龙、高清和魏伟。队伍成立以后的五周，是大强度的体能训练，有之前一年参与山鹰社组织的日常训练的基础，队员可以在这五周内将自己的体能大幅度提升，以胜任雪山攀登。具体的日程表为：每周三晚进行强度训练，周末一天外出拉练，另一天技术训练。

由于特殊原因，在登山证手续即将落实之际，青海省登山运动管理中心突然告知，阿尼玛卿在进山上可能会有问题，队伍需要做好无法攀登的准备。理事会开会后决定选择玉珠峰作为备选山峰，攀登队长做好相关的计划和准备。虽然最后没有出现意外，但联想近两年的换山风波，虽然原因各不相同，却体现一个大的趋势，在山峰选择上，高校队伍面临越来越严峻的考验。

前站

7月12日，前站贾璐和张子衿出发。

14日，他们一路摸索找到青海登协办公地点，令人大跌眼镜的是登协的仓库院子居然养着鸡。贾璐目瞪口呆地看着教练娴熟地将鸡赶进圈里，忍住不笑出来。

负责借装备的安老师挺好说话，张子衿和贾璐感觉一切十分顺利，却不知他们的世界观即将"崩塌"。龙舟教练吐槽登山队的餐标太低，请两位队员吃午饭，也带来了两条不乐观的消息：首先，龙舟估计阿尼玛卿的攀登难度将会很大，也就意味着攀登时间可能会比预计的长；其次，安老师对登山队租卡车进山的计划投反对票，"卡车绝对开不进去的"。这几乎毁了之前全部的劳动成果，也意味着大部队到达之前，两位前站队员需要找到新的解决方案。后来进山路上得知，卡车是可以进山的，最后还是租了两辆卡车，这里暂且不提。

此时，大部队一路欢歌，向着西宁而来。看着"微信群"里一群光头的照片，想想眼前的困境，张子衿苦笑："真不知道该怎么面对这群光头。"

进山

7月14日，10点40分，南门送别，系红绳，拍合影。这天也是魏伟的生日。

检票时张成说帮人拿行李，展示拎满东西的手，堂而皇之地走进火车站，又上了火车。车窗玻璃上贴满小纸条。13 点 12 分，列车开动。

火车上乔袭明一直站在座位上，名曰"晾"，表示自己非常热。皮宇丹凭借人矮腿短柔韧性好，将自己缩在两个座位上。在一边"晾"着的乔袭明表示完全无法理解，在座位上翻来覆去捣鼓半天，依然无法掌握这项技能。

15 日 10 点 27 分，大部队（除李建江、钱老师和柳正外）到达西宁，和前站队员会合，下午开始采购后勤和装备物资，联系进山车辆。

16 日，3 名探路队员李赟、周泽宸和夏凡先行前往探路，晚上宿大武。大部队继续在西宁分装备，后勤进行物资采购。皮卡车比较坑，说 14 点来，结果 17 点才来。更令人无语的是，司机身为西宁人说找不到华润万家，接着表示不会用手机地图，最后李进学、张子衿打车去找他们，才把事情搞定。等到司机开车到超市，已是 22 点多。皮卡车的装货空间看上去奇小无比，但司机师傅和教练的装车水平着实让人惊叹，似乎无论多大的体积都可以装上去，再高都有办法。

22 点，指导老师钱俊伟到达西宁，与大部队会合。

17 日 8 点 45 分，大部队乘大巴前往大武。一进客运站候车室，一个高壮威猛的汉子突然走过来问朱洗辰："你们队长在哪儿？"朱洗辰第一反应是："有个找事的！"正想着该怎么应付，只听话风一变："告诉你们队长，我去吃个早饭。"原来是斌斌教练。

一路上的景色美得让人心醉。随着海拔攀升，大家"高反"越发严重——"你看那云，好蓝啊。"17 点到达大武，探路组已经探到冰川末端。

18 日 8 点，大部队从大武镇出发前往三岔口。一路上车子极其颠簸，每到转弯，朱洗辰都感觉自己会被甩出去，根本不用担心睡着。每当车子开始一段激情的征程，汽油桶就一同翻江倒海，汽油味弥散，人要被熏"高反"了。为了控制汽油桶的运动，朱洗辰把自己的包压在汽油桶上方。

14点车到达三岔口，队伍在海拔4100米处扎营。探路组沿着哈龙二号冰川走过泄雪槽，下撤和大部队会合。

同一天，两名老队员李建江和柳正出发到达西宁。

李赞和周泽宸在临时营地休息。19日8点5分，大部队出发，前往本营进行适应性行走，11点20分到达本营，14点下撤回临时营地，斌斌教练和夏凡、张中义、乔袭明继续探路，至此已走通并最终决定本营到C1的路线：本营到ABC，再沿着哈龙二号冰川，大约在海拔5200米处建立C1。本营营地从原来计划的东南侧改到东北侧。同时，李建江和柳正已到达大武。

20日，大部队从临时营地出发，到达本营并建立本营。李建江和柳正与大部队会合。

东山脊垭口受阻

7月21日，上午全体队员在本营整理物资装备，13点30分周泽宸、皮宇丹、张子衿、张中义、斌斌教练带着魏伟、李进学、朱景龙、金扬、贾璐运输物资和个人装备到ABC，19点30分返回本营。

晚上进行第一阶段分组。A组是龙舟教练、周泽宸、张中义、夏凡、李赞、柳正、李进学和贾璐。B组是斌斌教练、皮宇丹、张子衿、乔袭明、朱景龙、金扬和魏伟。C组是钱老师、李建江、高清、梁钧鋆和朱洗辰。

22日，A组9点出发，沿哈龙二号冰川上到C1；建立C1并宿C1；

B组本营休整，C组运输个人装备到ABC，再返回本营。从本营去ABC，雪线前的路上，有些碎石坡下直接就是冰，碎石一滑落，就是一个冰坡，根本走不了。再过去，冰雪变多，交错纵横的融水沟变多，黑色的岩石渐少。走起来从可能滑坠变成鞋子浸水，跳过哗哗奔流的冰川融水，踩着哗哗作响的疏松多孔的雪，告别那些毫无美感的碎石坡而投入雪山的怀抱，心情也如环境色调变化着——从一片灰暗走向在阳光下奕奕闪亮的洁白。归来路上，风雪交加，间杂冰雹及电闪雷鸣。

23日，A2组龙舟、夏凡、张中义、贾璐沿雪坡直上。贾璐觉得这将是一个记忆终生的日子，作为第一次迈上雪线的新队员，他前一天和李进学独立跳了数条裂缝，又要跟A2组去爬东山脊。即使前一晚睡得很不好，依然精神十足。

路上几乎到处都是裂缝，教练异常淡定："不过是二三十米，有底子怕啥？"贾璐胆战心惊，又强装镇定。走到一个大喇叭口下面，贾璐凭借自己粗浅的知识感觉这地方可能发生雪崩，教练则以丰富的经验说服大家，并教给正确走法。A1组周泽宸、李赞、柳正、李进学探路，按计划探过裂缝，沿岩石区攀登到海拔5363米的岩石顶部，然后下撤。A2组已经到东山脊上，但天气变糟，风刮着雪，雾愈来愈浓，山顶能见度降至10米左右，可怕的是并没有提前确定下去的路。此时C1组几乎是在他们的雪坡下方，上方稍有不慎就给搞个雪崩下去。在那一瞬间，大家都有些心虚，但都保持镇定，动作明显加快。

他们只能先沿着山脊往回走，找寻下去的路。阿尼玛卿山脊上的雪反常地软，深的地方可以没到腰。身上奇冷，眼前只能看到一根结组绳，最绝望的莫过于趴在雪上，一步一步挪动，脑子里想的是"只求活着下去，即使截掉被冻坏的双手"。休息一下，平复一下心情，贾璐想了想登山前的思想斗争，竟然瞬间释然，像是突然感受到登山那种独特的魅力，前路依然迷茫，心却坦然。所幸最终他们还是找到一条路，4个人交替保护，平安到底。晚上A组全体撤回本营。

C组在本营休整。B组从本营上C1，将夜宿C1。B组早上出发不多时就到达ABC，刚下了一场大雪，有些明裂缝被盖住，众人极不情愿地拿出结组绳结组。C1只有表面一层刚刚下的雪是干净的，下面的雪都掺杂着泥土的碎屑，煮水取雪，光铲雪就弄老半天。C1营地的风光是不错的，可惜日出日落都恰好被远处或近处的山峰挡住，只能看到蓝色与红色的分界层鲜明地出现在远处矮小的绿色或灰褐色的山头上。

24日，A组本营休整。C组从本营上C1，将住C1，适应海拔。B组5点起床，7点30分出发，上到A组探路到的岩石顶端，将路线绳末端的简单路段补齐，乔袭明往上修路，队员们分别待在不同的结点上。朱洪辰前面一个结点堆着金扬和魏伟，后面一个结点堆着朱景龙和张子衿，唯独他一个人在一个结点上。上面修路，没有绳子了，让朱洪辰上，他兴高采烈，终于有事可做。朱洪辰走着走着，突然发现要走一段冰岩混合区，只好把让人行动不便的大冰镐收起来，往上爬。朱洪辰的协调能力向来不太好，这一段冰岩混合路段爬得着实艰难，底下看着的人觉得又担心又好笑。B组18点下撤回到本营。

25日，A、B组本营休整。C组从C1运输物资到路线绳末端后撤回本营，攀登第一阶段结束。

考虑到修路任务重以及A、B组交替修路的需求，第二阶段重新分组。A组组长是周泽宸，组员有李赟、夏凡、乔袭明、李进学和贾璐，教练是龙舟。B组组长是皮宇丹，组员有柳正、张中义、李建江、梁钧鋆和朱景龙，教练是斌斌。C组组长是张子衿，组员有钱俊伟、朱洪辰、金扬、魏伟和高清。

三面包围：落石、裂缝和雪崩

7月26日，第二阶段开始，B、C组在本营休整。A组从本营出发，上到路线绳末端，在冰川上建立临时C2，宿临时C2。

贾璐继续留在A组，一路都很顺利，直到路线绳末端，突然听到一些奇怪的落石的声音，连绵不断。周泽宸在前面修路，大家都十分好奇为何周泽宸是趴着过的。贾璐直到跟在龙舟后面，听他说"这个冰坡用大冰镐还真的不好过"，才明白那是个冰坡，战战兢兢地走到头，面对冰坡，一时不知该怎么下脚，双腿不自觉地颤抖，然后毫不意外地滑坠。滑坠两次，再爬上来就淡定许多。新队员攀冰较少，且都是在半年前的冬训时候初学，在山上踢冰都需要一段时间的适应，通过时间也会相对长一些，多亏了路线绳的存在。

27日，B组从大本营出发，皮宇丹、柳正、张中义上到临时C2住宿，其余4人宿新C1营地；C组继续本营休整。A组计划沿雪岩混合槽修路至东山脊，在临时C2听了一夜的落石。早上起来，李赞最后一个出帐篷，却第一个穿好装备。等大家穿好装备结组走到跟前，李赞、夏凡和龙舟3人已经放弃一条看似落石不多的线路，尝试另一条线路。

那是一个观察了很久觉得落石较少的地方，李赞和夏凡去探路，刚走到岩壁底下，一块20厘米见方的石头在李赞前方两米处落下，碎石四溅，吓得二人慌忙撤离，保护绳的绳尾结还卡在石头上，将李赞困在那里，夏凡在撤回过程中也将冰爪跑掉。这一系列变故，吓傻在场的每个人，许久都没有人言语。

他们决定去尝试左边的裂缝，到了跟前发现裂缝出奇的宽，有一座雪桥横亘在中间，扔石头进去完全听不到声音。龙舟教练将冰镐系在结组绳上放下去，50米绳子到头，裂缝尚未见底，雪桥两边都是如此。雪桥厚度不足半米，大部队没有通过的可能性。思索良久，李赞决定爬过去看。李赞在雪桥上爬，队友的心都悬在嗓子眼儿。李赞爬回来，说雪桥中间是不连续的。也就意味着不能从上面过去。

龙舟从另一侧绕过去看雪桥底部，四周不断落雪，看得大家心惊肉跳。这条线路被否。大家都不甘心，想各种办法试图通过裂缝，包括溜索、下裂缝再爬上去等，然而都没有把握。李赞说："我们承担不起这么大的风险。"正面落石，左有裂缝，右易雪崩，三面包围，只能放弃。此时放弃也就意味着这次登山的终结，已经没有时间换线了。

队员们的心情是沉重的。撤回临时C2，老队员开会讨论次日计划时，新队员躺在帐篷里，都不知道该说什么。

28日，A组周泽宸、柳正、夏凡和张中义跨过雪桥，沿雪岩混合路段攀登至海拔5525米，由于路线前方有潜在雪崩危险，决定放弃这条路线，周泽宸、李赞、皮宇丹、乔袭明、柳正、李进学、贾璐和龙舟教练撤回本营。B组从C1上到临时营地，李建江、梁钧鋆、朱景龙和斌斌教练宿垭口南侧临时C2。

C组从本营出发到C1，走到落石区后面的一个碎石坡，有一堆绳子放在那里，当时A组还在尝试跨过雪桥，还没有宣布放弃，C组众人甚为疑惑。朱洗辰本想大家分了背上，钱老师打断说，肯定是故意扔下的，不是背不动，可能是前面探路组没有探通，路也不必修了。朱洗辰心头一惊，还从来没想过会有这种情况发生。不久，张子祎的对讲机响了，攀登队长周泽宸宣布攀登结束，C组上到路线绳末端即可返回。

众人顿时泄了劲儿。夏凡、张中义、张子衿、钱俊伟、高清、魏伟、金扬和朱洙辰当晚宿 C1。

29 日，A 组本营休整。夏凡、张中义、朱景龙和梁钧鋆中午出发从 C2 出发撤回本营。C 组早晨出发从 C1 上到临时 C2，李建江、斌斌和 C 组 6 人宿临时 C2。

30 日，A、B 组本营休整。李建江和斌斌带 C 组从临时 C2 撤路绳和物资。李建江和斌斌教练收绳，C 组先撤临时营地。柳正、李进学、乔袭明、贾璐上 C1 接应撤营队伍，和 C 组一起撤 C1。

很多队员都背上自己上山以来最大的负重。以钱老师为代表的一拨人外挂打得整个包已经看不出形状。那个碎石坡，朱洙辰从来没有试过不用登山杖爬上它，结果在背负最多、状态最差时尝试，前前后后总共滑坠三次，都是爬到三分之二，一滑滑到底。整个碎石坡被朱洙辰划出三条一人宽的土槽。他本想弃疗，一想到没有老队员有实力把自己弄上去，还是识相点自己爬上去。

所有队员撤回本营，攀登第二阶段结束。柳正、李赞、李建江和钱老师因工作原因提前离开，连本营的饺子都没吃上。

70 度雪坡横切

7 月 31 日，全体本营休整，确定下一阶段目标——北东山脊，计划以雪山训练为主。全体分为 A、B 两组。A 组有皮宇丹、夏凡、张中义、贾璐、梁钧鋆、朱洙辰和魏伟；B 组有周泽宸、乔袭明、张子衿、李进学、朱景龙、金扬和高清。

14 点到 17 点，全体开会，由新队员按分组自行讨论攀登计划，准备具体装备、修路安排等，老队员审核并讲解注意事项。

8月1日，B组13点从本营出发，在海拔5270米的碎石坡末端（换鞋处）扎营。A组7点30分从本营出发。这天碎石坡上的人特别多。人民大学的一些队员走过去，石头哗啦哗啦往下掉（人大登山队在北大登山队东山脊攀登末期进入阿尼玛卿BC，得知东山脊无法攀登，遂决定跟北大一起尝试东北山脊路线）。朱泆辰仗着自己走得快，走得偏，没什么大事，可下面那么多人，随便下去一块被砸中的概率还是不小的。

登山队10点30分到达碎石坡末端，整理装备后新队员开始修路，老队员交替先锋结组在旁边指导。朱泆辰和贾璐修的路段全都是亮冰，一路上拧冰锥，速度快得很。等到魏伟上，就直接陷到膝盖。4名新队员完成了8个绳距的修路任务。后4个绳距因为雪况原因由老队员完成，最终修至海拔5600米下撤。暴风雪来了，18点全体下撤回到本营。

2日，B组在A组修路的基础上继续修路，新队员完成7段绳距的修路任务，老队员完成后面5段裂缝区修路，最终到达海拔5800米的雪坡顶部，除斌斌教练和周泽宸外，集体下撤回到本营。A组张中义和夏凡上到碎石坡末端处，与斌斌教练和周泽宸组成探路组，夜宿换鞋处，其他人本营休整。

3日，探路组原定6点出发，遇雨，9点拔营，12点抵达路线绳末端，由于能见度低，15点结组至北东山脊5900处扎营。A组7点30分出发遇雨，返回本营，10点10分再次出发，上到海拔5740米，建立C1并宿C1。B组本营休整。

4日，早晨能见度低，探路组等天气至11点，沿北东山脊阿式修路，行进至一处垭口，绳降至山脊下5740米处，18点建立C2。A组探到冰川末端，在路线绳末端设临时营地，龙舟、贾璐、梁钧鋆和魏伟夜宿临时营地，皮宇丹、朱洪辰到达临时营地后返回 C1，夜宿 C1。B 组乔袭明、张子衿、李进学和朱景龙上到 C1，高清、金扬守营。

在北东山脊 C1 上出现了一次摄影高潮。傍晚，夕阳映红积雪堆成的地平线以及地平线下的云彩和地平线上的天空。随着时间的推移，整个画面的饱和度不断增加，色温的区别也更加明显，形成从深蓝到深红而后归于黑暗的极简却又足够鲜艳的环绕地平线的色带。

5 日，探路组 5 点 45 分出发，8 点 10 分登顶成功。此时 C1 的队员早上起来，还在挖冰镐。他们用冰镐固定帐篷，需要冰镐时发现镐还在雪里，用来挖的东西正是想要挖的东西。对讲机传来周泽宸冷静而严肃的声音："呼叫皮宇丹，呼叫乔袭明，呼叫本营，呼叫龙舟教练，北京大学阿尼玛卿登山队探路组四名队员，周泽宸、夏凡、张中义、斌斌教练于 2015 年 8 月 5 日 8 时 10 分登顶阿尼玛卿主峰玛卿岗日，海拔 6282 米。"

第一批登顶队员从北东山脊登顶下撤。原路返回几乎不可能，只得沿着冰川往下走，看能不能找到路切上山脊，回到 C1。右边是悬冰川，下面还有很多冰崩雪崩堆积物；冰川上密布明裂缝暗裂缝。张中义走在最前面，时刻绷着一根弦，每一步都小心翼翼。终于，找到一条勉强可以切上山脊的路线，能明确判断路线旁边有裂缝，右边的悬冰川还很可能发生冰崩。这一段路，可能是他们走得最快的一次上升。穿过危险地带，几个人全都瘫倒在雪地上，尽情地呼吸着高原上不是那么充足的空气。这时，看见前方来接应的队员，才舒一口气，找到回去的路。

乔袭明、李进学、朱景龙三人组成探路小分队从 C2 位置向下探到冰原的路，如果碰到周泽宸他们，那么大部队登顶就不是问题。不多时，夏凡出现，众人一惊，接着是心花怒放。但周泽宸和张中义讲，他们走过一个夹心饼干一般的裂缝区，这种鬼地方打死也不愿再走，只得走那150米的冰壁横切。周泽宸、夏凡、张中义、斌斌教练沿北坡冰川下撤回到C1，张中义和周泽宸下撤至本营。夏凡、乔袭明、皮宇丹、贾璐15点从C1出发，修通山脊通往C2路线，19点再次建立C2。高清、金扬继续守本营。

龙舟教练、李进学、梁钧鋈、魏伟、贾璐、皮宇丹、朱景龙、朱洗辰和张子衿6日凌晨2点30分起床，然而大雾一波接一波，4点才出发。朱洗辰、朱景龙和张子衿一个绳队，他们状态都不怎么样，曾一度慢到看不见前面绳队的灯光。幸好有脚印，借着朱洗辰的头灯光勉强前行，终于看到等在路线绳末端的前队。

到冰壁前，恰逢日出前。顺陡峭的冰壁望去，火红的朝霞蔚为壮观。龙舟一边在冰壁上跳来跳去，一边说你们过冰壁如果觉得怕，就回去，还说李进学走了10米就不行，进也不是，退也不是。朱洗辰心里着实有点虚，因为之前那个冰壁横切才15米就觉得非常难忍，但看魏伟和梁钧鋈都走得毫无困难，便安慰自己不会有问题，插了冰镐就走。一走才发现踢冰爽得很，没有任何不适，150米横切只让人觉得美好时光是如此短暂。

下降时除了绳子末端特别拧，过结点比较着急，也没有任何问题。下完这几段绳距，朱洗辰兴高采烈跑到C2，才知道是要结组的，因为雪厚。

结组冲顶，朱洗辰和皮宇丹、张子衿、朱景龙一个绳队。走不多时鼻子痒痒，朱洗辰挠了一下，高特雪镜片掉了。好在张子衿有墨镜，戴上后用头巾在边上一裹。张子衿和朱景龙这一路似乎状态不太好，皮宇丹开始还不错，后来状态也逐渐低迷。最后队伍决定让三个人卸包减负，把要用的东西塞进朱洗辰包里，然后继续走。

11点21分，1号冲顶小分队龙舟教练、李进学、梁钧鋆、魏伟和贾璐5人登顶。这天，是梁钧鋆在山上最虚的一天，走一步，跪一步，最后阶段只想撤掉身上的结组绳。大雾阻挡了视线，龙舟教练说快到了，还有4段绳距。梁钧鋆是不信的，总感觉是在激励他，事实确实如此，他走了远远超过4段绳距的距离，龙舟才站在一块平地上说："到顶了。"梁钧鋆看着那块平地，心中无喜无悲，贾璐刨着雪说要装回去送朋友，龙舟到处拍照，魏伟不停地摇手机，企图用GPS摇出个6282，李进学用相机拍照，梁钧鋆所做的就是在那里吃行动食，在顶上待了十多分钟，他们便在龙舟的催促下匆匆下撤。

朱洗辰他们碰到第一冲顶小分队回来，知道顶峰不远，开始加速。平时没有问题的朱景龙，碰巧这天胸闷肚子痛，根本快不起来，虽然组里有两个女生，可还是最拖速度的一个。他不停地拽住皮宇丹，很有可能在关门时间前登不了顶，如果绳队继续带着他，其他四人也登不了顶。朱景龙担心皮宇丹会抛下他。皮宇丹还没登顶过，她应该不想错过这次机会，按照她的性格他觉得应该是直接让他下撤。然而她并没有，而是让他自己决定要不要继续，还一边走一边鼓励他，提醒他调整呼吸。朱景龙很感动。

走到脚印边缘，除了雾，看不见更高的凸起物，朱景龙的GPS显示海拔6230米，就算到顶了。12点13分，2号冲顶小分队皮宇丹、朱景龙、朱洗辰和张子衿4人登顶。可是大雾弥漫，根本看不出任何地形，并没有那种"巅峰时刻"的感觉。他们随后下撤到C2。

原线路上攀难度太大，不适合大部队通过，夏凡和乔袭明修通另一条C2至北东山脊线路，乔袭明待在C2等待次日冲顶。高清、金扬从本营上至C2，宿C2。皮宇丹留下撤绳，朱洗辰、梁钧鋆、朱景龙留到次日帮忙撤营，夏凡带贾璐、魏伟、张子衿 22 点下撤回本营。龙舟、斌斌也返回本营。

皮宇丹睡了一个难得的好觉，连自己定的 7 日早上起床撤绳的闹钟都没听见。高清他们走了大约 6 个小时，9 点 13 分，乔袭明、高清和金扬登顶。至此，登山队 14 名在校生全部登顶。略作休息，乔袭明去撤绳，新队员先沿着路线绳往上走。大雾弥漫，差点找不到路，李进学和金扬摸着摸着找到了路线绳末端。

乔袭明一副走得很无聊的样子，李进学回来一脸得意地嚷嚷着："我的诚意感动了上天，我们到顶后云开雾散。"

李进学第一个上路绳，走着走着突然肚子痛得走不动，直接挂在路线绳上。朱洗辰上去给他送药。到了路线绳末端，两人挖冰台阶在上面坐着。暴风雪越下越大，李进学一转身，发现冰台阶后退了若干厘米，有大量冰粒作流雪状流下。此时恰逢远处一阵沉闷的崩裂声，不像是雷声。李进学说是冰层断裂的声音。两人都吓坏了，李进学问朱洗辰如果雪崩了怎么办，朱洗辰说那只有挂掉了。

等到后面的人上来，人家以 2+3 队形向上走，方向好像一直偏离，最后上升太多，向左切一阵才发现人民大学的一面路线旗在下方。乔袭明拿着 GPS 在下面，开玩笑说还有 50 米就登顶三峰，众人一阵无语。

到达 C1 已不早，皮宇丹决定不撤 C1，直接下撤。梁钧銎扬言两小时回到本营，果然下降神速。朱洗辰在后面慢慢走，回到本营已经 22 点。

科考队 19 点 30 分到达本营，与登山队会合。

科考队初试雪线

8月8日，登山队在本营休整，科考队下午分两组在登山队员的带领下进行适应性行走。9日，科考队9人上到雪线，2人到C1位置，大约22点下撤到本营。登山队撤路线绳和各种装备回到本营。

在雪线下面朱洗辰是向导，感觉很多科考队员体力不错，尤其两个没有参加冬训的队员黄斌和郭佳明。雪线之上朱洗辰变为押后，不知不觉队伍拖得越来越长，皮宇丹让朱洗辰和队伍一起往前走，陈琪和文海丽在接下来的几个小时里从朱洗辰的视线里消失。虽然有路线绳，朱洗辰总感觉有小小的不放心。

朱洗辰跟着张欣云走了几个绳距。每走一段绳距都会记下时间，一般是14到15分钟，结点上不怎么休息，继续往上走。

登山队员都比较疲惫，但撤完绳才算是完成一次攀登，必须有人上去，朱景龙和皮宇丹上去拆绳。上到C1已经是16点，拆掉帐篷，天色渐暗，这时才开始拆绳子。本来是好好的大晴天，转眼远处的乌云已经飘到头上，刮起大风，雪粒被吹起拍在脸上，头巾遮不到的地方生疼。第一根雪锥费老大劲儿挖出来，朱景龙和皮宇丹互相打保护下来。第二根雪锥根本拆不下来，堆积了好几天的雪层相当厚，下面的雪冻上，用雪铲挖半天也看不到雪锥，想割绳子可是忘了带刀，只好放弃。第三根雪锥也很难挖，只能把绳之间连接的结解了，试图解开打在雪锥上的猪蹄扣。猪蹄扣也冻得很硬，得把周围的雪挖开一个洞，把手伸进去，用很大的力气才把猪蹄扣的绳一圈一圈抽出来。

拆前三个都这么困难，想到后面还有20段绳要拆，天气越来越不好，天色越来越暗，朱景龙担心不能安全返回营地，为了节省宝贵的时间，拆完绳子要无保护地往下走，一旦失足滑坠至少冲坠 50 米。为了能在天黑前撤完绳子，不允许小心地慢慢地往下走，只能勇敢地挂着雪铲迈着步子走下去，伴着远处的落日和层层的乌云，他感到一种奔赴沙场的悲壮感。随着太阳一点点落下，心里也越来越焦急。还好后面的雪锥比之前的好挖，挖到后面用雪铲也用得比较熟练，刚好赶在天完全黑掉时拆完所有路线绳，到达 ABC。

大约 21 点，皮宇丹和朱景龙把绳都撤到 ABC。然而，23 捆绳、一堆雪锥冰锥路线旗登山杖防水袋、7 份个人装备，却只有 5 个登山包、4 个登山队员：朱景龙、皮宇丹、朱泆辰和来接应的夏凡，还要带着两个筋疲力尽的科考队员下撤，带的水和食物也早就吃完。在夜幕中瑟瑟发抖地收完绳，勉强装到包里，可以看见夜空中满天的星星和远处本营泛黄的灯光。如果平时在野外一定会驻足欣赏，顺便思考下人生，然而现在谁都没有这样的心情。

皮宇丹的登山鞋被晓燕拿下去，朱泆辰和她走相对较缓的北面。高山靴底硬得跟块铁板似的，头灯又奄奄一息，皮宇丹几乎是走一步摔一步。没有头灯的朱景龙带了手机，拿着手机开闪光照明。好在路不是特别长，后来看到斌斌教练的灯。跌跌撞撞走到本营已经是凌晨 1 点。从早上 6 点出发算起已经是 19 个小时，这是本次登山最极限的一天，也是最充实的一天。

10 日，登山队撤本营出山，深夜回到西宁。返程的车一如既往人货混装，一开起来，狼烟四起，黄沙漫天，朱泆辰顿时觉得自己即将像一棵白菜一样被颠烂。伴随着夜幕的渐渐降临，最后大家都在车里睡着了。等醒来，车子已经安静地停在西宁的某个角落。

夜宿西凉驿青年旅舍，到了就洗洗睡。洗干净，睡在床上也分外感动。

人在本质上是一种文明动物，所以才会创造那么复杂的文明机器。

11日上午前站三人将所借装备送回登协大院，大部队在青旅装驮包准备托运；中午龙舟教练送来登顶证，在青旅举行登山分享会；下午召开登山总结会，确定报告会及报告书负责人员，晚上吃散伙饭。

8月14日，全队回到北京。

2015年阿尼玛卿登山队队员名单（年级/院系/职务/绰号）

皮宇丹（女）：2012/信息科学技术学院博/队长/"皮球"

周泽宸：2013/医学部/攀登队长/"实干家"

张子衿（女）：2013/外国语学院/后勤队长/"纸巾"

乔袭明：2013/信息科学技术学院/总装备/"小明"

李进学：2013/经济管理学院/总摄影，小后勤/"小黑"

夏凡：2013/生命科学学院/训练

朱洑辰：2014级数学科学学院/小后勤，摄像，队记/"一层"

魏伟（女）：2013/法学院/小后勤，小队医，队记/"哥"

张中义：2013/医学部/队医

梁钧鋆：2014/医学部/小装备，小队医，出纳

朱景龙：2012/数学科学学院博/小装备，小摄影，通信/"朱爸爸"

金扬：2013/地球与空间科学学院/小装备，财务

高清（女）：2013级社会学系硕/媒体，赞助，小装备/"女神"

贾璐：2014/工学院/小后勤，队记/"贾博士"

柳正：2009/地球与空间科学学院博/老队员/"柳大人"

李建江：老队员/"大力"

李赞：2008/法学院硕/"赞赞"

钱俊伟：指导教师

（六）

鹰之神：平凡与辉煌

连续几年每年组织包含一座七八千米雪山在内的两座雪山的攀登，既挑战组织能力和攀登实力，也因为另一座雪山的攀登黯然失色而考验着社员对雪山和山鹰社的热爱。暑期攀登与珠峰系列攀登并行，商业攀登与自主攀登并行，平凡与辉煌并行，考验着山鹰人。

"心者，君主之官也，神明出焉。"（《素问·灵兰秘典论》）神寄于心，牵引心，赋心以法则，使心以识本体，是观照自己、观照万物的精神。意生于心，而又统志、心、性、气，而为神。

这注定不可能只是某种结果和状态，而是某种无止境的过程。

再返喜马拉雅

——2016 年卓木拉日康

　　　　雪山之上是我的故事，雪山之下是我的生活。

珠峰攀登项目第一站

　　卓木拉日康，海拔 7054 米，是山鹰社暑期攀登涉足的 18 座山峰中第三座喜马拉雅山脉的山峰，前两座分别是卓奥友峰和希夏邦马西峰。1998 年登顶卓奥友是中国民间登山队首次到达 8000 米高度，可以说标志着山鹰社史的顶峰。2002 年希夏邦马西峰的山难对山鹰社则意味着雪山训练的登山 2.0 时代的开始。2016 年暑期攀登是万万不敢与这两次著名攀登相提并论的，但作为 2018 珠峰计划的第一次练兵，本次攀登着实和往年暑期攀登有着极大的不同。

　　2002 年之后，山鹰社将暑期攀登的定位确定为"雪山训练"，即以雪山攀登为载体，对所有队员，尤其是新队员进行一次完整的雪山技能培训，使大家获得攀登一座雪山所需要的各种基本知识技能，并养成优秀的户外素养和攀登素养，为之后挑战更高更难的山峰做好准备。但相比于过去 15 年社会经济水平和社会文化剧烈变动，山鹰社内部，尤其是暑期攀登的变化很小，而这也直接导致以下三个结果：

第一，社团同质化严重，迫于越来越大的学业压力以及大学里越来越多的选择，暑期攀登对于老队员的吸引力下降，愿意参与三座及以上暑期攀登的老队员越来越少。

第二，外界媒体以及社会的关注度降低，对赞助商的赞助回报严重欠缺。获得资金赞助难度越来越大，获得赞助后也很难续签协议。

第三，对学校的品牌宣传效果减弱，对于学校而言，山鹰社从学生活动的品牌变成学生活动中的安全隐患；学校的支持力度大幅度降低。

老社长、老队员都认为 2016 年老队员有一定实力可以在山峰难度和形式上进行一些尝试，于是决定将选山范围定在两个方向：一是山峰高度、难度上有一定突破；二是尝试重新进入已经 5 年没有去过的西藏。因此山峰选择主要集中在新疆慕士塔格、博格达，西藏宁金抗沙、桑丹康桑这几座山峰。

2016 年 2 月 25 日，2018 北京大学珠峰项目立项。在这一大前提下，考虑到现有人员和精力无法兼顾两座山峰，决定将珠峰计划的第一座 7000 米山峰和暑期攀登结合在一起，3 月 20 日，理事会确定暑期目标山峰为慕士塔格峰，并将参与此座山峰确定为参与珠峰项目的必要条件之一。

4 月 25 日，登山队人员确定，队伍正式成立，定下"节约不必要时间浪费"基调，登山队集训也由此展开。所有可以减少的活动，比如素质拓展、相关讲座都安排到考试周以后。训练总结尽量精简，但日常训练人数是往年登山队的 两倍。技术培训沿袭往年体系和模式。由于老队员比较多，技术培训甚至可以轮班进行，这为老队员减轻不少压力，但也使得老队员们多少有些松懈，造成技术培训有些松散；知识技能传授虽然足够好，而对待技术严谨严肃态度的传承可以更好一点。前期准备的一大亮点在于体能培训的改革。训练负责人庄方东对科学训练有自己的一套体系，对于野外拉练的形式以及体能训练的科学化推进做出了诸多尝试。另外，众多老队员对于队伍训练气氛建设起到不可磨灭的作用。

2016 年总计报备申请新疆慕士塔格、西藏卓木拉日康和卡鲁雄三座山峰。从 4 月底即向新疆登协提交材料，由他们代为向中登协提交攀登慕士塔格申请；但慕士塔格申请受挫，又提交新材料；确定攀登两座山峰后短时间内向西藏申请攀登卡鲁雄，同时向体育总局申请攀登卓木拉日康，报备和审批工作一波三折，碰到很大困难，尤其是慕士塔格和卓木拉日康申请均经历诸多困难，拿到的进山证都不是最理想的。

4 月队员选拔开始前，登山队和新疆登协取得联系，确定 4 月底选拔队员后提交全部申请材料。黄怒波师兄表态会帮助山鹰社负担本次攀登的教练和注册费用，申请材料最终按照自上而下方式申请。首先，中坤新疆公司在新疆旅游局进行攀登活动立项，新疆旅游局将接待山鹰社这项政治任务（而非登协熟悉的商业活动）交给新疆登山协会。所有和登协相关的交流都需要经过山鹰社—中坤新疆公司—新疆旅游局 / 登协领导—直接办事人员。过于冗长的交流链条导致很难掌控申请过程的状态更新。慕士塔格的申请失败就和对申请过程缺乏掌控有着很大关系。

2016 年两次牵扯到换山，一是出发前从攀登士塔格到攀登卓木拉日康的调整，二是登山队到达拉萨差点再次换山。

5 月 4 日，在北大百年大讲堂举办珠峰攀登活动启动仪式，对外宣布暑期攀登计划。黄怒波第一次提到"建议今年将目标山峰从慕士塔格换为其他山峰"，主要考虑超过 20 人的队伍过于庞大以及新疆局势的特殊性。但当时珠峰项目前期工作小组其他成员都表示反对，这件事不了了之。此后，黄怒波私下多次向社长赵万荣表达对这么多人去新疆的担心。5 月 7 日，山鹰社向新疆寄出慕士塔格申请材料。6 月 14 日，黄怒波和中登协的王勇峰队长接连给赵万荣打电话，对山鹰社大队伍攀登慕士塔格峰表示反对，建议将队伍人数缩减到 12 人，即只有老队员参与攀登。

山鹰社成立 27 年，从 1990 年第一次暑期攀登开始，从未中断过老带新的传承活动，一半的队员无法参与攀登，这对于山鹰社社员是不可想象的。赵万荣与孙斌、曹峻等老社员以及学校团委、体教部协商，提出折中方案。先是所有队员一起攀登一座海拔 6000 米的山峰，然后选择其中表现优异并有攀登珠峰意向的最多 12 名队员奔赴慕士塔格攀登。6 月 19 日，初步确定暑期攀登一座 6000 米和一座 7000 米的雪山，另一座山峰暂定为西藏卡鲁雄峰。

一个半月内连登两座山峰，还要从西藏南部赶到新疆最西部，其中一座还是 1998 年卓奥友以后山鹰社攀登过的最高海拔山峰，难度是显而易见的，但是为了保证社团的延续性，社里只能拿出这样一个方案。这个折中方案没来得及过多消化，几天后，西藏体育局副局长尼玛次仁老师提出新方案——全队一起去攀登西藏海拔 7000 米级别的卓木拉日康峰。

只有两支队伍攀登过卓木拉日康峰，资料比较稀缺；同时，该山地处喜马拉雅山脉，打破了社里默认的不登雅鲁藏布江以南山峰的惯例，漫长的雨季将给攀登造成极大压力。本营将近 5300 米的海拔也让人担心能否成功适应。

这些不利的因素让大家担心攀登卓木拉日康的前景。又咨询曹峻、孙斌等山鹰社前辈和团委、体教部，大家一致认同，于是将这座海拔7000米出头的山峰确定为2016年暑期攀登目标山峰。7月7日，理事会发帖公布换山为卓木拉日康。

卓木拉日康峰（海拔7034米）属喜马拉雅山脉中段北麓，在羊湖西南约100公里。周围有众多7000米左右山峰。卓木拉日康山体巨大，北坡有现代冰川发育。地形特点是北坡缓南坡陡，北坡冰川末端海拔约5800米。自顶峰往下至海拔6600米，山形为扇贝状，雪崩风险较小，海拔5800米至海拔6600米，线路选择上有冰川路线以及冰川东侧的山脊路线的分歧，本次攀登因冰川上裂缝较多，选择在山脊路线展开雪山训练。

卓木拉日康地处康马县、浪卡子县、洛扎县三县交界处，也是中国和不丹的界山。三个县对于这片区域的管辖都有自己的话语权。卓峰上一次有大部队攀登是2015年西藏圣山公司组织的攀登活动。据活动总指挥桑珠老师介绍，那次攀登主要是与浪卡子县普玛江塘乡政府联系，并向最近的一个村庄缴纳数千元的草地占用费。而本次攀登则主要与康马县最邻近卓木拉日康的达日村联系较多。在前期探路中，达日村村主任和驻村干部就为探路人员提供了简易住宿，队伍在本营生活中也多次和达日村领导联系，并进行了诸多友好的物品交换。

2015年7月16日至7月30日，北京大学登山队22名队员共建两个高山营地；7月29日，A组12名队员抵达海拔6590米的一处刃脊，因天气原因不得不下撤，提前终止雪山训练。

"狼人登山队"

7月7日，北大登山队前站从北京出发。8日，大部队从北京出发，40个小时的硬座，在聊天聊地聊人生的恍惚中，在泡面烧鸡的支撑下，10日中午12点到达拉萨。出站便看见连绵的山和层层叠叠的云，仿佛一伸手就能碰到云端。

郭佳明和魏伟早早等在出口迎接大部队。到登山学校，进门就看到岩壁、长长的快挂、形状多样的抱石墙，队员们一边叫喊着去爬去爬，一边小心翼翼地走着，生怕走快了高反，到房间里抢占了位置（登山队借用西藏登山学校一间教室来打地铺），收拾收拾就洗洗睡了，疲惫的一天。

11日任务是采购、见教练和物资装车。全队分成几个小组，分别采购物资和处理进山事务。崔莉敏和梁钧鋆准备去购买氧气，被告知已有人解决了这个问题，于是转去补帐篷。补完帐篷，赶往超市进行支援。

超市采购忙碌而充实，几乎所有单价都超出预计，无奈之下队员们转战促销产品，直至拿光货架上所有东西。

晚餐和教练吃饭，传统藏族菜好吃，教练好帅，甜奶茶好喝，酥油茶好喝，房子好看。

7月12日，探路组（夏凡、张墨含、何世闯）从拉萨出发，住康马。13日探路组勘察山峰BC位置，住在达日村。大部队这两天在拉萨办理相关手续，碰到两个问题。首先是进山需要得到边防总队批复。包括西藏在内的中国各省、自治区登协均有两套完全独立的中国人和外国人登山申请办法，其中只有外国人申请登山需要得到西藏边防总队的批复。卓木拉日康峰地处中国、不丹交界处，当地政府基本没有接待过攀登队伍，在普通的边防证之外，还需要获得当地边防支队的许可才能进入卓峰攀登。经过各种尝试，最终登山队成功拿到西藏边防总队的批复。

按照原计划，老队员和新队员分别以一支队伍的登山人员和徒步人员的形式上报给西藏登协，由登山队自行组织具体队员在山上攀登。7月12日，西藏登协表示希望只有老队员攀登卓木拉日康峰，新队员只能上到海拔5000米，不可以上雪线。

面对与慕士塔格一样的不利情形，在未解决边防批示问题之前，登山队一度考虑仅仅攀登卡鲁雄峰作为暑期山峰，后经征询珠峰前期工作小组意见，最终决定依然正常去攀登卓木拉日康峰，最终争取到让所有队员都可以到达雪线上特定高度，12名队员不限新老都可以去冲击顶峰。

进山前后反复换山，造成各种混乱，装备托运、进山手续、物资装车，没有一样是按照预定计划走的。老队员柳正认为，往好了说这可以锻炼队伍的应变能力，往坏了说这些混乱一点一点消磨着队伍士气，让队员在各种未知的等待中彷徨踌躇。

14日，9点45分，大部队围在一起，给魏伟过生日。一张大饼插根筷子，蘸点番茄酱，就是生日蛋糕。

10点25分，登山队到达边防总队，拿到边防证，接上登山队长赵万荣，从拉萨向康马进发。

13点，还没到羊卓雍错，就远远望见碧蓝如洗的湖泊，一点点，一点点，露出一个小角落，然后是一片。美，真是太美了。14点45分，到达浪卡子，饿坏的队员们嗷嗷待哺，林美希找到15元一碗面的香满楼，大家狼吞虎咽，又踏上前行的路。

16点到达卡若拉冰川，司机师傅停车给大家下车拍照的机会。

18 点 50 分，道路维修，被迫停车等待，但天依旧亮着。道路上是长长的车队，路旁边的空地上，一群人围坐，在空旷的青藏高原上，展开激烈的"狼人"厮杀活动，从此北大登山队更名为北京大学狼人登山队。海拔上升带来的痛苦很快被康马县政府的热情招待——入住康马县最豪华宾馆抵消。据说这也是唯一可以入住的宾馆。大部队与回到康马县的探路组会合。24 点，老队员们开会。

15 日，早起大家精神抖擞地去宾馆旁边的藏茶馆喝茶。据攀登队长推荐，这是一家整洁又好吃的茶馆，每年除林卡节期间，只供应藏面、油饼、酥油茶、甜茶四种食品。

11 点，探路组李进学、赵万荣、夏凡、联络官出发前去探进山路线，第二次勘察 BC 位置，并计划当天赶回康马，其他人回宾馆分行动食腌肉。

下午大部队在康马进行适应性行走，路过一大片油菜花。孙静本想愉快地奔跑，可这愉快的想法很快就泯灭在上气不接下气的喘息中，只能继续慢吞吞喘气。

在康马觅食晚餐是一个心酸的故事。物美价廉的藏餐也有吃腻的时候，贤惠的后勤队长比较多家菜馆的食物价格、盘子大小后，在一家川菜馆驻足，饿到东倒西歪的队众来不及吐槽餐标，就摩拳擦掌坐下。

远处悠然的牦牛

7 月 15 日，晚上卡车去加油，车没有封好，魏伟和林美希的登山包丢在路上，庄方东和赵阳沿路找了大半夜，只在路上找到一箱丢失的行动食，不知除了登山包和行动食还丢失什么，大家都忧心忡忡。16 日，队伍还是按照计划，6 点集合出发。

进山远没想象的那么困难，途中有一次下车填了一段融水沟，之后客车便畅通无阻地开到海拔5200米处，与预期本营的位置还有一段距离。初次上到5200米高海拔似乎并无不适，高原慵懒的阳光照在身上，加上旅途的疲惫，等待的时候只想睡觉，后勤队长提议大家推荐一首歌，唱完歌再讲个故事。

初上高原就睡觉的结果就是醒来变成吉祥物。从海拔5200米走到海拔5400米本营的路上，孙静妄想和林美希、朱泆辰同行，但她很快便开始头痛，走路大喘气，一路走走停停到了本营，已头痛欲裂。原来这就是高反。

大家热火朝天搭建本营。本营海拔5350米，正对冰川的山谷口，与山谷东侧5800米高台上的前进营地高差约500米，平坦开阔，邻近河流，周围没有滚石危险，河水夹杂少许泥沙，取用沉淀即可。本营没有手机信号，与外界用手机联系需翻上山坡。山谷两边的高台阻挡视线，从BC看不到山上的情况。

沈文生也成了传说中的吉祥物，只能看队友们搭帐篷，搬各种东西。他似乎是高反最严重的一个，头痛、流鼻血、没有胃口，有可能发生的都发生了。随后的两三天，他基本吃不下饭，感觉很虚弱。

搭好后勤帐，吃在本营的第一顿饭——黏稠的腊肉粥和面条，大家都没什么胃口，虽然真的很饿。晚饭后大家分好睡觉的位置，收拾好个人物品，便早早睡了。

17日，探路组分两组侦察山脊、冰川路线。18日探路组休整，大部队向ABC运输个人技术装备。从大本营到海拔5850米的ABC，海拔上升500米，平均用时4小时。沿着河流走入山谷，是很好走的草地，但中间需要寻找合适地点过河。在距离本营约1.5公里的一处羊圈附近寻找合适地点，翻上东侧平台。这段路为三四十度的碎石坡，需小心滑坠和落石。高台上的地形为草甸，很容易找到一条南北向的小溪，沿着小溪朝雪线行进，约2小时可抵达雪线处，ABC设置在冰川融水形成的小湖旁，正面就是20度的冰坡。

需要过河，大部队往前走，希望找到河水较浅的地方，一直走到要上升的地方，都没有遇到理想的过河地点。普巴教练一直陪着体力不好的崔莉敏走，在湍流中大阔步过河。崔莉敏试图收紧裤腿，照猫画虎蹚过去，却连站都站不稳，感觉下一秒要被河水带走。教练挽起裤腿，向崔莉敏伸出壮实的胳膊，拉着她过河。他穿着湿鞋接着走，一定不舒服，却不言不语，用行动鼓励其他人不要停下脚步，坚持就是胜利。崔莉敏感觉背包好重，好多次几乎撑不住，就躺尸在石头上，稍稍调整一小会儿，又赶紧站起来走下去，生怕被落下太远。实在走不动，就抬起头望望山包上的队友的身影，便有坚持下去的动力。

等她终于到达林美希、刘博老师、沈文生休息的地方，也快到关门时间。在对讲机里听到，庄方东等人早已到达ABC，而第二分队距离ABC还有至少半个小时路程。放下装备，全体下撤，返回本营。

19日，早起的粥是本营生活一天的开始。生活注定是非常瓷实的。减压阀停止冒气后大家满怀期待地打开高压锅，便看到瓷实的粥。此粥需两手紧握大勺，用尽力气才能刮出一勺半勺来，新东方毕业的龙天云定是错用了做年糕的手法做出这锅爱心粥。

大部队本营休整，有人泡在后勤帐，趁着大厨沉迷游戏开始各种试验，"糟蹋"粮、油、蛋。早饭后赵万荣、夏凡、林美希、梁钧鋆、朱洗辰、李进学组成的探路组前往ABC，继续探路。

40号冰川在本营附近，徒步前去只要一个小时。19日在前往ABC

的路上大家已看到冰川全貌，水蓝色的冰塔林像一座魔幻的城。早饭后大家再去拜访这颗大山深处的遗珠。

一路风光无限，大家在白玛琳措湖前各显神通拍照。翻过一个小山包，便是壮观的冰塔林。近距离接近 40 号冰川，队员们都非常兴奋。

这里的天气就像小孩子，一大片乌云黑压压扑过来，摆拍完最后一张赞助照，队员们拿起衣服就奔向本营。

晚上的月亮好圆，好美，震撼人心，看到就不想走。崔莉敏立在本营前，看圆圆皓月，看皑皑雪山，看潺潺流水。稀稀落落的星星，发光的溪水，哗啦啦的声音，安静又灵动。崔莉敏强迫症似的要求来往本营的人关掉头灯，停下来看月亮、看雪山、看水、看这一切。人渺小如沙粒，在雪山前，在河流旁，十几分钟的路程就会让你的队友变成一个点，你也变成一个点，然后波光粼粼的河水旁，就是一群移动的小点，彩色的，一动一动跳跃的，都是生命。

20 日，探路组至 ABC，住 ABC。

21 日，探路组侦察山脊路线，抵达海拔 6590 米刃脊处，再下撤至BC。大部队运输至 ABC，住 ABC。

22 日，全队休整。

23 日，全队分成 A、B 两组，休整。

24 日，A 组抵达 ABC，住 ABC，B 组继续留守本营。

下午在赵万荣的带领下收拾本营帐，码好登山鞋，清扫门口，后勤帐各种东西都归置原处。钱俊伟带着汉子们继续修河桥，张墨含以及朱洗辰等人纷纷过去搬石头。

很多事情来得猝不及防，下午暴雨一般的冰雹让对面的山丘白了一身，远远望去，像白水晶铺满世界。远处的冰雹堆积，形成一条线，蔓延向远处，在羊圈背后渐渐模糊。

25 日，A 组从 ABC 撤回 BC。天地间一片白茫茫，云雾遮挡了视线，雪地和天空没了界线，放眼望去，只看得见前后两三个同行的队友，原本崎岖不平的地面也被一夜的大雪给填平，不过走在路上仍然深一脚浅一脚，不知道雪下面到底是怎样的地形。

走出海拔 5700 米的大平台开始下坡，不知是谁说道："看，右边有牦牛。"陶炳学转头看去，坡下隐约浮现出几个壮硕的黑色身影。雾逐渐消散，周围的景色逐渐浮现出来。"这难道不是仙境？"对面山上覆盖着薄薄一层雪，雪的厚度随着各处山势和地形的变化而变化，勾勒出山坡的纹理，线条分明，优美而流畅。

海拔 6590 米

7 月 26 日，早晨起来一片白茫茫，远处的山、门前的路，都被大雪覆盖。只剩透明的河流，取一瓢冰山水，半瓢都是泥。

重新分组。孙静说："我可以不冲顶。"虽然这句话并不能改变什么结果，可是她自己说出口时，还是感到无比失落。坐在本营门前遥望卓峰，整个人都往下沉，想到不能和队友一起冲顶，顿时就充满无力感，眼前的河流、牦牛、漫天飞舞的雪，身边聊天的夏凡，好像都是不真实的。

龙天云因为身体抱恙，决定不和 B 组上 ABC，择日前往拉萨治疗。他初识山鹰社，是在招新现场看到一张雪山攀登的照片，画面中只有蓝天、白云、雪山和人，一个纯洁的世界，当时只有一个感觉——酷。然而来爬雪山，故事却没有按着预想的剧本上演。由于身体原因，他最高只上到雪线以上几十米地方就提前下撤回拉萨看病，被诊断为肛周脓肿。

后来才知道，原来他在 6 月发过病，到高海拔地方抵抗力下降，病情复发并发展成脓肿。刚开始只是轻微地疼，后来愈发严重。本憧憬着趁恶化前爬完雪山赶紧下撤，然而天公不作美，在大家都准备好的时候却连下一周的雪。那几天在本营待着，明显感觉病情一天比一天严重。最开始可以坐着吃饭，接着只能侧身坐，后来根本不敢坐，勉强能站着吃，再后来站一会儿就特别痛苦，只能半跪半趴着。队友们出谋划策，然而吃药都没用。后来求助于校医院老师，试了很多方法，但都没什么效果。天气好转，他确定爬不了了，跟队长和教练们商量，决定下撤到拉萨看病，在拉萨等大家爬完山回来。

27 日，B 组上 ABC，宿 ABC。早起便有 A 组队员做好早饭。这顿被称为本营最高水准的早饭，让 B 组队员力量满满，庄方东给每个出发的队员煎一个蛋，腊肉炒蒜苗火候刚好，南瓜粥稀稠恰到好处。

出发时，张墨含意气风发，元气满满，教练两支滑雪板加在他身上，顿时萎靡。路上积雪还未融化，担心山陡路滑，带队的梁钧鏊没有走常走的山坡，改为从山坡侧面绕过去。

出发后崔莉敏一直走在最后，看着队友逐渐变小的身影，怎么也追不上。以为会像上次那样，适应一会儿就可以走快，然而，下过雪，并且是一条新路，她走得好慢好慢。朱洙辰在前面走走停停，雪面反射很强，他鼻子有灼烧的疼痛感。在山上待了这么久，孙静早已不头痛高反，可是血氧含量值很低，根本无法跟上，出发没多久便和崔莉敏一起被朱洙辰押后。这是一条孙静从来没走过的路线，绕过一个山坡还有一个山坡，路上都是雪，根本辨不出线路。慢吞吞走了 8 个半小时，18 点才到达 ABC，天色都已暗下去。这是孙静最后一次上 ABC，她清楚地知道这是最后一次，可心里还是抵触的，总觉得坏天气是一种常态，还会再有机会再上 ABC。

ABC 的高山帐被压塌，乱七八糟，许多东西找不到。先到的队员赶紧整理修复。

A 组抵达 ABC，宿 ABC。28 日 B 组的主要任务是雪坡上修路，修路之后继续上升，关门时间 15 点 30 分。早上，B 组的赵万荣和朱洗辰出发，前往山峰右侧探路。B 组新队员在老队员看护下学习冰坡修路技术。

这是 B 组新队员第一次学习使用冰锥，穿装备都熟练了很多。9 点 40 分出发去修路，三个新队员孙静、赵薇、崔莉敏在岩壁的练习终于派上用场，打不进去锥时又有点小烦躁，每人修完一段绳距，找到窍门便熟练起来。三名新队员交替修完 9 段绳距，共 450 米路，成为山鹰社史上新队员中修路最多的女生。

路线绳末端，四人继续结组上升。海拔上升带来的呼吸困难越来越明显，天地间白茫茫，只有两个绳队在行进。虽然有雪镜的遮挡，强紫外线经过雪面的反射还是让人难以忍受。看着大雪坡就在眼前，却总是走不到。梁钧鏊说，到大雪坡我们就休息。然而这是很漫长的一段路，走了很久很久都没有到坡顶。梁钧鏊在前面走得很慢，每走 20 步都要停下来休息，沉重的呼吸和胸闷还是压得孙静喘不过气来，每走一步都在盼着休息，过后又发现休息是徒劳无益的。

活力满满的张墨含念叨，还有 80 米就到了坚持一下喽，又走啊走，走啊走，走了大概有 800 米。走到的时候发现，每一次觉得要崩溃必须休息的时候，其实还有很多力气可以走，有很多东西可以化为动力让人坚持下去。

孙静半闭着眼睛，拖着自己跟着大家，走到海拔 6300 米的地方。卸下装备，稍事休息，15 点 50 分下撤。下撤就轻松很多了，林美希在前面带路。据后面上来 ABC 的 A 组队员说，远远看见林美希牵着 B 组一路小跑下撤，差点要颠起来。下撤时下起大雪，回头看又是一片白茫茫。

16 点 35 分 B 组到达 ABC，A 组早已全员到达。崔莉敏还在脱冰爪，就听到 A 组队友的热情召唤，你一言我一语，问要喝什么。热热的蒸汽从帐篷里冒出来，崔莉敏心里都是暖暖的。攀登队长重新分帐，晚上又是热闹的高山帐生活。老队员开会决定第二天 A 组上到 C1，B 组穿越裂缝区，进行行军训练。

29 日，A 组一早从 ABC 前往 C1。陶炳学走在绳队中间，跟着赵万荣的节奏。

陶炳学看向前方，总觉得路就要到头，但走到一看，仍然是同样的景色，仿佛自己成为埃舍尔画中之人，陷入无尽的循环。停下休息一会儿，转身向下方眺望，ABC 已经不在视野中，但是可以远远地看见本营，远处的山峰也尽收眼底。

另一绳队，前面是魏伟，后面是钱俊伟，沈文生在绳队中间。在漫漫雪坡上，周围放眼望去是无边的白色，天与地没有明显的界线。辐射强烈，他们头上裹着头巾，只在嘴巴的地方开个口，在雪山上行走，累的时候基本都是用嘴呼吸。戴上近视镜，再戴硕大的雪镜，不舒服，沈文生就没戴眼镜，前方看起来是一片模糊的白色，感觉晕晕的。因为高反他也吃不下东西。一步，喘息，再一步，就这样，绳队以龟速在雪坡上慢慢移动。沈文生很多次想跟绳队说，咱们停下休息一下，但他知道这个绳队因为他的状态不佳，已经是最慢的，而且他们背有建营物资，20 分钟前刚休息过，队友帮他分包，他背的已经是最轻，只有咬牙坚持住。最后经过 7 个多小时的坚持，他们到达 C1。

B 组则穿戴好个人装备，和索帅教练一起前往卓木拉日康山峰右侧裂缝区进行行军训练。冰川运动形成的巨大裂缝横亘在面前，教练讲如何安全通过裂缝区。有一条宽大的裂缝挡住他们的去路，B组沿着裂缝方向行走，裂缝一直绵延至这片平台的断崖处，无法绕行。裂缝过宽，形成的雪桥太脆弱。大家停止前行，相互保护，跳过较窄的裂缝。

返回ABC，热爱滑雪的张墨含终于磨到教练的滑雪板，欣喜若狂，扛着板子向雪坡上进发，队友起哄围观，等着看张墨含滑下来。无奈是高原，张墨含走得遥远又漫长。架好机位、等待录像的朱洙辰耐不住寂寞，先行回到帐篷打起饥荒游戏。

张墨含走走停停，修长的身形不时做弯腰肚疼状。终于走到众人视线中的坡顶，一路小回旋滑下来。队友们提出小回旋不够大气优美，张墨含表示小回旋难度更大，下次给滑个大回旋。

对讲机里传来A组消息，A组修路至刃脊，雪层情况糟糕，下撤至临时C1，宿临时C1，无法按照计划前行，决定次日起下撤。

从大本营到海拔6500米的路线终点，海拔上升650米，需要6小时。山脊从下往上逐渐变窄，东侧是雪檐，侧壁露出岩石山体。A组沿着东侧雪檐上升。雪线往上是一处20度的烂冰坡，有一定的滑坠风险，他们用冰锥架设保护点，修路500米通过。从冰坡往上逐渐变成硬雪，较为好走，远离东侧雪檐，可结组行走，一路上没有遇到裂缝。临时C1设置在海拔5900米，此处山脊没有那么狭窄，用雪铲平整3顶帐篷的位置。营地周围活动则需要划分区域，以免滑坠或者造成雪檐坍塌。

从临时C1到路线终点需要1小时。山脊往上逐渐变窄，在海拔6590米处变成刃脊，和500米外的平台相连。刃脊西侧的雪坡往下延伸就是冰川。从这里可以清楚地看到顶峰往下至海拔6600米的地形，是二三十度的完整雪坡。原定计划C1设在海拔6600米平台上。为了通过刃脊，从 6590 米山脊与刃脊连接的地方开始修路，修路时需控制好与东侧雪檐和西侧陡坡之间的距离，以免造成雪檐坍塌或滑坠。刃脊上雪况多变，A 组攀登时，前段时间的大雪造成刃脊上的雪层极容易整体滑动，在刃脊横切雪坡最陡处时听到雪层整体塌陷的声音。考虑到天气变差，雪层状况不易改变，大队伍强行多次通过可能引起雪崩，遂决定放弃攀登。

30 日晨，B 组还在 ABC 帐篷里烧水，便看见赵万荣从对面雪坡上走下来，他提前下撤和 ABC 取得联系。早饭后 B 组在雪坡上练习滑坠制动技术。雪特别黏，朱洪辰翻滚几次，无法滑动便放弃。林美希助跑两米，最终滑动 20 厘米。大家复习一遍技术要领，便撤走之前的修路物资，下撤到 ABC，等待 A 组回来。三个新队员钻进帐篷烧水，以确保 A 组回来能喝到热水。

中午 A 组队员到齐，大家稍事休整吃过午饭，便撤走 ABC 所有物资，决定尝试另一条路线。每个人背负起重重的行囊，往自己的包里塞入各种东西，挂满外挂。背满路线旗的李进学活像戏台上的武将，林美希一马当先，最先到达本营。下到海拔 5700 米平台，下起冰雹，打在脸上很疼。

先到的队员已经做好饭菜。攀登不顺利，但队员们之间的情谊却一直让人心里暖暖的。晚饭后下起雪，老队员开会，新队员瞎聊。23 点多，登山队长赵万荣进帐通知大家，由于雪况和天气原因，老队员和教练决定放弃尝试新的路线，2016 年的攀登活动就此结束。休整两日，队伍将于 8 月 2 日返回拉萨。

31 日，离出山只有不到两天，大厨郭佳明慷慨地放开肉菜调料用量限制，众人穷尽所想，做出各种或美味或黑暗的料理，蛋糕、西瓜雕、鸡蛋盒子，各种花样都玩出来。晚上干脆做香锅，嫌不够辣，再做一锅，用辣椒如流水，让陶炳学这四川人也享受一把。

吃饱香锅，已入夜，陶炳学干脆在后勤帐待着，灶上烧着火，给剩下的香锅保温。教练们刚开始吃，几个队员围坐其后，裹着厚厚的Kailas羽绒服，有一句没一句地和他们聊天。看着坑坑洼洼的地面、摇曳的灯光，听着近处和远处的犬吠，感受着温暖的炉火，陶炳学想起小时候在老家的场景。不过，这里少了虫鸣，毕竟是高海拔地区。

8月2日，队员们坐在敞篷车里一路唱着歌，颠簸着下山。林美希像第一次看到喜马拉雅山脉一样，在离开卓木拉日康的路上，感觉鼻头酸涩，声音沙哑。山河壮丽，让人魂牵梦绕。"雪山之上是我的故事，雪山之下是我的生活"，她认为这就是她的故事与生活。

回到拉萨，简单休息。3日，队员们开始为下午与登山学校的联谊足球比赛做准备，张墨含、夏凡和赵万荣有模有样地商量战术，然而提前进行的友谊赛证明战术这东西并没有什么用处。回到拉萨的一天里，队员们似乎都刻意避免谈及没能冲顶的遗憾，试图用各种活动掩盖内心的失落。足球比赛中，普巴教练充分展示他作为皇马青训营一员的技术水准，登山队各位汉子也毫不示弱，凭借敢拼敢抢、不怕高反的精神连下几城，为一旁的吃瓜群众献上一场精彩的高原之战。

比赛结束，登山队的故事也要画上一个句号，在登山队成立百天之时，迎来散伙饭。

2016年卓木拉日康登山队队员名单（年级/院系/职务/绰号）

赵万荣：2012/信息科学技术学院/队长/"二黑"

夏凡：2013/生命科学学院/攀登队长

魏伟（女）：2013/法学院/后勤队长/"哥"

朱洸辰：2014/数学科学学院/总装备/"666""66666""zhu"

梁钧鏊：2014/药学院/总队医

赵阳：2015/元培学院/总队记，营地装备，小媒体

沈文生：2015/前沿交叉学院直博/总摄影，训练食，出纳/"沈老板""小白哥"

赵薇（女）：2015/信息管理系硕/行动食，小摄影，总媒体，正式队衫设计/"薇姐"

林美希（女）：2013/生命科学学院/小赞助/"希姐"

崔莉敏（女）：2015/外国语学院/攀登装备，小队医，小队记，非正式队衫设计

孙静（女）：2015/信息管理系硕/赞助，小队记，工具托运/"静静"

郭佳明：2014/化学与分子工程学院/小后勤，小队记，小赞助，通信/"佳明买买提"

谭婧（女）：2014/前沿交叉学院直博/高山食，财务，小摄影/"婧姐"

龙天云：2015/物理学院直博/小队医，内务文书，小摄像/"龙哥"

陶炳学：2015/数学科学学院/个人装备，总摄像，小队记/"雪饼"

何世闯：2015/地球与空间科学学院硕/小后勤

庄方东：2014/化学与分子工程学院硕博连读/训练，小队医/"板砖"

李进学：2013/经济管理学院/小摄像/"小黑"

柳正：2009/地球与空间科学学院博/小装备/"柳大人"

张墨含：2011/软件与微电子学院/小摄影/"前理""小姑娘"

刘博：随队教师

钱俊伟：体教部随队教师

白雾与灯

——2017 年团结峰

你的兄弟们永远在那儿，为你亮着灯。

暑期攀登不因珠峰项目而停止

团结峰，又名岗则吾结，祁连山脉最高峰，海拔 5800 米以上，是山鹰社涉足的第 23 座雪山。较低的海拔与偏僻的地理位置，使团结峰不像其他山峰一样声名显赫。

受珠峰项目影响，这两年选山均受到一定限制。2016 年，为配合珠峰项目，决定将珠峰计划中的第一座 7000 米山峰和暑期攀登结合，故选择了西藏卓木拉日康。2017 年，珠峰项目与暑期攀登冲突，暑期登山队老队员的数量减少，总体攀登能力被削弱，被迫在选山的高度和难度上有所妥协。

选山主要基于以下几点考虑：团结峰的海拔高度、路线长度、技术难度均比较适中，与队伍实力相匹配；团结峰有发育完整的冰川、一定数量的裂缝以及狭长的山脊，地形丰富，技术类型全面，是合适的登山训练场所；团结峰资料较为丰富，进山难度尚可，不会在探路上消耗过多人力物力。这些在实际攀登中得到验证：老队员数量不足与较短的路线长度相匹配，老队员平均能力不足与技术难度相匹配；新队员虽然未能登顶，但有了较为完整的雪上体验，并且尝试了两条不同路线。

另一方面，有限的山峰资源也是近几年的一大困扰。西藏登协限制较多，新疆局势不明；四川四姑娘山区高度不够，贡嘎山区偏南，雀儿山已被商业队伍占满；青海山峰是比较合适的，但几大知名山峰如玉珠、格拉丹冬、阿尼玛卿，山鹰社均已爬过多次。团结峰可以说是近几年难得的一座"新山"。

若攀登雪山变成一次又一次的"重返"，无疑是非常令人沮丧和担忧的。一旦陷入循环，将再也没有足够的攀登能力与勇气摆脱。团结峰登山队长乔袭明认为，每两到三年尝试一座新的雪山是非常必要的；一年用老山储备实力，一年探索新山，也是非常合理的节奏。他指出，从实际能力考虑，青海5000米级的未登峰是值得尝试的一个方向：较低的海拔与较短的路线可以加快攀登的节奏，适应和探路相对容易得多；较高的纬度又使雪线不会过高（对比四川），保证队员能获得完整的攀登体验。

在珠峰项目影响下，老队员受到极大限制。首先是现任社长参加珠峰项目，打破了社长担任暑期攀登登山队长这一惯例，带来交接上的问题。其次是社里优秀的老队员大多已参加珠峰项目，导致能参加暑期登山的老队员由原本可能的5人减至3人。若非最终得到已经毕业的老社员李赞和李建江的支持，能否建成一支足够以老带新的登山队都是问题。

乔袭明很早就知道自己可能成为登山队长，接下任务第一件事就是确定登山队老队员。乔袭明翻出近五年登山队队员名单，划去不可能或不适合的人选，整理出一份几十人名单，然后想办法去说服他们。这段时间对他来说是一场煎熬，不熟悉的人无从开口，熟悉的人他又往往打心底认同他们拒绝的理由。他常常孤身一人行走在校园里，想着那份名单，茫然无措。杨柳、孙静的爽快给了他巨大的鼓舞，老队员队伍最终成立。

2017 年北大暑期登山队老队员的构成比较特殊，五名在校老队员有三名毕业生，其余两名博士生也面临繁重的学业压力。因此，团队建设采用老队员推动，鼓励新队员尽快融入团体的策略。登山队没有精力进行单独的文建环节，老队员的推动主要在各种细节上，比如让各职务人员之间加强交流，鼓励大家多约饭、约跑、约自习等。在实际攀登中，一个与世隔绝的环境会带来强烈的相互依赖感，老队员也需要多与新队员协作配合。

走向天峻

7 月 6 日上午 10 点左右，登山队员们穿着洁白干净的正式队衫，陆续到达北大南门。前来送行的不乏从未见过的老社员。

队员们很幸运，坐在靠近火车头的地方，有较大的空间放东西，把登山包塞到行李架上是个体力活儿。

车窗外的黄昏很美，夕阳西下，颜色多变的晚霞与远处的山脉构成美丽的图景。

7 日 10 点 40 分，列车抵达西宁，队员们拖着重重的驮包往外走。在台阶上等待的前站队员们远远便看见了一群背着登山包、拎着驮包、穿着队衫的人，一种熟悉与亲切的感觉涌上心头。

等了好久，才等到要坐的公交车，一路上不免调侃蒲伟良有没有感到头晕和高反症状，不过看起来他干劲十足，状态还不错。杨柳表示西宁的海拔怎么可能会高反。

入住青旅，稍微收拾一下，吃点前站没吃完的零食，就下楼在青旅隔壁的清真餐厅吃饭，门口手抓羊肉68元一份的广告让大家口水直流，然而根据餐标却吃不起，只能吃面条和没有肉的盖浇饭。

13点，安排完事情，睡觉的睡觉，看书的看书。14点出发去登协拜见教练和拿登山许可证，听说导演组也到了，土豪们是乘坐飞机过来的，自然也不会住青旅。走路40分钟左右到达登协，登协主任非常热情地与大家握手，给每人发了瓶雪山融水喝。在那里还遇到清华玉珠峰登山队两名前站，互相祝福攀登顺利，预祝登顶。

导演组拍摄了授证仪式，也就是拍摄队员进办公室拿登山许可证和进出登协。15点20分，拍摄完毕，队员们分成几拨，曹姗和张熙浩留下，其余人坐公交车去登协装备仓库。

登协的装备放在一个小区的仓库里，比较破旧，地上堆满各种奇怪的东西，在斌斌教练的指导下大家开始搭帐篷。说是帐篷，其实是一堆长度不一的铁杆，大家很好奇是如何搭出一顶后勤帐的。经众人合作，一个庞大的后勤帐搭好。麻烦的是需要从三套坏的帐杆中挑出一套好的。选出合适的帐杆，收拾好租借的装备，丁琳带沈文生和樊耀塬去买内务、文书的东西，其他人在原地等候拖走装备的车。18点10分，货车拉装备离开仓库，其余人回青旅。

19点30分晚餐时间，所有人回到青旅。吃完晚饭的时光总是悠闲的，但大家都在准备次日的大采购，忙忙碌碌地享受着西宁的第一个夜晚。

大家一起忙，感觉特别有干劲儿。

8日，9点30分，没有收拾好东西导致大家不能按时出发，乔袭明不太高兴。全队分成4组，一组充液化气、联系货车，然后去综合市场；一组早上去超市，下午去买气罐；一组全天逛超市；一组全天逛综合市场。

蒲伟良9点35分正式出发，到超市进行一系列采购，12点16分终于买完，愉悦地装箱1个小时，13点30分装完。随后他和沈文生去买气罐，货比三家，买到18元一罐的。下午准备将登山包放到货车上，发现货车已经被塞满，只得将包重新背回青旅。

晚上和教练一起吃饭交流感情，新队员一桌，老队员和教练一桌。回到青旅开始腌肉，将肉晾在房顶上，采用垃圾袋—厚报纸—垃圾袋3层防漏结构。

9日是离开西宁的日子。根据安排，黄思维、沈文生、章严心和丁琳作为前锋坐卡车先出发。沈文生说坐卡车不会像大队一样拥挤，而且能够随时停车，可以下车多拍拍照。

前锋离开青旅时，大家还在梦乡中，6点30分前锋到车站，没吃早饭，只带了一些车上吃的食物。坐公交车一个小时，与司机碰头，就开始公路之旅。天气不错，渐渐远离城市，特别是接近海北藏族自治州时空气质量非常好，蓝天白云，隐约看见远处的雪山、久违的草原，还有金黄色的油菜花。

午饭在天峻县解决，讨价还价无果，不过吃到了肉。黄思维和沈文生在宾馆找到牵引车司机。牵引车类似于军车，就是看起来破点，据说性能很好，非常烧油。他们还在路边找到一个没有人认领的油桶。

去加油站买油遇到麻烦，需要当地派出所开证明。黄思维没有带身份证，沈文生拉上章严心就去找派出所，黄思维和丁琳就在车上睡觉。

天气变化无常，一会儿刮风下雨，一会儿阳光暴晒。也不知道等了多久，去派出所的两人没有回来，本应该到达天峻县的大部队也没消息。

将近17点30分，大部队才到。立即把卡车上的东西转运到牵引车上，还得赶路去苏里乡。从天峻县出发已经18点30分，天空依旧很明亮。龙天云坐着牵引车，其余人坐着面包车。透过车窗看见草原上的雨后彩虹，路的前方是黑压压的云。

到苏里乡的风景很美，天黑前看到远处群山中升起一轮巨大的红色月亮，皎洁的月光照亮雪山。

终于在漆黑一片中看到一点灯火，那正是此行的目的地苏里乡，此刻手机也恢复信号，而且有网络。将近22点到达苏里乡，山脉尽头的落日正被带走最后一份热量。向老乡打听到旁边一所未完工的小学可供队员们睡一宿，因为还有工人，于是就蹭到他们的住宿地点。工人都很热心，让他们选了几间空房休息。

牵引车还没到，只能先做饭，用工人吃饭的锅下方便面吃。23点多，龙天云等到达。噩耗传来：漏油导致很多防潮垫和登山包被浸湿。张熙浩的登山包就惨遭油浸，黄思维也拿到一个充满柴油气息的防潮垫，鸡蛋也碎了不少，好在终于吃到了热气腾腾的方便面。

这一晚，大家在疲倦中睡去。

适应

7月10日，登山队进山建立本营。从本营望去只能看见面前的大碎石坡，走一个小时翻过它，冰川末端就出现在视野中，还有那庞大遥远的主峰。

11 日，攀登队长龙天云和张熙浩、杨柳、斌斌教练四人组成探路组，探西侧路线到 ABC，放下个人技术装备。其余队员整理本营，分装行动食、高山食，在本营附近进行适应性行走。

12 日，根据之前观察决定探索东侧路线。探路组四人在本营休整，其余人员运输个人技术装备至东侧 ABC，乔袭明、李赞进一步向上探路。探路后发现后续线路雪崩风险大、山脊尖锐、雪檐陡峭、横切路段长，最终决定放弃东侧路线。

13 日，全员本营休整。早上 8 点 30 分起床吃饭。早饭是凉拌黄瓜和炒土豆丝，还有很好吃的红薯粥和面条。吃完早饭送走摄影团队，看着牵引车冒着黑烟启动，慢慢远去，消失在视线尽头。

回到本营大家开始躺尸，到 19 点，才想起还有晚饭这个东西。晚饭后开会明确次日任务，全队分成三组。第一组从冰川左边上，负责回收东侧路线的个人技术装备；第二组从冰川右边上，在西侧线路运输帐篷、高山食等并建立 ABC；第三组是探路组，当晚不下撤，要探明西侧到 C1 的路。

14 日，大晴天。杨柳、李赞、蒲伟良、曹姗、黄思维和樊耀塬 6 人，空包攀登到东侧 ABC 运输装备。李赞一边无辜摆手，"我可没有带路哦"，一边健步如飞，走冰川山脊如履平地，其余 5 人在他的带领下迅速前行。

装包是登山队员的基本素养。杨柳如是说，并把两人全套技术装备、半袋帐杆完美地塞入包中。

计划是从冰川抄近路，将装备转移到右侧 ABC，于是有了将装备配套送冰川半日游的 VIP 待遇。奈何，冰川过不去，最终运输 12 人技术装备到冰川末端。樊耀塬被高山靴折磨得身心疲惫，好不容易掰开一个火腿肠，聊以慰藉。杨柳给新队员上了第二课：用牙咬开火腿肠皮，也是登山队员的基本素养。

探路组龙天云、张熙浩、斌斌教练和任教练四人运输建营装备和部分物资到 ABC，宿 ABC。其余人员运输路绳等到西侧 ABC，返回本营。

登山第一阶段即将结束，这只是新队员体会自己与合格登山队员距离的开始。晚餐是大盘鸡。

15 日，大部队本营休整，探路组探路。9 点吃早饭，是蒲伟良和丁琳的杰作，满桌他们忙活一早上做出的神秘黑暗料理——包满奇怪的馅的青椒。有人提议煎起来会比较好吃，很快被反驳太耗油。

洗碗结束，大厨进来想拯救这一堆青椒，黄思维和章严心将目光放在早上没吃完的粥上，大厨将它倒进锅里并倒上青椒里的馅，倒油，开火，想做成正常的炒饭。然而，湿漉漉并且黏糊糊的粥，并没变成炒饭，反而成了更黏稠的粥。

黄思维、蒲伟良和大厨坐在凳子上沉思午饭应该怎么办，这一锅东西是扔掉还是重新做呢？不忍心浪费这么多食料堆积而成的黑暗料理，三人将这锅烩饭放到太阳下想晒干。这成了后勤帐的秘密：如何将一碗粥变成烩饭。

沈文生看到这儿，说了一句很有哲理的话："不要因为一个废弃的材料而废弃掉更多的食材。"蒲伟良感叹说："我们已经开始利用起太阳能。"

与此同时，前一晚留在 ABC 的探路组一早出发前往 C1，确定 C1 位置，放下个人技术装备和部分修路物资，然后确定 C1 至 C2 路线可行，中午返回本营。大家深受鼓舞。

吃完午饭开始本营日常生活：躺尸打牌。老队员打电话咨询气象局天气情况，19 日之前天气比较好，20 日左右南方有一个小台风，可能

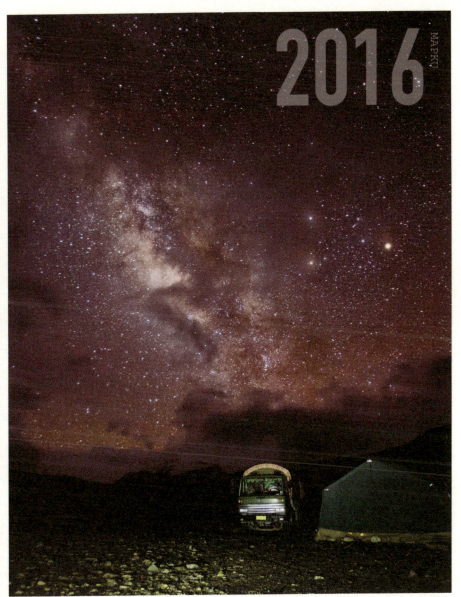

2016 MARKU

星空。小黑摄。

B 组冰坡修路。

两个探路组同时探路。图中是一条较大的裂缝。

卓木拉日康·40号冰川。背影。

团结峰 C1——"风景不错。"

团结峰 C2——"尽头那端会是什么样呢……"

进山路上——"Forever Young"。

C2 合影——"别了，团结峰。"

冰川合照——"走了 4 个小时换来的……"

上山过河——"溯流从之，道阻且长。"

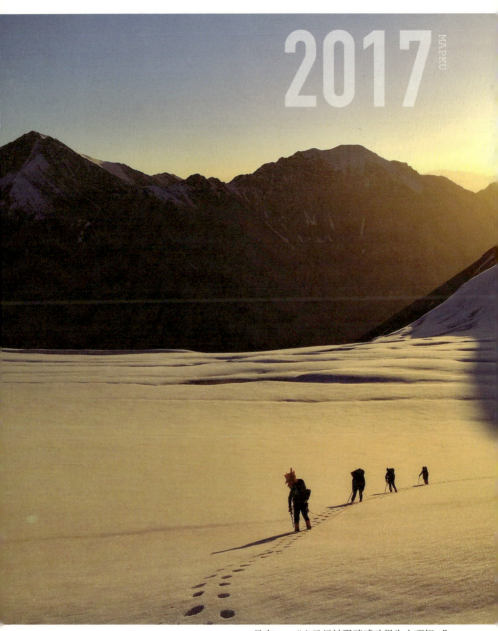

2017 MAPKU

日出——"心已经被眼睛感动得失去理智。"

"壁钰嘉岩"最早落成于 2007 年 12 月，由王辉领衔，以山鹰社 1997 年攀岩队全体队员的名义向北京大学捐赠，以王辉的爱女王钰嘉命名。随着老版本的抱石墙利用率逐步下降，在 2018 年北京大学登山队登顶珠峰之际，时为珠峰队员的王辉提出改版抱石墙的想法，并再次携同 1997 年攀岩队成员一起捐赠了"壁钰嘉岩 2.0" 抱石墙项目，并在此次设计中融入艺术灵感，赋予壁钰嘉岩新的生命力和活力，让力量和艺术的美相互交织流淌。

从左至右依次为：王辉、张锐、孙斌、
朱月磊、王荣涛、单丹。

王辉（左）与张锐。

卓奥友攀登中。在刚离开 6400 米营地的地方。

暴风中的前进营地。

顶峰回望登顶珠穆朗玛之路，图为魏伟和向导巴桑。

2018

比攀登还要艰难的下撤。

北大精神，永在巅峰——珠峰登顶照。

从7028向7500营地进发。

从珠峰大本营向前进营地行进。

完成雪山训练后。

冲顶甲岗峰途中。

甲岗峰登山队合照。

登顶甲岗峰后下撤。

队员给冉雅涵庆生。左起：曾丽莹、冉雅涵、周文杰。

甲岗峰登山结束后，队员们看望援藏的山鹰社老队员朱建红。前排左起：周文杰、夏凡、刘超颖、朱建红、向九如、曾丽莹、陶炳学。后排左起：胡晨刚、冉雅涵、黄思维、龚宝琦、黄伟喜、蒲伟良、王佳雯。

会有影响。

晚饭大厨开了个西瓜，庆祝第一阶段的顺利结束。晚饭过后，老队员去隔壁的后勤帐开会，开会内容想也不用想——分组。过了好久，老队员们过来，龙天云宣布第二阶段攀登计划，全队分成 A1 组、A2 组和 B 组，其中 A1 组和 A2 组轮流修路，一组在前面修路，一组在后面运输路绳。B 组接着休整一天，再上到 C1 运输高山食和帐篷。

振奋人心的消息是，第二阶段就有希望登顶。A1 组和 A2 组均是两名老队员、两名新队员结组，老队员们已经分好，新队员们要看次日状态再说。黄思维被分去 A 组，倍感压力。想到说不定过几天就能冲顶，他很激动，差点睡不着觉。

头灯在远处像萤火虫一样漂浮

16 日，分组，A1 组是龙天云、李赟、樊耀塬和龚宝琦。A2 组是乔袭明、杨柳、张熙浩和黄思维。B 组是沈文生、孙静、蒲伟良、曹姗、冉雅涵、章严心、丁琳和斌斌教练在本营休整。

A 组运输修路物资等上 C1，宿 C1。这是这次在雪线上的第一个夜晚。白天隔着帐篷，不时听到远方传来的雪崩声。距黎明还有两个小时，缩在帐篷里，只能听到队友起床的簌簌声和 80℃热水无力的沸腾声，没人会在这时拉开帐门探探脑袋或是触碰那满是冰碴的鞋带。樊耀塬第一个起身，裹上一件厚厚的羽绒服，打着哆嗦向挖好的厕所走去。寂静的雪原投射出银色的光辉，仿佛一张丝滑柔顺的银绢，被漫不经心地铺开，这一处褶皱，那一处凹陷，而最高的一处像是被某只纤纤玉手温柔地拎起，漫天的繁星，飘忽不定，泛着幽蓝的白光，明明每一个方寸都有成百上千颗，但仍觉得冷寂。恍惚间他终于意识到这是夜的凝视，荒芜而空洞的眼神，好奇地打量着他的生命。这一切的出现都只在一瞬间，关掉头灯的一瞬间，仿佛剧场的灯光熄灭，帷幕悄然拉开。帐篷里队友的身影还在晃动，可什么都听不见，夜将这一切都吞噬。

17 日，A1 组从 C1 出发开路，修 C2 以上路线 600 米。A2 组跟攀，运输物资至 C2 后，修 C2 以下路线 400 米。A1 组修完路开始返程是 14 点，这时大家已经走了快 10 个小时。路绳终于卸空，身体却愈发沉重。本就稀缺的那一点水早已被耗尽：出发时太过匆忙，樊耀塬的水壶落在帐篷里，龚宝琦忘了将水瓶灌满。三人仅靠龙天云的 1.5 升水，在海拔 5000 米的烈日下，呼吸着水分稀薄的冷空气，每人前后间隔约 20 米，拖着上升器，在路绳上无力滑动。不会有人想聊天，甚至连呼吸都想中断，怕身体里的水随蒸发而枯竭。樊耀塬渐渐觉察到面前的脚印开始深浅不一——雪层逐渐融化，来时刚刚没过脚踝，可现在有的地方已经没膝，脚印中时不时就会有一个大窟窿，那是队友陷进去时留下的。樊耀塬抬起头，看着龚宝琦缓慢移动的背影——刚吃力地将一只脚从雪中拔起，另一只脚随即又陷得更深。突然他停下，将冰镐插在一旁，回头望了樊耀塬一眼，又转向远方，深埋在雪里的双腿一动也不动。可这里是雪山。樊耀塬再次环顾莽莽雪原，也将自己的腿拔出，连一声叹气都没有。当晚 A 组宿 C1。

留守大本营的 B 组运输物资上 C1。任教练和司机小哥在本营看家。吃完早饭洗完碗，上包出发。斌斌教练表示不和大家一块儿走，反正随随便便就能追上。B 组到第一个碎石坡的岔路口捡回自己的技术装备。在这个碎石坡下某处，曹姗诡异地摔了一跤。几分钟后，蒲伟良在同样的位置，以同样的姿态摔倒。

过让探路组湿身的小河时，沈文生跑前跑后接过女生的包，斌斌教练像父亲一样接女生过河。蒲伟良默默地背着包自己跳到对岸。

每到一个休息点，斌斌教练都坚持比大伙儿多停5—10分钟再走，然后以闲庭信步的姿态从队员们身边慢慢经过，每到这时章严心就感觉肩膀好酸。

到达ABC，孙静和斌斌教练决定陪状态不佳的冉雅涵暂宿ABC，晚上孙静和冉雅涵絮絮叨叨扯了几个小时的八卦。

沈文生、蒲伟良、曹姗、章严心、丁琳5人继续背负物资到达C1。曹姗穿着防水的Scarpa开了很长一段路，沈文生穿着爱进水的高山靴换下曹姗。丁琳坚持不穿冲锋衣，套着一件紫灰色速干衣上雪线。蒲伟良穿橙色的冲锋衣、粉红色logo的冲锋裤是雪线上最抢眼的那个小点。

踩两步陷一步到达雪坡脚下。过了四面路线旗，终于瞧见远处几顶亮黄的凯乐石帐篷和姜黄的奥索卡帐篷以及正从卫峰上慢慢向下移动的龙天云、龚宝琦、樊耀塬三个小黑点。

18日上午，在C1的全体人员休整。下午由斌斌教练、李赞进行技术教学，包括雪坡修路、竖插雪锥、横埋雪锥、雪坡步法和裂缝相关知识。

7月19日，3点起床，大风。

[A组]

当天的任务是尝试冲顶。经过一天的休整，重新将A组队员分组，A1组大部分是老队员，有乔裘明、杨柳、李赞和愈来愈猛的张熙浩，A2组以新队员为主，有黄思维、龚宝琦、樊耀塬和龙天云。四人一个绳队，A1组到C2以上路线绳末端向顶峰修路，A2组负责为A1组补给运输修路物资。

起床时间是 4 点多，外面一片漆黑，没有星星，能看见明亮的月光。在寒冷中走出帐篷，穿戴好技术装备。5 点左右，A2 组扣好结组绳出发，A1 组已经出发一会儿，在 C1 看到他们的头灯像萤火虫一样在远处漂浮。

B 组起床时间和 A 组差不多，他们负责收帐篷并将 C2 的帐篷运输到卫峰顶。还没来得及看见他们，A 组就已经开始漫长的攀登。出发没多久，黄思维喘成狗，不知是不是穿了太多，心怦怦地跳，感觉像要爆炸，总觉得同一个绳队的队友走得飞快，他只能强行跟上节奏，踩着前面的脚印，走几步停下休息一下。

爬上一个大坡，到达第一次堆雪人的地方。回头看到渐渐明亮起来的天空，仿佛是从世界尽头升起太阳。走在卫峰前最后那个大坡上，黄思维拿出相机拍照，拍完，将相机往包里放，相机包突然从他手中脱落，放在包里的相机掉落在面前的雪坡上，开始了属于它的滑坠。黄思维意识到不对劲时，它已经滚落下去，滚到和他有一个绳距的龙天云那里。黄思维大声喊："相机，相机，相机。"龙天云尝试用冰镐去勾，已经来不及，就这样无力地看着它像雪球一样滚下去，直到停在一个布满裂缝还可能是雪崩区的谷底。

龙天云估计一下距离，说下撤时再捡。黄思维心情沉重地继续向上走。到达卫峰顶，这一次看到哈拉湖，没有第一次看到它那么震撼——天空灰蒙蒙的，倒影暗淡无光，阴云密布。

A2 组继续运输路绳给 A1 组，需要横切一段很长的坡，中间还有一处冰岩混合的地方需要用大冰镐和德式步法走上去。黄思维心里特别虚，因为一不小心掉下去就没命。横切的暴露感很强，走了很久，才追到前面的龚宝琦和 A1 组，然后又被叫回去帮助龙天云运绳。由于经常需要站在很陡很窄的冰面上，风大到瞬间就能带走身体的热量，黄思维感觉自己有点不清醒甚至思想缓慢了，但又马上告诉自己这里是离顶峰最近的也是最危险的路段，一定不能粗心。黄思维想自己什么时候能像他们一样成为一支队伍中的中流砥柱，现在他只能挂着牛尾，推上升器低着头慢慢往上走。他在超级陡的一段雪坡上喘得不行，经常整只脚陷进去。有一次竟然出现一个很深的看不见底的裂缝，黄思维被吓得半死。

A2 组修路至海拔 5717 米处，11 点左右天气变差，云层很厚，周围的世界突然白茫茫一片，从哈拉湖吹来的大团白雾已经到达队员们所在的地方。很快，只能看到 5 米以内的东西，遂决定全体下撤。黄思维没多想就将路绳放在刚挖出来的一个坑里，往下走，拼了老命撤到卫峰。让人哭笑不得的是，雾气散去，此前通往顶峰的路重现在眼前。他们曾经离顶峰是那样的近。

距离顶峰高差不到 200 米。樊耀塬小心翼翼地卸包扣在绳上，便颓然倒下，跪在雪坡上蜷成一团，耳边的风声终于停息。这天风格外大，又是在迎风坡横切行军。已是早上 10 点多，太阳迟迟才出来。樊耀塬头盔下压着帽子，裹紧厚羽绒服，努力地在风中保持平衡，却仍被它无休止的咆哮弄得浑身炸裂。只有趴在地上，头贴着雪面，才能在对自然的臣服中换来短暂的安宁。天色不见一丝好转，云层仍在聚集，最后一点点笼罩下来，四周开始泛起白雾。樊耀塬再次将头抬起，恍惚间都分不清雪和雾，苍茫一片。只有眼前的一抹脚印可以辨识，一条红色路绳串起方圆几百里唯一的几点生命，在一片惨白中通向未知。冷风继续敲打脑袋，淹没一切声音。身体机械地移动着，向那望不见的顶峰前进。登山，不是征服，不是为了荣誉，而是朝圣。正如所有的朝圣者一样，坚信只有那里可以终结一切苦难，洗涤所有艰辛。突然，对讲机嘟的一声，灵魂仿佛被唤醒，准备仔细倾听来自另一边的呼唤。在一切孤独感上升蒸腾之前，所有人都清楚听见："全员就地放绳，立即下撤！"苍茫的雪线上，就只剩下风掠过山脊的狂笑。

在下撤过程中黄思维并没有去将相机捡回来，用望远镜看到它静静地躺在裂缝区中，周围明暗裂缝不知深浅。龙天云尝试结组走过去，但还是放弃了，距离太远，下午雪况已经在变差，只能放弃。

回到C1，带走一些东西，将所有技术装备留在帐篷里。又开始下雨，大家上半身在帐篷里躺尸，等待雨停，脚却穿着高山靴露在外，个个冻得瑟瑟发抖。雨停了，赶紧往本营撤。等待大家的是一天的休整，第二阶段结束。

[B组]

19日，B组带两顶帐篷上到卫峰顶的C2，到达这次攀登的最高高度。这一天，是冉雅涵的生日。

凌晨3点，从睡梦中醒来。吃过早饭，接近5点，A组队员穿戴整齐，摸黑出发。半个小时后B组队员出发。

5点30分，天还没有亮，四周只有折射的暗淡的阳光。头上顶着头灯，眼睛盯着路面。路线上有冰裂缝，前面的路都是结组通过。这是B组第一次在雪线上真正结组。天色很暗，蒲伟良并不特别担心裂缝，因为前后都有队友，都有绳子连接着，只需沿着前面队友的脚印走。沈文生也展现出老队员的风范，一直开路。天色逐渐变亮，B组跨过几条明裂缝，终于接近卫峰山脚。

此时，太阳逐渐露出真容，阳光渐强，不难感受到附近的温度在上升。朝霞很美，但沈文生体力满满，根本不想停下来，队伍一直被结组绳拉着往前走。后面的冉雅涵只能在心里期盼着，赶紧停下来拍照。沈文生还是一直往前走，最后经斌斌教练的提醒才停下来。

翻过一个雪坡，到达相对平坦的地方，可见卫峰的全貌，接近顶峰的地方，有 8 个黑点在缓缓移动，那是先出发的 A 组。

卫峰看起来挺陡峭，为了避免滑坠，A 组架了路绳。B 组在绳上扣上牛尾，沿着绳子，沿着队友的脚印往上走。雪坡并没有想象中那么难走，大概是前面的队友已经开好路，在坡上踩出一个又一个台阶。蒲伟良走的时候感觉就是在走楼梯，虽然这个楼梯比较调皮，有的地方会陷下去。从 7 点多一直走到 10 点，直到卫峰顶。天气不好，远处都是雾气，看不见久闻大名的哈拉湖，山下的东西也比较模糊。

B 组给了冉雅涵一个意料之中的惊喜，他们在 C2 用雪堆了一个奶油蛋糕，加上两片香蕉片，权当是水果蛋糕，并依照山鹰社的传统唱山鹰版生日歌。

大约 10 点 30 分，怀着对 A 组的祝福和希冀，B 组开始下撤。下撤到半山腰，突然起大雾，能见度急剧下降，只能看清大约 20 米外，幸好还有路绳。但是 A 组就没有那么好的条件，据说上面能见度更低，没有路绳，完全看不到顶峰，不知道该往哪里走，只能果断下撤。下撤一会儿，雾散去一些，B 组突然看见顶峰，也看见往回走的 A 组，突然间气氛沉重起来，似乎这场大雾预示着什么，往回走的路也变得艰难，没有了往上走的动力。天气更坏了，下起冰雹，虽然不大，但还是能听到打在衣服和头盔上的声音。

12 点 30 分，B 组回到 C1，收拾一会儿，13 点 30 分回到 ABC。在这里，B 组分成两队，一队是丁琳、孙静、斌斌教练和曹珊下得快，先走；另一队是蒲伟良、沈文生、章严心和冉雅涵，在后边走。

开始下撤时蒲伟良觉得沈文生挺靠谱的，毕竟早上他一直做领头羊，但是走到第二个碎石坡发现不是那么一回事。沈文生找不到下去的路，开始想要强行下撤，但实在是太危险，不得不放弃。经过不断试探，终于找出一条看似可以走的路，整个下坡走了3个多小时，其中1个小时完全是在走冤枉路。不知不觉到了17点，他们走到河边，发现B组另一队被奔腾的小河阻挡在对岸。其他人决定回头到上游过河，倔强的丁琳依然坚持从下游过河，最终是在沈文生的帮助下惊险地过了河。蒲伟良突然感觉大家都是令人担忧的熊孩子。

回到本营已经将近18点，A组果然已经回来，但奇怪他们路上没有遇到过。吃完饭，大家聊聊天，看看星星，然后睡觉。

第二阶段结束，修通了C2以上1200米路线，探明顶峰前路线，所有人取得C2适应，只是未完成部分人登顶的目标。

本营灯为夜归的队友指明方向

7月20日，全体本营休整，李赞因工作原因必须出山，牵引车出山接来山鹰会李建江组(李建江、杨晶、陶大江和康乐)和科考队。重新分组，A组是龙天云、孙静、沈文生、张熙浩、龚宝琦和曹姗，其余人是B组，计划21日A组上C1，B组本营休整，22日A组冲顶，B组上C1准备冲顶。

大家吃了一顿火锅，开了三罐汽水，庆祝第二阶段结束。结果23点左右开始打雷下雨，持续整夜，数日前气象局预告的台风开始造成影响。本营帐漏水，地面被淹。龚宝琦、张熙浩、蒲伟良和孙静几个人终于出走本营帐，发现后勤帐一点没湿，实在适合睡觉。

21日早起，本营帐已经湿得不成样子，无奈在后勤帐旁搭起两顶帐篷，在帐篷里躺尸。

冲顶计划无疑被搁浅。果然登山要看天。

外面雾雨茫茫，能见度很低，11点左右，突然听到人喊科考队来了，突如其来的惊喜。在白茫茫的雾中，一个小黑点愈来愈近，龚宝琦心中莫名激动起来。登山队员们穿着红色厚羽绒服，像红色大浣熊，站成一排，欢迎科考队和山鹰会的人到来。终于见到许久未见的人，内心抑制不住地激动着、幸福着。

打电话咨询气象局，22日、23日天气都是阵雨，23日半夜开始天气急剧恶化，坏天气会一直持续到28日左右。老队员商量后面攀登计划，决定第三阶段攀登必须尽早进行，放弃全员冲顶目标。

登山队员抓紧抢救本营帐，给本营帐搭一层雨布，通风吹干；科考队员则搭起他们的帐篷，忙碌到午饭时间，大吃香锅。午饭后的本营帐里开启了狼人杀模式，也有在外面游荡的，山鹰会的队员则积极地适应性行走。

晚饭例会，进行新一轮分组，A组由龙天云、斌斌教练、张熙浩和沈文生组成A1，由李建江、杨晶、陶大江和康乐组成A2。B组是乔袭明、黄思维、曹姗和蒲伟良。其余是C组。休息了两天，终于要对山顶发起最后的冲刺。

22日，上午阵雨，9点15分全员出发。A组上C1，宿C1。B组上ABC接应，宿ABC。C组孙静、丁琳带科考队上ABC，部分科考队员跟C组上C1，并返回本营；C组其余人员上C1，运输个人技术装备回本营。而后科考队出山回苏里。

23日，凌晨3点，C1营地闹钟响了，龙天云、张熙浩和彬彬教练还在睡。沈文生拉开拉链，把头伸出帐篷，头灯照亮了漫天的雪花，背景是无尽的黑夜。原计划A组再次冲顶，也是最后一次冲顶的机会，由于近两天的大雾，冲顶的可能性只有5%，但还是祈祷老天能够奇迹般放晴。天气变了，变得更差了，在这种雨夹雪的天气里行走，冲锋衣毫无用处，即使是海拔8000米级的厚羽绒也会被慢慢浸湿。最后一丝希望破灭了，队里决定尽可能撤下路绳后全员下撤。

4点左右A组准备出发，刮着大风，下着大雪，出发时间推迟，11点才发。15点左右A1组到达C2，开始撤C2以上路绳。C2以上山脊天气情况恶劣，能见度只有5到10米，路线绳被深埋，撤100米路线绳后，发现原来的暗裂缝变得特别明显，保护站轻拉即可出来，C2以上路线有400米雪檐没路绳，原来的脚印全被新雪埋住。路线上有1000多米绳、9支冰锥、1个小镐、若干雪锥和路线旗未能回收，龙云天最终决定放弃这些装备。约16点，他们带上C2两顶帐篷迅速下撤，撤走C2以下8捆绳。A2组未上到C2，14点左右开始下撤。

ABC的B组早上睡到8点30分。由于半夜一直在下雨，外面雾气弥漫，能见度极低。吃完早饭，10点多听到对讲机里传来消息，得知上方的天气状况以及A组的撤绳计划，在ABC的队员不用着急上去，就坐在帐篷里等候A组的后续消息。下午接着睡觉，直接跳过午饭。

睡到15点，黄思维觉得饿了，开火煮粉丝吃。17点，蒲伟良、曹姗和乔袭明出发去C1，接下撤的A组，黄思维留在ABC烧水。

18点30分，本来安静的帐篷外突然有点声音，黄思维撩起外帐，看到几个身影在白雾中出现，那是山鹰会的成员。他们很快撤到ABC，换完鞋爪，待一会儿，便和黄思维告别，继续下撤。

等到20点多，沈文生他们终于撤下来了，黄思维立即爬出帐篷，给他们冲豆奶喝。他把最大的凯乐石帐篷收了，要带着这顶帐篷撤下去。雨后的帐篷湿漉漉的，沉重无比。天空已经阴暗很多，依旧是雾气弥漫，看不见天空，温度也降低不少。

21点30分，下撤的8人终于从ABC出发。张熙浩见黄思维没有头灯，比较危险，便把手机借给他，让他打开手电照明。八人在大雾弥漫中开始漫长的碎石坡下撤。刚下过雨，整个地面都是湿滑的，碎石坡就像不会自己坠落的泥石流一样黏稠。走没多久，天色已经很暗，走在前面的几个便停下来。打开头灯，等候后面的人。

下碎石坡时，黄思维跟着前面有头灯的人走，手机的灯光毕竟微弱。天一黑，完全记不清上来的路，只能走不那么陡的路下去，突然脚下一滑，用登山杖猛地插入旁边的碎石里，登山杖居然断了。他丢掉下面那截，把上面那段放到最长。

下第二个碎石坡，走在最前面的乔袭明说前面太陡，有冰窟窿，还是悬崖，让大家直接横切过去。但横切也非常陡，整个坡面上只有薄薄一层土，土下面居然是冰，已经脱掉冰爪高山靴的登山队员们只能快速通过，而且是无保护行进。

前面一个人迅速地爬过去，黄思维也心惊胆战地爬过去，表层的土已经掉落，只有光滑的冰面。乔袭明已经消失不见，黄思维只能一个人接着往下走，到达冰川底部，两边是曾经走过的碎石坡。站在下面看不见上面人的头灯光芒，也听不见任何人的声音，只有身后巨大的冰川末端的湍急的水声。

突然看到路线前方有几点头灯的光芒，黄思维猜到可能是山鹰会的人，看起来他们就在离他不远的地方。他继续往前走，前面的灯光一会儿又消失，而来自碎石坡上的灯光也若隐若现。

二三十分钟过去，黄思维在山谷里冰河的起点见到乔袭明，乔袭明拿对讲机联系到上面的人，跑回去接他们。黄思维缓慢地往山鹰会所在方向走去，他们应该在等大家一起回去。黄思维走几步就回头看一下后面有没有人跟过来。当他站在冰川上时，等到了蒲伟良和乔袭明，后面远远能看见其他人的头灯的光芒，渐渐照亮整个山谷。

与山鹰会会合，休息片刻，接着斜切，黄思维记忆里这里没有这么陡的。乔袭明说去探路，然后就消失了。等待5钟后，黄思维接着往上走，正当要崩溃，发现到顶了。往山下望去，看见几点零星的灯光。他朝着黑暗大喊："是龚宝琦吗？"没有得到答复。他又喊："是樊耀塬吗？"对面传来樊耀塬的声音："是的。"那一刻黄思维感觉到一丝轻松，仿佛已经回到温暖明亮的本营。

樊耀塬接着往上走，去背曹姗的包，黄思维拿着他带上来的营地灯往下走，生怕没看清前面的路走到悬崖边上。本营的灯光在黑夜中越来越近，虽然有时候被山坡遮住，却总会再次出现在视线里。本营的灯就是归家的信号。

临近午夜0点，沈文生几人从早晨出发行走已将近14个小时，马上就到最后一个碎石坡，就能看到本营了。漆黑的夜里，坡顶的头灯为他们指明方向，那是本营接应人员在为他们指路。和沈文生一起走的还有斌斌教练。他们走到坡顶，遇到从本营来接应的任教练。年近五十的任教练等斌斌教练躺下，递上一根烟，抽完，直接背起斌斌教练的登山包。平时上山只用半个小时的路程，他们下山走了好久。

对于丁琳来说，这是难忘的。她觉得这次登山一点也不像老队员们所描述的那样，没有八卦，没有故事，也没有什么值得称道的壮举。但她依然喜欢幽暗的本营帐内躺尸咸鱼[1]，喜欢和冉雅涵、张熙浩、蒲伟良、

---

1 咸鱼，从网络用语转化而来，意为躺着无事或晒太阳。

樊耀塬、龚宝琦尬聊人生和未来；喜欢 C2 回到营地那天，一连开 3 瓶汽水；喜欢上上下下不知爬了多少次的碎石坡，到最后竟爬出感情；喜欢卫峰顶看不到的哈拉湖；更喜欢撤营那天晃动手中头灯迎接 A、B 组回家的夜晚。

有人说登山是危险的，丁琳始惧源于未知，危险源于无知。她可以放心地把绳的另一端交给队友，因为虽然充满不确定性，但绳的另一端早已准备好，只为了让你安心地踏出未知的那一步。在茫茫雪山中对讲机中的那些话："B 组呼叫 A 组。""A 组情况如何？""路已修好，可以上。""我们烧好了热水等你们。"总会让人莫名地感到幸福。

大家听着歌声回到本营。樊耀塬感叹说："虽然没有和你们一起从上面撤下来，但很高兴和你们一起走了这段路。"吃饭时，张熙浩说，他们在上面弄了那么久的原因，是斌斌教练说太危险，必须得有保护过去，他们还得单手打布林结[1]。

A、B 两组凌晨 1 点左右回本营。看到满满一桌的肉、菜和一盆西瓜，还有好吃的黄桃罐头，终于能喝上一罐美年达，吃到撑。

黄思维没去本营帐睡，和樊耀塬、蒲伟良在后勤帐搞通宵，洗碗，做黑暗料理，聊天。

这是在山里的最后一夜，黄思维永远也不会忘记的一夜。

你的兄弟们永远在那儿，为你亮着灯，为你带来家的温暖。

24 日上午撤营，11 点从本营出山，16 点到苏里乡，桥在前一天晚上被水冲坏，幸有科考队及时通知，未出事故，牵引车陷车两次。当晚司机、教练、龙天云、孙静、沈文生、蒲伟良守车。其余人回苏里。

---

1 布林结，一种绳结打法，又称人结、织布结、共同结、套结等。特点是易结易解。

201

25日，大部队乘大巴先回西宁，司机、教练、龙天云、沈文生开车上天木公路，向天峻出发。21点30分左右到达天峻，把车上物品转到卡车，23点50分左右卡车从天峻出发前往西宁，26日早晨6点左右到西宁。

2017年团结峰登山队队员名单（年级／院系／职务／绰号）

乔袭明：2013/信息科学技术学院/队长/"小明"

龙天云：2015/物理学院直博/攀登队长/"龙哥"

孙静（女）：2015/信息管理系硕/后勤队长/"静静"

沈文生：2015/前沿交叉学院直博/总装备，小摄像/"沈老板"

黄思维：2017/物理学院直博/总队记，小赞助，小摄影，个人装备/"黄导"

杨柳（女）：2015/数学科学学院硕/总队医/"柳神"

龚宝琦：2016/心理与认知科学学院/小装备，小队医，出纳，非正式队衫设计/"老黑"

曹姗（女）：2016/中国语言文学系/摄像，小后勤，小队记

蒲伟良：2016/物理学院/通信，小赞助，小装备/"小噗噗"

冉雅涵（女）：2016/新闻与传播学院/摄影，小后勤，小队记/"小仙女""涵姐"

丁琳（女）：2015/中国语言文学系/媒体，正式队衫，小后勤，小摄影，小队记

张熙浩：2016/医学部/财务，小后勤，小队医，小摄像/"大郎"

樊耀塬：2016/物理学院/训练，小队记，小装备/"方方"

章严心（女）：2015/光华管理学院/赞助，小摄影

李赞：2008/法学院硕/"赞赞"

李建江：老队员/"大力"

地球之巅

——2018 年珠穆朗玛

如果我的脸庞

未曾经历八千米的风霜

那么我的灵魂

就不会被打磨成最初的模样

2018 年注定是山鹰社承前启后的一年。5 月 15 日，北京大学珠峰登山队成功登顶世界第一高峰——珠穆朗玛峰。

7:50，魏伟（女）登顶

8:05，方翔登顶

8:17，夏凡登顶

8:22，赵万荣登顶

8:24，郭佳明登顶

8:25，李进学登顶

8:32，钱俊伟登顶

8:51，庄方东登顶

8:58，陶炳学登顶

9:02，李伟登顶

10:23，杨东杰和邱小斌同时登顶

这支登山队共14人，由北大山鹰社队员（学生队）7人、校友队员（校友队）5人和教职工队员（教工队）2人组成，年龄最小的为21岁，最长的为55岁。总指挥是北大中文系1977级校友黄怒波，总队长是北京大学化学系1981级校友厉伟。

登顶队员在顶峰展示国旗、校旗、队员所在院系的院帜、山鹰社社旗和北大登山队队帜，在顶峰宣读：

北大精神，永在巅峰！

百廿华诞，再创辉煌！

团结起来、振兴中华！

团结起来、振兴中华！

"2018北京大学珠峰登山队祝亲爱的母校120周岁生日快乐！"

珠峰攀登项目，2016年2月正式启动，从筹备起历时三年多。总体计划是从2016年山鹰社暑期攀登中选拔学生队员；2017年5月攀登珠峰北坳，熟悉珠峰环境，体验和适应海拔7000米高度；2017年9月攀登卓奥友，体验和适应海拔8000米高度；2018年校庆期间登顶珠峰。这次攀登活动不由山鹰社主导，却将山鹰社带上一个新的高度，他们在世界之巅展示了"山鹰人"的风采。

"山鹰双学位":"山鹰人"是怎么练成的

北大珠峰登山队在选拔队员方面有着简洁而明确的标准:首先要参加过北京大学山鹰社 2016 年卓木拉日康暑期攀登并达到 6000 米以上高度;其次,身体素质优秀且能够适应高海拔攀登条件。根据队员们的个人意愿,并且通过对他们平时在登山队中的表现以及体质、意志等多方面的考察,最终有 7 人入选北大珠峰登山队。

此次入选的所有队员都有着不止一次的雪山攀登经历。新疆的克孜色勒峰、青海的阿尼玛卿峰与格拉丹冬峰、四川的玄武峰与雪宝顶峰、西藏的卓木拉日康峰等多座雪山上,都曾留下他们的足迹。

珠峰登山队学生队长赵万荣是光华管理学院 2016 级硕士研究生,在北大已经生活 6 年。他觉得这 6 年对自己影响最深远的是雪山攀登,他把自己在山鹰社的经历称为课业负担最重的"山鹰双学位"。2009 年 20 周年社庆,山鹰社总结出 4 个词来概括过去 20 年的发展,最终成功入选的词是:成长、爱、生命、自由。这可以说是"山鹰双学位"的核心课程,而在赵万荣这里则表现为几次触及灵魂的回忆。

第一次是大一在克孜色勒登山队集训期间。他每个周末都泡在岩壁一整天进行技术训练,已经熟悉流程和时间安排。一个慵懒的夏日午后,结组攀登最后,两人在岩壁上交替使用刚攀登时使用的绳子下降。赵万荣完成所有准备步骤,正要下降,突然看到上方下降的锁受力稍有些横,直接下降也没问题,但受力方向不够理想,有更优的解决方案,他决定纠正这个不算错误的小问题,下意识地把他的制动端交给身边队友,自己上去调整。

把制动端交出去的一刹那，赵万荣突然感受到极大的震撼，因为他是把身家性命全交出去了。全身唯一的保护就在这根绳上，如果队友没有握紧，他就会从20米高的岩壁直接栽到地上。身家性命在队友手里掌握，并不是没有过，但主动将性命交给旁人掌握，这是第一次。他自认为是一个极其谨慎的人，对周围发生的一切有极强的控制欲，下意识将自己的性命交给旁人是很难想象的事。经过一段时间朝夕相处，结识这样一群有过命交情的兄弟在和平时期是很难得的体验，而那种可以做到下意识信任的默契也是人生不可多得的宝贵财富。所谓"雪线之下无风景，路绳之上皆兄弟"，说的就是这个道理。

赵万荣另一个印象深刻的词语是"生命"。他在攀登中真正感受到死亡的威胁有两次，而这两次都是在修路的时候。

山鹰社是中国大学生社团仅有的仍在坚持自主攀登和修路的社团。自大二攀登第二座雪山玄武峰开始，赵万荣就开始在山鹰社攀登中担任修路队员。有人说只有先锋才算是真正的攀登。所有的路线都是先锋选出来，先锋踏上的都是洁白无痕的雪地。"先锋攀登"这种感觉很棒，但也因为保护措施有限而面临更大的风险。

2014年攀登长江源头最高峰格拉丹冬，赵万荣是攀登队长，即全部修路和攀登相关事宜的总负责人。修路冲顶那天，他和搭档两人修了近2000米路绳。到了最难的一段陡雪坡下方，70多度的雪坡就在头顶，刚好轮到赵万荣修这段。攀登队长的自豪感油然而生，一切都很顺利，修路队所有队员都在后面静悄悄地看着他攀登，整个山谷都静悄悄的，只有一声声踢冰踩雪的"咔咔"声在山谷回荡。

上到30米长大坡的一半，戴着包裹性不强的雪镜的赵万荣突然发现自己有雪盲症状，眼前一片漆黑，什么都看不到。他一下子吓到了，立即在半路建立保护站，但在这个陡峭的大雪坡上完全没法用力，竖插雪锥基本不可能；硬雪层较厚，没法在里面打冰锥。

在原地处理的想法破灭，只能上去或者下来。朝下一看，一个短冰锥保护点上挂了两人在给他保护，下一个短冰锥保护点上有 4 个背绳子的队员。如果下去，实在是有些危险，而且也不能脱落。下方两个冰锥保护点都没有过夜冻过，都不十分靠谱。如果这时脱落，可能会给整个修路队带来不可控的风险，只能硬着头皮，突破上方最后 10 米陡雪坡。

他发现自己是轻度雪盲，对着一个地方定睛看 5 到 10 秒，可以大概看清楚状况。利用这点视力，他最终有惊无险突破最后一段雪坡，完成修路任务。在雪坡顶端固定好路线绳，终于安全了，他已被惊出一身冷汗，瘫软坐在雪坡顶上，许久才缓过神来。

另一次比较惊险的时刻，是 2016 年攀登雪宝顶西壁路线。他是登山队长，带着两名新队员，去修最难的一段几乎直壁的冰壁。路修到一半，因为背着大量继续修路的绳索、冰锥等物资，赵万荣有些力不从心，决定休息一段时间再继续上。帮忙打保护的新队员要将他放下来，回到保护点。先锋修路很少出现这种修一半就下来的状况，一般是 50 米绳子就用来修 50 米路，但没想到 30 米就提前下来，折算下来还差 10 米绳子，才能被放到安全的保护点。

赵万荣和所有在场的队员都没有注意到这种情况。所幸放绳的新队员摸到最后 10 厘米绳子感觉不对劲，低头看一眼，发现这一惊悚的情况。离保护点还有 10 米的赵万荣，差点因为绳子用尽，直接从 100 米多高的冰壁上来一个自由落体。

这些细节每每想起，赵万荣都后怕不已，但随着时间的流逝也慢慢地淡然了。总指挥黄怒波喜欢说"向死而生",那就是无所畏惧。赵万荣觉得这确实可以说是登山给他的宝贵财富。按照哲学观念,死亡是哲学中最基础,也是最难的问题。赵万荣认为,既然不惧死亡,可以平和地面对死亡,也就没有什么事情是想不通透的,也没有什么是放不下的。

"生命"这个词对于北大,对于山鹰社,对于北大登山队,其实还有更深远的意义。1999年山鹰社组织第一支女子登山队,一位女队员永远留在四川雪宝顶。2002年,山鹰社有5名队员长眠在希夏邦马西峰。

早在1960年,中国国家登山队第一次挑战珠峰,挑战雪山攀登和科考,北京大学著名教授、"冰川之父"崔之久老师就在攀登中失去了手指,年轻的气象学助教丁行友校友则永远地留在贡嘎峰。

山鹰社并不会因为这些困难和挫折而放弃前行,从2003年开始,推出以"登山训练"为核心的暑期攀登模式,逐渐发展出一套完备的雪山入门及体验的操作范式。这次珠峰攀登,赵万荣觉得也是一种宣誓——这个社团不会被困难打倒。

除了"生命",山鹰社给赵万荣印象最深的,恐怕就是"成长"这个词。参加山鹰社前,他很难想象自己可以和这么多的成功企业家、校友、校领导们一起做这样一个任务;更不可能想到自己可以成为一个每年招收七百名新队员、管理数十万资金的一社之长。

这些荣誉的背后,也意味着责任和压力。有两次他接近崩溃,对于一向乐观而自信的他来说,这简直是不可想象的。大四这一年,他全身心投入做社长,不停地在拉赞助,跟人谈合作;与校内外校友、团委、体教部等职能部门一起策划珠峰攀登活动;做了整个高校第一次电影节大学生户外电影展映;还在举办户外技能大赛的同时组织老社员回家活动,以及首届大学生高校户外论坛。这让赵万荣真正感受到压力。

根据中国登山协会最新颁布的登山运动管理办法，如果没有海拔6000米攀登经历，不能参与海拔7000米以上的攀登活动。这一规定在国内绝大多数的攀登中一般不被严格执行。也许是因为珠峰攀登项目受到很多人的关注，中国登山协会等监管机构对山鹰社2016年卓木拉日康峰的攀登活动监管非常严格，这条规定也相应地执行得非常严格。

　　山鹰社最看重的是传承。如果严格按这条规定，所有新队员都没有办法参与到攀登中，就意味着山鹰社可能在这一年出现人才断档。最初通过和黄怒波以及登协的不断斡旋，本以为已经妥善处理好，赵万荣刚决定给自己这一年的社长生涯放个小假，趁训练的间隙去合肥和南京见高中同学，刚到合肥，屁股还没坐热，就接到黄怒波和中国登协接连打来的电话，主题非常明确，"换山！"第二天他匆匆赶回北京，在回去的火车上就跟山鹰社各路老社员、理事会成员商讨。

　　回到北京，他们整整开了三天的会，每天都在黑板上画各种可能性。最后从原定的慕士塔格一座山，变成慕士塔格加西藏卡鲁雄共两座山。即便是这样一个折中方案，经多次沟通，最终还是换成西藏海拔7054米的卓木拉日康峰。

　　出发前，赵万荣手里已有两张进山证，唯一没有的就是要去攀登的卓木拉日康峰的。大部队出发前一天，送前站出发，送站路上，他接到登协电话，原来答应当天可以拿到的进山证没有办下来。他一边笑着给前站壮行，一边严肃地交代他们去西藏办这个办那个。第二天大部队出发前夕，他一大早跑了一趟中国登协，去交第三次补充材料，然后带着还没有进山证的登山队上火车。所幸在下车的时候拿到了登山证。

　　故事远没有结束，登协给的只有12名老队员的进山证。西藏方面见到后，收回已经发出来的登山许可，不同意新队员一起登山。触碰山鹰社底线的问题在西藏重新上演。赵万荣记得当时每天都要承受巨大压力，晚上回去还得装作没事人一样开会，布置各项准备工作。妥协，妥协，妥协，最终拿到有所有人名字的进山证，但是有9名队员名字后面括弧里依然是"徒步，不能上到5000米"。

赵万荣把希望寄托在教练身上，此前长期保持联系的教练答应尽量把他们带得更高。进山路上，身为登山队长的赵万荣一反常态，主动申请打前站，其实内心里是赶快找到一个没信号的地方躲起来，好像就可以不用管这些烦心事儿。

登山途中，主教练赴北京开登协会议，又被众多领导叫去一一叮嘱，一定要保证登山安全。重压之下，教练只能做出让8名队员冲顶的决定，虽然最终争取到让12名队员去冲顶，其中可以包括新队员。

最终选谁不选谁也是一个让人无比头疼的事情。老队员们顶不住压力，向新队员们坦白一切，让大家讲自己的冲顶欲望。逼着很多队员自己说放弃，这是一件太过残忍的事情。有感动，也有无奈；有泪水，也有争吵。赵万荣记得很多老队员一开始就让出冲顶名额，也记得在队员讲述自己冲顶欲望时，有老队员因为受不了而掩面出门。他尤其记得，当有新队员主动提出把机会让给更合适的人时，几乎全体老队员开始啜泣。无论内心多么煎熬，他都必须保持着镇定。这份记忆过于痛苦，赵万荣很长一段时间都不愿意去提起和回想。但这些经历可能就是"成长"。

珠峰北坳：初试商业登山

2017年5月3日，上午7点，北大珠峰登山队5名队员成功到达海拔7028米的珠峰北坳营地（即珠峰攀登中的C1），其余6人均到达海拔 7000 米的高度。所有队员安全下撤。

北坳是珠峰和章子峰之间的一道马鞍般的坳谷,也是沿东绒布冰川地带攀登珠穆朗玛峰的必经之路,被誉为珠穆朗玛峰的"大门"。这次北坳攀登,是 2018 年珠峰攀登活动第一阶段,旨在让队员初步感受珠峰地形、气候等条件,适应商业攀登模式,具有海拔 7000 米级别雪山攀登经验,为登顶珠峰积累经验。

此次攀登也是学生队员第一次接触珠峰。为顺利完成攀登任务,他们早早开始在体能训练与物资筹备两个方面进行前期准备。其中体能训练是最重要的。登山队与北京大学体教部以及一些专业机构合作,根据每名队员体质情况,制订了一套科学性强、针对性高的专业训练计划。特别是还在该校体教部卢福泉老师的支持帮助下,定期组织队员进行身体成分与机能检测监控,对训练效果进行反馈优化。

4 月 23 日,全体队员启程,落地拉萨,前往西藏圣山公司安排的宾馆。队员们身体良好,无不良反应。

"磨合"是这次北坳攀登活动的关键词——既是人与山的磨合,也是人与人的磨合。这也是坚持自主攀登的北大山鹰社登山队根据学校安排,作为特例,第一次接触商业攀登模式。西藏圣山登山探险服务有限公司向导团队为队员们提供了周到的服务。初到 BC,习惯了艰苦朴素的山鹰社队员都对这里的食宿体验感到震惊,无不赞叹高山厨师的精湛厨艺。向导团队也为队员们提供技术指导和经验传授。曾经 11 次登顶珠峰的登山界传奇人物扎西平措教练受到学生队员的拥戴。

24 日,上午参观次仁切阿雪山博物馆和圣山公司,下午办理进山各项手续,晚上和北京大学西藏校友会校友共进晚餐。

25 日,10 点启程前往日喀则,17 点 30 分到达日喀则(海拔 3800 米)。

26 日，早上为适应海拔，停留日喀则，参观扎什伦布寺。下午驱车前往定日县（海拔 4300 米），18 点 30 分到达。

27 日，上午留在定日适应海拔，下午奔赴珠峰大本营，17 点多到达 BC。BC 海拔 5200 米，飘着小雪，体感温度约为 0℃，队员们都穿上厚羽绒服。每两人一顶高山帐，晚饭四个热菜一个凉菜，主食可选米饭或面条。学生队员身体状况正常；校友队员汪书福出现高反症状，晚上圣山公司让一名向导陪住，观察他的身体状况。

28 日，上午在 BC 附近适应性行走，下午为 5 月 4 日北大校庆直播连线做准备。汪书福状态未有明显好转，与略有高反症状的北大体教部老师钱俊伟由圣山公司人员陪同一起下撤到海拔较低的扎西宗乡，次日下午视状态决定是否回本营。其余人状态正常。

29 日，身体不适的校友队员汪书福早上抵达成都，陪同下撤的钱俊伟则回到 BC。登山队上午徒步 5 公里左右，参观绒布寺，继续适应海拔。其他队员状况正常。

30 日，上午从 BC 出发，前往过渡营地（海拔 5800 米），拉萨市副市长、山鹰社老队员（1995、1996 年登山队员）朱建红前来送行。19 点全员到达过渡营地，状态普遍不错。

5 月 1 日，从过渡营地出发，前往海拔 6500 米 ABC。途中遇到比较严重的雨雪天气，天气情况较前日稍差。20 点 20 分，全员到达 ABC。部分队员因为经验不足有一定失温，但已恢复。

2 日，早上到达换鞋处（海拔 6600 米），下午进行技术训练并检查装备，整体运动量不大，以适应为主，队员状态都不错。

3 日，7 点出发前往北坳营地，关门时间为 14 点。最终到达北坳营地的有赵万荣、李进学、钱俊伟、夏凡和庄方东五人，其余人员在关门时间均到达海拔 7000 米高度，圆满完成任务。20 点 20 分，除校友队员杨东杰、厉伟之外，均回到 ABC；22 点 30 分，这两位校友队员也回到 ABC。

4 日，早上 10 点出发回 BC。李进学、赵万荣、夏凡、魏伟和庄方东五人首先回到 BC 并与北大校庆现场连线，其余队员在一两个小时后回到 BC。

这一天是北京大学 119 周年校庆日。珠峰登山队出发前，校方希望登山队在校庆日当天从珠峰传递对母校的祝福，这也是登山队所有人的心愿。为达成这一共同心愿，队员们决定在 BC 集体拍摄给母校的祝福视频。前期讨论视频方案，各抒己见，迸发出很多设想，最终敲定方案：在 BC 前空地上用石头摆出一个北大校徽，在校徽旁的旗杆上竖起珠峰登山队的旗帜，队员统一着装，依次上前进行简短的自我介绍，然后大家躺在地上，用肢体动作摆出一个北大校徽和"119"字样，寓意北京大学 119 岁生日快乐。

实战拍摄阶段，整个视频由单反相机和无人机共同拍摄。在拍摄过程中，改动作，调整造型，修改台词，等好天气……为了这份送给母校的生日礼物，队员们费尽心思。现场连线时，这段祝福视频引发现场观众的一片欢呼。

5 日，全员到达日喀则，与圣山公司总经理桑珠一起吃饭。次日坐火车去拉萨。

卓奥友：星月、苍穹、雪山

珠峰攀登立项之初，讨论海拔 8000 米以上的预备攀登山峰时，没有任何争议，所有人选择卓奥友。不仅因为卓奥友的技术特点和难度比较适合，而且因为卓奥友对山鹰社有着不同寻常的意义。

19 年前，1998 年，北大百年校庆，18 名山鹰社在校学生队员和毕业队员前往卓奥友，凝结全社的组织力与行动力，依靠自己修路、运输、建营，自主攀登，最终成功以无氧形式登顶，为母校百年生日献礼。这也是中国民间登山团体第一次登顶海拔 8000 米级山峰。

19 年的岁月，世界改变，人也改变许多，但山鹰社蓬勃火热的生命力依然在洁净的雪白中绽放。

19 年后，2017 年的 10 月 1 日，14 名山鹰社队员及校友、教师在卓奥友顶峰，用深情的话语为祖国，为母校送上祝福。

卓奥友峰，位于东经 86.6°、北纬 28° 的中尼边界。藏语意思是"首席尊师"，东距世界之巅珠穆朗玛峰直线距离约 30 公里。海拔 8201 米，是世界第六高峰，山峰以东北山脊和西南山脊为界，北侧在西藏自治区定日县境内，南侧属尼泊尔王国。在山峰周围雪峰林立，层峦叠嶂。

1998 年的登山队长曹峻，再次作为队长带队出发，一起攀登卓奥友峰。不一样的是，这次曹峻不用只待在 BC 指挥，而是可以作为冲顶队员登上顶峰。接近顶峰，队员们纷纷停下脚步，让曹峻率先登顶。

出发

2017 年 9 月 6 日，珠峰登山队出发前往西藏攀登卓奥友峰，重返百年校庆时的 8000 米生命高度。南门外卓奥友登山队员们排成一排，送行的人们为他们系上红绳。不知道从什么时候起，系红绳成为山鹰社为远行队员祈福的一种仪式。"心似双丝网，中有千千结。"即使在山上身着鲜艳的登山服装，手腕的红绳依旧是最绚丽的颜色，看到它，心里会响起来自远方的关切话语："注意安全，注意安全……"

登上前往贡嘎机场的飞机，跨越 4000 公里，19 点左右到达拉萨，学生队 8 人（魏伟、夏凡、赵万荣、郭佳明、陶炳学、庄方东、李进学和钱俊伟）和教工队 1 人（赵东岩）、校友队 3 人（杨东杰、李伟和王辉）顺利会合，由圣山公司统一安排住宿。

7 日，登山队在拉萨进行室内适应，检查装备，补给部分物资，参观圣山公司博物馆。山鹰社 1996 年登山队长、拉萨市副市长朱建红请吃中饭。

8 日，早上，在圣山公司开行前准备会，了解行程安排并介绍基本情况。下午在登山学校操场进行适应性训练。

9 日，在拉萨周围进行适应性训练，徒步拉萨周围三所寺庙，总长约 12 公里。还参观次仁切阿雪山博物馆。

10 日，上午去西藏自治区第三人民医院抽血检查，监测队员身体状态以及吸收情况。下午将所有装备装车。晚上曹峻、厉伟和队伍在拉萨会合。

11 日中午，西藏北大校友会为登山队送行，然后登山队坐火车到达日喀则。方翔（校友队）和大家在日喀则会合。至此所有 15 名队员全部到齐。

12 日，上午，集体游览扎什伦布寺。下午驱车前往定日。晚饭前曹峻讲解卓峰攀登路线及难点，提醒饭前洗手，预防寄生虫病。晚上，山鹰社老队员柳正到定日县城探望卓奥友登山队。

进山

13 日早晨，山鹰社早期老队员谢如祥到定日为队伍送行。9 点，登山队离开珠峰宾馆，前往协格尔曲德寺。住持为大家戴哈达和祈福。之后前往 BC，15 点抵达 BC，每人一顶帐篷。

适应进行得有条不紊。赵东岩老师和几位校友在 BC 睡不好。在帐篷里待闷了，曹峻就会带大家出去走走，站在离本营不远的小山包上。五彩的经幡随风鼓动，万里无云，远处的卓奥友在夕阳下泛着金光。大家在风里静静地伫立，畅想山上的样子。

在喜马拉雅地区攀登，离不开在这里生活的人们的帮助，在车子不能行进的地方需要用牦牛驮登山物资，一部分个人物资需要当地民工帮忙从 ABC（海拔 5700 米）背负至 C1（海拔 6400 米）。

与藏族同胞的互动是攀登之外的一大乐趣。在 ABC，厉伟提议为几位登山学校的小姑娘——将来可能会是中国第一批女高山向导补习英文。从此，在 ABC 休整的晚上，大帐篷的一角总有两位藏族姑娘白玛、普布围着郭佳明"老师"，在笔记本上写写画画。郭佳明对藏语也感兴趣，一页页英文与藏文，记录着山上的友谊。

14 日，早上 10 点，全体队员朝 ABC 轻装徒步适应，总里程 11.5 公里，13 点回到营地。下午，组织检查技术装备。晚上，决定开会增加一个环节，每晚由一位校友主讲分享。这晚由厉伟分享四大戈壁挑战赛以及自己的戈壁越野赛感悟。此后有校友杨东杰分享自己户外运动经历、教工队赵东岩聊人工智能、校友曹峻讲解冰川地形地貌和分享山鹰社创社初期故事。

15 日，早上 9 点 30 分，登山队前往海拔 5350 米的过渡营地。14 点 10 分到达。回程时他们沿途清理了不可降解的垃圾。18 点 20 分，全体回到营地。此次适应性拉练全程 23 公里，耗时 8 小时 50 分钟，大家适应良好。

16 日，登山队在 BC 休整，队医组织测试血压、心率和血氧。15 点，厉伟、钱俊伟、王辉、庄方东、陶炳学、夏凡与圣山公司几位向导一起返回过渡营地，收集前一天堆积在路边没带下来的垃圾，17点返回本营。

17日，上午全员在本营收拾装备，留下部分不准备带上山的装备。14点将要带走的驮包装车，队员徒步前往过渡营地，18点抵达。

18日，上午11点，登山队从过渡营地出发，17点到达ABC，状态都不错。ABC处没有网络，没有移动信号，只有很不稳定的电信信号。

19日，10点30分，全员起床，向C1方向徒步适应，上升到海拔5800米左右高度。13点30分返回ABC，下午在ABC休整，队员们状态不错。

20日，大部队从ABC出发前往C1徒步适应，9点30分出发，17点30分返回，上升到C1前倒数第二个坡"小麻辣烫"顶海拔6030米处，累计行军距离8.5公里。

真正的攀登总有许多意外，尤其是面对海拔8000米的大山。队员刚下山，大雪就洋洋洒洒飘落，到第二天中午都没放晴。大部队在ABC休整，堆雪人打雪仗。ABC被一片风雪和浓雾笼罩，连之前清晰可见的乔乌夏峰、兰巴拉山口都已不见。1998年4月北大登山队遇到的是可怖的大风，这次卓奥友向队员展示她的风雪肆虐。

22日，厉伟、方翔身体有点不适，留在ABC，计划第二天上C1。其余队员从ABC出发前往C1，到达C1，20点返回ABC。

23日，方翔和圣山公司总经理桑珠从ABC出发上到C1，又返回ABC。厉伟行走一段，仍觉不舒服，下到定日县检查，为轻度肺水肿，决定下山休养，不参加此次攀登。其他队员在ABC休整。

24日，大部队在ABC休整。上午参加煨桑仪式（藏族祭天地诸神仪式）。15点，总指挥黄怒波到达ABC与大家会合，一起检查整理冲顶要用的驮包，之后黄怒波一直在营地，直到大家登顶。

25 日，13 点，登山队从 ABC 出发，19 点到达 C1，宿 C1。

26 日，从 C1 出发，翻过海拔 6900 米冰壁，然后顺利撤回 ABC，适应阶段结束。

27 日，上午举行煨桑仪式。下午发放面罩、高山食等物资并分配向导（每名登山队员配一名向导）。

28 日，在 ABC 休整。上午，彩排登顶相关事宜，拍个人标准照。下午黄怒波分享自己"7+2"（七大洲最高峰＋南北极）等的经历。

29 日，13 点，大部队从 ABC 出发，到达 C1。

登顶

9 月 30 日，大部队从 C1 出发到达 C2（海拔 7100 米），计划次日凌晨 1 点左右从 C2 出发冲顶。

傍晚，在 C2 营地，也是这次攀登的突击营地，李进学发现氧气面罩阀门掉了，担心会影响到冲顶，他对向导说明情况，向导看了一眼，说没事，能用。在 ABC 他向黄怒波学习过氧气面罩的构造，坚持换之前的阀门好的一个，向导没理他，让他快睡觉，储备体能应对冲顶。此刻天色还早，可学生队员要在凌晨 1 点起床，2 点出发。

大多数人很难睡着。一旦陷入睡眠状态，头就开始剧烈地疼，很煎熬。就这样几乎一夜未眠地坚持到凌晨，摸黑起床，身体僵硬，喝一杯向导递来的热汤才能感到一丝暖意。

一部分校友及老师已经出发，剩下的人由曹峻带领。在李进学的坚持下，他终于换了一个阀门完好的氧气面罩，感受到氧气凉凉的，攀登至 C2 的沉重身体似乎轻盈起来。起了雾，灰蒙蒙的，C2 前方的大雪坡上，只有先行校友队员的头灯的光影。

学生队在曹峻的带领下，一步步地爬上约 30 度的雪坡。走过一段横切，来到以前 C3 的位置稍事休整。

爬上一段陡峭的冰岩混合区域（岩石飘带），又是 3 个连续的大雪坡。这时已经能够看到不远处山体宽大的"肩膀"后面的晨曦。"肩膀"越来越窄，他们也一步步接近顶峰。学生队已经赶上校友队。精心安排奏效了，他们即将全员同时登顶。

李进学走到曹峻身旁，曹峻让他先走。李进学不久就追到最前面的校友队员方翔。

李进学对方翔说，咱们等等曹哥吧。方翔很有默契，不约而同地想起 1998 年的事，想起曹峻队长的那句话以及他为队伍做出的牺牲。有人问为什么 1998 年北大攀登卓奥友只让三名队员登顶，曹峻回答道："一人登顶，全家光荣。"

不久曹峻追上来。在浓雾及微风中，曹峻带领众人排成一列，向顶峰进发。

顶峰前是一片巨大的宽阔平坦雪原。众人缓缓行走，身着厚厚的羽绒服，头上套着黑色面罩、雪镜，在离天空这么近的白色荒漠里沐浴晨曦，仿佛置身于一部科幻大片的场景中。浓雾中珠峰和洛子峰的巨大影子清晰地投射在天际。

10 月 1 日 8 点 48 分，北大登山队登顶卓奥友峰。

18 点左右，大部队安全下撤至 C1。李进学还有一个任务：将在顶峰拍摄的为祖国生日献礼的视频送下山，迎接他的黄怒波派多吉教练前往"高原网吧"——ABC 一处有电信信号的地方，将这些珍贵的素材发往北京。

2 日凌晨 2 点，最后一个下撤的校友队员杨东杰安全抵达 ABC。随后大部队下撤，全员到达定日。

负责攀登组织的西藏雅拉香波探险服务公司总经理桑珠说，北大这个团非常不一样。每年都有商业队客户为了谁可以到 A 组第一个冲顶争得不可开交。北大队员反倒会主动让出去 A 组的机会，申请去晚一天冲顶的 B 组。

曹峻在 1998 年卓奥友峰活动总结的最后一段写道：

"1998 年的卓奥友峰攀登活动，是对山鹰社九年来的一次大总结，也是对我们的队伍的一次考验。我们通过了这次考验，而且得分是'优'。这是山鹰社所有成员共同努力的结果。我们将一如既往，继续努力为这个集体的成长成熟做出新的贡献，希望不久的将来，我们会将北大的旗帜插上世界之巅。"

历经 20 年成长，羽翼渐渐丰满的山鹰的这个梦想终于实现。

珠峰攀登时间表

3 月 31 日，北京大学登山队出发。

11 点，林建华校长与山鹰社老师同学在南门送别登山队。21 点，登山队抵达拉萨，大罗布格桑夫接机。22 点 10 分，抵达民族酒店。

4 月 1 日，拉萨。8 点，吃完早餐，前往阜康医院进行行前体检。10 点回到酒店，等待教练检查队员装备。

2 日，拉萨。10 点 40 分，全体队员在民族饭店参加雅拉香波公司组织的珠峰行前说明会，为保证北大的攀登目标，公司为北大团队专门设计方案；桑珠提醒大家专注攀登。

3 日，羊八井训练基地。其他队员在羊八井训练基地附近徒步。学生队员赵万荣、夏凡、庄方东前往考察第三极景区色林错，5 点从羊八井训练基地出发，前往色林错。13 点抵达色林错，考察拍照。13 点 30 分返回。15 点，在班戈县城午餐，返回途中在海拔 5190 米垭口停留适应。20 点，抵达当雄县，天色渐晚。21 点，回到训练基地。

4 日，羊八井训练基地。7 点，早餐完毕，集合前去攀登雪古拉山。雪古拉山海拔 5800 米，前半段攀登处于背阴处，9 点开始攀爬，队员们普遍感到手冷脚冷，但都妥善处理。12 点 20 分，全体下撤至攀爬起点，驱车回羊八井训练基地。16 点 45 分，抵达拉萨民族饭店，18 点晚餐。

晚餐时，校友队员方翔提出一些建议：1.海拔 6500 米一个驮包，BC 一个驮包，安排好使用的物品（BC 穿分体羽绒服，随身携带）；2.实事求是，尊重规律，不要盲目相信主观经验；3.去海拔 7500 米可以放开一点，但其他攀登阶段建议保留体能；4.注意力放在登山，每天规划好第二天的装备、行动和心态。

5 日，拉萨。休整。

6 日，上午自由活动，校友队员邱小斌因公司事务暂时返回，其余队员采购物品，收拾装备。13 点 30 分，13 名队员从民族饭店前往火车站，登协的索南书记为队员献哈达，预祝攀登顺利。18 点，登山队抵达日喀则。

7 日，日喀则。9 点 40 分早餐完毕，驱车前往扎什伦布寺参观。13 点 30 分，午餐，厉伟介绍转基因农业的发展。16 点 30 分，部分队员在酒店集体观看奥斯卡佳片《三块广告牌》。

8 日，10 点，集合装车，前往定日。13 点，午餐，三位法律系校友队员、学生队员杨东杰、方翔和魏伟提供案例，与大家探讨法律意识。18 点抵达定日珠峰宾馆。

9 日，10 点，队员集合装包，然后前往协格尔曲德寺，大喇嘛为队员们戴哈达和祈福。在定日县午餐后，驱车前往 BC，17 点抵达。

10—11 日，BC。本营周围徒步适应，参观绒布寺，休整。

12 日，10 点出发，前往海拔 5600 米适应，实际爬升至海拔 5553 米，全程徒步 15.2 公里，18 点回到本营休整，下山途中清理沿途垃圾。

13 日，在本营休整。上午休憩文娱。下午，之前因个人事务返回的邱小斌队友到达本营，北大珠峰登山队攀登队员全体到齐。

14 日，11 点装驮包，集合出发前往过渡营地。18 点 45 分抵达，徒步距离 9.84 公里。

15 日，10 点出发，19 点 15 分抵达 ABC，徒步距离 8.6 公里。

16 日，上午前往换鞋处下方，1.5 小时往返 ABC，下午休整适应。

17 日，ABC。休整，适应 6500 米海拔。上午举行煨桑仪式，祈祷攀登平安顺利。下午清理 30 公斤垃圾。

18 日，上午在 ABC 附近冰川进行冰雪训练。下午得知向导修路不顺利，决定次日返回 BC。

19 日，登山队上午 10 点 30 分开始下撤，20 点返回 BC。

20 日，赵东岩、方翔、李伟、厉伟 4 名队员下至日喀则看病休整，其余队员本营休整。

21 日，BC。全体休整，队员利用圣山公司搭建的洗澡帐篷洗澡。

22 日，BC。

下午，总指挥黄怒波与助手多吉、副总徐红、南杰携带牛肉、药品等抵达 BC 看望登山队员。随后在定日休整的队员返回本营。

23 日，全体队员从本营出发，开始第二阶段适应，采取分批行走的方式，行走速度较快，平均 5 小时抵达 ABC。

24 日，队员继续分批行走，厉伟、方翔、赵东岩、杨东杰、夏凡和李伟边清理垃圾，边向上行走，7 小时抵达 ABC。桑珠和队伍一起抵达 ABC。

25 日，ABC。休整。上午举行煨桑仪式，队员与向导一起跳锅庄。

26 日，ABC。继续休整。下午，队员为山鹰社暑期登山队编织红绳，为校庆拍摄集体祝福视频。

27 日，队伍前往北坳营地适应。走到换鞋处，分批行动。普布校长带领赵万荣、李进学、夏凡、庄方东、陶炳学、钱俊伟走在前面，途中赵万荣与夏凡为母校校庆拍摄短片。第一批队员在 18 点前抵达北坳营地，其余队员 19 点 30 分前陆续抵达。杨东杰与庄方东为校庆在北坳营地拍摄素材。

28 日，8 点起床，9 点出发，无氧前往海拔 7500 米适应。厉伟于凌晨 3 点提前出发前往海拔 8000 米。第一批队员赵万荣、李进学、夏凡在鲁达教练的带领下，于 12 点抵达海拔 7400 米的位置，然后下撤，其余队员陆续抵达大致这一高度下撤。下撤过程顺利，第一批队员 15 点 15 分抵达 ABC，其余队员在 17 点 30 分前陆续回到营地，厉伟于 22 点左右抵达 ABC。至此，全体队员顺利完成适应阶段，厉伟一人抵达海拔 8000 米位置。

4 月 29 日，11 点 30 分出发，下撤回 BC，途中拍摄校庆视频素材。

30 日上午，登山队与向导们在本营迎接来探望的菜鸟队（菜鸟队由华大基因成员、山鹰社老队员和西藏校友会成员组成）队员。随后观摩珠峰环保基金会落成仪式。午饭前来探班的前辈们发表讲话，鼓励大家。

下午，登山队驱车前往日喀则。7 小时后抵达日喀则，在山东大厦补给营养。

5 月 1 日，日喀则。休整，补充物资。

2 日，日喀则。

上午登山队在黄怒波带领下，前往扎什伦布寺，西藏自治区政协平拉副主席与阿钦活佛接见了他们。平拉主席叮嘱注意安全，要牢记国家、人民和北大的嘱托。阿钦活佛为大家祈福。

19 点，在会议室观看《新闻联播》，学习总书记在北大发表的讲话。晚上，黄怒波、赵万荣与夏凡前往预定地点与校庆晚会导演组连线彩排。

3 日，日喀则。上午在厉伟的带领下前往扎什伦布寺后山徒步拉练。拉练结束，清理沿途垃圾约 30 公斤。

4 日，日喀则。20 点，登山队队员抵达日喀则扎什伦布寺后山的一处草坪，准备与校庆晚会连线。21 点开始连线，与现场互动顺利，队员喊出"北大精神，永在巅峰，团结起来，振兴中华"的口号。

5 日，日喀则。休整最后一天，日喀则黑龙江第六批援藏干部团队与登山队进行学习交流活动。

6 日，邱小斌归队。黄怒波、体教部刘博老师和 14 名冲顶队员到达 BC，准备下一阶段攀登。

7—9 日，BC。休整，整理冲顶物资，分配个人向导。

10 日，5 点起床，6 点 20 分出发，9 点 18 分抵达过渡营地。10 点 18 分，从海拔 5800 米出发；14 点 42 分，第一批队员抵达 ABC。18 点，厉伟抵达 ABC。

11 日，ABC。休整。

12 日，9 点起床，个人向导检查装备。11 点 10 分，开始"人，大地"诗会。13 点出发，第一批队员 18 点前抵达 C1。

13 日，9 点出发，约 6 小时抵达 7790 营地（C2）。

14 日，10 点出发，约 5 小时抵达 8300 营地（C3），抵达时营地刮起小暴风雪。

15 日，冲顶日。凌晨 1 点，第一批队员出发。凌晨 2 点 30 分，最后一批队员离开 8300 营地。厉伟留守 8300 营地接应。上午 7 点 50 分，第一名队员抵达顶峰。10 点 23 分，最后一名队员抵达顶峰，全队下撤。13 点，第一批队员抵达北坳营地，17 点，厉伟带领第一批登顶队员下撤至 ABC。22 点，除杨东杰留在 7790 营地过夜，其余队员陆续回到 ABC。

16 日，上午 11 点开始撤往 BC。杨东杰下撤至 ABC，于第二日下撤；19 点，其余队员下撤至 BC，慰问团迎接队员凯旋。至此，北京大学登山队攀登活动顺利、圆满结束。

世界上海拔最高的诗会和歌声

北大人攀登珠峰是不一样的。

在中坤集团董事长、中国诗歌学会会长、总指挥黄怒波的倡议与组织下，在攀登的过程中同步展开山鹰社社庆诗歌征集评选活动。无论是在校生还是已经毕业的校友，无论是小鹰、大鹰、老鹰还是骨灰鹰，大家参与的热情都非常高，写出的诗歌既有古体，也有现代体；既有格律严明的，也有洒脱不羁的；既有豪情大气的，也有细腻温婉的。最后采用 50% 微信投票加 50% 专家评审意见的方式对这些诗歌进行评奖。

5 月 12 日，11 点 10 分，全体队员在黄怒波的主持下，在珠穆朗玛峰 ABC 召开了世界上海拔最高的诗会，主题是"人，大地"。在诗会上，队员们朗读诗歌征集活动中收集到的所有诗歌，也有部分队员自己作诗。背靠着珠峰，在海拔 6500 米的阳光下吟咏抒怀。学生队员夏凡写了一首《珠峰礼赞》：

如果我的脸庞

未曾经历八千米的风霜

那么我的灵魂

就不会被打磨成最初的模样

追逐，思念，仰望

在日晕笼罩的最高处安放

大地的孩子

小小的梦想

如果我的汗水

未曾浸透这旅途的丈量

那么我的青春

便不会刻下这些许的别样

喘息，攀登，向上

未曾将远方的牵挂遗忘

亲爱的朋友

我魂牵梦绕的故乡

噢，第三女神

觐您之前

如果我未曾抛却那些彷徨

那么我的眼睛

便不会为您的霞光

氤氲一抹清亮

微风，白云，星光

幸福的西西弗斯

细嗅

芬芳

　　有诗，便不能少了歌。不得不提到的是两首歌的名字，《山鹰之歌》
和《假如我是一朵雪莲》。这两首歌曲都是由黄怒波作词，其中《山鹰之歌》
是由著名音乐制作人刘尊作曲编曲录制，《假如我是一朵雪莲》是由郭
佳明用一把吉他在日喀则定日县的珠峰宾馆中完成作曲。两首歌也有属
于它们各自的故事。

　　郭佳明是北京大学化学与分子工程学院 2014 级本科生。他开始对
音乐感兴趣，就系统地自学乐理知识，发现音乐的世界是汪洋大海，有
无数种美妙的组合，具备这种特质的东西很让他着迷。他还发现音乐具
有很强的数理性和逻辑性，是一种非常有规律的学问，再加上能够丰富
心灵、陶冶情操，音乐是可以穷尽一生的精力去持续探究的东西。在这
种强烈兴趣的指引下，他用一把吉他打开了音乐世界的大门。弗拉明戈
是他最喜欢的元素，这一点引起黄怒波的注意。黄怒波为山鹰社写了一
首诗《假如我是一朵雪莲》，郭佳明用吉他为这首诗谱曲，为远方来看
望登山队的客人倾情演唱。

　　《山鹰之歌》的旋律已经深深印在每位队员脑海中，一日三餐前后
他们都会用小音箱放这首歌曲以便学唱：

飞翔，飞翔，高高飞翔。

我们在世界之巅祝福亲爱的祖国。

向上，向上，绝不后退。

我们在冰川雪原想念心爱的北大

……

这首歌整体的风格偏悲伤，郭佳明既想通过音乐语言来诉说雪莲与山鹰在风雪中孤独的守候，又想在每一段落的最后用激昂向上的语气表达出饱经磨砺后的不服输与不后悔，正如词的每一段的结尾所唱，"我的芳香，我的青春，我的岁月，我的北大"，"我的飞翔，我的歌唱，我的忠诚，我的北大"，"我的坚定，我的幸运，我的圣洁，我的北大"，"我的祖国，我的父亲，我的山峰，我的北大"。

这把吉他陪伴郭佳明在BC的时光。他和夏凡两个新疆人，一个喜欢弹，一个喜欢唱，每次在BC休整，都会蜷在沙发后的小角落，边弹边唱，如此度过许多个美好而清闲的午后，被李伟戏称为"海拔5200米的浪漫"。他俩自称北大珠峰文工团，并自封正副团长，在与日喀则黑龙江援藏团的庆功会上弹唱两曲，一首《假如我是一朵雪莲》，一首新疆民歌《花儿为什么这样红》，向大家展现出这群登山者文艺的一面。

更疯狂的是夏凡在ABC的"夜半歌声"。

刚到ABC，队员们或多或少有些高原反应，头几晚每个人都会很难受，尤其是第一晚。2017年攀登珠峰北坳，魏伟在ABC睡四个晚上，每晚看小帐篷的顶看腻了，回到海拔5200米BC，死活不肯回到她的小帐篷去。这次在ABC的第一晚尤其难受。藏族向导为了保险起见，一定要在 1 点和 3 点两次叫醒大家，以防有人睡死过去。这两次叫醒，也成为赵万荣那天晚上高反的直接原因。迷迷糊糊，半睡半醒到 0 点 30 分，赵万荣打开手机看时间，总觉得马上向导就要来，就再也睡不着觉。左翻翻，右翻翻，身体累得要死，大脑却清醒得很。

偏偏这时从远处传来一阵歌声。最开始他以为是幻听，但声音越来越亲切，甚至还有一段小高潮。他确定这绝对是夏凡的歌声。这下更睡不着了，翻滚过帐篷的每一个角落，终于在 2 点 30 分等来姗姗来迟查房的向导。夏凡的歌声也逐渐变成深重的喘气声，ABC 的睡眠终于开始。

所有队友都一遍又一遍地听着那首《白桦林》，第二天每个队友起床进大帐的第一句话是问：晚上到底是谁在唱歌？唯一例外的是夏凡，直到和所有人确认，他才知道并相信自己原来高反得那么厉害。

在冲顶阶段攀登北坳营地的那天，在白色冰雪的寂静中，郭佳明的回忆都是痛苦的。他每走两步，就得歇十几秒，大口喘息也不能缓解缺氧带给人的疲惫。痛苦，极其痛苦，是他唯一持久的感受。那种感觉游离在崩溃的边缘，不适感极其剧烈，却不会触及崩溃的底线。这种让人无法忍受却必须忍受的感觉消磨着他的意志。

他知道一定要抵达终点，但也要不断地告诉自己要熬过这一切。他知道自己一定会走下去，但也清楚每一步都会像刚才那样艰难。当他坐下来休息，面前的雪坡似乎很短，他幻想着下次起身就能很快上去。但当他一起身，短短的雪坡又再次变成无尽的旅途。

郭佳明从 C1 开始吸氧前进。面对更高海拔的相似路线，他这样描述："感觉自己要飞起来了。"

登顶那天清晨，太阳刚照亮天际线，刚翻上第二台阶朝着已经清晰可见的顶峰前进的夏凡听到身后郭佳明的声音，有点惊讶。他吸氧后速度竟然这般快。但小小的惊讶很快就被接近顶峰的重逢的喜悦冲散，他们隔着厚手套拍拍对方，并肩朝着顶峰前进，完成最振奋人心的一段距离。即使是无尽的旅途，他们也会用必胜的信念无尽地走。

郭佳明在本营休整，不时在旋律中加入弗拉明戈的即兴，北大国家发展研究院 2016 级 MBA 校友队员邱小斌的思绪仿佛被那欢快的节奏带到了西班牙。这种音乐诞生在底层的吉卜赛人、摩尔人、西班牙原住民中，是他们文化交融的产物。在远离海边国家的第三极上，他又感受到那里热情的气息。

生死界限：8300 米

赵万荣：无限风光在险峰

珠峰是赵万荣攀登的第九座雪山，在攀登前，他并不奢望这座雪山能和之前的八座有什么不同，但当他 5 月 14 日走到 8300 营地向上攀登时，才真正体会到什么叫作无限风光在险峰。

在海拔 8300 米以下，无论遇到多少艰难，怎样意外，从地形看，无外乎就是走一个陡峭的岩石坡或雪坡，其实和海拔 6000 米的雪山没有本质区别。海拔 8300 米以上的地形，更像在一个陡峭的直角，三棱锥的斜面上前行，在陡峭的斜面上踩出来一条横切的道路。走在这个仅容一人通过的狭窄道路上，面对顶峰，右侧是七八十度陡峭的雪坡或岩石坡，稍有不慎，踩塌路线上的浮雪，就会沿着这个陡坡滑下去，绳子突然绷紧拉住，而身体左侧一般会是高出自己 1 到 2 米的陡峭岩石或雪墙。有时走到岩石旁边，发现左侧是深不可测的万丈深渊，完全是直壁。

沿着珠峰的东山脊横切上升，平均坡度相对较小，但陡峭处岩石路段的难度尤甚。尤其是著名的第一、二、三台阶处，几乎所有路段都需要手脚并用攀登。在著名的第二台阶下，由于直接攀爬光滑的大石板难度实在太大，在路线上架设了总计3段梯子。在梯子上，身体靠外，重心稍微离开梯子一点，就会很累。尤其下降，整个人紧紧靠在梯子上，只能用余光扫下一步踩哪里，每一步跨出都是不确定的，试探每一步的位置都是挑战。当上到顶或下到梯子底部，往往是如梦初醒般发现因为紧张，连呼吸都微弱很多，赶快猛呼吸几下，顿时有点从鬼门关捡回一条命的感觉。

　　来珠峰之前赵万荣总能看到各种报道，说商业登山主要靠向导，谁都能上去。但经历过海拔8300米以上路段的人会发现，到这里只能靠自己，其他人无论如何都很难提供实质性帮助。路线永远只能容一人通过，无论有多少向导在周围，他们可以帮忙背东西、打理物品，但做得最多的其实是鼓励。当一个人自己放弃，周围无论多少人都没办法救他下去。一定要在周围的人放弃自己之前不放弃自己，站起来继续前行，否则就只能永远坐在那里。

　　冲顶日的天气是另一大挑战。出发前赵万荣看了天气预报，15日当天最低温度 -26℃，体感温度则到 -40℃。这天风着实大。出发时出现一些小问题，校友队部分队员因为风实在太大，误以为会推迟出发，晚半小时才出帐篷；学生队在校友队后1小时出发，立马感受到风的压力。赵万荣出发时就受到大风的困扰。一开始是吹得眼睛疼，没走两步就睁不开眼睛，实在难受就只能带上雪镜。戴上雪镜，眼睛外面有一层保护，确实舒服很多，但视线越来越模糊。

　　在山上，尤其是海拔8000米以上，使用氧气面罩，呼吸都很急促，也会呼出大量热空气，这些热空气遇到冰冷的雪镜就会快速凝结。这也是爬山、滑雪经常出现的问题。赵万荣没有多想，马上使用在平原常用的办法，哈口气再用薄手套擦拭消除，但哈上去的大量水蒸气立马在雪镜上凝结成霜，反而完全看不到了。收起雪镜，戴上墨镜，也算是有个遮挡。但墨镜在这种环境下完全不能正常工作，狂风透过墨镜四周吹进来大量雪粒，墨镜很快就成为白色"雪镜"。一切只能回到起点，继续裸眼前行，眯起眼睛，以减少吹进眼睛里的雪粒。休息时低头，尽可能避免和狂风接触。

在狂风中低头走四五个小时，熬过风雪，终于快要看到阳光。6时许通过第三台阶，远处是微微闪着蓝光的天际线，慢慢地，远处的天空从蓝色变成偏粉色、金色，上帝不断在尝试光怪陆离的颜色。真正让人无比震撼的则属阳光另一侧的珠峰倒影。在太阳刚升起10多分钟后，远处的群山之中突然浮现一个巨大的三角形倒影，尤其有一小段时间三角形倒影的顶部正好和天际线相交。

这一瞬间，时间似乎已经停止，也不用去领会任何和社会、和其他人的连接，而只用把注意力集中在和自然的连接上，心也平静很多。赵万荣曾听总指挥黄怒波讲起，到顶峰后感觉大彻大悟，甚至想留在这里和那些永远留在山上的人一样，静静地陪着第三女神。

李进学：氧气小风波

5月15日，冲顶日，开始一段走得还算舒服，李进学没有戴眼镜，风吹着雪花，眼睛偶尔会被冻住，但是戴上连体羽绒的帽子，微调头部角度，就可以阻挡雪花吹到脸上，影响不是很大。出发半小时不到，他们就赶上校友队，开始漫长的堵车过程，从第一台阶下一直到第三台阶下，都以相对缓慢的速度前进。

在第一台阶下的等待中，李进学掏出一把干果吃掉，拿出摄像机开始摄像。此前攀登摄像机都是直接外露挂在腰间。这次冲顶时，也是这样处理，没想到只拍了半分钟就被冻关机。李进学不得不把摄像机装回背包，电池拆下，塞进贴身口袋回温，一路上再也有没机会拍摄，到顶峰才能再拿出来。

又走了一段，李进学感觉到呼吸困难，这种感觉很异样，像是有人用手捂住嘴，而不是缺氧。李进学刻意呼吸几次，判断出是氧气面罩左边的混合空气阀堵住了。他转身告诉向导，然后快速摘下氧气面罩。敲几下阀门，从内部看没有冻住。拧开盖子，见里面充满小冰晶。他用指头抠掉一些，剩下一些弄不掉，向导帮他弄半天才好。这个问题一直伴随他的冲顶过程，每小时都要摘下面罩清理一次。

到第三台阶下，李进学的向导的冰爪掉了，在路旁穿冰爪，李进学先行超过两位在下面休息的校友，爬到第三台阶上。太阳已经升起一段时间，气温回升很快，李进学换上抓绒手套，事实证明，虽然不至于冻伤，但是过横切时，手还是冷得有点影响操作。李进学和夏凡一路跟着赵万荣。翻过横切，前面的赵万荣走得越来越慢，还有点摇晃，发现是氧气耗尽，于是紧跟在后面的李进学和夏凡先行通过。

离顶峰还剩20米左右水平距离，李进学感到呼吸困难。这次不一样，不是阀门问题，是氧气耗尽。他转身回头，向导在身后20米处，只能缓慢前进。没有氧气通流的面罩只剩下阻挡呼吸的作用，李进学把面罩解开，一步一步挪到顶峰。最后两步非常累，挪到顶峰的李进学跪在地上，跟旁边的其他向导说："我的氧气用完了。"向导检查他的阀门，还有半个单位，但确实是没有流量。这时李进学的向导到了，赶紧在顶峰换氧气，算是有惊无险。

陶炳学：火辣辣的"痛"

冲顶出发不到 10 分钟，陶炳学的脚趾就失去知觉。他手上戴着便于技术操作的冲锋手套，为了促进血液循环，一边走一边拍手，仍然感到手指正逐渐丧失知觉，就换上羽绒手套。即使这样，他的手指神经还是受到一定伤害，下山一个月后，两根小指的第一指节仍然有些麻木。

还没到第一台阶下，陶炳学的氧气面罩突然吸不上气，应是进气的地方被冰碴子堵住。敲了几次没有好转，他的向导放下包，帮他换备用面罩。紧跟在后面的郭佳明、钱俊伟和庄方东纷纷超过他，走到前面去。陶炳学没有料到自己被超过后就再也超不回来了。出发前他只喝了一碗八宝粥，走到中途就开始能量匮乏。在这样低温和缺氧环境中，取下氧气面罩补水进食是很麻烦很累的事，到顶峰前，向导都没让陶炳学吃喝任何东西。即使之后吃了一些能量胶和坚果，也很快就消耗掉。能量不足，速度就慢了下来。

最具挑战的是第二台阶。陶炳学早就有所耳闻，他吃力地迈着步子，气喘吁吁，走到第二台阶下，终于一窥其全貌。"这就是所谓的天堑吧。"陶炳学一边仰着头一边感慨道。

冲顶后下撤到 7790 营地，陶炳学的脚趾开始恢复知觉，但这个知觉只能用一个字形容，那就是"痛"，火辣辣的痛，让他根本不想再走路。毕竟越往下走越安全，环境也越舒适，陶炳学忍痛继续下撤。本来有冻伤，再加上高山靴有些挤脚，向下迈出的每一步都是折磨。

冲顶路上陶炳学心态还算平稳，毕竟已经爬过四座雪山，但这次脚下未曾经受过的疼痛刺激到他，他一边趔趔趄趄地走，一边回想起这两三年来为了珠峰所做的各种努力：从项目刚启动时作为新队员的懵懵懂懂，到珠峰北坳只登至 7000 米的遗憾；从几番争取才得到攀登卓奥友的机会，到顺利登顶珠峰；期间曾连带着期中考试请假大半个月，等到期末狂赶学习进度，休学一年只为了珠峰项目和带社里的攀岩队。可能是因为跨过了登顶难关，思想开始松懈，各种思绪都冒出来，不再像冲顶那样专注。

从 7790 营地开始，陶炳学走了六七个小时才回到 ABC。这天从凌晨 2 点出发到 21 点多回到 ABC，总共走了近 20 个小时。他两个大脚趾的趾甲以及趾甲附近都变黑肿痛，左脚还因为趾甲淤血过多，出现一个大血泡。这导致陶炳学下山后的两周都只能穿着拖鞋走路。

庄方东：那些因为梦想而永远留在冰冷珠峰的躯体

化学与分子工程学院 2014 级博士研究生庄方东自诩为最理性的人，却爱种多肉植物，在学生队员中是唯一一个在珠峰顶上落泪的人。在冲顶最后那几十米，他特别感动，眼泪一直往下流，走到顶峰时，口罩两侧的面罩都结冰了。到达顶峰，他朝着顶峰磕了三个头，感谢圣山让他来到顶峰；感谢学校、导师、校友们这三年来给他的帮助，使他实现自己的雪山梦。

在下山路上可以看到很多遇难的先驱者，在 2008 年的清理活动中大多数已被挪到路旁。过了第二台阶，他在一段峭壁中比较安全的地段休息，问他的向导阿旺，听说下山路上有很多遇难者的遗体，为何都没看到。阿旺指着两米外的地方，说："那里就有一具。"

那具遗体就在庄方东脚下两米开外。他默哀了一会儿，在震撼中伤感的成分并不占很多。庄方东觉得，来到这里，都是每个人深思熟虑的结果。这些人因为梦想而永远把躯体留在冰冷的珠峰。这也给他敲响了警钟：在接下来的这段路上，该如何走好每一步？

巅峰记忆

经常有人问赵万荣，到顶后是什么感觉。他其实想回答，并无甚特别的感觉。训练等待 50 天，又在冲顶路上奋战 7 个小时，在又累又饿的状态下登顶，第一反应就是没有感觉，甚至还在想怎么能快点下去。在顶峰的 30 分钟，基本上是一直在不停地给旗子拍照。除了他自己的几面旗子，登山队长厉伟和总指挥黄怒波的加起来十几面旗子，也全部在他背包里。所有队员都在顶峰马不停蹄地拍照，留下属于自己的记忆。

赵万荣也不例外，除了拍照，还在顶峰安排了几件事。

首先是敬天。赵万荣一直把能来西藏登山，来"第三女神"登山看作一种幸运。对他来说，藏地是第二故乡般的存在，上本科以来，他到西藏的时间甚至比回家的时间都多。他专门购买了两条小经幡，一条放在加乌拉山口——第一次见到珠峰的地方，一条一直背到顶峰，用山神最熟悉的方式表达自己的敬意。

第二是敬父母。赵万荣专门准备了和女朋友以及和父母的照片，加塑藏在自己胸前带到顶峰。下山后也准备做一组相框，将这张特别的照片以及他的登顶照送给父母。赵万荣觉得不管是支持他放弃保送北大一个不太理想的专业，还是支持他参加山鹰社去登山，实现自己的梦想，和父母的支持是分不开的。他一直希望给他们一些独特的纪念。

第三，求婚。山鹰社规定情侣不得在同一支登山队，而珠峰攀登项目是北大校方主导、山鹰社队员参与的一次活动，他和女朋友魏伟一同参与珠峰项目就不违反山鹰社纪律。赵万荣一不小心创造了一个小纪录——第一对在珠穆朗玛顶峰求婚的情侣。

早在2017年赵万荣就开始在头脑中策划。但登山尤其是海拔8000米级的雪山有着太多不确定性，他能做的只有准备好戒指，只待有合适的天气，就可以在顶峰留下这不一样的记忆。出发前他特别订制了一款写着他们名字和珠峰海拔的戒指，唯一的问题就是戒指的粗细。这个不能直接去量，和魏伟的闺蜜思量再三，最后决定还是买个稍微大一点的，万一戴不上会有些尴尬，粗了总能戴上。结果戒指足足大了4号。

在登山过程中，队友也帮忙策划讨论山上各种情况下如何求婚，考虑各种细节，一个个还争当证婚人。总指挥黄怒波听说此事，甚至专门安排魏伟先出发一小时，以免赵万荣在顶峰等她太久。但魏伟状态实在过于生猛，赵万荣带领的学生队大部队则被堵在校友队员身后，最后反倒是魏伟在顶峰等了半小时，赵万荣才哼哧带喘到顶。赵万荣到顶前，魏伟一直被安排在顶峰百无聊赖地坐着，听着对讲机里不时传来的关切问询：万荣到顶了吗？……

看着端坐在顶峰的魏伟，不知道听到对讲机里询问的她是不是在强忍着没有笑出来。经历冲顶前快步疾冲的他，累得不行，双膝跪地，小休一下，开始第一步。

赵万荣一层层摘下帽子、氧气面罩、巴拉克面罩，从脖子上取下用扎什伦布寺开光过的红绳固定的戒指，用尽缺氧时全身的最后一股力气向着顶峰大喊："魏伟！嫁给我吧！"

那一刻，赵万荣脑海一片空白。只依稀记得魏伟接过戒指，用绳子挂在自己的颈部，紧紧抱着他。

听校友们分享，登山的时候可以放空自己，只感受山和大自然，而且很快就能意识到在大自然面前自己的渺小，而当认识到这些后，只会对大自然更加敬畏，同时在面对困难的时候无所畏惧。

攀登与创业

说来也巧，这次所有参与攀登的校友队员不是做投资的，就是自己创业在做企业，其中还不乏美股上市公司创始人、A股公司二股东等。他们也劝学生队员考虑自己去创业。

学生队队长赵万荣觉得很多企业家也混在登山圈，和登山这项运动有很大关系。他认为，登山和很多竞技运动不一样。第一是要敢想，需要极大勇气和信心才能做到。一旦上路，就无法放弃，需要永远精神饱满，相信路在前方，哪怕困难重重，也要坚持做对的事情，厚积薄发。第二是要像等待合适的市场环境一样等待天气窗口，一击制胜。同时要做好东山再起、重头来过的准备，用三分之一的体力上山，三分之一的体力下撤，剩下三分之一体力做储备。总有无数因素在左右市场的变化，登顶与否在很大程度上也有运气成分。

登山和创业都是信仰，即所谓仰望星空；更需要实干，脚踏实地。真正登完山，就会发现到达顶峰并不是唯一的目标，登山路上和创业路上不断克服困难的过程也是一段难以复制的经历。登山结束，经历过真正死亡的危险，生活中的困难还有什么可畏惧的呢？

黄怒波：珠峰的"主人"

从项目的初始到完成，珠峰登山队总指挥黄怒波付出许多心血。黄怒波不止一次说过，这次珠峰攀登，是他的封山之作。赵万荣说他有一种以山为家的情怀和气场。黄怒波对山鹰社一直非常关心，社里现在的岩壁是他捐赠改造的。他爬过四次珠峰，仅有的愿望就是把北大带上珠峰。黄怒波这次格外给力，陪大家在山上住了 20 多天，虽然年龄跟赵万荣的爷爷差不多大，而且还不时痛风，但是走起路来依然虎虎生风，时刻关注攀登中的每一个细节，为队员们加油鼓劲儿。登山队一路吟诗作赋，甚至谱曲，在珠峰上朗诵和唱歌。这些主意也都是作为诗人的黄怒波带着大家一点点去实现的。

　　除了情怀，黄怒波还有一股霸气。那次他带赵万荣布置完珠峰论坛场地，刚好是北坳徒步团要上山的日子，山友们整装待发。黄怒波上去和他们攀谈，发现有些山友装备不合格，他就一一责令回去更换，甚至还把自己的一些装备送给他们。检查完毕，黄怒波把所有人叫在面前整队。负责这项工作的圣山公司向导也一脸不解，但是慑于黄怒波强大的气场，也只敢和队员站成一排，听他整队训话。他还把其他没有就位的向导一一安排在不同的队员旁边，让大家向右转出发，表现出来的完全是珠峰主人般的霸气。

　　李进学印象最深是，5 月 11 日在 ABC 和黄怒波顶嘴的事情。李进学的连体羽绒服腰间缝线处裂开，黄怒波最后检查装备，要求他换一件。李进学开始不太愿意，原因有二，一是他要和队友轮换，陶炳学穿那件更大的备用，他穿陶炳学的，这会给队友造成不方便，二是他觉得他打补丁的技术还是可以的，这个破裂的补丁，在北坳之下都没什么问题。但是黄怒波还是坚持要换，说实在不行帮他找一件向导的。

　　李进学倔强地再去找黄怒波，委婉地表示不愿意换。黄怒波就威胁说：如果你不换，到时候出问题就直接下撤。李进学心里有点慌。后来事情得到解决，三名队员轮换衣服，都没有造成损失而且情况获得改善。

事情解决，李进学见黄怒波仍旧有些尴尬。晚上开会，围坐在桌子边。李进学和黄怒波的眼神对上，刚想躲避，黄怒波主动开口："小黑，你今天跟我顶嘴，我很生气，但是我的脾气就是这样，不过我觉得你应该明白我的心意。"

直到最后冲顶，李进学看到赵万荣腿上的一个小补丁被冻得脱落，才从理性角度接受黄怒波的建议。回京吃饭，李进学知道了更幕后的事。黄怒波说他当时已经想好，如果李进学执意穿自己的连体上去，万一真出问题，就把校友队员厉伟的连体换给他。

陶炳学对黄怒波印象最深的一件事情是，2017年4月他和郭佳明没能登顶珠峰北坳，黄怒波不放心，想让他俩放弃珠峰项目。从2016年攀登卓木拉日康算起，到2017年攀登北坳刚好一年，而到整个珠峰项目结束还要一年多时间，其间的攀登和日常训练会占用非常多的时间，如果继续参加，就必须选择休学。在学业规划上一直按部就班的陶炳学对于休学这种事情是犹豫再三的，再加上他在北坳的身体感受也确实很不好，所以在黄师兄态度比较坚决的情况下，就萌生打退堂鼓的想法。

学生队队长赵万荣觉得既然陶炳学和郭佳明达到基本要求（登上7000米），这个队伍就不能放弃任何一个，而且他俩为了珠峰项目而在学业上已经做出很多牺牲（陶炳学为了北坳攀登而请假大半个月，还错过一门专业课的期中考试），在珠峰登山队里也都有着各自职能，不能让他俩在这儿戛然而止。在赵万荣的鼓励下，陶炳学和郭佳明真诚地给黄怒波写了一封信，讲述两人这一年来的付出和将来的愿望，最终打动他，得到继续攀登卓奥友的机会。陶炳学回想起来，认为很多事情就要勇敢地去尝试，不能一遇到困难就选择退缩，机会都是争取来的。陶炳学也因此觉得黄怒波是一个重感情的人。

黄怒波把每次登山都当作一次调整和提升自己的机会。他会带很多书到山上读，在这样与世隔绝的地方可以更好地反思一些事情，也可以静下心来学习更多的东西。陶炳学对此也有同感，比如在这次登山期间，陶炳学就经常抽空读书，总共读了 4 本长篇小说、1 本中篇小说、1 本短篇小说集、1 本学术书籍、1 本传记。平时在学校总有学业压力、社里事务，心很少能静下来。

厉伟：和垃圾"死磕"

20 世纪 90 年代改革风起云涌，一大批年轻人奔向南方去新的城市追逐梦想，厉伟也是这其中的一员。直到现在，每每回顾当年的少年意气，厉伟的眼里仍旧闪着和当时一样自信的光。当他在戈壁挑战赛上听到山鹰社老社长曹峻讲到北京大学将于 120 周年攀登珠峰，正在组织校友队，他眼中的光芒又被点亮：那就去吧。随后，厉伟成为登山队总队长，开始了为期两年的攀登准备。

这一切，并不是想象中那么容易。在珠峰冲顶前夕，他面临重大的抉择：坚持，还是放弃冲顶。

他心里清楚，服务公司已经安排了最好的向导，经历这两年的磨砺以及在山上小心翼翼的适应，自己的状态已经获得高山向导们的认可。但是身为整个攀登中最受关注、责任最重的一分子，他绝不能出任何问题，他的队伍绝不能出任何问题。

厉伟最后决定冲顶时留守 8300 米，把经验丰富的个人向导扎平留给队伍作为保障力量。那时，BC 有西藏体育局尼玛次仁局长做协调，

ABC 有珠峰登山队总指挥黄怒波做协调，北坳营地有服务公司总经理桑珠做实际指挥，8300 营地有登山队总队长厉伟做接应，每个营地都有协调力量。厉伟对已经湿了眼眶的队友们说："即使服务公司多派几个向导在 8300 营地接应，外界也不会放心。所有人里只有我作为总队长留在 8300 营地接应，才是我们让外界放心的最好的态度。曹峻 1998 年指挥卓奥友，为了队伍可以牺牲登顶机会，今天，我也可以。"

冲顶之夜，凌晨 1 点，厉伟送别一位位队友，这一天，漫长得宛如一年。在营地等待队友们从风雪中归来，却迟迟没有等到他最担心的杨东杰。这位 1986 级法律系师弟是攀登队员中年纪仅次于他的人，他的身体吃得消吗，怎么还没他的消息？从对讲机里得知杨东杰已经成功登顶并安全抵达 7790 营地，他才放心。

李进学听到厉伟决定放弃登顶时，就坐在厉伟对面，仔细一想，各方压力太大，这个结果不令人意外，但放弃的勇气还是令人佩服。

在珠峰项目期间，厉伟给学生队员最深的印象应是他的环保意识和环保行动。在 2017 年攀登卓奥友前，李进学对环保活动的理解一直是：山鹰社所做的事情，更多的是起到一种宣传和影响其他人的作用。在珠峰攀登前，山鹰社的环保活动多是把自己产生的垃圾带走。厉伟加入珠峰登山队，学生队员对环保的理解完全变了。一次聊天，李进学和厉伟说起这一点。他告诉李进学，坚持的理由，其实就是捡垃圾这个小小的行为本身，即使没有影响到他人，但也是实实在在做了一点事情，这就已经够了。李进学的专业与环境有些关系，认为厉伟对问题的认识到达了本质。从经济学角度讲，改善环境的最终办法是每个人都有主动的意识，不能破坏默认的环保规则，否则便会劣币驱逐良币。厉伟留给李进学的另一个印象就是"执拗"，认定一件事，便全力以赴，决不放弃，

242

尽管有时可能不被理解，不管是捡垃圾还是攀登本身。

从此，每一次上下山，队员都会沿途捡垃圾，虽然这些垃圾都不是队员自己制造的。每次开始走起来，厉伟的双眼就像一组激光雷达，不停地发现隐蔽的垃圾。他要么直接用登山杖戳起，传递给后面的队友，要么左右环顾，找一个看上去体力状态比较好的，被喊得最多的名字是夏凡。

赵万荣印象最深刻的当属完成海拔7500米适应后下撤的途中。大家按自己的节奏前进，赵万荣、李进学、夏凡三人一直跑在队伍最前面。往常需要将近两小时才能下撤到过渡营地，那天他们只跑了1小时15分钟。他们开始议论，是不是2.5小时就能下撤到BC？考虑到全队14人只有3个向导，而其他人都跟不上他们的速度，如果他们3人配一个向导，有些浪费。他们就琢磨和总队长厉伟商量三人跑在一起，自己下山。厉伟的回答却让他们汗颜：比谁跑得快下山没有意义，因为总有更快的人。这除了自身的满足感，没有别的意义。但如果捡垃圾，可以为他人做一些事情。厉伟建议他们下山可以走快一点儿，但不要和队伍拉开距离，多出来的时间可以捡垃圾等队伍。于是赵万荣也开始主动捡垃圾。走在路上看到路边的饮料瓶，赵万荣耳边也总会响起厉伟的话："试试在力所能及范围内尽量帮山做点事情？"

其实在日常生活中，厉伟也经常组织员工、家人捡垃圾。厉伟在深圳举办各种校友以及产业聚会，活动之余也组织一起去捡垃圾。他还在深圳成立专门基金会清洁深圳海滩。这种和垃圾死磕的精神着实让人感慨。

杨东杰：上进的"小杰同学"

学生队员对1986级法律系校友、橡果国际创始人杨东杰的敬称是"杰哥"。他总对学生队员说:"我其实是个心特重的人,但爬山时那些烦心事儿全跑一边儿去啦。"

杰哥和陶炳学的爸爸同一年出生。陶炳学觉得杰哥的心态很年轻,和学生队员打成一片,对很多事情持有包容和好奇的态度。就拿陶炳学喜欢的动画来说,杰哥主动提出让他在 BC 做一个小讲座,让大家了解关于动画的知识。陶炳学就从动画发展历史、工业流程、商业模式这几个方面讲。后来,杰哥就和赵万荣在山上看陶炳学最喜欢的动画片。

杰哥喜欢听学生队员讲他们各自擅长的领域,对什么都感兴趣:庄方东的多肉种植、材料科学新进展,陶炳学的"二次元"世界、漫画产业的发展,赵万荣讲的区块链……世界即使跑得像匹飞奔的马,杰哥也要努力把它套住。看他这么"上进",学生队员称他为"小杰同学"。每个休整日晚上,在他"要求"的讲座上,主讲同学投入地讲着那些专业领域的知识、资讯、牛人牛事,而杰哥就在前排听众的身后微微笑着,抽着他不离手的电子烟,眼睛里闪着老猫般满足狡黠的光。

遇见这批比自己年轻很多的师弟师妹,是杰哥这次珠峰攀登的意外之喜。此前杰哥还担心后辈不如老北大人,现在则常对学生队员说:"你们的见识、思维、眼界,都很棒!"

登山对杰哥意味着什么呢?有时学生队员会这样问。"其实登山对我来说是件特快乐的事。爬的山越高、越艰难,下山以后人就越开心。爬山让我更加明白,遇事不能逃避,必须面对。这对我来说极其有价值。以前我遇到困难是很慌张的。但人必须在巨大的恐惧和压力之下还能有较为清晰的认识。登山会对性格产生这些影响,对于你们这些同学也是如此,以后你们遇到困难,就会想起这些。"

杰哥每当想起这些,总会点起一支电子烟,目光悠远地望着远处的山川，沉默不语。此时郭佳明总在他身边不远处，放着他俩都着迷的那些弗拉明戈风格的音乐。

邱小斌："考验的就是人的强弱"

邱小斌加入队伍前已有海拔8000米攀登经历。2013年他成功登顶海拔8516米的洛子峰。

经验丰富的他，在珠峰冲顶阶段还是遇到棘手问题。5月15日凌晨1点多刚出发，他的眼镜就被风雪糊住，只能裸眼慢慢摸索着前进。他的个人向导与他又沟通不畅。当焦急的队友看到他时，已经是上午10点，队友们开始从顶峰下撤了。邱小斌和处于体能耗尽状态的杨东杰一起，完成了向上攀登的最后部分。

邱小斌下山后才得知，冲顶那天是整个珠峰攀登窗口期最严酷的一天，前后一天都是无风晴好的天气。回顾以往的攀登经历，他说："这次我们的队员表现得非常顽强，才能取得这么好的结果。也主要靠我们自己的实力。每一年我发现都是这样，如果窗口期短，天气变化大，那么考验的就是人的强弱。强的人，就留下来。"

连线北大120周年

和北大120周年校庆晚会视频连线，是早早确定而且登山队又再熟悉不过的环节。2017年在珠峰北坳，赵万荣、魏伟、夏凡、庄方东和李进学五人就和北大119周年校庆晚会进行过视频连线。这也是119周年校庆晚会最出彩的一个环节。创意十足的人形"119"和北大校徽更是吸引眼球。赵万荣知道120周年还要连线有些紧张，因为最好的创意已经用过，很难再超越；另一方面又很期待，因为120周年校庆视频连线嘉宾初步定为林建华校长。

视频连线环节主要分为两个部分。首先是要拍一段给校庆的祝福视频。这次攀登周期相对比较长，决定从海拔5200米的珠峰大本营开始，让队员们在不同的海拔高度分别录下祝母校生日快乐的视频，也算是对珠峰前期攀登适应的一个总结。计划赶不上变化，第二天从海拔6500米出发向上，路过陡峭的北坳大冰壁，赵万荣灵机一动，觉得这是一个绝佳的拍摄场景，便让李进学在最陡峭的地方给他和夏凡录一段视频。近乎垂直地从上向下的俯角，有着极大的冲击力，这一小段视频最终成为校庆祝福的开场。

第二部分是视频连线。视频连线时间定在日喀则休整期间。如何找一个合适的地点连线成为头等难题。连线是在21点，日喀则已天黑，室外自然光太暗，在室内连线又过于奇怪。还是总指挥黄怒波有办法，扎什伦布寺跟他有极好的友谊，愿意在连线时打开全寺灯光，他一个朋友在扎什伦布寺斜对面开酒店，专门购买了两盏大探照灯，为登山队解决了近景光线问题。

2018年5月4日，连线前3小时，赵万荣等到场地调试。黄怒波的朋友专门开了·间房，让他们在里面观看校庆直播。

为了确保连线顺利，开始前一小时，他们列队站在连线设备对面。这时黄怒波热情的小兄弟又派人来献哈达。连线前最后十分钟，赵万荣抓紧背台词。黄怒波看还有时间，叫那些献哈达藏族姑娘和大家跳锅庄，那份自信似乎一点都没有要准备一件大事的感觉。大家也借这股劲儿放松下来，最终校庆晚会连线很成功。

魏伟：一个女生的攀登之旅

从 2018 年 3 月 31 日早晨北大南门出发，到 5 月 21 日重返校园，五十多个日日夜夜的攀登，这次攀登唯一的女队员、法学院 2017 级硕士研究生魏伟有太多值得记录的故事和无法忘怀的记忆。

到达珠峰大本营前，魏伟印象最深的是 4 月 4 日雪古拉山适应性行走，天不亮驱车从羊八井训练基地出发，朝阳初升时到达海拔 5450 米的雪古拉山口，面前的岩石山体就是他们即将攀爬的雪古拉山。更引起大家注意的是右侧沐浴在霞光之中的气势恢宏的穷母岗日峰。那是山鹰社 2001 年登山队鏖战 48 天才成功登顶的山峰。这个故事一直给后来的"山鹰人"很大的激励。2016 年卓木拉日康攀登受挫，这个故事就是队员们振作士气的主要能量。4 月 4 日是魏伟曾经的队友、山鹰社女队员林美希和刘文慧的生日。队员们在雪古拉山给她们拍录一段视频，以雪山为背景祝她俩生日快乐。

到达珠峰大本营，魏伟在 5200 米的海拔适应相对比较轻松。2017 年上北坳营地，她在 BC 就没什么反应，饮食和睡眠一切正常。但是一想到要上海拔 6500 米的 ABC，魏伟心里就一颤，那可是名不虚传的魔鬼营地，2017 年北坳攀登之后就在她心里留下阴影。当时在 ABC 住了三天，魏伟头疼得一点儿也睡不着，盯着小帐篷顶看了整整三个晚上。每个人的帐篷顶有一块太阳能电池板，上面细分成很多小格子，一共有 108 格。那三个不眠的夜晚，魏伟不知道一共数了多少遍，虽然对帮助睡眠没有起到一点儿作用。完成北坳攀登，回到 BC，魏伟的头已经不再疼了，但还留着巨大的心理阴影，她赖在活动大帐，死活不回小帐篷睡觉。那种感觉终生难忘，她再也不想体验。

再次来到珠峰脚下，魏伟一直宽慰自己，北坳攀登那次是时间太短、爬升太快根本来不及适应，才会头疼，这一次前期适应半个月才上ABC，一定没事。前期心理建设那么久，一到ABC，还是头疼，没有一点转好的迹象，第一晚注定又是一个不眠之夜。即使好不容易睡着，半夜2点也会被来检查队员身体状态是否良好的向导叫醒，能不能再次入睡是个谜……让魏伟始料未及的是，还有更厉害的武器——夜半歌声。正在半梦半醒之际，突然听到寂静的夜空里传来一段悠扬中带着凄厉的歌声：

> 天空依然阴霾依然有鸽子在飞翔
> 谁来证明那些没有墓碑的爱情和生命
> ……

这音准，这音色，简直可以开专场演唱会……断断续续的歌声伴着呻吟，过一段时间播放一段，一直持续到黎明时分。可能是歌者唱累了停下来，也可能是魏伟终于听累睡着了，她的世界短暂地恢复安静。

第二天早上9点，魏伟还没出帐篷，就听到活动帐里的议论：

"是谁昨天嚎了一晚上，搞得人根本睡不着？"

"我也听到了，唱得还挺好听的，虽然确实扰民。"

"是夏凡！我就住他隔壁帐篷，简直想过去踹他一脚，然而头疼得都爬不起来，又被吵得睡不着。"

"啊？我昨晚唱歌了？我什么都不知道啊，我就是头疼得很可能在呻吟。"

艺术家的世界就是这样，连头疼的呻吟都能变成"美妙"的音符。

魏伟觉得这比自己睡不着数太阳能电池板的格子有情调多了。

从海拔 6500 米出发向上跋涉的路并不轻松。魏伟举步维艰，走得很慢。临行前她惴惴不安，担心自己一上雪线又走不动，拖很久才到营地。她背着全套技术装备出发，走了一段发现确实不轻松。中午穿着连体服太热，就脱了连体把上半身绑在腰间背包上，走没多久，后背就开始疼。慢慢跟前面的队友拉开差距，魏伟心里多少有点慌，如果天黑之前到不了北坳营地，就不太好了。

事实证明这一年的训练是有效果的。魏伟虽然感觉比较累，但从用时看，到达冰壁下海拔 6600 米的路线绳末端，比前一次攀登北坳快了近两个小时。在冰壁前那段漫长而平坦的雪原行走，也没有再犯困或是总想停下来休息，这让她在爬冰壁时多了自信，最后用 7 个小时到达北坳营地，在营地看到绚丽的夕阳和晚霞。

北坳营地往上，是一段漫长到让人绝望的雪坡。第一次向海拔 7500 米前进，进行海拔适应，每走一步都是一种煎熬。刚出发魏伟就开始肚子疼，总想捂着肚子躺在地上缩成一团，但只能推着上升器向上一点一点挪动，一阵风吹过，感觉自己像被掏空一样，只想瘫倒在地上。每到结点准备过去，就先一屁股坐在地上再说，向导再嫌弃也不为所动。越觉得难受，越想这事，就越不舒服，她一度怀疑自己是生理期提前，是痛经，于是陷入持续的恐慌和自己吓自己的过程中……

终于熬到海拔 7400 米，魏伟说什么都不想走了，向导吓唬说现在就这样，冲顶的时候怎么办。魏伟莫名地哭出来，嚷着："我不管，我要回家，我再也不想走了。"听到对讲机里说天气变差，可以下撤，魏伟顿时如释重负，感觉自己终于得救。魏伟也没有想到，这段充满痛苦的路程在冲顶时不再成为问题，预计 7 小时可以到达 7790 营地，只用 5

小时就完成。

7790营地有手机信号，临睡前魏伟赶紧跟爸妈视频报平安。她想起这几年在社里爬山，跟爸妈相处变乖很多，以前觉得爸妈的唠叨很烦，爸妈总担心爬山有危险，怎么说也没有用，就不想理他们，现在有机会就跟爸妈通个话或是视频一下，让他们看到自己的状态是很精神的，队伍是有保障的，爸妈自然就放心一些。

5月14日早上10点，魏伟从7790营地出发，前往8300营地，15时许到达目的地，简单吃些东西就开始休息，第二日凌晨1点出发冲顶，7点50分到达顶峰，9点左右开始下撤，一直到19点回到ABC，度过了非常漫长又记忆深刻的一天。

从海拔7790米到海拔8300米，经历了好几次天气变化。刚出发有太阳，魏伟过一个结点，抬头看到有两层光环的双日晕，没来得及太多感慨，天气就阴沉下来。走到海拔8000米，风中夹杂的雪粒拍在脸上有些疼。走到8300营地，雪停了，风还是很大，躲进帐篷煮泡面吃，整个帐篷都在风中摇摆。迷糊之中，魏伟感觉天突然亮了，睁眼看到太阳又出来了，天边还有晚霞，跟刚刚的狂风肆虐不同，完全是另一番温暖美好的景象。

零点，魏伟准时被向导叫醒。拉开帐篷，发现晚上下过不小的雪，门廊被埋了，她来不及打理干净腾出地方再烧水做饭，只能用睡前烧好的热水冲点豆奶喝，就穿装备出发。一片漆黑的夜里，魏伟跟向导走在整个队伍的最前面，只有头灯的两个小光点。刚下过大雪，修路队留在山上的脚印被覆盖，连路绳和结点都被埋起来，像是在爬一座没有任何足迹的新山。向导走在前面开路，要踩着脚印从结点摸到下一段路绳，用力抖动，把路绳从雪里拉出来。魏伟跟在后面非常亢奋，两人行进速度很快，到第二台阶时跟后面的头灯已经拉开不小距离。第二台阶是冲顶路上最难的岩石峭壁，直接攀爬几乎不可能，因此架设了三架梯子辅助攀登，最后一架最长的梯子就是著名的"中国梯"，是1975年中国登山队第二次攀登珠峰时架的。

1960年中国国家登山队攀登珠峰时还没有这梯子。当时队员刘连满蹲在岩壁前，让队友踩在他的双肩上，采取"人梯战术"得以通过。最后刘连满放弃冲顶，成全3名队友登顶成功。自从1975年架设"中国梯"，珠峰北坡的攀登者都是通过这架梯子完成登顶。"中国梯"承载着中国人对珠峰攀登的巨大贡献。踩在这架梯子上，魏伟充满自豪感。

过了第三台阶，天开始蒙蒙亮。冲顶的路上天气并不好，风很大，还吹着雪。魏伟开始戴着眼镜，风中的小雪粒总粘在镜片上，几分钟后就什么都看不清了，走一段得停下来擦眼镜。最后直接摘掉眼镜，感觉还好一些，但过一会儿，粘在睫毛上的小雪粒就把上下眼皮粘在一起，要时不时用手套清一清眼睛上的雪。

太阳快出来时，魏伟整个人的感觉都不一样了，周围的世界一点一点地亮起来，先是深蓝，然后变紫，接着朝阳给群山镀上一层金色，天空变成浅亮的辽远的蓝。在雪坡往上爬，群山在周围。已经接近8800米海拔，魏伟并没有任何踩在群山之上的征服感，也没有山岳如此之雄伟而人如此单薄的渺小感，只是觉得自己像是被群山揽在怀里的孩子，跟周围的环境完全融为一体，内心更多的是像太阳初升照亮人间般的温暖和安宁。那一刻她真的想就这样停下来，静静地感受这美好。

走过三角雪坡，就到顶峰。登顶的那一刻，魏伟心情没有太大波动，毕竟不是一蹴而就突然飞上来的，而是一步一步走上来的，心里更多的是踏实、安宁和感激。她双膝跪在雪地上，环顾周围，努力记下世界之巅的景象，然后朝着来时的方向磕了个头，双手合十感念一路走来帮助过她的人和事。魏伟其实并不是一个经常表达这些情感的人，但在那个时点那个情境，就像是周围有一种神秘的力量在促使她完成登顶的一个小小仪式。当然，不能免俗，她跨到尼泊尔那一侧的山脊，假装自己完成了南北双跨。

队友都陆续到达顶峰，按照事先的安排拍各种旗帜的照片，喊登山队的口号和山鹰社的社训："存鹰之心于高远，取鹰之志而凌云，习鹰之性以涉险，融鹰之神在山巅。"喊到最后一句真的很有感觉，因为此刻就在万山之巅。

集体活动完成，队员就各自在顶峰做些有意思的事，有给女朋友和导师录视频的，有拿手机跟家人通话的。夏凡的向导还把一件梅西的球衣背到顶峰合影留念，下山后这成为新闻热点，梅西在自己的 ins 上亲自转发这张照片并表达感谢。

在顶峰待了一个小时，魏伟的向导要疯了，担心待太久有冻伤的风险，一直催她赶紧下撤。下撤路上，向导也一直催走快点，说她的氧气不够用，要赶紧回到 8300 营地，换一瓶新的。魏伟跟着向导很快下到7790 营地，又被告知氧气虽然不多但还够用到下一个营地，到 7790 营地再换一瓶新的。魏伟在快没有氧气用的恐慌中快速撤到 7790 营地，终于长舒一口气。向导说这下就放心了，然后告诉魏伟，其实她的氧气一直够用，但珠峰海拔 8000 米以上都很危险，要尽快撤到 8000 米以下的营地才够安全。魏伟就这样被骗了一路，但还是感谢向导，感谢向导保障她一路安全地撤回 ABC。

第二天傍晚回到 BC，有很多人在迎接他们。回望晚霞中的珠峰，魏伟情不自禁地深鞠一躬，感谢"第三女神"的接纳，让她能够有幸到达世界之巅，并平安回到本营。

2018 年珠穆朗玛峰登山队队员名单（年级／院系／职务／绰号）

山鹰社：

钱俊伟：体育教研部教师

赵万荣：2016/ 光华管理学院硕 /"二黑"

庄方东 2014/ 化学与分子工程学院直博 /"板砖"

李进学：2013/ 经济管理学院 /"小黑"

郭佳明：2014/ 化学与分子工程学院 /"佳明买买提"

陶炳学：2015/ 数学学院 /"雪饼"

夏凡：2013/ 生命科学学院

魏伟：2017/ 法学院硕 /"哥"

校友队：

曹峻：1988/ 城市与环境学系

方翔：1999/ 法学院

王辉：1996/ 东方语言文学系

李伟：2011/ 国家发展研究院 EMBA

杨东杰：1986/ 法律系

黄怒波：1977/ 中文系

厉伟：1981/ 化学系

邱小斌：2012/ 光华管理学院 EMBA

教职工代表队：

赵东岩：1987/ 计算机系

对攀登的纯粹的渴望

——2018 年再返甲岗

夏凡说："Trust me（相信我）。"

"好。"冉雅涵点点头。

珠峰攀登是北大的一次辉煌，也是山鹰社的一次辉煌。然而，对于山鹰社来说，更大的挑战在于如何做好社内常规攀登的传承。山鹰社暑期攀登已经连续两年没有登顶。没有登顶，对登山人来说，百味杂陈，而对于一个社团的传承来说并非小事。

2018 年暑期山鹰社最终选择攀登甲岗峰。11 年前，中国登协于良璞老师推荐了甲岗峰这座隐于藏北的未登峰。那时手里资料只有一张地形图和刘炎林从西藏带回的若干照片，山鹰社理事会不停地研究那些谁也说不清楚的可行性，最后带着一半信心一半担心上路。

当年的登山队长纪明印象最深的是梯子。遇到裂缝区，回到营地讨论是否继续攀登。大伙一筹莫展，教练坚持反对。纪明觉得不该轻易放弃，提议用梯子，尽管他一点底儿也没有。最终成功登顶，完成世界性首登。

刘明星背梯子上山的背影，张焙做保护点时的专注神情，柳正过裂缝区时的匍匐身影，都成为纪明记忆里的经典画面。

历史总是有那么多的巧合，1990年在学校和登协都没有批准的情形下，山鹰社的前辈们"偷登"玉珠峰，开启了山鹰社的自主攀登史。2018年暑期攀登甲岗，出现"放弃"与"坚持"抉择的小插曲，四名老队员没有遵从教练的意见，独自攀登并登顶，开启了山鹰社的后珠峰攀登时代。

此举引起老队员广泛而深刻的讨论。11年前的甲岗峰登山队长纪明没有参与讨论，但心里为他们点赞，认为那正是年轻的样子，是现在的他们，也是过去的他们。当年也是离放弃只有一步之遥，纪明最后听从了自己心底最真实的声音。

11年过去，纪明认为时代早已不一样，但这群年轻人身上仍然烙印着山鹰人的痕迹，就是那种对攀登的纯粹的渴望，激情无畏，勇攀高峰。纪律归纪律，社团理事会应该讨论与反思，但这是他经历过的青春，这是他爱过的山鹰社，一直没有变。

换山

2017年11月11日山鹰社理事会着手选山。回顾此前的四座暑期山峰，有三座都在青海省境内，这一定程度上是因为青海省相对宽松的政策环境。青海省境内技术难度及接近性适宜的山峰并不多，这几年几乎已经穷尽。新疆因为局势问题，学校一直有很大的压力。四川山峰地形较为破碎，落石较多，且夏季为反季节攀登，可能需要岩石技术，鲜有适合大队伍进行雪山技术训练的山峰。云南和甘肃没有合适的山峰，西藏成为相对理想的选择。2018 年 3 月 7 日，理事会将山峰范围确定在西藏。恰逢北大珠峰登山队为珠峰计划而在西藏频繁进行攀登，相对前几年与西藏方面更为熟络，经过与西藏登协方面的初步沟通，确认可以在西藏进行暑期攀登。

考虑到队伍实力及攀登珠峰的大背景，暑期攀登不想在攀登难度上有突破，从一开始就本着稳妥原则选山，倾向于路线成熟、适宜安排长度足够的攀登周期的山峰。在西藏的开放山峰中，难度适中的 6000 米山峰不多。卡鲁雄和姜桑拉姆位于藏南，夏季降雨量大，冰川变化剧烈，这迫使厦门大学登山队 2016 年止步卡鲁雄 C1 营地。唐拉昂曲、启孜、鲁孜、洛堆又过于简单，不足以安排长度足够的攀登周期。

3 月 15 日理事会综合考虑，将桑丹康桑定为暑期目标山峰。桑丹康桑峰攀登路线明显，坡度较缓，地形丰富，有碎石坡、雪原、冰裂缝、雪坡、刃脊等多种地形，适合学生队伍在自主攀登的过程中提升综合技术能力。山鹰社曾于 2000 年和 2005 年登顶这座山峰，资料翔实，还可以联系到老队员进行资料补充。从已知情况看，桑丹康桑峰整体路线上没有无法预知的冰崩、雪崩存在，最大的问题是海拔 6100 米处的大雪坡，安全情况可控。

确定目标山峰一周内山鹰社向西藏登协提出申请。在此后两个多月的多次沟通中，均得到答复"应该没有问题"。6 月初，同样申请西藏山峰的厦门大学先于北大登山队拿到登山许可，而登协对于桑丹康桑大雪坡存在的雪崩风险始终有顾虑，建议换山。在西藏境内没有攀登条件类似的山峰，登山队准备工作已过半，队员们想尽办法做各种尝试争取以打消登协的顾虑。两周的努力未见成效。考虑到距离出发只有二十余天，登山队无法再一次承受山峰变动带来的不确定性，而且登山队所有筹备皆围绕西藏进行，6 月 18 日，理事会最终选择厦门大学已经申请成功的甲岗峰作为暑期目标山峰，28 日正式公布。相较桑丹康桑峰，甲岗峰雪线以上路线更短，最大的问题在于已知大裂缝较多、裂缝情况不确定。

寻找目标山峰时，理事会还考虑过别的攀登思路，虽然没有实施，但也值得说一说。首先是两山连登，比如启孜和鲁孜，卡鲁雄和姜桑拉姆。在无法申请到技术难度适合队伍能力的山峰时，理事会提出可以考虑同时攀登共用一个本营甚至一个 C1 的两座相邻的山峰，第一座按照山鹰社传统攀爬方式，老队员开路，新队员跟攀；第二座则由新队员自主制订攀登计划、物资分配，完成探路修路，老队员进行最终决定并全程看护。但这种方案的前提是，两座山峰相对简单，且新老队员的实力足够。满足这样要求的攀登地点本身就很少，同时还需要考虑登协是否批准、教练是否愿意的问题。

第二是山峰侦察。面对有限的山峰资源和由于气候变化造成的攀登线路难度变化，如果能够在一片山区内"爬一座，探多座"，可以为一次登山获得更多的回报，也为以后的攀登活动做准备。具备进行这种侦察条件的山峰基本位于西藏、新疆和四川。其中西藏并不能自由选择攀登目标山峰；新疆则由于局势压力无法前往；虽然可以考虑重拾岩石技术攀爬四川的山峰，但岩石山峰山体不稳定，不适合反季节大部队前往。因此在可见的未来，若西藏和新疆的形势不发生大的改变，难以山峰侦察模式开展暑期登山。

3 月 15 日正式公布暑期攀登目标山峰，任命登山队队长、攀登队长和后勤队长，分别是刘超颖、黄思维和龚宝琦。4 月 1 日，登山队申请正式开始。

每一年帮助新队员开展的最重要的工作，就是努力从理性和感性两方面入手争取家长的认同与理解。理性上汇总各种计划、筹备进展、身体状况、学校态度等多方面信息及时传递给家长，保证家长清楚了解工作的进展以及状态；感性上，通过多和父母情感交流申明登山爱好、登山理念以及在登山中获得的成长；最重要的就是如何最大程度确保安全。2018年有几位新队员最终没能争取到家长认可，无法申请登山。

老队员储备基础不比往年差，加上两位珠峰队队员，老队员共有7位。考虑到新队员申请人数不多，老队员人数不宜多出新队员太多，就没有再找毕业的老队员加入登山队。然而7位老队员中，只有一位参加过暑期登山队，其余要么经验不足，要么只参与过其他攀登，这对具体攀登问题的判断、队伍中攀登相关事项的传承构成隐患，不利于进行成熟的决策和应对突发问题。

5月7日登山队正式成立，13名队员，分别是刘超颖、黄思维、龚宝琦、冉雅涵、陶炳学、蒲伟良、夏凡、周文杰、向九如、胡晨刚、曾丽莹、黄伟喜和王佳雯。从5月8日开始为期5周的登山队训练。

登山不仅是一次活动。在山鹰社看来，以登山活动作为载体，强健社员的体魄，增强社员的责任感和团队合作能力，去往苦寒之地磨炼身体及心智，实现精神的熔炼以及队员的成长才是最重要的。登山队成立前对新队员技术培训主要包括两次冬训。2018年1月在京郊天仙瀑进行第一次冬训，学习内容包括：器械操作、冰坡行走技术、攀冰技术、保护站理论与实际操作等。2018年2月在河北小五台山进行第二次冬训，学习内容包括：雪坡行走、结组与修路、滑坠制动、模拟高山建营与营地生活等。登山队成立后的技术培训包括周末技术训练（下降技术与直壁大循环、先锋与下方保护、结组与修路、裂缝救援与单绳上升）、技术理论讲座、队医讲座、高山病讲座等。老队员技术培训除了新队员参与的全部内容之外，还包括前期的技委培训，部分老队员还参与了冬攀。

从 7 月 15 日建立大本营，到 7 月 30 日出山，历时两周多。甲岗峰距公路和县城很近，交通便利，手机信号好。这一方面为登山队进入本营遇到问题便利解决提供了方便，一方面使得队员之间交流偏少。本次攀登没有让新队员有冲顶的机会，这不管对于队伍还是社团来说都是非常大的遗憾。但刘超颖、夏凡、龚宝琦和冉雅涵四名老队员通过尝试新路线登顶，填补了社里前两年未能登顶的遗憾。

老队员探班

学生社团皆存在新陈代谢过快的问题。技术、经验和精神的积累和传承，是以雪山攀登为核心活动的山鹰社可持续发展和队员生命安全的根本保证。新老队员之间的磨合和全方位传承一直是山鹰社发展的核心工作之一。登山队集训时期老队员探班就是其中一项。队员训练完毕，老队员不仅会带好吃的东西去看望参训队员，还会与参训队员进行沟通。每年参与探班的老队员，几乎都是由最近十年的登山队员和山鹰社社员组成，表现出山鹰社的代际特色，2018 年也是如此。

集训为期五周，每周二、周三和周五三天进行体能训练，周末安排技术教学和拉练，考试周前两周停止集训。探班时间为周三、周五晚，探班负责人是曹珊。

5 月 9 日，第二次训练。

先在王克桢楼负重爬楼 80 分钟，然后回岩壁做力量训练。训练完毕，登山队长刘超颖强调要有"信念感"，要相信自己做的事情有意义，把自己的体能锻炼得好一些，将来在山上就能为队友分担更多的东西。要从内心相信这些事情都可以让我们更好地去登山。登山是一个信念感很强的事情，如果不相信自己登这座山有意义，大家就没有理由聚在一起。

探班队员有王帅、何世闯、皮宇丹、龙天云和唐筱傑。

[龚宝琦]欢迎老队员们给我们讲故事，给我们的训练提建议和指导，给我们打鸡血。

[何世闯]我最后一次登山是2016年。老队员其实一直在关注登山队，希望登山队很好地延续下去，都能收获自己珍贵的经历。

[皮宇丹]我2012年入社，是2013年、2015年登山队员。我刚入社时体力也不好，800米都跑不了，一年的攀岩队训练下来，跑步能力增强很多。感谢山鹰社将我培养成一个能跑能跳能登山的女汉子。攀岩是自己跟自己探索的游戏，包括心理上的对抗以及对自己身体、肌肉的了解和控制；登山更多的是集体的交流，包括训练时互相鼓励、比拼，拼命不落到最后。我对第一年登山队的训练印象特别深，一是队友之间的感情更深了，二是队友之间的配合更加默契了，三是能够做到很多自己以前没有想过的事情。希望大家能享受五周的训练。

[龙云天]我2015年秋入社，是2016年、2017年登山队员。第一年训练，第一次冲刺400米，我感觉要死了；第二次冲刺400米，感觉自己活不过来，这个一辈子都会记得，希望新队员能有这种体验。如果这两次训练没有达到这效果，后面可以好好搞一把，搞到终生难忘。另外一个很重要的东西——安全。2016年，我和孙静结组从岩壁顶上下降，孙静将保护器装在装备环上，老队员看到了，把她抓住了。当时吓了我一跳，对安全的理解有了质的变化。"山鹰会群"里有一位师兄（刘炎林）是2002年事故的亲历人，在一篇采访他的文章里，回忆了当年的事情，

我当时就看哭了。涉及生命的事情，一定要慎之又慎。大家要有一个意识，只要在同一根绳上，自己和搭档就是完整的一体，不只是自己不能出错，如果搭档出错，那也是你的错。大家对 double check 这件事情一定要深入骨髓。

[唐筱傑] 我 2015 年秋入社，去年去科考。对登山没有太多想法，但是对登山队科考队会合很有印象。走碎石坡时天气不好，走起来特别崩溃，所以前期训练特别重要。登山队的训练是很科学的，一定要好好练。

[胡晨刚] 想了解关于高反的事情（齐声附和：好问题）。

[何世闯] 2012 年在四川雀儿山，第一天高反最强烈。那年新队员体力都很好，人也很多，风景又好，蹦蹦跳跳，十分活泼。然后就高反了，头痛、不舒服。有一名队员高反很严重，我们就不让他睡，让他在本营走来走去。他也是体力非常好，他自己总结就是走得太快。新队员接触到新环境、新事情，千万要悠着点儿，让自己的身体、心理更好地适应。

2013 年在新疆克孜色勒，海拔高度差不多，但环境比较恶劣。我是后勤队长。第一天上本营，有一半的人高反，什么都做不了。气候恶劣是很重要的一个原因。也因为对那段路的难度和强度没有正确理解，没有准备足够的水和相应的防护措施。大家状态特差，以至于第二天我和两名老队员去探路，他们两人一直缓不过来。这种情况对队伍士气的打击是直接的。一方面是我们对情况的预估不够，另一方面是队伍中很多人对自己身体的把控不够。希望大家在平时训练中更好地了解自己的身体。我的习惯是平时训练都对自己的身体进行评估，比如跑步，跑多久、配速多少、状态如何；爬楼，20 层楼，爬一趟多少分钟；拉练，走多远的路、爬升多少、用时多少。如果对自己的身体有一定了解，就可以做到游刃有余，就可以把其他事务做得更好。

我高反最严重的是2016年，是在西藏卓木拉日康。我是前站，去探路。晚上一直头疼欲裂，根本睡不着。第二天起床也是，没有食欲，什么都不想做，但恢复一两个小时，就能比较正常地做事。高反一般夜里比较重，白天如果积极适应，一般不会有太大的问题。

2013年登山队某老队员晚上睡得不好，状态不好，第二天登山队希望都往上推进一些。他不想往上走，我就带他往上走。他恢复两三个小时，身体状态很好，下撤回本营比我还生龙活虎。对于高反，即使睡得不好，吃得不好，也不要太把它当回事，应该转移注意力去专注要做的事情，积极适应，就能克服它。

[皮宇丹]我认为何世闯在这件事情上完全没有发言权。他三次登山，只有一个晚上不能睡着。我是两次登山，每次都有好几个晚上不能睡着。首先大家要相信登山队的整体安排。我们是喜马拉雅式攀登，整个过程是循序渐进推进的。第一阶段在本营的高度会待上四五天，足够做高海拔适应，大家可以放宽心。

2013年我是新队员，体力不是很好，对整个路线也不怎么了解，高反特别严重。一天我和另外三名队员走在后面，走到最后几个小时，身体情况太差，大脑缺氧，特别想睡觉。经常走着走着就坐下休息，就睡着了，惊醒过来继续走。总结起来，我的高反一是喝水喝得不大够，二是确实超出自己的水平。在本营适应6天，一直没有缓过来。在这么糟的情况下，大家最后都适应过来了。因此不用太担心，如果情况确实不好，队伍会延长适应时间。

2013年登山，前两个晚上我完全睡不着，消化功能不大好，一直在放屁。虽然没有睡好，但躺一个晚上，体力基本上都已恢复，第二天该干什么干什么，只是觉得自己的身体不行而已。我担心有些人可能会觉得状态不是很好，就收着自己，总担心自己再努力一些、再走快一些是不是就会不行。我觉得应该逼自己，结合老队员对自己身体的判断去激励自己，不要总停留在舒适区。

2015 年我是登山队长，青海那边植被比较丰富，即使海拔在 4700 米到 6282 米区间，氧气含量都比新疆高很多，高反情况少很多，但我还是高反了，可能是高反体质吧。我想说的是，当有责任在身，高反可能就没那么重要了。进展不是很顺利，作为队长想去推进整个攀登进程，就会想自己能够多做一点，为整个队伍分担更多压力，高反就不那么重要。那一年我背的东西比自己预期的就多得多。

2013 年攀登队长贾培申，登过很多次山，其实也是高反体质，上山就高反。还有柳正，也是高反体质。高反其实不要紧，只要了解自己的身体状况，了解自己什么时候是不行的。我更看重的是登山中的意志力那一块。

高反每个人或多或少都会有，一定要把身体锻炼强了。高反是不会让一个最强的人变弱的。

5 月 15 日，第四次训练。

探班老队员是朱洗辰和康乐。他们带来肉、酸奶和香蕉，还有颇具争议的绿豆沙冰。

朱洗辰是 2015 年、2016 年登山队员，2016 年、2017 年冬攀队员，攀登过 4 座雪山。他先说了冬攀高反的故事，然后说："第一，高反是一件很常见的事情，不要期望自己身体素质特别好，就完全不高反。山下和山上的状态没有必然关系。第二，高反怎么办？新队员就听老队员的，等到有些经验，自己就会有一个把控——什么样的高反是我能承受的，什么样的高反是我不能承受的。高反时意识是清醒的，打保护点手是不会抖的，走冰坡是不会抖的，就是感觉不舒服，也就是说身体是可以控制的。新队员大多数时候可能不清楚自己行不行，那就多听老队员的，但是对自己身体的把控是攀登者必需的素质。”

康乐是2003年、2018年冬训队员，攀登过7座雪山。“去年我跟山鹰会去爬团结峰，攀登安排很紧，基本没有适应时间，第一天在周围走走，向上爬几百米，晚上被告知第二天要上，就特别紧张。第二天一开始是跟在科考队后面，本来想着能不能追上他们，结果发现完全不行，因为科考队没有负重。我是最后一个到C1的。第一天在ABC，在那里休息一会儿，斌斌教练跟其他人说：‘那个人是新来的吧……他是不是脑水肿啊？’我当时就是冰爪怎么绑也绑不好，但是睡一觉起来，就感觉好很多。当时我最想冲顶，但是知道路都没修到顶上，冲顶是不可能的，然后就想上到C2，假装自己上去了。但天气跟鬼一样，什么都看不到，只能从GPS上知道自己的位置。队友已经不行了，就得回撤，因为是裂缝区，结组四人必须一起走。我一边走，一边眼泪往下掉。希望在保证安全的情况下还是要对登顶执着一些。2005年那次其实也超过关门时间，如果不超那半小时，就登不了顶。”

［朱泆辰］高反是氧气不足，氧气不足会有不同的反应。氧气不足时身体的各个系统会抢氧气，可能有的系统氧气多一点，有的系统氧气少一点。像我就是神经系统氧气少一点，康乐可能是控制肌肉这方面氧气少一点，像他们队长小明是消化系统氧气比较少一点。每个人的表现不同，大家要慢慢认识自己的身体。

［刘颖超］登山就是跟自己的欲望较量。有时超过关门时间，就要跟自己的登顶欲望较量。有时身体难受，下撤欲望占上风，就会导致失去

登顶的机会。这也是在其他环境中很难体会到的。2000 年以前社里的登山有很多风骚的操作，但 2002 年以后，社里的登山偏向于保守。这在很大程度上是外部环境问题，而不是攀登能力问题。对我个人而言，登山最大的意义，一是在于队友，二是在登山过程中与自己欲望的较量，与自己的对抗。

[朱洪辰] 到了山上说路绳之上皆兄弟，兄弟是你们现在养成的。两个完全不了解的人在一条路线绳上，两个人的想法肯定会有差异。如果你们相互之间非常了解，就知道会发生什么事情。比如 A 知道 B 走得很慢，他们有可能冲不了顶，A 就可能会帮 B 背一些东西，B 也不会有愧疚，因为这相当于帮助所有人。在山上，对对方了解，才是兄弟。

5 月 18 日，第六次训练。

前来探班的老队员有乔菁、张中义、张墨含、李赞和皮宇丹。

Q：赞赞为什么这么喜欢登山？

[李赞] 不同阶段有不同的感受。刚开始主要因为队友和老社员的忽悠。2009 年去爬玉珠峰，第一次跟一群人在山里待那么久，也是第一次看到那样的景色。后来更多的是因为真正的攀登，比如有的路段需要攀冰，需要爬更多更难更陡的雪坡。我更加关注攀登本身，正在做的事情。

在社里登山比较重要的两点，外层主要是与他人、与队友的关系；内层，是在攀登中提升对自己的认知和专注的状态。后来我发现攀岩和攀冰也能进入这种精神状态。商业登山很不一样，队友很不一样，没有山鹰社这种状态。要珍惜在山鹰社的经历，珍惜队友之间这种和谐纯洁的关系。

Q：谈谈对雪山的想象和现实中的差别。

［乔菁］雪山不是一直都很美的，有时候很狰狞。但总是忽然有那么一刻会觉得它很美。

［张墨舍］这说起来其实很哲理。不要一直盯着脚下的雪看，要去看它的整体，它是很美的。这也告诉大家要好好训练，才有力气在雪线上多待几天，能够不只看着自己的脚下。

讲一个你们队长刘超颖的故事。2014 年格拉丹冬，A 组路已修完，但时间不够，就 B 组先冲顶。教练、超颖、子衿在一个绳队。子衿在海拔 6000 多米失温，三人就一起下撤。当时超颖是有体力冲顶的，但还是跟着一起下撤。在社里团队感是非常重要的东西。你们队长第二次就冲顶成功了。

Q：登山中最崩溃的事情？

［张中义］2014 年刚到本营，可能是高反，肺特别难受，不怎么能说话，呼吸也很困难。

［乔菁］张中义可能不知道什么叫高反。高反时其实是身体最弱的部分最容易出问题，比如我是胃最弱，在山上就吃不下，一吃就吐。在山上高反并不是最崩溃的事情，最崩溃的是自己高反，拖了整个队伍的后腿，比如因为要照顾你，老队员会失去登顶机会。

［张墨舍］最崩溃的，应该是第一年去登山。新疆气候比较干，上升很快，完全是走三步停一步的状态。高反有时也是一个心理问题，越在意就越容易高反。有时两个人血氧含量都是 75%，但心理差距很大。

［皮宇丹］最崩溃的是心理崩溃。2015 年阿尼玛卿，登顶完毕，第二天需要带科考队上山，还需要拆掉所有路绳。其他的人都不想上，而我比较好强，又是队长，不想强迫别人，就自己带科考队上山去拆路绳。当时已经很累，又要拆所有路绳，就拆得很崩溃。大家一定要体谅你们

的女队长。

5月22日，第七次训练。

探班老队员有张熙浩、曹珊、丁琳、孙静、沈文生等。

[曹珊]老队员都特别疼登山队员。一、大家要有攀登欲望。在山上有各种事务，要照顾队友，一定要珍惜攀登机会，用心干。二、多为队友考虑，上山见人心，要多干活儿。

关于安全，讲一个布林结的故事。我打布林结是看攻略学的。下撤时是唯一的女生，背二十多公斤，半夜还在路上，害怕，鞋不合脚，坡陡，心态有点崩，突然发现脚底是冰，斌斌教练让我放包趴下，沈文生放绳下来，下面是黑窟窿，用绳单手打布林结被拉回去。所以还是要严肃对待技术。

[张熙浩]我是反面例子。当时忘了单手布林怎么打，是自己一把一把拉着绳上的。

[沈文生]训练时要逼出自己的潜能，怎么弄都死不了。训练之后，感觉特别快乐，以后还想登山。

[周文杰]训练时怎么激励自己？我有时候会很沮丧。

[张熙浩]我当时跑步是盯着小明，心里想着一定要好好表现。

[曾丽莹]我以前也害怕训练，但最近像打了鸡血，因为想让自己变得更强，不能拖累队伍。当一切都为了登山，就变得有意义。

5月29日，第十次训练。

2011年登山队员贾培申、曹作伟、唐文益和庄方东来探班。曹作伟讲述登山队友情、睡袋降活人的故事，解释2013年去科考的原因。唐文益提醒要专业登山，了解登山，理论结合实践，这样才能及时应对突发情况。庄方东讲2012年雀儿山老队员李建江掉进裂缝被拉上来的故事，表达了要"7+2"的壮志。

[刘颖超] 你们留在社里很久的原因或感动的瞬间是什么？

[庄方东] 一起玩的感觉很好，尤其是没有信号、大家深入了解、关心队友的感觉。

[曹作伟] 因为认识的人都在这儿。在这里可以自由地成长，有自由放松的环境。

[贾培申] 人、山、户外、队友情以及对这里的责任、担当。这个社团有温度，有伙伴。

新队员很受鼓舞，畅想2018年登山队探2025年登山队的班。

6月1日，第十五次训练。

探班队员何世闯、陈子扬、陈薪羽、余梦婷、王家列、杨柳、皮宇丹、周筱、贾培申、张墨含和汪子冲。

先是探班队员互相介绍，然后是自由发言和刘颖超的提问：印象最深刻的事。

[余梦婷] 走到叫"五连坡"的碎石坡，本来很绝望，突然看到满山的紫色花，就很高兴。

[汪子冲] 冬攀和夏凡走。有一段路夏凡冰锥打不进去，非常虚。过好一会儿才找到地方打锥，感觉失去控制。在下一段路，第二天用行进间保护，感觉非常爽，非常踏实。到了顶峰和夏凡相视一笑，抱在一起，感觉特别好。

[皮宇丹] 一次冬攀，有一段路是单人通过，但比较绕，我走蒙了，

感觉自己可以切过去，幸好柳正把我喊住，上去才发现自己刚才是在往坑里走。

6月8日，第十八次训练。

探班老队员有张子衿、朱景龙、杨云鹏、赵薇、沈文生、朱洪辰、刘博和梁钧鏊。

[朱景龙]一本关于登山的书里有一句话："一个成功的登山家还有一个良好的胃。"有一次冲顶前和子衿、小黑在帐篷里等天气，凌晨两三点起来边吃边等，剩的冷咖啡倒掉挺可惜，我就喝了。天气好，准备冲顶，跟着小黑走着走着喘不了气，走得特别困，到后面就喝水。以前从来不喝咖啡，那天就喝废了。没吃过的东西，在山上还是尽量不要尝试。要仔细观察自己适合什么食物，调理肠胃。要会骗自己，大脑会留着能量。吃点坚果，虽然不能马上释放能量，但能告诉大脑摄食了，大脑就会释放身体里原来的能量。

[张子衿]我和超颖第一年一起登山，一起休学，一起毕业，是大学最好的朋友。我去登山和超颖的一句话有关。有一次训练完毕，说到登山队体能要求高，担心自己能不能跟上，超颖说："练完就可以跟得上。"超颖也不是体力特别强的，但是特别有信念。

[夏凡]第一次登山坐大篷车，喜欢挨着子衿一块唱一路的《笔记》，歌声与记忆连接，格拉丹冬的颠簸，可可西里的荒原，岁月静好的子衿。

（众：今年可以和刚哥一起唱。）

[朱洪辰]有些人看一眼就知道是不是只会爬一座山。年轻人总会觉得热爱的事会持续很久，我就天真地以为自己会做一辈子的学术，爬一辈子的山。那时给我最大鼓舞的是杨柳，这次约山，杨柳也爽快地答应。

年轻时以为可以和兄弟爬山，后来发现都在忙自己的事。

温暖的"小仙女"

7月15日，早晨一片烟雨迷蒙，但天空很快露出笑靥。车队浩浩荡荡从西藏申扎县出发，驶向魂牵梦萦的甲岗雪山。

探路组将本营选在山脚下的小河畔，兴冲冲过河，等待搭建本营，雨幕再次降临，冷雨促使大家躲在一起取暖。一开始是四个新队员，后来龚宝琦、蒲伟良和夏凡也加入进来，胡晨刚的雨衣成为几个人的避难所。四面八方都被雨笼罩，天空仿佛也是由雨滴组成。瑟瑟发抖中，终于等来装备车，在雨中火速搭建本营。

搭好帐篷，雨也停下来。已过吃中饭时间，进入饥饿状态，但大家建设本营的热情不减，都忙东忙西，啃个肉松饼就接着干活儿。天黑前，本营建设告一段落。吃着王佳雯大厨做的晚饭，体会到本营的温暖。

晚上老队员开会定下次日的任务，按照攀登计划，由攀登队长黄思维带探路组往上探。探路组是黄思维、夏凡、龚宝琦、陶炳学和云丹教练。其余人沿本营背后的草坡做适应性行走。

16日，10点，探路组出发。黄思维没有明确向导和押后，走得比较随意，不过都是老队员，心里比较有数，没有走得稀稀拉拉。前一天教练建议从本营背后草坡直接干到顶，黄思维坚持自己的想法，带队沿河谷左侧草坪走，觉得直接上大坡会很累。才下过雨，又有点坡度，草坪有点滑，但不是很危险，小心走就是。侧面的山谷滑下去会很危险，探路组决定下次不走这个带点横切的山坡。教练没背多少东西，戴着耳机听歌，给人一种闲庭信步的感觉。夏凡毕竟是上过珠峰的男人，爬坡也听不见他喘息。走了一个多小时，大家在草坡上坐下，吃点东西，喝点水。黄思维没带水袋，走在路上没有停下的机会补水，口干舌燥，回头一看，本营已变成广阔的绿色草原上渺小的白点。

海拔接近 5000 米，没什么奇怪的感觉。出发时夏凡说让攀登队长走前面带路。黄思维走到第一个，走得稍微快点，就会出现平原上不会有的喘息和剧烈的心跳。阳光毫不吝啬地打在山谷上，但黄思维没觉出夏天应有的酷暑炙热，竟有一种与世隔绝的清凉，有时他会停下来回头望向本营的方向，然后将目光投往更遥远的申扎县城，扫过来时的蜿蜒公路，然后是更远处的山，更高处的天光云影。

黄思维抬起头，看见上方的山脊上出现一个身影，开始以为是牧民，后来看见是本营适应性行走的队员。他们正面上的草坡，没想到这么快就到如此高的海拔，应该是那几个男生新队员之一。云丹教练生气地说要给他们打电话，适应性行走不应这样走，每个人都要背包，要走在一起，有向导和押后，而不是像散落在草原上的孤羊一样乱跑。夏凡让其他人继续探路，自己追上去，让他们别往上走，然后再和大家在前面会合。

探路组沿着草坡横切到一个满是碎石的山坡上，继续横切，再沿着山坡上行。黄思维盯着海拔看，差不多 5400 米的海拔，在附近找营地作为 ABC。他们选了一个比较大的平台，决定在一块大石头旁边搭营。旁边沟里有流淌的清澈的雪山融水。

搭完 ABC，把技术装备等放进去，背着轻包继续往上探路，横切到一个视野开阔能清楚看到冰川末端的地方。上冰川末端的路线，需要过河，这一段黄思维走得很慢也很累，也不知道为什么。差不多 14 点，决定到此为止，回撤路上插路线旗。黄思维和教练走另一条很多碎石的路线，其余人原路返回。

下坡路上黄思维很快就跟不上教练的速度，无奈地看着教练离他远去的背影。鞋子进小石子，磨得黄思维脚疼，过一段时间就停下来倒石子。16点多回到本营，天气变差，开始下雨。

晚上分组，A组有黄思维、夏凡、陶炳学、龚宝琦、周文杰和胡晨刚。B组有刘超颖、冉雅涵、蒲伟良、向九如、曾丽莹、王佳雯和黄伟喜。决定次日A组背负公共物资到ABC，宿ABC，B组运输个人技术装备到ABC，返回本营。

17日是第一次正式负重上山的行程。天气仿佛已经成为一种定式。上午天空阴霾散开，阳光从白云的缝隙中射出来；下午渐阴，之后风雨交加，数小时后归于平静。B组早上8点吃饭，9点出发，由A组陶炳学、龚宝琦带领，运输个人技术装备到ABC。

本营到ABC的路，先是本营前面的一个大草坡，翻到大草坡顶便能看到雪山；然后是一个小草坡，上面插有一面路线旗；接着是碎石坡横切；切过去是3个土石混合的坡，第一个小坡上有路线旗；翻上最后一个坡便能看到ABC——建立在一小片平坦的空地上，能看到雪山，甲岗还在后面。草坡走到一半，刘超颖说："在野外，最重要的是找到自己的节奏；这样即使体力不好，也能控制自己的90%，好过体力好却只能控制自己的60%。虽然爬得慢，但只要一直保持自己的节奏，就不会拖队伍的后腿。"

到ABC放下个人技术装备便折返。翻到草坡顶看到本营，还有远方的积雨云。狂风时不时呼啸，仿佛在提醒队员们这是在跟倾盆大雨比速度的游戏。雨没有那么快，队员回到本营一会儿后才开始肆虐。

在夏凡的带领下，中午仍在本营的A组四人动手做面片，饱餐之后前往ABC。运输任务不算太重，一顶帐篷、一两根路绳，但走起来并不轻松，带路的夏凡节奏掌握得当，并没有不能坚持的感觉。好景不长，冷雨突然袭来。在大雨的逼迫下，他们不得不加快节奏。

龚宝琦一大早带 B 组上来，百无聊赖中选择睡觉，而睡觉的后果是见到夏凡他们时已进入头晕状态，头晕不断加重，甚至"传染"给同帐篷的黄思维等人。

18 日 A 组的任务是从 ABC 出发，修路到 C1，然后返回本营。闹钟响起来，黄思维听见外面的雨已经停了。他让胡晨刚看一眼外面的天气，反馈是雾气很大，山上还行。黄思维心想有雾不散，说明可能有雨，这山是上呢还是下呢？

17 日本应和 A 组一起上到 ABC 的云丹教练没有一起上来，一是他不想那么早跟他们走，二是到晚上雨也没停。手机信号很好，他经常给黄思维打电话问上面的情况，说 18 日 6 点他就出发，让 A 组等到他再走，原定的 8 点出发推迟到 8 点 30 分。

在帐篷里做早饭时，黄思维和龚宝琦有点萎靡。没胃口地吃完早饭开始收帐篷，两顶帐篷都要带去 C1。教练没在约定的时间到达 ABC，黄思维考虑到队员体力不如教练，决定先走，边走边等。9 点出发。山中还是雾气弥漫，下过雨的碎石坡是潮湿的，空气吸到身体里让人很不舒服。快到达探路终点时，大雾往山上移动，能见度瞬间就只有几十米，但有路线旗不会走丢。

教练听说雾还没散 A 组队员就走了，担心队员安全，不断打电话过来。黄思维不得不随时接到来自教练的"夺命 call"，并解释说没什么危险的，也没有在下雨。教练生气地说不管他们了，他要下去，让他们自己上去，然后挂掉电话。

黄思维相信教练是有责任心的，不可能就这样丢下他们，也就没告诉大家。到换鞋处已是 10 点 40 分，依然有雾，他们看到对面山坡有一个快速移动的身影，想必是教练。A 组队员赶紧穿装备。教练一到就与大家辩论起来。辩论完毕，教练计队员结组上冰川，自己跟在后面照看着。

黄思维和夏凡两人结组在最前面探路，其余四人结组，教练单独跟在黄思维和夏凡后面。黄思维在上雪坡的瞬间就感觉有了干劲儿，虽然有时和夏凡之间的绳会绷紧。上到雪原，终于看见甲岗峰的正面，正是黄思维日日夜夜看的那几张照片的画面。他知道到达甲岗峰还有一段路需要小心翼翼通过，那就是 C1 前的裂缝区。

黄思维跟在夏凡后面学习探裂缝，探出很多不宽但深不见底的暗裂缝，把上面的雪刨掉挖开，就露出纯洁美好的白雪下肮脏漆黑的真面目。他们 13 点 30 分到达 C1，海拔 5800 米。身处裂缝区，四周探一圈，在裂缝地方插上旗子。平整出能放一顶帐篷的营地，搭上一顶高山帐，就下撤。

下撤途中变天，下着冰碴子，寒冷扑面而来。黄思维没怎么吃行动食，走到一个碎石滩时感到很饿，就让大家停下快速补充能量。他们穿着高山靴，下了很久的碎石坡。在 ABC 遇到 B 组的兄弟姐妹们，给他递来鲜美可口的果珍。B 组这天从本营出发，运输 350 米路绳和高山食等物资到 ABC，夜宿 ABC。

黄思维把登山杖扔在地上，坐下和刘超颖、冉雅涵聊天。聊了快一个小时，天气不错，该回本营了。B 组不一起下，次日要上 C1。A 组体力好的陶炳学留下来，带他们上去。

回到本营，黄思维有一种如释重负的感觉，或者说，精神溃堤，在后勤帐切肉，头开始晕得不行，全身还有点发热，他感觉可能是发烧了，不过，心里并不很虚，一方面是老队员的自信，另一方面是次日休整，可以好好养病。

黄思维切完肉就回去睡觉了。周文杰也说发烧，找了一会儿，没找到体温计。夏凡叫黄思维起床吃饭，黄思维没有吃饭的胃口，吃几口就放下碗，找到体温计，量体温，烧到 38.7℃。他不慌，因为有独家秘方。吃完药，穿上所有衣服，包括厚羽绒，裹进羽绒睡袋，夜里可能下雨就不睡在靠门的地方，往帐篷深处躺。这招对他真的管用，每隔一个多小时量一下体温，大概往下掉 0.5℃的样子。他知道一觉醒来就会好起来。

19 日，B 组 6 点从 ABC 起床，8 点拔营出发前往 C1，13 点关门时间前完成运输，这是他们的任务。

6 点，天还是黑的，因夜里下雨下冰雹，凉意透过帐篷跑进来，让人想赖在睡袋里不出来，然而再抗拒也是要起床的。其实对向九如来说，更抗拒的可能是继续爬升。即使大部分东西被其他队友分掉，她依然不怎么有劲儿，走得很慢。一方面是难受的身体体验，一方面是队友替她分担过多的愧疚。她每一步都像抬起一尊石像，缓慢又沉重。等到达换鞋处，队友几乎都已穿好装备，有一组已结好组上了雪坡。刘超颖说："九如，把你的睡袋也给我背吧。"向九如将睡袋递给刘超颖，她确实背不动了。

向九如和教练结组，勉强过了较陡峭的一段雪坡，可以看到 C1 营地。此时风雪都已起来，令人疲惫又感到寒冷。教练看她的状态，说反正已到雪线上，下去等他们吧。

等了许久，队友都陆续从雪线下到换鞋处，打算下撤。此时向九如的心态有些崩，不停地在问自己为什么要来登山，希望能快点回家。一抬头，发现冉雅涵在前面等她，她再也忍不住哭了出来。沮丧、内疚、难过、疲惫、逃避，都有。冉雅涵温柔地抱住她，拍拍她说没有关系。向九如突然想起这天是冉雅涵的生日，而她把快乐传递给了自己。

A 组在本营的活动主题就是做香锅迎接 B 组和做蛋糕为冉雅涵庆生。

老队员夏凡有丰富的做饭经验，是活动的主心骨。有香锅底料，做香锅并不是一件难事，不过由于大量肉失窃，香锅变成菜锅。真正曲折的是做蛋糕，历时数小时，经过三次失败，终于用高压锅做出貌似蛋糕的食物，还用食材拼出蹩脚的"20"。

A 组与 B 组的重逢是温暖的，不过这温暖来得稍有些迟，直到 20 点 30 分，B 组队员才陆续回到本营。A 组看他们喝自己冲的热饮，心里很快乐。吃蛋糕和吃香锅自是其乐融融，不过向九如病恹恹的样子让队友心里很不舒服，她原先总是含着狡黠笑意的眼眸也变得暗沉沉。

晚上老队员在装备帐开会，新队员在本营帐聊天。向九如不知道自己是什么时候睡着的。还有整整一天的时间可以放空。不用担心爬不上坡，不用担心吃不下去东西，不用担心所有的担心。日程安排和队友，都让她感到非常心安。

20 日，全员本营休整，天气挺好，起床就吃，吃完就咸鱼，咸鱼后又睡觉，以致一直有人在睡觉。

晚上向九如突然肠胃不舒服，一直干呕，教练和队友都很关心她的身体情况。为防万一，刘超颖联系申扎县商务局局长开车过来本营，接向九如去县医院。后勤帐中，向九如穿着大红羽绒服虚弱地坐着，脸色煞白，陶炳学、刘超颖、教练和其他队友关切地看着向九如，如后勤帐的灯，投射着温暖。

绝望的雪坡"半岛"

7 月 21 日，全队重新分组，A 组队员有黄思维、夏凡、冉雅涵、龚宝琦、黄伟喜和胡晨刚；B 组队员有刘超颖、陶炳学、蒲伟良、向九如、曾丽莹、王佳雯和周文杰。

早上起来，天还有点阴阴的，B组很早就起来给A组做早饭。A组吃过早饭，稍做准备，8点出发，8点30分下雨，9点雨停起大雾，10点到达ABC。黄伟喜感觉A组和B组的节奏确实不同，不止走得快，而且休息少而短，只能靠糖快速补充能量，经常边走边喝水，真考验人的身体协调能力。夏凡一马当先冲在前面，冉雅涵和黄思维都"之"字上升，黄伟喜想起之前冉雅涵"之"字下降时带过的路，决定不冒险跟着冉雅涵。

A组队员11点50分到达换鞋处。黄伟喜还是落在最后，到换鞋处时一组人已经结组前往C1，而冉雅涵和黄思维不得不等他。他急忙穿好装备，结组上到雪坡，突然感到一阵饥饿，以为大家在换鞋处等他时已都吃饱喝足，在路上肯定不会停下来吃东西，顿时感觉绝望。然而冉雅涵不久就提议歇息歇息，吃点东西。三人便走到前方碎石滩坐下。

夏凡和龚宝琦探路至C1以上的裂缝区，其余人14点到达C1——建在裂缝旁边的营地。黄伟喜三人到达时，龚宝琦和夏凡早已是远方雪坡上的两个黑点。风雪交加，黄思维和冉雅涵稍事休息后就出发修路。黄伟喜和胡晨刚搭完帐篷后就开始理绳。黄伟喜不知道为何要理绳，看着胡晨刚自信而坚毅的脸庞，也就跟着理，然而他们被回来的老队员骂，说这么大的风雪，不去整理帐篷进去烧水，还在外面理绳，委实不应该。

当晚两位教练也上至C1。探路的老队员认为跨过裂缝区需要梯子，联系B组派两名队员（蒲伟良、周文杰）从本营连夜送梯子上山，当晚两人夜宿ABC。

B组在本营休整。曾丽莹前一晚睡得特别晚，还不小心着凉，早上起来特别痛苦。蒲伟良来叫她起床，关切地问怎么了，摸她的额头，没有发烧，但确实重感冒。

送走 A 组，B 组蒲伟良、王佳雯、周文杰和曾丽莹吃早饭，早饭是再次加工过的皮蛋瘦肉粥。

上午天还是阴的，甚至下起小雨，王佳雯和周文杰起太早，回本营帐补觉，曾丽莹和蒲伟良在本营帐咸鱼，坐着坐着也不觉睡着了。转眼间到午饭时间，蒲伟良点菜，炒了青椒肉丝和酸辣土豆丝，外加粉丝和早上剩的皮蛋瘦肉粥。向九如、刘超颖和陶炳学一起回来，向九如并无大碍，活蹦乱跳胃口大开，本营又增添不少活力。

午饭之后有个特别逗的小插曲。做午饭时，蒲伟良说羊群要来围攻本营帐，曾丽莹出去嚎了一嗓子，羊跑了；蒲伟良出去喊一嗓子，但没什么效果，被戏称为"温柔噗"。饭后羊群又来，这次是真的攻占，无奈只得给它们喂食。中午没吃完的香锅倒掉给羊群吃，羊们快乐地抢着吃，有个别块头大的羊想多吃一点儿，就攻击其他小羊；还有几只羊吃到辣椒，被辣得直打喷嚏。还有一只傻羊，一个劲儿地在本营帐旁的垃圾袋寻寻觅觅。曾丽莹实在看不下去，就把它带到残食处。这只傻羊一开始不相信她，队友戏谑说曾丽莹像诱拐小孩的骗子。周文杰拿个盆儿，引得两只羊直溜溜地跟着，用乞求的眼神看他，文杰没耐住，把盆里吃的都给了它们，羊最后还把盆给舔了。

晚上，大家在本营帐看书的看书、看动漫的看动漫。忽然间，帐篷上的雨布被吹得呼啦呼啦作响。帐杆都好像要被风吹弯，雨也顺着风口洒进来。外面的夜暗黑暗黑的，让人感到害怕。大家只得心理安慰似的说，不怕，天塌了有个子高的顶着，然后都望着唯一站着的陶炳学。陶炳学说："那我岂不成了顶天立地的人。"大家心情瞬间轻松很多。

刘超颖守在装备帐的对讲机旁，联系 C1 的 A 组，却一直联系不上。

队员们知道情况，也很担忧，纷纷用手机给 C1 的人打电话，但不是关机就是呼叫转移。所幸最后联系上了，没什么问题。

22 日，蒲伟良和周文杰上山搬运梯子，目标是将梯子从 ABC 运到 C1。A 组计划是早起修路，预计 8 点出发，蒲伟良两人要早起，尽早将梯子送到 C1。

两人凌晨 3 点 30 分起床，吃饱喝足。大约 4 点 40 分，收拾完毕，出发送梯子。天色正暗，距离天亮大约还有两个小时。算来 6 点 30 分肯定能够到达换鞋处，7 点从换鞋处上去，大概 8 点就能到 C1，正好赶上 A 组出发。有点冷，太黑，远处的山看不见。天气还算可以，没有什么雾气，太远的看不见，近处的还能辨别。从 ABC 到换鞋处都是碎石坡，这条路蒲伟良只走过一遍，只敢走那条先上坡到顶，再往下走的路，另外一条横切的路因为没有走过，而且太黑，担心走错。

第一个大坡容易辨认，最上面有一块大石头，照着石头走就是。走到上面，蒲伟良突然有一丝害怕，大概是有种突然的暴露感，只有两个人，有点孤单。黑暗给人更多的遐想，那块巨石此时看起来颇像匍匐的巨兽或者什么诡异的东西，令人联想到各种惊悚的场景。稍作休息就往第二个坡上走。可能晚上比较冷，蒲伟良吸进空气，喉咙咳嗽不止，如果戴上头巾挡住嘴巴，又感到呼吸不畅，需要大口喘气，实在是有点难受。

到了第二个坡，顶上没有指路的巨石，远处的雪山看不见，天上没有明亮的月光，让人有点心虚。还好走几步就能看到依稀的脚印，指引着前进的方向。5 点 30 分左右，两人就走完两个碎石坡到了顶，脚印到此中断。依照记忆往前走几步，看不到远处的雪山，不知道应该往哪个方向走，只好停下来穿上厚羽绒等天亮，等到能够看见远处的雪坡再走。

等了 40 分钟左右，天蒙蒙亮，辨别出换鞋处方向，两人庆幸没有盲目自信凭着感觉走，不然就真走错了。

大约 7 点 10 分，他们走到换鞋处，给 A 组打电话，找人接应。因为上雪线要结组（虽然后来似乎也不用结组上去，雪坡上并没有裂缝），他们只有两人不好弄。但 A 组的人要么不接电话，要么关机，对讲机也呼不上。

这时 C1 的 A 组队员都还在呼呼大睡。大约一个小时过去，他们起床打电话，才知道送梯子的蒲伟良和周文杰在换鞋处没有结组的路绳，四个老队员便分为两组，夏凡和冉雅涵先去探路，龚宝琦和黄思维去送绳。夏凡和冉雅涵依托结组绳和雪锥，通过一处悬在三四米宽的大裂缝上的雪桥，朝各个方向找路，却发现他们身处一个被裂缝三面包围的雪坡半岛，空气中充满燥热的绝望。

大约 10 点，梯子终于到达 C1。此时两位教练已经到达并加入探路的队伍。蒲伟良和周文杰则在帐篷咸鱼一天，"享受"中午时分帐篷里的酷热。

胡晨刚和黄伟喜在黄思维和龚宝琦的带领下背着路绳前进。第一次来到 6000 米海拔，胡晨刚明显感觉到空气格外稀薄，呼吸也变得急促，一路结组前进，探路四人的身影终于出现在他的视线中。此处有一雪桥，梯子较短且无法很好地固定，只得修路趴着通过。

通过雪桥后，尝试架金属梯通过裂缝，但裂缝很宽梯子长度远不够。接下来，胡晨刚就听到老队员和教练关于冲顶路线的讨论以及各种可能的方案是如何被否决的。传统路线被流雪、裂缝封堵，只能宣告登山队在这条线路上的尝试的终结。

绕过裂缝区需通过明显的流雪区，放弃从传统路线登顶，最高到达海拔 6040 米处。坐在胡晨刚身边的龚宝琦已经知道无法冲顶的结果，看起来不太开心，不过还是以到达一个新高度安慰自己。胡晨刚得知这一结果，并没有什么太深的感受，但事后当他一次次回想起远处山脊的景象，总觉得不能在那山脊上行走是一大遗憾。

下撤已经成为必然。A组所有人回撤本营，C1留下蒲伟良、周文杰。

接下来经过ABC撤往本营的路程，胡晨刚的最大感受是饥饿。最尴尬的是在胡晨刚和黄思维、黄伟喜一起从ABC返回本营的路段中，胡晨刚自告奋勇做先锋，不知经过多少奇怪地形，终于回到正轨。经此一役，胡晨刚再也不敢做带路的活儿，灰溜溜地跟在后头回到本营。

这天是夏凡的生日，按照原定计划，他可能得在雪线上度过。在本营咸鱼的B组不知是谁最先提起这一茬儿，刘超颖一拍脑袋，似突然想起般说："对哦……"然后又说："没事，他应该习惯了。"最后A组和教练都下撤回来，夏凡还是在本营过了一个非常简朴的生日。

晚上老队员开会决定部分老队员带新队员开展雪山技术训练，其余老队员本营休整之后上山参与技术训练，如果能尝试新路线将视情况重新修路冲顶。

攀登像叛逆燃烧的火

7月23日，上午晴天，下午阴天，伴随小雨，晚上雨停天晴。重新分组，A组有黄思维、黄伟喜和胡晨刚。B组有陶炳学、向九如、曾丽莹和王佳雯。

B组队员于12点出发，22点30分，四人拖着几近虚脱的身体，结组上到C1，从白天走到黑夜，从开始有阳光照射的温暖走到日落飘雪的凛冽，足足10个小时。向九如满心想的是怎么还不到，直到远远地看到闪烁的营地灯光。除了身边的人，周围是一片白雪茫茫，山与风都搅在这黑暗里，那一点灯光就显得足够明亮，足够温暖。

A组18点10分出发，19点45分上到ABC。其余4名老队员（刘超颖、夏凡、冉雅涵和龚宝琦）和两位教练在本营休整。

24日，在C1的向九如早上醒来，帐外又是另一天地。夜晚狰狞的群山此刻洒满温柔的阳光，映着帐篷和云的影子，雪晃得人眼睛疼，她看一眼便又退回到帐篷里面。曾丽莹仍然坚持将脑袋微探到帐篷外去观赏美景。她说："晃眼睛也要看，实在是太好看了。"

这天是雪山悠闲一日游。在ABC的A组三名队员黄思维、黄伟喜和胡晨刚上到C1，与B组队员会合，主要是结组往上走，练习结组技术，顺便看看是什么阻住登山队继续向上的脚步。新队员盘绳，老队员在中间，沿着一个刚开始有少量裂缝、后面便"一马平川"的大雪坡向上，脚印在几面路线旗后戛然而止，这里是此次攀登的最高处，海拔约6000米。大家吃一部分行动食，吃点干果，集体拍合照，稍事休息，一起下撤回C1营地，开始自由活动（吃饭）时间。

当方便面的香气飘满整个帐篷，向九如摸摸肚皮已经圆滚滚，心满意足地躺在帐篷里，抬头盯着暖透了的帐篷顶，明明已经快19点，躺在暖洋洋的帐篷里，仍像是在沐浴正午的流光。

刘超颖、夏凡、冉雅涵和龚宝琦4名老队员在本营继续休整，但这两天里也没闲着，登山队长刘超颖向两位教练和登协提出其他线路的攀登计划，但均被拒绝。夜晚，苦闷与不甘萦绕在4名留守队员心头。刘超颖提出26日沿新路线往顶峰方向探一探路。夏凡敏锐地意识到，如果精心地计划，这将是一次完完全全的自主攀登的机会。刘超颖和山上的攀登队长黄思维通话商量次日的安排，计划第二天与两位教练一同上新C1与其他队员会合。

25日的安排是新队员技术训练：拆掉C1帐篷，去刚上来的乱石滩附近扎营，营地由新队员自己选，最后新队员自己修路到一个6200多米高度的峰顶。

早上定的8点出发，可实际上由于拔营速度慢，拖延到8点20分才有人开始往下撤，黄思维挺生气的，感觉一到山上所有人都变懒散了。快9点，才开始建新的C1营地，就在乱石滩的旁边搭起帐篷。

天气非常好，大家沿着背后的雪坡往上走，新队员自己结组探路，3名老队员（黄思维、蒲伟良和陶炳学）在旁边同样的高度看他们操作，确保不出问题。这个雪坡比较缓，直到上面比较平缓的地方才出现一些暗裂缝，有的比较宽。

快14点时，黄思维看到教练出现在来的路上。两位教练上来，一位沉迷于给大家拍照，另一位跟着指导，修路训练就在教练和老队员的七嘴八舌中开展。教练急着让大家练完下去，当天都要下到本营，极大地压缩了队的修路长度和质量。

"你们都爬了两座6000米的雪山了。"教练指着前一天大家沿着传统路线到达的终点和此时此刻训练的终点对大家说。

刘超颖、夏凡、冉雅涵和龚宝琦4名老队员也慢悠悠抵达5800米高山营地。刘超颖放不下身为队长的责任，跑到高处观望正在训练的队员。龚宝琦在逼仄的高山帐里头昏脑涨，就和刘超颖一起跑上山坡。夏凡和冉雅涵抵抗不住早上6点起床遗留的睡意，昏然睡去。

16点，刘超颖、夏凡、冉雅涵和龚宝琦4名老队员留下，其余人均下撤。代表登协的罗布教练要求所有人撤下去。面对教练的坚持，刘超颖一时间说不出话来。夏凡把与教练沟通的活儿接过来，主要强调两点：登山队长刘超颖因为和教练争取新的线路，都没在雪线上住一天；4名老队员很累，物资无法运下去。教练见此情况，便带着其他队员下去。

黄思维下坡背得不少，有一种撤营的错觉，虽然背的东西远少于撤营。回到本营，黄思维和蒲伟良开始做饭，其实是在后勤帐瞎鼓捣，用鸡蛋做烙饼什么的。他俩打开后勤帐门非常生气，因为看到不洗碗不刷锅的咸鱼四人组，还有开过的一点没留只剩下汁液的沙丁鱼罐头。吃完晚饭，都在本营帐里说这次上山的心路历程，完了每人拿一瓶雪碧或者芬达。

一晚的大风。

无论是有意还是无意，4名老队员待在山上，就形成一个"自主攀登"的时间窗口。刘超颖说如果天气不好就不上，如果线路超出预期就停止探路。从珠峰攀登归来的夏凡认为自己能掌控攀登情况，就直白地说，既然决定来一次自主攀登，除了实际情况不允许外，其他的别想太多，专注在攀登上。

20点4人开始睡觉。睡前夏凡开始充当临时"攀登队长"的角色，思考攀登计划、地形情况、物资准备、人员的状态……仔细模拟一遍，有两个情况让他有点不安：

1. 他留在帐篷里的小冰镐不小心让下撤队员带下山了，冰锥也没有准备。如出现高技术路段，则无法逾越。

2. 刘超颖设想的"明天你和龚宝琦走前面，我和冉雅涵走后面"这一方法，无法保证安全通过暴露感强的路段。修路？太费时间；结组走？太危险。

第一个问题无法解决，让夏凡有一丝警惕。以往的攀登经验告诉他，这是个危险的信号。他决定冷静地分析遇到的路段的可通过性，不行就不留恋，果断下撤。

第二个问题，他突然想到攀登阿尼玛卿时龙周教练教的一种行进式结组保护的方法——M形保护。如果将人员分为A、B、C、D，每人都有一个可以迅速自保的装备，大冰镐或竖插雪锥，遇到陡坡时，B、C、D等距，A在B位置，等待出发。A前进至绳子绷紧，做自保。然后D在三人保护下向C靠近，到达就做自保。接着是C在3人保护下向B靠拢，照此类推。要点是一人移动，其他三人给他做保护点。（后来实际攀登，龚宝琦提出可以AC、BD这样移动，相当于两人移动，另两人做保护，降低一点安全性，但提高效率）。如果路段是适合迅速建立保护的硬雪坡，这种M形保护就会在保证安全的情况下不损失那么多效率。

在这样的头脑风暴中，夏凡几乎一夜未眠，身边的龚宝琦翻来覆去，冉雅涵不安地蜷缩着。23点左右开始打雷，夏凡本来头脑风暴后胸有成竹，但这突变的天气，带给他一丝不安。凌晨1点，风又变大了……

2点钟，闹钟响起来。帐外的风声和落在帐篷上的雪粒的沙沙声以及"继续睡到明天早晨，就按跟教练说的那样老实拔营下撤"这样的想法都在阻止着他们起床。夏凡拨开帐门往山脊方向看，飘摇的风雪中第一个山头模糊不清。"先睡吧。"他跟龚宝琦说。他们又躺回还没凉的被窝。

也许是山神某种神秘的安排，风雪停了。夏凡唤起刘超颖，说天气对攀登的影响不会很大。刘超颖说："如果走一会儿，看不到第一个山头，我们就撤回来。"

夏凡告诉大家M形保护方法，不再两两结组。吃穿完毕，4点出发，攀登就这样开始。登顶线路是：沿着一个悬冰川的上部，绕过第一个露出岩石的山头，顺着山脊线爬上第二个有巨大雪檐的山头（约海拔6300米），下一个垭口，就到达海拔6444米的顶峰面前。

雪况给力，三天少有的无降水天气让凌晨的雪坡上覆盖薄薄的、破碎的冰壳，下面的雪层因为湿度大，在低气温下变得坚实。经过下半段稍有陷脚的路段，他们就可用猫般轻柔的步伐在上面不留痕迹地通过。

夏凡走在最前方，冉雅涵跟在后面，经过第一个山头下时，稍微起风。夏凡收短他和冉雅涵的结组绳。破风[1]效应可以加快队伍的行军速度。这时，夏凡听到冉雅涵身后不远处刘超颖的喘气声，带着哭音，让人担心。

夏凡让刘超颖和冉雅涵换位置，他给刘超颖挡风。后面的喘气声还是那么急促，夏凡急得跳脚，把多余的绳盘起来，拉着刘超颖走，让她上坡时借力，但很难保持均匀发力，只能一阵一阵地拉，虽然她轻松了一点儿，但后面的冉雅涵却受不了这种不平稳的行走方式，只好作罢，让刘超颖回到冉雅涵后面，毕竟他听着这种疲惫喘气声也受不了，会过度担心。龚宝琦走在最后，有比较稳的保障。

绕过第一个陡峭的山头，来到一处平缓的雪坡。前方十几米处，悬冰川的舌头袒露着，需不需要用冰锥？夏凡心里紧张了一下。所幸，悬冰川底部是硬雪，顶部有一两步，冰爪感到硬冰的碰撞，大家都搞得定。

悬冰川顶部，冰雪展现着亘古的面貌。踏着硬雪，他们感念着山神的眷顾，来到第二个需要逾越的山头前，从正面看山顶有巨大的雪檐，现在在它的背后，给心里的恐惧留下足够的空间。向上望，绵延的山脊望不到头，陡峭的雪坡就在面前。

夏凡说："今天的雪况和天气非常好，成功的概率非常大，面前的雪坡很陡峭，这段雪况很好的直上线路就不设置保护，我在前面踢好脚印，大家慢慢跟着走。"夏凡一步一步踢出脚印，亘古的冰川在脚下变

1　破风，自行车比赛专业术语。指在高速骑行时，自行车手突破空气阻力以达到最快速度。车队中的"破风手"起保护队友，为队友节省体力的作用。

成风景画一样的远景，山脊上的暴露感也越来越强。

随着他们逐渐攀上第二个山头的顶部，黎明的光在远处的云层铺洒开，先是一抹微微的明亮，后来色彩晕染开来，淡黄、金黄、橘黄……"看呐，火烧云！"他们来到了连绵雪坡上的一处岩床，有了一丝喘息和欣赏风景的机会。

他们兴奋到极点，远方的天空，火烧云的画卷正在徐徐铺开，与平地上看到的不同，在高处看到的是立体的、纵深感极强的全息投影，层云之下的连绵山脉，镶嵌其中琥珀般的湖泊，变幻的光影在立体空间里勾勒出动态的画面……这使他们体会到真正的攀登的感觉。

夏凡也意识到，在这种兴奋状态下，人是达不到低容错率攀登状态要求的，于是不断地提醒把注意力集中注在攀登上。翻到山顶下方，他们开始横切，脚下几百米的落差后是破碎的冰川或断崖，必须采取 M 形保护。这时走在最前面的夏凡反而不淡定了，建立好保护等另外 3 人移动，常常忍不住拿出手机拍照，因为背后的火烧云太美了。

冉雅涵已经小心翼翼地走了 3 个半小时，休力下降，有点力竭。夏凡等她过来，帮她把她的竖插雪锥插好，给她分担一点压力。刘超颖信心满满。龚宝琦一直很淡定，状态很好，每到他开始移动，都是小跑着奔向刘超颖……夏凡事后回想起来，这是冲顶时最美好的时光：行走在火烧云的背景板上，高绝稀薄处，绳子传递着唯一强烈的连接，生命像水晶球一般精巧珍贵，他们洗净铅尘，用心感受它。

他们来到顶峰前，天已大亮。刘超颖体力几近崩溃，静止时的喘息也带着哭音。冉雅涵嘴唇发紫，夏凡问她情况怎么样，她只能疲惫地笑笑，反应稍显迟缓。原路起起伏伏，在有人体力不支的情况下需要注意力集中，夏凡看到传统路线缓缓的山脊，决定带他们从那边下撤。下边恐怖的裂缝区虽然存在风险，但相比体力下降容易引发的滑坠，夏凡还是选择前者，结组的他们不必太担心掉进裂缝。

下一个问题，就是如何带着体力崩溃的刘超颖通过这段混合陡雪坡、刃脊、疑似冰岩混合的地形。一条不明显的山脊，几处露出岩石的部分像锚点稳定着雪层，接近侧边主要山脊的部分是岩雪混杂的复杂地形。刘超颖她们很恐惧，怀疑是否可以安全通过，毕竟他们没有冰锥和岩锥。夏凡认为这种正面观看的视角会有地形偏陡的错觉；山的湿度这么大，风却不大，那里混杂的是冰的可能性不高。

夏凡在前方努力踢出台阶，一步一步，缓慢沉稳，越是接近顶峰，越要将每一个细节做到最好。经过 2 处岩石锚点、3 段雪坡，刘超颖的状态依然在控制范围内，冉雅涵状态则很平稳。下一处，便是需要直面的岩雪地带。

冉雅涵担心地问：前面的雪层是不是不够厚呀？

夏凡说："Trust me（相信我）。"

"好。"冉雅涵点点头。

雪层变得愈加坚硬、稀薄，但仍然可以踢出半个脚印。夏凡选好稳定的岩石脚点，几步就翻上大台阶，将绳子绕过突出的岩石，利用自然保护点保护后面的人上来。剩下的登顶的路途依旧惊险，但经历近 7 小时的旅程，大家心里只剩下平淡。顶峰最高处是几个连绵的冰包。他们到达岩石层的最高处，便是顶峰。

下撤并不像想象中那般顺利。登顶时山的北方已经开始起雾，他们错过预想的山脊，沿甲岗背后的陡峭雪坡进行漫长下降。等到在一片白茫茫中辨认出位置时，他们离正确的线路已经偏差太远，只能沿着另一条冰川及山谷下降。他们走过惊险的落石山谷、漫长的险恶冰川和汹涌的河沟，到达前来接应的越野车处，竟然是 26 日 21 点以后。夏凡从前一天 23 点开始听到雷声，22 个小时未眠，精神高度集中，现在放松下来竟有恍若隔世之感。他认为这次攀登，像火，在这世间无人知晓处叛逆地燃烧。

登山队长刘颖超后来总结这次"叛逆"的失职之处。其中之一是这个探路计划没有经过所有老队员充分讨论并一致同意，违背了山鹰社集体决策的原则。山鹰社对老社员在数量和质量上的要求，就是希望队员的配合能够弥补个人决策上的失误。

这一天，其余队员则在本营重新过上有炊烟、不为风雨撼动的踏实又朴实的山野营地生活。他们决定一起包饺子，纪念登山告一段落。等 4 名老队员登顶下来，就是登山队一家团圆。后勤大厨王佳雯指挥，大家一起剁肉、和馅、揉面、擀皮和包饺子。和馅时，大家争吵许久，有说香菇玉米的，有说猪肉的，还有说猪肉玉米香菇木耳的……一声更比一声高，仿佛在集体轰炸后勤帐，黄思维被他们"炸"出本营帐。再然后大厨王佳雯也表示受不了他们。最后的味道嘛，大多馅都忘记放盐，寡淡得大家丝毫不愿想起……

时间过得很快，信号时好时坏，山上 4 人的信息断断续续传来，众人的心总算落下。夜深了，忽听到车的声音。走出后勤帐一看，刚好看到远远的移动中的车灯，是他们回来了。

夜色如潮水般褪去后，又是平静温暖有希望的一天。科考队就要来了。

登科一体

7 月 27 日，科考队来了，开始搭帐篷。感情深厚的登山队员帮忙，其乐融融。接近中午时分，科考队员主动提出要做午饭，迅速占领后勤帐。

中午吃的是鸡肉、失败的酿茄子，还有一个青菜，三菜无汤，白饭任装。30多人围着桌了，盯着仅有的三盆菜，令人害怕。盆虽然挺大，科考队的大厨们也极力切更多肉进去，但怎么吃都吃不够。按照常规，大家在10分钟内解决所有的菜，留下登山队能吃三人组和科考队能吃N人组幽怨的眼神。

下午时分，刘超颖觉得大家过于咸鱼，在一局推理大师游戏（铁幕迷航）之后，号召大家去捡垃圾。计划捡垃圾1小时，天气突变，半小时后开始下雨，大家又回到本营帐咸鱼。

科考队在后勤帐开总结会议，不知道说起什么，突然都一把鼻涕一把泪，似乎要把心中的辛酸和对队友的情感都倾泻出来，会议无限跳票，结束遥遥无期，一直霸占后勤帐。登山队队众逐渐意识到要很晚吃晚餐，但每每刺探，科考队仍在倾诉，没有丝毫要吃晚饭的样子，就默默拿起廉价小饼干。终于，科考队在19点左右开完会，大家21点吃上了晚饭。

晚饭后，老队员照常开会，用公平抓阄方式产生第二天上山的人选。登山队商量谁带科考队上雪线，曾丽莹一点都没犹豫就说她带。作为2017年的科考队员、2018年的登山队员，她觉得带科考队上雪线，既是义不容辞的使命，也是非常幸福的事情。最后定下夏凡、蒲伟良、周文杰和曾丽莹4人带科考队上雪线，担心科考队员体力不支上不到雪线，他们提前商量好关门时间，约定下撤时间。

28日，不上雪线的登山队员早上起来给上雪线的队员做好饭——稀饭炒菜和咸鸭蛋。吃过饭，8点在本营帐拍照出发。蒲伟良做向导，带第一梯队，夏凡带第二梯队。原定曾丽莹是第三梯队，周文杰押后，然而曾丽莹低估了科考队员们的功力，高估了自己的爬坡实力，上坡没多久，就被大家甩下，自动变成押后。

上坡时天还有点阴阴的，山上还有雾。大家按照自己的速度爬，到山顶再等相应的登山队员带路过去，走得比较分散，满山坡都是移动的小黑点。

最后曾丽莹押的是好卓和泽欣，走到ABC就看到文杰他们。梅妮本来跟周文杰走，但稍微有点高反，就跟曾丽莹他们走。走过ABC，就是那段碎石特别多的横切上升。科考队员此前都没走过这种路，再加上下小雨、起雾，曾丽莹心有点虚，只得放慢速度，在前面踩脚印带路，让他们在后面跟着。

14点不到，所有人都走到换鞋处那个碎石坡坡底，这个速度超出预期。周文杰组和曾丽莹组会合。曾丽莹原本是想亲自带他们上雪线，然而女生高山靴不够用，只能尽量让科考队员上，就让周文杰带他们上去。科考队员们爬坡太猛，除了有心理预期会高反的楚阳之外，其他人都没有心理准备地高反了。大家上雪线的愿望都比较强烈，也都特别能坚持，去过冬训的科考队员们都跟着夏儿、蒲伟良和周文杰上了雪线。曾丽莹带着没冬训过的荣生、皓晨、楚阳、好卓和泽欣在换鞋处附近待着。考虑到体能和下山背负的问题，15点多，曾丽莹带着他们先行下撤。

下到ABC，还在下雨，大家身上都淋湿了，也很疲惫，但他们一句多余的话都没有说，下包之后就从装备帐往外掏东西帮忙撤营。楚阳、荣生和皓晨各背一顶帐篷和两捆路绳，曾丽莹背一顶帐篷和一捆路绳；好卓、泽欣体能虽然不是特别好，但也把背包塞得满满当当的，曾丽莹特别感动。下到本营，他们全都累坏了，连包都没卸，直接躺在地上。

上雪线的那一拨回来时，天色都已经暗了。他们下撤得并不轻松，主要是很多人都高反，下来时特别虚。这就难为蒲伟良了，蒲伟良背得特别重，累坏了。

晚饭时，科考队员们除了江弟、松辰和楚阳之外，其他人都没来吃饭，都难受得去睡了。

2018 年甲岗登山队队员名单（年级／院系／职务／绰号）

刘超颖（女）：2013/ 城市与环境学院 / 队长 /"超队"

黄思维：2017/ 物理学院博 / 攀登队长 /"黄导"

龚宝琦：2016/ 心理与认知科学学院 / 后勤队长 /"老黑"

冉雅涵（女）：2016/ 新闻与传播学院 / 总装备 /"涵姐"

陶炳学：2015/ 数学科学学院 / 总队医 /"雪饼"

蒲伟良：2016/ 物理学院 / 训练 /"噗噗"

夏凡：2013/ 生命科学学院 /"阿凡锅锅"

黄伟喜：2017/ 物理学院 / 小装备，小队医，出纳 /"喜娃"

曾丽莹（女）：2016/ 信息管理系硕 / 小装备，小队医

王佳雯（女）：2017/ 医学部 / 小后勤，摄影，通信

向九如（女）：2017/ 心理与认知科学学院硕 / 小后勤，摄像，队记 /"九妹"

胡晨刚：2017/ 信息科学技术学院 / 小后勤，摄像，财务 /"刚哥"

周文杰：2017/ 信息科学技术学院硕 / 小装备，摄影，媒体赞助

后 记

储怀杰

北京大学山鹰社从 1989 年开始，经历了 28 座雪山，43 次攀登，28 次科考，如今已是而立之年了，过往动人的故事，和彼时的伏笔引出的当下，不应该只属于一个群体，我们曾经做出与周围大学生不同的选择，并因为这个选择或多或少影响了我们以后的人生。而这些应该是我们可以提供给当下时代的不同声音，为社庆 30 年出版的这本《八千米生命高度》既让我高兴，又让我感到不安，高兴的是在山鹰社登记过的有上万名队员，涵盖了北京大学所有的院系、专业。为他们立传需要克服的困难可想而知，好在大家为出版此书给予了巨大支持、宽容和理解。不安的是，北京大学山鹰社历来是攀岩、科考、登山并重，《八千米生命高度》的架构却只是登山的过程，最初为纪念北大山鹰 30 年策划"存鹰之心"丛书时，计划还有《岩壁上的芭蕾》《北大山鹰科考路》和《永恒的记忆》3 本，未能出版的原因很多，为了弥补遗憾、宽慰我的不安，请容许我列出历年攀岩队长的名字，通过你们向历年攀岩队员致以问候，是大家的汗水铸就了山鹰社辉煌的历史：谢如祥、谢劲松、曹峻、徐纲、唐元新、陈庆春、赵凯、裴志勇、张春柏、王辉、孙斌、王荣涛、蔺志坚、张锐、李凯、白成太、胡志浩、单丹、高龙成、张晗、贺斐思、刘东东、吴涛、邓志超、曹鑫、鲁文宾、金圣杰、刘文慧、汪子冲、乔袭明、李进学、陶炳学、蒲伟良。

山鹰社还进行了28次科考，分别是：1992年赴青海湟中县希望工程社会实践；1993年新疆伊犁边境贸易考察；1995年云南丽江考察；1996年青海果洛藏族自治州考察；1997年重走西南联大路，横穿湘黔滇；1998年西藏珠峰地区考察；1999年赴新疆生产建设兵团考察；2000年西藏地区考察；2001年在西藏"对一个藏族村落扎根式考察"；2002年珠峰自然保护区调查；2003年青海玉树儿童生活情况考察；2004年西藏那曲藏族传统文化习俗和日常生活考察；2005年重回那曲探访达萨乡小学；2006年新疆阿勒泰地区哈萨克少数民族社会考察；2007年西藏林芝地区藏区儿童的教育状况和小额信贷的实施情况考察；2008年云南迪庆纳西族东巴文化现状调查；2009年青海玉树曲麻莱县《梦牵黄河源，且歌且行且珍惜》；2010年西藏尼玛地区教育现状调查；2011年西藏札达县调研；2012年新疆巴里坤哈萨克自治县生态、教育、医疗、传统文化考察；2013年高黎贡山区人类学田野调查；2014年青海果洛社会调查并完成年保玉则徒步穿越；2015年，骆驼科考队对四川贡嘎山区和磨西镇进行了为期一个月的社会考察，了解贡嘎山和海螺沟的开发和旅游现状；2016年果洛阿尼玛卿科考队为期一个月的社会考察，先后完成了在大武镇的访谈，并与山鹰社1996年登山队会合；2017年，长江第一峡谷科考队在青海格尔木的长江源移民村访谈生态移民，入户措池村，在措池小学和然仓寺的智善学堂支教；2018年西藏山南市隆子县三安曲林乡产业结构和居民生活调研；2019年梅里雪山考察。30年仰望星空、脚踏实地的科学考察，我相信一定有可期的未来。

我们永远向上攀登，在科考路上重新认识自我，发现了这个世界的复杂和美妙……在珠穆朗玛峰，我们喊出"北大精神，永在巅峰，团结起来，振兴中华"。总有一种精神照亮我们的前程。"北大是常为新的，改进的运动的先锋，要使中国向着好的往上的道路走。"

北大山鹰社的历史才刚刚开始，30年的风霜雨雪会给每个人血脉中留下果敢和顽强，它暗合了"独立之人格，自由之思想"，山鹰人在向高向远向前的路上，正变成推进社会进步的力量。

衷心地感谢肖自强、曾丽莹、缪劲松、叶效明、刘以恬、邓茵琳、唐溯跳、周文杰、姜彪、张欣然、崔婕、胡晓帆、刘艺炜等资料编撰组成员付出的努力，后期的文字修改、图片的收集整理也得到了很多人的帮助和支持。

正如我开始感到的不安一样，我们无法穷尽山鹰社30年每件事情的真相，当年的日记、队记被重新编写的时候，经过了选择和抽离，被遗漏或因为观察角度不同，肯定会让我们相聚时对某一个事件重新解读。书中如果有错误，责任在我，期望未来有机会增补和修订。最后让我把2019年科考队员刘以恬的诗《极目的蓝》送给您：

极目的蓝

世界是你身旁呼啸的风

而你亦是群山的风声

长风如长夜漫漫

故土与故我共远

在群山深处，消失的不是四月

无尽的旅程当无尽地走

深蓝的天色必及时归还

一里又一里，寂静将白雪深埋

沉默将繁星呼唤

一程又一程。近与远都是天门

上与下都是攀登

惟昼夜漫长，如同永恒

目光再长远，天际总更远

而抵达只是行程的一站

柔光下，明月高悬

遥远的夏日盼你团圆

穿过深深旷野

穿过明暗

寒暖

旷野深处是何处？

你生活在大地边缘

最宽阔与最封闭之间

被无限的自我所累

越过万里河川

被天地纵览

是沧海之船

群峰深处是何处

已不能走得更远。一等再等

闪电的一瞬

惟山川愈发清远

人间纵是衣襟上的雪

你想拂去吗

月光深处是何处？

果敢可换凛然

攀爬得越高，穹宇越远

而你所盼

是否仍是初行时

极目的蓝

永远怀念长眠在雪山上的北大人

1957 年 5 月 28 日，四川贡嘎山：

丁行友（北大 1952 级物理系气象专业）

1960 年 4 月，西藏珠穆朗玛峰：

邵子庆（北大气象专业教师）

1999 年 8 月 1 日，四川雪宝顶：

周慧霞（北大 1997 级应用文理）

2002 年 8 月 7 日，西藏希夏邦玛西峰：

雷宇（北大 1998 级电子系）

林礼清（北大 1998 级数学系）

杨磊（北大 1999 级数学系）

卢臻（北大 2000 级力学系）

张兴佰（北大 2000 级政管系）

图书在版编目（CIP）数据

八千米生命高度：北大登山队 30 年：全 3 册 / 北京
大学山鹰社著；储怀杰主编；肖自强执笔 . —— 南京：
江苏凤凰文艺出版社，2020.3
ISBN 978-7-5594-2426-6

Ⅰ．①八… Ⅱ．①北… ②储… ③肖… Ⅲ．①纪实文
学 – 作品集 – 中国 – 当代 Ⅳ．① I25

中国版本图书馆 CIP 数据核字 (2018) 第 136985 号

八千米生命高度：
北大登山队 30 年（全三册）

北京大学山鹰社 著　　储怀杰 主编　肖自强 执笔

责任编辑　　白　涵　刘洲原

特约编辑　　孙明新

装帧设计　　80 零·小贾

责任印制　　冯红霞

出版发行　　江苏凤凰文艺出版社

　　　　　　南京市中央路 165 号，邮编：210009

网　　址　　http://www.jswenyi.com

印　　刷　　山东临沂新华印刷物流集团有限责任公司

开　　本　　880 毫米 × 1230 毫米 1/32

印　　张　　30

字　　数　　700 千字

版　　次　　2020 年 3 月第 1 版　2020 年 3 月第 1 次印刷

书　　号　　ISBN 978 - 7 - 5594 - 2426 - 6

定　　价　　118.00 元